胭脂水 ——

著

你最珍贵

上海社会科学院出版社

目录

第一章　　五月，江城　1

第二章　　六月，再见　30

第三章　　七月，欢歌　51

第四章　　八月，命运广场　69

第五章　　九月，伤痕　91

第六章　　十月，铃兰与芳菲　113

第七章　　霓裳　135

第八章　　莲台　157

第九章　　孤寂　177

第十章　　歧途　198

第十一章　错付　219

第十二章　值得　240

第十三章　新年快乐　264

第十四章　光与夜　288

第十五章　没有如果　314

第十六章　你最珍贵　339

第一章

五月，江城

飞驰的高铁上，沈熠双臂紧紧地搂着那只用防尘袋装好的包包，随着车身的晃动缓缓滑入了黑甜的梦乡。

恍惚中，她又回到了六岁那年的夏天。

那一年暮春，奶奶忽然走了。

那是她第一次来到县城，第一次跟爸妈一起生活，也是最后一次。

天很闷热，没有太阳，地面却犹如置于火上的蒸笼一般。沈熠梳着两只小辫的头皮也在往外冒汗，两条小腿噔噔噔地跟随着妈妈的脚步。

她很开心，因为以前奶奶总是告诉她，妈妈为了生弟弟狠心不要她了。可这次到了县城才知道，原来并不是那样的，原来自己也是有爸爸妈妈疼爱的。

而且出门之前，妈妈还答应自己，可以给她买个礼物，随便她自己挑。可是走了一路，沈熠都没有看到自己想要的，虽然县城的一切都让她眼花缭乱。

"快点快点！咱们得快点回家，马上就要下雨了。"

沈熠小心翼翼地抬头看了看妈妈写满不耐烦的脸庞，她记得妈妈那时候是个十分娇俏的少妇，瓜子脸桃花眼，一身的细皮嫩肉，因为结婚前在省城的有钱人家当过几年保姆，再加上读过高中，算是个文化人，所以一身的穿戴都很时髦雅致。

相比之下沈熠则是一身标准的乡下丫头的打扮，皮肤也晒得黑黝黝的，十分土气。

她永远都记得，自己第一次真正见到妈妈时，她打量自己一番后，那句令她刻骨铭心的评价："穿得这么土气，真是难看死了！"那句话，一直烙印在她心里。

那天母女俩一路小跑到了公交车站，天空传来阵阵闷雷声，大雨眼看就要倾盆而下。沈熠一双眼睛好奇地四下张望着，忽然，她欣喜若狂地伸出了右手食指，高声道："妈妈！妈妈——你看那条珠子项链！粉红色的，你看亮晶晶的好漂亮啊——"

在她急切的渴望中，妈妈却只是蛮横地拉着她的小手，用近乎拖拽的方式将她带上了那辆公交车。沈熠到现在都记得，妈妈那时训斥自己的神情，充满了不满与焦躁："你这丫头，也不看看这天马上就要下大雨了，这是最后一趟公交车，错过了我们就得走路淋雨回去！还买什么项链呀！改天再买。走！赶紧给我回去！"就这样，沈熠眼泪汪汪地趴在那扇灰蒙蒙的车窗上，用黑黝黝的小手挥别了那串自己渴望的粉红色水晶项链。

第二天，耐不过她的再三央求，正好要去那边买东西的妈妈又带她来到了这条街。

可是，沈熠并没有等到那个卖项链的小贩，她再也没有见过那串美丽的水晶项链。但是，妈妈却用这串水晶项链作为诱饵，让她走进了县法院。

六岁的孩子，一直养在乡下。从来没有上过一天学，不认识一个字，她却当着众人的面，奇迹般地说出了一个让众人都为之瞠目结舌的事实。"我是他们的亲生女儿！我从小生活在乡下，因为我爸爸说他要生个儿子才能继承香火，所以我生下来就被我奶奶抱到了乡下。他们还说我不应该出生，因为我们家只需要男孩……"

车窗外划过一道闪电，火光与雷鸣将沈熠从梦与回忆中惊醒。时隔十七年，此刻回想起当时妈妈那张冷漠又不耐烦的脸庞，那句令她终身难忘的刻薄评语，还有那串明明只隔着一扇车窗，却永远也触摸不到的水晶项链；那一刻阴霾发黑的天空与令人窒息的县城法院，众人指着她议论纷纷的神情，还有忽然扑地吐血的爷爷……她依然禁不住泪流满面。

曾经，她以为长大就能够忘掉过去，忘掉伤痕，忘掉那串得不到的水晶项链。

后来，她告诉自己，那就是一条廉价的塑料项链，那初见时第一眼的美好根本就是她的肤浅。可是，直到现在，她长大了，那串水晶项链，依然会不时在梦里浮现。

依然那么美好，那么诱人，也依然那么遥不可及。

侧过脸，她伸手拭去眼角的泪痕，在听见手机铃声时木然地接了起来。

"喂！是沈熠吗？我是你爸爸的工头老徐啊！你现在到哪了？我跟你说你爸爸情况很危急，你必须马上赶到江城第一人民医院！"

沈熠振作了一下精神，清了清嗓子，回道："是，我知道了，我现在就在高铁上，还有两个小时就到了。"

对方一听她已经在路上，便也没再啰唆，只是在挂断电话之前又强调了一遍："你带钱了吗？你爸爸现在住在ICU，可等着钱救命哪！"

沈熠本能地伸手抱紧了手里的防尘袋，又近乎本能地点了点头："带——带了……"

五月的初夏，江城正是繁花似锦夏风习习的季节。沈熠在下了高铁之后一路上给"骑白马的唐僧"打了最少二十个电话，可是始终都只有一个冰冷的提示音："对不起，您拨的号码不正确，请查证后再拨。"

出了地铁站之后站在人流熙熙的街头，她四顾茫然，最后深吸一口气，拿出了手机上拍下来的上次"唐僧"寄快递时留下的地址。顺着地址，她找到了一处位于江城中心地带、门面豪华的"星辰名品中心"。隔着铮亮的落地玻璃，她看见橱窗里摆放着的各式大牌包包，闪烁着璀璨星光的名表，以及让人眼花缭乱又目不转睛的珠宝翡翠首饰……

"您好！欢迎光临！"在迎宾礼仪小姐的微笑引领中，沈熠颇不自在地进了门，然后拿出手机开始打听起"唐僧"这个人。

"不好意思，我们店里没有这么一个员工。您看我们的员工基本上都是女性，要说男性，就只有一位司机郭大叔，但他今年都五十来岁了，肯定不是您要找的人。"

虽然早在心里预料了这样的结果，可真到这一刻沈熠还是忍不住满心失望。"唐僧"不在这里，自己也联系不上他，那么他跟自己说的一切都是假的吗？到底有没有这个人？自己真的遇上骗子了？……沈熠一时间想不明白。她"哦"了一声，抱着那只纸袋神思恍惚地就要往外走。

不想，这迎宾的礼仪小姐却是个眼尖的，她看着沈熠怀里的纸袋，又试探性地问道："小姐，您手里抱的这个包是刚购买的，还是想过来我们这边出售呀？我们店里最近也到了不少新款，您看要不要坐下来我们给您介绍一下……"

听到"出售"这个词，沈熠忽地一下转过身，她有些急促地问道："你说你们这儿可以卖包？真的吗？那你帮我看看这个能值多少钱？"

当沈熠将怀里的纸袋交出去的时候，她的情绪是很复杂的。因为这个包是"唐僧"送给她的生日礼物，长到二十三岁，这是她第一次收到异性送给自己的礼物。而且，还是一份这么精致奢华昂贵的礼物。

可是，一想到现在还躺在病床上等着钱救命的父亲，沈熠立即又清醒了过来。

算了，人是活的，物是死的，像"唐僧"这么善良的男生，他知道内情后想必也会体谅自己的。自己工作后的积蓄都在他那里，谁让他一直联系不上呢？要不，以后自己下班后再多做一份兼职，尽快把这个包赎回来？

就在沈熠心里使劲地筹划着怎么勤扒苦做提高收入来赎回这个名贵的包包时，却见先前那个女生在一番查看后微微皱起了眉头："对不起女士，您的这个包包……我们不能收。"

沈熠如被戳破的气球一般瞬间跳将起来，她顾不上其他，追问道："为……为什么？"验包的女生这时看她的目光里不自禁带上了几分怜悯，她无声地叹口气，摇头道："就是，您的这个包包，经过我的初步鉴别，其工艺细节和一些材质方面都没有达到该品牌应有的水准。简单地说，这就是一个假包。"

"什么？你说这是一个假包？不，不可能！怎么会呢？你看清楚了吗？这——真的是一个假包吗？"

见沈熠整个人如遭雷击一般语无伦次脸色惨白，那店员也心生不忍，提议道："是的，这个包真的不是正品。您要不信的话可以去专柜对比一下？"

沈熠不知道自己是怎么从震惊中回过神来的，店内分明开着温度怡人的冷气，周遭的一切也都是精致奢美的，可是眼前店员脸上的表情还是深深地刺痛了她的心。

她不知道自己是怎么高一脚低一脚地冲出这间华丽的门店的，只是在走下台阶之后才发觉眼前视线模糊，眼泪冲刷了脚下的路。为什么？原来这一切都是他在骗自己吗？用一个假包骗走了自己全部的积蓄，还有满腔的情意……沈熠忽然觉得自己好笨好蠢，怎么会连这么简单的骗局都看不穿？

迎着烈日，她伸手抹了一下脸上的泪痕。下一秒，忽然定定地站在了原处！

"唐僧"？……真的是他吗？不容多想，她本能的一把抓住这个面容俊美衣着讲究的男人，然后抡起手掌，"啪！"的一下，用力地在这张好看的脸上留下了一个愤怒的巴掌印！

挨打的贺司南一下子也有点懵，长到这么大，他还没见过这样的人！随后他反手抓住了沈熠，咬牙咆哮道："你谁啊？有病吃药！不要跑出来乱打人——别以为你是女的，老子就不敢抽你！信不信抽得你分不清东南西北……"

听到动静，店里的店员们也纷纷出来围观。

自觉颜面尽失的贺司南正努力试图以咆哮怒吼来挽尊，不想，满脸泪痕一副怨妇状的沈熠忽然又祭出了自己的杀手锏——她打开了手机微信，找出了自己与"骑白马的唐僧"的聊天记录，向店员们一边展示一边声泪俱下地控诉道："就是这个骗子！你们看，他以前做直播时我添加了他的好友，他骗走了我全部的积蓄，就送了我这个假包作为生日礼物……"

"啊！天哪！贺先生怎么会干这种事情啊？这是真的吗？……"

"我好像记得贺先生以前的确做过直播，就是专门直播唱歌的那种……"

"是吗？那这么说来这事可能是真的？"

现场响起一片倒抽凉气的呼吸声。

平心而论，贺司南这会儿脑子彻底混乱了。

他眼睁睁看着店员们都用一种不可描述的眼神看向自己，随后又对着他上下左右地打量观望，一种乌云罩顶的感觉向他兜头兜脑地袭来。

他想了想，最后开口分辩道："大家不要相信这个疯子！我根本不知道她是谁！谁稀罕她那两个钱，还有我贺司南什么时候给女生送过假包，简直就是无稽之谈……"可是，饶是他平日里在女生面前巧舌生花，这会儿却没人肯信他。因为他以前的确做过直播，那时候在江城还拥有不少数量的"粉丝"，所以大家都印象深刻。而且他本身的历史就黑如锅底，要不是有贺家这个大靠山，像他这样朝三暮四的渣男，放哪都该被人民群众暴打。

可是沈熠却觉得他敢做不敢认，心里更加恼火。为了让更多人见识他的"卑鄙"真面目，她忽然大声道："你敢不承认——你自己看——"

沈熠的话没说完，就被贺司南猛地一伸手，夺走了手里的手机。

贺司南本想瞧瞧那手机上面到底是些什么内容，那个被自己炒掉的小助理到底是怎么忽悠女孩子的？可是等拿到手机一看，那些内容和对话方式瞬间就让他满脸发绿了。这都是什么？

"我一直就想找一个安静温柔、宜家宜室的女孩子做女朋友，遇见你，真是我这辈子最大的幸运……"

啊呸！什么烂幸运？遇到她一定是自己这辈子最倒霉的事情，没有之一！

什么"我可爱的小乖乖，你要早点睡觉，不然明天起来就不漂亮了……"

呕，还漂亮……贺司南用余光飞快打量了一下沈熠的平胸平臀，以及勉

强只能算入眼的素颜之后,当即作呕状地捂住嘴掩住鼻,嫌恶之态昭然。

"你干吗抢我手机?快点还给我!"

沈熠冲到他跟前时,贺司南已经一目十行地扫完了她跟自己那个前助理之间的好几页对话。当然,他没忽略沈熠给那个骗子转账的信息。

这一看不打紧,没想到前助理居然还大摇大摆地用了他的银行卡在收钱——想到这里他就想拍扁自己的脑袋。是了,当时他在自己这里上班的时候,好像证件银行卡之类的东西都交由他保管着。也就是说,如果这丫头真要报警追究,那他贺司南还一时半会儿说不清?

贺司南这会儿觉得自己真是有狂吐的冲动。当然了,正所谓理亏气不能亏,强词夺理一向是他的强项。

"谁说我抢你手机了?我是看你智商令人着急,想着行善积德帮你找到那个骗子……"

沈熠一看他还有脸鄙视自己的智商,便反击道:"我智商着急好过你做人缺德,你先把手机还给我,要不然——要不然我就报警了!"

两人就这么你争我抢时,忽然贺司南就起了一丝顽劣之心。他故意把沈熠的手机抛到她右边的半空中,然后又抢身过去麻溜地接住了,嘴里则嬉皮笑脸地叫着:"来啊来啊!不是要我把手机还给你嘛!"

沈熠坐了半天的高铁,下车之后又是水米未进一滴,这会儿再被贺司南这么一刺激,只觉两耳嗡嗡作响,眼前开始昏花。

偏偏贺司南玩得正兴起,根本就没留神到她的脸色惨白,直到她整个人都朝前扑倒在地时,围观者这才惊叫道:"哎呀,她昏过去了!"

"喂!你不要想着来碰瓷啊?论演技我肯定比你更强。你——你可别吓我,我不是被吓大的!"

贺司南慌乱之间没接住被抛到半空的手机,任由其重重地摔落在地后,这才蹲下身,开始焦急地围着沈熠手足无措。

"这是发生什么事了?司南,你又欺负人家女孩子了?"伴随着一个温和沉稳悦耳的声音,有人从门店中款款步出。店员们都齐齐转过身去,恭声道:"顾总!"

* * *

宋丹宁打电话过来约饭的时候,顾芳菲正在店里招呼一位首次登门却总觉得似曾相识的贵宾。这位穿着考究眉目俊朗的男士浑身气度不凡,却没有循例带女伴,进门落座 VIP 室之后就开门见山地说道:"顾小姐,你们橱窗里的那块鹦鹉螺手表,请帮我包起来。"说着,也没问价格,直接从钱夹里取出了一张卡递给一旁的店员。

顾芳菲在对方那一缕似有似无暗含打量的目光下，心中一个咯噔，仍是得体地保持着微笑："好的，先生，我这就让人给您包起来。这块手表的原主参加了我们店里的爱心慈善活动，您所付的款项将有一部分用来资助有需要的困难群体，我在这里替他们谢谢您的仁者善心了。对了，请问您能否留赐一张名片？以后店里有类似的新货，我们会短信或者邮件通知您。"

"可以，顾小姐，既然这块表的原主愿意拿它来做善事，那我想这块手表在她心里，也不算是一无是处。"

顾芳菲接过男子递来的卡片微微垂眸扫了一眼，旋即心中一沉——真是他！应泽生？那个最近在金融界声名远扬、经常占据头条版面的新贵。

可是她记得，他的母亲瞿老师以前也做过宋家的家庭教师啊，后来母子俩离开江城便再无音信。难道在自己出国留学的这几年里，他跟丹宁还有过什么情感纠葛？可是，好友宋丹宁的喜好，她又不像是会喜欢应泽生这种类型的男人。

送走了应泽生，顾芳菲有些心绪复杂地上楼回到自己的办公室。片刻之后桌面上的电话铃声响起，她一接起来，就听到对方用尖锐而喜悦的口吻说道："芳菲啊！我跟你说个好消息，贺司南这浑小子前一阵子不是又招惹了几个狐狸精嘛！听说有一个还是什么网红明星，哼！这些人哪配进咱们贺家的门，我直接跟他爸爸说了，只要他再不老实就停了他的信用卡，看他拿什么出去外头拈花惹草？你放心，以后等你们结婚了，我一定替你好好约束着他，只要他敢欺负你一根头发丝，我都绝不让他好过……"

对方在电话里喋喋不休，碍于礼貌和辈分，顾芳菲也不能挂断电话，只能强忍。

后来苏悦推门进来，机智地在话筒中插了一句："顾总！楼下有几位重要的客户过来了，她们一定要见您呢！"

得救的顾芳菲对苏悦的及时援手竖起大拇指点了个赞，不过苏悦却艳羡道："顾总，其实有时候我挺羡慕您的。您看您这未来婆婆对您多好、多体贴。哪像我，虽说年底就要结婚了，可是人家就连半点表示都没有，还几次对我说，年轻人要以事业为重，结婚也不用那么着急的，你说她到底什么意思？"

顾芳菲摇头失笑："你瞎想什么呢？人家韩辉多好，既事业有成又对你一心一意。有这么好的丈夫，你也应该感谢婆婆的悉心教导。老人家有时候心思不太好猜，可是你在店里连最难搞的客户都能应付自如，还能怕了她不成？别在这儿秀恩爱，再说我就不放你走了。"

听见这句，苏悦马上就变了口风："那怎么行？我们连婚宴和新房都准备好了，这要是改期的话——"

"行了行了，知道我这庙小，留不住你这尊大神，不过啊，在你走之前还得加紧给我物色新的店长人选，还得给她完成一整套的培训。这可是咱们之前的约定啊，要不然……"

苏悦连连点头，随后说起最近由猎头推荐过来应聘店长的几个人选。

她将资料送到顾芳菲的跟前，顾芳菲认真看过之后却摇头道："这几个我都不太满意，还有没有别的人选？"

苏悦为难地一摊手，随后道："对了顾总，您昨天让我打听的那位女生，她的基本情况都在这里。"

"沈熠？名字不错，我记得她眼睛很漂亮，漆黑明亮，特别有灵气。"

见顾芳菲认真翻看沈熠的简历，似乎还挺感兴趣的样子，苏悦便接着说道："是，我请那个做猎头的朋友打听了一下，她毕业以后就在上一家公司担任设计师助理，好像能力还不错的样子。顾芳菲点点头，若有所思地看着手里的简历，眉头时而舒展时而轻轻拢起。

苏悦接着道："对了，她爸爸其实就在贺氏集团下属的一个建筑公司上班，这次住院，也是工地上的事故。但因为之前的工程负责人卷走了一笔钱，所以集团到现在为止还没有对此事做出批复。"

顾芳菲缓缓地将目光从那一张单薄的A4纸上移开，她思索了一会儿，有些突兀地说道："这么说来，她还挺不容易的。

"苏悦，你觉得，她会不会真的认识司南？"

这句话把苏悦给吓了一跳："不可能吧？贺先生平时虽然贪玩了一点，可是我想他再怎么样，也做不出这样的事情的。你也知道以前贺先生身边好多个助理，说不定是有人假借他的名字行骗呢！现在这样的人很多，我不信。"

这事有些蹊跷，顾芳菲也皱眉道："我也不信，不过这女孩人挺单纯、也挺有才华天分的。而且看得出，她为人特别善良，要不然后面闹成那样，她也不会坚持不报警。苏悦，我打算给她一个机会。你说我要是把她挖过来做店长，以后再培养她做设计师，怎么样？"

苏悦瞬间有些懵，毕竟这个沈熠看上去真的有点过分单纯了。试问能被一个素未谋面的人，用一个假包、几句好话就骗走了全部的积蓄。就这智商，以后要一起共事……苏悦觉得有些为难。

但她了解顾芳菲，也相信她的判断："你觉得合适，我当然没问题，不过说真的，昨天她当着众人的面给贺先生扇了一巴掌。你现在请她回来上班，是不是为了让贺先生觉得没面子，顺带报复他一下？"

顾芳菲合上手里的文件夹，委屈地撇嘴："原来我在你心里就是这么个心机深沉，专注于搞事情的'大白莲'？天哪！你这话太让我伤心了！"说着，她还配合地做出一副西子捧心泫然欲泣的姿态来，只差下一秒就要嘤嘤抽泣。

苏悦忍不住哈哈笑道："天地良心，我哪有这么肤浅庸俗。要是我哪天闲来无事去写宫斗剧，一定封您为第一女主。因为您是这个世上唯一能够让我抛却世俗名利，甚至将来抛夫弃子，也要忠心耿耿效力的完美女神！"

被封神的顾芳菲很开心，下一秒，她抽出一份文件，摊开给苏悦看："我知道你可能会觉得她有点傻，但是你来看她毕业设计展览时的作品，还有她上一份工作时设计出来的作品——苏悦，我知道你并不喜欢时装设计这份工作，但是你绝对有一流的审美和绝佳的品味。"

苏悦跟顾芳菲是大学同学，两人同时毕业于世界顶尖的艺术学院。对于顾芳菲的话她自然可以安然领受，但等看清她递过来的那份简历上的画册作品时，神色还是禁不住微微一变。

"啧啧！这样有天分的设计师，那个公司的 HR 居然会让她屈居于设计师助理一职？简直是'暴殄天物'！天哪，我真是太喜欢这件衣服了，芳菲你看，这真的很有新意！太优秀了！"

顾芳菲朝她嫣然一笑，两人一起看完了那本画册作品。

随后还是苏悦做了总结，她很爽快地收回自己之前的评价："芳菲，如果你真的能把人挖过来——真的，你放心，我肯定使尽浑身解数，帮你好好培养她，让她成为星辰的新秀。条件只有一个，那就是以后你们出品的衣服，一定要先寄给我试穿。"

顾芳菲点点头，若有所思地看着画册："其实时尚界那些璀璨耀眼的大师，他们本身并不怎么喜欢耀眼。这个世界到处都是看上去很聪明的人，可是往往越是聪明的人，越突破不了自以为的聪明的界限。"

这话让苏悦十分认可，仿佛因为有了才华的加持，她对这个看似平淡无奇甚至有点傻气的沈熠开始充满了欣赏和喜爱："对！你说得很有道理，天才的内心世界，据说很少人能进得去。所以这么单纯的人，被骗也很正常了。"

两人品评着画册中的内容，又回忆起曾经大学的时光，不知不觉中苏悦忽然看手腕时才惊跳起来："天哪！女神，请容许我提醒一下您，您的闺蜜死党宋小姐约了您今晚共进晚餐的，所以现在，您是不是赶紧去更衣梳妆打扮?"被她提醒,顾芳菲连忙起身挽着手袋匆匆下楼。

"哎!女神,你真的不考虑换件漂亮的衣服再出门吗?我可记得,宋小姐是咱们江城公认的第一美人……"

顾芳菲已走到楼下,闻言头也不回地拉开车门:"她第一,我就第二,这有什么好争的?"

苏悦哑然,驻足在落地窗前,目送顾芳菲的车子渐渐驶入夜幕中,随后转过身来,对几个店员点头示意道:"趁着这会儿没客户,咱们开个短会。"

宋丹宁回国的第一顿饭,自然要约自小一起长大的死党闺蜜顾芳菲一块吃。地方订在丽轩,这里的行政总厨郭元峰跟两人都很熟。安排的包间也是最好的位置,内里陈设古朴雅致,甚合两人的喜好。

两人进了包间,见茶几上摆着一盆开得娇艳欲滴的芍药花,而宋丹宁正好是五月生日,当下便笑道:"肯定是峰哥让人布置的,谢谢他还记着我的生日。"

顾芳菲亦颔首而笑:"是啊,我最近每次来吃饭都能遇上他在餐厅,其实做到他这个位置,很多事情早就不必亲力亲为了。可是他跟我说,很多老主顾对他而言既是客户又是朋友,怎能不招待周全?其实对我们而言,他也早就成了半个亲人了。所以丽轩的出品从来不曾让我失望,我来这里吃饭,总觉得比家里还自在些。"

正说着话,穿着小凤仙的服务生小姑娘上来沏了茶。

随后两人口中的郭总厨便亲自过来寒暄招待,又介绍了今晚的餐单。得知晚上的所有菜式都是特地为自己接风而研制的新品,宋丹宁一时忍不住欢喜,像个孩子一样从包里拿出一只盒子,递给郭元峰道:"谢谢峰哥!这是我在意大利买的袖扣,希望你喜欢。"

郭总厨起先不肯接,后因顾芳菲说了一句"都是自己人"后,便不再推辞。

两人都在江城长大,对这里的一切都甚为熟悉。而今相隔数年再聚,虽有些物是人非的心境,但仍旧谈笑风生,彼此畅怀。

酒至三巡,喝得有些微醺的宋丹宁还拉着顾芳菲"咔咔"来了几张合影自拍。

看着手机里宋丹宁的盛世美貌,顾芳菲当即摇头自嘲:"千万别把我发朋友圈,我这颜值跟你一比,那就是人比人得死,货比货得扔。"

其实平心而论,宋丹宁的美,精致而华丽,再加上她喜欢艳妆,对同性而言,天生就带几分侵略性。

而顾芳菲,生得端庄恬静,又素爱淡雅妆容,无论远观近赏,都有一种美人在骨不在皮的从容。真要比较，只能算各有千秋，却难分胜负。

"瞎说什么呢？谁敢扔掉我'老婆'这样的完美女神，看我不把他撕成片！"

宋丹宁噘起樱桃小嘴，一如从前般地撒娇任性，下一秒就把合照发在了朋友圈里，还配了一行深情款款的誓言："我们说好不分离，要一直一直在一起！"

顾芳菲无奈地放下手机，努力劝自己不去想等会儿满屏轰炸的各种留言点赞。趁着丹宁这会儿心情大好，她轻声道："今天下午有人进店来，指名买下了你捐赠做慈善的那块手表。"

宋丹宁起初还不以为意，翻看着手机随意应了一句："哪块手表？"

片刻之后顾芳菲看见她分明神色一变，随即又竭力装作平静无事的样子，问："什么人买了呀？那块表现在市价不算便宜。"

顾芳菲缓缓将应泽生的那张名片推到她跟前，下一秒，宋丹宁嘴角的笑容就凝在了那里。

* * *

沈熠从来不相信所谓的水逆，但她也不得不承认，自己最近的确有点背。

得知自己因为没有跟总经理请假而被公司开除之后，她先是愤怒，想要去讨回一个公道。几分钟之后接到医院打来的催款电话，她立马就认怂地收回了脚步。

来到医院见过主治医生，除了催她赶紧交钱之外，沈熠并没有见到多年未见的爸爸。因为沈父现在还躺在ICU里昏迷不醒，就连沈熠也不被允许进入探望。工地那边的工头老徐除了入院时交了三万块住院押金，这两天连个人影都不见。

算算家底，她咬牙拿着信用卡去了缴费处，然后再坐了公交车去附近的图书馆查阅相关的工伤劳动法律等条文细则。等她抄满了几页纸再抬头时，一看窗外早就黑透了。坐车来江城时，工头老徐领着沈熠去了她爸的宿舍，那是一处简易工程房，离市区有些路程，而且那一带很早就没了公交车。她背上背包准备回简易房，没想到才到图书馆楼下就下起雨来。顾芳菲这会儿正好将车停在路边，打完电话之后一抬眼，就见穿着T恤牛仔裤的沈熠忽然冲入了雨帘之中。

"没带伞，怎么不避一下雨再走？"

顾芳菲摇头，开车徐徐跟上，到了近前，看见一路小跑的沈熠正气喘如牛毫无形象地站在公交车站外，两手叉腰抬头看天。

"沈小姐你好，我是顾芳菲。能不能耽误你一点时间，请上车来我们聊一会儿。"因为错过了末班车，沈熠这会儿正在四十五度仰天长叹。

见顾芳菲开着豪车靠前来自报家门，她忽然缓过神来，这是星辰的老板娘啊！她找上门来，难道是为自己打了她未婚夫的那一巴掌？但很快，想到自己那部被贺司南摔烂的手机，她立马就点了点头："上车就上车，你要聊什么都好，反正一句话，你们得赔我手机。"

顾芳菲不由失笑。随后抽出一张纸，递给刚上车来的沈熠，柔声道："看你都淋湿了，要不去我办公室那边？正好前几天我设计了一件改良的旗袍，看着应该正合你的身材。"

沈熠有些被动地接过抽纸，使劲地运转着自己本来也不算笨的脑子，嘀咕："这不对啊！小说里都不是这么安排情节的呀，不是说情敌见面分外眼红嘛，先来一番互喷口水，再来一轮扯头发大战！虽然自己是稀里糊涂被情敌了，但是这位顾大小姐怎么会温柔得就跟仙女一样，搞得自己都要接不上词了……"

就这样，被淋成落汤鸡的沈熠稀里糊涂地上了顾芳菲的车，又一脸懵懂地来到了她位于星辰名品店二楼的那间巨大的办公室。

顾芳菲进门就给沈熠倒了一杯温水，又剪开了一包生姜红糖倒进去，道："你先坐一下，我去找一下那件衣服。"

沈熠接过姜茶，四下打量着这间雅致的办公室，看得出来主人拥有很高级的品位与不落俗套的眼光。办公室面积很大，家具统一用的黄花梨，墙纸贴的米色素暗纹。各个区域巧妙地用中式雕花屏风和纱帐、书架以及多宝橱隔开来，内里的陈设极为简单，唯一称得上奢华的就是脚下铺着的淡杏色羊毛地毯。

一口热姜茶喝下去之后，沈熠又左右张望一番，试探性地把脚从拖鞋里移出来，才刚踩上去就舒服得眯起了眼睛。

她忍不住轻轻叹了口气，真是个好地方！

随后她又发觉了新的乐趣，空气里有不知名的幽香沁人心脾，四下寻找，却不见有鲜花插在哪里？远远一眼看见最东面的角落挂着一顶白色的纱帐，沈熠虽想移步过去一探究竟，可是到底还是不敢太过冒昧。

她起身绕过最外头的那架屏风，见到跟前一张足有五尺阔的花梨木案台上，搁着一幅将要完工的画作。画纸上只有一轮明月，孤冷地挂在澄净的天边。最下角处是一阙人间的宫殿，再细看，背景隐约是峨眉的峰峦叠嶂。画上的小楷秀丽无匹，端庄攸宁。

"我在巴东三峡时,西看明月忆峨眉。月出峨眉照沧海,与人万里长相随。"

也许是她看得太过入神,就连顾芳菲什么时候走过来都不曾察觉。直到她轻咳一声,将手里的衣服递过来,沈熠这才连忙伸手接过。

洗了热水澡,换上那件看似简约却十分合体的无袖旗袍,沈熠难得对着镜子仔细地瞧了瞧自己。只见月白色的底色将她的肌肤映衬得更加莹润如玉,而无袖的设计恰到好处地显露出少女特有的紧实玉臂。整件旗袍线条简约,除了盘领处绣有一朵同色的含苞玫瑰之外,便再无任何装饰之物。只是腰身处恰到好处地收紧几寸,勾勒出少女唯美且饱含东方雅韵的玲珑身段。

沈熠在大学修的是美术与服装设计双学位,对于这种中式旗袍也曾有涉略,需知越是用材用色单一的服装就越考验设计者的功底。她摸了摸这件旗袍,自觉有些衬不上。

正不安时,听见外间杯盏轻响,她连忙整理好仪表移步出来。细微的水声间,顾芳菲正在不远处的洗手台上清洗着手里的樱桃。沈熠连忙上前接手,有些局促地说道:"我来我来。"

顾芳菲却微笑着冲那边的酒柜示意:"你穿着旗袍不方便,要不麻烦你帮我去那柜子里取一对高脚酒杯出来——对!就是这种,然后再看看醒酒器里的酒是不是已经差不多了,我这马上就好。"

沈熠取了酒杯放在桌上,片刻之后却略带尴尬地一笑:"不好意思,顾小姐,我不太懂这酒要怎么醒……"

顾芳菲将手里装着艳丽樱桃的白瓷盏端上桌,歉意道:"是我不好意思才对,因为我平时也不怎么喝红酒,今天见到你很是开心,所以兴起,想拉你陪我喝一杯,你不会怪我太唐突吧?"

老实说,眼前这位要是换了其他人,沈熠如果答应跟她一块喝酒,她肯定会觉得自己脑子糊涂。可是现在,发出邀请的这个人是顾芳菲,所以鬼使神差地,她就不由自主地点了点头。甚至,心底还有那么一丝丝的小雀跃。

在沙发上对坐下来时,沈熠才发现,原来顾芳菲也换了一身轻便休闲的衣服。这身衣服让她显得温婉清丽,跟白天的"顾总"有些大不同。沈熠内向,素来不知道该怎么夸人,倒是顾芳菲很体贴地提醒她:"你头发还有点湿,要不先去吹干一下?我怕你明天要头疼了。"

沈熠摇摇头,伸手端起酒杯,却道:"我从小到大就没有出门带伞的习惯,每次都是淋雨之后,回家洗个头就好了,放心,我没这么娇弱。"

顾芳菲有些愕然,追问道:"为什么不带伞?是怕丢还是觉得麻烦?"

"都不是，因为小时候一直大大咧咧，上学时连着弄丢了几把伞，后来我就不想浪费家里的钱了。再说我也真没那么细皮嫩肉的，没伞的孩子只要学会用力奔跑，不是也能健康快乐地成长吗？我体育一直很好的，尤其是一千米跑。"说着，沈熠举起酒杯冲顾芳菲顽皮地眨了眨眼睛，后者回之以一个得体的微笑。

窗外又下起了夜雨，两人在细碎的沥沥雨声中开始吃樱桃，品红酒。

沈熠哪里懂得品酒，她只是觉得这一晚的遭遇堪称人生中的奇遇！而顾芳菲也并不急着提起贺司南，仿佛她真将沈熠当作了相交多年的好友一般，娓娓地闲话家常。

因听见沈熠说起案台上那幅画，顾芳菲兴趣所致，站起身，放下酒杯道："你既然喜欢，那我今晚就把它画完，然后送给你——"

沈熠其实想推脱，因为这么好的画，她根本就没有地方能挂起来。可见顾芳菲已经行至案前开始提笔，她这才跟着凑近前来。

看了一会儿美人静坐案前凝神作画，她忍不住叹了口气，轻声吟诵："月出峨眉照沧海，与人万里长相随——顾小姐，其实这画很好，诗也很好。可是意境却是太清冷了些。"

顾芳菲并不抬头，仍在添补着最后一处。随后停笔时才回道："人行于世，孤寂是常态。正因为如此，所以偶尔有人陪伴的时光，才会显得更加可贵。"

沈熠有些怔然地看着她，这一刻她回想起自己孤单的大学四年。那是她羞于与人坦承的时光，是青春里极大的遗憾。那时的她没有朋友，也害怕被同学们发现自身的许多秘密，于是她只能默默地独来独往，一个人承受了这四年的孤单。

但现在，此刻，忽然有一个在她看来就连仰视都觉万分荣幸的女孩，她告诉她，一个人的孤单并不可耻，那才是人生的常态。那么，过去四年那些清冷的时光，似乎瞬间被改写了意义，被赋予了色彩。

沈熠忽然就觉得满心的欢喜，然后不受控制地说了一句："顾小姐，我要是你，就会毅然决然地跟贺司南退婚。他配不上你，啊不，应该说，你值得这世上最好最优秀的男人，贺司南他连给你提鞋都不配！"

谁料顾芳菲听完这句话就放下了手里的笔，摇头道："不，我不会退婚的，我也不能退婚。从我跟他出生的那一刻起，我们就是彼此的命运共同体。沈熠，你相信命运吗？"

命运？沈熠在半醒半醉的蒙眬里，嗅着空气里的幽幽花香和浓郁酒香，在沉睡过去之前，模糊地想——或许，这样的相遇，也是命运的安排？

第二天醒来，掀开自己身上盖着的薄被，她捧着沉重的脑袋想了好一会儿，还是觉得有点喝断片了。她不太记得后来都跟顾芳菲聊了些什么，两人好像天马行空地说了许多话题，顾芳菲还问过她为什么会喜欢时装设计？似乎还因为贺司南这个渣男而起了一点小争执。但有一点沈熠却清楚地记得，自己似乎是答应了顾芳菲什么事情，而且还是极为重要的事情！她这会儿又有点糊涂了，真是喝酒误事！

　　正在发懵时，有人推门进来。沈熠眼前一亮，居然是之前帮自己鉴别假包的那个生得十分可爱的店长！"你醒啦？顾总怕你不熟悉这里的环境，特地让我过来带你去吃早饭。对了，这是咱们店里的工衣，我看这套应该适合你的身材，还有鞋子……"

　　苏悦还在噼里啪啦地说着话，沈熠却一把揪住她的手追问道："要我穿你们店里的工衣？为什么啊？"

　　这话问得轮到苏悦发懵了，她反问道："为什么？你不是答应顾总以后来咱们这里上班吗？她聘请你做她的私人助理，怎么，你不愿意？"

　　沈熠闻言简直不知道该说什么才能表达自己复杂的心情！自己应该遇上贵人了吧！前脚扇了贺司南那人渣一巴掌，后脚马上抱住了渣男未婚妻的大腿成了人家的私人助理？

　　这，这，这运势转得是不是也有点太快了呀？自觉有点捡到狗头金的沈熠小心翼翼地换下了身上这条目测就极贵的旗袍，在苏悦含笑期待的眼神里换上了店里端庄大方的工衣和工鞋，又对着镜子甩了甩满头飘逸、发量饱满的青丝，随后跟着苏悦下楼，吃完早餐之后，再回店里熟悉环境。

　　　　　　　*　　　　　*　　　　　*

　　宋丹宁刚回国，自然要先跟顾芳菲黏糊一阵子。反正她们两个从小到大就跟连体婴儿似的，所以对于顾芳菲这天忽然登门，宋家一点也不意外。其实宋家大院这几年，自从丹宁出国留学后，顾芳菲就没怎么来过。偶尔几次开车路过，会从车窗里看见那几栋老房子组成的大院。流逝的时光丝毫没给这些布满爬墙虎的红砖小楼留下破败的痕迹，反而平添了一种厚重沉稳的韵味。这次来，却发现大院的半弧拱门上都开满了当季的玫瑰，尤其以一种粉色的花形最为娇艳。

　　顾芳菲刚把车开进大院停下，宋丹宁就迎上前来，一手拉着她就往南面的小楼走。"你来得可正好！我刚在花园里剪了一些花，现插了两盆，你来瞧瞧好不好？挑一份带回去摆着。"

　　宋丹宁在国外的时候跟日本的一位花艺大师学过一段时间的插花，所以现如今还保持着这一爱好。顾芳菲跟她进去香闺，只见里头走出来一个穿着格子围裙的阿姨，手里提着一个黑色塑料袋，料想是在帮她收拾那些多余的被剪掉的花材。

宋丹宁不欲让人打扰，就叫她去厨房准备午饭，顾芳菲听她唤那人叫张婶，一时间却觉得这个阿姨好像十分面生。她隐约记得，以前宋丹宁的小姐脾气十分不肯将就，不是打小用惯的人，就连日常出门她都不肯带上的。看来国外留学几年，因为家境条件的变化，倒是改好了这些小毛病，变得大方了。

正想寻机会夸她，谁知道下一刻宋丹宁立即就拧起了眉毛，指着沙发前的那个放花的桌子道："就是嫌我碍眼，嫌我不该回来呗！明里暗里处处让人给我弄些心烦的小事情，芳菲，有时候我真想搬出去住算了！"

顾芳菲清楚宋家这几年的一些变故，因为丹宁父亲的过世，如今宋家的主心骨自然变成了原来位居次位的二叔。而且丹宁的父亲生前还欠下了一笔不小的债务，所以丹宁回国之后变卖了所有的家产，而今唯一能住的，也就是这个已经换了主人的祖宅了。可是以她二婶那样尖酸刻薄的性格，又怎会喜欢一个成年的侄女回来跟自己一块住？

宋丹宁赌气似的抬手拿起桌上的一把花剪"咔嚓"一声，剪掉了一枝横出来的尤加利："其实我这次回来，主要就是因为我爷爷他老人家身子骨也不太好了……我想多点时间陪陪他，跟他说说话，让他高兴一点。要不然，我怕自己余生都会良心不安的。"

顾芳菲了然而沉默，天真骄纵的小公主也总有长大的一天。小时候的她们无论如何都想不到，长大原来不只意味着独立，更要直面生活的所有风雨与坎坷。尤其是宋丹宁，痛失至亲的同时还失去了曾经足以一生一世衣食无忧的祖业。这样的落差，对她的人生而言简直意味着重新洗牌。

因为要用的花材都被张婶一股脑地收走扔了，宋丹宁就负气不想再摆弄。还是顾芳菲拉着她又去了一趟花园，并且亲自剪了十几枝开得正盛的粉佳人回来，搭配上现成的几枝尤加利，用素色暗纹纸简单包裹了一下，才笑吟吟地对丹宁说道："算我借花献佛，我去拜见一下你婶婶。"

宋丹宁本想拦住，可是奈何芳菲一直就比自己更有主意，于是眼睁睁看着她又去车上提下来两个大礼盒。

午饭就在宋家吃的，丹宁的二婶虽然跟侄女有些不合，但到底还知道家丑不能外扬。更何况顾芳菲算是城中名媛，一顿饭招待得还算周全。但宋丹宁的脸色自始至终都不好看，而且一副胃口不佳又无精打采的样子，好容易等到散席，顾芳菲才悄声问道："你不舒服？"

宋丹宁眼泪汪汪地点点头，这才捂住小腹直直地往床上一滚，呻吟说："我来例假了，肚子疼得厉害。快，给我找止痛药……"

顺着她的指点，顾芳菲七手八脚地在床头柜里找到了一瓶止痛药。不过药瓶上全是法文，还是医学类的专业名词，十分生疏。

顾芳菲有些吃力地看了又看，最后带些狐疑的问道："丹宁，这药……"宋丹宁疼得整个人都蜷缩成了一团，过了一会儿才告诉顾芳菲止痛药是放在梳妆台上的。眼见她脸色惨白气息微弱，顾芳菲连忙倒了热开水喂她把药片吃下去，只是忙乱中不忘将先前那药瓶放进了自己包里，又照顾着宋丹宁睡着之后，再三叮嘱了保姆张姨方才离开。

等她回到自己办公室，正拿着那只药瓶拧眉细看时，忽然听见敲门声。沈熠见到顾芳菲，她眼前一亮，双眸泛光。

"顾总，您回来了！"

沈熠也是跟着顾芳菲一起加班才知道原来她竟是个工作狂，下午四点多回到办公室，仍按照之前拟定好的工作日常，审批店里的进出口报关文件以及询问货物物流情况。

再有就是最近店里要送展的几样珠宝和名表，她都亲自再跟合作方确认一次时间和地点，另外再安排具体到场跟进的工作人员。

最后到了晚上八点多，放下手里的文件又去制衣室赶制那件被人预定好的礼服，沈熠眼见她埋头专注在衣服袖子上，一针一线地钉着蕾丝珍珠扣，这才试探着开口道："顾总，要不您先吃点东西吧？这都八点多了。"

顾芳菲先是摇头声称自己不饿，后来抬起头一看天色，才起身道："哎，不好意思，我晚上吃得少。沈熠你吃了没？怎么还不下班回去？"

沈熠摇头，道："还没呢！今天白天店长教我很多东西我都没搞明白，反正我回去也没啥事，就跟您一起加个班吧！"

"那可不行，我是今晚不回去，所以加班到几点都没问题。你家那一块公交车是到几点？算了，咱们一起下去吃点东西，我送你回家吧！"

沈熠住的那一片拆迁区离工作室其实不算远，只是下了公交车之后要走进去很久才到，附近一带的路到了晚上阴暗漆黑又狭窄，连路灯也是有一盏没一盏的。

顾芳菲坐在车上看了看四下的环境，随后皱眉道："要不你还是搬到宿舍来住吧？"

沈熠却摇摇头，解释道："不用了，这两间板房也是爸爸工地那边给他的宿舍，要是我这会儿搬走了，以后爸爸出院后我们再想回来住可不容易了。"说着，她下了车让在一旁，目送顾芳菲的车子掉头离开。线条流畅豪华气派的轿车，在周遭阴暗的环境下，越发地引人侧目。

"小熠！哎呀好几年不见，你现在可是越来越漂亮了！"伴随着这个熟悉的声音，沈熠看见一张妆容艳丽的脸庞向自己凑过来，漆黑的巷子也挡不住那两条大白腿泛出来的白皙柔光。

林秀娜穿着一身漂亮的紧身黑色连衣裙，喷着性感热辣稍嫌甜腻的香水，亲亲热热地搂住了穿着工装的沈熠。

"娜娜？！你也在江城啊！我太高兴了！"要说起来，沈熠成长之路上曾经贴心贴肺的死党，也就是眼前的林秀娜了。两人打小一起长大，小时候的林秀娜胆子大得出奇，而沈熠却是个做事畏畏缩缩的胆小鬼，因为总被其他的孩子欺负，所以沈熠很快就抱住了林秀娜这根"粗大腿"。

那时候的林秀娜长得比沈熠要高出半个头，凶狠起来就连比她大的男孩子都照抽不误，真没想到，如今长大了却出落得腰细腿长肤白貌美，就连说话时也带着几分撩人心弦的娇气。

而就在沈熠看她的时候，林秀娜也在余光里打量着自己这位多年不见的闺蜜。平心而论沈熠的五官一直很好看，牛奶皮肤巴掌脸，不施脂粉的样子谈不上惊艳，却十分干净温柔，一看就是标准的乖乖女模样。而且几年不见，沈熠的个头也蹿上来了。如今跟林秀娜站在一块，就算是平跟鞋也不吃亏。

林秀娜心里妒忌，却凑近前来打探："我要是不回来，还不知道你现在都谈恋爱了呢！哼，赶紧老实交代，先前送你回来的那辆白色宝马，是不是你男朋友？"

沈熠连忙解释说不是，林秀娜起初不信，后来听说她现在在星辰名品中心上班，又转换了一副十分亲热的口气，拉着她就往另一条街上的咖啡厅里钻。

沈熠被秀娜拉着在咖啡厅里喝了半杯橙汁，又加了微信，临走时林秀娜还再三叮嘱道："以后你们店里有什么活动，就是那种大型的慈善晚宴啊，新品发布会什么的，你一定要提前通知我啊！对了，听说你们那还回收大牌包包和珠宝之类的东西对吧？下次我带两个包过去，反正都闲置好久了，我也没时间用，不如关照一下你这个老同学的生意。"说着，用她那只带着钻石手表的手一捋满头青丝，这一潇洒又连贯性的动作差点闪花人眼。随后她施施然离去。

沈熠含笑目送其离开，刚起身就被服务员拦住了："对不起小姐，你们刚才点的单还没结账。"

"哦,好的,多少钱?"

"一共是九百六十八元,我们经理说了给你们打个折,就收九百好了。"

沈熠愕然地接过账单,一看最早的一张单下单时间居然是六点多,除了西餐牛排和酒水饮料之外,还有一包名贵香烟——娜娜什么时候开始抽烟了?

沈熠有些气短地叹了口气,最后掏出唯一的一张信用卡来:"可以刷卡吗?"

"可以的。"

*　　　　*　　　　*

贺氏集团总部办公室,贺司南听说顾芳菲帮自己垫付了沈父的医药费,又挖了沈熠到星辰上班的消息时,已经是两三天之后了。他当即脸色就不好看,叫了工程部的负责人过来一问,得知是下面的人做了手脚克扣了总部已经批准的费用后,当即就拍着桌子道:"你去!让医院把顾芳菲的钱退回去,用咱们的钱治病,要是做不到,你也不用回来了!"

可怜新助理许敬才刚在这个位置上坐了不到两个月,这会儿根本搞不懂自己到底做错了什么,就被太子爷喝令着接了这个烫手山芋!

当然,得知顾芳菲出招后,贺司南也没客气,直接就开车杀去了星辰兴师问罪。可是他来的时机不凑巧,顾芳菲不在工作室,只有苏悦带着沈熠两人在二楼的办公室正在学习店务。见贺司南推门而入,一副鼻孔朝天、拽成"二百五"的姿态,苏悦眼珠子一转就明白了大半。

她笑着按住想要起身的沈熠,颇为识趣地说道:"不好意思,贺先生,顾总她有事出去了。要不您先在她办公室等一会儿?我下去给您沏茶。"

贺司南英俊的脸上写满了阴霾,他恶狠狠地瞪着沈熠看了一会儿,身子向后一靠,头仰在大皮椅背上,两只鼻孔自带着看人和看不起人的双重功能。

"我要喝咖啡,要现磨手工拉花。对了,苏悦,你知道的,只有你做的我才喝得下去,别让那些蠢货代劳。"

苏悦转过头,露出毫无破绽的甜美微笑,似乎对这一切已经见惯不怪。"好的,贺先生,您稍等。"

"还有,把我的领带烫一下,要烫平整。"说着,贺司南狠狠地一把扯下自己脖子上带得好好的真丝领带,直接揉搓成一团狗啃状,抛给苏悦。

沈熠从苏悦嘴角那无懈可击的微笑中找到了一丝杀气,然后眼睁睁看着自己落了单,被贺司南拦住了去向。现在沈熠也不怕他,想想那一巴掌都甩到他脸上去了，还有什么可怕的？

可她也不想明着得罪贺司南，毕竟不看僧面看佛面。他贺司南就是块巨型牛粪，但上面还长着顾芳菲这朵鲜花呢！于是咬咬牙，对着贺司南那挑衅欠抽的眼神，她索性来个沉默装傻。

可这并不能逃脱贺司南专程而来地找茬。

他简单粗暴地开口说道："你说你到底来这干吗的？先是假装受害者败坏我的名声，然后又打着你爸爸受伤住院的招牌赖着不走。现在更好，干脆到星辰来上班了——我说你该不会以为顾芳菲真是可怜你才收留你，她会真心对你好吧？哈哈！我告诉你，她可是天底下最有心机的人，像你这种没脑子的傻大姐遇到她，绝对只有被卖了还帮她数钱的份儿！"

"贺先生，请你放尊重点！"沈熠说话时不自觉地两手交叠，细一看她的左手手背上一片红。这是刚刚听贺司南说话时，无意识地用另一只手的指甲刮的。

"贺先生，"沈熠竭力让自己的音色不要因为情绪的愤怒而起了发哑的变化，她故意放慢了语速，"我承认那天我遇到你的时候，是有些失控了。因为当时我并不了解您的身份和经济能力，我只是单凭您跟那个骗子的头像长得很像，所以就断定他是您……对于这件事，我现在正式向您道歉。希望您不计前嫌，就此原谅我。"

沈熠没留意到自己说话的时候，贺司南的一张脸像蘸了水的牛皮一样，越抽越紧。在那紧绷而蓄力的脸皮下，是他储存已久的、伺机迸发的臭脾气。而贺司南也不知道，其实沈熠这番道歉的言辞，也绝对是违心之语。

"不，计，前，嫌？！"贺司南咬着舌尖似的，总算蹦出这几个字，附带一个冰冷的笑容。

沈熠有些不理解，自己说错了吗？"对不起贺先生，我不太会说话……"

贺司南又冷笑一声，以一种高高在上的不屑颐指气使道："我说了，你跟着顾芳菲不会有什么好结果，还是赶紧滚蛋，哪里凉快哪里待着去吧！"

沈熠一忍再忍，这会儿实在是被刺激到了，她用力搓着手背，再次重申："我已经答应顾总了，以后会努力做好这份工作，会成为一名合格的助理！"

贺司南开始不耐烦，手指用力敲着桌子，看着沈熠的眼神就像看着一个傻子。

而沈熠看他，也觉得就像一种金玉其外，败絮其中的东西。

"你能不能长点脑子？能不能有点自知之明？你说你到底哪儿与众不同了，为什么她顾芳菲放着这么多才貌双全的应聘者不要，非要让你做她的助理？你就真的不怀疑她的用心？"

沈熠被他如此恶毒的言辞搞得实在有点难以忍受，她拼命压制着心里疯狂想要再抽他几巴掌的冲动，咬牙切齿才蹦出几个字："是，我知道自己能力一般，但是顾总说了，人品比能力更重要……"

"哈哈哈！人品？——她顾芳菲跟你谈人品？这你也信？"

贺司南的冷笑声惊天动地，沈熠听着，忽然就想起了原来大学东门的著名小吃——烤猪心。

要是可以，她真想把这厮的心给挖出来，然后"咔嚓"几刀，蘸上盐巴和胡椒粉，痛快地吃个一干二净……

"行了，我也不跟你废话了，这么说吧，她顾芳菲给你一年多少钱的薪水？我出双倍——啊不，三倍。只要你现在辞职不干，我给你签个协议，一年期满准时给你转账过去。"

沈熠真心觉得，自己这辈子就没遇到过这么不像话的混蛋。她看着贺司南这张好看的皮囊，似一眼就勾勒出内里那一颗空虚而龌龊的灵魂。再一想顾芳菲平日里的娴雅宁静，与超脱于世俗烟火之外的气质，更感天意弄人。那是她做梦都想要成为的人啊！为什么，会有人这么恶毒的诋毁，毫不珍惜？

沈熠低下头静静地做了几次深呼吸，然后她扬起头，抑扬顿挫地说道："贺先生，作为一个穷人，我不会跟钱过不去。但是，对于您的钱，我真是一点兴趣也没有。很抱歉，您找错人了。"

沈熠的豪言壮语激得贺司南的冷笑瞬间连升三级。

"哟呵！看不出来啊，你还挺敢想的！对我的钱没兴趣？！"

贺司南手攥成拳头，一把拽下沈熠的工牌，瞪了一眼工牌上的名字，重重地摔在了手底下那张黄花梨的桌子上。

"沈熠，是吧！我告诉你，你现在只有两个选择，要么拿着我的钱，带着你爸爸去别的城市治病；要么就跟我耗着，等着我什么时候让你哭着滚蛋！"

沈熠抬头定定地看着贺司南。这个男人，实在是长了一张漂亮的皮囊。身材、皮肤、五官无一不是美学的最佳组合，但可惜，他却辜负了上天的美意。反正撕破脸了，自己就算再低声下气也没用。想到这里她反而心静了下来，不再瞻前顾后的。她安静地看着贺司南，用平缓的回答一下戳破了对方不知打哪来的神气和趾高气扬。

沈熠说："贺先生，你赶不走我的，不信，我们打个赌？"

贺司南定在那里，看着她足足呆了两秒钟。

第三秒，他狠拍了一下桌子，又摔了一支看起来就很贵的笔。他用纤细漂亮的手指指着沈熠的鼻子，大吼："跟我打赌？你觉得你能拿什么跟我赌？我就算赌上五百万、一千万也只是九牛一毛，你呢？你有什么？"

沈熠只觉被他指着的鼻子一阵火辣辣的疼痛，连带着整张脸都不争气地烧成了一片。她有什么？用什么来跟他打赌？他说得对，自己真是不自量力……

两人正在对峙时，顾芳菲回来了。她一推开门，里头的两人都扭过了头看过来。

沈熠有些恍惚，本能地叫了一声："顾总……"

贺司南则摆出一脸的高冷作态，虚张声势地抢先一步问罪道："你怎么把她给弄到你这里来了？你知不知道这样做让我很没面子？还有——"

沈熠横在两人之间，也不知道该退还是该留。还好苏悦恰逢其时地端着咖啡上来了，沈熠连忙跟着她一起下了楼。

"苏悦姐，他们——"

沈熠走到楼下，忍不住有些担心地看了看上面。苏悦看得明白，一副了然的口气笃定道："你放心吧！贺先生奈何不了顾总的，我了解她，最擅以柔克刚。"

沈熠顿时松了一口气，随即又忍不住替顾芳菲抱屈。其实她素来不喜欢八卦别人隐私，但所谓关心则乱，这会儿居然忍不住问苏悦："苏悦姐，其实我不明白顾总为什么非要跟贺先生结婚？她很爱他吗？"

苏悦自是读出了她话里的不以为然，随后见四下无人，便摇头道："也不是，其实我跟顾总是高中同学，所以我知道，他们的婚约是早就订好的。"

"天啊！这年头还有包办婚姻啊！"沈熠只觉胸口有些说不出的憋屈和愤怒，她简直替顾芳菲感到扼腕。

"苏悦姐，我初来乍到，你能不能给我多讲点顾总的习惯啊？就是她平时喜欢喝什么茶，还有什么很要好的朋友之类的……"两人在楼下的展柜内站着说话，忽然又听见楼上传来"哐"的一声门响，接着是贺司南率先大步而出，他一面走，还一面对顾芳菲十分不耐烦地说道："你快点！不就是吃顿饭吗？她宋丹宁面子还真大，还非要搞什么接风宴……好像生怕谁不知道她宋家现在败落了似的——"

苏悦见他下楼，连忙扯了一下沈熠的衣袖，两人齐齐候在门口，苏悦亲自给他推开玻璃门，微笑道："贺先生您慢走——"沈熠自问做不到她那样的周全，只能站在一侧，眼观鼻鼻观心，视若无睹。

真不知道贺司南这样的霸道少爷，到底是谁惯出来的？可是她想装看不见，问题是人家贺司南眼神好使啊，本来他一条大长腿都迈出去了，眼看就要走到店外，忽然一个拧转身，却对沈熠丢下了一句："想跟我打赌？也行！不过你要想清楚了，自己能不能输得起？"

沈熠本来蓄着一口气垂头敛眉地站着，这会儿听见这句话，差点就被自己的口水给呛到了，呆住了。听他说到打赌，她才想起自己先前一时激愤时所说的豪言壮语。

可是眼见顾芳菲随后便收拾得焕然一新，满脸春风地挽着贺司南的手一起上了他的豪车，沈熠忽然又觉得自己不知道从何而来的底气？毕竟人家是早有婚约的未婚夫妻，将来结婚之后，不要说星辰，只怕顾芳菲所有的东西都是与他贺司南共有的。到那时，以贺司南这种睚眦必报的性情，要开掉自己这么个小助理，还不是一句话的事情？沈熠忽然觉得十分沮丧。

随后苏悦向她打听打赌的内容，又是摇头一笑。

她十分肯定地告诉沈熠：就算真的结婚了，顾芳菲也绝对会驭夫有术，能够改造渣男变废为宝，嘿嘿。

听到这话，沈熠又笑了。

＊　　　＊　　　＊

宋丹宁的接风宴，差不多来了小半城的旧识。宋家到底也曾风光过，何况宋老爷子虽住着院可终究没咽气，再加上宋丹宁这样的国色天香，又有学历又有才华，还是适婚的年纪，总少不了有许多人都留着心，都想看看宋家这朵鲜花最后会落在谁家。因此这天晚上的接风宴，一开始说好是发小们的聚会，谁知道到了后半场人越来越多。

也有人开始口无遮拦地打探起宋大小姐的私生活，于是宋丹宁起初还算热络的俏脸也就渐渐冷了下来。

顾芳菲自然知道她的性子，于是找了个机会，两人前后脚一起溜了出来。两人坐在三楼一间安静的包厢里对月喝茶聊天，临窗的位置正好将这间半山餐厅的美景尽收眼底。

顾芳菲看见宋丹宁脖子上多了一条成色很好的祖母绿钻石项链，款式不像是近几年的流行款，且做工精湛绝伦，便试探着问道："这项链挺好，找的哪家珠宝商定做的呀？这么好的工艺，如今真是少见了。"

宋丹宁垂头看了一眼，星眸微黯："是她给我的，说是咱们宋家祖传的，还是带回国好些。今天上午我去医院看爷爷，没想到他老人家一眼就认了出来，还很高兴地说这项链很配我，希望我以后都能随身带着。"

顾芳菲知道，丹宁口中的"她"指的就是她的母亲戴慕姗，那位曾经红透祖国半边天的歌唱艺术家，至今说起来还有许多人都记忆深刻。

要说起来，丹宁的美貌与音乐天赋都传承自戴慕姗，只可惜母女的情分不长。

戴慕姗在嫁入宋家之后便被迫退出歌坛，后来生下丹宁没几年就因婆媳矛盾而与丈夫不和，最终忍受不了宋家保守的家风而离婚远走他国，留下了尚且年幼的小丹宁。

前几年隐约在媒体上看到零星的报道，说是戴女神又再嫁了，现任丈夫为英国贵族后裔，对妻子呵护有加，似乎比戴女神还要小几岁。这波狗粮撒到网上后，江城许多妇人闲时的谈资就是这件事，顾芳菲不知道彼时丹宁心里是何滋味，可看她如今提及母亲时掩不住的寂寥神色，便伸手握住了她有些微凉的指尖。

宋丹宁就势将半边身子靠在了顾芳菲的肩头上，她轻轻叹口气，将自己那次去英国时的情景一一道来。临到最后，才终于不得不承认自己之前对母亲的尖刻和怨恨的确是有失公允的："也许真如她所说的那样，她跟我爸爸就是不合适的夫妻吧！我爸这个人刻板，凡事都要讲求规矩，奶奶在世的时候更是不容许媳妇有半点违逆自己的意思。可是上次我在英国看到她时，她依然天真浪漫得如同与我差不多的少女。所以我想，也许她是对的吧，毕竟她的人生属于她自己，不应该为了我这个女儿而牺牲掉一切……"

顾芳菲轻轻点头："你能想明白就好，其实我觉得她也并非不爱你，可是一个人生活的环境如果逼得她连自爱都做不到了，那么再来要求她全身心地去爱别人，这其实很残忍……"

宋丹宁依附着顾芳菲，她的声音也随着心境渐渐沉了下去："可是就算我现在想明白了，心里那个关于她的空缺的位置，也再也不可能重新填满了。芳菲，从小到大似乎所有人都羡慕我得到的一切，可是只有我自己知道自己一直不被爱。一个不被爱的孩子，倔强地保持着自己的骄傲和尊严……幸好还有你，一直陪在我身边……"

芳菲感觉到有温热的液体洒落在自己的肩头，那是丹宁在无声无息地流着泪。她用右手轻轻拍抚着丹宁的后背，安慰道："傻瓜，你怎么会不被爱？如果这个世界连你这样的女孩都不爱的话，那不是太荒谬了……"

两人正互相感慨时，顾芳菲的手机铃声大作，原来是贺司南打电话过来吐槽："庄勋那个脑袋被门夹了的，也不知道从哪得来的消息。这家伙人在美国却派人送了几卡车的鲜花过来求爱，还大言不惭说什么今晚的费用他全包了。哎，你们到底在哪？能不能把宋丹宁揪回来，给她这些疯狂的追求者泼一瓢冷水？我真是被闹到受不了了，为了一个女人……"

听着贺司南马上就要大放厥词，顾芳菲连忙吩咐道："你先让人拦住庄勋派来送花的人，无论如何得控制住场面。再告知餐厅老板，不能放记者进来乱拍，今晚来吃饭的人也不能乱拍照……我们现在就下去！"

听说庄勋居然不辞老远地来添乱，宋丹宁平时看着挺高冷的一个人，这会儿却被闹得没了主意，只一味地想躲在这里不肯出去。

顾芳菲却坚决地握着她的手，既耐心又强势地分析道："丹宁，你听我的话，现在就跟我出去。你要很坚定地告诉所有人，你跟庄勋没有任何关系。有资格追求你的男人，必须品行端正，像庄勋这种已经订婚的男人他就是没有这个资格向你示爱。丹宁，相信我，只有这样，你才能把主动权牢牢掌握在自己手里。"

可是宋丹宁心里却没底，她一直泪眼婆娑，只是紧紧拉着好友的手不肯松开。

顾芳菲知道她一直没有谈过恋爱，也没有跟异性交往的经验，可是一想起那日在床头柜里翻出来的那个药瓶，她的心就一阵阵地难过。托关系找了法国的医生确认过，那是治疗抑郁症的药物——宋丹宁的床头柜里放着许多，看来她吃这种药已经有很长一段时间了。原来在法国求学的那几年，她过得并不快乐。可是每次两人视频聊天，她都笑得灿烂。

顾芳菲不知道从什么时候开始，一向天真单纯的丹宁，在生活的重压之下，终于学会了掩饰和故作坚强。可这种坚强，只让她觉得心疼和无奈。

最后，她拉着宋丹宁去洗手间用冷水洗了个脸，这才姗姗来迟地出现在一群早已喝高的朋友们面前。宋丹宁这会儿洗净了铅华，却让一众喝得两眼昏花的朋友们都瞪大了眼睛。

这个世界上只有顾芳菲知道，不施脂粉的宋丹宁是何等恬静清纯。真要找个词来勉强形容她，那最贴近的应该就是"天使"了。

果然，天使般清纯的宋丹宁一出现，大家伙就停止了小丑般的疯玩疯闹，个个都讪讪地冒出了一点难能可贵的自惭形秽来。

早就收到"懿旨"的贺司南趁机提议，宋丹宁表演一曲她最擅长的小提琴演奏。

随着悠扬的音乐声，她半阖星眸，在小提琴的音律中，缓缓滑入了那个只属于自己的静谧世界里。

众人这会儿都在音乐中陶醉，露出心旷神怡的表情。可怜沈熠这个小助理，这会儿却火急火燎地坐着出租车往这边赶。

顾芳菲在电话里的语气急迫且凝重，让她立即赶过来处理一些突发事件。所以沈熠没有吝惜这笔不菲的打车费，且在餐厅门口下车之后就一路小跑的上了二楼的经理室。

还好老板连声表示全力配合，还把几个轮班休息的部长和保安也叫了回来维持秩序。沈熠再三道谢之后下了楼，一面盯着手机微信消息，一面全神贯注地留意着门口的情况。

大约十几分钟之后，餐厅门口的林荫大道上就传来了沉闷的汽车马达声。沈熠踮起脚尖一看，这到底是订了多少花？得派三四辆卡车来送？太过分了！

听见动静餐厅的老板也跑了下来，他先跟沈熠窃窃私语了几句，随后便让人上前热情地招呼了一通。

庄勋安排的应该就是他公司的属下吧，这班专职马屁精奉命要把这事搞大，居然还有人恬不知耻地上前给老板递烟攀交情，得到老板的首肯之后便咋咋呼呼地挥着手："把花都抬进去！小心着点！都是进口的玫瑰呢，咱们庄总说了，一定要把鲜花铺满整个餐厅，今晚就要让整个江城的人都知道，他跟宋小姐才是天造地设的一对！"

关于庄勋和宋丹宁的过往，来的路上沈熠已经通过微信向苏悦了解了个大概。原来庄勋追求宋丹宁多年一直无果，前两年家里便押着他跟黎家订了婚。但没想到他听说她回国后就贼心复苏，居然想出这种强行示爱的伎俩。

只怕也是想着就算不成事也要搞得宋丹宁被人非议，这样才能出一出他心头那口被人拒绝的恶气。当真是卑鄙无耻至极！

沈熠心里十分看不上这种臭不要脸的伎俩，完全没意识到自己等会儿要面对的可能是十几个不讲道理的壮汉。总之是正义感爆棚，觉得自己分分钟能撂倒一群混蛋。

聚会的包间是二楼南面的三间包间打通之后连出来的场地，因为知道今晚来的都是有头有脸的人，所以老板还特地安排了三个男服务生守在包间外的长廊上，为的就是尽可能地保证宾客的安全和隐私。

眼见一曲将尽，顾芳菲这才朝贺司南凑近，并对他低声密语了几句。贺司南的脸色立即变得黑如锅底，他咬牙左右张望了一番，最后冷笑道："你真要这么做？""司南，你就帮我们这一回吧，你也知道庄勋那个人的，要是这回真让他得逞了，那丹宁以后在宋家，在江城就更不好做人了……"

贺司南眯起一双漂亮的丹凤眼，笑得没心没肺："她不好好做人关我什么事？凭什么呀？我又不是她爹……"顾芳菲盯着他，下一秒忽然道："要是我告诉你，我有霍东方女朋友的音信呢？"贺司南瞬间卡顿，就像不小心咬了自己的舌头一般微张着嘴。他盯着顾芳菲，似乎跟看怪物一样。

两个人，四只眼，胶着在一处时，顾芳菲的神色和气质终于一点一滴地起了剧变。这样的她，对世人而言都是全然陌生的，但是对于贺司南，却是隐藏在他心里熟悉的梦魇。

"好，我算你厉害，成交！"下一秒，贺司南一把拽住顾芳菲的手腕，将她往自己怀里紧拢。

沈熠在楼下听见二楼传来的如雷一般的欢呼声时，还想着是不是有漏网之鱼已经率先行动了。可是不一会儿，就见贺司南脚步踉跄地搂着顾芳菲下了楼，两人最终停步在最后几级台阶上，贺司南仿佛鼓足了毕生的勇气，用洪亮的声音向全世界宣告："我贺司南今晚正式向顾芳菲求爱，我爱她，我发誓会用自己的一生一世来守护她，陪伴她！"随着他的话堪堪落音，天空立即就下起了纷纷扬扬的花瓣雨。

那几个马屁精甚至还没搞清楚到底弄错了什么，就被周围忽然涌过来的几个人给捂住了口鼻拖到了暗处。而余下的人，包括来餐厅吃饭的一些散客，都只看见这对十分般配的青年男女在美丽的鲜花和众人的掌声中深情地拥抱在了一起。

"哇！真漂亮，你看用了这么多的红玫瑰，摆出了一个爱的形状。看来，这男生应该是很爱这个女孩的……"

"是啊，你不觉得他们俩真的是很完美的一对情侣吗？要是以后结了婚，生出来的宝宝也一定很漂亮很可爱……"

所有人都在用美好的祝福议论着这对璧人，而只有他们彼此，才知道这一场戏的意义所在。

贺司南一面用半张脸维持着自己虚假的微笑，那是展示给世人观看的深情与缠绵。

一面将另外半张脸埋在了水晶灯的阴影里，那上面冷笑凝结，冰冷森然。他附耳在顾芳菲身侧，咬牙低语："这些年都没见你展露过真容，有时候我都会问自己从前那一幕到底是不是真的……可今晚你为了宋丹宁，却肯破了自己的规矩——芳菲，我觉得你不必这样，真的，你这样的人，不应该有软肋，也不应该有缺点。如果有，你就一定会失败。"

顾芳菲目光柔和地注视着眼前的所有人，这一刻，她的微笑几乎感染了所有人。随后她微微侧脸，将唇角的微笑转向贺司南这边。"那么久的事情了，你到现在还记得？司南，我记得我当时跟你说过的，忘记那件事，对你对我，对所有人都会是最好的选择。可是你这个人啊，天生就喜欢所谓的叛逆，啧啧，你看看，你这些年的叛逆，最后都得到了什么？"

顿一顿，她又将嘴角的笑容加深了两分，却在仰望凝视贺司南时，用冰冷的神色狠狠地回敬了他对自己的不屑。

"不要辩解，司南，其实你自己也知道的，有时候要想跟这个世界抗争，我们大可不必用蛮力。对于这一点，你不要不服气，真的，不管怎么说，我们都是同一条绳子上的蚂蚱，我跟你，我们永远都是命运的共同体。"

贺司南瞧着她，冷笑撇清："芳菲，有时候我承认你比我聪明，比我认识的所有人都更有手段。没错，你会用最轻巧的方法去谋求自己想要的东西，所以你现在得到的一切都不需要花费多大的力气。可是有一点我永远无法认同你，那就是，我们虽然境遇相同，但本质上而言，我们却是截然不同的两种人。你想要的人生，跟我想要的人生，永远都不一样。所以，我们不要走进彼此的生命里，那将会是一场人为的灾难。"

"司南，别这样，总有一天你会明白，也许我们虽然不能相爱，但我们也能找到彼此共存的方式……"

两人的对话没有继续往下开展，因为人群里忽然有人高声怂恿道："亲一个！亲一个！贺司南，快点抓住机会下跪求婚，要不然今晚这顿饭就由你来做东！"贺司南瞟了一眼那几个带头吹口哨的人，心里盘算着怎么"秋后算账"。事已至此，他该做的戏都差不多做完了，于是松开顾芳菲，又恢复了往常那副凡事浑不在意的渣男形象。

"做东就做东，不过一会儿自有芳菲买单。没办法，谁让人家比我有钱呢！好了，要跟我继续下半场的兄弟们现在可以出发了，老地方老规矩，今晚哥高兴，咱们不醉不归！"

贺司南就这么潇洒地挥挥手离去，把个顾芳菲尴尬地留在了众人的视线里。这一幕看得沈熠心里怒火丛生，她跑过去不由分说拦住了贺司南："贺先生，您还是先把顾总送回去吧。"

贺司南觉得自己今天出门肯定没看黄历，他上下打量了一眼沈熠，不过还没等他开口，旁边就有人先起哄了。都是看热闹不嫌事大的主，立即就有人吹着口哨高声揶揄："哟！妹妹，人家两口子的事情，我看你就别来指手画脚了，你真要是寂寞了，哥哥我还单着呢！"

"就是，哥今晚也单身，欢迎妹妹过来跟哥谈谈人生——"

沈熠觉得这群酒鬼都该直接被拉去做苦力，随后她两手叉腰，一脸义正言辞地爆粗道："我跟你们谈什么人生！我是顾总的私人助理，这么晚了贺先生当然应该送顾总回去，他不能跟你们去喝酒！"

贺司南看着沈熠这幅傻样，心里长叹了一口气。当然，他也看出来了，在沈熠眼里，只怕自己跟一坨牛粪是没什么区别的。要是可以，她会毫不犹豫地把自己这坨牛粪一脚踢飞，再把顾芳菲这朵鲜花小心翼翼地抱回家，天天阳光雨露地供奉着。

从没见过这种天生眼瞎的女人，贺司南想起那个赌约，忽然眼珠子一转。趁着沈熠没留神，他飞快地在她腰上摸了一把，又轻轻一搂，动作间尽显无尽的暧昧旖旎。"好了，别闹了，不就是今晚不能陪你们吗？放心，我喝完酒就回去，乖乖回去洗澡等着哈！"这一句话，惹来现场无数的眼神猜疑。

随后他又走到顾芳菲跟前，拖着顾芳菲的手一面往外走，一面厚颜无耻地朝众人挤眉弄眼："没办法，有妻贤惠如此，就连小助理都是专门为了我请的，哈哈，这样的齐人之福，你们怕是羡慕不了。"众人本就心存疑虑，此时听他这一句描白还有什么不懂的？当即便发出了一阵了然的哄笑声。

其实这样的说辞，要是换了女主角是其他人，都不会有人信的，可是谁让他贺司南的未婚妻是顾芳菲呢？顾大小姐温柔端庄、完美无缺的性情人尽皆尽，如今贺司南开口说顾芳菲为自己安排了沈熠这个绯闻小秘书，让他坐享齐人之福，这话传出去，先已有了几分可信度。

可怜沈熠被他当众非礼之后又气又急又怒，眼睁睁看着顾芳菲被拉走，几次想追上去讨个说法，最后还是顾及顾芳菲的面子而悻悻作罢。

顾芳菲被贺司南推进了自己的副驾驶位，随后两人驾车离开。"放心吧，宋家又不是没人在场，宋大小姐肯定会被安全护送回去的。至于你那个丫头吗，她又凶又丑又泼辣，如果真有人敢撩她，多半今晚就会死于非命，你信不信？"顾芳菲听他这么说沈熠，当即就不满地瞪了他一眼。随后不等她打开微信，宋丹宁的电话就先打进来了。

宋丹宁上了堂弟的车，这会儿就在她们后头准备下山回家。

"对了芳菲，你那个助理我也一块带上了。你放心吧，我等会儿让世钧送她回去。"

顾芳菲这才松了一口气，放下手机之后就见贺司南一脸阴沉地看着自己，冷笑森然："顾芳菲，咱们明人不说暗话，有句话我一直想劝你，有病就要尽快去看医生，不管是吃药还是打针，总好过你这样心理变态。"

第二章

六月，再见

坐在宋丹宁身边，沈熠既不自在，又颇为尴尬。因为她万万没想到，先前被自己怼得一头是血的眼镜渣男，居然是宋丹宁的堂弟——嗯，他自称叫什么来着，宋世钧？

而宋丹宁一直都不开口说话，跟顾芳菲报了平安之后，她就戴上了耳机似乎是在听音乐。那浑身高冷女神的气息，让沈熠连坐着都不敢晃动半分。

过了一会儿，原本专注于开车下山的"眼镜哥"，啊不，准确地说应该叫"宋世钧"宋家二少爷，开始探头探脑地跟沈熠聊起了天。

平心而论，宋世钧长得还行，斯斯文文也挺能聊。沈熠一开始对他没有什么好感，后来聊了一会儿，沈熠发现"眼镜哥"其实是个挺有意思的男生，还是比自己高一届的同校校友之后，不得不硬生生收回之前所有的腹诽，开始跟他正儿八经地"讨论人生"。

"宋师兄，其实我觉得你坚持自己的想法做设计蛮好的呀！为什么非要跟这些人混在一起，用放荡不羁来伪装自己？"

宋世钧在后视镜里看了一眼一脸倔强的沈熠，摇头自嘲道："小师妹，这个世界上的人呢，大都缺什么才晒什么。所以，你不觉得我这么单纯可爱的灵魂，就缺个放荡不羁的外表吗？"

沈熠抖落一身的鸡皮疙瘩，摇摇头很肯定地回道："不不不，我还是觉得表里如一最好。"

"哈哈哈！就像你一样？"

宋世钧看着后视镜里的沈熠，眼里渐渐有了暖色。

快到沈熠住的地方时，两人互相加了微信，还互相留了电话，也算是相谈甚欢吧！

沈熠甚至答应下次有合适的展览，两人相约一起去看。

等到沈熠下了车，一直在旁假装睡着了的宋丹宁忽然幽幽地开口道："世钧，别怪我没提醒你，你妈是不会同意你们谈恋爱的。"

宋世钧把车窗摇下来，对着空旷的街道喷了一口烟雾，过了一会儿扔了烟蒂，才含含糊糊地应道："你想太多了，不过就是同校的一个小师妹而已。再说了，我照看她还不是因为她是顾大小姐的人？堂姐，你总不希望我连你的面子也不给吧！"

这句话正中宋丹宁的心思，要说起来，她与顾芳菲，互为彼此的一处软肋。再加上她自是了解宋世钧的为人，遂不再言语。

过了一会儿汽车开到了宋家大院门口，姐弟俩有说有笑地下了车，进了内院后各自道别。

宋丹宁进了自己的香闺之后便开着窗子，过了不久看见二婶住的房间灯亮了。原是宋世钧的母亲得知儿子回来，耐不住好奇便过来询问席间的细节，被宋世钧含含糊糊的几句话搪塞过去之后，颇为不甘心，临走时再三叮嘱道："咱们家也就属你跟她关系好，你别总觉得我有心给她穿小鞋，咱们一笔写不出两个'宋'字，难道我当婶婶的还不盼着她能嫁个好人家？世钧，上次妈跟你说的那个事情，你到底有没有放在心上……"

宋世钧心里无奈，本想胡乱应付过去，可是宋母却一再刨根问底，最后他不得不冷笑道："妈！您也说丹宁是咱们宋家的人，您也希望她能有个好的归宿。可是您让我给她牵线的那个是什么人？四十几岁的半老头，除了有几个臭钱之外还有一堆的私生子！丹宁她是我的亲堂姐，也是您的亲侄女，您到底是怎么想的，要把她介绍给这样的男人？"

被儿子这一番抢白之后，宋母气得一根手指直接戳上了他的脑门："你个混小子！瞎说什么呀你？人家可是身家过亿的富豪，要不是相中你堂姐的才貌，诚心想娶她，才不会费这个心思呢！丹宁现在有什么？什么都没有！要不是有宋家护着她，她可真是要流落街头了！你啊你，嘴上敷衍，心里骂我刻薄自己侄女，你说说看，我怎么就生了你这么个冤家？哎哟哟天呀……"

宋世钧本想洗个澡再休息，这会儿被母亲吵闹得也没了心思，索性就这么囫囵一身滚到了床上，拉过被子将自己从头到脚都裹了一层，作挺尸状。

宋母拉了几次被角不得其法，最后忿然离开。出来后，刚要探出头去，对着宋丹宁的阳台低声暗骂几句，却不想正好看见她穿着一袭白色丝质睡衣，就这么安坐在花影稀疏的吊篮上，轻垂着一头青丝，随着夜风悄无声息

地轻晃着。

"哎哟,吓死我了!这死丫头,什么时候也学着跟她那个不守规矩的妈一样,半夜三更地坐什么吊篮……"

宋丹宁坐在吊篮里轻轻晃着,嘴里仍哼着一首听不出旋律的歌,仿佛对这一切都恍若无知无觉。

*　　　*　　　*

沈熠第二天回去上班时,听说顾芳菲今天有事不来,当即就感到有些不对劲。

苏悦刚给店员们开完早会,这会儿脸上也有些疑惑,便拉着沈熠去了休息室追问昨晚的情况。沈熠如实以告,听说顾芳菲最后是跟贺司南一起离开后,苏悦立马就摇头道:"这贺司南只怕是她命里的克星,这两个人,说真的我都觉得不合适,为什么偏偏老天要把他们凑成夫妻?"

两人正说着话,有店员过来敲门汇报:"店长,有个自称是创投公司的人过来,说想给咱们下个月的慈善义卖活动提供一笔赞助,您看……"一听说有金主爸爸主动捐钱,苏悦立马两眼泛光。见她穿着高跟鞋飞奔去接电话,沈熠便垂头继续看手里的文件。来星辰上班十来天,沈熠也大致了解了工作室现在的运营情况。其实也不算出乎她的意料,因为顾芳菲把赚来的大部分的钱都捐赠出去做公益慈善事业了,所以就算店里生意还算不错,但仍只够勉强做到收支相抵。

至于顾芳菲本人,只有接近之后才真正明白,尽管做的都是高端客户群体的生意,打交道的都是上层社会圈子,可是她实际上真是一个低欲望的人。作为顾家的千金小姐,她既不追求大牌奢侈品,也不喜欢珠宝,至于那些用来日常搭配的名品包包以及书房展柜里那些令人艳羡的全球限量版,一问才知道,那些都是她的校友们相赠的礼品。

伦敦皇家艺术学院——沈熠在大学时也曾听说过这个带着光环的世界顶尖艺术学府,据说当今的时尚界,有半数以上的设计总监或创始人都是这个学校的学生。

沈熠从来不敢想象,自己有一天居然能给这样的老板工作。在顾芳菲面前,她黯淡得就如一颗微不足道的小星星。可是这颗小星星,有了明月之光的辉映,似乎对原本的人生也多了一些额外的期盼。

顾芳菲回来的时候,天已经完全黑透了。店员们正常六点钟都走完了,沈熠因为上午请了两个小时的假去医院,所以晚上主动留下来加班,把之前苏悦交代的文件整理好之后,又去后面的茶水间煮了一个鸡蛋面。

闻见香气，顾芳菲推门进来。见沈熠正在往碗里夹面，便笑了笑："你做的面条真香，能不能也分我一碗？"沈熠简直是受宠若惊，连忙把小锅里的面条和汤一起倒了出来。不多不少，正好分了两小碗，想一想，她又道："顾总，您还没吃晚饭呢？要不我再做一个凉拌秋葵，冰箱里还有一些下午送过来的三文鱼和新鲜牛油果，我再找点别的出来。"

星辰日常也会招待客户简单的下午茶和水果，因此沈熠在冰箱里一番倒腾之后，最终摆出了好几样精美的糕点和坚果。秋葵是白天就洗好泡好的，要做凉拌也就是顺手的工夫。

沈熠从小做惯了家务，手脚十分利索，顾芳菲坐在外面的吧台上看她忙碌的身影，久久不语也不动，整个人仿佛入了定一般。等到沈熠把东西都端出来，又给顾芳菲沏上她喜欢的安吉白茶，这才堪堪在一旁落了座。

看顾芳菲的样子，又尝了几块牛油果沙拉，其实并不是很有食欲似的。可是她依然按部就班地跟着沈熠一起吃面条，中间夸奖沈熠的厨艺了得，沈熠高兴地抬起头来问道："顾总，您要是喜欢的话，以后我晚上下班之后给您做好晚饭再回去。正好啊，也借您的光，替我省了一顿饭钱。"

顾芳菲有些怜惜地伸手替她理了理鬓角散乱濡湿的头发，摇头道："我晚上常有朋友约饭，只怕难得有这样的机会能享受你的厨艺。不过你要是想在这里做饭是可以的，我不会做饭，但是勉强算是会做些西式的糕点。有机会的话，我下次带你去见一个朋友，他的厨艺很好，想必也很愿意教你。"

沈熠想起在网上看过的那些精美的英式下午茶点心，暗暗吞了口口水，不忘适时给老板点赞吹捧道："哇！原来顾总您还会烘焙啊！真是太厉害了，不瞒您说，我就是个只会做饭、炒菜的土包子，对于那种精美高档的蛋糕点心之类的，我实在是不敢上手……"

顾芳菲似想起了什么，原本握在手里的筷子就这么停在了半空中。她嘴角牵起一丝惆怅的笑容，似自言自语般回道："其实我那时候也没想过，自己居然还能学会做蛋糕，可能是因为——"

"因为什么？"

话一出口，沈熠就敏感地觉察到自己似乎不应该有此一问。因为她与顾芳菲的关系似乎还不适宜如此热络的语气，可此刻懊恼自己的莽撞好像为时已晚。只见顾芳菲悠悠开口道："可能是因为英国留学期间，在烘焙店体验生活时，工作使然吧……"此刻的顾芳菲背对着沈熠，她看不到顾芳菲是以怎样的表情来陈述这段异国生存的经历，但她觉得顾总在逆境中也是从容优雅的，大概这就是出身的底蕴吧！

可是这会儿，沈熠却忽然感觉到面前的顾芳菲并不像是一个真实的人。她太完美了，完美得让人找不到任何缺点，好像她的周身笼罩着一层七彩的丝茧一般——对！丝茧！那是一层由她亲手编织出来的保护茧，她将自己紧紧地蜷缩在其中，无论是谁，接触到的都是那层茧子之外的顾芳菲。

而真正的她的本心呢？她的柔弱与无助，孤独与痛苦呢？她从来不对人说，也从来不曾流露过分毫。于是所有人便也很自然地忽略了这些。

沈熠停下了手里的筷子，直到顾芳菲慢慢地吃完了碗里的面条，放下碗筷之后略带惊诧地问她："你怎么了？"

沈熠勉力牵起嘴角一笑，摇头："没什么，顾总，谢谢你。"

顾芳菲取了纸巾擦拭嘴角，有些莫名地摇头道："谢我什么？"

沈熠笑而不答，心里有个小小声音，很开心地手舞足蹈说："谢谢你，走进我的世界。"

过了六月之后，沈熠开始觉得自己时来运转。先是爸爸在重症监护室终于醒过来。父女相见时，还吃力地叫出了女儿的名字。

隔了十几年的时间不见，沈熠当即忍不住号啕大哭。她紧紧地握着父亲长满厚茧的手泣不成声地说道："爸爸！您放心，以后我一定好好努力，等你病好了以后，我会好好照顾您……"

似乎是被女儿的孝顺激出了骨子里的求生欲望，在病床上昏迷了大半个月此时形容枯槁的沈父，居然流露出些许希望的光芒，随后吃力地轻轻点头，不一会儿又昏睡了过去。可是摆在沈熠面前的棘手难题也接踵而至，医生告诉沈熠，她爸爸这回真是九死一生。那么粗的一根螺纹钢穿透了胸腔，又从高处跌落下去，居然还能活过来，真可谓是个医学上的奇迹。可是下一步的康复费用，也远非一般的普通家庭可以承受得起。

首先就是进行腰椎骨的复原，只有这一步成功了，沈父以后才能站起来。可是医生指着入院之后拍的十几张 X 光片，脸色凝重地告诉沈熠："你父亲的腰椎骨基本上已经断裂成了三节，要完全复原最少需要植入十几根钢钉。你看一下你们是选择进口的还是国产的？进口的材质是钛，以后检查时做核磁共振很方便，也利于病人日后的生活。当然了，现在咱们国产的质量也很过硬，而且价格便宜很多。只是不锈钢的做不了核振，还有就是咱们医院现在采用的手术器械也是进口的……"

沈熠壮着胆子问了一下两种器材的价格，最后一咬牙，斩钉截铁地回道："医生，请帮我爸爸用进口的。"这些钱，她宁愿用以后的余生清贫来偿还，也决不能让爸爸再承受多一分的苦痛。

随后医生又告诉她，因为沈父在手术过程中剥离了胸腔保护膜，所以接下来在未来的几年甚至十余年的时间里，他都会存在很大概率的胸腔阵痛。

"这种痛对于一般人来说很难忍受，这意味着他再也不能像正常人一样劳作了。最好就是能静坐或者多躺一躺，否则人年纪大了以后，胸腔剧痛容易引发其他并发症。你们家属要贴身照顾着，如果有什么闪失的话，后果不堪设想。"沈熠认真地听着医生的话，连连点头并记在心里。

交代完医嘱之后，主治医生似乎这才留意到眼前这个病人家属应该还是才刚大学毕业的样子，于是左右看了看，疑惑地问道："小姑娘，你家里除了你爸爸之外就只有你一个人吗？……我的意思是，你爸爸的病可能没这么快能出院，你最好能安排多一两个人跟你轮流过来照看，这样比较好一些。"

感受到医生话里的些许关怀和怜悯之意，沈熠忽然鼻子一酸，竭力咬紧牙关，才算把即将盈眶而出的眼泪给硬生生地憋了回去。谢过医生的好意之后，沈熠回家简单地收拾了一下，把几件换洗的衣服和日用品用背包一装，带上一个简易小床，至此开始漫长的每天两次来回跑医院的日子。

病房的探视时间是有严格规定的，沈熠仔细琢磨了一下早中晚的探视时间，发现自己找的这份工作居然还挺有照顾病人的优势。首先就是早上，医院病房开放的时间是七点到八点，八点后医生开始查房，这时候病人家属都要回避，而沈熠刚好可以趁机跑回店里上班打卡。

然后到了中午十二点，正好是送饭的时间点。沈熠在医院订了两份营养午餐，价格便宜卫生过硬，伺候她爸之前，顺带把自己的午饭也解决了……

至于晚上，那就更合适了。沈熠一般下午六点来到医院，手里拎着在店里小厨房做好的饭菜，喂她爸吃了之后，就解决自己的晚饭。

因为经济的原因，她只请了白天的一个护工阿姨，晚上自己带了一张小躺椅，就这么睡在爸爸的病床边。当然，医院离上班的地方太近，也有一些弊端。比如——在上班时碰到一些不想见的人，下了班在医院门口也能撞见。

这天，气温挺高的，路上车流和行人都不多，店员们也都躲在空调底下贪凉快。沈熠跟苏悦在闷热的库房盘点半天，出来时都汗湿了衣服。还好一楼有个小浴室，苏悦先去浴室洗了个澡，换了一身工衣然后坐到了大厅的沙发上，喝着冰镇过的柠檬水，舒服地眯起了漂亮的丹凤眼。

沈熠一个新员工可没她这么好的待遇，她还有很多事情没干。眼见沈熠还在埋头清点账目，鬓角一滴汗水流到了尽头，就快滴进雪白的粉颈中，苏悦便提醒道："沈熠，你去洗个澡换身衣服吧……哦，对了，你的工衣新做的还没送到，要不你穿我的？我有一身干净的挂在更衣室里。"

沈熠这才伸手擦了一下汗，摇头道："不用了苏悦姐，夏天出点汗也好，我凉快一下去洗个脸就好了……"

话音未落，正对着的落地玻璃门被推开来。沈熠逆着光定睛一瞧，哟呵！这不是贺司南这个"烤猪心"吗？自打上次两人定下赌约之后，沈熠也不知道怎么搞的，很快就把"烤猪心"这个外号强行套在了贺司南身上。她等着，她觉得自己总有那么一天，会看到贺司南在顾芳菲和世人面前痛哭忏悔，自认愚蠢的时候的……

贺司南可不是一个人来的，身边还带了两个狐朋狗友，其中就包括那晚送沈熠回去的宋世钧。让沈熠尴尬的是，宋世钧一见她就自来熟地唤她"小师妹"，又邀她下次一起去看画展……

还好苏悦机灵，安排沈熠上去给顾芳菲换一下办公室的鲜花，这才让她总算脱了身。

再下楼时，三人已经零零总总地选了好几样东西，陆续开始打包了。沈熠看店员们很娴熟地跟他们说笑，悄悄凑到苏悦跟前问了一句："苏悦姐，贺先生……他们常来店里买东西吗？"

苏悦递给她的眼神内容复杂，似乎颇为一言难尽，回道："是啊，贺先生经常带朋友来店里消费。像宋先生和霍先生跟他都是我们的VIP客户，不过我们的工作职责就是做好销售和服务，其他的事情都不要议论。"

沈熠一听这话的内容，就知道里头大有文章，再看贺司南跟他那个姓霍的朋友看的都是新款女包和珠宝首饰，当即心里就更加气愤不已——都说打人不打脸，他贺司南，既然作为顾总的未婚夫，跑来她这里给女人买礼物，这是不是也太明目张胆了些？

沈熠心里有气脸上只想烤猪心，苏悦看她一副恨不得上去再跟贺司南打一架的样子，索性让她早些下班去医院。

气大伤肝，沈熠觉得自己没必要为了这种人跟健康开玩笑，于是主动请缨，想把这个月要做的销售数据分析报告拿回医院加班。

"也行，你拿上这个笔记本电脑，里面有原始数据，表格模式也有。有什么不明白的地方就给我打电话。"

沈熠接过电脑包，跟苏悦道了别。

从后门出来之后，就觉一阵热浪迎面袭来，她这才苦了一张脸，喃喃道："难怪她们都说这里的夏天难熬，天啊，这是要热出油的节奏。"

坐了几站路的公交车来到医院，沈父看见女儿满头是汗，吃力地张嘴说了一句："乖囡囡，我想吃点冰豆沙，要绿豆的。"

沈熠提着绿豆沙回来,刚要从住院部的门口往电梯走去,迎面忽然就有人撞了过来。她第一时间护着那个打包盒,有些不满地责备道:"你这人走路怎么不看的?这里是医院,万一——"

真是冤家路窄,她瞪着眼前的贺司南,贺司南也一脸不可思议的瞪着她。

"贺少——贺少你听我说,我真的怀孕了,你不能就这么把我们母子撇下不管了呀!你——"紧随着贺司南身影一起出现的,还有一位穿着黑色紧身连衣裙的年轻女子。

沈熠大老远闻着她那股子香水味,立马就皱了皱眉,朝贺司南目露鄙夷:"贺先生,这么劲爆的消息,你就不怕被人传了出去?"

贺司南本来还想张嘴分辩,后来索性摆出了无赖的姿态,两手插裤兜侧脸看天道:"这有什么?本公子我年少风流,喜欢老子的女人多了去了!从这排队都能排到巴黎!"

沈熠被气得七窍冒烟,恨不得直接就把手里的绿豆沙砸在他脸上。可是住院部门口人来人往,有人推着轮椅近前要借道,她侧身避让时,只能眼睁睁地看着贺司南这渣男搂着那黑色连衣裙离开。

沈熠跺了跺脚,心里憋着气,回到病房脸色一下子也缓不过来。不过对着爸爸,她还是挤出了笑意,放下打包好的冰豆沙先去洗手间洗了手,等坐回病床前时沈父已经开口道:"囡囡,跟爸爸说一下你这几年的生活吧!"

平心而论,沈熠照顾父亲的这段时间,父女俩时常都会陷入一种无言的尴尬和冷场。毕竟,十几年的疏离,那些从前发生过的事,那些真真切切来自至亲骨肉之间的伤害,那些天长地久附着在彼此生命里的龃龉和阴影,并不能随着时间的流逝而完全消失。可是沈父现在老了,就连这条命都有一大半是女儿拼尽了全力才从死神手里抢回来的,再加上这些日子沈熠没日没夜地精心照顾伺候他,所以他心里明白,自己这辈子唯一的亲人和倚靠,也就剩这个女儿了。

关于过去,其实也没什么一定要揪着不放的。

倒是沈熠这会儿有些不安,她打开打包盒,把里头沁着丝丝凉气的绿豆沙用勺子舀了起来,递到沈父嘴边,说道:"爸,您尝尝看味道怎么样?"

沈父吃了一口,接着就点头,目露赞许:"你在哪买的?这熬绿豆沙的师傅不是一般人,这手艺——都快赶上你祖父了。"

沈熠隐约记得,自家祖上以前好像就是做凉茶和糖水生意的。那时候,能在县城开个铺子,算是很了不得的本事。可是这门手艺并没有让沈父赖以维持生计,反倒成了妻离子散的祸根。这些内情,沈熠从前并不知道。

这一次，在父亲的娓娓述说中，沈熠方才明白父母离婚的真正缘由。

要捋一捋这团乱麻，其实也很简单。沈熠的母亲年轻时在省城给大户人家做过几年小保姆，因为见过些世面又上过高中，所以不甘心一生清贫。她跟沈父的婚事是由沈熠的爷爷做的主，牵线的媒人也就是沈熠母亲的姨母。可这个姨母，却是沈熠爷爷在县城的相好，她说的话，不但沈熠的爷爷要听，就连沈熠的爸妈两口子也奉若圣旨。

沈熠的妈妈在进门后因为有这么个姨母的扶持，很快就掌握了家里的经济大权，在家说一不二。但她奶奶却因此恨透了这个儿媳妇，随后的两年，她就想着各种方法给沈熠的妈妈制造麻烦。

可是她弄出来的都是些小事情，始终没有赢过儿媳妇一回。倒弄得婆媳之间反目成仇，彼此心里都留下了许多疙瘩。

直到沈熠的出生，沈熠的奶奶终于找到了一个机会。因为那时候沈熠的爸妈户口都迁到了县城，按照当时的计划生育政策，他们只能生一个孩子。可是沈家多少代的单传，就连沈熠的爷爷也早就在沈熠爸爸娶媳妇时发了话，他这辈子要是没抱上个孙子，那就是真正死不瞑目。就这样，沈熠出生在大家对一个男孩的热切盼望中。随着她呱呱坠地，所有人都忍不住露出了极度失望的表情。而沈熠的奶奶此时提出由自己将孩子抱回乡下去养，过一段时间就谎称说孩子病死了，这样一来，自然不会影响儿子媳妇再生二胎，也用不着交那笔天文数字的罚款。

"说起来，那时候是爸爸对不住你和你妈——你被你奶奶抱走的时候，你妈还没出月子，她当时就哭喊着求我把你留下来。你那时候可乖了，出生以后就不怎么哭闹，总是安安静静地吃奶睡觉。你妈就说孩子咱们偷偷养着，只要能让她跟你在一起，要她做什么她都愿意。可是——可是我实在无法面对你爷爷的伤心失望和愤怒，所以我就只能选择让你妈伤心了。"

沈熠看着爸爸，心里的痛苦中夹杂着深深的愤怒与无法掩饰的失望。而随后，她在爸爸的眼里，也看到了相同的失望。

沈父看着眼前雪白的墙，又说道："可能，你妈对我的失望和怨恨，就是从那一刻开始的吧。我现在还记得她离婚时跟我说过的，她说，你永远不会知道囡囡被抱走的那一刻，我失去了什么，而你，又失去了什么。"

沈熠没有接话，因为她在费劲地回想，自己跟母亲这些年寥寥可数的对话。也只有在这一刻，她才不得不承认，自己对母亲的印象一直很淡薄。淡薄到只记得那时候她是个娇俏艳丽的少妇，对自己没有多少母亲应有的温情，却有一种淡漠到骨子里的严厉与疏离。

她记得很清楚，活到二十三岁，母亲就从来没有抱过她一次。一次都没有！所以她想不出来，原来自己在母亲生命中的某一刻，也曾有过那样特殊重要的意义。

那么，自己也算是被爱过的孩子吗？

"后来你被你奶奶抱回去了，你妈妈就跟变了个人似的。她不再跟我吵架，也不再央求我把你带回来。她变得沉默不爱说话，整个人就跟丢了魂似的。"

沈父继续叹气："本来我还以为只要过段时间，只要等她怀上第二个孩子，这一切就会好转。可是没想到，你奶奶这个人哪——她隔三岔五地就给店里打电话，一会儿说你病了一会儿说你被火烫了，一会儿又说你差点掉进池塘里死掉了……每次她一打电话过来，你妈就会发疯似的抓着我恶狠狠到处咬，她就是逮着哪里咬哪里。你看，到现在，这些疤都还留着……"

沈熠有些冷漠地看着那些因为自己而留下的伤疤。

"后来你慢慢长大了，你奶奶再做这些手段，你妈也不理会了。其实她后来不但是不理会这些事情，她也不理会我了……再后来的事情，你大概也记得了，你六岁那年你奶奶过世了，我把你接回到县城跟我们一起生活。可是在那之前你妈就已经有人了，她把我们全部的积蓄都拿给了那个男人，她让你在法院指控我们从小就虐待你，她带着你跟我离了婚，她去跟她爱的男人在一起了……"

随着述说的声音降低，沈父的眼角慢慢溢出了悔恨的泪水。沈熠分明看见了，但是，她却并不想立即说什么。

她回想起自己在父母即将离婚的时候，在那个小小的法院里，面对着许多陌生而复杂的大人注视的眼神，第一次，也是最后一次挺起胸膛，对所有人说出了母亲教了自己几遍的那句话。

"我是他们的亲生女儿！我从小生活在乡下，因为我爸爸说他要生个儿子才能继承香火，所以我从小到大，都没见过自己的爸妈！我奶奶说我早就应该死了！"

六岁的孩子，没有上过一天学，却能在大庭广众之下口齿清晰地说出这番令人声泪俱下的控诉。这其实是一个匪夷所思的事情。

但到了此刻，沈熠心里才真正明白，原来那一刻她心里何尝不是满怀着对亲人的怨恨和不满？她何尝不是想找一个出口，倾泻埋藏在心里多年因为不被爱而积攒下来的委屈与愤怒？是的，对于命运的不公，对于至亲的偏执，她也曾心生怨恨过。也就是那一句话，当时让许多人愕然，随后一片哗然。

所有的指责，都目标清晰地朝着沈熠的爷爷和爸爸而去。在众人愤怒鄙夷的眼神和斥责中，沈熠的爷爷瞪大了双眼，他百口莫辩，随后重重地扑倒在了地板上。而沈熠只记得，自己那时候似乎是长长地舒了一口气，随后满心欢喜。

她以为自己从此以后就会有一个完整的家，会有爸爸妈妈每天的陪伴，会跟其他正常的孩子一样每天上学放学，会有很多串美丽的水晶项链……

她以为，所有缺憾，都会被弥补。

她以为，所有等待，都能看见花开。

可是到最后，她等来的却是更多的分离，和此生也无法抹平的更大的伤痛。她的父母，从那以后就不再爱她，他们都视她为生命里的耻辱。

也许，自己还是应该庆幸吧！若没有这次爸爸受伤住院，自己不会有机会再见到他，也不会像现在这样，还能从他口中听到这些往事的片段。

她永远都不会知道，原来在最初的时候，自己也曾被爱过，被思念过……就像自己同母异父的弟弟出生时那样，母亲的目光充满爱意地注视着这个刚刚来到人间的小生命。那一刻，世界美好，你在中央。

沈熠闭上眼，用自己的理智去阻止自己继续往下构想。

因为不曾得到，所以那一刻就如同那串水晶项链一般，永远成为她生命中的奢念。

她忽然对母亲感到很抱歉。原来是自己给她带来的那些思念太痛苦了，那些爱太沉重了，无法承受这一切的母亲才最终选择了背叛和遗忘。所以后来，她与她渐行渐远，无法回头。

她不想再见她，因为她既是自己的女儿，也是她生命里永远也无法愈合的伤口。

"爸爸，您不要难过了……我想妈妈她现在应该生活得很幸福，最起码她是幸福的，我觉得这样就很好了……"

沈熠轻轻地将自己的右脸依偎在父亲的肩膀上，随后淡淡闭上眼睛，如梦呓一般轻声道："至于以后，我们可以一起生活，您永远都是我的父亲，我会一直爱您，照顾您。我们是这辈子的亲人，没有任何东西可以改变这一点。"

多年孑然一身而又孤苦劳作的沈父，第一次得到女儿这样真诚的慰藉，他亦感动得泪流满面，连连点头，却又叹息道："我的乖囡囡，爸爸谢谢你。可是爸爸现在这样的身体，只怕以后要拖累你啊！"

"那有什么关系？医生跟我说过，只要坚持康复治疗，您以后还能像正常人那样行走自如的。如果您真的不想拖累我，那就要配合医生的治疗，让我们一起努力好不好？"沈熠说着，忽然孩子般地伸出了尾指。她想与父亲来个约定，不管是生命中的第一次，还是最后一次。

而沈父看着女儿清澈的双眸，与赤诚的心意，最后也含泪点了点头。沈父的手指坚硬如山，上头布满厚厚的粗茧。传递到沈熠的指尖，有一种奇异的温暖炙热。

*　　　　*　　　　*

天很热，贺司南在医院停车场打发走了那黑色连衣裙，有些不耐烦地扯了扯扣得工整的衬衣，松开一粒扣子后才重重地吐了一口浊气出来。

说起来贺司南跟那黑色连衣裙并没有半毛钱的关系，可这里头的内容，他谁也不能透露，只能生生地咽下这口气。

开了车门想一想，本想打个电话叫几个狐朋狗友出来浪一把。谁知道关键时刻个个都推说没空，贺司南气得心里只想爆粗。

他在车内呆坐片刻，忽然想起沈熠手里拎着的那个打包盒，听说那傻丫头的爸爸在这里住院，于是关门锁了车，又吊儿郎当地晃悠着到了住院部。其实贺司南并没有窥探癖，不过跟沈父同一病房的病友被推着到楼下呼吸新鲜空气了，他从护士站那里问明沈父的床号之后，"凑巧"就在虚掩的病房门口听到了这场父女之间迟来了十几年的对白。

起初，在听到沈熠一出生就被迫与母亲分离时，贺司南其实不自觉地紧了紧自己的拳头。但后来，越往下听，他整个人的神色也跟着恍惚了起来。最后在听到父女俩约定从此相依为命时，他双眉皱了一皱，刚要转身冷不防护士过来送药，见他杵在门口便问了一句："你找谁？"

不用想，沈熠这会儿最不想见到的人就是贺司南了。虽然这厮脸皮厚，很快就装着什么都没听到的无辜小样，但沈熠可不会这么想。不过当着父亲的面她没有说什么，再加上贺司南这厮虽然不务正业，但脑子还在，对着沈父还晓得虚应几句。

听他自称是自己的朋友，来医院看见沈熠，所以特地过来看看，沈熠只得咬紧牙关，心里不耻，脸上还得嘻嘻笑。

护士进去病房给沈父量体温做检查时，她顺手带上门，瞪着贺司南就道："贺先生可别乱攀交什么朋友，咱们平民小百姓，实在是高攀不上。"也实在不屑高攀——后半句，沈熠是用眼神表露的。

贺司南心里自觉听到了他人的隐私有些不道德，再加上此时沈熠两眼红肿就跟个小兔子似的，难得没有还嘴，只撇嘴故作不屑道："我来是想告诉你，你要是实在缺钱可以找我借，但是帮顾芳菲打工——你可得小心着点！"

沈熠不知道他到底哪根筋搭错线，为什么就是非要不惜代价地诋毁顾芳菲？

正好病房旁边就是医院的消防楼道，于是沈熠不由分说拖住了贺司南的左手，把他往楼道里一推，噼里啪啦开始算账！可怜贺司南本来也就是多嘴一句，这会儿却不得不忍受着她的吐沫飞溅免费洗脸。后来实在吃不消，便举起双手投降道："行行行，我说不过你，你说你这丫头，长得不行还倔得跟头驴似的……"

"你说谁是驴？你这个混蛋，你给我说清楚，谁是驴？啊……"就在沈熠追着贺司南一顿猛捶时，楼道里路过听见声响的一个老护士推开了楼道的门。一看两个年轻男女状似调情时，顿时流露出一脸的鄙夷和不屑："干什么干什么？这里是医院！为了病人的康复你们就算再猴急也得换个地方闹腾！真是的，现在的年轻人啊，实在不像话！啧啧……"

被这位毒舌护士阿姨这么一通训斥，贺司南倒没什么，反正他平日里没脸没皮惯了。

但是沈熠却臊得面红耳赤，心里又急又气，又没地方申辩，最后气得一跺脚，索性蹲在楼道里"哇"的一声哭了起来。

她这一哭，可把贺司南弄得有些为难了。本来嘛，他身边的女生哭哭啼啼的时候也不少，他对付起来也是轻车熟路。可他到底还是明白沈熠跟那些人不是一路货，再加上先前无意中偷听了人家的隐私，觉得这傻丫头以前还真是挺惨的，心里还剩余一两分同情吧，于是少不得先道了歉。

后来见沈熠从地上一边擤鼻涕一边站起来，连忙搭把手上前，谁知沈熠毫不领情地一把推开，还唾了他一句："您以后能离我远点，我就阿弥陀佛烧高香了，也不知道今天触了什么霉头……"

沈熠拉开消防门气咻咻而去，贺司南则是对着她的背影连着翻了好几个白眼，这才回道："喂！这话应该我来说才对吧？真把自己当什么香饽饽了，还以为老子特地上来朝你献殷勤啊！"

贺司南这二十几年的人生里，靠着这张脸和兜里那点钱，再加上贺氏继承人的身份，对于女生向来是手到擒来。头一回碰到沈熠这样把他看成一坨粪的女生，对他来说实在是一种莫大的耻辱和挑战。

怀着一种隐约不可告人的激动，贺司南转头就跑去找自己的死党霍东方商量怎么制服这头"倔驴"。

听他提起沈熠，那晚也在场的霍东方当即摇头，头一回对贺司南的品位提出了质疑："你要追那个女孩子？算了吧，我看长得也一般，脾气又暴躁，而且最重要的——人家可是顾芳菲的死忠粉。瞎子都看出来了，她被顾芳菲洗脑洗得很彻底，你再想扳回这一局，我看难。"

话虽如此，但奈何贺司南这回也犯上了倔，痛斥沈熠不知好歹时，简直恨不得昭告天下老子长得就是帅还有钱，你一头倔驴不对老子卑躬屈膝，简直就是脑子有病。霍东方打小跟他混到大，哪会不知道贺司南如今就是狂妄症发作的迹象？

于是兄弟俩一番密谋，最后还是霍东方提议道："你说沈熠之前跑来这里扇你一耳光，就是因为你的前助理借你的照片行骗？如果是这样，那你可以重新再骗她一次呀！"

贺司南闻言恨不得直接上去对着这厮就是一顿拳打脚踢："你小子这出的是什么馊主意？难道还想老子再被她扇几巴掌吗？"

霍东方连忙解释："不是啊！你先别着急，你听我说完呀！"

总算贺司南这狂妄症还知道自己本来就朋友不多，耐着性子花了两分钟听完霍东方的解释后，半信半疑地皱起了眉头："你的意思，就是说那丫头其实对那个骗子很信任，所以，只要从这个地方入手，就能接近她，甚至让她对我言听计从？"

霍东方连连点头，心里为自己的"聪明才智"忍不住眉飞色舞："对啊！你想这个丫头既不爱钱也不好色，而你除了这两样也就身无长物。要想攻占这一险要地形，可不就得另辟蹊径？攻心！这不就是上上的攻心之策？行了咱们兄弟也就不用客套了，都说大恩不言谢，回头你去逍遥城帮我把前几天的账结了，这人情咱们就算两清了。"

"我呸！你这小子占了便宜还要卖乖？还大恩呢！我去你的……"贺司南用一通口水送走了霍东方，随后就开始静下心思来琢磨这事的可行性。最后不得不承认，霍东方这小子虽说平时智商不在线，但论起怎么对付女孩子，他的确是有独到的一套。

说干就干，贺司南随后拿起手机就给沈熠打电话。

沈熠这会儿正在病房里跟爸爸说话，接到电话一听对方自报家门，她立即就暴躁得只想直接挂机。

还好贺司南反应够快，及时接上一句："其实我先前就是想跟你说，上次摔坏了你的手机很不好意思，那个多少钱？我赔一个给你。"沈熠本想挂机的手指顿在半空里，犹豫了一秒钟之后爽快地点头："好！难得贺总您总算是明白事理了一回。"

晚上八点整，贺司南的汽车再度开进了医院停车场。片刻之后沈熠走到了他的车边，摊开手问："东西呢？"

"别急呀！你先给我看看你原来手机的型号，我也不能吃亏给你买个贵的不是？"

沈熠当即就想朝天翻白眼，这个死抠！说的谁还稀罕他一个手机似的。不过她还是配合地拿出了自己的旧手机，但见贺司南接过来一番查看，随后便从车上拎下来一个纸袋。

"喏，你看看型号对不对。"

沈熠一看他还真把手机买来了，这会儿自然不跟他置气了。趁着她调试新手机放卡的工夫，贺司南手脚麻利地把她原来手机微信上的记录统统都拷贝了下来。

沈熠不疑有他，故两人告别时，她还看在新手机的分上，破天荒地客套了一句："贺总，您慢走。"

贺司南一手打着方向盘，另外一只手朝她潇洒地挥了挥。

沈熠在星辰的工作开始步入正轨，大婚在即的苏悦已经将手上一部分的工作移交给了她，而医院那边沈父的病情也总算有了好转。

经历了两场康复治疗手术之后，最近沈熠可以在下班后的傍晚扶着爸爸拄着拐杖在医院的花园里极其缓慢地散步闲聊。而沈父的气色和精神都显见得好了许多，有时候还会跟女儿聊天时发出一阵爽朗的笑声。

可自从病房里来了一个鼾声如雷、嘎嘎磨牙的新病友后，沈熠就没法继续陪夜了。不要说沈熠这种天生睡眠浅的人，就连护士站的值班护士好几次都忍无可忍地推门进来，想看看这位睡神到底是何方神圣。

连着几个晚上没睡好，沈熠就连走路都哈欠连连。况且她跟爸爸还不一样，沈父到了晚上临睡前护士会给他打含有镇定剂的针，所以对于新来的病友给女儿造成的睡眠干扰，他是几天后才知道。

无可奈何，沈熠只能搬回爸爸以前住的那个简易棚屋去。而且这也是爸爸一直以来的牵绊，他曾好几次跟女儿提起这个棚屋来得不容易。以后父女俩要在这里落脚，总得有个容身之所才行。

可是等她提着行李箱费劲巴拉地回到那个低矮的棚屋时，定睛一看，还是被眼前的景象给吓到了。也不过是空了大半个月的工夫，棚屋前后就堆满了各种各样的垃圾。这么大热的天，各种垃圾经过时间的沉淀和互相间的勾兑催化，这会儿沈熠只吸了一口气，就差点被熏得当场晕了过去。看了看左右四周，沈熠总觉得好像是有人故意要赶自己走一样。

　　　　　　　＊　　　　＊　　　　＊

　　贺司南在江城消失了一段时间，沈熠是在苏悦的提醒下才想起来，这厮的确很久没来店里了。

　　她悄悄地问苏悦："他去哪了？顾总知道吗？"

　　苏悦笑得天真灿烂，颇有几分幸灾乐祸之意："听说是被他老爸抓去做壮丁了——就是他们贺氏集团在外地的一个项目，据说出了挺大的娄子要他过去补锅。啧啧，这回只怕够他老实一段时间了。"

　　但两人这边话未落音，稍后顾芳菲让她们上去开会的时候就顺带提了一句："贺先生回来了，明天晚上我得跟他一起吃饭，所以盘点的事情交给你们，给我准确的数据就好。"

　　沈熠和苏悦闻言面面相觑，出来后苏悦才吐了吐舌头："以后要叫他'曹操'了。"

　　得知贺司南回来，霍东方等人连忙联系他晚上出去浪。谁知贺司南在电话里却咬牙切齿，沙哑着嗓子回道："浪浪浪，老子这回出差去的那鬼地方差点连命都搭上了，你们也不关心关心，就知道拉着我出去浪？！我跟你说，这回的事情肯定有蹊跷，要是让老子知道是谁在背后捣鬼，老子绝对咽不下这口气！"

　　霍东方被他的恶劣情绪吓了一跳，连忙赔笑解释道："哪有？司南你别瞎说，什么咽气不咽气的，这人活着真要咽气了那不就是挂了？就是知道你出差辛苦了，咱们兄弟才想拉你出来放松一下呀！对了，你现在是在哪里？这音乐声怎么听着好熟悉……"

　　"还能是哪？顾芳菲订的地方，丽思卡尔顿三楼的丽轩。行了不说了，她来了。"挂断电话，贺司南特地松了松打得正好的领结。在顾芳菲款款走进包房时，他已用惯常的慵懒且不耐烦的嗓音嗤笑道："说吧，我这回被派到徐州干苦力是不是你出的主意？别拿你那种蒙蔽世人的眼神来看我，顾芳菲，你知道的，我从来不吃你这一套。"

　　与他的慵懒随意相比，顾芳菲则是一如既往的端庄矜持。

　　最近天气炎热，年轻的女孩子们总会趁机穿得性感些，多少展露一下自己美好的肌肤和身材，而顾芳菲却是穿了一袭浅杏色连衣过膝长裙，款式简单经典，用料是最好的重磅真丝，更衬托她的肌肤如雪一般丝滑细腻。举手投足间不显山也不露水，却甚是符合顾芳菲的身份与气质。

　　说到气质这个词，贺司南便骤然想起十几年前的一幕。那一次，是他跟顾芳菲头次正式照面，两人都刚好六岁，顾芳菲比他小几天，那日就是她的生日宴。

六岁的贺司南已经长得十分帅气有型，那天他穿着一身定制的儿童版西装礼服，再加上天然就奶萌漂亮的一张脸蛋，从一进门就得到了无数人的交口称赞。

像这样的场合，不用说同龄的孩子都是扎堆的，而他却是只用了不到一分钟的工夫，就在一群同样都是穿着精致蕾丝绣花公主裙的女孩子里，认出了从未见过的顾芳菲。要说为什么？大概，也只能归咎为气质这个玩意了。

没有人知道，贺司南那天到底看到了什么。他只是从那一天开始，就对顾芳菲生出了防备和警惕，以及一种类似于厌恶的情绪。是的，厌恶。顾芳菲身上那些在世人眼里备受赞誉的温婉懂事、天真可爱，在他看来，都是一种经过精心粉饰后的虚假表演。

贺司南一直保守着这个藏在自己心里的秘密，他没有跟任何人提起过。其实也是因为，那时候他就意识到了，就算自己跟别人提起，哪怕是家里的亲人，只怕都不会有人相信他所说的是事实。要论表演功力，他想，大概就是戛纳也要给顾芳菲颁一个金奖。

两人落座不久，窗外就下起雨来。这一次郭总厨给顾芳菲换了一间包房，位置也极为隐秘，只是室内陈设更显旖旎，气氛最是适合恋人之间用餐密谈。

雨声哀婉缠绵，夜色华美而迷离，顾芳菲抿了一口白瓷茶盏里的茶水，试探着问道："听阿姨说你又跟你爸爸吵架了？其实——"

她的话没说完，就见贺司南"嘭"的一声，重重搁下了手里的茶盏。

他皱着眉头，满脸不耐，对站在一旁正要送上餐前小菜的服务生的异样眼神视而不见，毫无怜香惜玉之意回怼道："顾芳菲，我要说多少次你才能记住，你姓顾，就算将来你嫁到了贺家，你也不会变成我们贺家的人……"

"将来，结婚以后我会是名正言顺的贺太太，谁说我不能姓贺？司南，其实我真的不明白，为什么我们不能达成共识？为什么每次见面我们都要这样剑拔弩张不欢而散？你也明白的，我们的婚约是双方长辈缔结的，是不可能取消的！"

"那又怎么样？你喜欢做这个贺太太，你就做！你愿意嫁，你就嫁！你嫁的是贺家，而不是我！我就一句话，我绝不会喜欢你，也绝不可能被你改变！"说完，贺司南起身抄起挂在一旁屏风上的西装外套，径直就这么走了。

顾芳菲目送着他的背影离去，倒也没有流露出什么应景的哀怨悲伤表情。她仍旧仪态优雅地吃完了这顿饭，吃到最后，服务生送来一道甜点，是用水蜜桃榨汁做成的粉色桃心形的慕斯，再配上白色轻芝士做底的官燕。

顾芳菲看了一眼，便知道是郭总厨特地为自己研制的新品。于是问了一下服务生菜品名称，被告知是："愿得一人心，白首不相离"。

顾芳菲不由得失笑，以手里的银勺轻轻戳破粉色慕斯，里头的桃汁随即流溢沁入晶莹的官燕燕条中。她舀了一口送入，只觉酸甜入味，难得的是桃汁竟然与官燕两相融合，又不会互相争夺彼此的原味。

郭总厨适时出现在包房，含笑对她道："我记得你以前很喜欢吃阳山的水蜜桃，正巧，昨天司南从那边回来，派人给我送了两箱。我这算是借花献佛，可是没想到正主自己倒先走了。"

顾芳菲日常与贺司南吃饭，除了外头的应酬之外，十有八九都会选在丽轩。因此两人之间的微妙细节，郭总厨其实多少明白一些。

未婚夫失礼离场，顾芳菲少不得要替他圆一圆，便道："他这趟出差辛苦，回来又有许多的首尾要处理，是我让他先回去公司的。对了峰哥，这桃汁慕斯甚合我意，过两天我带丹宁一起来，你可不要嫌我们麻烦。"

郭总厨连连颔首，笑道："欢迎欢迎，都说吃过我做的甜品的女孩子会越来越美，看你们俩就知道了。只可惜我没有女儿，真是遗憾得很。"

顾芳菲看了看手上的腕表，起身准备回去："那有什么难的？这两年抓紧时间再生一个就是。"两人笑语晏晏，一路行至电梯口。

顾芳菲乘电梯到达车库，却赫然见到不远处就是贺司南的那辆宝蓝色跑车。再一看其余几辆豪车也是十分熟悉的，大约是霍东方等人的座驾，便知道贺司南先前其实并没有拂袖而去。指不定他就去了隔壁的包间，此时仍在推杯换盏，抱着他的莺莺燕燕，与他的狐朋狗友们一起高声贬低她的端庄明慧、优雅包容。

如此明晃晃的打脸，其实以前也并非没有过。只是最近，顾芳菲忽然觉得，贺司南似乎有些变了。他开始变得急躁、焦虑，所以行事待人就难免失了分寸——那么，会是什么让他开始变得急躁呢？

顾芳菲将车驶出地库，在夜风吹拂起自己如瀑青丝时，她蔷薇色嘴角勾起了一缕会心的微笑。她将天窗打开，让清凉的夜风灌进车里来。在柔滑的丝质与肌肤摩挲间，她感受到那一缕缕夜风的自由与肆意。她觉得，这一刻真好，肆意、无忌、自由、不羁。她喜欢这样的自己。

* * *

大暑的那天早上，沈熠刚回到店里上班就接到了林秀娜的电话。好朋友要来，还是找自己办业务，沈熠自然是欢迎的。

恰好苏悦在旁听到只言片语，当即便笑道："你闺蜜要来照顾咱们店里的生意啊？那正好，这回就由你接待。"

沈熠只当她要考验自己之前跟她学的那些鉴定专业知识，于是少不免心里忐忑道："可是她要寄卖包包，这个价格还得你来定，你知道的苏悦姐，我没有把握。"

苏悦却笑着做了甩手掌柜："价格你自己照着咱们店里的规则来就是了，放心，真要是你拿捏不准的话，再来问我就是。"

苏悦最近跟未婚夫电话视频来往密切，恨嫁之心昭然。

沈熠也知道顾芳菲拿自己当储备店长的人选，因此不再推脱，又虚心找了两个经验丰富的店员讨教定价细则，直到林秀娜到店时，方搁下手里的事情，专门接待她。

沈熠有预想过林秀娜来店里时会不会打扮得时尚艳丽，事实上她看到的比预想的还要夸张几分。对比她一身黑白的工装，从头到脚都包裹得严严实实，林秀娜一袭紫红色的真丝露背连衣裙，脚上蹬着黑色的华伦天奴的铆钉尖头高跟鞋，再加上刚刚做完造型的浓密波浪卷发，如此妩媚的女人风情，就连同为女性的店员们都看得有些失神。

沈熠却觉得秀娜这样的装扮略显风尘味，只是她不好明着提醒。待寒暄几句转入正题之后，林秀娜便从带来的纸袋里拎出两只包包来，又对着沈熠附耳低声道："你帮忙估个好一点的价格吧，我妈最近病了在医院等着用钱，一天打十几个电话给我就跟催命一样的。你也知道我那一家子都是些什么角色，这种事情我不好跟男朋友张口，毕竟两家条件相差太远……"

沈熠心中一紧，接住纸袋的右手又被林秀娜握了握。这久违而熟悉的儿时记忆瞬间让她鼻间发酸心口发涩，随后连忙点头，应道："你放心，我怎么会不帮你？"

送走了林秀娜后，苏悦便让沈熠上去楼上办公室："顾总有事找你。"

沈熠只怕顾芳菲看出了什么。但幸而上楼后就见顾芳菲正在兴致勃勃的剥石榴，一颗颗晶莹剔透的石榴籽在她白皙柔滑的指尖下蹦入莲花瓣形的琥珀水晶盏中。

看见沈熠过来，顾芳菲便道："你这会儿不忙？帮我剥石榴好吗？"

顾芳菲说话时总不自觉会带上几句吴侬软语的娇软，本就很难让人拒绝，尤其是对着沈熠这样的迷妹。于是她很快点头："好的！"

正好顾芳菲剥完一颗，便在手边的塑料袋里再拿了一只递给沈熠。她涂在腕上的香水散发着柑橘和冰片的幽幽冷香，沈熠看着那白皙纤细的手腕，有些自惭形秽地低下头，接过了那只沉甸甸的石榴。

原是一会儿宋丹宁要过来，顾芳菲已经提前备好了冰镇香槟，还有其他几样糕点，想是还提前预定了送餐服务，就连案上摆着的鲜花都是刚换的。

顾芳菲让沈熠下班后一起留下来吃饭，沈熠却没有那个勇气。她如实道："我同学约我晚上聚会，就是——刚才从咱们店里走的那个女生。"

顾芳菲剥石榴的手指稍稍一顿，随后笑道："就是刚才穿紫色连衣裙的女孩？我在楼上看见你送她出去的，挺漂亮的呀，你同学。倒是你，这样一身跑去聚会，只怕回头人家要说我们星辰的员工太低调了，这样可不好。"

说着，顾芳菲起身去了后面的陈列室。出来时手里提着几个纸袋，递给沈熠道："你也知道我平日不爱穿这些所谓的大牌的，但是我那些同学们又每季都给我寄他们的新品，我还不能回绝人家的好意。幸好你穿的码数跟我一样，帮帮忙，就算是为了店里的品牌形象。"

沈熠如今在店里一段时间，对奢侈品牌子也算基本上了解了。她一看顾芳菲手里的几个袋子，就知道里头的东西价值不菲。可是再看顾芳菲的眼神，却实在开不了口婉拒。

最后还是乖乖地接了过来，道谢，然后剥完手里这只石榴，走到楼下更衣室去换装。等她穿好了出来，一看店员们都下班了，只有苏悦还在核对当日的销售数据，见她焕然一新走出来，便招手笑道："这是去相亲呀？打扮得这么好看。"

沈熠连忙摇头，有些不自然地理了理衣服上的些许褶皱，又面露犹豫地小心放下手里的包包："算了，这么贵的包我背着去挤地铁，如果弄坏了可是要心疼死了。"

苏悦用专业眼光打量了一下她这周身的穿戴，不赞同地摇头："不会啊！这身衣服就该配香奈儿这样的包。你看，你穿黑白色系多高级！不像我，天生只适合暖色系，驾驭不了这样的清新高冷范。"

沈熠知道她平日里私服爱穿日韩系的萌风，便有意奉承："哪里，我觉得粉色系才是每个女生心里永远的公主梦。苏悦姐你要是跟我一起出去，谁不觉得你比我还小好几岁？"

这话说得苏悦心花怒放，说起来她就是小女生性格，虽然工作认真负责，但始终还是觉得以后要以嫁人结婚生子为主。尤其是如今正在热恋期，只恨不能早早将手上的工作都交付给沈熠，因此对她真是毫无保留，此时见左右无人才拉住沈熠低声问道："你先前明知道你那个同学的包是假的，还预支了工资买下来？小熠，我倒不是不赞成你帮朋友，可是我觉得，你那个同学……跟你似乎不是一路人呢！"

苏悦待人真诚，沈熠自然知道她是一番好意。可是她跟林秀娜从小一起长大，又是相差无几的成长经历和人生境遇，走到现在两人还能以朋友的身份相处，这份情谊在自己心里的分量，沈熠知道旁人自是很难理解。于是点点头，也不辩驳："谢谢苏悦姐，我知道秀娜现在有些变了。其实我也不太赞同她有些事情的看法和做法，但是……我会有分寸的，你放心。"

见她这样回答，显然是并没有把自己的话听进去，更可能就是善良过了头——苏悦微微叹口气，只道："你一向聪明，我当然相信你能处理好这些。不过你现在要照顾你爸爸，负担也很重。要是有什么困难，可以直接跟我说。"

沈熠忍不住眼眶一热，握住苏悦的右手重重点了点头："谢谢你，苏悦姐……你和顾总都是好人，我不会忘记你们对我的好。"

苏悦一看她千恩万谢，连连挥手，又玩笑嘀咕道："瞧你，生离死别似的，以后我定居新加坡，你也可以常来看我啊！两三个小时的飞机而已。"

沈熠哑然，她知道苏悦无忧无虑的笑容背后是因为她有着跟自己不一样的出身，以后也会有不一样的人生。

可能很多事情在她看来总是很容易很寻常，但对于自己而言，却需要很努力很幸运，才能得到。譬如她在高中时就能交到顾芳菲这样的朋友，又譬如这一身精致奢华的装扮，还有苏悦所说的去新加坡只需要三个小时。事实上，沈熠长到这么大，还没办过护照，也没出过国。

她知道，自己和顾芳菲，和苏悦，都是不一样的人。可是这也并不影响她由衷地喜欢顾芳菲，喜欢苏悦，努力改变自己，希望有一天也能站在他们曾经去过的地方看以前不曾见过的风景，她想，那一定别有洞天。

因为身上穿着白色的长裙，沈熠在赶去聚会的地铁上再三留心，努力不被旁边的人蹭到挤到，不想最后还是在快要下地铁的时候被人洒了一片咖啡渍。也怪沈熠后知后觉，她是出了车厢后才发现右边腰部的这一块污渍的。

面对已经满载乘客呼啸而去的地铁，她只能苦笑着摇摇头，到底心疼这么好的衣服，第一时间就近找了个洗手间，踮起脚尖趴在水龙头底下简单处理了一下。可是洗手间的烘干机功率不大，烘了半天还是觉得潮潮的一片。中间林秀娜发了微信语音来催，一看时间已经快七点，沈熠唯有放弃抢救，就这么火急火燎地赶到了那个音乐餐吧。

沈熠毕业以后，还是第一次来这样的场合。这个名为繁花的音乐餐吧说是餐厅，其实更像是酒吧多一些。因为灯光昏暗迷离，室内又堆砌了很多花艺和纱帘作为隔断装饰，所以沈熠进门后很是费了一番功夫，最后才在一个靠窗的角沙发卡座里找到林秀娜和她的几个朋友。

第三章
七月，欢歌

见到沈熠，林秀娜连忙伸手，很是夸张地大声招呼她过去身边坐。

许是看出来沈熠有些局促，在座的一个画着烟熏妆的女生嗤笑一声，像是发现新大陆一般揶揄道："哎呀娜娜，你朋友这身衣服不错啊！看着像是范思哲今年秋季的新款连衣裙哦！"又对着沈熠问道："在哪买的？这高仿做得不错，不仔细看真瞧不出来哪儿不同。"

沈熠当即尴尬得不知道该如何回言，幸而林秀娜挺身而出，朝那烟熏妆回怼道："乔琳你睁大眼睛好好瞧瞧，人家穿的可是正儿八经的范思哲，还是当季限量新款！哼！"

"你说这是正品？怎么可能？"烟熏妆打量沈熠时鼻孔朝天，不屑之意简直是不加掩饰。

林秀娜却拉着沈熠起身来，对着她身上的裙子一番指点。到底是大牌出品，走线、版型、面料、辅料无一不精湛，又哪里是什么高仿所能模拟得了？

最后烟熏妆也不得不收回之前的轻慢，改口道："不好意思，我这人天生自来熟，就是喜欢跟朋友开玩笑。你是娜娜的同学，也就是我的朋友了，开个玩笑不介意吧？我叫乔琳，很高兴认识你呀！对了，你这裙子在哪儿买的？我看这可是今年的秋季最新款，国内专柜都没上市呢！还有你这包……"

对于女人而言，"包"治百病这话放诸四海而皆准。于是现场风向顿时转变，众人都围着沈熠开始问长问短，一副群星拱月的样子，话题自是就包包和衣服展开的。

本来沈熠对这些所谓的时尚品牌可谓一窍不通，而今在店里工作两个多月，总算也成了大半个行家，深入浅出地回答了几个问题后，众人看她的眼

神更加微妙。

尤其是那个烟熏妆，此时已改为满目艳羡，甚至不惜厚颜奉承道："小熠你品位真好！下次买了什么新品，记得叫我过来观摩一下呀！好喜欢你这个包包哦！"那神态，似乎早就忘了先前那些嘲讽的话也是出自自己的嘴巴。

沈熠其实并不喜欢这样的氛围，也不喜欢这些人。但碍着秀娜的面子，只能勉强保持微笑。还好秀娜待她热络，先叫人给她加了两个她喜欢的菜，又问道："小熠，这里有很好喝的梅子酒，是我们家乡的味道，我叫人来一瓶吧？我记得你以前很喜欢的，有次你生日，我们还差点喝醉了。"

说到这里，沈熠心里一阵暖流翻涌。那是她十八岁生日，刚刚结束高考的那年，也是这样炙热如火的季节，她和秀娜分别收到了两所高校的录取通知书。怀揣着彼此对青春和人生的无限梦想与渴望，她们回顾过去展望未来，又因即将天南地北各在一方，最后差点醉倒在那间简陋的小饭馆里。

最后还是林秀娜半拖半拽的，将沈熠送回到家里。那是沈熠第一次喝酒，也是沈熠第一次与自己唯一的朋友分别，她怎么会忘？

因此她很快点头，并拉住了秀娜的手，低声道："谢谢你，娜娜。"

林秀娜朝沈熠笑得妩媚，转头又去跟其他的朋友们寒暄聊天。因为隔得近，沈熠看见她嘴上涂抹的唇膏有些晕染，人鱼色被酒水混合后显得有些猩红的狰狞，而精致的遮瑕粉又透出她眼底的淤青，再细看，秀娜大笑时，甚至会带出几条极淡的鱼尾纹。她忽然觉得秀娜真的跟以前大不一样了。

"小熠，怎么了？脸上妆花了吗？"林秀娜转头，看见沈熠正伸手在自己脸上乱摸，当即凑近前来问。不待沈熠作答，又压低声音密语道："这个乔琳脑子拎不清的，你别管她。今晚就当给我面子，咱们难得聚一次呀，你要不去洗手间补个妆？我带了定妆粉的。"

沈熠摇摇头，她根本没上妆哪用补？不过被她这么一提醒，倒是想去洗个脸。遂起身，穿过了大半个餐厅，又问了两次服务生，这才在拐角的一盏落地莲花灯前找到了洗手间的入口。

与外面略显喧嚣的音乐不同的是，洗手间内隔音很好，除了一缕若有若无的古筝独奏外，间或还夹杂着几声清脆的鸟鸣。沈熠好奇地四下张望了一会儿，并没有发现所谓的鸟笼，最后推开一扇隔断门进去，才刚放下手里的手机，就听有人进来议论。

"那个林秀娜真是搞笑！以前对着咱们还总阿谀讨好的，现在以为自己傍上个富二代就想跟我们平起平坐？也不想想她一个外地妹，咱们能跟她来往纯属给她脸面了！她以为她是谁呀？"

"就是！先前是看她还算聪明懂事，一起出来玩乐也会抢着买单，这几次越觉得她有点装上头了。对了，她那个什么同学你们看出什么门道没有？我瞧着也不像是个白富美，可是这一身的大牌却又不像是假的……"

"对啊！我也正觉纳闷呢！她那条裙子真是全球限量版的，我刚问了好几个海外代购，都说有钱也弄不到。咱们回头找她加个微信吧！最起码以后买东西多了个门路呀……"

"这个倒是可以有。"

听声音，似乎是先前坐在对面的那两个女孩子，对沈熠还一直颇为友善的样子，那个大嘴巴乔琳并不在其中。沈熠待在格子里，直到确认她们都出去了，方才走出来。打开水龙头，她有些迟缓地捧起一捧清水，重重扑打在自己的脸颊上。

说不清是一种什么滋味，许多类似的回忆瞬间扑面而来。大学四年被孤立被冷眼相待的时光，好几次回宿舍时正好撞见舍友们都在议论自己。回忆让眼泪止不住地涌上来，在沈熠的眼眶里打着转。她愣愣地盯着镜子里的自己，脑子里却只有这一注水声。

直到有人伸手关上了水龙头，又在身侧递来一张面巾纸，说道："别这样，小熠。我都习惯了，我们都要适应这个社会。"

沈熠缓缓直起身，转头看着一脸不羁淡漠的秀娜。"为什么？秀娜，你明知道她们并不把你当朋友……"

"为什么？别人不懂，难道你还会不懂吗？因为我缺朋友啊，因为我寂寞啊！像咱们这样出身的女孩子，爹不亲娘不爱，在家里我们是多余的那个人，在学校我们也是交不到朋友的单亲问题学生！现在好不容易我毕业了，工作了，如果还没有几个可以吃饭喝酒的朋友，我不是早得疯了？！"

沈熠哽然无语，其实林秀娜根本不用开口，她也能明白一切。她只是莫名心痛，因为原本她以为秀娜过得比自己好。但原来从头到尾，她们的命运都很难被改变。

片刻后沈熠握住秀娜的手，道："你还有我呀，娜娜，我们一直都是最好的朋友，不是吗？"

林秀娜不假思索地点头："对啊！我们一直都是最好的朋友，可是小熠，你现在这么忙，我都很难见到你一面，所以我还得有其他的朋友对不对？而且我打算以后在这里结婚，所以我肯定要融入这个城市的生活啊！她们几个虽然嘴巴是刻薄了点，但是都是本地人，而且家庭条件也不错，以后说不定交往久了，总能有几分真心的呀……"

见林秀娜如此喋喋不休,沈熠便不再相劝,只道:"那你自己小心点,我还有事要先回去了。"

"哎呀,别呀,来都来了,怎么也吃完饭再走吧?"林秀娜见沈熠出了洗手间真往门口走,连忙上前拉住她。正在劝说时有人在身后拍了一下沈熠的肩膀,语气甚是热络地说道:"哎呀,小师妹啊!真是好巧,在这里遇到你。"

沈熠还在纳闷,这位大师兄是谁?一转身,正好看见宋世钧那满含揶揄的双眼,于是心中一动,点头回道:"师兄,你也来吃饭?"没想到宋世钧跟秀娜那一伙的朋友也有一两个相识的,只是看来彼此身份有些差距。

宋世钧带着沈熠进了事先定好的包房时,几个女生还不断朝沈熠这边翘首相望。见沈熠坐定,宋世钧这才问她:"你怎么会认识她们的?"

沈熠被他问得有些懵,隐约觉得宋世钧的话里有些不认同,便连忙撇清:"我也是第一次见这几个女生,她们是我同学的朋友。哦对了,我同学就是先前那个跟我说话的女孩子,她叫林秀娜。"

"我知道,你同学好像是在一个策划公司做公关对吧?你跟她很要好?"

宋世钧看来是这里的常客,服务生一进门就给他倒上了依云水,又取了镇好的冰酒过来,用眼神询问宋世钧是否现在就要打开。"先放着吧,拿菜单进来给这位女士点餐。至于我的那份,按照以前的来就好。"侍者带上了门,包房内顿时安静了许多。

沈熠隔着一扇玻璃窗看见秀娜在那几个人的怂恿下上了台似乎要献唱,这些全然陌生的场景让她感慨道:"原来秀娜在做公关?难怪呢,我看她现在性格开朗了不少。"

宋世钧抿了一小口杯中的矿泉水,眼神有些闪烁地问道:"你知道公关是做什么的吗?小师妹,倒不是我有意离间你和你同学的友情,不过在我看来,你跟这个林秀娜,你们并不是一路人。"

沈熠被最后这几个字刺了一下,她像个刺猬一样立即反击道:"谁说我们不是一样的人?你根本不知道——我跟秀娜,我们从小一起长大,我们既是同学也是亲人。在这个世界上,再没有第二个人比她更懂我更了解我,所以,我不准你这么说她!你根本就不了解她,你这是妄下论断!"

"好吧好吧!我收回刚才的话,看把你给急的。"

宋世钧很好脾气地宽容一笑,随后指着菜单道:"这个牛油果沙拉不错,你们女孩子挺喜欢的。"

沈熠瞄了一眼那个没吃过的进口果子,摇头不敢尝试:"算了,这么贵。

我还是点个意面吧。"

话音未落,包房的门被人推开了。沈熠扭头一看,顿时脸色发青。

真是不是冤家不聚头——天晓得,贺司南的饭局,还是给自己撞上了!

因为看见贺司南和霍东方走进来,正在外面抱着话筒唱得如痴如醉的林秀娜也跻身进来了。她拉着沈熠附耳低语一句,沈熠当即只能硬着头皮朝宋世钧说道:"师兄,我想跟娜娜一起说说话,外面太吵了……"

宋世钧哪会看不穿林秀娜这点小伎俩,不过看在沈熠的面子上不戳穿罢了。

随后林秀娜就在沈熠旁边落了座,沈熠点菜时,她就跟对面的霍东方搭上了话,两人还掏出手机互相加了微信。

其间贺司南跟宋世钧有一搭没一搭地在聊周末相约去打球的事,眼见林秀娜在霍东方身边搔首弄姿、风情无限的样子,而沈熠始终光顾着埋头看菜单,一边看还忍不住要核对一下价格,宋世钧不由摇头失笑道:"点个菜这么纠结?要不还是我给你推荐吧!"

沈熠如释重负,摊开手老老实实地说:"那太好了!谢谢师兄,我没什么忌口的,你随便点个面条和青菜给我就行了。"

说着,她眼睛扫到餐桌对面的音响设备,有些狐疑地问道:"这里到底是KTV还是餐厅?"

这一句终于惹得一直将她视而不见的贺司南开了口,不过语气显见嘲讽和不屑:"土成这样,还捡了人家不要的一堆名牌穿在身上?"

"司南……"宋世钧眼见沈熠脸色都变了,连忙出言阻止,可惜贺司南话已出口,为时已晚。

沈熠慢慢地收起脸上的表情,她看了看正在跟霍东方说话的秀娜,又看见宋世钧略带歉意的神色,最后垂下眼睑,将视线聚集在眼帘下的范围内。

包房内气氛看似不错,因为秀娜开始唱歌。她的歌声挺美,选的歌曲也妖娆欢快。沈熠会在秀娜唱歌时给她鼓掌,她第一次发现原来现在的K歌设备还会给演唱者打分。林秀娜嗓音不错,挑的又是一些抒情的慢歌,因此很容易拿到大满贯,还附带结尾时的喝彩提示音,现场气氛自是更热烈许多。

而坐在她对面的宋世钧偶尔也会凑过来跟她说一两句话,沈熠对他还是敬重的,然后其余的时间就专注于侍者送上来的菜式。她吃得很慢,一份黑松露意面从头到尾吃了大半个小时,根本就没看过贺司南一眼。似乎是无意,又显然带着刻意。

幸好贺司南后来也没再针对沈熠,看起来他似乎也并不在意这种完全没

有存在感的小人物。

许是喝了酒的缘故,霍东方开始当众跟林秀娜搂搂抱抱的。沈熠忍了又忍,最后还是看不下去,背起包包就要告辞。

"哎,小熠,你等我一起走吧!"

林秀娜半真半假地出言挽留,却惹来霍东方一句过火的玩笑。"哎呀,娜娜,你想签我们公司的这张单也可以啊!让你同学留下来陪我们喝一杯呗,这事就算这么定了!"

沈熠尤为讨厌这种油腻而放肆的腔调,当即转过脸对霍东方怒目而视。林秀娜见势不妙连忙上前挽住她的手,正在央求她再坐会儿时,旁边已经有人端来了高脚酒杯,对着霍东方招呼道:"来来来,刚刚你都没顾得上跟我们喝酒,现在补上。别废话赶紧喝了吧,你!"

就这样,霍东方劝酒不成自己先被灌了一大杯。然后接着又是宋世钧也嚷嚷着鄙视他重色轻友,不由分说地再灌下一杯来……见此情形,沈熠当然都明白过来了。

可是她不理解的是,宋世钧出手还算是维护她,贺司南这么一杯接一杯地往死里灌人,又是为哪样?

这一轮灌酒的车轮战下来,最后的结果就是不到十五分钟,霍东方就醉成了一摊烂泥。

林秀娜有些急躁地推了霍东方几次,见他人事不省,这才对着沈熠哭诉道:"怎么办?他怎么一下子就醉成这样了?他刚刚明明答应我的,今晚就签了我们公司的合作方案的。小熠,这个合同对我很重要!"

对于她所说的方案沈熠一无所知,不过看她样子确实是个要紧的事情。就在她寻思着怎么给霍东方醒酒时,始作俑者贺司南露出了一个胜利的微笑。

沈熠看见他对林秀娜勾了勾手指,然后秀娜巴巴地跑到他面前,片刻后回来挽住沈熠的手,看见救星似的哀求道:"小熠!贺总说这个合作他们才是真正的甲方,现在只要你跟他比赛拼歌,他就做主点头跟我签合同!"

"拼歌?拼什么歌?"沈熠有些发懵地看了看周遭,然后她听见贺司南有些阴险地朝自己笑了笑。

伴随着外面大厅传来的一声鬼哭狼嚎,他很应景地回了一句:"死了都要爱。"

沈熠觉得自己这辈子就没遇到过比贺司南更讨厌的人了。他简直就是自己命里的魔星,灾星。可是这会儿,看着林秀娜央求的眼神,她还不得不点头,咬牙拿起了话筒,心里恶狠狠地问候他家祖宗十八代,嘴里不阴不阳地说道:"贺总真是个性情中人,不过说是拼歌咱们也得定个规矩,谁输了谁扮狗叫,有没有问题?"

贺司南没说话,只是捧着手里的酒杯意味深长地微微一笑。

沈熠最看不得他这样的笑容,当即不屑地转过脸。旁边的宋世钧有点不忍心,凑过来提醒道:"那个,师妹啊,司南他以前拍过电视剧做过主角的,至于唱歌嘛,他是声乐八级,以前还开过直播……"

沈熠点点头,最后确认贺司南眼底的笑意都是满满的不怀好意,方才喃喃低语道:"好吧,贺司南你欺人太甚……"

后来这一场拼歌的走向,其实远远超越了在场所有人的期待。事实上贺司南的确是专业科班出身,音准与音色唱技俱是一流,但可惜他碰上的人是沈熠——

就连宋世钧也是后面才从林秀娜口中得知,沈熠虽是设计专业毕业,但从小到大,只要学校有文艺晚会,开幕和压轴的歌一般都是由她独唱。

这两人,怀着一股不服输的倔强,用包房简陋的KTV设备,将一曲《死了都要爱》唱出了《我是歌手》的最后争夺赛的现场音感。一曲终了,两人各自捧着自己的麦克风对望无言,还清醒着的宋世钧和林秀娜则听得连鼓掌都忘了。

等了好一会儿没听到电脑系统评分,沈熠有些不满地嘟囔去看:"什么情况?为什么不打分?"贺司南这会儿也顾不得扮高冷了,弯下腰来跟她一起趴在那个十几英寸的电脑屏幕上。两人都不明白之前的100分和99分现在怎么成了一串看不懂的符号,沈熠正要招呼宋世钧过来一起研究时,没想到一抬头就碰到了贺司南的脑袋。

"哎呀!痛死我了!"

"对不起,我不是故意的……"

就在两人又开始新一轮的瞪眼比赛时,电脑系统忽然提示道:"本次演唱者水平太低,系统识别不了,零分!零分!零分!……"正等得焦躁的两人不约而同地怒骂了一句。

沙发那头,观战正酣的林秀娜和宋世钧却不由哈哈大笑起来。沈熠本想就此终结,没想到贺司南却孩子气十足地撸起了衣袖,解开了衣领,摆出一副血拼到底的姿态,朝她勾手指道:"不行!这场不算,咱们再来!"

看他那副样子,沈熠打心里想嗤笑一声幼稚。可是说不清为什么,似乎是先前对唱时他歌声里有一些东西触动她敏感的心思,在那一刻幽暗迷离的灯光下,她分明窥见他眼角有一闪而过的寂寞与惶恐。那些情绪随歌声渗入到沈熠的心里,以至于让她无法开口说出拒绝的话来。最后她便回道:"好啊!来就来,怕你不成?"

正所谓高手过招,招招致命。作为旁观者的林秀娜和宋世钧大概怎么也没想到好端端一餐饭,竟然成了两位歌星的华山论剑终极决战大擂台。

论实力,其实贺司南是更胜一筹的,毕竟科班出身,不比沈熠这个没有受过专业训练的野路子。但他唱了两首之后,宋世钧就开始摇头,开始点评道:"这小子最近精力不行,一听就知道中气不够。"

林秀娜当即听成了贺司南沉溺于酒色影响了嗓音,便得意地扬起眉头,不无骄傲地说道:"那是,我们小熠虽然没读过声乐,但她底子好音色宽广,以前带过我们的所有音乐老师都说,她就是天生的百灵鸟……对了,我记得小熠初中时参加过一个省里的比赛,当时好像就是来了江城的一所重点高中,她还拿了第二名吧!"

"我听小熠说,你们从小一起长大?"

宋世钧这个人本来就很难让人讨厌,加之这样的环境氛围,林秀娜自是不会对一个高富帅设防,于是少不得接过话题便聊了起来,还借着沈熠大套起近乎。

而沈熠跟贺司南的对战,却愈来愈激烈。其实这个电脑评分系统,除了对《死了都要爱》这种超高音会失去分辨能力之外,其余的时候,基本上打分还是靠谱的。

第一轮比赛结束时,贺司南拿了两回满分,沈熠拿了一回,但另外一首也是得了一级棒99分的超高分。

贺司南重重地拍了拍那个电脑,略带气恼地咬牙道:"什么鬼系统?唱得这么烂,居然还跟老子并列?不行,再来!"

沈熠自然也听得出贺司南声音略带疲惫,且对方的水平在自己之上。可想着秀娜的合同还攥在他手里,她只能硬着头皮,使出浑身解数继续对决。

而这一场对战本来就没有裁判,难分胜负。贺司南也是一时兴起,难得找到这样能够"唱得来"的对手,于是挑了几首自己素日喜欢的歌曲,唱得也算尽兴。

可是当沈熠拿起话筒,开始用法语吟唱 Jenifer 的 *Donne-moi le temps*(《给我时间》)时,他的神色就滞变了。

Tellement de gens veulent tellement être aimés(多少人 渴望爱)
Pour se donner peuvent tout abandonner(为奉献 全抛开)

Tellement d'erreurs qu'on pourrait s'éviter（多少错 可避开）
Si l'on savait juste un peu patienter（只要会忍耐）
Donne-moi le temps （给我时间）
D'apprendre ce qu'il faut apprendre（学我所学）
Donne-moi le temps （给我时间）
D'avancer comme je le ressens（行我所该）
Y'a pas d'amour au hasard（爱不能轻率）
Ou qui arrive trop tard （爱不会迟来）
……

这是一首唯美伤感的抒情歌曲，而沈熠的声线清澈、干净，永远有着高中生一般的清纯质感。再加上她也喜欢这首歌，吟唱时略带伤情，正好将原曲蕴含的意境带出了大半。

"我都不知道，小熠什么时候学会法语了……"

在林秀娜妒忌而不解的眼神中，没有等沈熠唱完整首歌，贺司南便放下手里的酒杯站起身来。"明天早上九点，你带你们公司的人来我办公室签约。这个秋冬两季的广告策划宣传，我都签给你们。"

林秀娜惊喜地一下子跳起来，她想去握贺司南的手却落了个空，于是跑到沈熠跟前，一把抱住她叫道："小熠！我成功啦！贺总让我明天早上去他办公室签约！他把整个秋冬的宣传策划合同都给我们公司了！"

"真的？那太好了！"

沈熠放下手里的话筒，跟林秀娜搂着跳着，脸上写满了孩子般的喜悦。

宋世钧绅士般地提出送两个女生回家，却被沈熠婉拒了。"不用，太麻烦你了师兄，我们打车回去就行了。"

林秀娜欲言又止，最后还不无遗憾地盯着宋世钧离去的背影"啧啧"两声。

"行啊你，什么时候有这么一个高富帅的师兄做护花使者了？还有，你跟贺总是怎么认识的……"

因为签下了合约，林秀娜自然也懒得去管躺在沙发上醉成一摊烂泥的霍东方了。好在宋世钧周到，出去不久就让他的司机进来抬人了。

贺司南喝了些酒，也没带司机，从餐厅出来就叫了代驾。坐在后座闭目养神时，正好被路过的宋世钧看见。宋世钧敲了敲他的车窗玻璃，贺司南侧眼看了看，才皱着眉头摇下车窗。

"干吗？我等代驾呢，你早点回吧！"

"你这代驾师傅看来是走路过来的啊，我的都已经到了。要不，你坐我车走？我顺路带你一程。"

贺司南摇头，嗤笑道："用得着吗？又不是小姑娘，用不着你献殷勤。"

"不识好人心！"宋世钧挥手时，贺司南便转开了脸。但过了一会儿，却听宋世钧转身道："其实过去的已经过去了，人生不能重来。为什么不能给自己多一次的机会，也给别人一次机会？"

贺司南升上车窗，恍若未闻。可他紧锁的眉宇却出卖了自己此刻凌乱而晦暗的心情。沈熠的歌声，就像是附骨的毒药一般，侵蚀着他的全部身心。他终于想起那个女孩的身影，在音乐教室的钢琴前，老师弹奏，她低声吟诵唱……

Tellement de gens veulent tellement être aimés（多少人 渴望爱）
Pour se donner peuvent tout abandonner（为奉献 全抛开）
Tellement d'erreurs qu'on pourrait s'éviter（多少错 可避开）
Si l'on savait juste un peu patienter（只要会忍耐）
Donne-moi le temps （给我时间）
D'apprendre ce qu'il faut apprendre（学我所学）
Donne-moi le temps （给我时间）
D'avancer comme je le ressens（行我所该）
Y'a pas d'amour au hasard（爱不能轻率）
Ou qui arrive trop tard （爱不会迟来）
……

"给我时间。"时间，这个他曾以为唾手可得的东西，没想到，却是一个神奇的怪物。其实并不算太久，他高中毕业也不过是八年。

当时这首法语歌红遍了全球，而他却因为极度的心情抑郁，差点想要放弃高考。

是那个女孩的歌声，抚慰了他痛楚的心灵。他已不太记得那女孩的面容五官，却无比清晰地记住了那天籁一般的歌声。

只是时隔八年，一切却颠倒了顺序。

八年前，他曾在她的歌声中疯狂，从而走出了人生的低谷，终于正常地走进了高考的战场。

而八年后，沈熠的歌声，却让他从疯狂的凌乱中得到了这些年从未有过的平静。

是的，平静。

贺司南用右手抚摸着自己怦怦跳动有力的心脏，随后低声说道："地狱会有光吗？如果有……"那么，谁会是他生命里的光？

*　　　　　*　　　　　*

林秀娜笑吟吟地挽着沈熠的手，邀她去自己租住的公寓那边过夜。沈熠也是盛情难却，再加上多年没见，难得有这么一个机会能彻夜谈心，最后便跟着她一起上了出租车。

但是她没有想到秀娜住的公寓这么豪华，地处市中心繁华街区，又是错层的跃式，进门一个挑高的客厅顶上挂着欧式的水晶灯，原木的楼梯从一楼通往三楼，沈熠粗略数了数，这套公寓应该是有两个套房的——单纯以江城一个白领的薪水，沈熠估算着自己是绝对付不起这个公寓的租金的。

但林秀娜却面有得色地告诉她："我这里怎么样？是不是还算凑合？要是你喜欢的话，不如也搬过来住吧，二楼的那个套间我现在空着呢，放心不用你付租金的。"

"那怎么行？你这房子租金可不便宜——"

眼看沈熠还是不开窍，秀娜这才无奈地摇摇头，坦承道："是不便宜，但也不用我自己给钱啊！我不是告诉过你，我有个男朋友，经济条件还不错嘛……"

沈熠听到这里总觉不妥，可对着秀娜，她是很少会说出任何驳回她脸面的话，于是岔开话题，问道："对了，娜娜，你上次说你妈妈生病住院了，现在情况怎么样了？"

秀娜进门就光着脚上了三楼卧室去更衣，这会儿穿了一件黑色真丝睡袍走下楼来，沈熠忽然发现她手里还夹着一根香烟，烟雾袅袅。她有些瞠目结舌，想问秀娜何时学会抽烟的，下一秒又觉得不太礼貌。正不安时，秀娜一屁股坐到了她身边，随后把两条雪白的玉腿架到了对面的玻璃茶几上。

沈熠看见秀娜雪白饱满的脚趾头上涂着猩红的指甲油，跟手上的指甲油，还有她唇上的口红都是一样的颜色。这个色系如今仿佛很得她的钟爱。

"还能怎么样？妇科病，我问了医生，这种病其实没得治的，说到底就是生了太多的孩子，又没有那个条件去讲究卫生。所以除了花钱就是遭罪，还得担心以后会不会癌变。"

隔着烟雾，沈熠有些看不清秀娜眼里的神色。不过听声音是无悲无喜的，那一种淡漠平静疏离，好像她此刻在说的不过是别人的事情而已。关于秀娜跟家人的关系，再没有人比沈熠更清楚了。因为凑巧，秀娜的母亲是沈熠父亲的远房表妹，两家也算远亲。跟她一样，秀娜的父母也是很早就离婚了，家中本来有三个孩子，秀娜是老大。要说不同，大概就是秀娜的母亲后来嫁的丈夫十分潦倒，结婚后夫妻二人就开始摆摊做小贩，但是感情却特别好。

秀娜的母亲再婚后陆续又生了两个孩子，而她的父亲也再婚了，又添了一个儿子。也就是说，秀娜一共有五个弟弟妹妹。而沈熠的母亲再婚后只生育了一个儿子，那个弟弟还是沈熠快要上高中时才有的。沈熠对其印象十分模糊，有时候甚至根本想不起来自己还有这么一个同母异父的弟弟。

大约是大二的时候，秀娜曾在QQ上跟沈熠聊天时向她吐槽，说母亲让她用业余兼职赚的钱供最小的妹妹上学，而秀娜的回应则是两个字："做梦。"不止一次，秀娜在沈熠面前对自己的父母狠狠地唾骂过。她觉得，就是因为有这样糊涂的父母，自己才会前途黯淡，一直过得如此卑微潦倒。

沈熠对秀娜那些怨恨父母的话并不认同，但感情上却是十分心疼秀娜的。因为她知道大学勤工俭学的苦，她的大学四年就是这么过来的。每天下课后见缝插针地画那些她根本不喜欢的商业油画，一幅画除掉颜料和画布的钱，只能赚个一百多块，可这一百多块却要花掉她足足十来个小时的时间！

要说自己的母亲对自己只是冷漠，不闻不问，可秀娜的母亲却还逼着她照拂家里的弟弟妹妹。沈熠因此不敢深劝，只能避重就轻地说道："那等下周我休息的时候，咱们一起去医院看一下阿姨吧！"

秀娜从鼻孔里喷出一团烟雾，沈熠看不清她是摇头还是点头，总之最后是模棱两可的一句话："再说吧！我下周还不定得空呢，对了你跟我说说你跟贺总到底是怎么认识的呀？你不知道，他可算是江城头号的高富帅了，只要能搭上他这根线，以后我的业务……"

沈熠没有做过业务销售类的工作，但她知道以秀娜要强的性格，应该是想在事业上有一番作为的。可是一提起贺司南她就有些头疼，最后在洗澡前后把来龙去脉说了一遍，秀娜很会扣重点，当即便揣测断言："小熠，我觉得贺司南对你……绝对是有想法的。"

这话吓得沈熠出浴室时差点绊了一跤，站定后还惊魂未定地用毛巾擦了擦仍在滴水的头发："不可能，不可能——娜娜我跟你说，你是没见过我们顾总到底是什么样的人物，贺司南这种奇葩就连她这样完美的女神都不喜欢，你说他会喜欢我？天哪，这太可怕了，他莫不是个大变态？你不要吓得我今晚失眠！"

秀娜这会儿正在客厅的餐桌前，往高脚杯里倒红酒，沈熠发现她这个小公寓里没有丝毫油盐柴米的气息，但是各式各样的洋酒却是琳琅满目地摆了足足一个柜子。

随后秀娜端着两杯红酒走上来，递了一杯给沈熠后自己抿了一口，这才正色道："你怎么知道我没见过你们那位顾总呢？我知道的，顾芳菲嘛，江城有名的才女千金，又有钱又有貌还有才华，啧啧，外头的人都把她吹得快要上天成仙了！"

沈熠又忍不住露出痴迷的神色，要是没听之前的那一段，秀娜肯定会误以为她是在痴迷贺司南的帅气多金。

可是偏偏沈熠痴迷的却是顾芳菲这个女人，于是秀娜少不得要把她拖回正道来。

"哎，小熠，你该不会是在性别取向上面出现了偏差吧？我听说你们学艺术搞设计的人，都喜欢钻牛角尖呢！"

沈熠气得连连跺脚："怎么可能？娜娜你一定是喝多了，你怎么会说出这样的话来。"

林秀娜却是一脸的坦然，她拉着沈熠在二楼客房的床上躺下，又调暗了卧室的床头灯。

幽暗宁静的卧室里，睡意蒙眬的沈熠跟林秀娜并排躺在一块，这种久违的感觉让沈熠惬意地只想闭上双眼。她听秀娜各种发问，时不时回上几句。但她不知道的是，就在自己睡着之后，得不到回应的林秀娜又从床上起了身，光着脚端着酒杯回了自己三楼的卧室。

跟贺司南拼歌这件事，在沈熠心里就是个突发事件。但因为他签了林秀娜的合同的缘故，到底心里还是对其有了几分感激和改观。可随后再见到贺司南的时候，她还是本能地想要避开跟他正面交谈，甚至是不得已倒茶送咖啡过去的时候，都会借故马上走开。

周五这天上午，快到十一点的时候，宋世钧却开车过来星辰了。沈熠正在店里帮着接待客户，远远隔着落地玻璃窗看见宋世钧的身影，他跳下车之后走到另一侧拉开车门时，她就猜到了，大约是宋丹宁来了。

果不其然，原来顾芳菲约了宋丹宁过来喝茶聊天。宋丹宁上楼之后没一会儿，宋世钧就下来了。

沈熠这会儿正好没什么事，便带着他在店里随便逛了逛。看得出来宋世钧对这些奢侈品珠宝之类的并没有什么兴趣，而他身上穿戴虽然讲究，可难得的是并没有骄矜之气。不像贺司南的其他一些朋友，如霍东方之类的，每

次来店里都是油嘴滑舌地跟店员们搭讪。

沈熠礼貌地谢过上次的事情，宋世钧对此并不在意。不过他随后提起林秀娜，并委婉地说道："林小姐是你同学，你知道她现在有没有男朋友？"

沈熠闻言一愣，随后便点头如实道："好像听她说是有一个男朋友正在交往的，各方面条件都还蛮好的。怎么了？师兄你看上我这位漂亮同学了？"

沈熠本是开玩笑，没想到他接下来说的话却大大超出了她的预料，以至于后面过了好一会儿还有些接不上来。宋世钧告诉沈熠，最近这几天，林秀娜跟霍东方来往密切，两人不但经常一起吃饭，有一次还被他撞见行迹亲密地在酒吧喝酒唱歌。

沈熠这会儿真是有点懵了。那晚秀娜不是还说对自己男朋友挺满意挺喜欢的，打算过段时间就结婚吗？怎么这么快就转了心意，跟霍东方暧昧起来了？而且，关键是她觉得霍东方这个公子哥一看就不是什么靠谱的人啊！为什么秀娜会喜欢他，难道——

沈熠有些难堪地谢过，许是看她脸色不太好，宋世钧便如实地劝道："其实这事我本不该多嘴的，毕竟他们男未婚女未嫁，怎么交往是每个人的权利。不过我们几个朋友里头，霍东方这小子最招女孩子喜欢，但是他只是招人喜欢，他不会去喜欢一个人。他不像司南，司南只是看似风流，其实内心里最是孤独封闭不过了。"

"啊？"沈熠听到这话真是惊得下巴都要掉地上了，看她不敢置信的表情，宋世钧又加了一句："你有没有听过'他人即地狱'这句话？对司南而言，这就是他的处世信条。等你以后跟他接触久了，就会发现，他其实是真正的孤独，从不愿意接近人，更不愿意任何人接近自己。"

他人即地狱。沈熠送走了宋世钧，呆立在落地玻璃窗前。她看着城市的车水马龙，脑子里回响的却是那天晚上，贺司南那时而哀伤，时而激情，时而愤懑的歌声。她一直就不了解他，也从来不觉得自己需要了解他。但那天晚上的歌声里透出的落寞与孤独，痛苦与无奈，她却是听懂了，也听进了心里。与语言不同的是，歌声发至心底也直抵心灵，那是人类最不会作伪的一种情感抒发。

沈熠倏然心惊，她觉得有些事情自己似乎从一开始就搞错了。贺司南不是"唐僧"，她必须向他道歉。想了又想，沈熠最后还是没有选择当面直接去问秀娜。她太要强了，也太好胜了。从小到大，秀娜都是不能接受别人给她任何难堪的。

沈熠后来只是在微信上问了一下她最近跟男朋友相处得如何，何时喝喜酒之类的话，等了半天，林秀娜就回了一个"呵呵"的表情，附带一句"我还年轻，这事不急啊！趁着还有挑选的余地，当然得找个最好的不是？"

这话印证了宋世钧的提醒，秀娜如今真是一脚踏两船。沈熠当即觉得脸上火辣辣的，仿佛做错事的人不是林秀娜而是自己。她有心想提醒秀娜不要一山看着一山高，但微信消息那里打了又删，删了又打，最后还是只回了一句："我觉得只要两个人真心相爱，其实对方就应该是彼此最好的选择。而且你男朋友对你很好啊，我挺羡慕你的，希望你幸福。"

消息发出去半天，林秀娜也没有再回一个字。沈熠心里忐忑，拿着手机看来看去，最后觉得自己应该没有说错什么，这才轻叹口气，换了衣服坐车去医院了。

因为怀揣着要跟贺司南道歉的这桩心事，在病房时沈熠就有些心神不宁。沈父最近康复情况不错，第一次手术后的抗排异治疗对他疗效显著，加上又听医生打气说只要保持这样的状态，经过第二次手术之后他就能再次站起来恢复正常人的生活。所以这些天他的精神状态也格外好，见到女儿笑容寡淡，他还以为是工作太累了，便叫沈熠先回去休息。

沈熠早把白天护工换下来的衣服用袋子装好了，这会儿又去浴室打了些热水出来给爸爸擦脸洗脚。沈父推脱几次，说白天护工阿姨已经给自己洗过澡了，她还是固执地坚持道："洗了澡就再洗个脸吧，等会儿您吃了饭，我再扶着您刷个牙。这样晚上就不用再挪动下床了。"

沈父见她执意，便点头应说好。沈熠从浴室端水出来时，正好病房里其余两个病人都出去了，沈父这才拉着女儿低声问道："小熠，你老实跟爸爸说，是不是交男朋友了？"沈熠一头雾水，只是摇头。沈父便一脸肃然地提醒道："今天上午有两个工友过来看我，他们说你找了个有钱的男朋友，还给你买了不少名牌东西，这事到底是怎么回事？那人又是什么人？"

沈熠更加莫名其妙，她想了又想，最后只能推测到那天在医院撞见贺司南时可能被人看到了，便如实解释了一番，最后自嘲道："爸，您也不想想我这么普通的一个女孩子，人家真是有钱又有势的，怎么可能看得上我？"

"那也不能这么说，小熠你——"沈父的话没说完，沈熠的手机就响了起来。她以为是林秀娜回电话过来，连忙借机溜出病房。

可是，等她看清楚上面那个来电号码之后，一颗心就立马狂跳起来。是妈妈——她给自己打电话了？她怎么会给自己打电话？……沈熠深吸了好几口气，才颤抖着双手接起电话。她把手机贴在耳边，把声音放低，柔和又乖巧地开口："喂，妈妈……"这个久违而又熟悉的称呼出口，她的眼泪已经

忍不住潸然而下。

可是她没想到，母亲给她打电话，却是为了要钱，并不是因为什么思念。沈母在电话里霸道而强势地命令女儿："赶紧给我打十万块钱过来，你傅叔叔的生意周转不灵，我跟你弟弟这个月都没吃上一顿像样的……"母亲在电话里一如既往地尖酸刻薄，滔滔不绝间似乎全然忘了，自己将刚刚放下书本的女儿丢进大学之后，就再也没有给过一分钱，给过半分爱的事实。

沈熠甚至忍不住开始怀疑，爸爸跟自己说的那一切到底是真的吗？她也曾爱过自己？也曾因为与自己分离而痛苦到发狂不能自已？

因为手机里的嗓门实在太大又太尖锐，沈熠怕被人听见又担心惊扰了病人休息，便推开旁边的一扇消防门，走进了楼道间。楼道里有些阴暗，对比外头开着日光灯的走廊，简直就是两个世界。

沈熠却觉得走进黑暗里，自己那颗焦苦的心也跟着勉强透了一口气。她将身体靠在冰冷厚实的消防门板上，一只手不自觉地反复抚摸着上面的金属门把手。鬼使神差地，她忽然开口打断了母亲的滔滔不绝："妈——你还记得，我六岁那年在街上看到的那串水晶项链吗？"

"项链？——什么项链？你这死丫头别跟我扯这些没用的，我跟你说的话你听到没有？赶紧去给我转钱，还有，你现在大学毕业了，以后每个月都要给你弟弟寄生活费……"似乎是因为要钱心急吧，沈熠听见母亲好几次在说话的间隙里连连喘气。

沈熠回想了一下关于母亲的印象，最后灰心地发现，其实自己只记得六岁那年她留在自己心里的样子。至于后来，母女俩真正在一起生活的那些年，因为无休止地责骂与冷漠，她似乎根本就没有认真地看过母亲一眼。

沈熠在心里重重地叹了口气，她耐着性子听完了电话那头的牢骚和要求，最后只是回了一句："您账号多少？我现在身上也没钱，但是我可以给您打几百块过去，最起码缓解一下您现在饿肚子的问题。"

"什么？！你个死丫头，现在翅膀硬了就以为自己真的能飞了是吧？几百块，你这是打发叫花子吗？别以为我不知道，你现在找了个什么有钱的男朋友，这十万块还不是你一句话的事……"

沈熠不急不缓地在电话里解释了几句，她告诉母亲爸爸受伤住院的事实，可是那边却根本不想听这些，每次她都没说完一句话就被骂声打断。沈熠开始觉得浑身发冷，冷到厉害时她只得将身体从那扇铁门上移开。她慢慢地蹲在了地上，一只手护着自己因为冷而开始颤抖的身体，在听到母亲威胁说要去告她不孝时，她才轻笑一声，一字一顿地回道："您要去告我不孝？

随便您。反正我说的都是事实，我现在的确没钱，爸爸的住院费都还欠着一些。而且您不要总扭曲黑白，我大学四年没收到过家里一分钱，我所有的学费生活费都是自己打工赚来的。真要上到法院，我不知道您要怎么去跟法官说？我是不是不孝我不知道，但是您不爱我，您不是一个合格的母亲，我却十分清楚明白。"

在母亲的咆哮怒骂声中，沈熠轻轻地挂断了电话。她并没有哭，感觉到双脚蹲得太久而开始麻痹时，她就这么扶着墙，慢慢地站了起来。

她在黑暗里站了很久，紧紧地闭上眼睛握紧拳头，直到感觉胸口的疼痛终于可以透过一丝气来时，她才重重地呼出了一口憋闷许久的浊气。

然后，她就听见了一个熟悉的声音，带着一股烟酒嗓的质感，问道："没看出来你耐性还不错呀，跟这种人都能掰扯这么久。"

沈熠不用看，也知道这声音的主人是谁了。她无奈地一手扶住前额，强迫自己迅速冷静下来后，便对贺司南郑重其事地说道："对不起贺总，我想那件事——就是那个骗子的事情，应该是我搞错了。我现在郑重向您道歉，请您原谅我吧！当然，那一巴掌，您也可以现在打回来。"

贺司南摸出打火机点着了烟，又朝沈熠身上看了看，并没有接话。

就在沈熠觉得他肯定是在憋着什么坏招要向自己报复时，不想，这厮居然装着高冷的腔调，就这么顺着楼梯往下走了！走了！走了！

沈熠呆愣了几秒钟之后才追上去，她冲他的背影喊道："喂！你就这么走了，那到底是原谅还是不原谅？"

贺司南这会儿已经快走到一楼楼梯间了，他今天穿着一身白衣白裤，又兼腿长脚快身形翩翩，站定脚往沈熠所在的三楼只望了一眼，便颇有几分超级男模的姿态。

只见他似是朝沈熠挥了挥手，又像是招了招手，留下一句："哪有那么容易原谅？下次叫你来唱歌，必须随传随到！"

"啊呸！什么叫随传随到啊？我又不是你养的一条狗！"沈熠听到最后一句就气不打一处来，不过弱弱地回怼了这么一句，自己也知道纯属强行挽尊。没办法，谁让自己有错在先，还欠了他一个人情呢？

但是，说句良心话，沈熠对跟贺司南一起唱歌这件事是不抵触的。不但不抵触，甚至还有那么一丁点的期待和享受吧？谁让他歌唱得好呢？现实凝重，唯有歌声与音乐能纾解情怀。

怀着这么一丝丝的期待，沈熠嘴角带着微笑回到了病房。沈父见她心情不错，便问了一句："刚刚谁给你打电话啊？看你这么高兴的样子。"

沈熠这才又想起那个令人烦躁的电话来，她虚应了一声嗯，想一想还是如实道："她给我打电话了。"

这个"她"，对于沈父而言，是不假思索也能猜得出来的。别过脸，沈父追问了一句："她有什么事？还是跟你聊聊家常？"见沈熠默不作声，嘴角翕动几下，又言不由衷地劝道："孩子，她始终是你妈，这些年来我都没怎么管过你，要不是她……"

沈熠这会儿忽然不想粉饰温馨太平了，她看向窗外，平静地说道："她也没管过我，从我上大学的那一天开始，她就没给我寄过一分钱。大学四年，我的学费和生活费都是我自己打工赚的。"

"什么？小熠，你说的都是真的吗？她……她怎么可以这样？我明明每个月都给她打生活费的，她为什么要这样对你？"

面对父亲的愤怒与诘问，沈熠只能摇头："我不知道，爸爸。我只知道她从我记事的时候，就不爱我了，您说的那些痛苦我没从她身上感受到。我只知道，从小到大，我一直就是个不被爱的孩子，我的生命，不受这个世界的欢迎。"

眼泪从眼眶中滴落时，沈熠的心却并不觉得有多么疼痛。她想自己应该是早就麻木了吧，懦弱了这么多年，第一次正视自己从不被爱的事实，第一次对唯命是从的母亲说不，第一次告诉自己的父亲，当年因为他们对她不是男孩的态度，给她的人生到底带来了怎样的伤害和痛苦……

这一切，对于从前的沈熠来说，那是不可能的。

大学四年，她独来独往，不跟人交往只是为了避免被人发现这么不堪的真相……

而这一刻，鬼使神差，她就这么一五一十地说出了隐藏在心里多年的想法。面对父亲愧悔而心疼的眼神，她只是平静地用手背擦去了脸上的泪痕，再一次重申道："没关系的爸爸，那些是以前我很想要的东西，现在我已经不想了。我会好好地爱自己，也会好好地照顾您……我长大了！"

长大了，她开始学会好好爱自己。

六岁那年夏天，那一串求而不得的水晶项链，总有一天，她会完全忘却的。

第四章

八月，命运广场

"这一季的夏天有些反常，都八月了，天还这样热，搞得我白天都不敢出门。院子里的绣球花也蔫了，一天得浇上好几次水才能挺拔些。前些天听说要刮台风也没见来，要不你陪我去土耳其玩几天吧！我们还没一起坐过热气球呢！卡帕奇的山洞酒店也能避暑，听说早晚都要穿毛衣……"

顾芳菲最近忙得不可开交，难得有一个下午稍稍清闲一点，就被宋丹宁见缝插针地安排了下午茶话会。不过自打她进来，几乎十句有八句都是宋丹宁自说自话，顾芳菲捧着个平板电脑，不时在上面敲敲打打。但就算要分神工作，顾芳菲还是精准地抓住了重点，适时地回道："土耳其你不是去过吗？我记得前两年暑假时，你约我不得空，后来你跟两个同学一块去的。那张穿着红色高定长裙子水晶鞋，站在卡帕奇的山坡上拍的照片在脸书上可是超过十万的转发量。要我说，你若肯转行去做模特，维密的天使翅膀就是为你量身定做的。"

这一记马屁拍得精准，就算是从小自持美貌的宋丹宁也笑得两眼弯弯梨窝乍现。但笑完之后她又噘起了樱桃小嘴，撒娇道："可是那一次不是跟你去的，我一直觉得遗憾。"

顾芳菲这才从平板电脑上抬起头来，哭笑不得地瞪了她一眼，摇头道："我又不是你男朋友，跟不跟我去真有这么大的区别？"

"区别可大了！我觉得土耳其爱琴海这么浪漫的地方，就该跟你一起去！真的、真的、真的，亲爱的你难道不觉得我们就是天生一对吗……"

宋丹宁边说边抱住顾芳菲，把个脑袋使劲往她身上攒。顾芳菲这才不得不放下手里的平板电脑，对她说道："那行啊，我答应你一定找机会陪你一

起去。不过不是现在，我最近……"

宋丹宁听了开头一句很是高兴，到后来才知道又是哄着自己，当即就撇嘴失望道："找机会找机会，你每次都是这么说。其实我都不知道你每天这么忙到底是在干些什么呀？你给我看看——"

宋丹宁说着，就要去拿顾芳菲放在一旁茶几上的平板电脑。不想顾芳菲出手更快，一把拉住宋丹宁的手，笑道："你看这些干吗？你是天生的艺术家，我呢，现在可算是半个商人，满身铜臭味只怕要熏着你。要你看我的销售数据报表，一定会乏味得想哭……"

宋丹宁从小就怕数理化，闻言当即放弃一看究竟。

只是她仍气哼哼地十分不快，为岔开话题顾芳菲便道："先前是你堂弟送你过来的？我看世钧这两年倒是稳重不少，跟他父母的为人并不像。"

一提起这个跟自己走得还算贴近的堂弟宋世钧，宋丹宁少不得带上几分回护和得意之色："是啊，世钧小时候跟我倒不怎么亲，也可能是他妈总在背后管着吧！这几年我们都大了，虽然不常在一起，但是好像都能互相理解彼此的难处了。"难得宋丹宁肯正视上一辈的恩怨是非，顾芳菲便趁机问起如今她名下还欠着多少外债。

从前她不敢问得太直接，只怕损伤了好朋友的颜面，可如今对于自身的境遇落差宋丹宁也早已接受，便说了一个大概的数字。随后重重叹口气，将上半身扔进沙里以手捂脸道："你是不是觉得我欠着这么钱还有心思四处去旅游，这样的行径很是可耻？其实爷爷跟我说过，他还有一笔资金在海外，只是没到合同约定赎回的时间，可是我实在是怕让叔叔、婶婶知道了又要闹起来，因此劝他老人家还是公平分配。只是没想到世钧说他那份转给我还债，我说不过他，就厚着脸皮应了……"

照这么看来，宋老爷子名下这笔钱应该数额不菲。对于这一点顾芳菲其实并不意外，毕竟宋老爷子显赫半生，临到老了总会有些财产傍身才是。但她意外的是宋世钧居然如此轻财仗义，便道："那样也好，左右你们家现在也就你跟你堂弟两个孩子。你爷爷的财产愿意给谁都是他的意愿，你堂弟愿意转赠给你也没人能拦得住。但是宝贝你有没有想过，等你爷爷走了，你还要继续留在江城吗？"

宋丹宁一下子睁大了眼睛，她脱口道："是啊！你在这里我就在这里，我就你这么一个知心好闺蜜了，你该不会是想着赶我嫁到国外去吧？"

"怎么会？你看我像是这么狠心的负心人吗？"顾芳菲难得带出一些顽皮的笑意，手在脑后一拨，将原本半束着的长发都垂散到了肩上。

"走，今晚带你去个好地方吃饭，吃完包你开心。"

宋丹宁欢喜地跳将起来，两人走到门口拿包穿鞋时，苏悦拿了一份合同上来敲门。

"顾总，应达集团的总秘又给我们发了一份合同，她说他们总裁还是想做我们这次慈善活动的捐助者，您看——"

顾芳菲没接苏悦递过来的合同，眼神却分明冷了下来。苏悦跟她也是同学，平时甚少遭她责怪，此时杵在门口却有些不知所措，继而尴尬又无助地看向了宋丹宁。

宋丹宁这会儿的脸色其实也不好看，但她这样骄矜的人怎会轻易在外人面前失态？更何况她也不想苏悦难堪，便替顾芳菲接过合约，大大方方地回道："人家既然上赶着捐钱做善事，这合同为什么不签？对了，苏悦，我们现在要出去吃饭，要不一起？"

苏悦再天真这会儿也不会附和，边摇头边"噔噔噔"地下了楼。见她匆匆下了楼，顾芳菲这才拿过宋丹宁手里的合同，看也不看就要往一旁的垃圾桶里扔。

"你干吗？真是送钱上门也不要啊？"

宋丹宁一把又抢过合同，自作主张地替她放在了办公桌上。

两人下楼取车，一路无话。

宋丹宁车技不佳，一向都是由顾芳菲开车，可是今天也不知是怎么了，平时温婉柔和的顾芳菲几乎是全程不发一言，等车子停到了海边，看着车窗外的一片红霞时，她才转过脸来，对宋丹宁说道："明年——明年你生日的时候，我一定陪你去土耳其，我们去卡帕奇坐热气球，我们开卡丁车上山，我们在山顶铺着羊毛毡子的酒店阳台上，一起看最美的日出。"

这突如其来的喜悦让宋丹宁有些摸不到头脑，但很快，她便明白了顾芳菲的意思。本来顾芳菲订的就是前面这间开在海边的日式居酒屋。

但这会儿两个人都不想下车，也没什么心思去吃料理。

宋丹宁在副驾驶位沉默良久，才低声道："芳菲，我知道你一直都护着我，可是你也有自己的路要走，你帮得了我一时，帮不了我一世。更何况，应泽生这个人，他也没有对我怎么样……"

顾芳菲几乎是咬牙切齿，冷笑道："他还想怎么样？就凭他那样的出身，以前你父母对他们母子有这样的大恩大德，他倒好，竟敢对你痴心妄想？"

宋丹宁也不说话，像她这样出身的女孩，从小在鲜花中长大，一路念最好的学校，家里精心筛选出最好的老师教她钢琴、大提琴、美术、中国舞、芭蕾舞……长大以后她在社交网络上随意晒出的一张照片，都会被无数人转发赞美气质优雅。因为这优雅是从骨子里散发出来的，融入她的每一寸血肉与灵魂，所以甚少有人能模拟一二。

而应泽生是什么样的人？自幼丧父，他的母亲是宋丹宁的书法家庭教师。小时候宋丹宁对他基本上没有什么印象，大部分的时候，他都只会坐在自家的花园石凳上，安静地埋头写作业。

如今，宋丹宁不再是以前那个骄矜高贵的小公主，而他应泽生又恰好赚了些钱，于是便敢觊觎起从前不敢妄想的珍宝了。

见顾芳菲因为维护自己而动怒，宋丹宁心里更不好过。没有人比她更清楚顾芳菲的真实情况，顾家还有两个儿子，就算是分些股份给女儿，比例也不会超过百分之十。更何况顾芳菲还摊上了贺司南这么个不着调的未婚夫，对于贺司南婚后会洗心革面疼爱妻子这样的幻想，宋丹宁几乎是从来都没有过。

她从回国便亲眼看着顾芳菲是如何努力工作的，她明白好友的努力不是为了做给别人看。她之所以如此努力，其实是因为别无选择。就算是她们这样的出身，那些外人看来的所谓光鲜，其实剥开真相，剩下的大部分只是死撑。可顾芳菲不但选择一个人直面所有的困难，还会为了维护她而毫不犹豫推掉送上门的合作。

"丹宁，如果这个世界现在还不能让我们如愿，那我们就只能再等一等……再等一等，我想，总有一天，我们一定会摆脱这一切的……"

顾芳菲眼看海平线即将沉下的晚霞，仿佛喃喃自语，但在十分了解她的宋丹宁听来，又像是深思熟虑之后的肺腑之言。

松开安全带，她将头轻轻靠在顾芳菲的肩膀上。"芳菲，我以前曾觉得命运对自己很凉薄，因为我生来就没有父母缘。但现在我再也不想有一丝怨恨和责怪了，这辈子有你这样的朋友，我到死的那天都会感激上天的厚爱。"

顾芳菲没有说话，两人就这样静静地坐在车内，看远处的夕阳渐渐沉入海里。

车上的收音机声音被调得很低，只能依稀模糊地听见正在放着一首老歌。"看昨天的我们走远了，在命运广场中央等待。那模糊的肩膀，越奔跑越渺小。曾经并肩往前的伙伴，在举杯祝福后都走散；只是那个夜晚，我深深地都留藏在心坎。长大以后我只能奔跑，我多害怕黑暗中跌倒。明天你好含着泪微笑，越美好越害怕得到。每一次哭又笑着奔跑，一边失去一边在寻找……"

"走吧！我们去吃饭。管他什么命运广场，我们的命运是握在自己手上的。"顾芳菲给车子熄了火，然后带着宋丹宁走下车来。

在天地明灭的余晖间，宋丹宁看见她坚毅的眼神，如燃烧着的一团暗火。那火光熠熠，与生命同在。

*　　　*　　　*

沈熠这几天上班有些掩不住的疲色，苏悦本以为她是照顾父亲太累了，刚想让她去休息一下时，就见她拿着手机跑来问自己："苏悦姐，听说你会星座学，能不能给我看一下我最近是不是水逆呀？怎么这么倒霉？"

苏悦接过她的手机打开页面瞧了瞧，旋即皱起眉头。"这都什么呀？星座学是一门很严谨的科学，这些网站上的骗子一天到晚叫你们买这买那说什么转运，这你也信？"

沈熠讪讪地拿回手机："我也不信这些东西就能转运，所以才来问你嘛。"

正好店里这会儿没什么顾客，昨天预约的两位 VIP 也是下午才到店的，于是苏悦索性来个假公济私，悄悄拉了沈熠进去 VIP 休息室喝咖啡聊星座。

听说沈熠住在她爸爸的工棚那边，每天晚上都被人骚扰敲门敲窗户，以至于根本没法安睡时，苏悦瞪大了眼睛，连连摇头道："天哪，那怎么行？小熠我跟你说，你还是赶紧搬家吧！这样的地方哪能住人，真是吓都要吓死了。"

沈熠看了看苏悦手上明晃晃的卡地亚镶钻手镯，还有那双同样清澈明亮的双眸，心里暗暗苦笑一声，回道："不行，我爸爸还得在医院住一段时间，他说那个工棚也是他跟着这个老板做了好多年才分到的宿舍。要是我们搬走了肯定会被别人占去，到时候再想住回来可就难了。"

苏悦皱着眉头"哦"了一声，以她的出身和经历自然很难理解沈熠的处境，可倒也不妨碍她对沈熠献爱心。"要不，我借你些钱，你还是搬出来住？或者过两个月我的房子就空出来了，给你住，你爸一起住也行，我不收你钱！"

沈熠当即眼前一亮，随后再听苏悦说出她所住的那个高档小区的名称后立马又摇头："不行不行，苏悦姐你家的物业费应该都占我半个月工资了，到时候剩下的钱就只够我跟我爸生活的。这样一来，我就真的一分钱都存不下来了。"

苏悦还是不解："存钱？你要存钱干吗？你将来总是要结婚嫁人的，赚钱这种事情本来就应该交给男人呀！"

沈熠没想过跟苏悦深入探讨这样的人生命题，于是"哈哈"一下带过，但是苏悦也给了她一个可行的建议。"咱们店里有一套之前换下来的监控，你拿回去装上。到时候别管谁来装神弄鬼，你拿着监控直接去找警察叔叔就行了。"

"嗯，这倒是个办法。"沈熠谢过苏悦，随后也上去请示了顾芳菲。从她那里得到首肯之后，这天下班时就把那套监控设备拿回去了。

宋世钧给沈熠发微信时，她正汗流浃背地在屋里捣腾那几根视频和音频的接线。听说贺司南今晚又要拉自己去拼歌，沈熠顿时头皮一麻。她擦了一把汗，自顾一番自己此刻的尊容，想一想也不能回绝，于是干脆爽快应了下来。当然沈熠也不会就这么穿着一身汗渍渍的衣服就去赴约，弄好监控后她就火急火燎地洗了个澡，换了一条连衣裙。但等她赶到宋世钧所说的那个地方后，还是有些震惊地愣在了门口。

跟上次吃饭的那个繁华餐吧相比，这个外表奢华格调高雅的会所，一看就不是一般人能去的消费场所。沈熠走到门口去跟迎宾小姐询问V8怎么走时，甚至还被那位身材高挑穿着真丝旗袍的姑娘用怀疑审视的目光上下打量了一番。好在宋世钧凡事体贴，估摸着时间就来了门口迎接。见他一路熟络地跟服务生打招呼，沈熠悄声道："原来这才是你们的老巢啊！"

"什么老巢？我们又不是乌鸦！"宋世钧不满地瞪了沈熠一眼，随后才留意到她身上穿着的衣服和鞋子。见他打量自己，沈熠便适时道："不要嫌弃我穿得寒酸啊！这才是我真实的面貌。上次那套'装备'是我们顾总送的，干洗一次都够我半个月的生活费了。"

宋世钧摇头一笑，到了包房门口推开门，便把沈熠往自己身边带着落了座。

沈熠本以为包房里面必定灯光昏暗迷离，搞不好还有几个穿着性感的漂亮美女，毕竟这一伙人聚会，那绝对是极尽腐败之能事的。哪知道进门之后才发现根本不是自己所设想的那样，这个会所从外面看着规模不大，里面却别有洞天。套房的阳台是开放式的，从阳台望出去就是碧绿青翠的高尔夫练习场。而客厅大得出奇，粗略一看约有足足七八十个平方米。进门的左边有全套的茶具，以及一整套日式的榻榻米。右边则摆放着个很高的酒柜，风格也是日式，只是上面陈列的酒水"中西合璧"，倒像个大杂烩。至于沈熠这会儿落座的沙发，说是沙发，其实也就比蒲团要略高一些。但靠背巧妙地用了实木作为依托，人坐在上头，居然十分惬意。

见沈熠来了，贺司南便放下手里的茶杯。他对一旁的服务生略一点头，那穿着白色褂子裙的姑娘就用托盘送上了几副宽大的眼镜。

沈熠有些疑惑地接过眼镜，其余人也如是动作。"贺总，我们……去哪唱歌？"

"就这里。"

啊？这里怎么唱歌？——沈熠正愕然时，只听"啪！"的一声，有人关掉了客厅的灯。光线瞬时黯淡，但却不是一片漆黑。片刻之后淡淡的月色铺满了整个世界，沈熠惊讶地发现，自己忽然置身于一汪深蓝的大海边。

贺司南开始唱歌，伴奏的钢琴声十分立体，仿佛演奏者就在现场一般。当音乐响起时，沈熠就听出了，那是一首《贝加尔湖畔》："在我的怀里，在你的眼里，那里春风沉醉，那里绿草如茵。月光把爱恋，洒满了湖面，两个人的篝火，照亮整个夜晚。多少年以后，如云般游走。那变换的脚步，让我们难牵手。这一生一世，有多少你我，被吞没在月光如水的夜里……"

沈熠沉醉在这清澈而暗含哀伤的歌声里，而三维立体画面，更让歌声与情境完美地融合一体。

直到歌曲终结时，那一种空灵悠扬的音质，还徘徊萦绕在沈熠的心里。她简直听得如痴如醉，更隐约觉得，能够唱出这样优美空灵的歌声的人，必定也是一个心灵高洁、孤冷清高之人吧！

一曲终了，隐约渐止。很快，又变换了曲风，有人将麦克风递到沈熠手里。

"我来唱？"沈熠比画了一下，看见贺司南朝自己点头之后，她才清了清嗓子。

也许是先前听歌时太入神，这会儿也不需要怎么调整情绪。反正《传奇》这首歌她以前也唱过很多遍，只是头一次，在3D世界里随着音乐伴奏演唱，这让沈熠心里多少还是有些紧张和兴奋的。但没想到效果出奇得好，感情也格外地投入。当沈熠唱到高潮部分，她甚至不知不觉就调出了腹腔音，将最后的那句"我一直在你身旁从未走远"，飚出了最少十五秒的尾音。

那一种缠绵悱恻、恋恋不舍的情愫，就连她自己听了都禁不住喜欢。而包括贺司南在内的其余三人，则以热烈的掌声，给予了她最中肯的评价。甚至是坐在贺司南身侧的霍东方，此时也凑到他耳畔，对他低语道："歌声比月色更美。"

这天晚上，沈熠唱了七八首自己喜欢的歌，而贺司南比她还多一些。其余的两个，霍东方纯属听众，宋世钧还好，英文歌比较拿手，抒情的也会，激扬的也能来两首。也许是因为他高中是在国外读的缘故，发音还颇有原音的韵味。

但神奇的是，沈熠居然觉得很放松，有种诸多情绪尽情抒发之后的酣畅淋漓。而且，今天在场的人，包括贺司南在内，每个人都对她有礼如绅士。

虽然中间霍东方叫人开了酒，但也有服务生给沈熠送了果盘和果汁上来。从头到尾，贺司南并没有跟她有过什么语言交流。直到唱完了歌要回去了，他才走过来，对沈熠说了一句："加个微信吧！"

加个微信？——沈熠觉得似乎有些不妥，但其余三个人的目光此时都看向这边。因此她最后还是点点头，拿出了自己的手机调出二维码。

宋世钧送她回家，到了巷子口，他倒没有说出什么让沈熠尴尬的话，只是叮嘱道："有什么事打电话给我，别怕麻烦啊，我最近真是闲得发慌。"

沈熠便问道："师兄你不是也搞了个设计工作室？最近不工作吗？"

宋世钧只是摇头，挥手道："也不是，还没有合适的项目。你先回去吧，下次见面再跟你详细聊。"

沈熠谢过他，等回到家坐下来之后才拿出手机，一看微信有个新的好友申请。点开时的头像是一大片干净的星空，好友名称则是十分简单的"司南"二字。沈熠看了又看，只觉那片星空真是美得不行。

"你好，贺司南。"这么干干净净的一句问候，瞬间又打乱了沈熠的预料。她拿着手机皱眉咧嘴看了半天，最后才硬着头皮手一划，通过了他的添加。

随后，她发了一个咧嘴大笑的傻大姐表情过去，当然，对方高冷得没有给出任何回应。

*　　　*　　　*

过了八月，暑气渐渐褪去。

这天上班时，苏悦就约着沈熠下班后陪自己去买秋装，又极尽诱惑道："去嘛去嘛！等陪我逛完街，我请你吃饭，我跟你说，我知道有一间餐厅做的草莓千层可好吃了，里面的草莓酱都是新鲜的果泥，吃多少都不腻人，每天限量供应十份，还必须是店里的VIP才能预订的，一般人根本吃不到。"

不用想，苏悦必然就是那个VIP里面的VIP。

沈熠本不想去，如今的她囊中羞涩到连买个快餐都要比较价格的境地。奈何这段时间总受苏悦的照拂，加上人家下个月底就要离职，因此算算还能相处的时间并不多，便只能应下了。

都说爱笑的女孩运气不会差，苏悦应该就属于这种天生有福相的吧！原生家庭条件不错，找的老公也很疼爱她，夫家的事业版图也发展得不错，将来结婚后就是妥妥的少奶奶。再加上她为人大方，所以店里的员工们都喜欢她。就连沈熠也会跟她说一些以前很少跟人提起的隐私话题。

可是她的消费场所，也是沈熠从未涉足的那种高档商场。因为下班时换了自己平日里的便服，陪着苏悦走进一间一线品牌的大门之后，店员们扫视的目光就时不时地落在了沈熠身上。

沈熠自是察觉得到，但苏悦跟这里的店长很熟，她进门之后就跟店长攀谈了几句，又特别介绍沈熠是自己的好闺蜜。随后那位年约三十左右，看起来气质挺优雅的店长便让店员们都下去，自己亲自接待苏悦和沈熠。

逛了一会儿，苏悦挑了几件衣服和鞋子，进去试衣间试穿了，沈熠也看上一双银色的小羊皮高跟鞋，但她没看价签也知道自己买不起，便去了休息区坐下喝茶。店长很是周全细致，沈熠见她主动递了名片过来，想起自己包里也有几张刚印好的，便互相交换了一下。

正寒暄时，听到一个熟悉的声音说道："哎呀，都说我就喜欢那个款式了，这个不但颜色显得老气，而且整体质感也远不如那一款……"

是秀娜！沈熠在璀璨的水晶灯影子下循声张望，一转身就见林秀娜穿着一身新款长裙，两侧微露出一片三角的雪白肌肤，嘴上的唇膏画得极尽秾丽，正媚眼如丝地朝一个年轻男子撒娇发嗲。

沈熠没看清那人，看着身影似乎比秀娜大不了几岁，便以为是她男友。心里还正为她总算定下心思来高兴呢，就见秀娜挽着那人的手款款走到自己跟前，介绍道："这么巧啊，小熠，你也来买东西吗？来，我给你介绍一下，这是我的男朋友庄勋庄先生，他刚刚从国外旅行回来。"

"这是我同学，沈熠，我们以前可是一起长大的呢！"

沈熠的笑容已经挂到了嘴角，但"你好"二字一出口，她立即就想起来了——这个庄勋，不就是那晚派人送了几卡车鲜花想要追求宋丹宁的主人公吗？不是听说他早就跟人订婚了？他居然是秀娜的男友？沈熠当即心里就如同被强迫吞下一只苍蝇般难受，偏偏对着秀娜她还不能直接明说。

正煎熬时，苏悦试完衣服出来了。这等场合下，苏悦即便是心里明白，也不可能表露什么。只是寒暄过后，她借口有条裙子的拉链不好拉，请了沈熠进去试衣间帮忙时才低声问道："怎么回事呀？那女孩子不是你同学吗？你知不知道庄勋这个人是出名的花心大萝卜，跟他在一起的女生几乎都没好下场的！你同学这是上赶着往火坑里跳啊！"

沈熠一听这话更焦急，她叹气道："我同学跟他谈恋爱已经好长一段时间了，上上次她就说了，他们都认识快两年了。我就怕她深陷其中，这会儿听不进去我的话，怕是不肯分手呀！"

"不对！你说你同学跟庄勋认识快两年了？不可能，小熠我跟你讲，庄勋是去年七月份才回来的，那时候我在店里都工作快一年了，这个时间点我

绝对不会记错！"

沈熠于是更加一头雾水，她想一想，拿起手机鬼使神差地就给贺司南发了一条微信。

"在吗？能不能请你帮个忙？"她其实也是病急乱投医了，发完这条信息之后就懊悔，这种事情怎么能找贺司南？就算自己想打听，也该找自己师兄宋世钧啊！

可是下一秒，她又想起来，宋世钧早上就去澳门了，要到明天才回来。正茫然间，贺司南这厮回了一条信息。"什么事，说！"

都这样了，沈熠也只能把事情的经过简单地编辑了一条信息发过去。没想到等了几秒钟，对方便回道："你们现在在恒泰城一楼？"

"天哪！贺司南这是有千里眼啊？这都能知道……"沈熠觉得实在费解，贺司南怎么知道她在恒泰城这里？可是接下来还有更令人震惊的，那就是等她们俩从试衣间出来时，贺司南带着自己的御用小跟班霍东方，已经坐在休息区跟庄勋和林秀娜一起闲聊了。

沈熠看了一眼苏悦，苏悦也满目震惊地看了看她。

后来才知道，原本贺司南和霍东方就在上面二楼。沈熠和苏悦进店时就被眼尖的霍东方发现了，不过若没有沈熠那条短信，想必贺司南肯定也不会屈尊下楼来搭理这等闲事。

沈熠因此又觉得欠了贺司南一个人情，不过也幸亏有他在场，总算搞明白——秀娜跟庄勋竟然是通过霍东方介绍认识的，而且两人出双入对，也就是这个把星期的事。似乎印证了自己的猜想，苏悦当即用一种"看吧我没说错吧"的眼神瞟了瞟沈熠。沈熠则像做错了天大的事情一般，找了个借口让秀娜陪自己去洗手间，路上才开始发问："娜娜，你明知道他有未婚妻为什么还要跟他在一起？还有，你男朋友呢？之前你不是说要跟他结婚，现在——"

林秀娜穿了一件牛油果色的秋季新款长裙，搭配她刚挑的那款白色限量版香奈儿包包，一路上引来不少人的回望注目。此时被沈熠问得有些不耐烦，便皱眉双手互搭回道："小熠你不要这么古板好不好？他有未婚妻可也未必代表他就爱那个女人啊，他自己都跟我说了，这桩婚事是他们两家父母的意愿，跟他没有丝毫关系！还有，我有男朋友那是以前的事情，我现在已经跟他分手了，谈恋爱又不是签卖身契，难道我还非他不嫁了呀？"

见她形容不悦，沈熠连忙解释道："不是这样的，我是说——哎，你跟庄勋才认识没几天，他的为人你并不了解，还是……"

"行了行了,我知道了。小熠,本来我们是一起长大的死党,我还以为我过得好你会跟着高兴呢!没想到,你也是那种吃不到葡萄就说葡萄酸的人。行了,我不想去洗手间了,你自己去吧!"说完,林秀娜就把沈熠一个人扔在商场的大堂里,自顾自地拨弄着长发一路婀娜多姿地回去了。

沈熠怔在原地,心里说不清是什么滋味。但眼眶湿润,鼻子也一阵阵地发酸。她在洗手间待了很久,直到心情稍稍平复一些之后才出来。

"小熠,你没事吧?走,我们去吃饭,别理她。这种人,你拿她当好朋友,处处为她着想,她倒好,脑子里只想不劳而获,真拿大家当傻子了!"

"你没看见她先前那个轻浮样,真是,也不怕把自己的腰给扭折了!"

苏悦心思细腻,见沈熠去了这么久便过来找她。两人没有再回先前的店里,而是由苏悦拉着沈熠去了三楼的一个餐厅。

正如苏悦推荐的,这间餐厅出品的确一流。就连沈熠这种不懂品鉴美食的人也吃得停不下嘴,在吃完最后那道千层草莓蛋糕的甜品之后,两人成功地相携扶墙而出。

两人坐了手扶梯下来一楼时,苏悦想起要去先前的店里拿买了的衣服和鞋子,一进门就被那位姓慕的店长请进了VIP室,让人送上包装好的衣物之后,慕店长才对苏悦和沈熠说道:"其实贺先生是我们店的大股东,他先前临走时吩咐了,说以后两位再来店里买东西的话,都统一记在他的账上,不必两位买单。"这话不但让沈熠一头雾水,就连苏悦都忍不住脱口道:"为什么?我们跟他又不熟——而且,我觉得他对我们顾总只怕都没有这么大方吧?"

慕店长笑得周全,比之前更添两分客气,摇头斟酌道:"至于原因我就不清楚了,贺先生也没说。但是,先前那两位顾客,就是庄先生和他的女朋友,他们挑中的东西,贺先生都让我说已经有人预定了,而且,以后他们再来,我们也不会接待……"

都说在商言商,苏悦和沈熠自己就在名店工作,自然知道经营奢侈品类的门店,除了要能拿到新款货品和品牌授权之外,最重要的就是维护好客户资源。便是偌大的江城,富豪云集,像庄勋这样有购买力又有消费欲望的黑金VIP客户,也是稀缺资源。沈熠不解其中蹊跷,出来之后才拉着苏悦悄声问道:"贺先生跟那个庄勋有过节?怎么先前看着……也不像啊!"

苏悦其实也有些糊涂,她想一想才道:"应该不至于的,据我所知这几年跟贺先生走得比较近的朋友就是霍先生和宋先生。但是庄勋跟他们也是一起长大的,都是一个圈子里的人,再怎么样,大家情面上还是要过得去的。"

*　　　　*　　　　*

沈熠对于豪门贵公子的社交圈并不了解，但她觉得苏悦说的就是正理。毕竟是多年的朋友，从小一起长大的情谊，怎么可能说翻脸就翻脸？就像她跟秀娜，虽然因为之前那番话而生出了龃龉，但很快，秀娜就主动发了微信消息向沈熠道歉。

"对不起小熠，我先前太冲动了，那些话我收回来，你不要往心里去。"看着这条信息，沈熠立即就心软了。她刚想回复时，手机被苏悦夺了去。"切！这么没有诚意的道歉，这样你就原谅她了？哎，小熠，你别怪我说你，你这样交朋友可是不行。交朋友啊，最重要还得看人品！"

苏悦住的小区就在商场附近，刚好沈熠也要去那边坐地铁，于是两人便结伴同行。一路上，苏悦正好又给沈熠上了一堂社会学课。"你别怪我啰唆，我是拿你当朋友才跟你说这些的。我知道你跟你那个同学一起长大的，可是这个人啊，照我看，对你并没有多少真诚！"

苏悦的话让沈熠有些刺刺地难受，但因为知道苏悦的出发点是为自己好，因此沈熠并没有反驳。

苏悦却忽然说起之前顾芳菲聘请她来做继任店长的由头。"你知道当初顾总为什么非要在那么多的应聘者里面选择了你吗？因为她告诉我，像你这样真诚对待朋友的人，也会认真地对待工作。因为你有一颗善良的初心，你才不会在这样一个繁华的物质世界里迷失自己。"

沈熠听了这话，除了震惊之外更多是还有一些羞愧，和无地自容。"原来顾总是这么想的？你也这么想？我还以为，你们都会觉得我傻，觉得我缺心眼，竟然被一个从来没见过的人用一个假包骗走了自己所有的积蓄……"想起那时被骗时的绝望和伤心，沈熠还是忍不住泪湿眼眶。

但苏悦很快就白了她一眼，接着道："你当然缺心眼！要不然怎么会被人骗？可是后来我们就知道你那天来店里是为了要给爸爸交住院费，但当时你明明见到了贺先生，却没有选择报警让大家难堪，我和顾总就知道，你真是个善良到有些软弱的人……哎，小熠，其实我在店里工作几年，看透了各种各样的自私和精明，我只是看破不说破罢了。但是这样的人，要想我跟她交心，却是不可能的，只有你——你这个善良的小傻子啊，真是让我有些放心不下。"

沈熠被她忽如其来的煽情之词说得心窝处暖暖的，鼻间还有些酸酸的，兼带了些不好意思地回道："我真有这么傻吗？你放心，其实我还是会保护我自己的……"

"你会保护自己？可拉倒吧，我跟你说——算了，我们不讲你那个同学。就拿以后你挑男朋友来说吧，像贺先生身边的朋友，都是经常来咱们店里的。但是你知道吗？这群富二代里面，其实真正最为清高的人就是贺先生，但要论最为痴情的嘛，你怎么也想不到，那就是霍先生——"

"啊？你说霍东方还是个痴情种？"沈熠看着苏悦，一副"我就算缺心眼，你也别想骗我"的抗拒表情。

"真的，你不知道，霍先生两年前交往过一个女生。那时还在上大学没有毕业，人长得很清秀，是个标准的学霸。但是家庭条件不好，霍家自然不会点头。后来那女孩子应该是在霍家长辈那里受了些气，考了国外的名校拿了全额奖学金就走了。两人相恋时霍先生送了不少礼物给她，光项链手链什么的都有几十条。后来有一次店里来了一款项链，正是霍先生之前送给她的同款。当时我没留意就让人摆了出来，结果霍先生看到了，当时就失态得差点整个人都定住了。项链拿出来时，我看见他的手一直在不停地哆嗦……"

很意外从苏悦这里听到一段关于霍东方的凄美爱情往事，倒让沈熠刷新了对这位看似"妇女之友"的富二代的认知。但沈熠随后又多嘴追问道："原来是这样，看不出来霍先生还是个有情有义的人。可要这么一推想吧，那贺先生会不会也有什么不为人知的往事？——嗯，我的意思是，就是咱们顾总出国读书的那几年，他在江城会不会也有什么女朋友之类的？"

沈熠的大胆揣测可把苏悦吓了一跳，但很快她就摇头道："应该不可能，如果有的话顾总肯定会知情的。你不知道啊，咱们顾总虽然没结婚，但已经提前搞定了未来婆婆。贺先生的妈妈啊，对她可比对自己儿子还要好——要不然你以为，以咱们顾总的才貌和身家，为什么要豪赌一场，去嫁一个不爱自己，自己也不爱的男人？等着瞧吧，以后结了婚，贺先生还不是标准的老婆奴一个？"

沈熠闻言嘿嘿一笑，道："那也算便宜他了！咱们顾总这样的人，能嫁给他那是他八辈子修来的福分……"

两人一路嘻嘻哈哈地说着笑着，很快就到了地铁口。沈熠跟苏悦道了别，刚要转身下去地铁站内时，就见苏悦递了一个纸袋过来。

"慕店长说你先前看着很喜欢，我就给你拿回来了——不准说不要！记住了，以后不管遇到再大的困难，你都要穿着一双合脚舒适的高跟鞋，去走遍属于自己的世界……"苏悦说着，伸手轻轻拥抱了一下沈熠，随后转身离去。

这一个温暖的拥抱，饱含诸多的情愫，让沈熠瞬间泪水决堤。二十三岁

了,这是她人生中收获的屈指可数的友谊与温暖。

走进人流熙熙的地铁站中,沈熠不断地伸手擦拭泪水,却在下一秒又忍不住流露出由衷的笑意。她想,或许来江城是命运的指引吧!自己的人生,在此迎来了一个全新的转变。

原来,被爱与被关怀的感觉是这么美好……

* * *

大晚上的,有人心情舒畅,坐着地铁挤在满是汗味的人缝里也呵呵傻笑,也有人开着豪车,连换了两个场子依然满脸不爽。因为宋世钧不在,霍东方就成了那个没有候补的必备好基友,不过霍东方可没有宋世钧的好脾气。自然不会时刻容忍贺司南。这不,眼见他黑着一张脸连着赶走了好几个自己好不容易叫来的美人之后,霍东方终于忍无可忍地开怼了。"你干吗呀?这姑娘人家可是上一届的青歌赛冠军!你不是就想找个人来陪你唱歌吗,这场地我也找了,人也给你请过来了,你说你绷着一张脸二话不说扔了一打钞票就把人打发走了,这算哪门子事啊?这传出去我以后还怎么混呢,我招你惹你了?"

贺司南伸手,自顾自地拧开了调好的威士忌的瓶口,斟满之后喝了一小口,才慢悠悠地蹦出一句话:"你找的是歌手?我一看还以为是妖精呢,这走路腰都要扭错位了。"

霍东方听了直翻白眼:"得,你喜欢端庄清纯派的,直接回去找顾芳菲吧!小爷不伺候了。"

贺司南呵呵一笑,十足地有恃无恐:"你试试。"

也不知是怎的,霍东方无奈地叹了口气,继而一屁股在他旁边坐下来,两眼看着天花板一脸生无可恋的模样:"说吧,你到底想怎么样?"

贺司南这回难得没有跟他抬杠,还大方地顺手赏赐他一杯威士忌,这才正色道:"我总觉得,顾芳菲对沈熠这个缺心眼的丫头,有些什么用意……"

霍东方一扬脖子喝完了酒,继而哈哈大笑:"我说你是不是中毒了?怎么总想着诋毁自己未婚妻?照我说啊,也许人家顾大小姐是有点心机,但人家毕竟高智商、高学历嘛,要点小手段,那只能说明她在乎你,要不然,费这劲干啥?"

贺司南却目光凝冷,轻轻摇头道:"不,你不知道,她这个人,从来就不会让任何人猜到她要做什么。我不相信她对沈熠真有善意,因为那丫头太缺心眼,跟她不是同一类人。"

霍东方打了个抖:"你这到底是有多讨厌顾芳菲?还是说,你嗜好特别,就喜欢沈熠那种又傻又土气的？"

贺司南顺手抄起茶几上的威士忌瓶盖就朝他脸上丢过去："你瞎说什么！我怎么可能看上那种傻丫头？再说了，那天唱歌时谁跟我说来着，她的歌声比月色更美……这会儿又说人家又傻又土，你就不觉得自己没脸没皮吗？"

霍东方伸手接住那只铝制的瓶盖，两人又扯了一会儿，贺司南随后看到这家伙开始坐在沙发上前前后后地挪蹭，一副有心事还要压制，仿佛被心事搞得很坐不住了的样子。

他问霍东方："你身上长虫了？要不要给你来点'灭害灵'？"

霍东方直接让他滚，然后在贺司南滚之前又加了一句："听说世钧跟沈熠那傻丫头还是师兄妹，我得让他提醒一下，沈熠的那个同学可不是什么好人，这女的一看搞不定我，转头就攀上了庄勋，她跟沈熠不是一路人，我觉得沈熠肯定会在她身上吃亏。"

贺司南嘴里说得轻巧，一脸的云淡风轻："那也不关咱们什么事，那丫头缺心眼。"这边说完，转身出了包房就给宋世钧打了个电话。

可巧，宋世钧就在几分钟前还跟沈熠聊了一会儿微信。主要是他这次来澳门参加一个小型的设计师论坛，然后在这里遇到一位同校的师兄。这位师兄如今已经在业界十分有名，听说宋世钧是自己校友，在江城又有工作室和一定的人脉资源，便提出了一个想法，想跟他合作一个女装品牌。因为这个女装品牌前些年还算有些名气，但如今经营者换血，设计师队伍也走光了。如今到了他手里，就想接过来继续做下去。而宋世钧第一时间就想到了顾芳菲和沈熠，他觉得，这或许是一个机会。能够借助于顾芳菲在江城的人脉，又能让沈熠发挥自己的专业优势，算是最大力度的资源整合，随后沈熠也能借此真正地跻身时尚界这个圈子。

当然了，这件事情他没有跟贺司南提起。所以在聊完微信后就接到贺司南的电话，这让宋世钧心里多少还是有几分心虚的。他没想到贺司南会跟自己想到一块去。可是这家伙实在是太喜欢装腔调了，明摆着是关心沈熠，最后硬掰扯成看在宋世钧的面子上才提点她几句，说到最后不忘附上一句强行撇清："行了，反正也不是我什么人，我就是看她是你师妹，要不然谁管她会不会被人卖了还替人数钱？这事你看着办吧！"

宋世钧接完电话，有些哭笑不得。没办法，他这哥们，哪方面发育得都挺好，尤其一张脸和胸大肌还有六块腹肌，那绝对都是参照男神的标准来长的。就是情商有点低！嗯，实在是太低了。

于是他很快又给沈熠发了一条微信消息，本想提醒一下她林秀娜的事情，没想到他这还在斟酌言辞呢，沈熠倒先给他发了一条颇为惊悚的消息！"师兄，我怎么觉得我这屋子里今晚多了好几只老鼠？吱吱吱的，听着声音怪瘆人！"

宋世钧也被吓了一跳，他想着一个女孩子大晚上的一个人住在民工聚集的小屋里，不但有老鼠还有人来骚扰拍门，当即手一抖，马上回拨了一个电话给贺司南。贺司南也是二话没说，拿起车钥匙就往宋世钧所说的地方赶。

沈熠在发完那条信息后，便壮着胆子，手持半截塑料晾衣杆，开始在各个角落寻找那些可疑的"吱吱"声的来源。可是那些老鼠似乎都很精明，只要她一凑近，立即又转换阵地，跟她玩起了捉迷藏。沈熠翻开了一些平时很少打扫的旮旯角落，加上屋子里本来就只安装了一个吊扇，所以很快她就热得满头是汗，又累得气喘吁吁。

也怪贺司南运气不好，他飞车赶到这片棚户区也就是半个小时左右。但等他找到地方开始拍门时，沈熠住的这个屋子忽然就停电了！也不怪贺司南拍门的力度大，因为这种铁皮棚屋，轻轻一拍就能带来共振效应。所以"嘭嘭"几下，贺司南自己都觉得头晕眼花。

停了电，小屋里一片漆黑。沈熠这会儿又累又热，整个人就跟一只困兽一样，她甚至在心里想，为什么都是穷人，他们却非要对自己苦苦相逼？这屋子是爸爸跟着老板打了十几年工才得来的，现在爸爸人还躺在医院里，他们就非要用这种卑鄙的手段逼着自己搬出去，非要让好不容易捡回一条命的爸爸出院后睡大街吗？实在是太过分了！沈熠站在一片漆黑中，听着那一声声催人窒息的拍门声，终于忍无可忍，抄起手里的半截晾衣杆，就这么冲到了门边！

"到底有没有人啊？这鬼地方，怎么连个路灯都没有……"好心前来灭鼠的贺司南怎么都没想到，就在自己喃喃自语间，忽然，门就打开了！然后，一根棍子重重地落到了他的肩膀上！

"还让不让人活？你们到底想怎么样，我爸爸现在还躺在医院里，你们怎么就这么狠心，非要逼得我们父女走投无路都去死吗？……"沈熠一边说一边下死力地扑打，逼得贺司南连连大叫，最后急中生智按亮了自己手机上的手电筒，冲沈熠一声大吼："别打了！是我！贺司南！""啊？贺——贺先生？怎么会是你？"待沈熠看清来人的面容，手里的半截晾衣杆也终于完成了最后的历史使命，"咔嚓"一声再一次断成了两截。狼狈不堪。沈熠把贺司南让进了屋里，不过因为先前她满屋子灭鼠，所以一不留神，贺司南又磕到了膝盖。疼得他真是直吸冷气，还得闭上嘴保持高冷的格调。

还好沈熠很快就找到了蜡烛，她点上烛火，将贺司南让到那张唯一的单人沙发上落座，转身正要去倒水时，便听贺司南一声狂吼："什么东西这是？——"随着他带着崩溃的吼声，沈熠清楚地听到了"吱吱吱"的声响。她不由狂喜道："老鼠——可算让我找到了！"

原来贺司南刚才落座时差点一屁股将这只硕鼠坐个稀巴烂，好在他贵公子身娇肉嫩，才刚触及沙发时就觉不对，随后一手拎起了那只老鼠，朝半空里甩出了一个完美的半圆。更离奇的是沈熠居然本能地伸手去接，接到一半又缩回手哇哇大叫手舞足蹈："老鼠！天啊，快点帮我打死它！打死它！"

于是可怜平时握惯了高尔夫球杆的贺公子，这会儿只能硬着头皮跟她一起各种抄家伙打老鼠。只是两人忙活了一通，浑身汗湿后相顾一看，地板上空空如也，哪里还有老鼠的踪影？"跑哪去了？不行，我今晚非要打死这只老鼠不可，吵死人了！"沈熠脸颊绯红，汗流浃背，只是气咻咻地不肯放弃。但她却忽略了自己这会儿本来就是穿着睡衣短裤，一弯腰低头时就露出了两条雪白莲藕似的大腿，弄得不小心窥见美景的贺司南有些不好意思地转过了脸。

"咳咳……那啥，沈熠，你要不还是去酒店住几天吧……你这屋子实在是没法住人，这老鼠都比人还猖狂了……"贺司南好心提议，却被沈熠断然拒绝。

"不行，贺先生，不瞒您说，我现在全副身家也没几百块钱，您让我住酒店，那不是要我的命吗？"沈熠说完，又添补上一句："而且您也不要觉得这是小钱就可以随便施舍我，人家都说金窝银窝不如自己的狗窝，我这地方虽然差点、小点，但怎么也是自己的地盘呀……"

正说着，那只作死的老鼠又"吱吱吱"的一路小跑从她脚边路过，气得沈熠直接一把从贺司南手里夺过他的"家伙"，然后狠狠地往地板上一扣！"啵"的一声，神奇的是，这回老鼠居然被扣在了那个灰色塑料块下面！

沈熠高兴得差点就想跳起来，不过等她弯下腰，看清那捕鼠神器原来竟然是一只疏通马桶的通厕器之后，脸上的笑容就有些尴尬了。

"厉害了，这什么东西这么厉害？让我也瞧瞧。"眼见贺司南探过头来凑近前，沈熠连忙嘿嘿一笑，颇为尴尬地回道："没什么，就是家里日常用的一些工具……贺先生，能不能麻烦您帮我递一下您后面的那个捕鼠夹……对，就是那个。"

看贺司南的表情，沈熠就知道他大概还是生平第一次见到这样的工具。

而之前因为家里老鼠泛滥，沈熠不惜血本买了好几只捕鼠夹，这会儿总算派上了用场！

撸起袖子，沈熠接过捕鼠夹放在通厕器旁边，想想还是不放心，又让贺司南接手自己的岗位，转身把另外两只捕鼠夹也找了出来。

眼见三只捕鼠夹环伺，贺司南忽然伸手撸了一下大腿，有点没绷住地来了一句："要三只这么多啊？这也太……看得起这老鼠了吧？"天地良心，其实他本来是想说，这也太残忍了吧？后来眼睛一瞄到沈熠两眼泛光的兴奋样，到底还是囫囵改了个口。

接下来的现场不多描述，总之充满了莫名的紧张和说不出的刺激感。

贺司南眼睁睁看着那只作神上身的硕鼠最终成功地把自己给钉在了捕鼠夹上，随着"哐"的一声脆响，逼仄的小屋里发出了一声皮肉崩裂的声音。

而沈熠则是一脸"刽子手"的心满意足，她拎起那只捕鼠器，示威一般的将其放到了门外，临了还不忘提醒贺司南："贺先生，等会儿出去的时候千万留神脚下。"贺司南伸手抹了一把汗，也搞不清到底是热的还是吓的。

不过既然已经成功灭鼠，他的任务自然也就完成了。沈熠没留他，只是在送他出门时才忽然想起来外面没有路灯，便道："您等一下，我进去里面找个手电筒送您到车边，这会儿天黑，您可千万别摔倒了跌倒了，不然卖了我也赔不起。"本来两个人自打相识后就没说过几句客套话，但不知为什么，沈熠这会儿的语气还是让贺司南打心里觉得有些暖和，又有些说不出的心疼……

趁着她进去卧室找东西的这会儿，他站在狭小的客厅里四下环顾了一番。随后有些茫然地撸了撸被汗水濡湿的头发，还有散发出阵阵汗味的高级衬衣。

他在心里问自己，到底是一种什么样的力量，让他像个疯子一样跑来这种地方？就在他对自己的行为进行思考时，忽然，卧室里的沈熠又发出了一声惊天动地的尖叫声！

"蛇！有蛇！——"

贺司南刚刚理出一点头绪的思考瞬间被打断，他本能地抄起手边的一根棍子，然后飞一般地冲进了卧室。好在卧室很小，而且这种简易板房自带的窗户很高，那条黑色的小蛇被惊动之后，就在几个角落里开始"嘶嘶"地游走。但它的动作很快，往往棍子还没扔到地方，它就已经换了"阵地"。沈熠看见蛇之后就又慌又怕又紧张，当时就想赶紧把这东西弄出去，于是她逮着手边什么东西都往它身上丢。

等贺司南冲进卧室一看,只见里面已经乱成了一锅粥,而且他还差点被沈熠丢过来的一只拖鞋砸中脸。"你这样不行,蛇是捉不住的,得想个法子才能把它弄出去。"

沈熠这会儿也顾不得跟贺司南保持距离了,她本能地伸手抓住他的衣袖,紧张兮兮地问道:"想什么法子?贺先生,你有什么法子倒是赶紧使出来啊!我还得在这住呢!"

贺司南眼角扫过她掰扯着自己衣袖的那只手,嘴角滑过一丝不明的笑意,随后气定神闲地咳嗽一声,这才问道:"我记得先前看见客厅沙发那边的铁皮盒子里有那种驱蚊的烟片?蛇怕烟,咱们只要把那玩意点起来,肯定能把它给熏跑。"

沈熠这会儿对贺司南简直是感恩戴德,她连连点头,转身就去客厅里找:"对对对,那是上个月街道的人过来挨家挨户发的,说要创建文明城市啥的,我当时还管人家要了两盒呢,拿回来一片都没用过——找到了!找到了!就是这个!"

沈熠献宝似的把驱蚊烟片递到贺司南眼前,贺司南闻着那股呛味就赶紧推开了。因为停电,两个人也没顾得上就着手机的电筒细看说明书,也就是沈熠拿着打火机在点烟片的时候问了一句:"贺先生,这东西得点多少才能起作用啊?"

贺司南从未用过,也没深思,拿出了自己一贯高高在上的风格:"当然是越多越好!驱蛇得浓烟——对!你多点几片!"

说着,他也摸出了自己身上的打火机,"咔咔咔"的开始帮着一起点。然后,很顺理成章地两人只用了一会儿,就配合完美地把两大盒烟片全部给点着了!

*　　　*　　　*

十五分钟后,一辆救护车鸣着刺耳的笛声,呼啸着冲进了这片黑黢黢的街道。

沈熠和贺司南被消防队员从屋子角落里给拎上车的时候,那样子跟昏过去也没啥差别了。到了救护车上,沈熠先睁开眼,她晃了晃昏昏沉沉的脑袋,随后就看见隔壁那个救护床上,贺司南紧闭着双眼,一张好看的脸被熏得脏兮兮,一身狼狈地躺在那里,一动不动。她吓得连忙坐起,这动作把正准备给她吸氧的护士吓了一跳。

"哎,你怎么就自己起来了?先躺下,我们给你检查一下……"沈熠心里着急,想着万一贺司南要是出点什么纰漏自己哪里担得起?于是顾不上阻拦，一把扑到他跟前，伸手就去拍他的脸。

"贺先生，贺先生！贺司南，你别吓我，你可不能出什么事啊，你快点醒醒……天哪你说你一个大男人怎么就比我还不中用呢！早知道你这么不中用，我怎么也不叫你来啊！"

气不打一处来！助人为乐被毒烟熏得昏迷了还被埋怨不中用——大概是实在听不下去她的抱怨，贺司南悠悠地睁开双眼，随后来了一句："小爷我都快挂了，你还埋怨我不中用，我就想问问你，你的良心不会痛吗？"

听到他终于开口说话，沈熠这才破涕转笑："不会！我就知道这么对付你最管用！只要你还有一口气，你都会跟我斗到底！再说了，这馊主意不是你给出的嘛，结果倒好，蛇有没有赶跑我不知道，我们俩先倒了。"

贺司南没接话，只是躺在那里鼻孔冷哼。

过了一会儿护士过来，撸起他的衣袖要量血压时惊道："你过敏吗？怎么浑身都长满了这个红疹？"

沈熠连忙凑过来一看，见到的确是满手臂的细小红疹。再一看，其实脖子上都是。她吓了一跳，连忙追问贺司南感觉怎么样，谁料这厮哼哼一会儿，最后忍无可忍地放下衣袖回了一句："不是过敏！我就是被你家的蚊子给叮的！长这么大从来没见过这么多的蚊子，敢情我今晚就是跑去义务献血了……"

沈熠想笑，又觉得自己不能太过分。于是忍了又忍，等救护车开到医院，一看，居然还是她爸爸住院的那个。想想自己空瘪的荷包，她连忙跟护士说了自己一切良好，不需要什么检查治疗啥的，最后见护士不死心，干脆来了一句："真的，你们千万别给我检查啥的，我身上就几十块钱！我连检查费都付不起的！"

护士小姐一脸愕然，看了看两人，问："那你朋友呢？他可以先帮你付检查费的呀！"

"不不不，你误会了，这位贺先生是我们老板的朋友，我就是一个普通员工！真的，你让他帮我付检查费，回头我还得还给他，我真没钱。"

说完，似乎是觉得自己占用了人家救护车一半的空间，居然不想给钱实在不好意思，便指着贺司南道："但是他需要！这位贺先生今晚肯定吸入毒烟过多，护士小姐，还得麻烦你们给他好好做个全面的检查！"

都说护士姑娘们一般对病人都十分严肃，其实也得看脸。就贺司南长的这副人间妖孽相，再加上先前检查时看着他这一身的穿戴，还有手腕上的名表，此时又听沈熠辩称两人并没有什么特殊关系，于是那小护士就瞄了贺司南两眼,最后点点头:"好吧,那等会儿就给你重点检查一下。"

沈熠闻言长吐一口气,正得意时忽然听见贺司南朝自己骂了一句:"我身体健康得很,哪需要什么重点检查?沈熠你这么恩将仇报,小心那条蛇又跑回来找你,还钻进你家里,跟你一块睡!"

沈熠一听他提起那条小蛇登时脸色发白,她也狠狠地回瞪了他一眼:"你闭嘴!我这是为你好,才让人家护士给你做个全面检查。反正你又不差那两个钱,检查一下不是大家都安心吗?你别不识好人心。"

"你才不识好人心——哼!我从小到大就晕血……我,我不检查,检查肯定得抽我的血。"最后一句话,贺司南简直是用跟蚊子对话的声音说出来的。

沈熠听得呆住,晕血——苍天啊,大地啊!谁来告诉她,一个一米八几的汉子,居然告诉自己他从小晕血?可是这话虽然不可尽信,但也不能全然不信。尤其是联想到万一在检查时贺司南真的一股脑地晕倒在地上了,那自己难道还能袖手旁观不管?话说,就他这个块头,自己就算能勉强拖起来,可也扛不动啊!

正思考时,救护车驶入了医院的大院。趁着跟车的护士小姑娘先下车去叫人的这会儿,沈熠当机立断,悄悄附耳道"那啥,等会儿咱们交了钱之后,你就说你要去上厕所,然后我也借机溜走。然后一会儿医院大门口汇合。"

贺司南看她一脸神秘兮兮,紧张兮兮的傻样,心里乐得很,脸上却绷得紧紧的:"什么那啥?小爷我有名字的!再说了,是我交钱好吗?你这会儿又扯什么咱们了——谁跟你咱们?"

话虽如此,但他还是很听话地照做了。

等到两人像个地下党一样在医院门口的石狮子下面碰上头时,他劈头就来了一句:"我困死了!累死了!走,咱们去酒店睡觉!"

"闭上你的臭嘴!谁要跟你去酒店睡觉?"

沈熠气得又想抽他,一看他那副憔悴的可怜样,这才放他一马。

"行了,你自己爱去哪去哪,我管不着。我要回去了。"说着,沈熠先给他叫了一辆网约车,又走到路边挥手想给自己也拦一辆。

贺司南上了车,让司机把车开到路边,他摇下车窗,朝沈熠道:"你还叫什么车啊?你兜里还有几块钱呢!上来,我先把你送回去,我再去酒店。"沈熠看了他一眼,想着他也作不出什么幺蛾子,本着能省就省的节约精神,到底还是坐了上去。

贺司南一看她没坐在自己身边,又老大不乐意了。不过他也没出声,只

是趁着车窗还开着，点着了一根烟。

青色的烟雾在夜色中飘散，他用迷茫的眼神打量着这个亦真亦幻的世界。目光落在沈熠的身上时，轻轻地吐出了一个烟圈。

他从来没有遇到过这么倔强的女生。固执，骄傲，孤独，而又无比强大。他忽然想起两人之前定下的那个赌约，那时候，他很自负地对她说，自己一定会让她从这个城市滚蛋。当时的他认为她应该回到属于自己的地方，属于自己的家，她不应该卷入任何阴谋与陷阱。可那时，他并不知道，原来她跟他一样，都是没有家的。他不知道，如果现在提出更改赌约的内容，她会不会又跟自己打一架？想起先前浓烟滚滚中，她惊慌失措地扑进自己的怀里，他忍不住笑了笑。

第五章

九月，伤痕

沈熠本来以为，回来收拾一个烂摊子就够自己郁闷了，没想到第二天还没下班，又接到了一个自称是街道办的电话。电话里那人一开腔就阴阳怪气，自称是街道办负责安保这一块工作的，对于昨晚她家差点失火而导致周围邻居彻夜未眠这件事，他向沈熠提出了严厉批评，并要求以后再也不能发生类似的情况。

沈熠折腾了一晚上没睡好，这会儿也是一肚子烦闷，当下便反问那位安保主任，为什么不去教育教育那些三更半夜来骚扰自己的人，反而过来教育作为受害者的她？还有，什么叫差点失火，只是点多了几片驱蚊片而已。而且后来都查清楚了，那些驱蚊片还是过期的！这些事情他怎么不去查个清楚？一向温和的沈熠被人点着了脾气，这一番争执也是硝烟弥漫。

苏悦去茶水间沏茶时听到了一部分，当下惊得连连朝沈熠竖起大拇指："行啊你！厉害啊！我还以为你就是个软柿子呢，原来你也有能呛死人的时候。"

沈熠气哼哼地挂断电话，这才对苏悦说出了事情的由来——当然，她瞒掉了贺司南那一节，就说是自己为了驱蛇点多了烟片，闹得邻居们以为她家失火了，报了火警。

苏悦大概是从小到大就没在现实世界里见过蛇，更别说还是在卧室里发现蛇了。她当即后怕地连连拍胸，然后再一次劝沈熠考虑搬家。

"再看吧，我眼下手里真的没钱——而且主要是我爸爸他不想搬。"沈熠叹口气，这会儿其实她也有点不知所措了。听街道办的意思，这些简易板房本来就是违建，只要他们真的查处的话，不但他们得搬，就连跟爸爸一起做事的全部同事们都得搬。沈熠其实知道这里头肯定是有人故意搞鬼，可是她不想连累别人。

下班前大家都走了，她一个人站在落地窗前，看着这座繁华美丽的城市，她却在心里连连叹气——她喜欢这座城市，因为这里有她的亲人和朋友。可是想在这里生活下去却并不容易，因为，她连找个固定的容身之所都没有。

因为心情沮丧，沈熠在医院没待多久就借口自己昨晚没睡好提前走了。

等她出了电梯，迎面来了一个看起来很眼熟的人。随后那人就哈哈笑着朝沈熠跟前凑过来，自我介绍道："哎呀，小熠啊！我是你爸爸的老朋友老徐啊——那天你爸爸出事，就是我给你打的电话，你还记得吗？"

沈熠有些稀里糊涂地握住了对方朝自己伸过来的手，随后又在对方的热烈请求下，带着他一起去病房，跟爸爸叙了一番旧。好在这个工头老徐也没在病房唠叨太久，他放下手里的果篮和几盒补品后就说自己还有事，跟着沈熠一起下楼了。

沈熠本想自己把人送到电梯口也就完事了，没想到老徐又很热情地让她跟着自己的车一块回去，并道："我前段时间都不在这边，隔壁市里也开了个工程，我正忙得不可开交呢！回来听说好像有人去你们那屋敲门闹事——小熠啊，这事还得我出面才能摆平。你放心，我跟你爸爸十几年的兄弟，我肯定会帮你们渡过这个难关的！"

沈熠听得心里好不感动，当下就觉得老徐人不错。于是跟他上车，哪知道说到后来，老徐竟然提出要让她跟自己的二儿子交往时，沈熠当下就品出了不对劲的意味。出于礼貌，她没立即回绝，只说感情的事情她现在不想考虑，最起码也要等爸爸身体康复之后再做打算。

"就是因为你爸爸现在需要做康复治疗，你更得抓紧时间把结婚这事给办了呀！小熠你放心——我跟你爸爸都认识十几年了，咱们两家本来就跟一家人似的，你想想，你要是进了我们徐家的门，难道我们还能不管你爸以后的生活吗？"

沈熠这会儿已经开始有些生气了，在她看来，这简直就是开玩笑嘛！还有老徐那态度，隐隐地透出一股暗含的优越感，似乎能高攀上他儿子做他的儿媳妇，她沈熠还得感恩戴德立即就忙不迭地点头答应才是。

因为心里不高兴，随后她的脸色也就渐渐不好看了。就在此时，手机"叮咚"响了一声，她摸出来一看，原来是贺司南给她发了一条微信消息。"在哪呢？过来吃饭。"

沈熠这会儿正心烦，便回了几个字："不去了，我累得慌。"

见自己没有说动她，老徐又趁机提出带她一起吃晚饭，并道："也是你们有缘分，我家这个老二平时很少来这边的。今晚正好让你们见一见，说不定就看对眼了呢，哈哈！"

他说着就要切换路线，眼见前面就是自己住的地方，沈熠连忙道："徐叔叔，那也得让我去换个衣服什么的吧，我这刚下班，也没准备什么——"

"咳！这有什么好准备的？你听徐叔我的准没错，咱们这就去吃饭啊——"

眼见老徐说什么就是不让她下车，还有意转过这个红灯就加大油门，沈熠这会儿真是有点急了！

她连着拍了两下车窗，见没反应，又去按身侧的车锁。就在她准备拿出手机报警时，忽然，车门被人从外面强行拉开了！

"你干吗呢你？这人是谁？"

贺司南就跟从天上掉下来一般，一把拎出了沈熠，随后把她往自己身后一掩。

沈熠连忙把事情的经过简短地说了一下，就这会儿工夫，贺司南的那几个酒肉朋友们，已经用自己的豪车把老徐这辆车给团团围在了里头。

老徐下车一看，整个人都懵了！他还没搞清楚这些人到底都是些什么来头时，霍东方已经阴阳怪气地开口道："哎呀，我说你这老头，开车怎么不看路呢？你看你这把我车给蹭的，这么大一个口子，你说这事怎么办吧？"

霍东方平日里开的最拉风的就是他那台白色保时捷跑车，老徐只看了一眼，当即就差点没昏过去！这年头，有钱人喜欢玩碰瓷吗？这车要是真的送修，自己得赔多少钱？老徐心里哀嚎，脸上却堆起了一脸的假笑。

贺司南丢了一个眼神给霍东方，拉着沈熠进了旁边的餐厅。

沈熠直到落座时仍是惊魂未定，她二话不说先咕咚咕咚喝掉了一整杯水，随后在贺司南欲语还休的表情里心有余悸地说道："吓死我了，这人真是奇怪了！我还以为他真是好心想帮我跟爸爸呢，结果一上车他就说合我跟他二儿子，还非得拉着我跟他儿子一块吃晚饭，你说这都什么事啊？"

贺司南沉着一张脸，听完她的抱怨，随后拿出手机给霍东方打了个电话。

沈熠听见他让霍东方送老徐去跟他儿子吃饭时，一下子又有点懵了。"你干吗那么好心送他去吃饭？这个人，我看十有八九思维错乱了！真是，好笑得很……"

沈熠气哼哼地又让服务员给自己加水，然后在贺司南有些怪异的眼神注视下，她狼吞虎咽地吃完了一份刚刚端上来的牛排。"这牛排不错啊，还有这餐厅也挺好的，今晚谢谢您，贺先生——您要是没什么事的话，我就先回去了。"

吃饱喝足，沈熠想着还是趁老徐没回来先回去收拾一下东西，今晚实在不行，先去苏悦那里借宿一下吧——想想先前的情形，其实她心里也是有点后怕的。

然后她就见一直不说话的贺司南这会儿终于舍得撩起眼皮子夹了自己一下，对，就是夹——那种恨不得从眼睛里飞出一把贺氏飞刀直插自己心脏的力度和意图。

"你刚刚吃掉的，是我的牛排。"

沈熠"啊"了一声，这才留意到贺司南跟前空无一物——就连杯子，也是盖着杯盖没加过水的。随后她终于后知后觉，继而伸手摸了摸自己的嘴巴，尴尬地几乎就要原地跳起来。

"啊？——那我刚才喝的水，也是你的？！"

贺司南又用眼皮子夹了她一下，这回力度稍稍轻了两分。

"对！还是我喝了几口的——当然，我也理解现代社会总有一些人有些特殊的嗜好，比如喜欢偷喝人家的杯子，还有——"

沈熠囧得只想指天发誓："没有没有！您听我解释，真的，我刚才就是太慌乱了，我真没留意到这是您喝过的水杯，还有那牛排——要不您再照着点一份吧？味道挺好的，大不了这顿我买单。"说到最后，沈熠觉得自己就想伸手捂住胸口，她在心里为自己提前阵亡的荷包流泪哀嚎……

"行啊，要是你买单的话，那我就暂且原谅你这一次。服务生，麻烦过来点单。"贺司南说着，叫了侍者过来。听他说要照着之前的牛排再来一份时，那侍者便介绍道："先生，今晚是七夕，所以咱们店里这个牛排搞活动。只要您二位愿意一起拍照留个影，那第二份牛排就是免费送的。除此之外，我们还会给两位赠送一杯鸡尾酒。"

沈熠听完，果断拿过侍者手里的餐牌开始翻阅。当她看清楚那个牛排后面的价格时，立即就将热烈的目光投向了对坐的贺司南！

开玩笑，九百多块呢，就是合个影拍个照而已，她又不是傻，这种便宜都不占，那是要遭天打雷劈的！

贺司南被沈熠拉着，表情扭曲地拍了一张合影。也许是心虚，沈熠抢先一步，拿走了他的太阳镜戴在自己脸上，然后在侍者的指引下，完成了"一二三——茄子！"这一系列的动作。

随后她如释重负，想着几秒钟省了九百多元，虽然接下来还是要给九百块结账，但好歹省了一半不是？

怀揣着这样窃喜的心思，她只喝了一口刚刚送上来的鸡尾酒，就让人买单了。

贺司南愣了一下，随后撇着嘴角冷笑了起来。"你就不想知道，那个老徐到底想拉你去干吗？"

他的一句话，又把沈熠给拖回到座位上。"对啊，我怎么把这事给忘了，瞧我这脑子——贺先生您能不能问一下霍先生，他那边到底怎么样了？见到人没有呀？"

侍者端来了贺司南的牛排，眼见他系好了餐巾刚要拿着刀叉开动，电话响了。沈熠这回总算还没傻到家，她连忙端过贺司南的餐盘，主动示好地给他切起了牛排。

贺司南接起电话，说了几句之后却忽然暴怒，骂道："什么怎么办？这种问题还要问我？这种人渣，你们先把他揍一顿，然后弄个事情，让他进去局子里蹲一阵子再说。"说完，"啪"的一下就把手机往桌子上一丢，整个人也跟着往椅背上用力一倒。

沈熠用切牛排的余光心疼地瞄了瞄那个惨遭暴力的手机——啧！好贵的！

但她也猜想到电话肯定是跟老徐有关，于是狗腿子似的送上切好的牛排，又殷勤讨好地笑道："贺先生，您先吃饭，天大的事情也不如吃饭重要呀！再说了，那老徐他想忽悠的人是我，您就是给他一万个胆子，他也不敢来招惹您啊……您何必跟他生气？他是什么人您是什么人呀？"

天地良心，她这会儿的确是想劝贺司南大事化小，小事化了。因为她知道贺司南刚才救自己出狼窝就已经是很大的恩德了，她实在不想让他再因为自己这点事大动肝火，最后搞得老徐真的进了局子。

沈熠没有意识到，自己说这话时其实是带了很分明的阶层界限的。她在带出阶层界限的时候，也很清晰地把自己和贺司南，分成了两个阵营。她掷地有声地告诉贺司南，她跟他，他们是两个世界的人。

贺司南这会儿开始觉得自己胃疼，不但胃疼，肝也跟着抽痛似的，一阵阵地难受。他一把推开那个切好的餐盘，然后握紧双手成拳，瞪着沈熠的一脸茫然，一字一顿地说道："你知道先前要是我没给你发微信，没看到你无意中发出来的那个位置分享的话，今晚他会拉着你去哪里？"他说完，拿过手机点开图片。

沈熠看见老徐身边几个跟他一样身躯肥胖的老男人，这些人大都秃顶油头，无一例外地还自带一个大肚子，脖子上挂着手指粗的金项链，怀里却搂着一个年轻小姑娘，一脸猥琐的笑容看得人只想作呕……

这还不止，另外还有几张类似于微信群里的截图。沈熠只看了一眼，就在其中一张里发现了自己的照片。那是自己下班回家时，在门口被偷拍下来的，有正面有侧面也有背影。沈熠没看完，一路狂奔跑到洗手间吐了。

吐完之后她才想起这是自己这辈子吃过的最贵的牛排，于是在用水洗完脸后，又朝镜子里那个一脸茫然的人说了一句："算了，生来没有这个命，又何必非要去强求？"她在洗手间捯饬了一下自己，然后出来跟贺司南道谢，又道别。

听说她要回去收拾东西再去苏悦家借宿，贺司南瞬间就爆发了。他也搞不清自己到底是为什么怒火蓬勃，总之是如被一根骨头顶在下颌处，有种不吐就要死的窒息与愤怒。

"你还回去？你回去干吗——你跟我说说，你说你这两天给我找的事还不够多吗？就你那小破屋，里头不是老鼠，就是蛇，还一天到晚的有人变态盯梢偷拍——难道你就真的觉得自己这么不值钱吗？你就不能听我一回，先去酒店住几天吗？"

两人的争执引来旁边客人的注目，就连先前的服务生也频频朝这边张望过来。沈熠苦笑了一下，她拿起自己那个早就磨破用旧的背包，轻声反问道："我不回去我哪来的换洗衣服？还有我的随身用品——贺先生，您不要动不动就跟我说买买买，您跟我不是一样的人，您理解不了我们这种人的难处！"

"还有，我知道您也许是个好人，您也许就是想帮帮我——可是我请您一定要记着，我们只是朋友，过去，现在，将来，我们都只能做个朋友。您是顾总的未婚夫，顾总是我十分敬仰的人。所以千万不要对我施舍您的恩惠，我不想任何人误会什么。您的那些东西我要不起，我也绝对不会要——至于我住哪，那是我自己的事，不劳您费心，我谢谢您了。"

沈熠背上包，顾不上肉疼付掉的账单，在即将降临的七夕夜的星幕月色下，她匆匆回了自家的小屋。仓促收拾出一箱的行李，总算厚着脸皮去了苏悦家暂住。

过了七夕很快就是农历八月，算算日子再有半个月苏悦就要离职了，再加上八月初一是顾芳菲的生日，所以这天开会时她特地加了一句："晚上公司请大家吃饭，吃完饭我们一起聚一聚，唱个K，做个SPA，好好放松一下。"

顾芳菲订的地方就在希悦酒店，一楼餐厅主打的是高级半自助式餐饮，食材上佳，服务水准一流，菜色也是新潮精致，环境远胜一些五星级酒店。

至于唱K和SPA则在上面的二楼和三楼，因此当下店员就大胆开玩笑说："希悦好啊，这酒店听说超五星标准。咱们晚上要是喝多了还能上去开个房一起睡觉，这才是真正的团建呢！"

顾芳菲有洁癖，平日里除了出差旅游，并不习惯住酒店，此时却也附和大家一起，顺势道："没问题！你们谁要想一醉方休，提前跟我说一声，我让人开好房间，免了大家的后顾之忧。"

话虽如此，但店员们都是年轻女孩，到底也不敢真的夜不归宿。

除了苏悦悄悄地凑到沈熠跟前，对她挤眉弄眼道："我还没单独跟朋友住过酒店呢，要不，这第一次就献给你了？"沈熠连连摇头婉拒："不用了，你这第一次还是留到一夜春宵吧！我消受不了这等艳福，也不想住什么酒店。"

"你该不会是也有洁癖吧？其实我觉得，偶尔住一晚两晚，换一下新的环境，这也挺有意思的呀……"

面对苏悦的威逼利诱，沈熠终于洞悉了她内心的小恶魔，便拆穿道："行了行了，想喝酒你就直接说呗，跟我还这么绕来绕去的，是不是不把我当自己人？"

苏悦一听大喜过望，连忙挽住她的手，撒娇卖萌道："我就知道你对我最好了！就知道你最懂我了——爱你，么么哒！"

沈熠跟苏悦一起坐了顾芳菲的车去希悦。也不知道为什么，路上她就觉得自己右边眼皮狂跳。用手按压了一会儿却不管用，于是干脆不理会，想着过一会儿应该就好了。可等到了地方，才刚进去餐厅门口，沈熠就看见了一个熟悉的身影。然后她就明白了，这眼皮跳真不是什么好兆头。坦白说，要不是今晚这聚餐理由特殊，沈熠真想掉头就走。

顾芳菲看见贺司南也吃了一惊，随后两人打了招呼，宋世钧端着酒杯过来找沈熠说话，又悄悄地拉着她问了一句："你最近跟司南怎么了？好几次他都不准我提起你的名字，一听就跟吃了炸药包似的满世界朝人开炮。"

沈熠也不知道该怎么跟宋世钧解释，不过一想毕竟贺司南对自己还是有恩，便将上次的事情简单说了几句，最后耷拉着眼皮子，一副可怜无辜的小模样撇嘴道："其实我也知道他是个好人，可是他没经历过我的那些事情，他根本不知道那个地方就是我跟我爸爸在江城唯一能够落脚的家。所以我一听他说什么小破屋，当时是真的有点受不了……"

"我明白，司南这个人啊，就是这德行。智商高情商低，有时候我们都被他气得想跟他打一架。"

眼见贺司南坐在顾芳菲旁边，两人相谈甚欢，沈熠便借机问道："对了师兄，你知道那个工头老徐，他现在怎么样了？我听说，他真的被逮进去了？"宋世钧点点头，用眼神示意沈熠不要再追问此事："这事你放心，只要你不跟人提起，就没人知道它跟你有关系。不过师兄有句话也想劝你——首先声明，我没有一点不尊重你的意思，但是为了你和你爸爸的安全起见，最好，你们以后还是换个地方，哪怕就是找个老工厂的宿舍楼先租着，最起码也能安全一些。"

这事沈熠自然也有考虑过，别的不说，就说她最近借住在苏悦家，从工棚区到高级住宅，那区别真不是一星半点的大。再加上老徐被抓以后爸爸也很震惊，前几天思来想去便对沈熠提了一句："小熠啊，要是咱们那棚屋真的不能再住了——爸爸以前还存了一点钱，本来是打算给你留着做嫁妆的。现在要是不行，你就先去银行取出来租个房子，你一个女孩家的，还是得以安全为主。"

沈熠当时心头热乎乎的，虽是一口回绝了爸爸的好意，可心里也开始琢磨起这事来。

"嗯，谢谢师兄提醒。其实我也考虑过租房，但一时半会没找到合适的，所以还得继续再看了。"对于宋世钧这种本地土著而言，租房这事他还真是没经验。不过一想，沈熠肯定预算有限，而现在房价这么高，想租个合适的房子也不是个容易的事。当下便替她留了个心思，转脸也顺嘴跟霍东方和贺司南都提了一句，让他们帮忙留意一下。要说宋世钧本来就是好心，但他没想到这话一到贺司南的耳中，就有了别样的意味。

这个酒店的餐厅挺大，餐桌也是西式长桌，一桌可以坐得下十来个人。因为两桌人都认识，所以也就没有特地拉开距离。而贺司南所处的位置，离沈熠大概也就是三四米吧，他一抬头，就能看见沈熠坐在苏悦身边，两人相谈甚欢，嬉笑连连。

似乎是察觉到有目光一直注视着自己，沈熠便四下看了看，可是贺司南怎么会让她捕捉到自己飘忽的眼神？

很快，餐厅就来了几个年轻美貌又性感的女生。这些女生一进来就直奔贺司南那一桌，虽然没有当众亲昵的举动，但围绕着贺司南娇声嗲气竞相取悦他的样子，还是很让人侧目。

沈熠有些担心地看了看顾芳菲，见她不为所动，仍与员工们自在闲话，便私底下对苏悦撇嘴道："要不我们等会儿吃完饭就换个地方吧？"

苏悦知道她担心顾芳菲脸上不好看，但对于贺司南和顾芳菲之间的关系，她比旁人看得更清楚两分，遂摇头道："贺先生有时候就是孩子气，不过他越是这样，我们顾总越不会理会他的。你淡定，咱们该吃吃该喝喝，权当看热闹了。"

沈熠搞不懂贺司南到底是出于什么心理，她心里压着一股子暗火，但顾芳菲既然不动如山，她也只能跟旁人一样强装若无其事。

后来到了快八点的时候，林秀娜给沈熠打了个电话。听见秀娜在电话那头哭得挺伤心，沈熠当即便答应赶过去。只是她刚走出洗手间还没挂断电话，就被人蓦地一把拉到了旁边的屏风后。

"你干什么？"看清眼前的人是贺司南后，沈熠立即就有些慌张地左右看了看。

"怕什么？你又没做亏心事，不用担心她顾芳菲误会你抢她的男人。当然了，要是我把上次在你家的事情跟她透露一两句，可能我们的赌约就会提前结束了。"

贺司南看着她，眼神里有种恶意的揶揄。

沈熠咬咬牙，但想着自己的确欠他人情，便忍气道："贺先生，上次的事情我很感谢您。我欠您一个很大的人情，以后要是您有用得着我的地方，只要不违背我做人的原则，我一定会尽力报答您的。"

"你觉得，我会需要你的报答？"贺司南这会儿打量沈熠的目光，让她瞬间就想起了两人第一次见面时，他那种分明含着嫌弃鄙夷的眼神。

沈熠紧了紧手，微垂下眼帘道："是，我知道自己人微言轻，但不管怎么说，我总不是一个废人。只要贺先生您不挑剔我，让我继续留在顾总身边工作，也许将来我会有这个能力报答您呢？"

沈熠说着，忽然听见屏风后有脚步声传来。她本能地哆嗦了一下，立即就道："贺先生您没什么事的话我先走了，我朋友那边有点事，我得马上过去——"

"不许去！"贺司南近乎霸道蛮横地说完这几个字，又追加道："我说不许去就不许去，你要是敢去，我回头就把这张照片发到朋友圈。"

贺司南说着，甚是得意地晃了一下自己的手机。

沈熠看见，那张照片，正是七夕节那天晚上，自己跟他在西餐厅吃饭时为了打折让店员拍的。她当即发誓，这辈子再也不上这种无良商家的恶当了！要是可以，她现在就想把这台手机砸到这厮的脸上！

可是她不能！

忍着委屈和怒气，忍下憋屈和泪，她竭力平静地问道："贺先生，您就

不觉得自己这样子很无聊？"

贺司南鼻孔朝天地"哼"了一声，倒是很老实地回道："我一直就这么无聊啊，你才知道？"

沈熠刚要张嘴，手机铃声再度响起。她没来得及接听，就被贺司南一把抢了过去。她料想那肯定是林秀娜打过来的，可是贺司南这家伙，居然不问青红皂白，直接就把电话给挂—断—了！

"你干什么？为什么挂我的电话？"沈熠想从他手里把手机抢回来，可是贺司南不但不给，而且又像个孩子一样，跟她玩起了争夺赛。

沈熠简直气得想哭，又不敢张扬，因为不想引起别人的注意，最后她想到了自己师兄宋世钧。于是她咬咬牙，转身就想去求助。可是她这一心思，又被贺司南识破了。

"你想去找宋世钧帮忙？我劝你省点口水。你知不知道，他之所以能混进这个圈子，全靠我贺司南给他脸面。要不然，他连陪玩的资格都没有。"

其实沈熠从小到大，对自尊的认知度就不高。因为不被爱，所以她总是默默地待在一个角落里，做那个毫不起眼的小透明。偶尔就算是被人嘲讽几句、贬低几句，她也会习惯性地背着自己的蜗牛壳，当作没听见。

可她却有个很强的认知，那就是不能容忍朋友因为自己而受辱。因为那会让她觉得，自己除了一无是处之外，还会连累别人。

贺司南的这句话把那根摇荡在空气里的稻草，直接吹到了她的背上。她的心态被这最后一根稻草彻底压崩了。她的小宇宙彻底爆发了。

她把贺司南拽进旁边的包间，"哐"的一声带上门。然后两眼直视他，喘着气，愤怒地、颤抖地歇斯底里喊出声。

"贺司南，贺总！请问你凭什么一直对我呼呼喝喝？就因为你有钱，你是大老板吗？是！我知道你有钱，可你的钱跟我有什么关系！还有，你贬低我，踩我，看不起我，也就算了，你为什么还要贬低我师兄？他跟你是朋友，你对朋友这样，实在是令人不齿——你除了有钱，你还有什么？"

沈熠说到最后的时候才发现，自己哭了，而且还是哭得稀里哗啦。

她觉得在贺司南这种人面前哭是很不应该的事情，于是连忙把眼泪一抹，扭头就跑掉了。

包间里，贺司南拿着沈熠的手机，心烦意乱地乱敲自己的头。

敲了一会儿他放下手机，抄起电话打给霍东方，直愣愣地就问："我问你，我平时喜欢践踏别人自尊吗？"

霍东方正跟美眉喝酒撩骚，对于这个问题的回答堪称简洁明了："赶紧把'吗'字去掉。"

贺司南愣住了："我真是这样的人吗？"

霍东方一口酒含在嘴里喷出老远，差点就没被呛死："你问我，你是不是人，这个问题真的让我很难回答！这么跟你说吧，这么多年你没被人用巴掌拍死，用砖头砸死，属实是个奇迹。司南我告诉你，杀人偿命，欠债还钱，你现在嚣张成性，我等着哪天你被人踩在脚底狠狠践踏，再来回答你今天的问题。"

贺司南嘴都要气歪了，暴躁地挥舞着拳头："你到底是谁兄弟？"

霍东方一嗓门子的正气，冲着身侧的美眉邪魅娟狂一笑："我是正义的兄弟！"

贺司南气得把自己手机摔出两米远，声音惊动了餐厅的服务生，他这才勉强收拾了一下情绪，有些焦躁地撸了撸头发，也没有回包间去，而是这么直接走了。

沈熠倒是回来跟苏悦说了一声，自己要去林秀娜那里。但她手机被贺司南拿走，正在餐厅门口等车时，宋世钧跑了出来，把手机递给她。沈熠不知道手机是怎么到他手上的，但想起先前贺司南的话，她又觉得自己亏欠宋世钧很多。"谢谢你师兄，我——"

宋世钧心细眼尖，一下子就发现沈熠眼角的泪痕，问她："你哭了？司南他又欺负你了？"

沈熠摇摇头，吸着鼻子回了一个"没有"。可是这表情看在谁眼里，都觉得真相完全不一样，于是宋世钧也收敛了笑意，追问道："真没有？他先前给我手机的时候，脸色可着实不好看。"

沈熠不想再提贺司南这个人，便借着之前说起的那个项目又问了两句，最后上车前对宋世钧说道："师兄，后天我休息，到时候我过去你工作室，咱们再详谈。"

"好，那你小心点，有什么事给我电话。"宋世钧给沈熠关上车门，挥手目送她离开。过了一会儿一台宝蓝色的跑车停在了他身边，车内人摇下车窗，宋世钧这才坐上去。

车子驶上滨江大道时，一直沉默不语的贺司南忽然来了一句："对不起。"宋世钧侧眼，示意他把车靠边停。

"没喝醉吧？别怪我没提醒你，酒驾现在最少得进去蹲几个月。"

贺司南两手紧握方向盘，整个人一副神游的状态。过了片刻忽然重重地一拳砸在盘上，脑袋也跟着抵了上去。"我一直都不知道，自己原来是这么

讨厌的人……"

贺司南喃喃自语，因为他的眼前一直晃悠着沈熠先前淌出来的眼泪，还有她那一连串的指控。那两道眼泪真是让他烦死了，烦得他简直头疼欲裂。生平第一次，他如此地讨厌自己，就跟她看他的目光一样，充满了鄙夷和不耻。

*　　　*　　　*

八月底的江城已经秋凉如水，尤其是到了夜间，秋风卷着凉意和落叶，朝刚刚下车的沈熠兜头兜脑就迎面袭来。沈熠禁不住打了个喷嚏，她付了车费一边用微信联系秀娜，一边从包里掏出了纸巾擤鼻子。

到了秀娜的公寓，她在外面按了半天的门铃也没人应门，又给她打电话也没接。正一筹莫展时，忽然隔壁的门哐当一声打开了，探出一个年轻女孩的脑袋，劈头盖脑地来了一句："能不能消停一点？这一天能来几拨人，怎么就不去酒店开房！"沈熠莫名其妙被人怼了一通，待要发问时对方又把门"哐"的一声摔上了。摔门声震得她耳膜嗡嗡响。

随后里头传来了响声，秀娜总算是过来把门打开了。沈熠隔着防盗门的门缝也看不清她的脸，就见她头上罩着个宽大的丝巾，行动不太利索的样子。

沈熠抓住秀娜的手腕问："娜娜，你到底怎么了？"

秀娜一声不响地关上门，伸手把丝巾撩开一块，沈熠看见她脸上的青紫伤痕倒抽了一口凉气，连忙问道："这是怎么搞的？怎么伤成这样了？谁把你弄伤的？我要报警！"

闻言，林秀娜低声嗤笑了一声，不知道为什么，这会儿她反而无所顾忌了，站在客厅的水晶吊灯下，一撩手就把身上的睡衣给褪了。借着明亮的灯光，沈熠看得清楚——秀娜不但是脸上受了伤，后背和两条大腿也有大面积的伤痕。尤其是后背，一道道的血痕，像是被人用什么东西鞭笞过一样，高高肿起一大片。

她本来身材纤细玲珑，皮肤白皙，这会儿看起来，却如一朵受了伤的白玫瑰。

沈熠看得触目惊心，问了半天见她咬牙不语，最后也大概猜到了——肯定是因为她现在跟庄勋在一起，被之前的男朋友发现了，这才引出了这样的祸端。沈熠对这样的事情也不知道该怎么说，但看她伤口红肿的厉害，又坚持不肯去医院，便上楼去找了消炎去瘀散肿的药膏来，用棉签蘸了轻轻替她抹在伤处。

林秀娜俯卧在客厅的沙发上，安静地听凭沈熠摆弄。在几次沈熠不小心触及她的伤口深处,问她痛不痛时,也仿佛无知无觉。

沈熠帮她处理好了伤口,见她还是这样躺着,便去楼上替她找了件睡衣,给她盖在身上。"娜娜,你吃了东西没有?"

沈熠看着俯卧在沙发上,看不清面容的秀娜,满心说不出的担忧。过了一会儿,见到她的满头青丝动了动,这才如释重负地搓了搓手:"那我去给你做点吃的,你休息一会儿,我给你倒了温开水在茶几上。"

沈熠在那个空旷的冰箱里只找出了一袋意面和一包火腿肠,还有几只也不知道过期没有的鸡蛋。然后她就这么凑合着,用这几样有限的食材给她煮了一碗意面出来。

林秀娜吃得极慢,可能是嘴巴里也有伤口,吃的时候还时不时皱一下眉头。最后吃得差不多了,才抬起头对沈熠一字一顿道:"是那个乔琳——她妒忌我跟庄勋在一起,所以才偷拍了我的照片发给了他……小熠,我恨这个八婆,我一定不能这么算了!"

沈熠之前就觉得那个乔琳面相尖酸不好相处,但那会儿秀娜还满怀希望要跟人家成为闺蜜,此时听她这么说,只能道:"娜娜,我上次都说了,那个庄勋他是有未婚妻的人,你现在这样,要是让他未婚妻知道了,只怕——"

"我有什么好怕的?都说光脚的不怕穿鞋的,他们都是有钱人,都是豪门,他们要面子,真要敢动我,我就跟他们拼命!真要撕破脸,看谁更丢人?——小熠,像我们这种女孩子,要是不趁着自己年轻时搏一把,难道你就真的甘心嫁个和我们一样的打工仔?"

沈熠其实从来没想过这个问题,她的家庭出身让她本能地回避婚姻这个现实命题。此时被秀娜带出来一问,却不由疑惑地反问道:"如果真要结婚,那不找个跟我们条件差不多的人,难道还能找个有钱人?——娜娜,你觉得人家有钱人傻吗?他们为什么放着比我们条件更好的女孩子不要,非要找个一无所有的女朋友?"

林秀娜闻言白了她一眼,忿忿地转过脸。沈熠没见到她是在哪里摸索出了一盒香烟,随后又点着了,开始吞云吐雾起来。

"小熠,你见过这个城市凌晨是什么样子吗?我见过——刚来这里当实习生的时候,我因为没钱租房子,就跟几个同学一起合租在偏远的郊区。但那边过了晚上八点就没公交车了,地铁也收班了,所以我经常一个人在公司打地铺。为了不被人发现,凌晨三四点钟的时候起来梳洗换衣服,然后就站在窗边看着这个美丽的城市。"

"那时候我就想,什么时候我才能在这里安个属于自己的家?一个不需

要多大，却很温馨，可以让我不再漂泊无依的家。"

沈熠闻言默然，她的目光划过被青色烟雾和黑色长发重重遮掩笼罩的秀娜的脸庞，最后不由自主地落在她雪白的后背上。沈熠其实一直挺喜欢白玫瑰，她觉得那花儿幽香又纯净。白色，是她最爱的颜色。但她没想过白玫瑰一旦染上血痕，就不再幽香，只剩凄美和血腥。而林秀娜说的一切，她都懂得。

"娜娜，我跟你一样，都想要一个属于自己的家。可是——"

她的话没说完，林秀娜就转过脸来，她反问道："可是什么？小熠，咱们可是一起长大的朋友，你对我就不能真诚点？你说，你为什么非要去星辰上班？要是你没去星辰上班，又怎么会认识贺司南、宋世钧这样的有钱人？"

沈熠知道这件事很难跟她解释清楚，可又不想让她陷入自己的构想之中，便摇头道："娜娜，我跟贺先生认识只是偶然，至于宋先生，他是我同校的校友，跟我还是同一个导师，我们算是同门师兄妹。真的，不管你信不信都好，我跟他们就是普通朋友，没有任何见不得光的关系。"

"小熠，我知道你对我好，你也知道的，像我现在这个工作的性质，就是得抓住一切机会去认识那些有钱人，这样我才有客户资源。对了，我听说你们星辰下个月准备筹办一期慈善拍卖会？带我去好不好？你放心，我肯定不会给你惹麻烦的。"林秀娜说着，像抓住一根救命稻草似的，一把抓住了沈熠的右手。

沈熠不忍拒绝，也无法拒绝，她想着到时候要不就把苏悦的员工证拿给娜娜蒙混过关？——反正邀请函自己是肯定不敢作假的，于是胡乱点点头，又叹口气道："娜娜，你真的想好了，以后跟庄勋——"

林秀娜一甩头，发狠咬牙道："我想好了，趁着他现在对我还有兴趣，赶紧想法子从他那里多弄点钱过来。最起码，这两年得把这个小公寓买下来！至于他那个未婚妻——他自己也说了，两人早有约定，只要面子上过得去，互不干涉彼此的私生活。"

沈熠无奈，情知再劝也白搭。

因为在林秀娜这里耽误了不少时间，等沈熠再回到希悦时已经快十一点。她给苏悦发微信，问清楚房号便进了电梯。正在这时，手机传来"叮咚"一声提示音，她摸出来一看，登时愣住了！

是"唐僧"！那个无缘无语忽然消失了几个月的人，这会儿换了一个号，又来添加好友了！

沈熠拿着手机不知所措，电梯门开了她也不知道走出来。直到又重新回到大堂，服务生问她是否需要帮助时，她才恍然。"哦，不用，对不起——

我刚刚是要上去，到二十六楼客房的。"

到了二十六楼，沈熠并没有进房间，而是就势在走廊的休息沙发里坐了下来。

她通过了"唐僧"的好友添加申请。然后就见对方发来了几句道歉的话。"对不起，小星星，我上次去了新疆后就弄丢了手机，那边交通也不太方便，想买个东西快递都得转几道手……"

沈熠看着"小星星"这个熟悉的称谓，诸多回忆涌上心头。认识"唐僧"时，应该是她生命中最灰暗的时光。那时她刚刚大学毕业，住在学校附近二十五块钱一晚的青年旅舍中，每天只吃两顿饭。眼看室友们陆续入职，而她四处求职却没有收到什么像样的工作录用通知。之前勤工俭学的银行卡上剩下的钱也越来越少，再找不到工作，她马上就连青年旅舍也住不起，只能流落街头了。

直到那天晚上，她拖着疲惫的身躯，坐着地铁往宿舍赶时，忽然，手机在口袋里响了一下。她以为是面试短信，连忙拿出来查看。结果却无意中划开了锁屏，跳进了一个直播间。她看见，一个眼神温暖的男生，正在忘我地唱着一首《勇气》。那是一首她曾经很喜欢很喜欢的歌：

终于做了这个决定
别人怎么说我不理
只要你也一样的肯定
我愿意，天涯海角都随你去
我知道，一切不容易
我的心，一直温习说服自己
最怕你忽然说要放弃
……

那时的她，对生活大约是无望的。年纪轻轻的女孩子，孤身一人，千难万险，千沟万壑，一个一无所有的人，怎么才能穿越这些人生的坎坷与磨难？

走出地铁之后，她一个人静静地坐在深夜的街头，吹着微凉的夜风，看街边人潮渐散。远处的高楼鳞次栉比，她听着歌声，在心里问自己，要如何才能揭开命运安排的谜底？

那晚，沈熠听完了他在直播间所有的歌曲。并且参加了"粉丝"大抽奖——很幸运的，她拿到了他的微信号码，至此有了一个无话不说的微信好

友——"骑白马的唐僧"。

在他的鼓励陪伴下,沈熠顺利找到了第一份工作,成功跨入了职场。没有人明白,那些时光,那些陪伴,对于沈熠而言到底有着怎样的意义。她不喜欢这个世界的复杂,可是她又眷恋这个世界偶尔给自己的一点点的温暖。这些温暖中,就包括了"唐僧"曾经给她的鼓励和关怀。因为她已经可以肯定,自己当初看直播的那个男生就是贺司南,可是后来一直跟自己保持联系的人却不是他,而是贺司南的一个小助理。

所以这会儿,她真的不知道,自己是不是应该原谅他?

沈熠开始纠结,但内心里有个小声音已经开始游说:也许他并不是想借贺司南的名义来跟自己交往呢?也许他真的是不得已才失联了呢?也许他自己都不知道自己买的那个是假包呀……

看着手机上屏幕不断跳动的信息,沈熠陷入了纠结与犹豫之中。

"原来你在这发呆呀!在想什么呢,我等了你好久,还以为你找不到房号呢!"苏悦忽然飘来的一句话,惊得原本正在泪流满面的沈熠连忙转过脸去。她仓促地抹了一下眼角脸上的泪痕,这才装作若无其事的样子站起身来,回道:"刚刚一个朋友给我发微信,我一下子就忘记时间了。对不起,让你担心我。"

苏悦摇摇头,挽起沈熠的手一起往房间走。

在苏悦的再三游说下,沈熠最后接受了她的"好意",躺在温暖舒适洒满玫瑰花瓣的超大豪华浴缸里,泡了人生第一个"五星级"的澡。而就在泡完澡以后,她选择了原谅"唐僧"。因为她觉得人生如此奇妙,万物皆有缘由,何必为过去的一点不快而否定最初的美好?

说到底,她始终相信"唐僧"是个好人,他或者有自己的不得已,就如她以前落魄时那样走投无路,总要给他一次原谅的机会。而就在她拿起手机打开微信时,看到对方把之前借的三万块钱也转了过来。附信一句:"对不起,让你担心了。"

沈熠的眼泪一下子又流了出来,她回了一句:"以后不管怎么样,我们以后都要好好的。"

"好,我答应你。"

……

这个夜晚,沈熠在酒店睡得很香。而曾经捣腾过摄影的霍东方却被突发奇想的贺司南折腾得很惨。起因一开始是贺司南让他PS一张去新疆的机票,霍东方自告奋勇地"嚯嚯"两声驴叫,很快就做好了图,发给贺司南的时候还顺带来了个骚贱的表情求打赏。而贺司南也没含糊,直接就赏了他"888"的红包。接着又弄来几张图,霍东方打开一看满脸问号:"这是啥地方?穷成这样。还有这人是谁,看着这么怂的样子。"

贺司南十分粗暴地打断了他的好奇欲:"别啰唆,赶紧干活!还有,记得把照片的日期打上,要搞得逼真一点,千万不能让人看出是P的,更不能让人在网上查出来。"

霍东方看着"甲方"发过来的充满周扒皮风格的要求,再看了看那个红包,咬牙唾了一口:"啊呸!什么话这是?搞得我真像是为了几块钱折腰之人……"话虽如此,他还是很麻利地开始了做图。然后,揭开了这场灾难事故的开端。

这晚上,霍东方对着电脑做了几十张图片,还得一边回答贺司南时不时抛过来的类似于网络白痴一样的问题。最后他忍无可忍,抱头抓狂地掀翻了自己的笔记本电脑,抄起手机就朝贺司南大吼道:"你干吗?网恋啊?想忽悠人家小姑娘啊?我告诉你,赶紧把你脑袋里的水往外倒一倒。这年头,能跟你聊天的陌生人,十有八九都是个又黑又粗的抠脚大汉,你还以为人家真的貌美如花年芳十八?真这样还来找你聊天?美得你——哎,我问你,你没给人家打钱吧?喂!你倒是说话啊——"

这通电话的最后,霍东方爆出了一句粗话,因为贺司南直接把电话挂了,气得他差点手一哆嗦,就把这厮的号码给拉黑了。当然,基于自己对网络聊天的不熟悉,还有修图技术的无能,贺司南这个甲方最后又用微信语音开始了第二轮轰炸。

一开始的时候霍东方根本就没搭理他,可是很快,贺司南就祭出了自己的杀手锏——他发来了一张照片,里面的人,正是霍东方一别数年的前女友。看到照片,霍东方立马跪地投降。"说吧,你到底想干啥?"

都说"兔子被逼急了还咬人"呢,霍东方这会儿被人用刀子搓了心窝子,就想跑去打一架。就在他揣了车钥匙准备开门飙车杀过去时,门铃响了。

霍东方打开门,一看,外面站着两眼迷离陷入游魂状态的贺司南。

他一把将人给拽了进来,随后重重地带上门,再丢给他一瓶啤酒。

"说吧,到底发生什么事了?你该不会是被女鬼勾走了魂吧?"

贺司南瘫坐在沙发上,起初一言不发,随后开始"咕咚咕咚"地灌啤酒。灌完以后再把酒瓶随便一丢,接着看向霍东方。

霍东方被他这眼神看得心里发毛,刚要伸手摸一下这厮的脑袋看看是不是烧糊涂了,猛地发觉自己被抱住了大腿,继而是一声饱含无助和迷茫的呐喊："霍东方，我觉得我好像生病了……真的，脑子稀里糊涂的，都不知道自己在做什么……"可怜霍东方上半夜做图，下半夜又被强行拉着促膝谈心。直到后面搞清楚事情的来龙去脉，这才倒吸一口凉气。

"你没病，你是神智不清了！作为兄弟，我都不知道你到底怎么想的，你为什么非要喜欢顾芳菲的那个小助理呢？你这是——疯了疯了！我看你肯定是疯了！"

贺司南这会儿脱了鞋袜，就这么两脚岔开，伸着两条大长腿坐在霍东方客厅的沙发上。他两眼迷离，目光深邃而忧郁，一只手扶着额头，反复摇头喃喃道："你说我喜欢上了她？不，这不可能……少爷我一向眼高于顶，什么样的绝世美人没见过，就她……"

霍东方不想说话，只用白眼表示着自己内心的鄙夷。当然贺司南大半夜地跑到他家来，肯定不止是为了发泄自己忽然陷入恋爱后的情绪不稳定。见他终于停止了反复喃喃自语，又看向自己时，霍东方立即挥出两手挡在胸前，一副刀枪不入的姿态："不管你有啥事，接下来想干吗，都别拉我下水——真的，司南，你也知道我现在这处境，要是让我爸妈知道我还敢搅和你跟顾芳菲的婚事，我这小命就休矣。"

"你到底是不是我兄弟？居然跟我说这样的话，那我有难事不找你还能找谁？"贺司南说着，忽然就翻了脸。眼见他"蹭蹭蹭"下地穿鞋，霍东方心中一喜，刚要开门送客，却见这厮麻利地在客厅里转了一圈，然后打开他卧室的门，就这么堂而皇之地进去了！

霍东方有点懵，随后追进去一看——人家已经毫不客气地在他的床上躺成了个"大"字状！霍东方这会儿就有点恼火了，可是不等他开腔，贺司南抢先一步抛出了自己的诱饵："我托了一个朋友帮你打听到，你那位最近几个月多次往返伊斯坦布尔和伊兹密尔之间。看来，她似乎是在这两个城市短期出差，也可能是长期定居于某一处。"

霍东方顿时卡壳，他"哼哼"几声，最后抬腿踢了一下贺司南："往那边去一点，我这房子就弄了一个主卧，你要真是不想去别的地方，那就自己睡客房去！"

贺司南不干，只往旁边让了让："我从来不睡客房，你要不怕被人误会我们俩有什么见不得人的关系，那就赶紧自己滚蛋！"

"我才不滚！这是我家，要滚你滚！"

两人骂骂咧咧了一通，最后一看都快三点了，这才消停地各占了半边床，打着哈欠开始入睡。

"你倒是给句痛快话,到底想要我干吗?"大概是从小到大在贺司南手里吃的亏太多,霍东方眼皮子盖上去之前还不忘刨根问底。

贺司南也没瞒他,就把自己的想法大概说了一遍。

得知他要自己配合假扮"唐僧",还得提供技术支持外加保密工作,一旦事发就得自动顶包成为替罪羊,霍东方顿时睡意全无,他拍床怒吼:"不行!这事我不干!风险太大了!"

贺司南躺在一边,循循善诱道:"你能有啥风险?别逗了——反正你也没打算按照你爸妈的意思在国内结婚生子,迟早都是要跑的。多一个锅少一个锅,对你而言能有什么影响?大不了,将来你跑到国外去找你的爱丽丝的时候,我每年给你们打钱,这样总行了吧?"

霍东方听到最后一句,露出半信半疑的表情:"你说的话算数?那你以后可得养着我半辈子。"

"算数!我贺家大少爷对天发誓,只要贺家不倒我没死,一定履约。行了,叫爸。"

"贺司南!——我给你脸了是不?"

*　　　*　　　*

沈熠跟宋世钧约了周六这天上午在他工作室碰面,商量关于他新签约的那个品牌的设计工作内容和细则。当然在此之前,她也跟顾芳菲汇报了一下——按照宋世钧的思路和想法,其实他还是想拉拢顾芳菲一起加盟,或者由她牵头,一起合作共赢的。可是顾芳菲却有些犹豫,她向沈熠摊开了自己下半年的工作计划和安排,摇头道:"我这边根本不可能腾出空子来,顶多只能入股。然后,关于设计方面的具体工作,可能都要由你来负责。"

沈熠简直欢欣雀跃,做服装设计是她一直以来的梦想。现在有了这样的机会,就算白干她也愿意,更何况宋世钧一向为人厚道,他开出来的条件,让沈熠听完就瞪大了眼。"师兄,你是说,如果我设计的作品最终能采用,你会给我第二的署名权?还给我提成?"按照业内的行规,一般新入行的设计师在前两三年都是给公司比较有经验的设计师做助理。虽然也要有设计作品上交,但就算采用了也很难有署名权,而且工资也不高,像沈熠上一份工作,就是如此。

但宋世钧却拿出了一份服装产品的彩页宣传册,他摊开之后指给沈熠看了看,道:"其实我给你这样的待遇也不会亏,你看,这是你上一家公司今年春夏卖得最好的几个款式。你自己看看,你参与了其中哪些款式的设计?有哪些是你独立完成的?"

沈熠接过画册，仔细翻阅了起来。她看得很细，因为在此之前，其实她一直都不知道，原来自己之前在上一家公司的作品还被采用了。而且照着画册的位置来看，这几个款式应该都属于当季热销，要不然不会给这么好的版面和位置。

"你别介意，我不是让人去调查的。就是刚好上次去开会时遇到一个同行，他就是从那边跳槽过来的。我跟他打听了一下，他告诉我这些，不过的确，这些成绩让我对你这个小师妹更加刮目相看。所以不用怀疑自己，我给你的这些待遇，都是绝对超值的。"

沈熠看完了整本画册，这才抬起头来，她的脸有些红扑扑的，因为心里实在很兴奋。看到宋世钧推过来的那张名片，她点点头："嗯，这位傅总监以前我也跟他打过照面，不过他现在主要负责男装这一块。"

当下两人就算敲定了合作方式，也就是说，从下周开始，沈熠就正式进入了全年无休的工作狂人模式。但是沈熠很高兴，不仅因为这个工作可以带来一笔额外的收入，更因为她可以发挥自己的爱好和特长，以后有了更具体的方向和目标。

大概是为了表达自己的诚意，宋世钧提出先支付一笔定金给沈熠，却被她拒绝了。

"师兄你放心，我这几天有空就会去看房子的。这个事情我已经安排好了，你不用担心，这钱我不能要你的。"

听她这么说，宋世钧也不好再坚持。其实他是有心想再关心一下，沈熠怎么忽然就有钱租房子了？但一想，又觉得自己不能显得有打听人隐私的嫌疑，遂顺着她的话点了点头。

拿到合约的沈熠，从宋世钧的工作室出来就直奔医院。她想把这个好消息第一时间跟爸爸分享，另外就是征求一下他的意见，看他喜欢什么样的房子？

沈父一听这消息，自然也是高兴的。他把自己的存折交给女儿，叮嘱她该花钱的地方千万不要省着。

到了中介那边，沈熠人刚刚坐定，就有微信消息进来。点开一看，见是"唐僧"，当即便微笑着回了一句："我挺好的，你呢？我正在中介看房子，稍后再回你。"发完这句，她又加了一个微笑脸的表情。见对方也发过来同样的表情之后，这才暂时关了微信，专注地跟中介工作人员聊了起来。

这边，捧着手机表情凝重的贺司南抬腿踢了踢身边的霍东方。

霍东方白他一眼，问道："干啥？有事快说！"

贺司南遂拱到他身边坐下，若有所思地说道："她说她要去租房子……嗯，其实我名下倒是有一套小公寓，挺适合她现在住的。不过这事我不好出面，所以——"

霍东方听到这里还有什么不明白的？当即皱起眉头，一副"你有毒"的眼神看向贺司南。

"这事别找我，你也知道那丫头对我印象不好。不过我倒是觉得你可以让宋世钧，他有个公益组织，是专门救助那些流浪狗的。你这样，让人先把……"

*　　　*　　　*

沈熠花了几天时间，每天利用中午和下班见缝插针地去看各种各样的房子。但是折腾了这么些工夫，却是一套合适的也没有。她也是没想到就租个房子会有这么多困难，见她每天晚上回去都要长吁短叹，苏悦干脆挽留她继续跟在自己家住。

"不行不行，你过几天就要去新加坡了，我哪还能继续赖在你这里？再说了，我也付不起你这儿的物业费，都比我租个两室一厅的房租还要贵了。"沈熠说的是实话，她预算有限。虽然"唐僧"还了之前借她的三万块，但想想爸爸出院后还要加强营养，沈熠看了这几天的房子都只能捡着最便宜最划算的老旧小区来比较。这房型和采光还有里头的装修，也是实在让人一言难尽。

可就在她一筹莫展想着要不咬咬牙提高一点预算时，宋世钧这边又给她带来了一个好消息。原来他一直赞助并管理着一个公益组织，全称叫作"流浪狗爱心之家"。前几天接到一个求助电话，事主因为急着出国，所以没办法将家里的一条哈士奇带走。但要寄养到朋友家，又没有合适的人选。

宋世钧得知这一消息后，就尝试着跟狗主人商量了一下。最后两人达成协议，狗主人用低于市价的租金将自己的一套公寓租给愿意抚养这条哈士奇的人，前提条件是租户必须帮他养狗，顺带还要保证房子的卫生情况。

这等美事，对于急需住房的沈熠来说，那简直是天上掉下块狗头金，直接就要把她砸晕过去的那种！

直到拿到房子的钥匙，沈熠都不敢相信，自己居然用两千块钱，租下了一套全新的带电梯的两室公寓！而且，在她看到这条小狗的时候差点没大声尖叫——因为这是一条她做梦都想养的哈士奇，还是那种才几个月大没有成年的小奶狗！

"师兄，这是真的吗？我太高兴了，天底下怎么会有这么好的人？把房

子这么便宜租给我,就为了让我帮他代养一条这么可爱的二哈?"兴奋到极点的沈熠又露出了两颊红扑扑的绯色,看她摸着二哈的头,一副爱不释手的样子,宋世钧好笑地提醒道:"我记得你也属狗?难怪你跟它这么投缘,要知道,这狗以前可高冷了,看到不喜欢的人,直接就不搭理人家。"

沈熠抱着这条可爱的小二哈,开心了半天,最后恋恋不舍地拍着它的脑袋,轻声说道:"也许我们之间的缘分不长,但我答应你,只要你还在我身边,我就一定会好好对你。以后,我就叫你小白龙好不好?"

小白龙,似乎是《西游记》里"唐僧"的坐骑?宋世钧想起之前零星听过的只言片语,微微拢了一下眉心,随后他也思索了一下,要不要告诉沈熠这房子的原主?但他想了想,最后还是什么都没有说。

第六章

十月，铃兰与芳菲

沈熠搬家这天，正好是顾芳菲二十六岁生日。

沈熠本想当面跟她说一声"生日快乐"，再把自己亲手准备的那份小礼物送给她，可早上一回来就听说她今天不回来，上午请示工作时，便在微信问了苏悦一句："顾总今天在家庆祝生日？"她想，以顾家那样的门第，对顾芳菲这样出色的女儿，想必是视若珍宝爱若掌珠的。

可苏悦神秘兮兮地在微信上示意她噤声，随后叮嘱道："以后每年这一天，你都尽量不要打扰顾总，有什么事你拿主意看着办就好。她今天……要去拜祭自己的母亲。"

顾芳菲的母亲唐宁早年去世，如今家中是继母姚晓琳当家。而姚晓琳当年小三上位，逼死原配后又生了两个儿子，所以顾芳菲回国之后，宁愿住在工作室也很少回去，这些内情沈熠之前便听过。只是这会儿仍不免有些意外，顾芳菲在自己生日当天去拜祭生母……似乎很合情理，又似乎有什么地方不合情理。

见沈熠不太明白，苏悦又发了一条信息过来："你别太担心，我昨天问过了，有宋小姐陪着顾总呢！"沈熠这才点点头，叹口气回道："那就好。"

宋丹宁特地找宋世钧借了一台适合山地越野的路虎SUV，还让爷爷派了他自己的专用司机小徐，充作临时保镖护送两人出行。

到底几年没去仙贤桥了，宋丹宁一路上看见的风景和地标都不同往日，隐约有了江城近郊新区的繁华景象，哪里还像原来那个被江城人看不起的穷乡僻壤？

见顾芳菲缄默不语，便问道："听说你舅舅这几年发展得很好，这些地标里头有不少是他的手笔吧？怎么回来也没听你说起过唐家的亲戚，你那表哥呢？现在结婚了没有？"

顾芳菲摇头，垂下眼帘道："结婚了，我现在也很少回来。年前听说舅舅身体不太好，如今我表哥替他管着公司的事，估计忙得连睡觉的时间都不够。再说了，我舅妈她不想看见我，连我去医院看望舅舅都被挡在了门外，回来又怎样？"她如此说着，将右侧的身体轻轻靠在了宋丹宁身上，微微显露出一丝平时难得流露的疲惫与无助。

宋丹宁安慰道："有时候我也憎恨我婶婶，总觉得她处处针对我、仇视我。可每看到世钧，又会想起她始终是我堂弟的母亲，是我叔叔的妻子。长大以后我们对恩怨是非都会感到无所适从，有时候我甚至会想，如果我不回来是不是就不用面对这些？可是这些年去过那么多的地方，看过许多的风景，心里隐约又放不下江城，总觉得这里才是我们的根。因为这是我们成长的故乡，这里有我们的亲人。"

顾芳菲不语，等车子快到仙桥镇时她才忽然道："丹宁，你喜欢紫色的绣球花，因为它象征着永恒与团聚；我呢，喜欢紫色的风信子，因为它代表着重生与希望。——所以故乡，其实也就是一种愿望。如果没有永恒也不能团聚，不能忘记过去的悲伤开始新的生活，那么，告别，也就是将愿望珍藏在心里，跟现在并没有什么不同。"

宋丹宁有些讶然，因为在此之前，她从未听她说过想要离开江城。可不等她相问，车子已经减速停了下来。原来是到了唐家的祠堂，芳菲的舅舅唐敬让人把外甥女和宋丹宁都请了进去。

宋丹宁的妈妈思想新派，爸爸也忙于工作很少顾得到女儿，所以对于这些家族宗亲概念，她是很模糊的。可再模糊也大概知道，在江城的上一辈人中，一个已经出嫁的女儿死后能回娘家的祠堂供奉，是很不寻常的事情。

可出身仙贤桥唐家，嫁入顾家的唐宁，却在死后被哥哥唐敬将骨灰接了回来。她落葬在唐家祖坟，从此与生前的夫家再无任何交集和干系。而随着她的离世，仙贤桥唐家也似乎因此败落了不少。如今这样的光景，也是隔了十几年后，唐家的下一代成长起来了，才重振了家业。

宋丹宁猜想，顾芳菲与她舅妈之前的嫌隙，应该也跟这个有很大的相关。只是她从来不跟任何人提起，便是亲如姐妹的闺蜜，她也不愿细谈这些事情。

顾芳菲进了祠堂，见到舅舅唐敬拄着拐杖站在一旁，身形似乎消瘦了许多，便深鞠了一躬。

"舅舅，我回来拜祭妈妈。"

宋丹宁也随她行礼，随后扶着她在蒲团上跪下来。

她不是唐家血亲，没有资格也无需跪拜，只能在退到一旁默默等待。

好在仪式时间不算久，几分钟后顾芳菲便站起身来。宋丹宁上前扶着，两人一起将带来的花篮分别放置到各个牌位下。

宋丹宁看见，芳菲给母亲唐宁准备的花篮，里面有一株开得很好的紫色风信子。

午饭就在仙贤镇的一个饭店吃的，拜祭完祠堂后顾芳菲随着舅舅上山给母亲扫墓。宋丹宁有心想陪在一旁，却被顾芳菲一个摇头的动作给挡住了。

其实这甥舅俩上山下山总共也没花多少时间，不过宋丹宁却敏锐地察觉，下山后的芳菲眼神黯淡无光，好像有什么很重要的东西，在那大半个小时里面离她而去了。

饭后稍作休息，顾芳菲便主动开口道别。她舅舅也没出言挽留，只对着宋丹宁颔首道："辛苦宋小姐陪芳菲来这一趟，你们俩自小感情就亲如姐妹，以后芳菲再来——我是说如果你方便的话，还请你陪着她。"

宋丹宁自然连连点头应诺，又跟芳菲的舅舅道别。但随后走出饭店大门，上车时隔着茶色玻璃窗遥遥看见唐老先生的身形，佝偻消瘦如同六七十岁的老人时，她才惊觉先前那话里的意思似乎有些不寻常。

"芳菲，你舅舅——他身体到底怎么样？我怎么觉得，刚才他对我说的那些话，跟以前不太一样？"

顾芳菲神色平静，眼神黯淡无光："没什么，年纪大了吧，身体总会这样那样的。"说完又把身体靠在她身上，软软道："我累得很，丹宁咱们在车上眯一会儿吧！一会儿到了市区我请你喝下午茶……"

宋丹宁点点头，轻轻闭上眼。其实她也有些犯困，只是后来察觉芳菲将自己的一只手握得越来越紧，这才睁开眼低声道："芳菲，你不要太难过了……不管怎么样，我都会在你身边。"

顾芳菲没接话，她将整张脸都埋在她的膝上，宋丹宁只能看见她满头青丝微颤。直到车子忽然一个急刹车停下来，她才抬起满面泪痕的脸，道："你在车上待着，不要下去——无论如何，你都要相信我会处理好的。"

宋丹宁尚且不知道发生了何事，只见前方气势汹汹地开来几辆车，然后包抄将他们围在了中间。还好司机小徐应变能力够快，见到顾芳菲开门下车也跟了下去，并朝车内的宋丹宁说道："您待在车上，给宋先生打电话，请他过来——"

宋丹宁慌作一团，本能地想下车却发现车门被小徐从外头用遥控锁住了。这台路虎的安全防护装置设计得很好，就连侧窗玻璃都是双层防弹。上锁之后宋丹宁在车内操控台上再三尝试，也无法打开中控。

她眼睁睁看见芳菲被几个人团团围住，为首的一个妇女冲上来就要对她动手，在被司机拦住之后仍又哭又叫，看情形，像是特地在此等着要来生事？

宋丹宁愣了几秒钟后终于想起来，这妇人就是芳菲的舅妈——见状她再不迟疑，拿起手机就拨给宋世钧。

正好宋世钧这会儿正跟霍东方和贺司南在一块吃饭，刚要饭毕散伙，接到这个电话他"呼"一下子起身，倏然冲贺司南说道："司南，顾芳菲去拜祭她妈被她舅妈带人给堵了，听着来者不善，要不你跟我一起去一趟？"

贺司南并没有接话，看起来他并不怎么上心的样子。可是霍东方朝他腿上踢了一脚，又凑过来道："做戏做全套，司南，你也知道顾芳菲家里那点事，说到底咱们谁也不容易。你这回要是不替她出头，我可都觉得有些过分了啊！"他的好言相劝最后被贺司南一记飞毛腿中断，不止如此，这厮还梗着脖子回了一句："我管这些干什么——这是人家唐家的家事，我干吗要去吃力不讨好？"

宋世钧见状以为他不肯管，便先行快步离开。只是走到自己车边，听见后面的脚步声回头一看，只见贺司南带着霍东方两人都跟了上来。

"坐你的车，省点人手好打架。"贺司南一句话安排了宋世钧做司机，自己就先打开后面的车门坐了进去。宋世钧朝霍东方看了一眼，后者冲他摊开两手翻一记白眼，三个人就这么一路飙车赶去仙贤桥。

* * *

不知道为什么，这天下午沈熠总觉得自己心神不定。她在店内巡查了几遍，后来又上去顾芳菲的办公室，给她换了新送来的鲜花又收拾了一下卫生，最后下了休息室，一边翻看着一本最新款的名表画册，一边不时看着墙上的挂钟。到了下午三点多的时候，有店员跑来跟她汇报："店长，咱们店外有个人，样子好奇怪的。这个天打着把黑伞还包着围巾，一直探头探脑地朝里头看啊看，我跑出去想问个究竟，结果那人一看到人出来转身就走了。您说，这事要不要报警啊？"

本来星辰店内是存放了不少贵价货品的，随便一件都价值不菲。但因为店内安保措施电子防盗系统都很先进，而且也有购买防盗险，因此下班后没有额外安排保安值夜班。

但沈熠不免留了心，她让人打开店外监控系统，对着屏幕仔细看了看，发现对方是个中年妇女，只是着装和形容都有些怪异，这种天气从头到脚都包裹得严严实实？想一想为了安全起见，她便自己留下来值夜班了。

仙贤桥离市区大概八十几公里，宋世钧一路飞驰，只用了一个小时便赶到宋丹宁手机发过来的位置。

到了地方一看，只有宋丹宁一人被锁在车上不断地拍打着车窗，宋世钧拿出备用钥匙开了车门，一下车宋丹宁就号啕大哭，拉着宋世钧道："世钧，快！快去救芳菲，她被她舅妈带走了！"

宋世钧略问了几句便明白了大致情形，因为小徐也跟在顾芳菲身边，他倒不那么担心了，安慰宋丹宁道："别担心，小徐拳脚功夫了得，如果对方不是练家子，就算来个十个八个也没问题，他能保护芳菲的。"

宋丹宁这才稍稍止住眼泪，因为在车内困得太久又焦虑紧张过度加上低血糖，所以很快她就两眼一黑浑身瘫软地坐了下去。

宋世钧没法，只能先安顿好自家堂姐。临走前他拨通了司机小徐的手机，得知他跟顾芳菲此时就在附近的一个民宅内，便把位置发给了贺司南，又扔过来一把车钥匙，道："我先送我堂姐回去，这里就交给你们了。"

三人当中其实就属宋世钧应变能力和社交能力最好，贺司南是见谁都一脸的冰碴子，打架更是完全不在行。因此见到宋世钧提前撤场，霍东方当即哀嚎道："宋世钧，你这是把我们往火坑里推，不带你这样玩的……"可是嚎归嚎，嚎完了他还得跟着贺司南往里头走。

等到了地方定睛一看，好家伙，捡了个现成——人家顾芳菲已经在司机小徐的护送下，完好无缺地从里面出来了。见到贺司南，她还稍稍愣了一下。

随后一行人上了车，贺司南这才发现顾芳菲深蓝色的裙摆上都是灰，他转过脸提醒道："你回去换件衣服吧。"

顾芳菲低头，似乎在思索什么。车子驶上仙贤桥大道时，她才轻叹了口气，对他说道："陪我回一趟顾家吧，算我求你。"

贺司南缄默，坐在前排的霍东方更是佯装闭目养神。在一种令人不安的静默中，顾芳菲忽然回眸，眼眶中蓄势已久的泪水瞬间迸落。

"小时候我觉得这里更像是自己的家，因为这里有疼爱我的外婆，还有舅舅和妈妈。但那时候我从来没想到，原来真有这么一天，我连这里也不能回来了。"

她哭得哽噎，喉间生涩。

贺司南不去看，过了一会儿还是抽了一张纸巾，用指尖递给她。

顾芳菲接过，拭去泪水又道："其实我并没有你们所想的那么坚强，妈妈去世的时候我绝食了三天三夜，才让他们答应把妈妈的骨灰送回这里落

葬。可那时候我哪里知道要实现妈妈最后的愿望，原来还需要付出这么大的代价——"

大概是想起顾芳菲的母亲唐宁，贺司南忽然缓和了神色，颔首道："你妈妈是个很好的人，虽然我只见过她几次，但也觉得……那时候你能为了她的心愿勇敢争取，这很了不起。"

顾芳菲点点头，随后又摇头，这一次她哭得更加难以自持："可是你不知道，我妈妈临走前那几年，她过的是什么样的日子。有时候我真不明白，老天为什么如此不开眼，要让她承受这么多的痛苦……司南，我曾答应过她，一定要好好活着，我不能被生活压垮。可是今天……直到今天我才知道，原来为了拿回妈妈的骨灰，我舅舅竟然要每年给顾家一大笔的分红。现在舅舅得了癌症，他说以后不能再照顾我了，司南……我不知道以后的路该怎么走，我真的不知道我要怎么办才好……"

对于顾家这些隐秘往事，贺司南这个准女婿多少是知道一些的。

此时见顾芳菲露出生平从未见过的软弱与无助，再加上今天还是她生日，就算是个路人甲此时也绷不住有几分心软。

更何况对于顾芳菲老爸的为人，其实他内心里也很是鄙夷，当下便又抽了一张纸巾递过去，胡乱安慰道："人在做天在看，你别太难过了，现在医学发达着呢，你舅舅这么有情有义的人，肯定不会这么早就离开的……"

听他安慰人的话一个字都不在点子上，急得坐在前排假装睡觉的霍东方都忍不住眉头紧皱。

过了一会儿贺司南收到一条信息，打开一看，正是皇帝不急太监急的"霍太监"发过来的。

"你就陪她去一趟顾家吧，我都听不下去了。你就当行善积德，总不能把人家顾芳菲往绝路上逼……"

对于霍东方婆婆妈妈的脾性，贺司南就只回了一句："滚！你行你上，不行别指手画脚。"

霍东方发过来一个鄙夷的白眼，撇嘴："要是管用，我肯定去！真的，你别太冷血。"

贺司南终于绷不住火，扔下手机吼了一句："霍东方你就是个大傻瓜！你知道什么了你？"

霍东方在动手和动口之间选择了前者，直接就在副驾驶位给了贺司南一记飞拳。也是这辆路虎车空间够大，两人直接在车里打成了一团。

司机小徐一看不对劲，连忙把车靠边停下，接着从里头左手一个右手一个，拎了两人出来，道："我的任务是要安全护送顾小姐回去，你们真要打架，那就在这打完自己走吧！"

"司南！东方！你们这是干什么呀？好端端的为什么动起手来了？"顾芳菲从车上跳下来，看着两人气咻咻凶狠互瞪的样子，好不莫名其妙。霍东方看了看贺司南一脸的倔驴样，大概是知道说服不了他，于是冷哼了两声，撸起衣袖就想另外打车回去。

谁知道贺司南这会儿忽然又改了主意，冲着霍东方的背影来了一句："去就去！谁怕谁啊？就是看不惯你小子总喜欢装大哥，现在还指手画脚的……"

顾芳菲这才大概听出来，应该是霍东方帮自己说情跟贺司南翻了脸。可她不知道贺司南为什么会忽然改变主意，因为据她的了解，要想扭转他的想法，实在不是一件容易的事。但不管怎么说，贺司南答应去她家了。

*　　*　　*

下午没有预约的客户，星辰正常都是六点钟下班。沈熠因为要留下来值夜，所以再三确认四周的监控摄像头都在正常运转后，这才去了后面的小厨房给自己和爸爸做晚饭。她下午时开始用电炖锅炖汤，这会儿掀开盖子，正好闻到一股浓浓的鸡汤清甜香味。蔬菜是已经切好的白玉丝瓜，肉菜只有一个粉蒸排骨。沈熠算好时间等锅里的水沸开，上了气，就先把排骨给放进去蒸了。趁着这会儿工夫她赶紧把鸡汤装进保温盒里，刚刚拧好盖子，就听侧面的楼梯传来了几声脚步声。

她心里狐疑，这时候顾芳菲肯定是在家庆祝生日，哪来的人会从侧面楼梯上去二楼？因为白天那个妇人的身影让她心里起疑，当下就轻手轻脚地关了火，又从库房那边的消防楼梯走上了二楼。

顾芳菲要回去卧室更衣化妆，自然需要一点时间。但对于陪她一起回来的贺司南和霍东方而言，等待女人化妆的时间刚好用来喝一杯。

星辰的二楼朝东那面有个小露台，顾芳菲让人在上面种了不少花木，还摆了秋千架子和藤椅木桌。

霍东方要等司机把自己的跑车送过来，这会儿就在露台上坐着，一面看着即将滑入夜幕中的江城，一面发呆。

沈熠出了消防梯，隔着门上的玻璃就看到了霍东方的身影。她心里有些奇怪，怎么他会在这时候过来？但随即，又听到一阵熟悉的脚步声。真可怕，虽然她跟贺司南打照面的次数也不多，却把他的特点习性都记得那么清楚，几乎已经形成了本能的辨识力。

贺司南手里拎了两瓶啤酒走上来。

沈熠在门后看到时，只见他走到霍东方身边，把沙发垫子往藤椅上一扔，自己坐上去一个，又拍拍另一个，示意霍东方坐过去。

沈熠忽然就想起了一个浑身是毛的大哥拍着床说"来啊，来啊，一起睡啊"的表情包。她忍不住一乐，抿嘴笑了。

霍东方走过来，接住啤酒，拉开后"咕咚咕咚"喝了一大口，问："你到底怎么想的？真要跟顾芳菲退婚？我觉得你家里会直接把你打残吧？"

贺司南自己也开了罐酒，仰脖喝了一大口："我现在整天脑子空空，跟个孤魂野鬼似的——其实你先前说得对，我自己日子不好过，就想着把顾芳菲往死里逼，这样不对，我又不需要拉个垫背的。"

沈熠站在门后听得一清二楚，可是却越听越糊涂。她本来就对顾芳菲和贺司南这种近乎怪异的关系感到好奇，此时心知不该偷听，但却因为这句话，忍不住想要继续听下去。

似乎是为了保证这次谈心不会在一点就炸的紧张氛围里进行，霍东方喝完这瓶酒后又下去休息室拎了几瓶上来。

他以喝酒赔罪之名义，自己"咣当咣当"喝了一瓶，然后又劝诱贺司南说你看兄弟我都跟你赔罪了，你还能不跟我一块喝点咱们一起说点心里话吗？

拧开第四罐啤酒时，沈熠在门后听见贺司南打了个长嗝。然后，他就用曾经沧海难为水的语气，无限凄凉地讲了一句话。

"你们都不能理解我，一个都不能！包括你——现在连你都不能理解我了！"

这话里的幽怨和锥心简直有点催人泪下，秒杀"天涯""豆瓣"那些怨妇群体，听得沈熠又是一愣。她依稀感觉到，贺司南这人，根本就不像表面上看来那么不羁放肆，反倒是像怀揣着很重的心事，又没人可说的那种闺中怨男。然后她就听见贺司南又说了一句话，让有点呆的她彻底呆成了木鸡。

"东方，你知道我为什么会关注沈熠那丫头吗？"

沈熠心里怦怦狂跳。她根本搞不清贺司南说这话是什么意思，关她什么事？要说关注——他关注过自己吗？为什么关注？

她当然不知道。可她知道的是，这会儿不用她问，喝了几瓶啤酒的贺司南那一副憋不住了的表情，就预示着他等会儿就会直接说出问题的答案。

不得不说，霍东方对贺司南的了解还是很到位的，看看现在灌了几瓶啤酒以后，整个人都变得很乖很乖，就像回到了他六岁那年那么乖。

然后沈熠就听到了非常关键的一句话，贺司南打着酒嗝对着夜空说："你不是一直问我为什么这么讨厌顾芳菲吗？其实我也一直说不上来，毕竟那会儿她也才六岁，照说一个六岁的孩子不应该有这么深的心机，她也许就是顽皮心性太强了点——但今天，就是先前，在车里她说起她妈妈的时候，我忽然想明白了，因为她跟她妈妈实在是太不一样了。我就见过她妈妈两次，准确地说是三次，如果葬礼也算的话。但是，她真的一点也不像她妈妈，我说是像，是性格和气质方面的比较。"

　　霍东方若有所思地点点头，抿了一口啤酒沉吟："你这么说我也想起来了，顾夫人气质非常婉约雅致，她是个很容易让人喜欢和信任的人。顾芳菲乍看也很像她，只是论起性格和气质来——就不太一样了。但想一想也正常，要是她还像她妈妈那么柔弱，估计早就被她那个狠毒的后妈和两个弟弟玩死了，哪还能有命活到现在？"

　　"你也觉得吧？其实我以前就纳闷了，因为我六岁那年见到她妈妈，就很喜欢她，顾夫人很有修养，真是一位名副其实的名门闺秀。但是顾芳菲呢，她六岁时就会在她现在的后妈酒里加安眠药，加完以后还能微笑礼貌地端出去给人家喝。你知道我那时候看见这一幕有多震撼吗？不但如此，我还看见她端着那杯酒走出来时，微笑中带着深深的恨意——别怀疑我是不是看错了，我发誓我一点都没夸张。我觉得她那会儿就想着怎么杀人，而且，她一点恐惧和慌乱都没有，好像这一切在她心里已经演练过无数遍了……只是，后来那杯酒被我干妈拦住了。要不然，我还真是不敢想。"

　　沈熠躲在门后，用手紧紧地握着门把。她说不出话来，只是本能地不肯相信贺司南的话，她觉得他肯定是在胡说八道！

　　可是霍东方却没有怀疑贺司南的说法，他只是冷静客观地分析，甚至后来忍不住打了个响指，赞道："这么说来，顾芳菲从小就是个王者啊！看来以前我还真是小瞧她了，你看人家这手段这执行能力。啧啧，话说当年要是楚依没拦着她，那现在——"

　　"你闭嘴！你这是唯恐天下不乱呢！是，我也知道那狐狸精不是什么好东西，说白了死有余辜。可是我只要一想到一个六岁的孩子就能有杀人的心机和胆识，还能把这样的事情做得滴水不漏，而且这人还是我的未婚妻——我，我，我这心里就实在接受不了。"

　　贺司南说着，仿佛心有余悸般地打了个寒战，随后惹来霍东方的一通狂笑："哈哈哈！原来你小子怕死，担心自己以后会栽在她手里啊？这么说我总算理解了。不过我觉得以你的所作所为，的确有这个可能。"

"你能不能不瞎起哄？我现在可是你的金主，你还想不想跟你的'爱丽丝'私奔了！"一提到自己的私奔大计，霍东方终于闭嘴。

他沉思了一番，中肯地说道："可是我觉得芳菲也的确不容易，你不在她的位置不知道她心里的苦。就拿她妈妈去世和死后一定坚持要葬回唐家来说吧，摆明了她妈就是被顾华章和姚晓琳这对男女逼死的。这事要换了是我，不让他们血债血偿，我就誓不为人。"

毫不夸张地说，沈熠这会儿对霍东方的好感简直就要冲破临界值。她觉得自己以前肯定是眼瞎，怎么没发现霍大少爷颓废浪荡的外表之下，竟然隐藏着一颗充满正义的美好心灵？

幸而后面贺司南也没有再继续针对顾芳菲，他只皱着眉头道："你到底能不能理解我要表达的重点？我就是想告诉你，她顾芳菲没有我们所想的这么简单，她也绝不像她妈那么柔弱。恰恰相反，她真是手段高明心机不凡。不信你看，连我妈那么尖酸刻薄的人，都被她哄得服服帖帖的。现在，我妈是她坚强的后盾，这两人联手对付起我来，那是天网恢恢谁都别想漏。"

一提起这个事，霍东方又忍不住笑："哈哈哈！这只能说人家会交际，会哄长辈高兴，这叫'情商高'，你懂不懂？再说了，司南，虽说你跟你妈从小关系就不好，但她始终是你亲妈。你以后不管跟谁结婚，这婆媳关系都是一大考验。就冲人家顾芳菲能把你妈这么难搞的人都搞定了，我觉得你就应该给她一次机会——"

霍东方的话没说完，冷不防贺司南忽然翻了脸。这回倒是没动手，而是直接把自己没喝完的半瓶啤酒直接就"咕咚咕咚"灌进了霍东方的嘴里。

"啊！……你——你干啥？你要呛死我啊……"

沈熠在两人的叫骂声中慢慢走下了楼梯，她觉得自己需要一点时间来消化一下听到的内容。只是没等她走回后面的小厨房，刚一下楼就见店里的射灯开了一排，一个白色的身影低垂着长发正在首饰柜台那边翻找着什么。

沈熠连忙迎上前，轻声道："顾总，您回来了？"

顾芳菲一见沈熠也颇为惊讶，随后点头道："是，我回来换件衣服化个妆。对了，你帮我拿一下上个星期回来的珍珠镶钻胸针，就是那个曼陀罗华花形的。"

沈熠点点头，很快就在柜台里找出了那个一直没摆出来的胸针。

她看顾芳菲身上穿着一袭白色的真丝重工礼服，回想起先前听到的内容，微微垂眸道："顾总，今天您生日，穿这个是不是……太素净了些？"

顾芳菲微微一笑："没关系，白色代表纯净，这是我妈妈生前最喜欢的颜色。"

"是，我每年生日的时候，也会想起这是妈妈的受难日。"

沈熠抬手，将胸针完好地扣在了她的胸襟上。又稍稍后退半步，仔细端详："顾总，您穿白色真好看，就像铃兰一样，高洁雅致。"

顾芳菲笑容加深了几分，她问道："你也喜欢铃兰？"

"是啊，我特别喜欢铃兰。因为她的花语是'幸福归来'，听说法国人还有铃兰节，真希望有机会能去看看。"

顾芳菲点点头，道："会有机会的，下次巴黎时装周的时候我们一起过去。谢谢你，小熠，每次跟你说话我都觉得很开心，有时候我会觉得，我们就像相交多年的朋友一样。"

沈熠有些局促地搓了搓手，有句话已经到了嗓子眼却又有些不敢说出来，然后听见身后的楼梯口传来一串脚步声，她又咽了下去。

是喝了酒打完架的霍东方先踉跄着走了下来。他还算有礼貌地跟顾芳菲道别，顾芳菲再三谢过之后，对沈熠说道："麻烦你替我送一下霍先生。"

沈熠点点头，连忙快步跟上霍东方的脚步。她本想给他开门，谁知道还是被抢了先。

霍东方一手把门，又彬彬有礼地朝沈熠一挥手，相当绅士地笑了笑："我没事，我的司机已经来了，你回去吧！"

然后沈熠就看见他一脚踏空，差点直接从门口的台阶上滚了下去。

"霍先生！霍先生！您没事吧？"出于内心的钦佩和尊重，沈熠这回没有丝毫犹豫，直接冲上去就一把拽住了霍东方。可是她并不知道，这个姿势，对于站在二楼露台上往下看的贺司南而言，意味着多大的想象空间。

很快，就有人从楼上往店门口的花圃空地上扔了一个啤酒瓶。玻璃粉碎的声音清脆，带着一种爆炸般的戾气和余波，震得沈熠吓了一跳。

她本能地朝上面看了看，声音里夹杂着愤怒地提醒道："高空坠物是违法的！"

霍东方一抬脸，似乎朝上面笑了笑，继而拉住沈熠和稀泥："算了算了，跟这种没素质的人说什么。对了，沈熠，我听世钧说你现在休息的时候跟他一起合作在搞设计对吧？刚好我也在他那参了一点股份，要不我们加个微信吧？以后有啥事方便联系呀！"

沈熠不知道霍东方心里打着什么小主意，她就觉得这位富二代还挺有正义感的，论人品秒杀贺司南。再加上他这加微信的理由十分充分，于是马上拿出手机，现场彼此就通过了好友申请。可巧这会儿霍大少爷的司机也开着

车赶到了,他坐进豪车里挥挥手,亲热地称呼沈熠为老铁,又说下回再约。

随后趁着沈熠转身回去时,再朝楼上比画出一个挑衅意味十足的手势,激得贺司南差点又顺手丢一个空酒瓶下来。可他到底还是忍住了,因为他听见顾芳菲叫了沈熠上楼来,帮她弄一下头发的造型。

满腹怒火无处发泄的贺司南在黑暗中点着了一根烟。极少人知道,他只有在情绪处在某种极端的情况下才会吸一支烟。极度思念时,极度绝望时,极度无力时,以及对自己极度厌弃时。然而,就在这根烟快要抽完的时候,顾芳菲让沈熠过来请他进去洗个脸。

沈熠重复顾芳菲的"邀请",面无表情地站在他面前道:"贺先生,顾总请您进去洗个脸,她说顾宅已经有人打电话来催了。"

楼下传来贺司南那台拉风的跑车的引擎轰鸣声。

贺司南吸着烟,声音有些低沉,沈熠却从里面听出了一缕极度的无力和自厌。"行了,我知道了。"

沈熠忽然就觉得有些莫名的心疼。或者说,贺司南他的确有让她不喜欢的一面,可是从本质上而言,他又是个好人。

贺司南的司机到了以后,沈熠再次站在店门口目送二人离去。

*　　　*　　　*

初秋不比夏日,七点多此时外面天已全黑。

沈熠看着那台车驶入滚滚车流之中,渐渐被诸多光晕湮没,她忽然想起顾芳菲先前让自己给她别上的那个曼陀罗华的胸针。在佛经中,曼陀罗华是适意的意思,就是说,见到它的人都会感到愉悦。可是,沈熠却想起这花还有另一个名字——彼岸花。

传说中生长在三途河边的接引之花,花香有魔力,盛开在七月,成长于夏日,大片大片,鲜红如血,倾满大地,能唤起死者生前的记忆。

在自己生日这天,顾芳菲先去祭拜早亡的母亲,随后又特地佩戴了一枚彼岸花的钻石胸针,穿了一身白色长裙回去顾宅参加家宴——

沈熠开始担心有些心悬不安。她满怀心事地回到厨房,心不在焉地把蒸好的排骨拿出来,一摸碗边都有些凉透了。因看时间不早,她打了个电话给爸爸。沈父告诉她不用过来了,自己早就吃过晚饭了。于是沈熠便一个人吃了晚饭,接着在休息室翻看宋世钧拿给自己的一些设计画册,时不时地也会在旁边的白纸上勾勒几笔,但始终没有清晰的概念,所以找不到头绪。叹口气,沈熠回想自己在上一家公司没日没夜扎根在办公室时的那种创作激情,不得不有些沮丧地承认,自己有一段时间没有专注在设计方面,似乎手和脑都感到生疏了。

果然，机会只留给有准备的人。她决定搬家后要集中精力，把心思都放到工作上面来。她想尽快捡起专业来，便一个人待在休息室内翻完了几本画册。中间又跟宋世钧微信联系了一下，本来想问问他有什么思路，结果一连问了好几句都没有任何回应。

直到沈熠上楼洗了澡换了睡衣下来，躺在休息室的沙发上再拿起手机时，才发现宋世钧给自己打了好几个电话。她心里突突一跳，立即回拨过去，结果宋世钧一句话就让她吓傻了："顾家出了点事情，顾芳菲不见了！"

沈熠大吃一惊："怎么会这样？"

"这事我一时半会儿也说不清，现在我跟我堂姐正往顾家赶呢！等到了地方问清楚情况我再跟你说吧！"

宋世钧说完就挂了电话，沈熠握着手机站在休息室里，呆立片刻之后一咬牙，又换了另外一套工装就往外跑去。她锁了门店，火急火燎地冲出去打车。但就在她跑到马路的花圃边停下脚步时，眼角忽然又瞄到了那个鬼鬼祟祟的身影！

还是白天那个形迹可疑的人？她到底想要干吗？沈熠内心陷入了纠结和矛盾中，在坚守大本营和前去顾家两个选择中犹豫着。正在她毫无头绪时，贺司南给她发来一条微信。"顾芳菲跟家里人发生了一些矛盾，但是应该问题不大。你放心，我会留在顾家，直到把她安全送回来为止。"

沈熠握着手机，手心都捏出了滑腻的冷汗。她斟酌用词给贺司南回了一句："谢谢您，贺先生，拜托您一定要照顾好我们顾总……很感谢您告诉我这个事情，要是有用得着我的地方，您直接通知我就好。"

贺司南也没再回复，沈熠料想他这会儿想必正是焦头烂额。想了想，她还是拨通了片区民警的电话。

放下手机，贺司南瘫在沙发上朝天花板吐槽了一句：看来霍东方这小子说的还真不假，她顾芳菲绝不是什么青铜，她是绝对的王者。而且还是深藏不露的那种。

宋世钧跟宋丹宁赶到顾家时，顾家上下正在为此事焦虑不安。宋丹宁进门只跟顾老爷子和顾华章问了好，又对站在顾老爷子身边的邵秀芳点了点头，至于站在顾华章身边的姚晓琳，她就直接"视而不见"了。

偏偏姚晓琳入主顾家这些年，对于这些礼节又格外地看重，这会儿被无视后，心里气得直要吐血。顾华章先前被老爷子严厉训斥了几句，指责他治家无方。这会儿他绷着一张脸，根本就顾不上姚晓琳的一脸委屈，反倒在宋家姐弟进去后恶狠狠地对妻子说道："你就不能识相点？你就不知道轻重缓急？这个时候了还要耍性子，你真当自己是什么？我跟你说，赶紧安排人去找，找不到芳菲，我们顾家谁也别想好！"

说完，他便挣开了姚晓琳撒娇求饶的手，走到自己父亲跟前道："爸，挺晚了，要不我先扶您上去休息吧？"

顾老爷子出生于二十世纪三十年代，如今已年过八十，虽是须发皆白，精神却是十分爽朗。此时因为心中愤怒而压着火气，却没有继续让儿子难堪，便由私人看护邵秀芳和儿子一左一右相扶着上了楼。

顾家父子上了楼，只留下原本还穿着一身正红旗袍，戴了一整套鸽子血镶钻的姚晓琳，这会独自站在大厅里，远远一看就似个唱大戏的一样。眼见公公上楼进了房，她才敢重重跺脚，咬牙怒道："一家子都不是东西，她顾芳菲自己大晚上的不知道跑哪去了，怎么就成我的错了？我又不能拿绳子拴着她！还有莹莹那死丫头，这会也不知道跑到哪里去了，一个个的不给我帮忙，反倒净添乱……"

她喋喋不休，周身张扬的珠光宝气衬着一脸过度的浓妆，只显面目尖酸又难看。

顾老爷子难掩鄙薄，落座后连连摇头："你让她收敛点，好歹不要让人看我们顾家的笑话。看她先前那副样子，大呼小叫的，成何体统？"

顾华章脸上炽热连声称是，自责几句之后又说想自己去寻人，便退了出来。他本想去跟贺司南解释几句缓和一下关系，却见宋丹宁忽然从二楼顾芳菲的房间那边走下来，见到他便哭着喊道："顾叔叔！您快点派人四处看看！您看，我这里有显示信号，芳菲她就在顾家大宅里！"

在司机小徐的解释下，顾华章这才明白这个追踪器的由来。原来是白天小徐为了安全起见，在顾芳菲的手表内侧贴了一个微型追踪器。顾华章因此也听到了，唐家舅妈跟顾芳菲之间发生的争执。

他这会儿表现是很像一个合格的慈父："既然人在顾宅那就好，那我这就安排人去找。你们放心，芳菲肯定会没事的。也许就是累了，在哪里睡着了。"顾华章叫了管家过来，让人把每间房都要仔细查找一遍。

随后，他又亲自陪着宋丹宁逐间逐间地去找人。这边，作为顾家的未来女婿，贺司南这会儿也没闲着。

他心里揣着明白装糊涂，跟着宋世钧一起在顾宅前后吆三喝四地指挥人东翻西找。这俩人配合得当，"一个不小心"踢翻了放在院子里的古玩花盆，另一个则是"心情焦躁"地"随手"带翻了多宝橱上面的一些摆件。

而且就算是这样,贺司南还横得十分理直气壮,看人时一律眼白向上:"看什么看?还不赶紧给我找人?你们顾家真是乌烟瘴气,好端端的一个大活人回来,这会儿居然跟我说不见了……我跟你们说,要是芳菲有什么三长两短,我可跟你们没完……"

贺司南在顾家闹出这么大的动静,顾老爷子就算是闭紧门窗这会儿也不可能睡得着。邵秀芳作为他的私人看护,陪伴他已经有二十余年。两人关系匪浅,这在顾家上下也不算什么隐秘。此时顾老爷子手拄拐杖坐在沙发上,沉思良久,才对着身边的邵秀芳摇头道:"一步错,步步错,这件事——也许从一开始,就是错了!"可是,邵秀芳看得明白,就算是这样,除了摇头叹息之外,他也没有别的动作。或者在他看来,就算是错,事到如今,为了顾家的利益,也只能将错就错了!

想起十几年前唐宁的死,邵秀芳就止不住心里发冷。她服侍老爷子在躺下之后,便悄无声息地下了楼。

宋世钧跟着贺司南在顾家上下一通折腾,搞到十点多,总算有了点眉目——宋丹宁让人把他们都叫到了姚晓琳的卧室门外,指着司机小徐手里的那个追踪器道:"你们看,这追踪器显示人就在里面。"

顾华章这会儿脸色已经十分不好看,他先抬手敲门,只见姚晓琳穿着一身性感的睡衣从里面探出半个身子来,见到这么多人站在门外先吃了一惊,随后一脸紧张地问道:"这是干什么?怎么都堵在我门口?"

顾华章冷哼一声,贺司南抢先开口道:"请夫人开一下门,我们想看看芳菲是不是在里面。"

姚晓琳一声尖叫,怒目圆睁:"怎么可能?你们这是什么意思?难道我还会把她绑了手脚藏在我房里?我又不是脑子有病!"

宋丹宁按捺不住,急狠了推门就往里闯:"既然你不怕,那就让我进去看看吧!反正都是女人,也不用避讳什么。"

姚晓琳一时不防,还真被她挤了进去。眼见再也拦不住,她这才拢了睡袍的衣襟,朝顾华章嘤嘤抽泣道:"华章,你就眼睁睁看着我在这些后辈面前丢脸?你——"

顾华章满面寒霜,十分不耐烦地呵斥道:"行了行了!你赶紧去穿好衣服,不要在这里丢人现眼!"

"我怎么就丢人现眼了?"

姚晓琳还要再申辩,却被顾华章一记凶狠的眼神给吓得不敢再言语。

宋丹宁在她卧室里一通翻检,最后指着一个书架吩咐道:"小徐,你过来搬开这个！"小徐得令，上前撸起袖子就准备开工。可是这会儿姚晓琳却不干了，她匆忙披了一条披肩在身上，挡在书架前一脸毅然地说道："不行！这书架是我花了高价从泰国买来的古董，你们要是万一碰坏了可怎么办？再说了，这架子一眼就能看到头，怎么可能藏得住人？"

这等时刻，她越是拦着不让，众人便越是心头生疑。宋丹宁急火攻心，一个眼神递给小徐，后者便上前动了手。听得书架被挪开后发出一声清脆的"咔嚓"声，随后小徐在那贴着墙纸的面上摸了摸，过一会儿就按出了一条暗门。大家顺着暗门往里面看，只见这道门后面居然还藏着一个大约五六平方米的暗室。暗室内没有窗，只能隐隐绰绰看见一个身形婀娜的女子躺在地上——"芳菲！"

宋丹宁快步上前，扶起人之后却"咦"了一声，复又松开了手。

"不是芳菲？那是谁——"

贺司南此时也看出暗门后的人应该不是顾芳菲了，因为他很清楚记得顾芳菲出来时穿的是一件白色的长裙，而这个躺在暗室内地板上的女子，却是一袭黑色真丝短裙。这裙子甚至有过短的嫌疑，只包过大腿而已。他心思一转，似乎已经明白了大半。

"莹莹！"顾华章拨开众人，不顾其他先将那黑裙女子从暗室抱出来移到姚晓琳的床上，随后又对姚晓琳狠狠地瞪了一眼，吩咐人去倒水来。这一下，就连贺司南和宋世钧等人都看明白了，这一眼的警告之意昭然。

"我这是在哪里？我的头好疼……"姚莹莹在简单的施救后就悠悠醒转过来，目光对上站在床边双目喷火的姑妈姚晓琳，她慌乱地就要下床。

"姑姑，您听我解释，我不是——"慌乱间，左侧前额又磕在了坚硬的樱桃木床帏上，痛得她连忙伸手捂住。

顾华章看不下去，转头就对姚晓琳呵斥道："你先出去！看你这副样子，真是要吓坏了莹莹。"

姚晓琳气得脸都扭曲变形，直冷笑道："我又不是鬼，怎么就吓到她了？这是我的房间，要出去也该是让她出去才对……"

他们夫妻二人口角看来已是常事，对此众人心里都是厌烦。

宋丹宁打断姚晓琳的回怼，指着姚莹莹冲口问道："姚小姐，请问芳菲的手表怎么戴到你手上了？还有，我听说先前吃完饭后，正是你借口说要找她问些事情，这才一起去了她房间的。现在她人呢？请你给我们一个解释。"

宋丹宁这会儿说话火药味十足，丝毫不给姚莹莹面子，后者似乎也没感到尴尬，一副急着撇清的样子回道："对，是我看见芳菲手上的手表很漂

亮,想请她帮我从店里带一块,所以才借故跟她一起回了房间的。可是后来我们回房不久,就有人端了两杯茶水进来,她说——她说是姑姑让她送过来的,还让我们聊完了尽快下去……"她的话没说完,就被姚晓琳厉声打断:"你乱说什么?我什么时候让人给你们送过茶水上去?姚莹莹,你不要脑子发昏打错了算盘,我可是你的亲姑姑!就算你跟他顾华章再怎么样,他也不可能——"

眼见姚晓琳一时嘴快就要把丈夫跟侄女之间这点龌龊的私事给曝光出来,顾华章终于忍不住,一记耳光重重地甩在了她脸上:"你给我闭嘴!你是不是疯了,怎么一天到晚就会胡说八道?!"

姚晓琳被打得直愣愣倒在床上,半晌爬不起来。姚莹莹一副惊怕无助的姿态左顾右盼,又看向顾华章:"姑父……我说得都是真的,不信您去问一下送茶水上来的张婶。"

"我知道,我相信你不会说谎的。你接着往下说,后来呢?"在姚莹莹的解释下,大家这才知道原来就是姚晓琳让人在茶水里做了手脚,先将顾芳菲迷倒之后,又把她手上的手表戴在了姚莹莹的手上。

"我真不知道姑姑为什么要这么做?这个表是芳菲姐的贴身之物,而且又有刻字又有编号,我再傻也不至于会偷……"姚莹莹哭得梨花带雨,字字句句都将矛头对准了自己的亲姑姑姚晓琳。

可是在场的贺司南等人都听得明白,姚家本来就家境贫寒。她姚莹莹就算是偶尔得些接济,又哪里有钱买得起顾芳菲手上那块全钻的宝玑?

宋丹宁的目光在姚莹莹脸上扫了两下,旋即移开,掩下心里的厌恶,却也止不住对宋世钧低声说了一句:"不是一家人不进一家门,这姚家实在是下作得很。"

而众人心里的疑问,其实也是姚晓琳急于向外界公布的。她声嘶力竭想要揭穿丈夫跟侄女之间那点龌龊绯闻,却不想顾华章年纪大了,也晓得维护体面了,三两下叫人把她给捆了弄到另外一间房审问。最后众人终于在暗室的另外一边,找到了仍旧昏迷不醒的顾芳菲。

原来姚晓琳一直心虚。她一直担心顾芳菲会对付自己,今晚想着她难得回来一次,便想出了这么一个龌龊的主意——她本想将顾芳菲和侄女姚莹莹一起关在暗室里,等到天亮后大家都放松了警惕,再让人把顾芳菲送到自己事先联系好的一个酒店里。至于酒店那边她到底安排了什么人,会发生什么事,她的手机微信记录一清二楚。

等到顾芳菲在酒店醒过来,到那时也已经晚了,她会把这一切责任都推给侄女姚莹莹——姚晓琳这一出是想一箭双雕,既拔掉了继女这根心头刺,还连带着把跟丈夫眉来眼去暧昧不清的侄女姚莹莹也带了进去。

查明缘由之后,顾华章一张老脸甚是暴怒,他当场把姚晓琳的手机摔了个粉碎。随后就让人把姚晓琳拖下了一楼客厅,甚至在两个儿子求情时也拉下脸道:"你们要替她求情,那就跟她一起走!我们顾家没有这么心肠狠毒的东西!"

人老珠黄后被骂心肠狠毒的姚晓琳,这会抱着丈夫的脚踝止不住地苦苦哀求。这些年的富贵生活养得她好不优越,而现在她就如被折断羽翼的鸟儿,再也飞不出这个顾家大院。就在这时候,本来坐在一旁默不作声的顾芳菲却忽然开了口:"爸,两个弟弟还小,他们不能没有妈妈。您年纪也大了,这时候再闹出夫妻不和的传言,怕是要让爷爷担心。"她这一句话,顾老爷子拄着拐杖下楼来,一面叹气道:"芳菲明理大度,很有她妈妈的心胸和气度。"言外之意,摆明了嘲讽姚晓琳连给唐宁提鞋都不配。

随后在顾老爷子的主持下,这桩闹剧最终以"家丑不可外扬"而收场。但始作俑者姚晓琳也没占到便宜,她被顾华章安排住到了顾宅旁边的一处旧院,又被两位"心理导师"轮流看管着,平时再不能随意出门。

除了一周还能见到两个儿子三次之外,"顾夫人"手里没剩下任何东西——就连这些年顾华章送给她的珠宝首饰,包括她身上现成戴着的这套鸽子血,都让人给摘了下来——因为急于弥补对顾芳菲的亏欠,也为了让贺司南不会回去传话,顾华章甚至对两人说:"这蠢妇实在是恶毒,我以前竟然没看出来她是这样的一个人!芳菲,司南,你们放心,以后你们结婚时一应事项都不让她插手,她也不会出现在你们的婚礼上。至于嫁妆方面,你们要是有什么想法都只管跟我开口,我一定会尽力满足,务必要让婚事操办得体好看……"

顾芳菲不声不响,看上去满面疲惫和黯然,当然,也有几分恰到好处的委屈。

贺司南看着她,又看了看不远处难掩窃喜的姚莹莹,心道这世界果然还是蠢货居多。

此时已到凌晨深夜,顾芳菲执意不肯在顾宅休息,贺司南便率众告辞各自回去。顾芳菲要回星辰休息,她跟贺司南同坐一车。贺司南看她半个身子都蜷缩在副驾驶位的阴影里,看不清喜怒与哀戚。

他忽然发觉今晚的事情或许对她而言的确筹谋已久,但她并非是厚积薄发,反倒更像是蓄势已久,万事俱全,只等一个手起刀落的机会。此刻他更加看不透顾芳菲的心思，因为照今晚的情势来看，顾芳菲早有能力对付姚晓琳，也早有能力为自己母亲复仇——倘若顾夫人唐宁真是含冤而死的话。

可她迟迟不动手，她像是刻意在等待着合适的时机——就像今晚，姚晓琳人老珠黄又一败涂地，她不得不留在顾家，却要眼睁睁看着侄女姚莹莹从此登堂入室，跟丈夫出双入对，一切情景，便仿佛昨日再现。

可见不是不报，时候未到。今晚也不过是姚晓琳曾经作恶的报应的开端而已，他丝毫不怀疑，接下来顾芳菲会安排给她更加"精彩绝伦"的体验。

顾芳菲在车子开到星辰门口才醒过来。她刚才在车上睡着了——抬手一看那块"失而复得"的那不勒斯皇后，原来时间已经进入了第二天。面对贺司南看过来的复杂眼神，她回之以平静无痕的微笑，心里却觉得历尽沧桑。

这一天是她二十六岁的生日，可是对她来说，却真是过得跌宕而沉重。在这一天里，她体会了悲欢离合，体会了生死无常，体会了人情冷暖，体会了人心莫测。在这一天即将结束的深夜时刻，她再度回到了自己的工作室。因为不管是唐家，还是顾家，那都不是她的家。

一滴眼泪从眼眶中流出来时，顾芳菲在心里对母亲说了一句："抱歉，妈妈，我已经尽力了。"她很抱歉，对于母亲唐宁，她曾许诺说自己会努力在江城拥有一个真正属于自己的家。可现在，她也许真的要失信了。她努力做了很多事情，似乎都有很好的结果。她也还有很多很重要的事情，还没来得及做。

可是没关系，只要她还活着，她就不会放弃——尤其是当沈熠推门从店中走出来，替她拉开车门并关切地问道："顾总，您还好吧？"

她又露出了一如往昔的笑容，点头应道："我没事，今天过得很开心。你怎么在店里值夜？这时候还没睡吗？"

沈熠伸手扶着她下车，目光稍稍下移时发现原本别在她衣襟上的那枚曼陀罗华的胸针居然不见了。而顾芳菲雪白的真丝裙裾上，隐约可见几滴殷红落在上面。

沈熠想了想，最后只当不见，笑语盈盈地对她说了一句："顾总生日快乐！"

贺司南把车开到了霍东方的公寓楼下。

因为没钥匙，他给霍东方打了十几个电话。可这厮也不知道是喝大了还是睡着了，总之无人睬他。坐在没有开灯的车里，看着窗外亮着红尾灯的车子一辆接一辆地流动在夜间马路上，真正的车如流水。

时间也如流水。距离贺家和顾家之前商议的婚期，现在只剩下不到半年了。外人并不知道贺、顾两家联姻的意义,只以为是商界常见的强强联手门当户对而已。可作为当事人,他却深知那一笔天文数字的信托基金,对早已深陷财务危机的贺氏集团有着什么样的意义。

至于顾家那边,有顾华章这样的败家子,那份家业想来也是早就外强中干。所以,他们所有人都等着他和顾芳菲结婚。因为这关系到自己的切身利益,没有人愿意看到其他的结果。

霍东方打着哈欠下来开门的时候怨声怨气。

等把他领进门,就直接回去卧室躺下了,撂下一句:"我明天就叫人来换锁,换一把密码锁——以后你再不准三更半夜来打扰我休息,你自己去酒店开房去!"

贺司南了无睡意,在酒柜里找了一瓶最贵的冰酒开了,然后独酌慢斟,直到天明。

*　　　*　　　*

秋天的时间好像过得特别快,转眼就到了中秋节。

沈熠无意中看星座,据说这个月自己的运气特别佳?她想了想,觉得自己最近确实灵感爆发。

沈熠搬家之后没过多久就接爸爸出院了,在医院进行了两个多月的治疗后,如今的沈父虽然还不能行走自如,但最起码可以帮着做一些简单的家务了,譬如说煮饭炒菜之类的。至于洗衣服,现在租住的公寓里有洗衣机,还是全自动带烘干的那种。身兼数职的沈熠,在重操旧业后如鱼得水,似乎所有的创意完全不费吹灰之力,像是信手拈来。

作为师兄的宋世钧却不信,他自认还算有些天分,但看着沈熠坐在办公室几个小时便有一整套的设计图交稿,而且主题鲜明、个性昭然——就算再不妒忌,不服气的心理多少还是有一些的。

于是借着喝咖啡吃下午茶点心的空当,他总要时不时地试探挖掘一下真相。可是问的越多,他越发觉得自己的确是天赋有限。而且被所谓的人际交往,消磨了太多的时间和精力。

沈熠给他看了一下自己大学在校期间设计的一些样稿,他看完之后露出不可思议的表情,追问道:"你大学时除了兼职赚钱,还有时间来做设计?"

沈熠点点头,她告诉他,因为自己没什么朋友,所以时间和精力都只能花在这些地方。而且很重要的一点是——"如果没有这些创作的梦想支撑,我想我可能走到不现在。"

宋世钧认认真真地看完了她全部的手稿,尽管有些也存在潦草和仓促的痕迹，可他不得不承认，上天是公平的。它给了沈熠坎坷苦难的童年和少年，让她缺失了亲人和朋友的温暖，却也给了她常人难以企及的天分和才华，以及无比坚韧的心性和胸襟。再看现在的沈熠，其实已经开始脱胎换骨。她原本不是个爱笑的人，现在，却每天都会带着微笑跟人打交道。

或许是因为有了父亲的陪伴，沈熠终于感受到了生命中迟来的亲情的温暖。而且现在的她还有"唐僧"每天在网络上给她带来的关怀，虽然是虚拟的，但对她来说也是失而复得，弥足珍贵。

工作上，她受到顾芳菲的器重和店员们的尊敬，至于宋世钧更是将她视为知己和不可多得的合作伙伴。收入明显提升后，现实生活问题也得到了妥善解决。这样受人尊崇的社会地位和身份的改变，是她从来没有感受过的。所以她现在每天都精神奕奕，即使工作到十分疲惫，睡一觉起来又能马上满血复活。

再说沈熠对顾芳菲的崇拜和敬仰，其实也并非全凭感觉。顾芳菲在自己所能给予的范围内，给了她最好的职业资源——她带着沈熠前往米兰时装周和巴黎时装周，与她一起出现在各大顶级品牌的高定时装发布会上。

她将自己任职于各大品牌作为主创的同学和朋友介绍给沈熠，带她拜访顶级的手工制作大师，让她真正跻身于这个充斥着势利与虚荣，却也天生自带耀眼光环的名利场。她让她开拓眼界，在所有繁华璀璨自然美丽的元素中吸取自己需要和喜欢的，最终通过作品来呈现和表达。

所有人都发现，沈熠改变了，一种由内而外的变化，一种顶好的变化。真要打个比方的话，应该像脱茧而出的蝴蝶，又像绽露新芽的花。没有人能挡得住她的蜕变，也没有人能挡得住一朵花蕾的绽放。

而随后，大家发现，贺司南似乎也变了。自从上次陪顾芳菲回去顾家发生那件事之后，他就开始变了。

要用死党霍东方的原话来形容，那就是——"他还是喜欢喷人还是拧巴还是吼人，但度已经掌握得很好，不会再伤到人，有时候更像是他的一种风格，但他收敛起了其中的刀光和麦芒，让我终于不用再担心他以后落魄时，会被人砍死在街边了。"

听到这段话，沈熠吸着手里的奶茶很是费劲地思考了片刻。

她其实有点想象不出来，不再随意嘲讽人，不再用高高在上的态度俯视众生的贺司南，会是怎样？因为她有段时间没看到他了，大概是九月中旬，贺司南就去了香港——贺氏集团在香港有一部分的业务，算是集团的核心，以前是由贺司南的父亲监管的，现在交接给他，也算是一种权力的转移吧！

失去贺司南做伴的霍东方现在经常跑来找沈熠吃饭，情商超高的霍公子发现，一提到顾芳菲，沈熠就会忍不住流露出满心的崇拜与维护。而提及贺司南的时候，她大部分都是沉默以对，或者就是很客套地虚应几句。

作为知情者，他在心里默默地掂量了一下贺司南的心思，最后长长地叹了一口气。也好，众生皆苦不独我一人，老天总还是公平的。

霍东方觉得心中暗爽。他对着沈熠打听道："听说你们下个月要举行一场慈善爱心拍卖会，怎么样？有没有打算邀请我出席？"说到正事，沈熠当下连连点头，在送上蓝底烫金邀请函信封时又追问了一句："霍总那天能不能带个女伴一起来？不好意思，因为我们这一次的主题是冬日恋歌，所以能列席在特别嘉宾席位的VIP，我们都希望是成双成对的。"

霍东方对这些商业套路十分熟悉，便嬉皮笑脸地回了一句："女伴有何难？大不了我临时租一个就是了。不过要是老铁你有空的话，不如就我们一起去吧！咱们说好了有福同享有难同当的呀！"

沈熠也习惯了他的玩笑，摇头道："不行，那天我有好多事情！再说霍总你那么多女朋友，要是被人误会了那还不得拿刀来追杀我？这么划不来的事情我可不干。"

两人正在休息室内说笑，有店员敲门进来探进个脑袋："店长，有位楚女士说之前跟我们顾总约好了要谈慈善义卖的事，现在她人就在外面坐着，但顾总她先前又开车出去了……"

沈熠点点头，想起先前顾芳菲临走时的叮嘱，知道这位楚女士是有珠宝想在义卖会时拍卖，便连忙起身道："我知道了，我来接待她，你们先去准备茶水和点心。"

"楚小姐？什么楚小姐——我怎么不认得？"

霍东方一时好奇，隔着休息室的玻璃门往外一看，立即就缩回了脑袋。

"天哪！原来是她啊，老铁你等会儿小心一点，我先走了。"

沈熠看霍东方的表情就跟见了鬼一样，当下便揶揄他："霍总也有碰到硬茬的时候？"

"有有有！开玩笑我又不是东方不败……我先走了，咱们下回再见啊！"

霍东方说着，居然一溜烟拿着自己的手包就从侧门走了。那速度，还真跟见了鬼一样。

第七章

霓裳

做服装设计的人难免有个职业病——那就是,他们希望一件衣服穿在他人身上,既能展现这个人的气质和身段优势,又不至于盖过了人本身的风采和特色,简单一点来说,就是人和服装要相得益彰。而眼前这位肤色白皙长发飘飘的美女,就用自己的美貌和气质,将这一身香云纱长裙烘托得宛若霓裳。

这是一位在万千人中,也能让人一眼惊艳过目不忘的美人。虽不算很年轻,却耀眼、夺目、周身如有云彩环绕。

沈熠看着这位神色冷傲的楚小姐,除了令人炫目的美貌和如霜雪一般的气质之外,心里总觉得莫名熟悉。直到她将贵宾请进了休息室,出来吩咐店员沏茶时才有人跟她说:"店长,那是歌星楚依啊!就是以前唱《明白我的心》的那个……"

沈熠恍然大悟,那可是自己以前很喜欢的一个歌星,没想到能有机会见到她本人!她一时激动之下忘乎所以,端着茶进去休息室,见楚依坐在沙发上安静地翻看着产品画册,竟然脱口道:"请问您是歌星楚依吗?我是您的粉丝,以前我非常喜欢听您的歌,能不能请您给我签个名……"沈熠这会儿满心欢喜,就算她不追星,但是见到偶像还是会激动得有些浑身发热。但是没想到,听到这句话,本来还安静清冷的楚依,忽然就扔掉了手里的画册,"呼"的一下站起身就朝外走。

沈熠这下子就懵了,她也跟着往外走,可是仍来不及阻止楚依和她那个助理上车离去。店员们也有些不明所以,大家都看着沈熠。沈熠不知该如何解释,拿起手机就打给了顾芳菲。

可是她却没有接听。无奈之下，沈熠想起了霍东方。

因为事情直接牵扯到下个月即将举行的慈善爱心拍卖会，所以沈熠不敢大意。她忐忑不安地打车去了霍东方所说的茶室，结果一进门就看见自己师兄宋世钧也在里面。然后在霍东方的热情招呼下，她就在这个日式的茶室内盘腿坐了下来。等她讲完自己的来由，霍东方先摸了摸鼻子，有些心虚地应了一句："我早跟你说了，她这人真是很难伺候的，你偏不信。"

沈熠放下手里冒着热气的黑荞麦茶，真诚地自我检讨了一番："是，我也是大意了。本来顾总出门前也跟我说，如果她来了就打电话给她，她会回来接待的。没想到我一时糊涂，就把事情给弄砸了。"

她语气真诚，神态可人，再加上霍东方和宋世钧本来也向着她，于是宋世钧很快就道："也没什么，可能她今天正好心情不好吧……小熠你别太担心，楚依姐我们都认识，肯定会有办法的。"

霍东方则是一直皱眉不语，也不知道他到底在想什么，总之神态跟往常大为不同，似乎像是在冥思苦想着什么难题似的。因为霍东方不接这茬话，沈熠便少不了有些尴尬。宋世钧帮她打了几个电话之后，安抚道："你放心吧，我这边开个口她肯定还是会给你面子的。不过下次她来，你就不要接待了，直接交给你们顾总好了——你可能还不知道，楚依她跟仙贤桥唐家有亲，跟顾总的妈妈更是表姐妹。这宗生意，她不可能不给星辰而给外人来做。"听到这一层剖析，沈熠总算松了一口气。这些复杂的关系网，如果没有人指点，她是永远也不可能自己搞明白的。

喝完一杯黑荞麦茶，顾芳菲的电话回了过来。听她在电话里直接就把跟楚依的会面改到了明天，沈熠这才知道，原来楚依真是她亲戚。可她并没有觉得这有什么不公平。因为在她看得到的时候，和看不到的时候，她知道，顾芳菲都比自己这个普通人更努力。

在顾芳菲身上，沈熠深度理解了一句话——没有超越现实的努力，支撑不了超越现实的梦想。

*　　　　*　　　　*

十月一日，是苏悦的婚礼。

顾芳菲带着她一起去了新加坡，在婚礼举行的酒店里，作为新娘子的苏悦拉着顾芳菲和沈熠，向她们哭诉了自己近来的遭遇。

沈熠听得揪心——其实早在之前她就察觉到了，苏悦的丈夫虽然年轻有为，可也属于那种典型的妈宝男。再加上她婆婆年轻时就开始守寡，现在好不容易熬到儿子长大成人了，却又要面临着来自儿媳妇的入侵。在一段这样微妙的关系里，苏悦就算是再温柔可人，也免不了有受尽委屈的时候。

沈熠对这种复杂的婆媳家庭矛盾感到一脸懵，她能做的就是劝慰苏悦想开点，不要跟老太太计较。而顾芳菲却告诉苏悦："我以前就跟你说过，不管你以后选择跟谁在一起，不管你遇到什么样的人和事，其实能掌控你心情的人，永远只有你——也只能是你。做不到这一点，不管你跟谁结婚，你都很难真正得到幸福。"

至此，沈熠作为旁观者方才恍然大悟——原来竟是这样。原来她早已看得透，也看得穿。

她的人生，她的喜怒哀乐，只与自己相关，由不得他人做任何影响。

然后，沈熠忽然就觉得自己的体内，滋生出一种全新的能量——她不知道那应该是叫坚韧，还是释然。

可是从那一刻开始，所有她遇到的人和事，都会激发出她心里的一条界线——她也没有牢牢地恪守着所谓的隐忍不发，但是在爆与不爆的边缘，她却渐渐有了掌控自己情绪的能力。

一天下午，沈熠忽然想起最近都很少跟她联系的林秀娜，随后叹了口气。林秀娜倒没有再跟沈熠联系，但因为霍东方这张大嘴巴还有她经常晒出的朋友圈，沈熠想不知道她的近况都很难。

听说借助于庄勋这个人脉，林秀娜顺利地签下了他朋友的几家公司的公关业务合约，晋升成为业务主任。而她最近新晒出来的照片，就是每天一套当季大牌秋冬新款，搭配最热门的包包，哪怕是限量款也是所有色系尽收囊中，正好满足她每天一换。

至于唇色，也越来越艳丽成熟性感，比如今天，她晒的就是最近大热的番茄色系。那一抹果实熟透后即将腐败的色调，衬着她雪白的肤色，美则美矣，但会让沈熠想起她后背上的鞭痕——她替她感到疼。可看她最近的神采飞扬，沈熠又不知从何劝起。或者这就是她想要的春风得意马蹄疾，事业爱情双丰收吧！

因为清楚知道这一切的源头来自那个庄勋，沈熠还是忍不住会感到担心。她总觉得，秀娜这是在玩火，现在的种种得意，就如烈火烹油。太烈的火和太热的油，相互碰撞，一旦爆发会发生什么？

沈熠想起前几年在大学时看《绝代艳后》，茨威格评价玛丽安托瓦内特的一句话：她那时候还太年轻，不知道所有命运赠送的礼物，都早已在暗中标好了价格。

　　　　　　　＊　　　　　＊　　　　　＊

　　这一年江城的冬天，来得似乎格外早。

　　沈熠是从店员们日常的谈论，还有周六早上到宋世钧的工作室，他递给自己一件簇新的打版羊绒衫时才真正意识到，要准备过冬了。

　　算算日子，自己来到江城，不多不少，正好半年了。

　　沈熠其实很喜欢秋冬天，她觉得相比春夏两季，秋冬显得更静谧，更适合创作和思考，总结与沉淀。因此最近每个周末只要休息，她都会在宋世钧这边待一整天。除了画设计稿讨论风格细节，也会在自己的笔记本电脑上敲敲打打，或是思索发呆。然后她就发现，原来作为妥妥的富二代，宋世钧除了富有爱心之外，其实还是个典型的技术宅男。比如他会做咖啡——不是用咖啡机倒豆子进去开机磨碎的那种现磨，而是手冲拉花、滴壶，全系精通。又比如他还会种花，工作室里的多肉还有绿植都是他自己养护，还送了一盆品相极好的菖蒲给沈熠，又不厌其烦地教她拿回去如何浇水，如何通风，如何晒太阳防止烂根等。更不用说他现在本来就兼任着沈熠的养狗顾问——那条房主寄养的哈士奇，短短一个多月胖了一小圈，这就是他饲养技术雄厚的最佳证明。

　　要说沈熠本来也不算是很粗糙的女生，最起码做饭洗衣这些她样样都会。但是等她把菖蒲拿回家养了两个星期，发觉照顾这植物比照顾那条哈士奇还要麻烦之后，她开始对宋世钧心生佩服。而且有了这一认知之后，再观察宋世钧，她更加觉得这位师兄真是位涵养极佳又包容又精致的绅士。如果是跟沈熠周末在工作室上班，他会提前订好午饭，准备好咖啡和下午茶还有点心水果，还会体贴地送她回家。至于平时偶尔拿来送给沈熠的一些"样板"，其实沈熠一眼就能看出来都是秋冬新款，用料和做工都很讲究的那种。看他如此用心地维护着她的自尊，她又怎能拒绝？

　　沈熠唯有用更加用心和努力工作与学习，来回报自己所遇到的一切善意。沈熠觉得自己开始变得强大，如同一块努力吸水的小海绵一样。

　　这天周六，正好工作室另外一个设计师请假了。她跟宋世钧讨论完上周的设计稿之后，刚说起楚依点名让自己帮她设计一条慈善拍卖会时要穿的礼服，还没有展开话题，林秀娜的电话就打了过来。

　　沈熠一看她的来电有些意外，她向宋世钧稍一示意，自己走到了外面的露台接听。林秀娜开门见山地向她索要一张下周的慈善义卖会的邀请函，并强调："我知道你们这次邀请的都是你们的VIP客户，不过没关系呀，小熠，我可以让庄勋过去你们店里帮我买几个包包，就是你们上次公众号推送的那个限量版新款，还有，我正好想买块手表，你帮我看看哪个款适合我，一起让他带回来……"

任是谁都能听出来此时林秀娜话里的得意和春风在怀，可是说真的，沈熠却是一点都高兴不起来。扪心自问，她不是妒忌，她是真的担心。

可对着秀娜此时的兴高采烈，她也不会傻傻地说一些不合时宜的话，只是在通话即将结束的最后，她问了一句："娜娜，上次我说一起去医院看望你妈妈的，你最近什么时候有时间？"

林秀娜在电话里沉默了一下，随后匆匆回道："再说吧！又不是什么要紧的大事，我最近都挺忙的呢！到时候有空再约你啊！"

放下手机，沈熠若有所思地拢了一下身上的针织开衫。她见露台上养着几盆紫色的小菊花，此时正是花期，开得小巧又可爱，便顺手拈了一下那圆润的花瓣。

"喜欢吗？这个是重瓣小雏菊，比菖蒲好养。"

沈熠左顾右看，最后还真向宋世钧要了一盆："师兄，我觉得你养的花都很好看，你太厉害了。"被恭维后的宋世钧笑着摇头，问她："你喜欢什么花？"

"铃兰——嗯，我一直喜欢铃兰花，开出来一小串一小串，就跟项链一样……"

宋世钧看着她的侧脸，深秋的阳光晒在上面，映出一圈淡淡的余晖——因为隔得近，所以更能看得清，一直素颜的沈熠没有其他女生那样精心粉饰的脸，强光下清晰可见脸颊两侧还有一些绒绒的细毛；唇上也没有描摹过的色彩，只有两片柔滑的瓣，宛若蔷薇……

沈熠并没有觉察到有目光在自己身上流连，她忽然抬头，问道："师兄你教我养铃兰好不好？听说这花不太好养。"

宋世钧连忙点头："好！铃兰啊……这花也不算难养，就是需要勤着点浇水而已。"说完，他又道："其实我倒是觉得你喜欢的花有点特别。一般来说，女生不是都喜欢像芍药、玫瑰、郁金香之类的花吗？"

沈熠摇摇头，想一想才道："可能是我自己本来就不太起眼吧，所以会喜欢这种淡雅素净的花。自从来到江城，认识顾总还有你堂姐宋小姐以及苏悦姐之后，我就觉得，跟她们相比，我实在是太不起眼了。"

宋世钧不由失笑："怎么会？谁说你不起眼——"

他的话没说完，却忽然生生转了个弯，略带迟疑地问："我记得，铃兰的花语，好像是迟来的幸福？"

沈熠不知他心中所想，还很高兴地点了点头："是幸福的归来，师兄你可真博学，第一次知道原来男生里还有人知道这种花的花语，你实在是太了不起了！"她说着，便端起宋世钧送给自己的那盆紫色小雏菊回了工作室，想着走之前拿袋子装好以便带走。

余下宋世钧站在露台边，凝视着眼前摇曳盼顾的花儿，喃喃自语道："幸福的归来……"

* * *

因为答应爸爸晚上回去吃饭，所以沈熠赶在六点前就到了家。新搬的公寓坐北朝南，秋风送爽的时节，才一进门就闻到了厨房里飘出来的饭菜香气。

"爸！您晚上做了什么好吃的？这么香……"沈熠一进门，那条哈士奇就凑到了她面前。安抚了一下这个大家伙，沈熠连忙推开了厨房的推拉门。

厨房里，沈父正在往盘里装刚刚烧好的排骨。一看女儿回来了，他喜滋滋地笑道："也没做什么好菜，就一个烧排骨、一个清蒸鱼，还有你最喜欢的炒毛毛菜，对了，给你炖了点鸡汤，等会儿多喝点，看你最近这天天上班，人都熬瘦了……"

沈熠开心得双眼冒泡，从爸爸手里接过那盘烧排骨之后，就被他顺势赶了出去。

"快去洗手！我这不用你帮忙。"

沈熠回到客厅，见哈士奇正围着餐桌流口水。她拿了狗粮去喂它，没想到这家伙却丝毫不为所动。但想起师兄的叮嘱，狗狗不能摄入过多的盐分，于是便抱着它的头哄了哄，这才总算让它不再觊觎那份烧排骨。

洗好手出来，沈熠看着刚刚摆到茶几上的那盆紫色小雏菊，忍不住拍了张照片，又把老爸的家常菜也一起拍了两张，发了一条朋友圈。

"我的幸福生活（开心的表情）"

但就这么一条再普通不过的朋友圈，看在不同的人眼里，也有不同的感觉。最先看到这几张照片的应该是林秀娜，她这会儿正坐在一间高级餐厅里等着庄勋过来一起共进晚餐。谁知左等右等都不见人，无聊之下她就翻看着手机里的朋友圈更新。看到沈熠发的照片，她先是嗤笑了一声，不屑道："吃得这么随便还好意思发出来让人看？真是！"随后又忍不住点开图片细看，忽然"嘭"的一下重重搁下手机，咬牙道："好你个沈熠，还真是深藏不露啊！这才多长时间，居然就搬家了……"

沈熠忽然觉得鼻子发痒。她把脸转到一边，打了一个响亮的喷嚏！

最可怜的是霍东方，他本来正跟几个朋友准备吃饭，忽然接到贺司南的电话，才一接起就被他连番炮轰："宋世钧这小子是不是又送她花了？我不是让你看着她们俩吗？你怎么——"耳朵和心灵都饱受蹂躏的霍东方没等他说完，就直接道："有本事你自己回来天天盯着吧，我最近忙得很——再说了，我相信我老铁的为人，她就是个单纯善良的小姑娘，哪像你，总把人看得那么龌龊……"

贺司南在那头暴跳如雷，只恨没能把他按倒在地上使劲摩擦："谁龌龊？你说谁龌龊了？你忙得很，难道少爷我很闲……"

最后，交友不慎的霍东方在对方软硬兼施下，不得不竖起白旗投降，并适时指点道："你不是天天跟人嘘寒问暖，晨昏定省吗？我可告诉你，你的劲都没使到点子上！我老铁最近在工作上遇到了麻烦，这才是你应该重点关注的地方！"

贺司南在电话里愣了愣，随后问道："什么麻烦？"

*　　　*　　　*

沈熠大概从来没想到，自己真心崇拜一个偶像想要索取她的签名，也会成了她讨厌自己的理由。还有十天就是爱心慈善义卖会的活动日，但她之前给楚依设计的几件礼服，都在最后送样打版之前被一票否决了。对此，顾芳菲也无可奈何，只能劝她再去一趟。

她如实道："我表姨本来性格就十分恃才自傲，加上年轻时又很是受人追捧过几年，现在虽然已经退出娱乐圈不怎么露面了，但她的架子和脾气却是有增无减的——不过你放心，就算她再怎么折腾，始终也还得看我的面子。也就辛苦你再跑一趟，你放心，这次应该是最后一次了，要不然，她自己也知道工期来不及。"这样的礼服自然是要全手工制作，算上前期打版后期修订，再熟练的老师傅紧赶慢赶也得十天以上的时间。

沈熠点点头，觉得自己也应该再去一趟，于是收好了设计样稿，又带着选定的几块主料去了楚依的府上。

从宋世钧口里得知这一条烟雨路和相交的清河云埔路，都是当初江城上一代勋贵云集的地方。沈熠慕名而来，在路口就早早下了车，一路踱步而来，见马路不宽，两边生长着葱郁的古木，有盘根错节的大榕树，也有高大袅娜的白玉兰，凉风中洒落一地的静谧与明媚。

最引人注目的，莫过于掩映其间的一栋栋洋房民居楼。它们一般单家独院，高两三层，红砖清水墙，典雅的西式柱廊。这些房屋的新旧程度不一，有的略显陈旧，斑驳的外墙无语话沧桑；有的则经过一番修葺和翻新，窗户宽大明亮，雪白簇新的纱帘翻飞，别具一番韵味。

算着时间,沈熠走到那间挂着"云麓"的招牌的大宅前,正好是上午十点半。

她按下门铃,等待着工人出来开门。没想到这一等就是大半天,十几分钟后,她不得不拨了个电话进去。

阿姨来开门时略带歉意地告诉她:电子门铃坏了,然后再递给她一个小心谨慎的眼神,示意——里面的人已经等得不耐烦。沈熠知道楚依这是有意为难自己,不过她想不出来她这么做的用意何在。

进门果然又被否决了设计稿,楚依团坐在那张华丽的紫色丝绒沙发上,纤纤玉指细细摩挲着怀里的猫儿,身上的白色长裙蓬松柔软隐约泛出一种丝质的光泽,整个人像陷入在一团棉花中的小姑娘,眉目间不染丝毫的人间烟火气息。这大概就是上天对她的偏爱吧,被岁月忘却的女孩,她永远有着少女的面貌和心境。像是看穿了沈熠的心思,楚依指着隔壁的书房对她说道:"我知道时间仓促,所以也不劳烦你再跑了。今天你就在我家书房重新起稿吧,我看到满意的设计,你就立即拿回去打版,正好赶得上。"

要说起来,她也没有表露出什么憎恶与不悦,但那种隐藏在礼貌和冷淡下的质疑与不喜欢,却是让人感受明显。沈熠在心里叹口气,点头应下她的安排,不过去到书房却看见墙上挂了许多她以前的老照片,便委婉提出:"能不能参观一下您的衣帽间?我看您以前的许多造型都很经典,就算放到现在也仍是引领时尚风范。"这样自然贴切的奉承,冰山美人也暗暗受用。于是顺利地"登堂入室",在阿姨的带领下上了二楼的套房,进门看见宽敞的主卧,地上铺着簇新的猩红色地毯,脚踩上去寂静无声,卧室内一整套奢华的欧式寝具,巨大的妆台上摆满了无数名贵的保养品,那些瓶瓶罐罐似比珠宝更璀璨,琳琅满目,看得人眼花缭乱。

而随后,入到衣帽间的情景,更让沈熠瞠目结舌。衣帽间共分为两部分,第一间专门用来存放配饰,第二间才是各色衣物的橱柜。

沈熠站在第一间,看着头顶璀璨的水晶灯,四面都是铮亮无尘的穿衣镜,脚上还是猩红色的羊毛地毡,阿姨逐间逐间地把柜门拉开来,一一介绍其中的物品。

她有些困难地吞了一下口水,因为自己这辈子也没见过一个人能有这么多的鞋子、帽子还有丝巾,各类胸针袖扣等小饰品。而且据阿姨介绍,这还只是其中的一部分。

"小姐日常闲来无事,就喜欢买鞋买丝巾衣服等……我经常陪着她在国内外飞来飞去的,这些只是一部分而已,更多的都在温哥华那边呢!"

沈熠见阿姨十分和善亲切，便跟她套了几句近乎。谁知道这一问才知道还是自己老家人，当下就换了称呼叫她孔姨，又跟孔姨打听起楚依的穿衣喜好来。

沈熠在楚依的衣帽间观察了半天，又总结了孔姨的分析，最后得出一个惊人的结论：其实楚依这么多的衣服和鞋子、包包、帽子等，换来换去经常穿的也就是黑白灰三色作为主调，但凡鲜艳的色系她会买，却都轻易不会上身。而款式和风格，看似多样，其实却是一成不变。因为不管是十几年前的老照片，还是她最近几年新添置的衣物，其实都是沿用了最经典的淑女风格——雅致，高贵，清冷而不失华丽。很有几分赫本的风格。

当然，别的风格，她也有，不管是跟风流行，还是大牌限量高定，她买了回来，却未必会穿，即便穿了，也很少留下照片。那就说明，她心里并不真正喜欢。

那样的衣服搭配，只是悦人，却并不悦己。

看完衣帽间，沈熠心里渐渐有了一丝眉目。她慢慢走下楼，在孔姨的絮絮叨叨中，大概还原了楚依告别歌坛之后这几年的生活变化。她萌生出一个大胆的想法，但是又有些不确定。

回到书房，她拿起画笔，在无数的华服丽影中勾勒出一件全新的礼服。

设计样稿出来之后，因为楚依外出未归，所以孔姨留她在这吃午饭。她是个实心肠的老人，特地给沈熠做了一两个家乡小菜，又絮叨地提起一些家乡的旧事。

说起家乡，自然难免会提及家中的亲人。没想到这个世界居然如此小，听沈熠说起父母的名字，孔姨惊喜地问道："你妈妈蔡晓月是不是长得白白净净的，人好高挑细瘦，做事情也很麻利？我记得她！那时候我还在楚家老宅的时候，她就在顾家做事！跟的是原来的顾夫人，就是现在顾大小姐的妈妈！"

沈熠闻言很是吃了一惊，她没想到原来自己母亲还跟顾家有过交集。但随后一想，似乎母亲在结婚前的确在江城做过几年事，只是那时候自己还没有出生，所以知之甚少。

因为楚依没回来，沈熠便跟孔姨坐在花园里闲聊。她帮孔姨一起给花浇水，又用网子捞起落到鱼池里的一些落叶，孔姨一开始还摆手让她坐着喝茶就好——"听说你们设计师都很高文化水平的，这些粗活哪能让你沾手？"

后来被沈熠大方不做作的性格打动，就着花花草草又打开了话匣子。沈熠正好最近跟宋世钧学了一些养花的基础知识，孔姨就教她如何修剪花木，

如何养护一些珍贵的花草。

一来二去的，彼此便熟络起来。见时候不早，孔姨去厨房给沈熠做下午茶点，又道："若是有人来敲门，烦劳你替我开一下。我昨天是打了电话让安保公司过来检修线路的，也不晓得到底啥时候来。"

沈熠答应一声，仍拿着手里的花剪蹲在院子里一处低矮的草地上修理枯黄的枝叶。过了一会儿似乎听见有人敲门，她拿着花剪就走到了大门前。

开门看到贺司南的一刹那，她差点没认出他来。印象中那么注重自己仪表那么善于装高冷的人，现在居然顶着一头鸡窝般的毛发出现在她面前。而且他的脸色有种不正常的绯红，眼皮要死不活地耷拉着，眼皮下往日那对滴溜溜乱转的桃花眼，此时就如死鱼珠子一般木讷无神。

而且沈熠不知道是不是自己看花了眼，为什么她觉得他整个人杵在那里，甚至还有点低频率地微微摇晃？这是沈熠从未见过的另一种状态的贺司南。她搞不懂他这样子到底是生病了，还是受了什么重大的打击？

不过因为贺司南之前也帮过自己，于情于理不能眼睁睁看着他病得发懵不管不顾，于是她先伸手在他眼前晃了晃，见他没啥反应才问道："贺先生，您怎么了？这是生病了吗？"

贺司南看着她，目光怔然。然后他很迟缓地摇摇头，又重重地点了点头。

沈熠瞧着他这副样子，忽然想起《植物大战僵尸》里的僵尸。她让开身，示意他进来再说，谁知道这人却只当看不见，还直直地杵在那里。最后她没办法了，只能放下手里的花剪去扶他。

贺司南就跟个孩子似的，被她领进了门，然后一屁股坐在花园里的长凳上就跟长了根似的。

沈熠看他似乎在发烧，连忙去屋里给他倒了水。正好这会孔姨也从厨房出来了，她一看见贺司南就惊讶地放下了手里的点心，忙不迭问道："贺先生怎么过来了？您饿不饿，我去给您煮咖啡……"

"孔姨，我看他好像在发烧，而且病得还挺严重的……要不，您让人送他去医院看看？"

沈熠觉得孔姨好像跟贺司南还挺熟，被她这么一提醒，孔姨立即伸手摸了摸贺司南的额头，随后夸张地惊叫："哎呀，贺先生在发烧！烧得还挺厉害的，这可怎么办才好？对了，我先进去给小姐打个电话，这事还得问她……"

沈熠看着孔姨一溜奔回客厅，又把这病得奄奄一息的烫手山芋扔回给自己。没办法，她认命地端起温开水送到他嘴边，一边劝一边往他嘴里灌：

"来,多喝点水。"

她喂,贺司南就跟个小孩子一样乖乖听话张嘴。这样子,倒让沈熠多少有些唏嘘。

她耐心地喂他喝完了大半杯开水,又扶着他往屋里走。

"孔姨,孔姨……"孔姨本来还在打电话,见她把人给搀进了屋连忙放下手机,搓手道:"小姐的电话打不通,我也不敢做主送贺先生去哪个医院。要不沈小姐你帮我看一下,我先去找一下家里有没有退烧的药。"

贺司南烧得厉害,两颊的绯红看着不同寻常。于是两人火速分工,孔姨去找感冒药,沈熠则负责绞毛巾包冰块给他做物理降温。如此忙碌了半天,物理降温先起了效果。

贺司南的高烧退下来后,人就跟块膏药一样软软地贴在了沙发里。

孔姨总算把药给找到了,一看贺司南已经在沙发上躺成了"大"字状,她又向沈熠求助:"哎呀,沈小姐,你看我也没什么文化,这药可不能混吃……要不您给看一看,贺先生这病应该吃些啥?"

沈熠很想回一句"我又不是医生",可想着孔姨一把年纪了又是自己同乡,于是摸出手机来,先给霍东方打了电话。

霍东方一听贺司南现在在楚依家,随后就"咦"了一声,他告诉沈熠:"完了完了!这小子自打我认识他就很少生病,但是每次一生病,就能要人命——"

沈熠吓了一跳,她觉得霍东方肯定是吓唬自己,便道:"什么要人命?霍总你到底当不当我是朋友?要是再忽悠我——"

"哎呀老铁,我还真没诓你。真的——他从小到大也就得过几次病,但是每次都是病得奄奄一息,有一回还进了重症监护室呢!"

沈熠更加一头雾水,她觉得自己实在无法理解:"为什么?病了去医院不就得了,怎么还能搞得这么严重?"

"咳!那是因为你不知道呀,这小子生来就矫情,又特别事儿。他病了从来不吃药的,你知道吗?不但不吃药,甚至连检查他也不肯做,抽血要几个人按着他,那情形——太悲壮了!"

沈熠脑补了一下霍东方所说的"悲壮"场面,随后摇摇头,把那些充斥着血腥暴力的画面从自己脑子里抹掉。"那现在怎么办?他人就在沙发上瘫着,我——我还得回去处理一些工作上的事情。算了,我打电话给顾总吧!"

一听沈熠要打电话给顾芳菲,霍东方又在那边嚎了起来。"不行!哎呀老铁你听我一句劝,这时候千万不能打电话给你们顾总。你可不知道,他之

所以不肯吃药,这事全赖你们顾总——总之是他一看见顾芳菲,估计恨不得马上病死才好。"

这也不行那也不行,最要紧的是这病人自己还不吃药——沈熠对着手机彻底没脾气。"那你说怎么办吧?"

这边霍东方正在电话里给她支招,那头孔姨又把自己手机给递了过来——"是小姐,她说请您接一下电话……"沈熠焦头烂额,挂掉这个,接起另外一个。

没想到电话那头的楚依忽然就像变了个人,她告诉沈熠自己临时有事赶不回来:"礼服的事情你拿主意就好,只要能在义卖会之前做出来我都没意见。不过当务之急你得帮我照顾一下司南,千万不能送他去医院,他从小到大特别讨厌那种地方,去了肯定不会配合医生也不肯吃药打针,这会加重他的病情。孔姨告诉我说你给他做了物理降温?那接下来你要继续保持不能让他再发烧,还有那个退烧药,你照着我说的,给他吃一片布洛芬,一片阿司匹林,还有一片……"沈熠照着楚依的吩咐,把那些药片都给找齐了。

随后挂断电话她才想起——天哪!人家霍东方都告诉自己了,贺司南是从来不吃药的人,楚依这不是交给自己一个不可能完成的任务吗?说真的,一向好脾气的沈熠这会儿也有点焦躁了。

她看了一眼在沙发上躺成"大"字的贺司南,像个恶毒婆婆走过场一般地问了一句:"贺先生,你现在好点了吗?要是你好些了,那我先走了,孔姨在这给你做物理降温。"大概是高烧退了之后脑子还是清醒了几分,听见这话贺司南也开了口。他平日好好说话时,声音也是有男播音员的动人质感的。可是此时此刻,他的声带却像被砂纸摩擦过,每一个字从他声带里弹出时,都带着噪声一样的嘶哑:"你看不出我都快病死了吗?你还就这么走?你还有礼貌有人性吗?"

沈熠:"……"她按下一肚子的腹诽——不然呢?等到你病到快咽气再走,这样会显得更有礼貌?

"怎么生病了?""恶婆婆"又硬邦邦地问了一句。反正慈祥有爱的角色也轮不到她扮演。

贺司南有气无力地哼了一句:"不知道。"

沈熠忍住翻白眼的冲动,继续走流程:"现在发烧了?"

贺司南一声不吭,旁边的孔姨递来了温度计:"啧啧!三十九度八,这算发烧吗?"

沈熠:"……"

她不再废话，直接把人粗暴地从沙发上拽起，命令道："张嘴，吃药。"

"我不吃……"贺司南闭紧嘴巴、闭上眼，一副静待上帝降临的安详表情。

沈熠跟孔姨两人一起上阵，忙活半天还是掰不开他的嘴，沈熠这才明白霍东方说的杀猪阵，原来都是真的。最后两人都累得够呛，沈熠对贺司南怒目而视，心道：看你也就是个有病不吃药的"二百五"，算了算了，反正也不是自己的事，大不了自己不管了。

可是她能不管贺司南，却不能真的撇下孔姨一个五十几岁的老人家来照顾这么个不知好歹的"病猪"。况且到了三点多又有安保公司的人过来检修线路，孔姨一个人忙上忙下，她实在狠不下心一走了之。于是只能继续用毛巾包了冰块给他做物理降温，趁着中间休息的那十来分钟，沈熠呼哧呼哧地吃了一碗桂花龟苓膏，吃完之后大赞美味舒爽，又抓了一把现炒出来的野生松果，咔嚓咔嚓地嚼着。

许是听见她吃嚼的声响，贺司南要死不活地睁开了眼皮子："你怎么只管自己吃？也不管我这个病号的死活？"

沈熠白了他一眼，看孔姨不在，索性直白地怼他："你吃啥？反正都要病死了，省点粮食不好吗？"

说完，又扔了一颗松果到嘴里，嚼得那叫一个嘎嘣脆。

贺司南似乎受了不小的刺激，他努力撑开眼皮："谁说我就要病死了？你——赶紧去厨房，给我做点吃的来！我要吃小馄饨，还有三丝烧麦、笋干老鸭汤，还有你刚才吃的那个……"

沈熠一听，他爱吃的这几样居然还是自己家乡小菜，当即就乐了："那你得找孔姨给你做，顺带我也蹭个吃……"说话间孔姨正好带着人从楼上下来，一听贺司南要吃自己做的家乡小菜，当即激动得连连搓手："好好好！贺先生你想吃什么，我现在就去做。"

沈熠又把那杯温开水和药片都送到他跟前，一抬下巴："要吃饭，先吃药。"

贺司南复又故态萌发，哼哼唧唧道："不吃，我都说了我不吃药也能好——"沈熠趁他张嘴说话的工夫，瞅准个空子给扔了一片退烧药进去，结果这厮下一秒就双手扼喉，又翻白眼又恶心呕吐的，生生还是把这片药给还了回来。

沈熠气得牙痒痒，两手紧握成拳，从来没有这样想痛打一个人。正在这当口霍东方又打电话过来，一开口就关切地问道："怎么样？那傻蛋现在病

死了没有？是不是烧成白痴了？"

沈熠瞟了一眼顶着一头鸡窝还穷横的贺司南，回了一句："还没断气——不过快了。"

她走到外面花园里，问了一下贺司南不吃药跟顾芳菲的由来。

原来贺司南小时候一直由奶奶抚养长大，他跟奶奶感情很好。后来八岁那年奶奶过世，他才回到妈妈身边——这也是他跟母亲一直不太亲近，母子之间隔阂很深的缘故。

"老铁我跟你说的话你千万不要外传，其实也就是司南他妈跟他奶奶之间关系不太好。他奶奶忽然去世，他两个姑姑就闹着要查个明白。结果就在他奶奶以前吃的一瓶进口鱼油里发现了一些不该有的东西，可是那鱼油又是司南他妈妈让儿子以自己的名义送给老太太的。所以从那以后，司南就不肯吃药了，不但是不肯吃药，他也从来不碰这些保健品之类的东西，也不肯去医院……"

"那跟我们顾总有什么关系呀？又不是她让贺先生送的。"

"咳！你不明白，那鱼油其实一开始是你们顾总的一个亲戚从国外带回来的，她送给司南的妈妈，然后司南的妈妈又……反正这事后来不了了之，谁也说不清到底是怎么回事。但是站在司南的立场，难免总有些迁怒于你们顾总的。"

沈熠忽然就明白了贺司南心里的伤，懂得了他的痛。也是这一刻，她忽然觉得，他其实也蛮可怜。

*　　　　*　　　　*

她回到客厅，站在沙发旁，看着烧得昏昏沉沉的贺司南，忽然一抬脚，不轻不重地踢在了他的屁股上。果然贺司南没有睡死，他哼哼唧唧地睁开眼，用眼神配合着沙哑的喉咙一起进行有力的控诉："干吗踢我？你这人怎么这么没爱心，居然对一个病号这么粗暴。"

沈熠才不管他怎么看自己，她觉得心病就得心药医——对他，得下猛药！因为缺乏专业知识作为支撑，所以她先茫然地瞪了一会儿贺司南。直到把他瞪得心发慌，这才忽然一拍茶几，叉腰问道："你是不是打算一辈子都不吃药了？"

贺司南觉得她这会儿有点不对劲，稍稍往里面蜷缩了一下身子，却仍顶着一头"鸡窝"穷横："不吃！"

"好！既然你不肯吃药——那我现在就把你给拖出去！"说着，她还真的上了手，拽住贺司南一条胳膊就开始往外拖。

贺司南开始抵抗挣扎，开始试图抱住沙发的一只角："你干吗？我是个病号——哪有你这么恶毒的人，居然想着把一个发着高烧的人扔到外面去？"

沈熠把他的一根根手指头掰开，冷笑咬牙："是，我就是这么恶毒！你也不想想，你自己是怎么折腾别人的？孔姨这么大把年纪了，看你生病急得直跺脚。你去厨房看看，你以为小馄饨好包？三丝烧麦好做？笋皮老鸭汤张嘴就能吃？——你行啊你！你不但能糟践自己，你还特擅长糟践别人！你说说看，你自己都不爱惜你自己，凭什么要求别人去爱你？别人都很闲吗？你有心理阴影，你就能任性不吃药，谁心里还没有点过不去的坎？合着你有钱，你的心理阴影都比别人更高贵吗？不可能！跟你说了，药放在这，现在吃了咱们当场两清，真不吃我等会儿就把你丢出去！管你病死在哪个角落里，那是你自己的事，跟我半毛钱关系都没有！"

贺司南似乎被她吓到了，一下子就撒开了手。

沈熠也没料到他会忽然松开，一下子吃不住劲，两人一起摔在了地板上。

贺司南的脸红得像只熟透的石榴，抱着抱枕两眼直勾勾地问："你心里也有过不去的坎？是什么？能跟我说说吗？"

沈熠："……"我心里有什么过不去的坎跟你有什么关系？你这是侵犯人隐私权懂不懂？对着这么不正常的一个病号，沈熠当然不会傻到让他看看自己心底的那一块伤疤。于是她闭上嘴，任他怎么软磨硬泡都不开口。

最后贺司南急了，暴躁得差点把手里的抱枕都给拍成几瓣："你到底怎么才肯说！"沈熠睨他一眼："你把药吃了。"

"不可能！"他把脖子一梗，看得沈熠恨不得上前一把直接拧断算了！她暴躁地学着他的动作，狂拍另外一个一模一样的抱枕："你到底要怎么才肯吃药？"

贺司南转过来看着她，又看了她手里被拍扁之后再度复原的抱枕。"我不吃药，我要吃酸枣。"

沈熠听到这句话，狐疑地伸手去摸了摸他的额头。还是很烫手——但是眼神又很清醒而坚定，见她不信，还特地重复了一遍："我小时候只要一生病，奶奶就会用酸枣跟瘦肉淮山一起煮成一个偏方，我喝下去就能好。"

沈熠目瞪口呆："真的假的？"正狐疑时，孔姨拿着新换来的湿毛巾递过来，在旁使劲点头："我好像也听说过这么一个偏方，专门用来治脾胃虚弱的人感冒发烧，据说一喝就见效。"就算这样，沈熠还是半信半疑。只是恰巧云麓的院子里就有这么一棵酸枣树，因此她不得不站起身，开始四下找家伙："孔姨，梯子在哪？"

楚依回家时，才刚进门，就看见这么一个惊险刺激的画面——贺司南和孔姨站在院子里手忙脚乱地扶着一架本来用来修剪花木的梯子，然后那梯子上还有个人，一直歪歪扭扭地挪动着身体，还时不时从那棵本来就赢弱不堪的酸枣树上面扔下个什么小东西。楚依看得目瞪口呆，正要发问时，忽然听见一声"咔嚓！"——然后是孔姨震惊大叫着："不好了！这梯子老化，要断了！"随后"哐当"一声，就有一些木屑和架子掉下地来，粉尘细响不绝于耳。

　　等院子里终于安静下来时，楚依这才大着胆子走过去，她问贺司南："司南，你不是病了吗？怎么还跑出来吹风？"贺司南没回她，只两眼望天。旁边的孔姨也是一样的表情。

　　楚依顺着他们的方向去看，然后——她终于看清了，那个此刻紧紧抱着酸枣树干不敢动弹的人，就是沈熠！

　　被消防队员用云梯从树上救下来时，沈熠觉得自己前世应该是只猫。随后她想好了，以后一定要养一只猫在家里，这样可以随时庇护自己。

　　所幸她除了一点皮肉擦伤之外，并无大碍。而且贺司南也没说谎骗她，喝下那碗酸枣秘制偏方之后，他立马就龙精虎猛，甚至还想亲自爬到树上再摘一点酸枣备用。

　　"行了别闹了，你们俩都好好休息一下。我上楼换件衣服，晚饭已经让孔姨在准备了。"也许是被沈熠的壮举所感动，楚依现在看她，眼神十分柔和亲切。

　　而贺司南死里逃生，先是说了一箩筐感恩戴德的话，随后又抱着怀里的那个抱枕，开始使劲八卦："你先前说你心里也有过不去的坎，到底是什么呀？快点讲来我听听。"沈熠白了他一眼，皱眉拒绝："为什么要讲给你听？现在欠我救命之情的人是你。"

　　贺司南则马上开始摊开账本算账："那上次我不还救了你一回吗？说起来，咱们也是过命的交情了，你说这样的心事，不跟我说还能跟谁说？"

　　啧啧，听这口气，好像很标准的蓝颜知己一样。

　　沈熠被他软磨硬泡缠得没办法，最后叹口气，开始给他讲那串粉红色水晶项链的故事。那段她生命中饱含苦涩与期待，最终却只收获了失望与遗憾的岁月。

　　随着她的讲述，她看到贺司南的脸色越来越难看，听到最后他好像犯了心绞痛一般，整副面容都出现了接近狰狞的扭曲。沈熠吓了一跳，连忙问他怎么了，是不是哪里不舒服？结果贺司南憋了半天，蹦出三个字："我难受。"

沈熠又问："哪里难受？""心里难受。"她连忙去翻药物说明书，查看是不是服药后的副作用，最后发现有段文字证实了一部分人吃完药以后会有不同程度的心悸反应。

于是她宽慰贺司南："没事，你这是药物反应，过一会儿就好了。相信我。"可是贺司南的脸色又更加难看了几分，还把那个可怜的抱枕死死扣在了胸口的位置。

沈熠忍不住想提醒一下他，抱枕是无辜的……

就在这时，霍东方发微信来问："那倔驴死了没有？"沈熠看了一眼贺司南，回复他："没有，应该死不了了，他刚刚吃了药。"

霍东方立刻发来一条语音，十几秒时间里充斥着满满的惊叹和疑问："啥？你说啥？你说他把药吃了？是你说错了还是我听错了？以前他爸妈还有医生几个人一起上阵都没能让他吃一片药下去，你居然能让他把药吃了？？？他真的把药吃了吗？？？"

沈熠看了一眼眉头紧皱的贺司南，回了两个字过去："真的。"

霍东方则回了她一句："哈哈哈哈哈哈！报应，现在终于有人可以制得住他了！你真是太牛了！"

沈熠不知道自己牛在哪里，她也不知道贺司南跟楚依到底是什么关系。但她不是贺司南，她不会没事就想去刨人家的隐私。

稍后她在花园里帮忙摆放餐具和酒具时，听贺司南朝楼上问了一句："干妈！你晚上要喝什么酒？香槟还是干红？"楚依似乎推开窗轻轻回了一句。

沈熠没听清，脑子里却骤然炸开了花——干妈？她是贺司南的干妈？就是当年及时制止了顾总给她后妈吃毒药的那个多事之辈？沈熠觉得，这次来云麓，自己这个群众真是吃了足够多的瓜。

摆好餐具，孔姨又陆续端了好几样菜式出来。沈熠被贺司南招呼着落了座，她恍惚地环顾四周，才发觉云麓的私家花园更胜城中顶级私房菜馆许多。小花园里装有设计精妙的户外照明系统，此时开启后，人坐在其中便与花木相辉映；更兼有秋风送来习习花香与秋蝉嘶鸣，餐桌居中摆了一瓶新剪下来的绿菊，品相清丽优雅，看得她有些失了神。

"看什么呢？这是我刚才在园子里剪下来的，你猜是什么花？"贺司南开了一壶陈年花雕，给她斟满一杯。又指着她手边的一个空碗，说："等会儿你要吃蟹的话就把这酒放热水里温一温，这样更好一些。"

沈熠"哦"了一声，随后追问道："你说这绿菊是你刚从园子里剪下来的？怎么我先前跟孔姨一起修剪花木的时候都没看到。"贺司南只冲她神秘

地一笑:"这个的话,你下次再好好观察一下就知道了。"

两人说着话的时候,楚依也下楼来了。沈熠看她换了一身细软柔滑的白色真丝便服,上衣简约得只在衣袖处用了水云袖,裤子及踝一圈钉了一串的珍珠云贝母,除此之外再无其余饰物和细节设计,却显得其人楚楚堪怜,当真如其名一般——楚依。沈熠在心里惊叹她的美貌,觉得上天造人果然还是有所偏爱的。给她倾国倾城的姿色,再给她声若天籁的歌喉,给她万众瞩目的盛名,就这样还不够,还有出身世家的门第——还有楼上衣帽间那些数不胜数的华服、珠宝、鞋子、包包……

沈熠看楚依,心中本能地觉得应该要羡慕,甚至是妒忌。可是当人就坐在她身边时,她又觉得,就算拥有这一切,楚依也未必过得快乐。因为她只有跟贺司南说话的时候,眼里的光彩才会流动,嘴角的笑容才会自然,说话的语气也会变得温和。

这时候的楚依,跟她之前见过两次的楚依,是完全不同的两个人。见沈熠有些发愣,她倒及时地招呼她吃菜,又朝厨房那边说了一句:"姨,蒸好蟹出来跟我们一起吃饭,菜都要凉了。"

孔姨穿着围裙从厨房里端了满满一盘子的大闸蟹出来,桌上摆着一只上汽的大口径蒸锅,贺司南从她手里接过盘子,分了每人一只在各自的碟子里。余下的又倒回去蒸锅,随后拉着孔姨一起坐了下来。

沈熠这才明确,桌子上的确是摆了四份餐具。难怪,先前她想问又没好开口问来着。不知为何,她心里忽然就暖了许多。再看贺司南,又忍不住微微一笑:幸好自己先前哄得这倔驴吃了药,要不然,此刻哪来这顿如此风雅的菊花蟹宴。

一顿饭吃下来,沈熠才算真正认识了现实生活中的楚依,原来就是个至情至性的女生。虽然看似高冷也有不近人情之处,可是就凭她对孔姨这份真诚的尊重与亲切,还有训斥贺司南不爱惜自己时的那一番痛心,沈熠就觉得她其实是个很单纯的人。但单纯的人也有她不可被触及的逆鳞,譬如说——她似乎很不喜欢有人提起她以前红透大江南北时的事情。

贺司南还在病中,他并没有吃蟹。但他取蟹黄的本事了得,席间花了不少时间照顾三位女士用膳,又对楚依"干妈"前"干妈"后地叫了半天,最后惹得楚依一手托住香腮,一手轻晃杯中黄酒问道:"你小子别给我灌迷汤,有事快说,不然吃完赶紧消失!"

贺司南这才可怜巴巴地叹口气,把自己这次生病的前后经过简单说了一下。楚依听得眉间紧皱,她盯着贺司南质问道:"你爸自己弄出来的亏空,为什么要你想办法来填？他人呢——还有你们集团的财务，他们都是吃干饭的吗？就没一个人敢把实情说出来？"贺司南如实道："有，何荣毅总监帮我出具了一份上个季度的财务报表，然后他就被开除了。"楚侬气得咬住下唇，贝齿轻颤："不像话！"

"干妈——"贺司南看了一眼沈熠，后者顿时觉得自己是不是应该快点消失？贺司南的几句话点出了他爸在外面包养情人就连私生子都养了好几个的丑闻，现在还想甩锅给自己儿子转移亏空。

沈熠立马联想到那天在医院，他到底是陪谁看病？因为之前不知道他是个对医院十分抗拒的人，所以现在回想起来，那天的黑裙女子跟他的对话，其实很惹人深思。当然，这样的豪门辛秘，她本也不想多听。

但楚侬却十分敏锐地察觉了她的心思，她跳过刚才的话题，又问："那你妈呢？你连夜从香港回来，人还生着病，她怎么不闻不问？"贺司南垂眸，笑容带着清冷地嘲讽："我回来累得很，正在房里睡觉时她闯进来，问我为什么要帮我爸一起来骗她，又问那狐狸精现在在哪儿？我爸是不是让我把她们母子安顿在香港那边……我一时没忍住脾气跟她怼了几句，她就顺手泼了我一杯冷开水——"

沈熠假装喝水，强迫自己低下头——她有些不忍心看贺司南这会儿脸上的表情。楚侬则是鼻孔里重重一声冷哼，指责贺司南他妈妈就是个后妈。

气氛一时有些说不出的尴尬。

似乎是为了救场，一直没有插话的孔姨忽然提议道："小姐，今晚的星星和月色都很好，要不你唱首歌吧——"

沈熠一听这话就悬起一颗心，她怕楚侬会忽然变脸。可是没想到她却笑盈盈地点了点头，随后站起身来，对贺司南说道："好了，不开心的事情你先不要想了，这几天先住在干妈这里，孔姨会天天给你做好吃的。"贺司南果然消散了满脸阴郁，他像个孩子一般满怀期待地点点头，又对沈熠说道："小熠，要不你也唱一首吧！"

沈熠看着他眼里的点点星光，她觉得自己无法拒绝。她想，原来他喜欢听歌，喜欢唱歌——是因为歌声，最能抚慰他的心灵，抹平那些创伤。原来，这才是真正的贺司南。

沈熠记得楚侬以前的唱风是欢快时尚型的，她的歌曲节奏都很快，这也很考验一个歌手的基本功和声带天赋以及肺功能。但没想到，时隔十余年，当她终于有机会坐在偶像对面，听她对着麦克风吟唱时，只一开口，还是让她感受到了什么是震撼！

临时的演唱场地就在花园里，餐桌旁边。贺司南搬出了立式麦克风，打开音箱。音乐起时，楚依一袭白衣，翩然如盛开的荷。她开始吟唱：

忍不住化身一条固执的鱼
逆着洋流独自游到底
年少时候虔诚发过的誓
沉默地沉没在深海里
重温几次
结局还是
失去你
我被爱判处终身孤寂
不还手
不放手
笔下画不完的圆
心间填不满的缘
是你
为何爱判处众生孤寂
挣不脱
逃不过
……

沈熠不知道自己何时流了满脸的泪。她哭了，又笑了。

跟着贺司南和孔姨一起鼓掌的时候，她看见楚依朝自己走过来，她张开双臂，轻轻地拥了一下她，然后对她说："不要难过呀，你人生一定会幸福的，就跟你的名字一样，你会闪闪发光。"沈熠用力地点点头，吸了吸鼻子。她上去唱了一首王菲的老歌《再见萤火虫》：

谁说那盏微弱灯火
是萤火虫在闪烁
谁约过谁去看
这一场忽灭忽明的传说
剩下的梦想不断的做
上升的气球不断的破

别难过　　别难过

没原因　　有结果

……

  第二天醒来，因为晚上睡得太晚，沈熠有些头疼地按掉了床头柜的闹钟。似乎是听见房间的响动，哈士奇好奇地拱开了一条门缝，见她要起床，连忙依偎过来要抱抱。沈熠抱住狗狗，又跟它说了两句话，听见爸爸在客厅里招呼自己出去吃早餐。秋日的阳光洒在馨香的被子上，第一次，沈熠在醒来的清晨觉得心里暖暖的，软软的。她想，也许这就是幸福生活的模样吧！

  楚依的礼服顺利开工，沈熠谢过几位师傅，这才和顾芳菲一起坐车回去。路上顾芳菲得知沈熠没有驾照，关切道："有时间可以安排一下驾照学习，以免忙起来，有车也不能开。"

  沈熠摇摇头，表示自己暂时不敢想这些，但很快又道："我是应该去考一个驾照，不然跟顾总您出来办事，总让您开车。""那倒没事，我自己开车惯了，所以有时候出门也不愿叫司机老周。对了，小熠，我听说你那位同学想去参加咱们的拍卖会？"

  见顾芳菲问起此事，沈熠不得不硬着头皮如实道："是，她……因为她说她现在做公关经理这个职位，需要认识一些优秀人士来拓展人脉资源和客户圈子，再加上她最近在我们店里也买了一些东西，我就想——能不能破例给她一张邀请函？当然，您要是觉得不合适，那我去跟她说，让她另外想办法……"

  顾芳菲在路口的红灯前停下，看了看沈熠，叹口气："小熠，你觉得你这个同学，她还是你以前认识的那个人吗？"

  沈熠脸上一热，本能地就推测到可能顾芳菲也听说了秀娜跟庄勋的事情，她有些羞愧难当："顾总，我知道您可能会觉得秀娜她……其实我也劝过，让她不要跟庄勋在一起，但是她说——是，我承认这件事她真的做错了，可是顾总您也许不知道，我长到这么大，也就只有她一个好朋友。所以，她对我真的很重要，我不想让她伤心……"

  顾芳菲没有再说什么，她只是静静地凝视前方，等待绿灯亮起。后来在车子开出去很远一段路之后，她才道："如果你真的想帮她，那就要看清楚，她到底是不是那个值得的人。"

  沈熠欲言又止，她觉得再多的言语也掩盖不了秀娜所做的那些事。而且她承认顾芳菲说的对，她无颜再为秀娜辩驳什么。大概这就是婉拒？

沈熠回到工作室后就寻思着该如何跟秀娜开口，可是到了下午自己再上去楼上递交一份汇总材料时，顾芳菲又顺手给了她一个信封。沈熠狐疑地拆开一看，里面正是一张空白的邀请函。顾芳菲笑了笑："对你这位同学，我没有什么好感。可是因为你的缘故吧，我愿意给她一个情面。"

沈熠握着邀请函，心绪激动得不知该说什么才好。好一会儿才道："谢谢您，顾总。"

顾芳菲摇头，忽然道："听说司南昨天回来了？"沈熠颔首，将贺司南病了的前后经过都如实汇报了一遍，又道："本来我是想打电话给您的，可是霍先生说——"

顾芳菲摆手，叹了口气，也不为自己辩解半句，只是说："霍东方说的是对的，他生病时最不愿意见到的人，应该就是我了。不过我得谢谢你——你别误会，我承认我对贺司南没有爱情，也知道他很讨厌我。但不管于公于私都好，我一定是这个世界上最不希望他出事的那个人。"

沈熠有些不知道该如何接话，她想，这大概也是自己见过的最复杂的一种感情了吧！没有爱，也不想厮守终生，却因为一纸婚书，而将彼此的生死都牢牢捆绑住……

第八章

莲台

从楚依家回来的第三天,正好是周六。本来沈熠要去宋世钧的工作室,没想到楚依给她打了个电话,说是关于礼服的腰部装饰物,她有几块现成的宝石想镶嵌上去。沈熠不敢怠慢,先跟宋世钧告了个假,随后就坐车去了烟雨路。那时贺司南正躺在天台的玻璃房里晒着暖暖的太阳。

沈熠进门的时候,听见屋子里传来悦耳的钢琴声,楚依在弹奏一首清丽的曲目,是她以前没听过的。沈熠不知不觉站在客厅里听得入了神,楚依弹完以后再回头时,朝她嫣然一笑:"你来了?喜欢这首曲子吗?"

沈熠点点头,她走到楚依跟前。看楚依翻开曲谱给自己介绍创作的思路,又再次演奏了一下其中几个她最得意的节点。沈熠再看她,只觉得这样的人物,真是上帝的杰作。

随后楚依拉着她的手上了楼:"走!带你去看看我收藏的一些宝石,你帮我挑一下,看到底哪些适合我。"

沈熠受宠若惊地跟着上楼,到了昨天那个衣帽间的隔断,其实也就是一个隐藏在墙壁内的巨大的保险柜前,楚依将其打开——拉出抽屉。她对着这些五颜六色璀璨晶莹的宝石叹口气:"我六岁那年爸爸送了我一块红宝石,后来我才知道那叫鸽红血。那时只觉得好看,就跟我缝在芭比娃娃身上的裙子一样。可是妈妈告诉我,为了衬得上这些宝石,我应该去学唱歌、跳舞、弹钢琴。因为这些珍贵的宝石,应该佩戴在更珍贵的人身上。所以,从那时候开始,我没有了童年。我开始每天练声,每天练习弹钢琴,为了学跳芭蕾,我不知道哭过多少回。"

"后来我得到的宝石越来越多,因为每次获奖,爸妈都会送我喜欢的东西——那时候他们觉得我就是喜欢宝石，各种各样的，五颜六色的。其实并不是。"她说着，拿出一块状若水滴状的祖母绿宝石，递给沈熠。

"你看，透过这些宝石的折面，是不是能看到精彩缤纷的世界？"

沈熠如她所说，尝试着拿起那块昂贵的祖母绿，果然，透过宝石的晶体，她看到了世界的另一个模样。她看着楚依，有些疑惑不解。

楚依却说起了贺司南，她的指尖划过那些丝绒盒子里的宝石，神色间带上了回忆的凝重："你是不是觉得好奇，我为什么会成为司南的干妈？其实我跟他也就相差了十岁而已。"沈熠点点头："是，其实你们站在一起根本就没有年龄差。但是我更好奇的是，贺先生这样的人，怎么唯独到了您面前如此乖乖听话？"

楚依笑出声来，声音清脆如银铃："你也觉得他性格乖张吧？其实对也不对，你觉得他在我面前乖顺，可是连我也劝不动他吃药。但是昨天，你却让他打破了自己立下的誓言。所以我才觉得，也许你跟我以前所认识的所有女孩子，跟他以前所认识的所有女孩子，都不一样。"

沈熠有些讪讪地一笑，摇头道："有什么不一样，可能我跟他的童年经历有些相似吧！他好奇，所以就用吃药来跟我交换我以前的一些经历。当然——我知道自己跟贺先生的出身没法比，但作为朋友，我不想让他糟践自己的身体，也希望他跟我们顾总能有一个美好的结局。"

楚依若有所思地看着她，随后莞尔一笑："他跟芳菲不会有什么结局，就算有，也不会是白头到老。你别怀疑我的话，我是芳菲的表姨，也是司南的干妈。我希望他们两个都能好好的，我也不愿意看着他们的命运走向悲剧。可是，感情的事情不能勉强，我想这话你应该也很明白。"

沈熠其实很不明白——自己应该如何理解这样一番话？可眼前的人是以前自己崇拜了多年的偶像，再加上那份打心里的喜欢和仰望，于是在光环里她糊里糊涂地点了点头，模糊地回道："是。"

不知道楚依有没有听出她的犹豫和迟疑，但下一刻，她就把保险柜里的一只丝绒盒子拿了出来，递到沈熠手里。"喏，送给你的，看看喜不喜欢？"

沈熠不知所措地拿着盒子，连连摇头："不不不，这太贵重了，我不能收，我真的不能收——"

"为什么不能收？我跟你说过的，在我心里，这些就是一些普通玩意儿，就跟你小时候玩过的布娃娃和橡皮泥没有区别。而且我之所以送给你，只是因为我喜欢你，因为你帮司南克服了自己心里的一个障碍，不为别的。难道你会拒绝一个朋友送你的心意？难道我的心意，不比它更珍贵？"

沈熠震惊地抬起头，她看向楚依，见对方也正看着她。在楚依的眼里，她看到一抹类似于苏悦和顾芳菲看着自己时的温暖与柔软。而且因为她的眼睛比一般人更加分明与清澈，所以这种柔软，瞬间就侵入了她的心底。

沈熠觉得，自己应该要收下这份"礼物"——尽管它的贵重，远远超出了自己的想象。可是再一想，又有什么东西，会比一个人给你的真诚，给你的善意，给你的欣赏更珍贵？

她小心翼翼地打开盒子，看见里面卧躺着一块比自己大拇指还大一点的粉色钻石。当光芒透过粉钻折射进她的眼里时，她觉得有些目眩神迷。"谢谢您……谢谢您送我的这份珍贵的礼物，我会好好地保存起来，它会成为我人生中很重要很重要的一件礼物。"

楚依看见沈熠笑，也跟着笑了起来。她拉着沈熠的手，带她上去三楼参观："你不知道司南这两天在我这里，除了睡觉就是吃。我让他陪我出去走走他也不肯动，再这样下去，我都怀疑自己是不是养了一只猪？"

沈熠隔着澄亮的玻璃看见躺在里面沙发上睡觉的贺司南，玻璃房里养着好些名贵的花儿，远远看去，他像是长在花房里的少年，干净而纯洁，无辜得像天使。

原来这宅子极大，加上地下室足有五层，和外部一样，内部的装修也是典型的巴洛克风格。比起圆形拱顶、华贵到奢侈地由四楼垂至一楼的水晶吊灯、铺着红丝绒台布的西式长桌上修长而精致的银制烛台、有着繁复细腻的镂空纹饰的壁纸以及巨大的壁炉上曲线优美的浮雕，沈熠最中意的还是这个阁楼外的空中花园。阁楼和花园之间连着间玻璃房，玻璃房不大，仅有二三十平方米，除了架钢琴，只摆着张小巧的四人餐桌，以及一张可伸展的西式沙发床，难得的却是纤尘不染，如果不是四周的乳白框架，几乎会让人误会伸出手就能触到头顶的星空。

然后，沈熠惊喜地在餐桌上发现一小盆用真空罩子拢住的白色铃兰！她欣喜地端起来看着，楚依在旁说道："我四月的时候在柏林，一直等到五月铃兰花上市才买到这一束。因为实在喜欢，又舍不得看着它枯萎，就请人把它做成了永生花带了回来。"

沈熠问她："你也喜欢铃兰？"后者点点头，目光落在那些洁白的花朵上："我很喜欢铃兰。"

随后楚依约沈熠明年春天一起去法国过铃兰节，正说到兴起时，本来还躺在沙发上睡得正酣的贺司南走了过来，打断道："你们女生就喜欢这些花啊草啊的，尤其是我干妈，一年四季都在为这些花开花落而悲春伤秋，说真的，我觉得有这时间你们还不如研究一下如何用好酒搭配好菜，最起码，还能填满饥肠辘辘的空虚和寂寞……"

他的话没说完，先被楚依摆手给打断："你以为都像你？现在除了喝酒唱歌，别的万事你都不想操心。"说完又问："你这几天怎么没回去公司？难道又想撂挑子不干了？司南……"

也许是怕楚依用干妈的身份来压自己，贺司南连忙点头从善如流："我明天就回去，干妈，你总不能让我带病还坚持上班。"

楚依便不再说他，放下手里的铃兰花叹口气："我不是赶你回去，我这里随便你想住多久，可你好歹给家里打个电话，免得他们担心。况且孔姨也舍不得你，今早还跟我说以后要多点让你回来吃饭，想吃什么她给你做。"

贺司南终于收敛起脸上的不耐神色，颔首道："好，以后我每周都会回来一次。"说着，贺司南下去换衣服准备吃饭。

沈熠想去厨房帮忙，被楚依拉住道："你是客人，哪用你去。其实家里平时还有两个钟点工，上次你来的时候正好都请假了。"听她这么说，沈熠便不好再坚持。

两人落座，楚依忽然问道："你来我这，芳菲有没有叮嘱你什么？"

沈熠顿时茫然，摇头。

随后楚依便道："要不，就用铃兰花作为腰间的坠饰吧！我觉得宝石不如它生动，你说呢？"沈熠当然赞同，对于铃兰这样心爱的花卉，她是觉得如何赞美都不为过。难得楚依作为裙子的主人也会喜欢，那她这个设计师接下来便可以在一些微小细节上再做点缀了。

因为午饭做的都是西餐，煎鱼和烤羊排还有黑松露意面等，孔姨只上来跟沈熠打了个招呼，便坚持要下去跟另外两个阿姨一起吃："你们年轻人喜欢这些西洋菜，我跟着小姐到处走，这样的餐点做是会做，吃却是不习惯的。"沈熠理解，赞她西餐做得也很棒。

楚依也笑着说："上次从法国回来，孔姨就说要把那边的厨房备一套中式厨具，还要把擀面杖都从国内带过去。也难为她，这么大年纪了跟着我到处东奔西走，是我疏忽了。"

席间谈起即将举行的慈善义卖会，沈熠自然免不了神采飞扬说起一些亮点，又极力美誉顾芳菲："我们顾总一直出资捐助好几所儿童福利院，此次还想成立一个救助自闭症儿童的基金会。我觉得这些慈善行为真的很有意义，值得向全社会去推广。"

贺司南坐在她对面，闻言只是微微扬了扬眉。

而楚依本来端着一杯咖啡细品，突然却说了一句："纵使画得好莲台，雕得好观音，却不一定都是良善向佛人。"

　　沈熠一时不解，便问道："什么？"

　　谁知楚依却放下手里的咖啡杯，摇头笑道："没什么，我就是一时感慨。有些惯于做慈善的人，其实他们的钱未必来得干净。"

　　"这倒是，咱们江城前几年不是就有一桩公案，当时……"

＊　　　　＊　　　　＊

　　沈熠在楚依家吃完，回到工作室已经快下午三点。幸好这天她手头的事情也不多，只是专程过来跟宋世钧和另外两位设计师讨论一下几个细节的问题。散会后宋世钧一边张罗大家一起吃饭，随口问起楚依的事："听说她这两年都很少见人，你倒是入了她的眼缘，还能留在她家吃饭。"

　　沈熠吃了一惊，心想自己怎么没觉得楚依如此拒人于千里之外？其实她也是只记他人的好，不念从前那些不快而已。再想想，似乎宋世钧说的才是实情，便道："这两次去她家，我觉得她其实很热情单纯。若不是贺先生总称她干妈，我实在不相信她的实际年龄。"

　　宋世钧见左右无人才道："楚依家世了得，自己也很有才华，说是天之娇女那是实至名归。不过我就有些好奇，你知道你们顾总是怎么请动她去参加你们的慈善义卖会的？"

　　沈熠摇头，忽又想起先前楚依若有所思说出来的那句话。"这有什么奇怪的？楚依姐是我们顾总的表姨，她们是亲戚，当然会给这个面子。"

　　宋世钧看着她，轻轻摇了摇头，沈熠正等着他继续往下说时，门口有位快递小哥探进脑袋来："请问是宋先生吗？有您的快递。"

　　知道贺司南的脾性，楚依午饭后便替他打了电话回去贺家。跟他母亲虚应了一通后，楚依有些头疼地揉了揉脑仁，叹气道："也不怪你不黏她，我自问不是做母亲的样子，可她似乎比我还更潇洒些。"

　　贺司南又坐回到那张沙发上，他在按动手机翻阅着一些信息，随后放下来，一脸淡漠地回道："没什么，我已经习惯了。"

　　楚依看着桌上的铃兰永生花，想起先前坐在自己身边的沈熠。她是那种初见貌不惊人，而越到近前，相处越久，越容易发现她的种种好和美丽的女孩子。她跟这铃兰花很像，笑起来的时候就如盛开在暗夜中的白铃兰。她的眸子清亮，看花草的时候流露出来的光芒，远比看见宝石华服时还要更闪亮。所以难怪，一向眼高于顶的贺司南会独独对她格外关注。为了她一句话，居然连以前发过的重誓都肯破了。

可是正因为这份喜欢和欣赏，楚依才不得不出言点破道："司南，其实我也一直不赞成你跟芳菲在一起。你们两个都太过于自我，真要结成夫妻将来说不定会彼此怨恨一辈子。但是倘若你喜欢的人真是沈熠，那我也要提醒你一句，她不会是那种愿意背负污名的人，不管是为了什么，都不应该。我想她的未来应该跟她的名字一样，星光熠熠，前途光明。否则，就是上天对她的不公。"

贺司南没有说话，脸色却一点一点地沉下去。他并不反感楚依的话，因为她知道那才是所有人眼里的客观和事实。他只是忽然觉得自己十分可笑又可怜。

自从祖母去世后，一直以来他都觉得自己此生无所畏惧，母爱的缺失、父亲的漠视、婚姻的不能自主，种种压力都没有什么了不起。如今因为沈熠破解了童年时的心结，他才明白自己从前的那些不害怕，只不过是因为从来不曾拥有才不知道害怕而已。

而楚依也点穿了一个事实——他此刻的这份情愫，他所得到的这份感情，对于沈熠来说根本就是不可察觉。她只当他是贺司南，并不知道他是"唐僧"的本尊，所以她会跟他维持朋友之间的友谊。但也仅止于如此而已。

贺司南知道，如果一旦被她发觉他就是微信上的那个"唐僧"，那么一切也就会随之戛然而止了。原来最最残忍的并不是不曾拥有，而是拥有了之后再失去，而是明知道拥有的东西并不真的属于自己，偏偏还是不甘心就此放弃。可因为太过于贪恋这其中的温暖，他真的眷恋不舍。

在许久地茫然困顿之后，还是对楚依说出了自己心底的话："其实我就是想这么远远地看着她，哪怕她永远只当我一个可有可无的朋友……"

"可是你明知道那不可能，这世间本来就没有虚幻的感情。她是个缺爱的人，会因为别人给她的一点善意和温情而感动于心，并且铭记在最重要的地方。这很珍贵，也很脆弱，她经不起任何欺骗与谎言。"

贺司南低垂下头，看不清脸上的神色如何。却是强作镇定也定不了神，只好摸出了根烟，找遍全身却发现没带打火机，这才想起，因为她曾讽刺他身上的烟味，所以他这几天都没有抽。

楚依在餐桌旁的柜子里找到火机扔给他，见他点着烟深吸了一口之后突然咳得惊天动地，这才顺手拈起一颗红石榴籽，一边吃一边悠悠地说："所以啊，你何必自讨苦吃？有时候爱一个人不一定要长相厮守，真要让她伤心，我怕你会更加憎恨命运的不公。"逆着光，贺司南看不清楚依的脸。

他只是深吸着手里的烟，直到快要燃尽才恍然回过神，随后哀求道："干妈，你要帮我这一次……除了你，我想不出来还有谁肯为我做这件事。"

楚依没抬眸，仍旧一颗颗拈着石榴籽送进嘴里。她的侧影修长纤细，从小跳舞养成的高雅仪态如影随形，就跟她的人和名字一样，让人挑不出丝毫瑕疵。

但贺司南却深知，她的原则与底线同样从不对任何人将就。哪怕他是她的干儿子，她曾在自己祖母临终前亲口答应一定好好照顾他——事实上谁也无法忽略，不管她喜不喜欢顾芳菲，那都是她的表侄女，是她的亲人。

见楚依不表态，贺司南一颗心也渐渐灰暗了好几分。就在他起身准备下去时，忽然听到身后有人揶揄地笑道："我真要帮了你，那就等于得罪了自己家里，以后要是我老了，你们两个可要给我养老送终。"

贺司南闻言大喜过望，连忙快步蹿到她跟前，就差没跪下赌咒发誓。楚依还是第一次见到他欢喜得跟个孩子似的，这样的贺司南真是个阳光快乐的男孩，就跟他小时候一样。

她想了想，最后叮嘱他："我会尽一切可能帮你，但是你也要做好准备，如果被沈熠发现你的真实身份，到时候你一定要足够真诚。还有就是对芳菲——虽然我不知道她心里到底是怎么打算的，可是在你们的婚约没有解除之前，你凡事不能过激。她是个很自爱又自尊的女孩子，不管什么时候，都不要伤了她的面子。"往年的江城秋冬少雨，今年却是特别。

晚上七点多的时候宋世钧开着车从外面回来，阿姨见雨下得淅淅沥沥，连忙撑了一把伞过来给他挡着，又说："夫人一直在等你回来吃晚饭，还说给你打电话，你也不接……"

宋世钧不好跟旁人发火，接过伞谢过就进了客厅。见自己母亲果然坐在桌子前还没起筷，"哐当"一声摔上门，声音大得当场就把宋妈妈吓得从椅子上跳了起来。

"你这孩子，这是干什么——进门就冲你妈发这么大的脾气，我这是前世做了什么孽？怎么老公和儿子一个个都不肯尊重我？"

宋世钧听她念了二十几年的经，每次都是老调重弹，连半个新字都没有。

也就是此时他才能理解自己老爸为何放着好好的家不回，宁愿在外头跟那个女人过着偷偷摸摸的日子——要换作是他，估计也没办法忍受几十年，把宝贵的余生都耗在这样无聊而又荒谬的沟通里。

他忍着怒火，尽量放缓语气对母亲说道："妈，我听说今天下午家里来了不速之客？"宋母瞪了儿子一眼，有些心虚又嘴硬地回道："什么不速之客？你这孩子就不能好好说话，人家应先生可是贵人，你看他头一次上门就

给我带了这么多贵重的礼品,还说——"

宋世钧再好的涵养此时对着自己母亲也完全失去了耐心,因为很了解自己堂姐的为人,所以他这会儿不得不声色俱厉地命令道:"妈!把这些东西退回去,明天一早我就安排司机去办。我不管他姓应的是什么人,不管他多么有钱,我只要您记着,堂姐的终身大事必须要由她自己选择——而这个应泽生,她曾经亲口跟我说过,以后再不想看见这个人。您明白我的意思吗?"

宋母对着儿子这样严厉的神色不免瞠目结舌,随后又想诉苦,却不想宋世钧连倾听的机会都不给她,直接摔门离去。宋世钧出了家门,才想起接下来不知道要去哪里。

就这么开着车在街上游荡时,忽然听见手机响起来,他随手接起,才发现是沈熠发了一张哈士奇的照片给他。"小白龙今天也不知道怎么了,中午就没怎么吃狗粮,到了晚上连水也不怎么喝了。我想送它去附近的宠物医院看看,不知道你有没有什么推荐?"

宋世钧放大看了一下狗狗的照片,随后调转车头,去了沈熠住的地方。

"师兄你可真厉害,好在你来了,要不然我们都不知道该怎么办?"

宋世钧过来就发现原来狗狗是前一天晚上偷吃了餐桌上没放好的果汁糖,引发了急性肠炎。他对处理这些紧急情况很有经验,只是下去附近的兽药店买了一瓶胃药,就解决了燃眉之急。

搬进新家的这段时间,沈熠的爸爸对这条小狗也生出了感情。因为白天沈熠不在家的时候,就是小白龙陪着他,因此这会儿他对着宋世钧谢了又谢,又问他吃过晚饭没有?宋时钧这才发现自己还饿着肚子,不过对着沈父哪好意思说没吃?偏偏被沈熠看了出来,主动请缨道:"师兄我最近跟孔姨学会了包馄饨,刚好先前还包了一些冰在冰箱里。你要是不嫌弃就尝尝味道如何?我可是剁了半天的馅呢!"

宋世钧便留在客厅里跟沈父说话,中间又帮着修理了一下阳台的推拉门,看着眼前这个勤快又周正的后生,沈父的满意简直要从心底流出来。

"师兄,你坐着就好,这些事情哪能让你动手?"沈熠端着馄饨从厨房走出来,又看见宋世钧正在帮自己打理阳台上的花木。说来很不好意思,这些花草多半都是从他工作室那里蹭来的,宋世钧对它们如何养护、如何施肥简直是驾轻就熟,还顺带指导了一下沈熠。

因为是晚上,他也没有在沈家多待,吃完馄饨就起身告辞。沈熠看着自己爸爸执意坐着轮椅将人送到电梯口,又看了一会儿才回去,到了家终于忍不住问道:"爸,您平时一个人在家是不是太闷了?要不等我忙完这两个月,我带您出去旅游几天?"

沈父只是摇头,笑眯眯地看着女儿,目露狡黠地说道:"我才不要去什么旅游,刚才小宋答应了我,说以后有空就来家里陪我下棋。"

"爸爸——"沈熠心里一沉,缓缓地在父亲的轮椅前蹲下。她想了想,决定还是如实告诉父亲宋世钧的家世和身份,并道:"其实我跟宋师兄就是普通朋友,他这个人对谁都很热心肠,就算是他工作室的员工他也愿意不遗余力地帮人家。所以,他算是我们的贵人,但是——"

沈父听完这番话不免有些神色黯淡,作为上了年纪的人,他自然知道这么大的门楣差异绝不是什么良配,可是又实在有些惋惜宋世钧这么好的人品和修养,最后点点头,不无歉疚地对女儿说:"都怪爸爸连累你,要是没有我这个累赘,你以后结婚——"

"爸爸!我不要您说这样的话,你不知道我有多喜欢现在的生活,有您和小白龙还有……我喜欢的工作,还有肯器重我信任我的顾总,还有我师兄这样的好朋友,这就是我需要的全部!真的,您以后都不要说什么拖累不拖累的话,这样会让我难受的。"

眼见女儿都要哭了,沈父才连连点头:"好好好!我以后再不说这样的话,你放心,爸爸会争取把身体恢复过来,到时候还能每天给你洗衣服做饭,还能给你带孩子呢!"

沈熠也没再说什么,只是扑倒在父亲的怀里。

* * *

最近因为慈善义卖会的事情顾芳菲忙得昏天黑地,就连宋丹宁的邀约也只能推拒:"对不起亲爱的,我现在真的走不开。要不你先去新天地那边逛逛吧,吃饭购物都算我的,等会儿要是我忙完了就过来找你。"

明知道对方最后一句就是客气的敷衍,宋丹宁也只得撇嘴挂断了电话。她回国后就在一家电视台做主持人,最近工作有些忙,昨晚又加班到通宵。好不容易放两天假,自然是要好好放松一下。

一夜没睡又没吃早饭的宋丹宁先把自己扔进放满热水的浴缸里,才泡了一会儿就觉得头晕目眩、四肢无力,因此这个澡洗得格外漫长。忍着头痛裹着浴巾吹干了头发,躺到床上的她却仍然睡不着——不常熬夜的人总是这样,隔天越是困倦就越难入睡。她干脆起身下床,在煮好的黑咖啡中加了半杯冰块,一口气喝下去,头痛立刻缓解了不少。

换衣服化妆全程只用了一刻钟!对女人来说,出门购物永远是治疗各种烦扰的良药。

江城的深秋气候宜人，名品店的玻璃橱窗里就挂满了冬季新款，宋丹宁收获颇丰，心情自然好了许多。直到逛到觉得肚子饿，就随便进了家新开的餐厅，主菜虽然很一般，芒果西米捞和忌廉蛋糕却十分好。她见这家餐厅离星辰不远，就各打包了一份，想给沉溺于工作不可自拔的闺蜜送去做甜点。

　　坐在出租车上，想起自己以前在国外时给顾芳菲发的那些照片和邮件，多半都是关于吃的，宋丹宁又忍不住微微一笑。

　　她跟顾芳菲好像一直就这样，不管是谁在哪里吃到了美味，见到了美景，只要有可能，总想第一时间与对方分享。谁说女人之间的友情不能长久？下车的时候，宋丹宁骄傲地抬起头看了看星辰的招牌。她想，自己这辈子最大的幸运，应该就是认识了顾芳菲。

　　星辰的门店旁边有一条楼梯可以直通二楼，这也是宋丹宁最常走的一条通道。算着时间应该正好是下午茶时候，想着给她一个意外惊喜，她便轻手轻脚地提着东西走到了那条铁门外。谁知道门根本就没有锁，只轻轻一推便打开了。宋丹宁皱了一下眉头放慢脚步，很快走到了顾芳菲的办公室外。

　　她听到了一个熟悉的声音——不是顾芳菲，却是令她觉得心惊胆战的另一个人！她在门外听了几分钟，后来有些迟缓地转身下了楼，其实根本就不知道怎么来到了花艺室，见店员和值班经理跟自己打招呼，她才木木呆呆地跟人点了点头。

　　宋丹宁在这间花艺室办了卡，每周来上一次花艺课——可是今天本来就不是上课的时间，她又脸色很难看。值班经理过来问了几句之后，便让店员取了一些新鲜的花材，又亲自陪着她坐在那里打发时间。

　　顾芳菲打电话过来的时候，已经是晚上七点多。她问宋丹宁在哪儿，约她一起吃晚饭赔罪，宋丹宁这才想起来自己先前中午吃饭时把买的东西都落在那个餐厅里了。于是两人又去了那个餐厅，吃了同样的甜品。

　　顾芳菲觉得宋丹宁今天有些怪怪的，好像失魂落魄一般。问她是不是工作上太累，被她摇头否定了："没什么，我就是昨晚没睡好，等会儿早点回去补觉就是了。"

　　饭毕，仍是顾芳菲送她回家。一路上两人话不多，宋丹宁也只是给她展示了一下自己今天的战果——顾芳菲对其中一条宝蓝色的羊绒裙子赞不绝口，到停车在宋家大院前才从后座拿出一个纸盒子，递给宋丹宁："我同学在比利时订的水晶鞋，上面光碎钻就镶了上千颗，我觉得这样的款式配你刚才新买的那条裙子，肯定惊艳四座。"

　　这两人之间互送礼物已成为日常习惯，宋丹宁接过鞋子，强作开心地跟她告别。等到顾芳菲的车子离开了院门口,她才打开了鞋盒,取出其中一只鞋子来,细细摩挲着。

从小到大没有为钱发过愁的人,到了现在才发觉钱的重要性——宋丹宁想起自己隔着门缝听到的那些话,应泽天为了接近自己可谓费尽心机,可是若不是如此,她还根本不知道,原来芳菲早已身陷泥潭。生意场上尔虞我诈,又哪里是她一个女孩子能够洞悉全盘?可是,就算是这样,她还是拒绝了应泽天提出来的所谓"援助"。

宋丹宁提着手里的几个纸袋神情恍惚地往自己屋里走,不料半路遇上闻声出来的小婶。她走得太急一下子就撞到了宋丹宁身上,鞋子从盒子里弹出,重重地撞到地面,上面的碎钻散落了一地,被灯光映得一闪一闪。宋丹宁急忙俯身捡起鞋子,只是不知道要拿那些散落的碎钻怎么办?原来越是珍贵的东西就越是容易破碎,所以才要小心的呵护。

原来世间的万物皆是如此,比如友情——她从前只当芳菲对自己的好都是应该,此时才发觉原来自己一直躲在她的庇护之下。她承担了太多超出情分之外的责任,而她,却像个永远也长不大的孩子,不懂心疼芳菲的付出。

既然定下了心思,宋丹宁反倒从恍惚神游中回转过身来。

第二天上午,宋丹宁打车去了墨言书院。

她记得瞿老师兼职做自己的家庭教师时,似乎已经到了快四十岁的年纪。但是她气质不错,看起来也就三十出头的样子。

那时候她就素爱穿得黑白分明,一年四季少有鲜艳的时候。

那时候天真懵懂的她,还曾经在瞿老师生日的时候送过她一条红色的裙子,样式和料子都是爸爸替她选的,只是可惜,从来没见她穿过。

为了这番见面,宋丹宁特地带了一方爷爷收藏多年的徽墨作为伴手礼。

当然她也知道,以应泽天如今的财力,想要弄到这样的东西也不会太难,可她又觉得瞿老师也许未必会高兴看见应泽生变成现在这副样子。

下了车一看墨言书院的内外陈设,果然很有瞿老师朴素纯雅的风范。虽是开在老旧的教师宿舍楼一楼,但院门前庭经过修缮,也有一方小小的水池和一些常绿的花木,其中一大片绿草上开着白色的小花,花形优雅精致,在这深秋时节很是引人注目。

宋丹宁扫了一眼贴在前院玻璃门后面的书院学费,就知道瞿老师根本不是为了赚钱,只是为了育人。她推门入内,正好看见满头白发的瞿老师在提壶浇水。

"瞿老师,您好!"她上前微微躬身示意,这样美丽的笑容一下子就让对方推了推眼镜："你是……丹宁？哎呀，你怎么会找到我这里来的？快快快，你快进来屋里坐。"

宋丹宁只跟瞿老师聊了几分钟，便知道自己这趟来对了。年轻守寡的瞿老师从来就是一身傲骨，对于儿子应泽天现在的"发达"，她更多地是叹息和不安，又忍不住提起他上一段失败的婚姻，连连摇头道："他总跟我说对余音没有感情，无法一起生活。可是人家等了他这么多年，又一直对我很是照顾……哎，搞到现在这样子，我真是觉得对不住余音这孩子……"

应泽生前几年曾有过一段短暂的婚姻，前妻江余音跟宋丹宁和顾芳菲都是同校校友。

面对瞿老师的自责，宋丹宁自然要宽慰她几句。随后拿出那盒徽墨送给她，又道："上次遇到若兰，听她说起您如今住在这里，又开了个书院，所以我特地过来看看。"宋丹宁这话半真半假，她性子冷清，除了顾芳菲这个贴心闺蜜之外来往的朋友不多，盛若兰算其中一个。

上次见面时她也的确有提过瞿老师，不过宋丹宁却发觉她言语间仿佛对应泽生有意，便顺带试探性地一提。果然，听到盛若兰的名字，瞿老师一向慈和的脸色滞了滞，随后笑道："我带过这么多的学生，你们那一届也就是你和顾芳菲最为出众。至于若兰，她前些日子倒是来过我这里几次，不过恰好我事忙，也没能好好招待她。"

宋丹宁听懂了她话里的意思，当即微微一笑："您是我们的恩师，该是我们常来看您才对。丽轩的郭师傅每到年底都会亲自掌勺一周的特订素宴，我觉得您应该会喜欢。"

瞿老师生性淡泊，早已茹素多年，听宋丹宁这么一说，起初还不肯去，架不住宋丹宁又拉出郭总厨与她同乡还算同族的情分，最后笑着再三谢过："你这么客气，真让我有些不好意思。其实前两年你爸爸出事的时候，我也让泽生去设法看看能不能帮得上什么忙，可是我知道的太晚了，后来——"

宋丹宁坐在硬木沙发上，此时右手深深地抓住了扶手。她知道，瞿老师没有说谎，虽然应泽生是她儿子，可他那时候找到自己，对自己说出那样的话时，她必定是不知情的。可就算是这样，时隔两年，要她原谅这个人，仍是不可能。

"没什么，瞿老师您有心了。其实那时候我爸爸的事情牵连很广，有些从前跟我们交好的人都不敢过问，难得您还有这份心……总归是谢谢您。"她低垂着头，语带悲凉。

瞿老师似想起什么来，她起身去了书桌后。在柜子里一番摸索后，拿出一只长长的牛皮信封。宋丹宁接过来，打开一看，只见里面原是一摞微微发黄的澄心笺。上面密密麻麻的簪花小篆，一看就是瞿老师的笔迹，纸上誊抄的正是一部完整的《金刚经》。

"这是我那时特地为你父亲誊抄的经文，我如今年纪大了也很少出门。你什么时候去拜祭他，就替我一起烧给他吧！"

宋丹宁起身朝她鞠了一躬，含泪谢过。

瞿老师连忙伸手扶住她，摘掉眼镜连连拭泪："丹宁啊，你这孩子……真是让老师心疼得很。你和你爸爸对我们家有大恩，那时候要是没有你们帮助我们母子俩，哪有泽生现在的光景？你要是不嫌弃，以后就常来老师这里坐坐，我给你做你喜欢吃的红豆饼，还有沙酱鸡翅……"

都说是故人相逢，难免物是人非。宋丹宁却觉得，时隔十六年，自己其实还是喜欢瞿老师这个人的。宋丹宁在上小学五六年级的时候，瞿老师是学校的代课老师。后来因为她的字写得好，还在报纸上发过一些文章，所以阴差阳错地就成了宋丹宁的书法和语文的家庭教师。这些点心，也是她当年偶尔在辅导课的间隙里抽时间给宋丹宁做的，那时候宋丹宁很是喜欢。

宋丹宁的爸爸忙于工作，难得女儿跟这个家庭老师相处得来，所以给出的待遇优厚，一个月顶得上瞿老师在学校两个月的代课工资。但后来六年级上半学期的时候发生了一件事情——宋丹宁亲眼看见自己爸爸抱住了正在书房里帮自己整理书籍的瞿老师。她的世界轰然坍塌，她大声尖叫着离开了家。

第二天，瞿老师就自行请辞了这份工作。

那时候不满十二岁的宋丹宁瞒着家里人在爸爸的保险柜里悄悄拿了一万元现金，死活非要塞给已经请辞的瞿老师。

其实她现在也就只记得，那天自己在书房做作业的时候，忽然有人用石头敲破了书房的琉璃窗。她生气地追出门，看见一个身影消失在爸爸的书房门口。所以，她看见了那毕生难忘的一幕。

随后瞿老师忽然被学校取消了代课老师的资格，她带着正在上初中的儿子应泽生一起离开这个城市。得知这个消息的时候，宋丹宁才确定，自己其实并不讨厌她。哪怕她真的成了自己的后妈。可是因为那突然窥见的一幕，这一切都变得无可挽回。

直到很多年后她要去法国读书，出发之前父女俩谈起往事时，父亲才告诉她：其实他早就知道了那一万元的事情，而且在那之后，他也曾几次资助过应家母子，包括设法把瞿老师调回学校，也包括资助应泽生上大学等。

爸爸用坦荡开朗的语气告诉她，自己跟瞿老师之间清清白白，只有欣赏

和祝福，以及关怀，再无其他。

宋丹宁永远记得，父亲那时候对自己说的话，他说："丹宁，你很快就会有属于自己的世界，也会有属于自己的价值观和美好人生。爸爸知道这些年对你关心不够，对你妈妈，我也有说不尽的亏欠。但我只希望你要记住一句话，那就是永远要秉持一颗善良宽容的心去做人。不论任何时候，不论任何事情，你都不可以丢弃这个底线。除此之外，你的人生你做主，爸爸会永远祝福你开心，快乐。"

从瞿老师的院子里出来，宋丹宁有些恍惚地婉拒了她的再三相送。手握着那一摞沉甸甸的经文，她在心里问自己：如果爸爸在天有灵，知道自己要用旧日的恩情来报复应泽生，他会不会责怪自己失去了底线？可是，下一秒，想起应泽生那时候找到自己时所说的那些话，她的怒火再次从心底被点燃起来。

多么讽刺的人生，她和父亲曾经竭力相助过的人，到头来却试图用金钱来逼迫她就范——可是就算如此，在面对和蔼的瞿老师时，宋丹宁依然做不到满心怨恨。或许，这就是人生的多变吧！恩怨终究无法厘清。

不过几天的时间，就连顾芳菲都知道宋丹宁如今正在跟他交往的消息。

她起初还不肯信，亲自打了电话给宋丹宁之后，却听她在电话里轻描淡写道："反正都是要结婚的，他应泽生有钱又肯对我千依百顺，有他作为靠山，我这辈子除了享受再不必有任何烦恼。芳菲，难道你觉得这样不好？"

顾芳菲在电话这头斩钉截铁地回答："不好！丹宁，你明知道自己并不爱他，你这是——"

"芳菲，你也不爱贺司南，可是你仍坚持要跟他结婚，不是吗？其实你真的不用担心我，你放心，我能下定决心就意味着我能掌控这件事情。我答应你，我绝不会伤害自己——你要对我有信心好吗？"话虽如此，顾芳菲还是难以接受这样的事情。

她从星辰赶到宋家，见宋丹宁穿了一身素净旗袍，端坐在窗前的书案上手握紫毫，正在誊抄着什么。宋丹宁生得娇柔，天然就有一身白皙幼滑的肌肤，即使抛开个人感情色彩，只用她的专业美学眼光来看，宋丹宁的五官和身材也是几近无可挑剔的黄金比例。更何况她还有从小练习舞蹈声乐养成的高雅气质与雍容的仪态，这样的美人，若是稍加修饰，可明媚可华丽可冷艳，而此时宋丹宁褪去妆容，只以素颜和常服居家，却更显一抹常人难以企及的温婉清丽。

顾芳菲走到她身边坐下来，看了看她正在誊抄《金刚经》，手边还放着另外一摞已抄好的,很快就明白了其中缘由。她问宋丹宁:"你去看瞿老师了?"

宋丹宁点点头,纤细浓密的睫毛斜盖在眼窝处,颤动时犹如振翅的蝶翼。"爸爸去世的时候,瞿老师就给他誊抄了一整部《金刚经》。回来的路上我就在想,那时候我在干什么?或许我沉浸在自己失去父亲的悲伤里,我难过得不能自已。可是除此之外我又做了什么?芳菲,其实这些年里我一直都在后悔——如果那时候我没有坚决反对,或许有瞿老师陪伴着爸爸,他也不会这么早就离开……"

宋丹宁放下手里的笔,终于失声痛哭。

顾芳菲也有些唏嘘,她起身去洗手间绞了一条毛巾递给挚友:"这也不是你的错,你那时候还小,要你骤然接受自己尊敬的老师成为继母,这本来就是苛求。更何况后来瞿老师离开时你还给了她一笔钱,你也没有跟她成为仇人,你真的没有错,你一直就是个善良的人。"

宋丹宁收住泪,她叹口气,索性收拾了才刚写了一半的澄心笺。"其实我并不讨厌瞿老师,一直都不讨厌。所以她走的时候我才会难过,才会拿钱给她……可你们都不知道,后来她又把这钱还给了我。还有我爸爸资助她的那些钱,她也一分不少地都还了回来——"

顾芳菲叹口气:"瞿老师是个有骨气的人,她一个人能把孩子拉扯大而且培养成人,真的很不容易。可是——丹宁,这并不是你选择应泽生的理由。不管怎么说,他妈妈是他妈妈,他是他,我觉得现在的他,已经变了。更何况你不爱他,你不能把自己一辈子的幸福,托付给这么一个人。"宋丹宁点头:"是,我知道——可是……"

两人正说着话,忽然听见有人敲门。隔着门板,听见宋家二婶那把大嗓门喜滋滋地说:"哎呀,丹宁啊!你看应先生多疼你啊,这又让人给你送花送礼物来了……"

宋丹宁起身来,走到门口把东西接了过来。

顾芳菲看得清楚,她还对着自己婶婶道了个谢,顺带敷衍了一句:"婶婶要有什么喜欢的,下次我让他一起送过来。"

宋世钧的母亲高兴得见牙不见眼,一面摇头说不用不用,一面又忍不住十分艳羡:"哎呀,还是你命好啊!你看这应先生事业这么成功,每天这么忙都从没忘给你送花送礼物。哪像我,嫁给你二叔几十年,连根麻花都没见他送过……"

关上门,宋丹宁将那些东西都随意往桌子上一搁。

顾芳菲粗粗扫了一眼，随后冷笑道："他倒真是出手大方，什么贵重就送什么。"

顾芳菲在宋家待了一些时间，又被许多电话催促，最后只得告辞离开。

宋丹宁站在门口，目送她驾车离去。

深秋的时节，傍晚总会有风。她在门口站了许久，渐渐觉得身上凉透了。

正想回屋去披件针织衫时，便听有人惊慌失措地在屋里大声高叫道："小姐！医院来电话了，让你们赶紧过去。"

*　　*　　*

宋家老爷子在这天晚上，拉着孙女宋丹宁和孙子宋世钧的手，无声翕动嘴角良久后酣然离世。

晚上七点多，沈熠还在核算当天的数据时，顾芳菲匆匆下楼来，让她陪自己去一趟医院。一路上，大雨如注，车外的能见度不到一米。短短十多千米的路，顾芳菲却开了近半个小时才总算安全到达。

按照江城的风俗，人走之后需要送殡仪馆暂放几天，然后再择日召开追悼会供人吊唁，然后再出殡——亦就是火化。

但宋老爷子却有一句特别的遗嘱——他希望在自己走后还能回宋家大院住一晚。不管是他留恋这个人世，还是放不下自己身后的儿孙，总之，他在自己神志清醒的时候，留下了这么一句遗言。这就让宋丹宁和宋世钧跟父母长辈起了一番冲突。

本来，作为儿媳妇的宋世钧母亲不想让过世的公爹回去家里再停尸一晚，这是可以理解的，毕竟不是她的亲生父亲。

但是，怪就怪在，这回不但她不同意，就连一向跟她感情不睦的宋世钧他爸，也附和妻子的意见，并道："大家都是直接送殡仪馆，从来没听说过还把人从太平间拉回家里停一晚的。不行不行，这件事怎么说都行不通，真要这么办了，以后咱们宋家大院岂不是成了鬼屋了？"

作为儿子，他这话说得实在太过分。不但宋丹宁气红了双目，就连宋世钧都握紧了拳头，走到他跟前诘问："爸！您这是什么意思？爷爷也就是想回去住一晚，这有什么不可以？"

谁知宋父根本无视儿子的愤怒，还大言不惭地摆出一句："这个家还轮不到你做主，你给我一边待着去！"宋世钧也算年少稳重，尤其是在人前，沈熠从来没有见过他如此悲愤交加的时候。

看着他这样，沈熠本想上前安慰一下。但是宋世钧却突然冲进了楼梯间往外跑去，似乎全然不顾外面正在下着瓢泼大雨。

沈熠担忧地站在走廊上，盯着下面黑漆漆的医院过道。她知道宋师兄现在一定很伤心……家家有本难念的经。

宋父如今成了名正言顺的一家之主，发号施令起来那是毫不含糊。因为下着大雨，殡仪馆的车和人不能连夜赶过来，他在电话里把人好一通臭骂之后才气咻咻地收了线，又对宋丹宁皱着眉头呵斥。

"人都死了，哭还有什么用？行了，都回去吧！别在这里空耗了，殡仪馆明早来拉人，接下来有你们哭的时候！"边说着边往医院外的坐骑走去。

这么冷血无情的人子，实在让人震惊——正在此时，西装革履、面容冷俊的应泽生推门而入。

宋世钧的妈妈连忙推了一把丈夫，又给他使眼色，低声道："你跟她置气什么？人家如今可是要嫁给有钱人，难道你就不想沾一下自家侄女的光？"

闻言，宋父果然变了神色，随后也跟应泽生握了握手。应泽生长袖善舞先跟宋家二房应酬了一番，继而陪在女友身侧看似深情而执着。

宋丹宁木木呆呆地看着已经空掉的病床，怔怔许久，忽然朝顾芳菲说道："打电话给世钧，让他找人来把我爷爷送回家……他就这么一个小小的心愿，只要我还活着，还有一口气，我都不能让他老人家失望……"

顾芳菲点点头。过了一会儿走进来，道："世钧已经带着人上来了。"

沈熠随后看见浑身湿透的宋世钧出现在病房外，他手里拎着一个大大的袋子递给宋丹宁，袋口处看去里面装的是丧服："换上吧！咱们一起接爷爷回家，晚上再陪他说说话……"一切停当，宋世钧说服医院同意让他连夜运送遗体回家。

谁知车开到了医院门口，他爸又忽然杀了回来。眼见儿子公然违逆自己的意思，宋父当即下了车，毫不客气地拉开宋世钧的车门对着儿子就是"啪啪"两记响亮的耳光！沈熠跟顾芳菲坐在后面的车里，看着这情形也是目瞪口呆。而宋父显然已经恼羞成怒，他揪着儿子的衣领将他拎出来，父子二人在大雨里一番争执，宋父突然一脚就踢在了宋世钧的腰间！

"师兄！"沈熠看不下去，她冲进大雨里。本来是想拉着宋世钧先不要跟他爸对面厮打，没想到后面车又下来个应泽生。

应泽生走到宋父面前挡在了父子之间，也不知道他对宋父说了什么，总之是几句话就把宋父打发走了。

"师兄，你没事吧？"沈熠撑着一把太阳伞，柔韧的伞骨架被狂风吹得东摇西晃。慌乱中她扯开了一包纸巾，按在了宋世钧的嘴角。他流血了，而

且嘴角额前脸颊……还不止一处。

两人狼狈地坐回车里，宋世钧紧紧握住她递过来的纸巾，雨水顺着脸颊滴落，纸巾被揉成一团。他自嘲笑道："第一次让你看见我这么狼狈的样子，是不是觉得很幻灭？"

沈熠连连摇头，忍不住道："就算他是你爸爸，可是这样对你，这样对你爷爷——师兄，我觉得他真的很过分！"

宋世钧看着她，忽然流露出一种释然的轻松："那是你不知道，你没看见过而已，其实对于我而言，这些都是很平常的事情。我一直不听他的话，我就是这么长大的。不过你说得对，因为他是我爸爸，所以除了'过分'两个字之外，世人都不会觉得他有什么罪。有时候我会觉得很痛苦，在爆发和忍耐之间反复挣扎。就像人间和地狱一样。"

"但是大部分的时候，其实忍一忍，也就过去了，"有一瞬间宋世钧看上去万分怅然，"有时候就是这样，平淡无奇的人生里，不管我们再怎么小心翼翼，都会遭遇到各种各样的恶意，还有那些让人恨不得一瞬间死掉的事。"

沈熠看着车窗外的雨珠滴落下来，像滴进她的心口里，泛起潮湿而悲伤的涟漪。再看宋世钧那一抹平静中蕴含着无尽怅然的眼神，她这才发现，从前她一直以为他从小长在阳光里，沐浴着滋润的雨露，所以才长成谦谦君子，质地温润如玉。可是现在，直到这一刻，她才真正明白，原来世间并没有那么多无忧无虑的天使。生命如同一颗稚嫩的种子，总是随波逐流多于精心呵护。

假使命运让我们置身风暴和沙漠，到底能长成一片绿洲成就自己的风和日丽，还是彻底荒芜成无垠死海，那都是自己的选择。

* * *

这场深秋的暴雨，似乎瞬间开启了这座城市正式入冬的序幕。接下来的几天，气温骤降，——对于即将要举行的慈善义卖会而言，这不但意味着许多细节上面的修改和执行，还有暴增的工作量。

而宋世钧的工作室那边，也正好到了冬季新款上市销售的季节。他不在，其他的几个人就跟没头苍蝇一样，电话都打到了沈熠这里。

沈熠只恨不能多长一双手一双脚出来，熬了几天的夜班后，带着几件换洗衣服和简单的被褥直接就住到了办公室。

顾芳菲其实也忙得双眼赤红心力交瘁。沈熠知道她要照顾宋丹宁的情绪以及对外的公关应酬，还有千头万绪的项目洽谈，见她几天的工夫就瘦了一大圈，不由道："顾总，您还是回去休息一下吧！这些收尾的事情我来做，反正我晚上也没那么早睡。"

她的话被顾芳菲轻轻驳了回来："你还说我？你看你瘦成什么样了？再这样下去，我都要怀疑我自己是不是应该改名叫顾扒皮了。"

沈熠夸张地摸了摸自己的脸颊，问道："啊？是吗？我真的有瘦一点吗？我怎么不觉得呀——"

顾芳菲从旁边拿起一只纸袋，递到沈熠手里："拿着，这几天冷了，自己注意加衣服保暖。反正不是我花钱买的，你要不帮我分忧，我也只能拿去乐捐送人。"

沈熠当然知道这话半真半假，可她不会也不能回绝顾芳菲的善意和关怀。

也许真的是相处久了又兼投缘和契，如今她们不但在工作上能够做到无缝对接，就连日常生活里，也能通过一个眼神，一个手势就明了对方的心意。更难得的是，这种默契不仅指沈熠对顾芳菲，顾芳菲对她也是如此。在她偶尔忙乱的间隙里，一边接听电话一边在键盘打字时，顾芳菲也会精准地给她递来一个装着文件的U盘，或是一份已经画得七七八八的设计图纸。

吃过晚饭，沈熠洗完澡之后换上了新的羊绒衣和睡袍，她用一种相对放松的姿势坐在电脑前，继续白天没有完成的工作。听见手机微信响声，她笑着拿过来划开。

每天晚上，八点到八点半，这是她跟他专属的私密时光。

"唐僧"在微信上问她在干吗，她端着冒着热气的水杯拍了张自拍，然后告诉他："你的小公主还在沉迷于工作，以及……想你。"

贺司南点开那张照片，看见她的脸似乎又瘦了一圈。他手上按动着，打出一长串词语后忽又删掉。最后只发来一个怜爱的表情，伸开双臂说："不要加班到太晚，十点半我准时给你发信息，然后你就要上床睡觉。"

沈熠："好。"然后又发了一个微笑的表情。

两人在八点四十左右结束了今天的对话，沈熠最后再三向他保证，自己一定会准时休息，绝不熬夜。

放下手机，贺司南在沙发上摊开四肢，伸展成一个"大"字。

霍东方从外头开门进来，看见他这幅死样子顿时就来了气。他一脚踢在贺司南的屁股上，嘴一努："让开点！瞧你人不胖怎么这么占地方？"

贺司南稍稍收了一下身体，然后重重地叹了口气。

霍东方幸灾乐祸地龇牙咧嘴："怎么？又在这里单相思、长吁短叹？哈

哈！我说你就是一个字，该！"

贺司南白他一眼，两眼直勾勾看着天花板："你还不一样？说不定你那位现在已经在国外开始新的恋情了呢！怎么着我也好过你，最起码她人就在江城，最起码我还能隔三岔五见一见。"

被捅了心窝子的霍东方也不再客气，很快回过来一记勾心拳："哦——隔三岔五地见一见？就是那种见了面我老铁连一个正面的眼神也不给你的那种？我说你这人怎么这么不能面对现实呀？你看我，每次见到我老铁我还能跟她公然勾肩搭背称兄道妹呢——"

"勾肩搭背！你再勾一下试试——"

被惹毛的贺司南跳将起来，一把勒住霍东方的脖子，两眼冒出凶狠的冷光。

霍东方却不看他，两眼只瞪着天花板，鼻孔里不屑地一声冷哼，就把对方给打败了。

贺司南一脸疲态，不管不顾地又在沙发上瘫成了一团烂泥。

霍东方嫌弃地啧啧几声，自顾自去酒柜里开了一瓶酒，递给他半杯："我说真的，人家小熠那边现在忙得不可开交，你就没想着搭把手帮帮忙？你还是个人吗？你还是个男人吗？"

"我也想帮忙，可是星辰那边有顾芳菲，宋世钧那里我插不进手，而且我这边自己也焦头烂额。你说得对，我可能真是个没什么用的废物。"

贺司南忽然颓废地抓起一只抱枕盖住自己的脸，他想起宋老爷子去世后的第二天，他装模作样去宋家接顾芳菲。那天雨还没有歇，只是从倾盆大雨转为沥沥小雨。隔着许多人，他看见沈熠裹着一条半旧的砖红色羊毛披肩，在宋家小院的走廊里朝他走过来。

擦肩而过时，他看见她皱着眉头边走边接电话，那边传来的显然是不好的消息，所以她眉心皱得越来越紧，一反从前淡定镇定的模样。

随后她的神情越来越焦灼，声音也带入了烦恼——"怎么回事"四个字被她说得又快又急，像一柄剑一样直朝他杀过来，让他的心为之微微一抖。

那一刻，他才真正明白——原来自己这种遥远的守护，对她而言真的没有意义。

"谁说你插不进手？我跟你说，我老铁跟宋世钧合作的那个品牌，现在要在江城的商场找几个专柜上架。你们家不是本来就有几个这样的项目吗？赶紧地，别废话，利索地给她办好这件事，不要让她再为这些事伤神费脑。"

第九章

孤寂

"真的?你怎么不跟我早说?"

贺司南一骨碌翻身下来,因为动作太急险些滚到了地板上。他一把揪住霍东方的衣领,连珠炮似地逼问他:"你们想在江城开几个专柜?想做什么层次的市场?她有没有说过喜欢哪个商场,还有就是铺货这方面,到时候是不是你来负责……"

霍东方不耐烦地一把推开他的手,一瞥眼,就从贺司南的双眸中看到了亮亮的星辰。

他嘲笑他:"你说你每天抱着个手机给她嘘寒问暖,你觉得自己对她关怀备至,可是怎么连这些事情还不如我一个外人知道的清楚?司南,我也知道你的难处,可是你得明白,爱一个人需要担当,没有任何问题是可以通过逃避来解决的。"他说完,从包里抽出一份文件,扔到他手里。

"自己看,这是我跟我老铁商量之后做出来的策划案。你想知道的东西上面都写得清清楚楚,还有,你不要觉得我这是躲懒,我得腾出点时间和精力,把好新品上市的第一关。"

贺司南接过文件,细细一看居然觉得颇为震撼。虽然从前他就知道霍东方也不是什么不学无术的学渣,可还是没想到,他认真工作起来,还能如此面面俱到。事实上也不由霍东方马虎,他把全部身家都投在了宋世钧和沈熠的这个项目里,本来就积蓄不多的他指望能凭借这个项目摆脱家里的控制,所以凡事都十分用心,就连枯燥的品监和创意文案还有图片处理这些细节,他都要一一过问。

忙碌的时光总是眨眼即逝。宋老爷子出殡后的第三天,就是原定的慈善

义卖会的时间。

沈熠在这之前又去了一趟云麓——本来楚依在电话里再三叮嘱让她不必亲自送衣服过去，可是她觉得作为设计师在顾客穿上这件衣服的时候，如果加以适当的说明和解释，也许会让彼此都更喜欢这件作品。

是的，作品——在楚依穿上这件酒红色的露背长裙，对着镜子反复欣赏自己的美丽时，在她再三追问沈熠为什么非要为一次试穿而推开繁忙的工作赶过来时，沈熠就是这么回答的。"我小时候很喜欢看《红楼梦》，会因为书里的人物的命运而伤心痛苦或者欢喜到笑。后来再看作者曹雪芹的真实人生，其实并不能理解他创作时的执念与苛求。到后来我开始学设计，开始喜欢唱歌，渐渐摸索到原来那是只属于自己的另一个世界——因为有限的生命承载不了无限的梦想和渴望，因为现实无法圆满命里注定的缺失，所以我们需要这个世界，去安放自己的心灵，去求一个或真或假的圆满。"

"楚依姐，我以前很喜欢听你唱歌。因为我觉得你唱歌的时候，你心里的那个世界让我向往。"

沈熠说完，目光从楚依那两只永远穿着肉色丝袜的脚上移开，抬手给她罩上了一件柔软的披肩。她看见楚依的眼神里有些亮晶晶的东西，随着微笑一起滑落在那件美丽的披肩上。

她给了沈熠一个长长的拥抱，这个拥抱温暖而真实；她身上那种如兰似麝的芳香，萦绕在彼此的呼吸中。

"谢谢你，小熠……你让我想明白了一些事情，一些我以前怎么也想不明白的事情。还有——你给我勇气，让我终于可以跟自己和解，让我终于又可以站在舞台中央，去享受那些我喜欢的音乐和歌曲……"

褪下礼服的楚依，穿着一条纯白色的针织羊毛裙，用很惬意而放松的姿势坐在那张熟悉而华丽的紫色丝绒沙发里。温暖的空气里流溢着玫瑰的花香，还有醇厚的咖啡香。以及，她手上点燃的那根雪茄的冷香。

沈熠坐在她旁边的沙发上，跟自己心目中的偶像一样，双手抱膝，惬意地享受着这难得的片刻静谧时光。

很早以前，她就在想，像楚依这样的人一定有属于她的故事人生。可是她绝没有想到，其中的爱恨会如此惨烈，那是一般人所不能承受的刻骨铭心。

"我很小的时候，爸爸总是很忙，但他很爱我，不管去哪里都会先给我打电话，给我带各种各样的礼物。"雪茄的青烟袅袅向上，沈熠看见楚依的侧脸笼在其中，美得不似凡人。

"其实那时候我虽然很小，可是也察觉了父母之间的一些问题。比如爸

爸很少在家，就算在家大部分的时候也是陪着我玩，他很少跟我妈妈一起出去约会，更不要说看电影喝咖啡。妈妈在家专心照顾陪伴我，可是那时候我太小，居然没发现爸爸妈妈的笑容，都只在我面前展露。"

"后来爸爸有次去巴黎办事，他在那里看了一场顶尖的芭蕾舞表演。回来以后就激动地抱着我打转，他说要把我培养成最优秀的芭蕾舞者，他希望我成为他生命里的白天鹅……为了这个心愿，妈妈第二天就带着我去报名学习芭蕾。我记得很清楚，那一年，我刚好五岁。在我生日那天，我收到了爸爸送给我的第一块红宝石。它有着完美无缺的净度和色度，代价是我经历了数月的刻苦练习，生日那天也得忍受着脚趾钻心的痛楚，穿着美丽的舞鞋，以及那条纯白的公主裙。我让所有的来宾都眼前一亮，也让爸爸朝妈妈投去了感激而稍有温度的一个目光。"

"后来我因为学习芭蕾舞的缘故，又喜欢上了唱歌。老师都说我是最有天分的舞者和天生的歌者，小熠，你听过维塔斯的海豚音吗？——其实我也能唱，可能不会比他逊色。所以后来，在考上大学以后，很快就有经纪公司找到了我。那时候我不知深浅，就贸然签下了合约，然后发行了第一张唱片。那个签约我的经纪人你可能也听过，他叫李安茂。"

沈熠点点头，这个名字曾经在乐坛名震一时。按照外界的理解，就是他一手发掘了楚依这位乐坛天后，并一步步将她捧上了神坛。可是外界所谓的理解，经常会与事实有着巨大的偏差。

"其实上大学前，为了填报志愿选专业，我就跟爸爸、妈妈闹得很不愉快。爸爸希望我继续学习舞蹈，以后成为一名舞蹈艺术家，而我更想在声乐和演唱方面有所深造。那是我第一次正面跟他们冲突，虽然最后爸爸退让了，满足了我的心愿，但是从那以后，他回家的次数就更少了。"

雪茄的青烟渐散，沈熠这才发觉，原来这么昂贵的东西，就跟香烟一样，易燃，易尽。

而楚依回忆往事时流露出的微笑，像极了一个被上帝吻过的天使。"初入乐坛，那是我人生中最开心最惬意的时光。因为站在舞台上，我找到了从来没有得到过的自信与满足。我第一场演唱会就在江城体育馆，那一天全城空巷，体育馆外面聚集了近十万人早早等着入场。而我就是那个被万千人所崇拜的偶像。那时候没有人不知道我的名字，没有人不仰慕我的天分和才华——除了一手把我培养成才的父母，我永远记得我出第一张唱片时，兴冲冲地拿去给我爸爸。结果你猜，他对我说了什么？"

"他说，我们楚家不需要一个为名为利抛头露面的歌星。我花那么大的代价培养你，是为了让你成为一个真正优雅的淑女。"大概是万箭穿心吧——沈熠看见，说到此处，楚依伸手按掉了即将燃到尽头的雪茄。她将身体不自觉地蜷缩了起来，将脸埋进如瀑的青丝里。那个样子，像极了一个哭泣的天使，令人心悸。

"后来的事情，大概你也猜到了。在被否定的那一刻，我骨子里隐藏许久的叛逆与不满终于爆发。我跟爸妈彻底闹翻，不顾患有哮喘的妈妈再三哀求愤而离去。仗着自己有名有了门道，我辍学做了专职的歌星。三年，本该是求学的三年，我却用来出了十几张唱片。我成了乐坛天后，我的名字红遍大江南北……可是那三年里，我却连一次家都没有回过。"

楚依说着，似有似无地叹了口气。见她又想打开那只精美的雪茄盒，沈熠连忙走过去替她续上一杯热咖啡。"喝点咖啡吧，我跟孔姨学着做的。"

大概是看出了沈熠眼里的"求赞美"，楚依从善如流地放弃了雪茄。"其实直到爸爸去世的时候，我才发觉我骨子里是多么像他。我就是他的翻版，就是他的复制品。以前小时候我常常盼望他回家，盼望他能多陪陪我和妈妈。可是长大以后，我就成了他。我不想回家，不想面对那些永远也理不清的爱与怨。小时候他在我每次获奖的时候送我一块昂贵的宝石，长大以后，我每次登台获奖了，都会给他寄一盒的宝石——是的，直到现在我才敢承认，原来我一直憎恨着他，我恨他那样对待妈妈，我恨他以父亲的名义去主宰原本属于我的人生……我那么努力地演唱，我成了圈子里有名的工作狂。可是就像你所说的那样，我真的是喜欢那个世界，因为没有人比我更清楚，终其一生，我想要的东西，是我永远也无法得到的……"

看见楚依失声痛哭，沈熠浑身僵硬，语无伦次地上前胡乱安慰着，眼泪却跟着掉了下来。

"那三年我没有回家，每到过年过节的时候，都是他陪着我。其实我一直很感激他，因为没有他我走不到那样的高度。在我跟父母决裂最痛苦最灰暗的时候，是他告诉我要坚定地走下去——不管是为了名还是为了利，甚至只是为了一口气，他都鼓励我一定不要放弃。所以，爱上他，似乎也是一件很顺理成章的事情。"亲耳从楚依口中听到这句话，尽管在此之前已有些心理准备，沈熠还是忍不住倒抽了一口凉气。因为，如今仍身在乐坛的李安茂，不但早就跻身几间娱乐公司的大董事，身后还有一位出身高贵实力强悍的贤妻——如果沈熠没记错的话，他隐婚多年并且儿女成群的事实，是在前几年才被对手曝光出来的重磅新闻。

沈熠用力地拽着手里的抱枕，强忍住自己想要骂人的怒火与冲动。"其实这件事知道的人不多,但也不少。就算到了现在我也不想为自己多做辩白,我离开了他,也离开了乐坛,我从此不再演唱——因为我觉得,人间不值得,真的不值得。这个世界之外,并没有另外一个世界可以安放我这颗孤独的心。"

"后来,我辗转世界各地,我走遍了自己想去的任何一个地方。可最后,我还是回到了这里,回到我曾经拼命想要逃离的地方——但是已经晚了,我的妈妈因为哮喘早就已经离世。而爸爸,就算在他生命的最后一刻,他还是不肯原谅我的叛逆与报复……"

屋子里很暖,摆在窗台前的那盆兰花都绽开了饱满的苞。璀璨的水晶灯映照在紫色的丝绒沙发上,给原本厚实细密的质感附上了另一种柔软与细腻的触感。

沈熠又给楚依面前空掉的咖啡杯续上了热咖啡,顺手再给她披上了一件搭在沙发扶手上的开司米衫。就这么俯身一眼,她看见楚依脚上那些明显的骨形畸变——大概这就是从小练习芭蕾舞的代价,孔姨先前还在厨房给她熬祛湿汤,说是每到风雨时节,她的风湿旧疾就会发作,经常彻夜难眠。原来那些昔年的辉煌,都是她倾尽了全部的身心去拼搏换来的。

这是沈熠第一次真切地看到一个曾经在舞台中央光芒万丈的偶像,卸下那些名利的铠甲与面具的样子。真实的楚依只是一个极度缺爱,又一直活在孤独中的女孩。

她想起她曾经半闭双眸唱起的那首歌:

我被爱判处终身孤寂
不还手
不放手
笔下画不完的圆
心间填不满的缘
是你
……

她想起她那个巨大而华丽,似乎收尽世间所有奢华美丽的衣帽间。可是穿来穿去,楚依始终还是想做回父亲心里最喜欢的那个名门淑女。那些优雅而简洁的风格,将她塑造成一个她父亲喜欢的奥黛丽·赫本。

可谁又知道,其实她也有喜欢的人生,与任何人都无关。

从云麓回到办公室，隔着落地窗看见外面的秋雨还在滴答不停。沈熠叹口气，顾不上悲春伤秋。随手拿起一件外套披在身上，走去茶水间给自己煮了一杯加浓咖啡。

没想到端着咖啡回到办公室，随后就见顾芳菲从楼上下来。她手里也拿着几分文件，见到沈熠就说：“刚刚楚依的助理给我打电话，说她愿意在我们的活动开场时唱一首她的成名曲《以爱之名》。小熠，我得谢谢你，真的，我感谢上天让我们相遇，你才是我命中的贵人。”

沈熠不知该如何接言，在她看来，楚依明明是顾总的表姨，难道她愿意为活动献唱不是看在自家表侄女的份上？

似一眼看穿了沈熠心中所想，顾芳菲把手里的文件递给她：“我这位表姨不是世俗中人，我很清楚，她这次愿意相助的人不是我，而是因为看在你的面子上，否则谁也请不动她这尊菩萨。”

沈熠也不知该是为自己误打误撞的成功附上自豪得意的一笑，还是该为无意中洞悉了一个人内心沉重的痛苦往事而发出一声长叹。可她很自然地将楚依跟自己所说的一切都埋在了心底，翻开文件开始全神贯注地投入工作之中。

因为事情太多，她甚至没想起来每天固定半小时与"唐僧"微信聊天的时间。直到十点多，接完一通电话之后她随手一看时间，才惊觉已经错过了他很多条的信息。

"对不起，我刚刚一直在跟顾总谈工作上的事情，你还在吗？对不起我真不是故意的，你原谅我这一次……"

贺司南没有回微信，因为这会儿他正盘腿坐在霍东方家小客厅的地毯上，身上套着一件棉质睡袍，身边放着一台笔记本电脑，屏幕里显示着数据表格，手里也是一堆的文件。

屋里开着暖气，欧式风格的小客厅被两人糟践成一个乱糟糟的狗窝，霍东方也蓬乱着头发，身上随便穿着一件染有明显咖啡渍的T恤，下身则是不伦不类的一条真丝短睡裤，晚上吃过的外卖盒子散乱地扔在一边。

霍东方不时指着自己的电脑上的数据分析给贺司南看，两人也会偶尔讨论几句，随后各自在自己的方案上进行修改增加。

因为时间紧工期近，宋世钧临时有事，剩下这两人要在短短十余天的时间里搞定专柜装修以及入场进驻陈列展示，还要与各楼层原本的风格种类相符合，这真是意味着海量的工作。

沈熠也在加班，她跟顾芳菲两人在二楼办公室讨论开幕以及迎宾的种种细节。因为临时增加了楚依演唱开幕歌曲的环节，为了匹配她的身份和名气，以及预热宣传等，之前做好的所有策划执行方案都要重新修改或者插入新元素。

两人忙到凌晨，顾芳菲一看墙上的挂钟，才发觉时间已经很晚了。她让沈熠下去休息，并道："忙完这几天，你在家好好休息一下。或者我给你和你父亲报个温泉游，你最近真是太辛苦了。"

"我没事，顾总，你看我不是精神蛮好的嘛……"沈熠的话没说完，忽然眼前一黑，就在她脑子里还嘀咕着抱怨自己怎么这么不争气时，人已经直挺挺地倒了下去。

贺司南和霍东方赶到星辰时，顾芳菲已经把人从地板抬到了沙发上。看着沈熠面色惨白，唇上一点血色都没有，他情急之下就对顾芳菲吼了一句："你干什么了？怎么好好的一个人就成这样了？"

霍东方一看情势不对，连忙上前拉开他，又打圆场道："我老铁有低血糖，本身就容易晕倒。你们是不是加班到现在一直没吃东西？"

顾芳菲点头："对，晚餐我们也是在办公室吃的，小熠点的外卖……吃的什么我不太留意了。后来一直在忙，我是从来不吃宵夜的，所以也没想到……"事已至此，多说就是浪费口水。

贺司南一把抱起沈熠往楼下走，霍东方跟在后头拿着手机看导航："离这里最近的医院是人民医院，但是听说这个医院急诊的值班医生很少，看病的人又特别多——"

"不去人民医院，去和睦家。他们急诊有医生二十四小时值班的……"这个外资私立医院贺司南和霍东方都知道，以诊疗费高、医生服务态度好而著称。因为不确定沈熠现在昏倒的原因，所以送到那边的确是个很好的选择。

但是，霍东方又看了看导航，接着犯了难："和睦家好是好，不过咱们这里离北江区可有五六十公里……"

"没什么，你们等会儿坐我的车，我保证，二十分钟内将人安全送到医院。"

霍东方闻言颇为惊诧地看了看顾芳菲，只觉她根本不像开玩笑的样子。再看贺司南，这厮还是臭着一张脸，一副根本不想跟任何人说话的死相。然后，等坐上顾芳菲的车，刚刚系好安全带，霍东方就知道了——什么叫深藏不露。这台看似普通的宝马轿车，在启动的瞬间，就如离弦的箭一般冲了出去。

车子驶上环城高速之后，坐在前排的霍东方费力地挤出一点干巴巴的笑

容,试图缓解一下刚才因为速度而带来的惊恐与不安:"芳菲,没看出来你是飙车高手啊!这车发动机改装过吧?难怪我看你平时对它爱不释手,原来还能拿它跑极品飞车啊!"

顾芳菲神色平静地驾驶着汽车,只简短地回道:"我在伦敦读书的时候学会的,不过那时候玩的是摩托车,伦敦地下飙车党都喜欢这个。"

"原来是这样——你车技真好,改天教教我。"

看霍东方一脸讨好献媚的笑容,坐在后座一直紧紧护着沈熠的贺司南有些嫌恶地转开了脸。

事实上,谁都没有留意到,就在顾芳菲轻描淡写地说出这番话的同时,她的眉间也几不可见地皱了皱。因为她过硬的技术掩盖住了车子瞬间失控所带来的微微震动,所以大家都没察觉到,有那么一瞬间,她的眼前掠过一片星光。

*　　　*　　　*

事实证明,把人送到和睦家真是个明智的选择。车子一开进医院,立即就有护士抬着担架将人送进了急救室。

贺司南和霍东方都被不由分说地关在了门外,然后贺司南在走廊里转了几圈,才皱起眉头不悦道:"顾芳菲呢?她人去哪了?"

霍东方见他总算缓过神,连忙上前拍了拍他的肩膀:"我看她脸色也很不好,让她先找个地方休息一下,这里有咱们就行了。司南,这回不是我说你啊,毕竟人家芳菲也是个女孩子,你看她这一路飙车把人送到医院,看得出来她也是很着急的。你怪她让小熠加班晕倒,可你看她这个老板也没闲着呀——"

不远处的一间病房内,顾芳菲躺在床上,她皱着眉头忍着眼前的晕眩问道:"怎么样老同学?检查结果要什么时候才能出来?"

"芳菲,你最近有没有什么不适的症状?我是说——除了先前你所说的忽然觉得眩晕,头疼无力之外,有没有其他不舒服的地方?"

站在眼前的盛若兰,就是顾芳菲和宋丹宁的高中同学。她曾在德国留学几年又回到江城,现在在这间医院担任内科医师。盛若兰跟顾芳菲平时还算有些交情,因此两人之间的谈话也算直接。

顾芳菲顺着她的提醒想了想:"也没有什么,有时候会有点低烧,还有肚子偶尔会有点疼……就是下腹的地方,一阵阵的,也不会持续多长时间……可能是太累了吧?我以前有点急性肠胃炎,上大学那会儿就有过。"

盛若兰摘掉口罩,单刀直入地说道:"你瘦多了,你知道吗?芳菲。作为同学我并不反对你追求且热爱自己的事业，可是前提是不能以身体健康作为代价。"

顾芳菲颔首，回之以略带虚弱的一记微笑。盛若兰看着她，叹了口气。"你的脾脏有点肿大，至于原因还需要进一步复查。我先给你做好彩超预约，明天下午你再来一趟——"

顾芳菲轻轻摇头，无比坚定地婉拒道："真的不行，明天下午我还有很重要的工作，若兰，等我忙完这段时间，到时候我再来找你。"

见她执意，盛若兰也不再劝。

在顾芳菲起身时她搭了把手，随后道："芳菲，还记得我们高中毕业时一起合唱过的那首《心愿》吗？"顾芳菲点点头，凝神一想，随后想起那首熟悉的音律：

湖水是你的眼神
梦想满天星辰
心情是一个传说
亘古不变地等候
成长是一扇树叶的门
童年有一群亲爱的人
春天是一段路程
沧海桑田的拥有
那些我爱的人
那些离逝的风
那些永远的誓言一遍一遍
……

"芳菲，我希望你能得到自己想要的生活。不要把自己逼得那么狠。"
诊室门口，盛若兰驻足，对着顾芳菲微微而笑。
顾芳菲亦回之以微笑，重重点头："会的，我一定会。"
"下周我的慈善义卖会活动，有空的话一定要过来。"
"好，我尽量。"
沈熠的检查结果加急做了出来，得知她一直都患有重度贫血和低血糖，这次则是过度疲劳加上感冒导致的突发性昏厥，只需要好好休息一下就能缓解之后，霍东方善解人意地及时打圆场，站在顾芳菲和贺司南之间道："原来就是贫血啊！难怪，我每次见到我老铁都觉得她脸色苍白……不过这问题应该不大，走走走！司南你陪我去买点补血的营养品，我家好像还有几罐血橙胶囊，回头我都拿给小熠补补……"

贺司南这会儿也知道自己继续逗留下去并不合适，沈熠要在医院休息，顾芳菲会留下来照顾她，剩下他们两个大男人现在也帮不了什么了。可是，他还是想继续在这里多逗留一会儿。哪怕，只是远远看她一眼，看见她苏醒过来就好。可是，似乎这个愿望也很难实现。

霍东方熬了差不多一个通宵，本来最近就极度缺乏睡眠的他，这会儿使劲打着哈欠，勉强把贺司南从医院拖到停车场，还没上车就被他猛地甩开了手。

贺司南也知道自己其实没什么立场发脾气，可是，他就是忍不住自己的冲动。

霍东方这回倒不跟他起哄了，他从裤袋里摸出一根烟，点燃之后深吸冷笑："我知道你心里不痛快，可是你除了找我撒气你还能干点啥？我告诉你，你现在如果还有点脑子就赶紧回去睡觉，然后起来干活！别拿这种凶狠的眼神瞪着我，你就是把我瞪出两个窟窿你还是解决不了现实问题——现实！司南，我们都不是小孩子了，我很清楚我当初是怎么失去自己的爱情的。因为我除了吃喝玩乐什么本事都没有，我离开家连养活自己都成问题，这样的我，有什么资格去跟她说我会爱你一辈子，会给你一生的幸福？笑话！我们的人生都是一场笑话！"霍东方说着，又深吸了几口，随后将烟蒂顺手扔向遥远的垃圾桶。

"如果你不想再继续当个笑话，不想再继续今天这样的无能为力，就听我一句——回去吧！让我们去改变这一切，让我们重新捡起被扔掉的梦想。只要努力，我们还是有可能的……"说到最后，霍东方忽然哽噎难言。他转过脸，看向遥远的天边。

凌晨三四点的江城，天空静谧而深邃。贺司南想起霍东方失恋那一晚，曾经不顾一切拉着自己和一群朋友们喝到了天亮。

作为年少一起长大的伙伴，他们都没有得到自己想要的人生。但人生还长，路就在脚下，就在前方——想到未来的无限可能，他忽然浑身充满了力量，如同重生一样。

* * *

义卖会还是如期举行。

早上化妆师到达星辰给沈熠上妆时，看见她的气色和皮肤倒是先赞了一句："沈经理皮肤真好,这么年轻就如此优秀,真是让人羡慕。"

沈熠知道大概是因为楚依复出的新闻带出了自己这个名不见传的小设计师,所以算是镀上了一层金光,便道:"你过奖了。"化妆师见她谦让也不多话,化好一个淡妆后便提起了化妆箱,转去二楼顾芳菲的办公室。

沈熠站起身,对镜自揽——有那么一瞬间,她其实不太相信自己的眼睛。大约是童年时代投下的阴影太重,这十几年里她都一直想做个没有存在感的人。所以不管是衣服鞋子还是包包甚至就连日常涂个口红,她都只想简约而不出挑。

一直以来,她都只求自己不被人发现,不被人注意,可以安静地躲在一个角落里,呼吸着眼前这一口属于她的空气。仅此而已。

但现在,她看见镜子里的自己,不知何时已经悄然褪去了那份紧张与不安。她穿着得体的小香风套装,精致细腻的真丝衬衣。每一样的价格都贵得能吓死以前的那个自己,此刻却完美融合得仿佛为她度身定制。

她的眼睛里充满了无时无刻不在继续的思考与探索,她不会再本能地避开她人注视的目光,相反,她迎头对视时的微笑,会让这位颇有名气的化妆师也为之稍稍走神。

经过化妆师轻描淡写的一番勾勒,将她原本精致的眉与目,唇与鼻,描绘成一幅美丽而清新的画卷。

沈熠深吸一口气,弯腰从桌子底下找出了苏悦送给自己的那双鞋,细细摩挲一遍后,她认真地给自己穿在了脚上。"希望你以后能穿着一双美丽舒适的鞋子,走遍你想去的任何一个地方。"

这是沈熠长到这么大,第一次亲自参与策划执行,并盛妆出席的一个大型活动。尽管与作为主角的顾芳菲相比,她实在黯淡低调得不起眼,但看在有心人的眼里,她的经历绝对能称得上是破茧成蝶。

会场因为楚依的到来,被她的"粉丝"和闻风赶来的传媒围得里三层外三层密不透风。酒店方临时增设了三倍的安保人员,却还是杯水车薪。

沈熠站在已经布置好的会场内,看着手机上铺天盖地的各种新闻暗觉不安。她不知道关于楚依复出的消息,到底是谁放出去的?但转念一想,像她这样的天后,但凡有一丁点的风吹草动都会被人拿来大做文章,更何况这回是楚依阔别乐坛多年后第一次在公开场合露面,说是震惊整个江城,乃至整个乐坛都不夸张。还好,活动现场的座位和容纳人数都非常有限,能拿到邀请函的绝对是江城各界的精英翘楚,所以她倒不用特别担心楚依在现场的安全问题。

但她没想到林秀娜也会先知先觉地提前几个小时到场，而且见面之后就朝她挤眉弄眼："看来我真是有先见之明，小熠你知道吗？你很快就要红了！而且还是大红的那种！楚依接受记者采访，说正是因为你给她设计的礼服，让她找回了重新歌唱的动力，所以她才会出席这个活动献唱开幕式的。你说，以后发达了是不是要关照一下我这个老同学？"说着，她还拿出手机来，也不管沈熠愿不愿意，两张脸凑在一起拍了几张合影。

沈熠也说不上来自己现在对林秀娜是个什么样的观感，本来是很亲密的朋友，现在因为庄勋的事情，总让她心里觉得膈着一层，合影时看着秀娜那张过分明艳的脸庞，她也隐约有些消化不良。

可她始终是个钝感力生来就很强的人，她习惯了压抑自己的感受去迎合别人，因此在面对秀娜的时候，她说不出一个不字。

也许是看出了她的情绪有些不高，林秀娜破例主动提及庄勋，并撇嘴道："其实你说得也有道理，他如果不当我是女朋友，那我也不一定要跟他扯上关系。"

沈熠心里一喜，正想问她是不是跟庄勋分手了时，酒店工作人员找了过来。"不好意思，沈经理，有几个事情我想跟您确认一下……"

沈熠结束了与酒店会场人员的对话后，再去找林秀娜时，就发现她已经不知去向了。正好这会儿看见宋世钧穿着一身黑色礼服到场，她连忙迎上前。

宋世钧一如往常地冲她点头微笑，看了看身后道："我陪丹宁过来，本来她还我陪她要跳今天的开场舞，现在看来，也许不用我上场了。"

宋丹宁跟应泽生恋爱的新闻，如今已被整个江城上层社会熟知。沈熠从宋世钧的口气中听出了些许不以为然，便道："那可不一定，说起来我还没见过师兄你跳舞呢！听说你们今晚本来要跳华尔兹是吗？天哪，我真想看看贵圈名流绅士淑女一起跳华尔兹呢……"

沈熠说的也不全是夸张，但这样崇拜而期待的目光的确很让宋世钧受用。他看了看跟在宋丹宁身边随后入场的应泽生，目光转动地说了一句："你真想看我跳舞？那行啊，我肯定不让你失望。"

虽然现场有专门的公关公司进行主控，但作为东道主的顾芳菲和她的助理沈熠依然忙得不可开交。

楚依到场时据说外面引发了一场不小的骚乱，许多渴望见到偶像一面的"粉丝"们将整个酒店包围得水泄不通，差点就连楚依的保姆车都开不进来。后来还是公关公司负责人临时出招，用一辆劳斯莱斯幻影伪装成楚依的座驾，这才引开了"粉丝"们的围追堵截，顺利让她的车开进了停车场。

得知楚依已经安全进了电梯，顾芳菲和沈熠都长舒了一口气。

但接着沈熠又从霍东方那里得知，贼心不死的庄勋，居然又故技重施——虽然消息得到有些晚了，他打算向宋丹宁示爱的鲜花此时已经摆在了酒店会场入口的前面通道那里，还被很多楚依的"粉丝"以为是献给她的礼物，但是，那花束中的卡片上写的名字，都是宋丹宁无疑。

沈熠很是无语地摇头，随后找来公关公司的负责人沟通。"没办法，这样的事情我们谁也无法预先知道。而且对方也是通过正常渠道租下了隔壁宴会厅的使用权。我跟酒店方面的人了解过，他们表示只要对方没有强行闯入我们的会场就不算违规，至于鲜花里面的卡片内容这一点，法律也很难约束。对此，他们也没有更好的办法。"

因为宾客已经陆续到场，所以顾芳菲只能安排沈熠处理这件事。

她叫沈熠过去商量时，宋丹宁也在场，她对沈熠重重地冷哼了几声，显见大小姐现在是十分不满。沈熠倒没觉得有什么可委屈的，她深知顾芳菲跟宋丹宁之间的闺蜜情胜于一切，因此丝毫都不敢大意。

可是跟公关公司商量来商量去，却没有什么良策——直到楚依派助理过来叫她进去休息室喝茶，她才忽然眼前一亮！她去求楚依帮忙，得知事情的缘由楚依倒也没有推脱，只是说了一句："如果对方真是有备而来，那他肯定就不止准备了鲜花这一个道具。小熠，我建议你再想想还有其他什么可能发生的事情。"

楚依说完随后坐直身体，开始安静地任由造型师上妆。

守在外面的"粉丝"和记者们得知楚依忽然要召开一个临时的新闻发布会，虽然通知时间只有十分钟，但也足以引起人们的疯狂。

沈熠一边跟陆续到达现场的宾客们寒暄，一边掐着手机看时间。距离活动正式开场还有一个半小时，万事俱备，只欠东风。

中间她看见霍东方和贺司南两人一起进来，考虑到自己晕倒时贺司南过来帮忙，她还是上前主动打了个招呼："贺先生，霍先生。"

霍东方满脸的惊艳："哇塞！老铁，原来你稍加打扮就能如此令人惊艳！"

贺司南反倒没有说话，他只是冷静地环顾了一下会场，不等他开口，沈熠就主动道："贺先生，顾总在那边。"

她没听见贺司南回话，只见他匆匆朝自己点了点头，然后就走开了。

沈熠看着贺司南的背影怔了一会儿，随后便拉着霍东方一起去看楚依的记者发布会，还一边走一边咬着耳朵告诉他这是自己想出来的招。

霍东方朝她竖起大拇指,大赞她急中生智:"老铁!你简直是智慧与美貌的化身!"

尽管早有预料,新闻发布会现场会被疯狂的"粉丝"和鲜花所包围,但真等到了现场,沈熠才真是目瞪口呆——这哪里还是酒店的宴会厅?这分明就是鲜花的海洋好吗?

沈熠看着那些娇艳高雅的香槟玫瑰与白玫瑰,每一朵每一束都是那么美,作为女人,她忍不住有些心醉神迷。

霍东方却扯了扯她的衣袖,凑过来低声道:"我刚刚收到消息,萧时川今晚也会过来会场。而且,听说这些鲜花都是他早就订好的,你知道吗?他曾经追过楚依,还为她一直单身至今。"

沈熠看了满脸八卦的霍东方一眼,摇头表示自己并不相信:"那些都是坊间传闻罢了,这些消息你也当真。"

沈熠不信——她知道楚依的过去,不管萧时川是什么人,总之,世间能与她匹配的男人,实在是少得可怜。

随后,在"粉丝"们的尖叫声中,她看见被保镖和助理重重保护下现身的楚依。

她穿着那件由沈熠设计的酒红色礼服,简约修身的款式很好地烘托出她完美的身段和白皙无瑕的皮肤。

与如今那些风靡一时却缺乏深厚功底支撑的偶像派明星相比,她年过三十却依然有着少女一般的容颜,天籁一般的歌喉,优雅清冷的气质与日俱升,此时刚一露面,就镇住了全场。

沈熠忍不住为她鼓掌叫好,她觉得,作为自己曾经崇拜过的偶像,楚依就是永远的天后。看得出来,楚依今天的状态很好。

她先向到场的粉丝和记者们问好,态度不乏亲和而又适度的高冷。虽然落座之后大部分的问题都由她的两位助理轮流代为回答,但楚依仍在其中频频向"粉丝"和媒体记者们微笑示意。其实记者们最想追问的就是她有没有计划重回乐坛,如果这样的消息一经发布,那绝对是重磅热点!

也许是受了楚依的示意,或者她根本还没有复出的想法,因此两位助理的回答都很官方,全程只有"如果时机成熟的话,也许会考虑"之类的回答。

后来当有记者问起楚依为什么会忽然现身这场慈善义卖会活动,还愿意破例献唱时,她挥手阻止了助理的代答,起身拿起话筒,面向所有人微微一笑:"大家觉得我今天身上的衣服好看吗?"

"好看!——"

楚依随后朝沈熠这边挥了挥手，笑着回答："是的，因为我新认识了一位很好的服装设计师，因为她给我设计的这件衣服很美很合我的心意。所以，为了支持她，同时也为了支持这场很有意义的爱心义卖会。所以，我愿意破例献唱一首，就是这样。"

随后，大家的目光都齐刷刷地看向了沈熠。

霍东方朝她再次竖起一个大拇指："老铁，'苟富贵，勿相忘'啊！"

高兴时刻，沈熠却有点哭笑不得。

正好宋世钧这会儿也走了出来，霍东方就招手将他们二人往前一推，趁着记者们不停咔嚓咔嚓拍照时，对大家解释道："这两位设计师最近主创了一个原创品牌，起名为'熠'，即将在江城各大百货公司专柜上架，到时候还请大家多多支持。"

在场的除了"粉丝"之外来的传媒个个都是人精，一看这么年轻的设计师却能得到天后的鼎力支持，如果楚依真的复出那这个年轻的原创品牌就等于拿到了免费的天价代言资源，这样一来何愁不能在高端女装市场畅销？无论真心假意，总之各种恭维声都随之而来。

沈熠第一次经历这样的大场面，还被几个记者趁机围住要做专访，幸好宋世钧见多识广，先帮她挡了。

等霍东方和宋世钧左右护力，将她安全带回会场之后，沈熠心有余悸地拍了拍胸口："天哪！我现在才知道原来明星们都很厉害，我刚才被记者们围住的时候只会结巴，根本顾不上考虑仪态和气质之类的东西。"

宋世钧微微一笑，他从侍者手里拿过一杯冰镇香槟递给她："名利是把双刃剑，小熠，其实我反倒觉得，作为设计师，我们不需要花过多的时间和精力去理会别人怎么说怎么看，作品会是我们最好的语言。"宋世钧的话，让沈熠深以为然。

看着自己这位师兄，在满场衣香鬓影、浮光繁华中，沈熠恍然明白过来——所谓的贵人，大概就是指在对的时间遇见了对的人，最后能够彼此成就，互相欣赏。

回想来到江城的这段时间，她感慨万千只想笑着对上天说谢谢。

就在沈熠与宋世钧交谈时，林秀娜又忽然从人群里钻了出来，她拉着沈熠追问那个限量版包包的抽奖是不是真的，又问她为什么不接受记者的专访，还趁机道："小熠，你跟宋先生什么时候合作了这么个原创品牌，怎么这事都没跟我提过呢？对了，你们到时候正式进入江城上架的时候，公关这一块可要签给我哦！虽然合同标的一开始不高，但是你是老同学嘛，我肯定

尽心尽力帮你打点妥当。"

沈熠无奈地一笑："什么合作呀，你难道还不知道内情？其实我就是沾了师兄的光，他帮我跟出资方谈了几个点的原始股份而已。真要说到大股东，他和顾总才是拿钱出力的那个人，我哪好意思说这样的大话？"

她有意撇去了秀娜所说的公关合同的事情，因为她本能地觉得这并不合适。可是架不住林秀娜再三磨缠，正不得脱身时，还好酒店方面的人过来通知她："有位客人想请您过去说几句话，她说她叫真姐，是楚依女士的经纪人。"

沈熠这才想起自己先前按照楚依所说的给这位"真姐"打了个电话，于是趁机朝秀娜说了一句抱歉，不想她却惊喜地拉住她："小熠，你跟楚依这么好，能不能介绍她给我认识？你就说我是你的同学——"沈熠简直无可奈何。

还好这时候秀娜看见庄勋走进来，她眼前一亮，沈熠正好趁机脱身。

推开休息室的门时，沈熠分明听见里面有人正在爽朗地大笑，但等她一走进来，那笑声就戛然而止了。随后她看见楚依用一种慵懒而放松的姿态，紧靠着坐在一个人的身旁。

"这是梁婉真，真姐，我的经纪人，也是我的好姐姐——这是小熠，我跟你说过的那个可爱的小姑娘。"

沈熠朝那位真姐和楚依微微鞠躬，随后发现对方有着非常"壮观"的胸脯，以及高大健壮的身躯。不但气势恢弘，而且珠光逼人，果然是位"真"姐。

被楚依这么一夸，她有些不安地搓了搓手，乖巧地说道："真姐好，楚依姐好。"

因为是爱心慈善活动，所以在楚依献唱开幕式时，经过协商，最终还是确定了由宋丹宁和应泽生两人共舞一曲华尔兹。

沈熠没有参与这期间的讨论，她只以为是因为宋应两人的恋爱关系才临时做的调整。但就在开幕音乐响起时，林秀娜却又端着香槟过来她耳侧附语道："你知道吗？为了让你们顾总改变主意，应泽生据说花了一千万元。"

沈熠最听不得这种无稽之谈的小道消息，就算对方是自己老同学她也忍不住沉下了脸："别瞎说！我们顾总不是那样的人。"见她露出少见的恼怒，林秀娜反而惊异地扬了扬眉。似乎在她的印象里，就没见过沈熠对自己有过这样恶劣的态度，当即神色一变，朝半空翻了个白眼道："你啊，就是太天真——"

"不好意思打扰一下，小熠你过来，我介绍个朋友给你认识。"宋世钧拖着沈熠的手,把她直接拉到一根圆柱旁。

"小熠,我们都不是孩子了,成年人交朋友都要学会选择。"沈熠自然听得懂他的话,明白他的一番苦心。只是,因为那个被指责的对象是秀娜,所以她的心依然钝钝地感到疼痛。

因为她了解秀娜,她是多么喜欢眼前这个奢华迷离的物质世界啊!每个人都穿着最精致、最合体、最能展现自己身材优势的华服,佩戴着最能体现自己气质和身份的腕表,就连一颗袖扣,都要经过造型师的甄选或独家定制。更不用说,那些价值不菲的昂贵珠宝,奢侈品牌限量发售的包包,每一样的价格,都是她这个穷人从来不愿去打探的。在这个不大的空间里,财富如无声的流水一般涌动。每一个名字的背后,都各自代表了他们的身价以及发言权。他们的每一个眼神,每一个动作,甚至每一根头发都经过了最精心的修整和反复的演练,那些所谓的人间风情,潇洒肆意与不羁,或是如同在电影里才能看到的最得体的淑女贵妇形态,在这个洋溢着花香、酒香、体香的空间里,你尽可一览无余。

如果可以,沈熠其实也希望秀娜能如意。

因为她觉得作为朋友,就应该希望她能得到自己想要的生活。可是令她觉得心痛的是,就今晚所见,秀娜所谓的"公关工作",就是从头到尾不停地向各种各样的男人展示自己的美貌和魅力。

沈熠不知道该如何形容自己此刻复杂而略带灰暗的心情,而宋世钧仿佛洞悉了什么,他看向会场内的这些人,朝沈熠点头道:"如果仅仅从财富和物质的角度去看,人跟人之间是存在着客观的巨大的差异和不公平的。可是小熠,据我所知,就算出生在罗马,如果不能努力奔跑,也会很快地被其余人赶超。物种的生存法则,有着绝对的公平。比如你今晚所见的这些人,不管出身如何,其实每一张笑脸背后都有着不为人知的心酸和不易。但很多时候一个人的成功就意味着他早已看穿人性的真相,所以我真不认为你那个同学她有侥幸的可能。要站在万千人的顶端,脚下踩着的就是刀山火海。有些人失败了可以从头再来,但这种资本与决心,不是每个人都有。"

沈熠点点头,表示十分认可。接着笑道:"其实我自从认识了你和顾总,就想成为你们这样优秀的人。可是我又知道差距太远,也许我要花很长的时间,才能站到你们曾经去过的地方看一看。"宋世钧忍不住摇头一笑。

每个人的脸,都是一本书,有心人能读出一切。沈熠看宋世钧的脸,只觉得温暖与安心。而她不知道的是,宋世钧心里如何看她?

宋世钧回想起初见那一次,看见的那张倔强而单纯干净的脸,而今再看,

丝毫没有改变从前的模样。那才是她最珍贵的模样。

当开幕式的音乐开始响起时,沈熠眉心微微一动,嘴角流露出一丝向往的笑容。

宋世钧趁机问她:"小熠,如果今晚给你一盏阿拉丁神灯,你会想要完成一个什么样的心愿?"

心愿?沈熠微微侧过脸,她本能地在心里浮现出那串粉色的水晶项链。但很快,她又想起自己此时此刻已经是个很成熟的大人,那些孩子气的心愿,也许应该淡忘了吧?

随后她很自然地抬起下巴摇头道:"心愿?这种东西应该是幼时才会去想吧!就算有,那也应该是预祝我们合作成功,以后工作室能大展宏图,一帆风顺吧!"

* * *

不出所有人的预料,楚依的演唱给现场带来了疯狂的掌声和热烈的气氛。而宋丹宁和应泽生两人随后的共舞,则引发了不少人对两家联姻的猜想。

随后就是正式的义卖会开始——其实过程远比之前预想的要简单许多,因为这些卖品虽然是各方捐赠的东西,但是因为有了先前的包装和各方加持,所以只要一露面都会很快被人高价买下。从业内行家的眼光来说,这些卖品大都品相极佳,都是一流品牌的奢侈品和珠宝手表名包等物,买下来既可自用也能赠人,就算是价格稍微高一些也是一桩十分体面的功德,何乐而不为?

而顾芳菲作为今晚的东道主和慈善代言人,她需要在每一位买主买下物品之后与其握手,并代表接受捐赠的弱势群体感谢他们的善者仁心。

沈熠亲眼看见顾芳菲游历于各色人物之中,用最妥当而优雅亲切的姿态和表情跟他们交谈。而事实上他们当中有些人跟沈熠也打过交道,她深知这些人到底有多难伺候和沟通。就算是钝感力如她这般强大,有时候也会因为那种眼神里的蔑视和不屑而感到食难下咽。

但令人惊叹的是,顾芳菲居然多难缠的人都能搞定,多顽固的人都能谈笑风生,如同多年的故交一般。

沈熠心想,这大概是自己这辈子也学不到的一种能力了。现在,她已经开始觉得自己脸都要笑僵。

临近尾声,楚依让助理叫了沈熠进去。她让沈熠坐下喝茶,道:"你能不能不那么实心肠?穿着这么高的鞋子从头走到尾,这样很容易让人以为你们顾总真的把人当牛使。"

沈熠这才发觉其实再舒服的新鞋也会有一点卡脚,当即坐下抿了一口咖啡:"没有,其实顾总工作起来比我们任何一个人都要努力。真的,我觉得她就算我学习的榜样。"

休息室里堆满鲜花,也有不少包装精美等着打开的礼物盒子就堆在楚依的脚下。她看着沈熠,却笑着摇了摇头:"不,我觉得你不用学她,小熠,你跟她不一样。"

沈熠其实很少去深思别人话里的隐意,但因为楚依是她很喜欢很崇拜的偶像,再加上她跟顾芳菲之间的表亲关系,因而难得认真思考了一下,这才发觉——其实好像楚依一直就不怎么喜欢正面评价顾芳菲这位优秀的表侄女。

她佯装不懂,笑道:"我跟顾总当然不一样,也没得比。不过顾总告诉我,楚依姐这次之所以愿意过来,很大程度是因为给我面子——哈哈!要是这是真的,我想就是我这辈子最大的骄傲。"

楚依露出一个意味深长的微笑:"你还小,这辈子才刚刚开始,相信我,你以后的成就也许会让我骄傲。"这样盛赞的话实在让沈熠消受不起,她借故看了看房间里的鲜花和礼物,随后才发现原来除了经纪人真姐之外,贺司南也坐在一旁。

她跟他很客气地打了个招呼,贺司南点点头,走过场似的赞道:"活动办得不错,还有庄勋那件事,也幸亏你机智。"

沈熠把功劳都推到楚依身上,全然不记得了自己为了每一个流程的完美执行熬夜到晕倒的过程。

看见贺司南面前的茶几上有一副跳棋,沈熠以为他之前是跟霍东方在一起,便问道:"你跟霍总在一起下棋?怎么不见他人在哪里?"

贺司南几不可见地拢了一下眉心,没有正面回答这个问题,却问她:"你会下吗?"

沈熠点点头,随后推脱道:"不过我棋艺很差,就是那时候喜欢《爱丽丝梦游仙境》这个故事,才特地去学了几回。"

贺司南手里捏着一枚白棋,颇有深意地看了她一眼:"那你觉得,红皇后和白皇后到底谁更恶毒?"

不知为何,沈熠本能地对他这个问题感到一些抗拒:"每个人都不可能是有极致的美或者是极致的丑,极致的善或者极致的恶,那是童话毕竟不是现实。我想,现实中人性再如何复杂,始终也会受到自我内在的力量约束。所以,我看故事从来都是看过就算了,我不给任何人物角色贴标签,哪怕我

喜欢，或是很不喜欢。"

贺司南模棱两可地"嗯"了一声，随后抿起唇，垂眸握着手里的棋子，一副若有所思的样子。

沈熠却因为他这番话而感到有些如坐针毡，好几次想要开口，却又不知该说什么。她发觉自己现在每次见到贺思南都很纠结，既想保持合理的分寸，又想维持朋友的亲密和自然，可偏偏每次都是两样都做不到。

真姐跟楚依说起了自己今天佩戴的这条满钻项链，并问沈熠："我听说你们设计师要么就是不在身上戴首饰，一根线也不戴；要么就是要挑那种很有个性极具张扬力的，小熠你是前者还是后者？"

沈熠佯装可怜地又摸了摸空空如也的脖子，夸张地做了个手势："我两者都不是，我就是懒。没来星辰上班前我每天最多花两分钟在脸上，现在习惯了天天涂口红，光是两种颜色就已经够让我犯难的了。再加上戴个项链、手链、手表什么的，我觉得我会直接崩溃。"

楚依则笑道："那我送你的粉钻呢？你自己不戴，难道要留给给儿孙？"沈熠嘻嘻一笑："怎么可能？那是我这辈子收到的最贵重的礼物，死了我也得让人给我搁在骨灰盒里。"

真姐很惊讶，问楚依送了哪块？楚依就笑道："就是你以前喜欢的那块，最大卡数的，哈哈！妒忌吗？"

"天哪！你们怎么可以这样？呜呜，难道你就没考虑过我会心痛吗？"

沈熠看见楚依笑得开怀，就跟个孩子一样，毫无偶像包袱地跟真姐说笑打闹。那样子，又像极了一个被上帝吻过的天使的模样。

沈熠出去后，真姐挑了挑两道气势逼人的浓眉，朝楚依道："我总算明白你为什么会喜欢她了，她跟你是同一类的人。而且更要命的是她还跟你一个德行，既无野心也不知道自己的才华和人品有多珍贵。要我说啊，你们就是这个世界的另类，这叫怀璧其罪。"

楚依颔首，表示附议。

随后再看向沉默不语的贺司南，问他："你呢？到底有没有查到什么问题？"

贺司南的脸色沉郁，缓缓摇头："没有，就星辰的财务分析报告来看，顾芳菲的确是陷入了经营上面的危机，公司账面资金一度只够支付当月的开销，甚至她还向银行借了几笔短期的贷款用以应付难关。如果从这个角度去看，她现在急于需要笼络江城乃至国内的商界名流，增加星辰的资金流动和盈利额，就是很自然贴切的商业行为。"

楚依再次展露出一个迷人而又缥缈的微笑，她看向真姐："可是我这位表侄女，从来就是不走寻常路的人。要是她会经营不善陷入危机，那我真要怀疑你的钱是不是来路正当。"

真姐瞥她一眼："你觉得她在掩盖自己的真实意图？还是你担心，她是要利用沈熠来做她的帮手？"

楚依看着贺司南，随后道："还记得那位一直照顾我的孔姨吗？前两天她跟我闲聊，说起以前的往事，她告诉我，小熠的妈妈原来也在江城的顾家做过几年事。她们既是同乡，还是旧识。而且，小熠的妈妈当时贴身照顾唐宁，唐宁对她还不错，可是后来，她也是唐宁第一个辞退的保姆。"

又道："真姐，我记得你原来跟我说过，这个世界其实一直都很小。"

真姐似乎听出了一些话外之音，她感慨万千地一声长叹："是啊，这个世界一直都很小，如果有缘分的话，总还会遇见的。"

第十章

歧途

  义卖会后还有答谢晚宴,本来楚依五点钟就准备坐车离开,只是没想到酒店的安保部门上来说"粉丝"们都还不肯走。随后顾芳菲又进来告诉她:"萧先生来了!刚刚从台北乘专机过来,现在已经到了酒店。"
  真姐当即就看向楚依,见她先是无所谓地点点头,最后才放下手里的雪茄,道:"无论如何,上次的事情我得当面谢谢他。"
  真姐笑着附和:"那是。"
  为了防止晚宴时楚依会被人围追索要签名合照,现场作人员逐桌向人低声解释会场秩序,林秀娜却找到了沈熠,将她拉到一个角落里,低声问她:"楚依等会儿坐哪里?你放心,我就只想找她要个签名合照而已,绝不会影响正常的现场秩序。"
  沈熠觉得头疼万分,她知道跟秀娜解释过多反而会适得其反,见时间还有一点,而且楚依尚未出休息室,索性道:"你先等一下,我现在去问问她本人。要是她愿意的话就在休息室跟你前面合照,要是她不愿意——那我就真的没办法了。"
  林秀娜满心欢喜地一跳老高,抱住她叫道:"太好了,亲爱的!我就知道你对我最好了!"
  等到了休息室外,沈熠却被真姐挡了挡。她一努嘴,风情万千地朝沈熠笑道:"萧先生特地过来想见她一面,恐怕你也得等一等。"
  沈熠这才知道自己来得不是时候,她连忙拖着秀娜就往外走。林秀娜却兴致勃勃,一直追问道:"萧先生是那个名震港、台商界的萧时川吗?天啊,我真是好羡慕楚依,三十几岁的人了还能被这么有钱有势的男人追求。哎,小熠怎么样，我先前就说萧先生会来，那时候你还不信——"

沈熠有些心烦，暗暗后悔当初就不该给她邀请函。可是林秀娜的聒噪也没有继续下去，因为一出来宴会厅，她就正好撞见迎面走来几个人。见她忽然扭头就走，好像见鬼一般，沈熠还在莫名其妙。随后她问过公关公司，才知道原来庄勋的未婚妻黎小姐来了！

这下子沈熠又担心起秀娜来，到底是多年的交情，她一面叫人调动了座位，一面不停地打电话给秀娜，想要安慰她几句。只是电话那头一直无人接听，直到后来晚宴快要开场了，秀娜才忽然出现在沈熠身边，又可怜兮兮地对她道："我要先走了，你带我过去跟楚依打个招呼认识一下好不好？我知道会场不允许合照，你放心我肯定不会让你为难。"她已然这么说，沈熠哪里还忍心再回绝？

等到晚宴开始渐有人走动了，她就带着林秀娜匆匆走到楚依那一桌，不过是介绍一下彼此的身份，只是林秀娜特别着重强调了一点："我一直就很崇拜您，就跟小熠一样。对了，我跟小熠是从小一起长大的好朋友，以后还请您多多关照小熠。"

楚依点点头，看看沈熠后寡淡地应了几个字："你客气了。"

真姐一双眼阅人无数，自然看得出来林秀娜跟沈熠不是同一路人。不过看破未必要说破，于是只点了点头。

林秀娜随后出了会场，临走时还再三谢过沈熠。

因为晚宴上还有一个压轴的时装秀，沈熠又去休息室查看了一下进度。等她出来时就发现楚依已经离场回家了，只有真姐跟她打了个招呼，解释说："楚依有点累，我刚送她到楼下让她先回去休息了。"沈熠点点头，拉着真姐让她等会儿给时装秀提些意见。

一转头，看见坐在对面的贺司南若有所思地看着自己，便对他和霍东方点了点头，又问霍东方："黎小姐为什么总这样瞪着我？"

霍东方明白里头的章节，对她做了个抹脖子的动作，揶揄道："我觉得是你今晚太漂亮，所以人家妒忌眼红了。"

沈熠习惯了他的满嘴跑火车，遂不再理他。正好宋世钧走过来，对她附耳低语道："有人送了个蛋糕到模特的休息室，上面用草莓酱写了个'死'字。"沈熠当即觉得眉心一阵剧跳，心里那点隐约的不好的预感此时更加浓烈。

她细微的变化没逃过真姐的眼睛，真姐旋即起身与她一起去了休息室，并安慰道："没事的，一般真要搞事情的人不会预先发这样的通知。可能多半就是恐吓而已。"

沈熠也希望这只是一个简单的恐吓，但进了休息室就听见里面有些乱糟糟的喧哗。宋丹宁更是眉间紧皱，见着她就出言指责："你是怎么办事的？我的礼服都被人剪了口子，这让我等会儿怎么登台？"

宋世钧一看宋丹宁朝沈熠发作，连忙上前打圆场。沈熠认真查看了一下被动了手脚的礼服，那是她亲自设计的一条纯白色的纱裙，款式简洁大方，很适合宋丹宁深邃的五官以及如雪的肤色。

只是现在礼服的后腰处被剪开了三条很大的口子，现场修复只怕时间来不及而且也会影响整体效果。但就这么穿出去，又必定会招来议论纷纷。

真姐看着裙子上的三条口子，若有所思地问酒店的人："先前有谁来过这间房？"

酒店的工作人员回想了一下，支支吾吾地说道："就是黎小姐和她的两个闺蜜……但是她们只是说好奇想要看看礼服的款式，而且就只待了两三分钟，应该不是她们……"

真姐办事雷厉风行，很快她就让自己的司机去了监控室截取到了当时的影像。原来庄勋的未婚妻有个闺蜜正是这间酒店董事的千金，通过她的关系，酒店的工作人员便对一行人开了绿灯。

查明真相，只是补救已经来不及——真姐对着酒店的人声色俱厉地恐吓了几句，沈熠却忽然摇头，她面色凝重地说道："不对！真姐，你快打电话给楚依姐，你快去——"

梁婉真愣了两秒钟，随后拿起手机就开始拨打电话。只是那边并没有接，她心急如焚之下差点爆粗，对着酒店的人就道："马上去查你们车库的出入口监控，我要看到楚依是不是已经顺利离开。我告诉你，若她在你们酒店出了什么事情，你们谁也担不起这个责任。"

这一连串的事情让酒店方也觉得很有些发憷，沈熠顶着宋丹宁一脸的不悦与责怪，她让宋世钧帮忙去找楚依，自己则快速地找到了一块薄如蝉翼的白纱，掐着时间快速用大头针将纱固定在了后腰的位置。

"这能行吗？"

宋丹宁看了看她的"补救措施"，半信半疑的样子。

沈熠对她颔首，抹去额前沁出来的细密汗珠："您先试试，如果效果很突兀，我们再作修改。"

等宋丹宁从试衣间走出来，沈熠眼前一亮。这块白纱的长度和柔韧性都刚刚恰到好处，既完美地遮挡住了那三条口子，又给原本略显单调的后腰增加了一层柔和的线条和修饰，要说唯一需要斟酌的地方，就是可能还得再把白纱的下摆修剪一下，有点弧形和线条会更有美感……

就在她蹲在宋丹宁的脚下，用软尺反复丈量着她的脚踝与地面的高度时，放在一旁桌子上的手机响了起来。

"楚依没在车上，我们把司机和助理弄醒之后才知道，原来一上车就有人假装酒店的保安把他们迷倒了。刚刚看过监控，那时候车辆停放的位置就是个死角位，小熠，你现在必须如实告诉我，为什么你先前觉得不对劲？这件事——到底跟你有没有关系？"

沈熠听着电话里真姐的质问，一瞬间心里掠过诸多的念头，只是每一个都太快太急，根本来不及抓住。

最后，她只对真姐说道："是秀娜——对不起真姐，我太大意了。你现在先让我师兄回来帮宋小姐修订礼服，我带你们去找楚依姐和秀娜。"

农历十月底的江城，秋风微凉。而作为会场的这间五星级酒店，中央空调的温度让所有人舒适且惬意，但沈熠却在短短半个小时内，清楚地感受了后背流下来的汗，真如雨下。

先前目光温和随意的真姐，此时变得神色冷厉且咄咄逼人。她不知道从哪叫来了十来个人，这些人用极短的时间飞快搜索着每一层楼的房间，甚至几度跟酒店的安保人员发生了冲突也毫不相让。

"真姐，再这样下去，只怕酒店方面会报警——到时候，情况就不好控制了。"

贺司南不知怎的也知道了消息，他挡在了真姐和沈熠之间，试图缓解一下监控室内令人窒息的紧张气氛。

真姐却冷笑着点着了一根烟，她盯着沈熠，一字一顿地说道："就算报警，我也绝不会让某些人阴谋得逞。"她话里有话，几乎让站在对面的沈熠羞愧欲死。正在此时又有人打电话给真姐，接完电话之后她眼里寒意更重一层。对着沈熠却似乎缓和了好几分："你走吧，这事应该跟你没关系，有人想要借机敲诈勒索，萧先生接到绑匪的电话了。"

* * *

贺司南似乎知道些内容，他问真姐："还是之前那一伙人？"

真姐朝他点点头，却不肯再说其他。照理沈熠此时应该觉得如释重负，但她却仍轻松不起来。

事实上她也跟真姐一样难过而愤怒，焦急又震怒，只是她习惯了压抑自己的情绪，过了一会儿见她不动，真姐才问道："你不回去看看最后的走秀环节吗？"

沈熠摇摇头，她知道宋世钧一定会把细节处理好，只是她现在心情如此焦虑紧张，就算回去会场也不可能笑得出来，便干脆道："我给顾总说明一下情况，我总觉得——对了，我怎么就没想到这一层？"

赶在走秀结束的最后一刻，沈熠回到了会场。她拿起手机拍下了主持人宣布大奖得主的片刻，随后把小视频发给林秀娜，告诉她："秀娜！快点过来，你中大奖了——那个限量版包包，你赶紧飞车过来领！"

"可以啊老铁，没看出来你还是很懂人心的。用这招对付你那同学，我觉得的确可行——"

霍东方坐在沈熠身旁，见微信的对话框那里一直显示"对方正在输入"，可是等了好几分钟，却没有显示对方到底输入了什么，直到最后林秀娜居然撤销了回复。

沈熠再拨过去，被对方一秒拒接。再打，已经提示关机。

真姐霍然起身："小熠，你带我去找她！"

沈熠却摇摇头，她觉得自己需要强行冷静一下头脑，大概是先前出了太多汗，这会儿她又觉得浑身有些发冷。身边不知道谁递来一杯热气腾腾的咖啡，她顺手接过，随后看到贺司南的侧脸从咖啡的雾气里一闪而过。

沈熠双手握住杯子，觉得热气从加了牛奶和方糖的咖啡杯里燃起，只用一口，暖意就蔓延到了全身。她迅速镇定下来，随后盯着眼前的监控操作台思索了十几秒钟。

"去车库！人一定还在车库里！"见她脱口而出，其余人一时间都不知道她从何推断出这样的结论。只有真姐一拍桌子，自责道："对！我怎么没想到这一层？真是蠢死了！"好在这时候人手充足，真姐一声令下，也没有调派酒店的安保人员，很快就在负二层的车库里发现一辆十分可疑一直没有熄火的保姆车。

楚依和林秀娜都在这辆车上，不同的是楚依看上去有些衣衫不整，意识全无。林秀娜却是被双手反绑着，嘴里塞了块破毛巾，一看见沈熠就瞪大双眼呜呜大叫。至于车上的司机，虽弃车逃出去一段路，仍是很快就被抓了回来。

真姐雷厉风行，先亲自拍下现场的视频，再连人带车都弄到了顶楼的总统套房。

事情闹得这么严重，酒店方的高层也派人过来协商。真姐没有理会他们，关起门来问清楚事情的来由，得知林秀娜只是为了一块六位数的手表就铤而走险，出面在车库截停了楚依的车子才让那些人有机可乘之后，她毫不客气地当着沈熠的面给林秀娜甩了两个耳光。

沈熠当时就在旁边,她眼睁睁看着林秀娜被打,却一没有劝,二没有拦。作为朋友,她心里也难过也后悔——但她的后悔,只是觉得自己当初不该帮秀娜去跟顾总要那张邀请函。

真姐随后摔门而去,客房内走得只剩下沈熠和贺司南,还有双手被捆趴在床上呜呜乱哭的林秀娜。

沈熠站在那里不吭声也不想说话,这时候是贺司南在她肩上拍了拍,安慰似的说道:"别这样,你又不是她妈,哪有什么理由无条件纵容她?这回是幸亏你及时提醒,要不然,我觉得她这辈子都完蛋了。"

沈熠知道贺司南的话说得不错,他也并非有意夸大事实恐吓。只是看着林秀娜蓬头散发的样子头疼得很,叹口气正要出去时秀娜却忽然叫住她。

"小熠!你再帮我一次——我真的不是有意的。我根本不知道这件事会变成这样,那些人一开始只说要我拦住车子就行了,我真的不知道他们是要绑架……"

沈熠觉得无语,她盯着林秀娜,一向温和的人忽然露出少见的凌厉:"秀娜,你为什么要让黎小姐剪了我给宋小姐设计的那条礼服裙?我真的不明白,你为什么会变成了现在这副模样?"

林秀娜起初抵死不认,沈熠似乎慢慢心凉到死了,她看着她,摇头苦笑道:"你可能不知道,那条礼服裙我只跟你说过,其余的人,除了顾总之外,就连我师兄都不知道。""那说不定是你们顾总说漏了嘴呢?为什么你一口咬定是我?再说了,我为什么要告诉姓黎的八婆?这对我有什么好处?"林秀娜桀骜的表情,一脸的倔强不屈。

沈熠看她这样子,反倒是渐渐放下了心疼。她顺着她的话,问道:"是啊,我也觉得奇怪,黎小姐作为庄勋的未婚妻,这一次为什么她要帮着你们来声东击西?还有你说的这块他们付给你做酬劳的手表——娜娜,你也知道我现在的工作,如果我要调查一块手表的来龙去脉很容易。你现在只是要考虑清楚一个问题,是如实跟我说清楚这件事你到底参与了多少,还是任由我把你交给真姐和警方……"

她的话没说完,就被林秀娜愤怒的一声怒吼给打断了:"不!你怎么能这么对我?沈熠!——你还有没有良心?我跟你从小一起长大,我是你唯一的朋友,你不帮我,你觉得自己还配做人吗?你怎么能这么跟我说话……"

眼见林秀娜的表情神色忽然变得暴躁而偏执,贺司南连忙将沈熠往旁边拢了拢:"你小心一点,我这辈子第一次见到这么能颠倒黑白的人。"

沈熠看了看贺司南，理智告诉她自己应该挣脱他的手，不管再温暖，那都不属于自己。

可她最后却没有抽出手，只是垂眸道："谢谢你。"

因为满心失望，沈熠掩不住流露出来，她这样的表情被林秀娜一眼看穿。随后林秀娜又冷笑着高声道："沈熠我知道你心里是怎么想的，你以为你跟我有什么不一样？不！其实我们都是一样的！只有我们才是一样的人！你以为她们高看你一眼是因为你人品端正为人勤勉？我告诉你才不是那样！那只不过是因为你有利用价值，你还能帮她们赚钱供她们驱使罢了！你真是好笑，居然还会觉得自己跟我已经不一样了？哈哈哈！你可真是幼稚得很，你也不想想，自己全部身家加在一块，够不够她们买一辆车，买一块手表？你觉得自己跟她们能一样吗？不！我告诉你不是的……"

沈熠第一次见到林秀娜如此癫狂，她吓了一跳。还好贺司南及时将她带出这个房间，站在套房的客厅里十分严肃地告诫她："我觉得你还是先不要跟她说话了，她好像精神状态有些问题。等会儿萧先生的医生来了，如果方便的话我会请他给看一看。"

沈熠心中五味杂陈，对着他胡乱点头道了谢，这回总算及时移开了距离，只是两人脸色都有些说不出的怪异。不多时顾芳菲和宋世钧也上来了，听完事情的经过，顾芳菲给了沈熠一个大大的拥抱："谢谢你！要是今天的事情控制得不好，我真不敢想象后果会怎么样。"

沈熠没说话，表情略显黯淡。顾芳菲很快也明白过来她的顾虑，她安慰她："没事的，你那个同学虽然参与了此事，但她肯定不会是主谋。我们最重要的还是顺藤摸瓜找出真正的凶手，至于她，相信就算看在你的情面上，真姐和表姨她们都不会舍得让你为难。"

沈熠有些羞愧地看了看真姐，她几次欲言又止。宋世钧趁机替自己堂姐道歉，又对沈熠竖起大拇指："那条裙子最后压轴，得到的掌声和美誉最多。丹宁让我一定要跟你说声抱歉，你也知道的，她那个性子就那样，一急起来就顾不上别人的感受。"这样的赞美并没能让沈熠从低落的情绪中抽离，但她明白大家的用意，便笑着顺势点了点头："其实我觉得宋小姐对我一直很关照，今晚的事情本来就是我思虑不周。"

正说着话，只见套房主卧的门被打开了。真姐与那位萧先生前后走出来。看真姐的表情有些释然，看来楚依应该是无恙，沈熠心里也跟着放松不少。

随后那位萧先生看向沈熠，主动伸过一只手来："你就是沈小姐？今天的事情真是太谢谢你了！我是萧时川，以后有什么需要我报答的地方，你尽管开口。"沈熠看他年过四十，周身气势非凡，连忙伸手与他轻轻握了握，谦让道："萧先生您太客气了！楚依姐待我一片真诚，这些都是我应该做的，何需谈什么报答？"萧时川见她不肯居功，便示意身后的秘书递了一张名片给她。

不一会儿，有护士从主卧走出来，她转告了楚依的话，让真姐和沈熠进去。沈熠看见楚依躺在那张豪华的大床上，脸色略显苍白，还好精神尚且不错。

萧时川带来的医生是位神色严谨的中年女性，她摘下口罩之后对真姐低语了几句，真姐点点头，转身看见沈熠，又对那位女医生说："麻烦您再帮忙去隔壁客房看一下。"沈熠感激地冲她点了点头。

随后，从那位女医生的口中，众人很快就明白了林秀娜为什么会如此有恃无恐——"她怀孕了，具体孕周还需要进一步的检查才能确认。但是我刚刚给她做过早孕测试，可以确定她已经怀孕的事实。再有就是，她的精神状况的确不太稳定，表现出一定的攻击性和情绪上的暴躁癫狂。具体原因需要进一步抽血化验。"

萧时川已经离开，余下众人此时坐在套房客厅的沙发上，听见这样的一番结论，贺司南和霍东方还有宋世钧三个男人都略显尴尬。

而沈熠和顾芳菲则是面面相觑，只有真姐点头："难怪，她就是知道自己怀孕了才敢作妖，这么说来也不算全无脑子。只是她不知道，就算她肚子里的孩子真是庄勋的，就算她真能给庄家生个孙子，只怕她也永远嫁不进去。"

沈熠垂头不语，表情黯淡。

霍东方有些生硬地开始插科打诨，笑道："看来我得给庄勋这小子道个喜，咱们这群人里头，居然是他头一个当爸爸。"

贺司南瞟他一眼，嘴角抽搐。宋世钧皱了皱眉头，刚起身说："时候不早了，小熠，我送你回去休息吧——"随后电话响起来，他接听之后又转给顾芳菲，满含歉意地对沈熠说："还有点收尾的事情需要顾总和我下去处理一下，看来得劳烦东方送你回去了。"

沈熠默默点头起身，霍东方朝贺司南这边看了一眼，努嘴道："你不是也没开车吗？一起走吧。"

这间套房位于酒店的顶楼，电梯一路向下，沈熠茫然地盯住电梯里的镜子，那里面的自己穿着很精致的套裙，看上去仍像个时尚又成功的女生。只是忙碌了一整天，早上精心画好的妆早就已经花了。

她看见自己眼角细细的黑眼线莫名地粗了很多，唇上涂着的唇膏也变成了淡淡的褚色，号称最能持妆的粉底液早就油光闪亮，整个人看起来像只憔悴不堪的熊猫。她抹了把脸，努力睁大双眸，竭力让自己看起来冷静而又理智。

下了车库，她坐在车后排，全程默然无话。直到车子开出了车库她才遥遥地回头望了一眼那间酒店，金色基调的大厅加橘色的灯光，只能用金碧辉煌来形容；大厅深处那扇璀璨奢华的大门洞开，人来人往其中，远远看去如同天上人间一般梦幻与迷离。

闭上眼，她恍然觉得，今天所经历的一切，真的就像一场梦一样。可现在，梦散了，她又回到了现实。

沈熠在小区门口下了车，她谢过霍东方，步履平稳地回到家。沈父见到女儿回来很是高兴，她也笑着跟爸爸简单地说了一下这几天的工作，又伸手摸了摸蹭过来求爱抚的小白龙，将脸贴到狗狗布满绒毛的侧脸上，半闭眼眸道："总算可以放个假了。"

顾芳菲给了沈熠三天的假期，因为这段时间加班实在太辛苦，她还特地打了个电话给沈父道谢。

沈熠这几天在家深居简出，除了早上偶尔出去买买菜，傍晚陪爸爸在花园里散个步、遛一下狗之外，她几乎没有跟任何人联系。

最后一条微信消息也是发给"唐僧"的，她跟他说自己有点累，想好好休息几天——发完这条信息后沈熠就关了手机，随后的几天也没有开机。当然宅在家并不意味着她会完全放下工作，偶尔灵感乍现的时候她还是会提笔在自己房间的书桌上写写画画。因为没有了十分紧迫的目标和任务，画出来的作品反而更符合她心目中的期待——直到三天假期快要结束，沈熠忽然发觉，自己其实更喜欢穿着纯棉家居服待在一个属于自己的宁静空间里，那套昂贵的香奈儿套装，只是定格了她心里那个似是而非的梦想而已。

人有时候总是需要经历选择之后，才会知道自己真正想要的是什么。所以假期结束后，她回来星辰的第一时间，就去了顾芳菲的办公室。

顾芳菲看见她精神很好，首先自省："看来我之前的设想是错的，强行让你介入这些太复杂的人际关系，其实你未必适合。小熠，你就是个天生的艺术家，你适合独处、适合安静单纯的环境。"

她先开口，倒让沈熠有些意外和歉疚："没有，我知道顾总您的用意是想让我学会跟人相处，其实这也是我最大的弱项。经过这大半年时间的磨炼，我觉得自己获益匪浅。"

顾芳菲笑了起来，摇头道："其实我自己都不喜欢没有选择的交际，所以自然能理解你的心情和感受。"

沈熠想起她在会场时的玲珑周到，再想起她送自己的那幅画中的孤山一片，冷月一轮——顿时明白，其实她何尝喜欢这种喧嚣的交际？她只是无可奈何没有选择而已。

于是连忙澄清："我以前的短板就是跟人打交道，也不善于表达自己。经过这大半年的工作我觉得自己这方面的能力好多了，真的很感谢顾总的栽培。"

说到人际关系，顾芳菲才很自然地顺带提了一句替宋丹宁向沈熠道歉的话，又提及林秀娜的事情，尽量委婉道："你同学那天晚上就回去了，她太年轻不知道轻重。其实庄勋这个人的确有些品行不端，好在她虽然牵涉其中但是并没有做出什么伤天害理的事情。不过我建议你可以通过她家人提醒一下她，尽量不要以身犯险。毕竟她现在就要做妈妈了，凡事谨慎些总是好的。"

沈熠点点头，应了一声是。随后又跟顾芳菲聊了一下本周的工作计划，等回到自己办公室的时候她才想起来好几天没开手机，于是先开了微信发了个笑脸给"唐僧"，对他说："我回来上班了，江城已经入冬。早上坐车时感觉到有些凉意，你还好吗？"她发完信息，也没等对方回复，接着就开始忙碌起当天的工作。

等到吃完午饭停下来时才想起来先前开机时似乎忽略了很多信息，于是耐着心逐一查看，重点自然是"唐僧"发给她的那些对话。

三天后"熠"品牌在国金大厦女装层入驻并正式开业，那天太阳出来得挺早，天气却出奇寒冷，又有风。

宋世钧一大早开了他的路虎过来接沈熠，就在小区门口，沈熠还没上车，差点被大风吹走了帽子。两人在风里追着帽子跑了一会儿，最后还是宋世钧手长，一跃起身时总算攥在了手里。他把帽子递给沈熠时，正好沈父拄着拐杖下楼来散步，看见两人站在太阳下说说笑笑的身影，沈父很是欣慰地点头，躲在了一旁的柱子后。

因为是重新包装推出市场的品牌女装，所以就算商场的管理方有意想在开业时搞得热闹一些，但直到沈熠和宋世钧坐着电梯上来时，看到的店内人流量也不多。这里头还包括了一些霍东方前一天晚上叫来撑场面的朋友，除开这些，真正的顾客可谓是寥寥无几。

好在沈熠和宋世钧这两位主创设计师都很坦然，进店之后沈熠左右环顾，最后十分惊喜地点点头，赞道："这个店布置得真是很好，跟我们的品

牌调性和风格都很吻合。"

霍东方趁机把贺司南推出来邀功，又顺带给自己邀上一份："当然！你也不看看都是谁出的策划案？为了这几个门店能如期开业，我跟司南可是没少加班。对了老铁，中午咱们一起去吃火锅吧！预祝咱们新店开业红红火火，蒸蒸日上！"

沈熠看他和贺司南眼下都有些黑眼圈，看来的确是没少熬夜加班，当下点头应了下来。

她跟宋世钧又在商场其他女装门店也逛了一圈，看时间不早就准备去吃火锅。谁知回到门店门口，就见好些人围在那里，店内也熙熙攘攘地挤满了人。

霍东方眼尖，在人群里看见沈熠，兴奋地直朝她挥手："小熠！快进来！她们都是冲着你来买衣服的……"

沈熠一脸茫然，与宋世钧面面相觑。随后被霍东方拉进了店里，又被热情的"粉丝"们团团包围住，一番解释后总算搞清楚了由来——原来还是那个叫作李唯一的记者，她在自己的自媒体公众号上发表了一篇文章，里面详细提及了沈熠这位新晋时装设计师为楚依设计的礼服，而且还附上了现场高清图片。

沈熠从来没有跟记者打过交道，所以她一开始就对这个李唯一有些本能的抗拒。但因为这件事，无形中又欠下她一个不小的人情债——而且事后她才从霍东方那里打听到，这个李唯一不但是一名新闻记者，而且还是当下很流行的自媒体大咖，个人平台"粉丝"过百万的那种。

霍东方不知其中缘由，乍听她要采访沈熠，当即兴奋得两眼冒泡泡："老铁，我觉得这是个好机会呀！这个李唯一据说生了一双火眼金睛，但凡她做过专访的，不管是作家还是画家甚至是搞投资的，最后全部都成神了！所以她笔名李唯一，意思就是她只会采访这个行业内顶尖的神级大咖，看来她眼光还真是挺准啊！"

沈熠不语，宋世钧沉吟道："这个李唯一有些奇怪，改天我跟你一起约她出来喝个茶探探底？"也没有别的法子，沈熠唯有点头。但此事带来的影响是显而易见的，接下来几天，就连娱乐新闻也有报道涉及"熠"这个新晋时尚品牌，而商场专柜的销量也的确是业绩不菲，引来不少同行为之侧目。

但沈熠却一直高兴不起来。知道内情的人，自然明白她是在为林秀娜的事情感到痛惜与无奈。不知道内情的人，像沈父，则以为女儿是遇到了什么棘手的麻烦，因此这天在宋世钧上门陪他下棋时特地打听了一下："小宋啊，你知不知道小熠最近工作上是不是遇到了什么困难？我看她整天心事重重的样子，问她又说没什么。"

宋世钧给沈熠带来了一棵她念叨了很久的尤加利树，小树生得笔挺，叶片轻盈圆润，银青的色系自带冷淡的高级色感，只是欧式的稀薄清透，不太合沈父的眼缘，乍一看还很惊讶地问他怎么弄了这个上来。待听说是自家宝贝女儿喜欢的东西，又只能无奈地摇头。

宋世钧跟沈父已经很熟，平时不拘谈什么话题都能宾主尽欢。宋世钧这年轻人让沈父觉得踏实与沉稳，因此对于他的话，沈父还是很愿意相信的。宋世钧想着事情反正瞒不住，便拣大概的跟沈父说了一下。听说跟林秀娜那小姑娘有关，沈父当即脸上蒙上一层寒霜，摇头道："原来是这样——秀娜这丫头，怎么就变成这样了？"

宋世钧也不知道该如何解释或者安慰，他只是本能地觉得林秀娜这事还没完——而他的私心是不希望沈熠受她的牵连。

事实上沈熠也预料到了秀娜在这件事上面肯定难以如意，但她自那天以后就再也没有联系她。

时间一晃进入了年底，临近圣诞节前一个星期左右，那个李唯一又给沈熠打了个电话，而且开门见山地挑明了来意："你有位闺蜜林秀娜，有人给了我一些关于她的信息让我写篇专稿。怎么样，你想不想知道内容？"沈熠没有犹豫，直接报了个离门店不远的咖啡厅地址和名称给对方，然后给宋世钧打了个电话。

宋世钧回复说自己随后就到，沈熠拿起一件大衣，走到二楼向顾芳菲告假。

没想到在顾芳菲的办公室里看见宋丹宁，沈熠这才想起她似乎有一阵子没出现了。坊间传闻她跟应泽生就要结婚，而今正是炙手可热的时候，联想到她之前对自己的态度，沈熠简单地跟顾芳菲道明来意之后，朝宋丹宁谦顺地笑了笑，便转身带上门下楼。

倒是宋丹宁看着她的背影若有所思地揉了揉太阳穴："以前你刚招她进来的时候，我就觉得这人实在不起眼。没想到你是对的，有些人乍看不起眼，却能经得起时间的考验和磨砺。"

顾芳菲捧着手里冒着热气的茶杯抿嘴摇头："人生有七苦，生、老、病、死、求不得、怨憎会、爱别离。你看她，苦在哪里？"

宋丹宁细一想，随后也是摇头失笑："我看不出来。"

顾芳菲颔首，放下手里的茶杯，用手指反复细细摩挲着："其实我也看

不出来，可是对着她，我却很容易就敞开了心扉……说来你会有些不信，有些人一看就是不善交际和沟通，但是能让人愿意信任，好像在不知不觉中就变成了自己的朋友，甚至还会变得越来越亲近。"

宋丹宁点点头，青鸦似的睫毛扑在白皙的眼窝处，她今天画着精致的咬唇妆，此时轻轻一抿，便微微流露出一些怅然和释然："也是，你跟她都在一个圈子里，以后总有很大的概率可以相互成就。倒是我，选了这么一个专业，却没有一个同学可以算得上知己……"

顾芳菲的手覆上她的，笑容比窗外的冬日阳光还要和煦："没关系，你不是快要结婚了吗？瞿老师上次说她年纪大了只想留在江城养老，应泽生应该也会考虑到这一点，不会带着你东奔西走的。我们还同在一城，想见不过就是半个小时的车程而已。"提及婚事，宋丹宁也只清浅一笑，既不肯定更不否认。

随后应泽生打电话过来，听那只言片语，似乎是邀约她吃饭约会——顾芳菲看着她走到窗边去接电话，阳光覆上她极美的侧脸，可是看似带有撒娇意味的声音之外，她的表情和五官却是极为冷静，甚至可以说波澜不兴的。

顾芳菲疑心自己看错了，再凝神观察，却见宋丹宁居然对着窗户的玻璃孩子气地一根根地数着自己的眉毛。她心里为之一滞，许多揣测为此油然而出。

"好了，我要走了。中午不能陪你吃饭，因为他要我下午陪他参加一个拍卖会。要是有漂亮的展品，我到时候拍照发给你看看。"接完电话，宋丹宁自沙发上拎起自己的包包。顾芳菲送她到楼下，亲自看着她坐上应泽生的豪车，后者还对自己微笑寒暄，殷勤的给宋丹宁合上车门。看起来，还真像是一对珠联璧合的玉人。但是，也仅仅只是，看起来像而已。

* * *

沈熠走路来到那间咖啡厅，她以为自己一定会是先来的那个，没想到才一进门就见一位短发的女生朝自己挥手。她疑惑地移步过去，果然见对方朝自己伸出了一只手："你好！我是李唯一，幸会。"

李唯一外表清纯，短发的样子也很可爱。她不穿职业女性的套装，反而是一个黑色背包，一身运动休闲服，脚上的椰子鞋带有年轻人特有的清爽与朝气。整个人看上去更像是一个大学生，而不是一个所谓的自媒体大咖。

沈熠尽力压制着心里的不悦，她告诉自己必须要理解记者和媒体都只是一种职业一份工作。可是等到坐下来，对方开门见山地把来意说明之后，她还是忍不住拔高了声调："我不明白，作为一个自媒体人，你为什么会对别

人的私生活这么有兴趣？李记者，你真的觉得这样的新闻有社会价值吗？值得传播吗？"

李唯一并不意外她会生气，她只是平静地笑了笑，端起刚刚送上来的咖啡抿了一小口："我承认你说的都是事实，可是你也知道，除了我之外，其他记者或者媒体人她们收到这一笔钱得到这些材料，只要几个小时就能炮制出一篇吸引人眼球引发舆论的评论文章。而且，我敢担保，他们不会想到要事先联系一下当事人，或者当事人的朋友。"

沈熠再度哑然，她看了看李唯一，用了十几秒钟的时间来平复心情整理思路，随后终于切入正题："好，那我先谢谢你来通知我。接下来我该怎么做？你想从我这里得到什么？"跟聪明人打交道，沈熠觉得自己从来就不占任何优势。更何况这个李唯一很懂人心又懂人性，她上来就用友情牢牢地粘住了沈熠的愤怒，接下来又用动情动理的剖析让她"不得不"答应给她做一次专访——

至于内容，就是围绕她给楚依设计的那条礼服，向"粉丝"们介绍一下她当时作为设计师的初衷和出发点。

沈熠跟她谈得差不多了，这才发现宋世钧早就坐在了一旁的卡座里。他没有打扰二人的谈话，但显然也听到了李唯一的要求。她在心里长舒了一口气，眉间也跟着往外舒展了几分。

李唯一跟她约好了时间，又极为认真地记在了笔记本上，再次跟她确认时不由失笑自省："对不起，我真没想到你对我印象会这么糟糕。我本来以为，或许——我们也是有机会可以做个朋友的。"

沈熠胡乱地抓起已经凉透的咖啡杯喝了一小口，下一秒隐约觉得胃部不太舒服微微皱起眉头。"应该说对不起的人是我，我朋友很少。除了本身不善交际之外，我想，更多的是我很难融入别人的世界，别人也很难融入我的世界。"

沈熠带着歉意地起身，叫人买单时才被告知对方早已付过账了。

见她神色不安，李唯一这才起身背起背包朝沈熠道别："如果今天的事情让你不开心，那我在这里很诚恳地向你道歉。其实我比你大了几岁，过去的经历也有类似之处，所以我以为我们会有共通点——另外我得谢谢你，我进入这一行很多年，采访过很多的人，你是第一个提醒我不忘初心的采访者。谢谢你，沈熠，我的谢意是真诚的，我们下次再约。"

李唯一一走，沈熠就坐到了宋世钧对面。她脸色凝重，有些烦恼地皱着眉头："师兄，我真不觉得自己这样的菜鸟值得她一个自媒体大咖来采访。"

宋世钧也正色点头附和："嗯，你说得对，这个李唯一在业界是个很有争议的人物。因为她成名就是以曝光了一个游戏主创的感情生活为代价，后来还差点搞得当事人自杀澄清，所以很多名人都不愿上她的专栏访谈。于是她就调转方向，专门寻找那些本来就出色又有机会能够成名的人新人——我想，这大概就是她找上你的原因吧。"

沈熠对此不置可否，她沉思时宋世钧又让人给她上了一杯热的牛奶："你喝点牛奶吧，我看你脸色很差，最近还是很忙吗？"

沈熠点点头，又接着摇摇头。"师兄，我知道你们一直都觉得我跟秀娜是不一样的人，我不应该跟她交朋友——可是你知道吗？其实这个世界并没有那么多的应该和不应该，我很小的时候就认识了她，我的童年和少年时代唯一的朋友就是她。不管她现在变成什么样，她曾经带给我的温暖和友情我这辈子都不会忘……"沈熠说着，忽然就滴下了两颗极大的泪珠。"因为我曾经发过誓，我们会是一辈子的好朋友。所以不管她变成什么样，我都会关心她，维护她。"

余下的，有些话沈熠并没有说出口。但是她相信，以宋世钧的聪明，他会懂。

空气里弥漫起一股芝士的浓香，宋世钧点点头，示意服务生将那份新鲜出炉的白汁管面放在沈熠的面前。沈熠一直在流泪，可眼泪表达不尽她心里的无奈。

在看见宋世钧朝自己递了一张纸巾过来时，她还是没有反应过来。

宋世钧犹豫片刻给她擦拭了脸上的眼泪，他没有说话，脑子里模模糊糊地闪现出很多过去少年时的情景。他这才想起原来自己也曾经有过很多的朋友，也曾有过喧嚣飞扬的青春岁月，也曾以为少年梦此生热血难凉；但此刻却蓦然发觉，那些故人，那些旧情，其实早已淡忘，早已冷却。他还年轻，时光并没有把他摧残得面目全非，他还有着年轻的模样。可他早已想不自己作为少年时有过的那颗心。他想起一个词：靡不有初，鲜克有终。

然后他看着沈熠，目光中充满了无法描述的欣赏与喜爱。他想，这大概就是她的与众不同之处吧！没有几个深交，却会永远铭记少年时许下的心愿。她的世界简单而宁静，她认定的情义会与时光和生命等长。对一个朋友一辈子的不离不弃，又哪里是寻常人能够做得到？然后，他就发觉了自己的幸运。

因为他听见沈熠对他说："师兄，假如有一天我变了，不再像你现在看到的这样。我想，你也还是会关心我，维护我的对吗？"他笑了起来，由衷的开怀,郑重点头:"当然啊!我们会是一辈子的好朋友。"

沈熠终于露出了一丝微笑,她伸过来一只尾指,轻轻跟宋世钧拉了个钩:"好。"

*　　　　*　　　　*

出于对楚依的尊重和谨慎,沈熠在接受李唯一的采访前,专门花了半天的时间过去云麓拜访她。

真姐也在场,似乎还带来了一些文件之类的,摞在桌子上零零总总的一沓。

看见沈熠穿着一件驼色的羊绒大衣缓步进来,她眯了眯漂亮的丹凤眼,满意地点点头:"艺术家就是艺术家,只要展露本来的面目和气质,就足以把我等俗人甩出几条街。"

楚依这会儿穿着白色针织裙坐在花架子下面喝茶看书,肩上还披着一条经典英式格子风的羊绒围巾。这一身装扮将她定格在永恒的高中生时代,要不是没打招呼沈熠立即就想拿出手机来给她来个偷拍。

那架子上爬满了一簇簇极为热烈的花,远看有点像鸳鸯藤,沈熠走近之后又发觉不是。"这是炮仗花,年初的时候孔姨才劝我叫人移进来的一株藤,没想到花开出来这么漂亮。"

沈熠看着花,又看了看花下的人,她觉得楚依气色很好,人也显得开朗明媚许多,沈熠也很开心地点头给了孔姨一个热烈无比的拥抱。

孔姨也骄傲地自得道:"就是说呀,你们瞧着这满院子都是些素净的花儿草儿,总得有点热闹的颜色来点缀一下才显得有活气不是?我知道你们都是文化人,孔姨没读过那么些书,但是也知道一个理,叫作那啥……雅什么来着?"

她这么一副认真做学问的样子引得在场的人都笑起来,沈熠从她手里接过茶,笑着补了个圆:"您说得对,雅俗共赏,这话绝对是真理。"

孔姨的雅俗共赏点出了这天下午聚会的主题,接下来听说楚依可能会复出开几场演唱会,沈熠也不觉得稀奇。

她只是如实道出了李唯一要采访自己的内容,并谨慎地问了一下真姐:"我没跟记者打过交道,但是隐约觉得这个李唯一很聪明很锐利。真姐,我怕她说错话,会给楚依姐带来不必要的麻烦。"

她的谨慎谦虚得到了真姐的赞赏,于是难得掏心掏肺地指点了她一番,最后叮嘱道:"你要牢牢记着自己什么能回答,什么不能回答,不要受她任何的影响和误导。这个李唯一很敏锐也很有洞察力,年纪轻轻就能在鱼龙混

杂的媒体界混得一席之地，这丫头可不算简单。"

沈熠连连点头，只差没有拿笔记下来。最后她长舒一口气道："那就好，既然真姐觉得她还不算个坏人，那我到时候只要管好自己的嘴巴就行了。"

真姐又笑起来，不知道为什么她现在很喜欢跟沈熠说话，也终于明白了楚依喜欢她的原因："你只管接受她的访谈，放心，到时候她真要敢乱添油加醋的话，我也有办法可以收拾她。"

娱乐圈和媒体的内幕从来就不在沈熠的思考范围内，她现在就关心楚依的演唱会。见她手边摆着一份日程表，当即忍不住问道："这么快就要开始排日程了？不是说要到元旦时才开始巡演吗？"

真姐告诉她很多歌星的演唱会都需要提前半年甚至大半年开始严格训练和彩排，还有各个城市的宣发也是必不可少的工作。

但对于楚依来说这些功夫都被删减了，说完还忍不住得意洋洋："当然也有一半我这个经纪人的功劳，反正我发给他们的合作方案时间就是这样定的。别跟我说什么合理不合理之类的话，要是觉得不行我随时都能换了他。"

真姐的话说得横，脸上的神色却带着孩子一般的顽皮和肆意。

沈熠在云麓度过了一个愉快的下午，临走时孔姨还让她带了一大盒自己做的芝麻饼和素三鲜饺子回去，又叮嘱她："拿回去给你爸尝尝，听说他现在腿脚不是很方便，要是他喜欢吃，我下回再多做点，反正我闲着也是闲着。"

沈熠很感动，也有些惊异于孔姨的热心和细心。等到坐到车上无人时才想起，每次提起家乡孔姨都有种很神往的热切。可是奇怪的是她却并不想回去，或者说，是不愿或者不能回去。沈熠在心里叹了口气。

难得准时回到家，刚把手里的饺子和芝麻饼放下跟爸爸说了几句话，手机就一阵阵的铃声大作起来。沈熠看了一下来电号码，迅速走到阳台上接起。随后她脸色大变，声音颤抖的追问："什么？你说她现在人在哪里？给我地址，我现在就过去。"

沈父不知由头，还以为她又要回去加班，颇为叹息地说："还以为你能在家跟我一起吃饭，这芝麻饼倒是做得很香……"

沈熠挤出一个笑容，匆匆穿好鞋子拿起手袋拉开门："对不起爸爸，我尽量早点回来。明天我休息，一定在家陪您。"

她一路狂奔来到医院，零下的冬季里跑出一身大汗。待问清楚护士林秀娜的病房之后又急急推开门，正好看见庄勋皱着眉头一脸寒霜地对着她大声呵斥道："不就是怀个孩子吗？天底下哪个女人不怀孕不生孩子？我这么好吃好喝地供着你，你到底还有什么不满足的？"

沈熠的心怦怦狂跳，她甚至觉得那颗心脏下一秒就要从自己嘴里跑出来。

"你干什么？她是孕妇！你怎么能这么跟她说话？"沈熠不由分说地挡在了秀娜跟前，对着庄勋怒目而视。

眼见是她，庄勋根本没当一回事，仍吊着嘴角冲林秀娜冷笑。还反问她："我干什么？你是没长眼睛还是听不懂人话啊？我是她孩子的父亲！怎么着，我们两口子说几句话，还轮得到你这个外人来插嘴？"

林秀娜满脸疲惫，就算是浓妆也掩盖不住。她轻轻拉了拉沈熠的手，眼睛里都是祈求。沈熠立即明白过来，她回握住秀娜的手，只觉冰凉刺骨。

"庄勋，我过来只是为了看望秀娜。要是你觉得我刺眼，那我可以现在就找李唯一过来——你应该知道吧，你那位未婚妻黎小姐，可是花了不少钱请她来写关于你的风流韵事……"

沈熠这会儿亮出了李唯一这把匕首，庄勋果然神色微微一变。他恶狠狠地盯着沈熠，眼里的恶光就如蛇信一般阴毒。

沈熠也怕，她第一次遇到这样的男人，不但没有绅士风度照顾女生，还露出一副随时都出手打人的无赖泼皮相。可是她挡在秀娜身前，就没有生出过一丝退意。眼角的余光偶尔瞟到来往经过的医生护士，她也希望有好心人过来过问一句。最起码，吓一吓这个恶棍也好。

可没想到那个好心人居然会是霍东方，见他忽然蹿到自己身边，伸手就把庄勋给往后拨了拨，嘴里半是玩笑半含警告地说道："哟！这不是庄勋吗？还没来得及恭喜你就要当爸爸了，怎么，今天陪你女朋友过来医院产检啊？"

霍东方这一出现，沈熠才算是卸下了浑身的防御。她回转身将秀娜的手掖回被子里，问她："怎么这么憔悴？你瘦多了，是不是最近休息得不好？"

林秀娜只是点头，浮肿的双眼不自禁流下了两行泪水。这是两人成年之后沈熠第一次见到她当众落泪，这样凄楚无助的神色，憔悴单薄的身形，可想而知这段时间她到底过着什么样的日子。

沈熠心里一阵绞痛，她握着秀娜的手也说不出话来，两人对视泪两行。霍东方可算把庄勋暂时给轰走了，回头一看沈熠也哭了，当即手忙脚乱地问道："怎么了怎么了这是？哎我说老铁你可别哭呀！你这一哭我都不知道该怎么办了……"

沈熠强忍着心里的愤怒和伤心收住泪水，正好这会儿护士过来要推秀娜进去做B超，她便握了握秀娜的手，对她说："我去给你打包点吃的，你想吃什么？鸡汤面还是三鲜饺子？要不喝点鲫鱼汤也好……"

林秀娜却只是摇头,她有气无力地耷拉着眼皮子,过了一会儿忽然道:"我什么也吃不下,要是能帮我打包一份燕喜堂的木瓜炖血燕,我倒是想尝尝。"

沈熠不知道燕喜堂在哪,于是等护士把秀娜推走之后,她便匆匆打开手机,开始翻看餐饮外卖。

"别看了,燕喜堂不做外卖的,而且她要吃的木瓜炖血燕也要预定才有。"霍东方的话让沈熠如被一盆冷水从头浇到脚。

她还不肯放弃,又想亲自打车过去店里买回来,可是被霍东方拉住了。"老铁,你就听我一句劝,你去了也没用,这时候正是饭点,没有预约的客人最起码要等到八九点才能进去吃第二轮。不过你要是真想给她打包,我倒是还有个主意——"

在霍东方的点拨下,沈熠第一时间拿起电话就打给了贺司南。听完她的请求,贺司南也没有废话,直接就答应了下来。半个小时后,他提着几个阵容相当之豪华的纸袋走进了病房。

沈熠一看那么漂亮的纸袋就知道这一顿实在不便宜,她先打开秀娜要吃的那份血燕,照顾她吃了一大半之后,秀娜摇头说累了,想睡会儿。

沈熠收好了外卖盒,借口说去洗手间,找到了正在病房外跟霍东方闲聊的贺司南。

"谢谢你贺先生,真是麻烦你了……那份餐多少钱?我转给你。"

贺司南看着她,既有心痛也有自嘲。他自嘲的是她对自己这种冷淡而生疏的态度和语气,跟霍东方相比,那可真是一目了然。要在从前,或者就算是现在,没有霍东方的提醒,他也会冷笑着扔下一句什么话就此扬长离开。

可是霍东方却再三拼命地暗示他——接受她的转账,为了这个,他甚至还亲自翻开贺司南的手机,找出了支付凭据,对沈熠清楚地说出了那个数字。

果然,沈熠一听到这一长串的账单先是脸色滞了滞,随后又露出如释重负的笑容,拿起手机转账给了贺司南。

"谢谢你贺先生,还有东方,要是没有你们两位,这事对我而言还真是很麻烦。"

其实贺司南打包的是两份,既然付了钱,本着能吃不要浪费的精神,沈熠当然要把自己那份吃掉。

可她又觉得在病房里当着秀娜的面吃东西不太好,不但有气味还会影响她休息。

霍东方这时候又发挥出自己机灵鬼的本色,他告诉沈熠病房外的花园就有桌子可以供人休息吃东西，并且还自告奋勇，留下来照看林秀娜。

随后，贺司南默默地拎起了床头柜上的外卖纸袋，对沈熠说了一句："我有件事情，是关于庄勋的，想跟你谈一下。"沈熠跟在他身后走到了医院的小花园里，这时候已经是七点多，江城万家灯火的时刻。贺司南接过外卖盒将里面的东西逐一放在了走廊下的白漆小铁桌上，打开包装，里面陈列精美、香气诱人的食物被灯光一照，倒有了几分在高级餐厅户外就餐的仪式感。

沈熠有些不自然地想起那次跟他一起吃西餐的经历，她的心紧了紧，好在灯光不亮，而贺司南也没有盯着她看。

医院病房里面不准抽烟，贺司南这会儿便摸出一根烟来，他略朝沈熠一示意，她立即点头道："贺先生您请便，我一边吃一边听您讲就好。"贺司南便把自己打听到的，关于应泽生联合其余几家投资公司全力绞杀庄勋，而后黎家最近也开始跟庄勋闹翻的消息大概说了一遍。得知黎家很有可能会退婚，沈熠却没有半分为秀娜而感到高兴。

她叹口气，咬着一块煎得香酥的葵花流心饼："就算是黎家真的跟他退婚了，我也不想让秀娜跟他在一起。庄勋这个人，修养实在太差，人品也相当恶劣。娜娜嫁给他，以后必定有受不完的苦。"

贺司南对此并不认同，他看着那些精美的打包盒，心想也许比起吃苦，林秀娜更怕的是不能再享受金钱和物质。可这样的话断然不能跟沈熠说，他只能附和点头："你说得对，庄勋这个人的确不是个好人。而且他对林秀娜没有半分尊重，这样的缘分就算勉强凑成了婚姻，也很难白头偕老。"

大概是因为这话说中了沈熠的心事，她忽然觉得贺司南真是又通情理又懂人心。只是白头偕老这四个字怎么听都觉得突兀，她于是悄悄侧眼看了看他，心想，原来你也相信白头偕老……又忍不住猜测，那个在他心里想一起白头偕老的人，到底是不是顾芳菲？

了解了庄勋目前的处境，也就不难推测他之前为什么对着林秀娜如此气急败坏了。很显然，一贯养尊处优的庄大少爷，这会儿就是认定了因为林秀娜怀孕的缘故，才搞得自己如此内忧外患，狼狈不堪的。

沈熠慢慢吃完了几盒餐盒内的食物，一向乐于品尝美食的她这回并没有发表任何品评，她慢慢地收拾着东西，把餐盒一个个盖好码放整齐。

贺司南看着她，直到看见她把东西都一样样放回纸袋里面去，这才听见她总算开口道："贺先生，以前我也觉得生命是从受精卵开始就有了人权的。以前我觉得每一个生命都应该是因为爱而诞生在这个世界上，每一个孩子都应该是爱情的结晶，都应该被命运温柔的对待……"

"可是现在,我不这么想了。我想,跟一个母亲年轻而漫长的余生相比,一个尚未成型的胎儿,与其让她来到这个世界就要承受未知而不可预测的命运,或许,及时阻止这一场悲剧的发生,会是最简单最残忍也是最有效的挽救。"

贺司南没有说话,尽管内心是震惊的,但是他却没有把自己的震惊表露出分毫。他在心里思考着沈熠所说的话,也在细细地观察着沈熠的表情。他看见她神色黯淡,双眸无光,似聚焦在漆黑的夜空,又似茫然无所见。可是那一句"每一个孩子都应该是爱情的结晶,都应该得到命运温柔的对待",到底还是让他从内心深处感到了疼痛。他回想起自己的童年,也回想起沈熠的童年。不被爱的失落,害怕失去温暖的惶恐,巨大的不安全感始终伴随着他与她……

随后,他就很自然地点了点头。甚至还鬼使神差地伸出一只手来,握住她放在小桌上松开的右手,像是给她打气又像是发自内心的认可和赞许:"你说得对,生命应该降生在爱和温暖当中,如果一个人从生下来就注定不被爱,那他的人生会有多悲哀?"

第十一章
错付

对于贺司南的认可,沈熠其实也觉得突兀和茫然。她看着他,心情十分复杂。随后慢慢地回想起以前的许多事情,直到这一刻,她终于霍然明白——原来自己是不讨厌贺司南的,除了最开始相遇的那一幕,后来他也给过自己很多的帮助。他也不是个真正让人讨厌的人,他只是表面带刺,内心里也有属于他的温柔和善良。至于以前她十分憎恶的他的感情选择,他喜不喜欢顾芳菲——也是直到这一刻沈熠才放下了坚持。

她想,那毕竟是属于他的人生,作为一个外人,哪怕就算是朋友,她又有什么资格来对他的情感选择说三道四?更何况,一旦认定他与顾芳菲彼此并不相爱之后,沈熠忽然就觉得自己内心轻松了很多。

于是她没有立即挣脱他的手,她还感激地冲他点了点头,伸手抹去眼角的泪痕之后,她哽噎着说道:"谢谢你,司南……没想到你会赞同我……"

贺司南很温和地注视着她,他听见她叫自己"司南",他给她递了一块手帕:"没什么,我就是觉得你分析得很对,我们都要学会做一个负责任的人。可是对林秀娜你要有点心理准备,我觉得吧,她恐怕不那么容易做到断臂求自保。"

"断臂求自保?——对,你说得对,对于娜娜而言,放弃这个孩子,的确很难……"沈熠说着,微微侧过了脸。夜太黑,走廊中的光照不到她脸上。贺司南看不到她的泪水,可分明就是觉得有种难过和悲伤,顺着他周身的血液逆流而上,直入心扉。

霍东方自请留在病房负责照看林秀娜,本来他心里这会儿对林秀娜也没多少好感,可是他还记得当初就是自己把林秀娜介绍给庄勋的,于是现在不管愿意还是不愿意,首先良心上他就自觉亏欠了她两分,所以少不得耐着性子,陪坐在一旁。

但他哪里料到林秀娜的孕吐反应会有如此剧烈,就这么一会儿的工夫,她最少吐了三四次。每次都是翻江倒海,好像连胆汁都要吐出来,看得他真是心惊胆战。

有两次溅了呕吐物在他鞋子和裤子上,他心里很不适应,还得笑呵呵地照料着。等到护士过来给她挂上止吐盐水,林秀娜昏昏沉沉地睡了,他才算是松了一口气。可他也不敢去打扰贺司南和沈熠,他怕被贺司南打死。想想只得拖过一把凳子坐在病床边,巴巴地守着睡着的孕妇。

过了一会儿他无意中看了看林秀娜的脸色,这才发现,与记忆里的那个明艳可人的女孩相比,这会儿一脸虚弱地躺在病床上,盖着白色床单的林秀娜简直憔悴得不像话。

霍东方摇摇头,像是头疼一样捧住了脑袋。得知沈熠要劝林秀娜放弃这个孩子,霍东方有些说不上来的复杂心情。他回过头看了一眼躺在病房里的林秀娜,好一会儿才点点头,附和道:"也对,庄勋这小子不像个男人,真要给他生下这个孩子,秀娜这辈子可算全毁了。"

沈熠要留在医院照看林秀娜,霍东方看了看医院提供给家属的那张伸缩躺椅和单薄的被子,自请道:"我家就在这附近,正好有一把旅行用的躺椅还是全新的都没拆开,还有这被子太单薄太旧了,我去家里拿过来给你先顶着对付一晚。"

沈熠感激地冲他点点头,因为相处的时日久了,只要不涉及金钱的问题她还是愿意多少欠朋友的一点情分的。

贺司南跟霍东方一起去停车场,一路上两人都没有说话。直到走到自己车边,霍东方才重重地飞起一脚踢在驾驶位的车胎上。车子发出一阵阵剧烈的自保式的哀嚎,吵得人头疼。贺司南从他手里夺过车钥匙按了一下,随后瞟他一眼,问道:"你干吗?"

霍东方仰天叹口气,忍不住忿忿道:"庄勋这小子实在是太混蛋了!只要一想起这么混蛋的人居然还跟我们一起长大,还跟我们一起吃喝玩乐过,老子就忍不住胸口作痛!"

贺司南钻进驾驶位,冲他按了一下喇叭,又伸出头来叫道:"你再不走我就先回去了!等会儿再晚一点,人家病房里的人也要休息的。"

霍东方到底怏怏地上了车,等到家取了东西他就让贺司南送过去,自己瘫在沙发上,两眼看着天花板:"你去吧!医院这种地方,我以后真是不想

再去了。还有，以后老子要么就做个不婚不育族吧。真的，现在想想不结婚不生孩子也挺好的，要不然让人家女孩子这么遭罪，我会觉得自己就是个十恶不赦的大坏蛋……"

贺司南赶时间去医院送东西，没工夫听他像个怨妇一般的唠叨。

可等到人走到门口，霍东方又跟挺尸一样坐了起来，对他嚷嚷一句："你问我老铁明天一早是不是得赶去上班？那啥，要不到时候我给林秀娜送早餐吧！"

贺司南回过头来看他一眼，没有说话就带上了门。他下楼开车，径直去了医院，不想就在先前吃饭的走廊上，看见沈熠独自一个人靠着柱子，正在默默流泪。他不知道她在为什么哭泣，也许人生真的太难了，她对人前都是坚强开朗，所有的难过都要避人耳目。

其实他又何尝不是如此？此刻他能做的，只能是掏出手机，登录上那个本来不属于自己的微信，然后给她发了几条消息。

听见手机响，沈熠抹了抹眼泪拿出来一看。原来"唐僧"给她发了几条信息，还给她发了一个很搞笑的萌系表情。她瞬间就不觉得那么难过了，她开始搜罗微信表情给他回过去。看着她手里的微光，看她聚精会神地给自己回复信息——贺司南不知道，自己到底是该难过还是欢喜。

可是他也明白了"唐僧"为什么会在她心里难以替代——因为只有在他面前，沈熠才能放下所谓成年后的尊严和体面，她才能流露出曾经的少女情怀，她可以像个不懂事的孩子一样跟他撒娇，跟他分享生活中的苦与乐。他与她相识就是微末中，他见证过她最无助最凄惶的时光，所以那份情感上的依赖永远不用设防。

而沈熠心里的贺司南呢？永远只会被称作"贺先生"，除了偶尔气急败坏时她忘记用"您"这个敬语会对他直呼其名之外，他在她心里永远有着大于三千米的距离。

这样的境况，说不灰心是假的。可再多的灰心，也抗不过她偶尔冲他流露出来的些许笑意。就像现在，沈熠回完了信息，一抬头看见贺司南手里拎着东西就站在走廊那头，立即冲他挥手道："贺先生！"

他又忍不住微微一笑，走上前，替她将躺椅在病房里铺好，又转告给林秀娜说霍东方明天早上来给她送早餐。

林秀娜好像刚刚睡醒，双目红肿，面容虚浮发白，眼神似从呆滞中转了转，才近乎本能地点点头："谢谢你贺先生，也请替我谢谢霍先生……"她这副样子，倒让贺司南也心里为之一黯。

病房不宜久留，他不过略站一站就起身告辞。沈熠也没有多送，两人就在走廊上道别。只是他心里怎么都放心不下，走到停车场上了车点着火，在回去还是不回去之间挣扎徘徊许久。最后还是伸手拔掉了钥匙，一个人悄悄走到了病房外的花园里，就这么站在黑暗中，遥遥看着她所在的那扇窗户。

*　　*　　*

没想到秀娜会如此平静地接受了流产这一提议。在沈熠小心翼翼地开始开导她时，她就轻轻笑了笑，随后摇头闭目仰面躺在那里，眼角有泪水慢慢的流下来，她很平静地说："我知道你要说什么，小熠，你们都在同情我，可怜我，也在嘲笑我……"

"不！娜娜，我没有嘲笑你，我只是心疼你……你不该受这样的苦。"沈熠止不住眼泪，她紧紧地抱着林秀娜，哭得上气不接下气。

林秀娜似感受到她的真心，她开始慢慢地回抱住她。"没什么的，我从小就是这么苦过来的……小熠，你还记得我们以前小时候晚上坐在院子里看星星吗？那时候我就想，什么时候我长大了，就可以去那些星星所在的地方看一看……那时候还小，不懂得那就是世人都想要的自由。可是现在长大了，却发现原来这个世界根本没有自由……不管我们怎么努力，我们都去不到星星所在的地方……"

沈熠点头又摇头，回想起童年，那么多黯淡的时光里，只有秀娜才是自己唯一的温暖和支撑。那些一起牵手走在星光下许过的愿，那些窝在稻草堆里说过的话，那些共同的期盼与梦想，经历了这么多年，其实她一直都没有忘，也不可能忘。

"会的，娜娜……你相信我，只要离开庄勋，你还会找到一个优秀又爱你的男人，你还会去到星星所在的地方。他配不上你，他不值得……"

林秀娜睁着一双大眼睛，她痴痴怔怔地看着天花板，眼泪无穷无尽地从眼眶里滑落，又无声无息地坠落进鬓角的青丝。

"是啊，不值得……其实我早就知道了，这世间……真的不值得……"

这一晚，沈熠与秀娜对泣相拥至半夜。她们说起很多以前小时候的趣事，也说起大学期间分开的那几年各自的经历。最后，秀娜在昏昏沉沉的睡意中合上眼。

沈熠给她绞了毛巾擦拭干泪痕，自己则默默地躺在睡椅上，看着窗外的夜色难以入眠。

*　　*　　*

第二天一早霍东方来到医院，知道林秀娜已经同意做手术了，一时间不由十分感慨。因为手术前还有一些检查，要等结果出来之后才能安排时间预约医生。想到这件事多少是因自己而起，所以他自告奋勇接替沈熠半天，还颇有本事地哄得林秀娜露出了久违的笑容。

沈熠见秀娜有他照顾，便跟着"匆匆赶来"的贺司南一起去了医生办公室。这个医生是贺司南托人找的关系，据说在业内口碑很高，本来早孕流产这种手术完全无需他亲自主刀，可是看在贺司南的面子上他还是抽空接待了二人，并再三让沈熠放心："只要孕妇本身身体不存在什么先天性的疾病，那么这场手术就是很安全的。"

沈熠这才放下心来，出来后对贺司南谢了又谢，贺司南见她满脸疲惫，便说自己开车送她回去休息。沈熠点点头，两人走在医院长廊里，很快又坐着电梯来到了昨夜吃饭的地方。

沈熠忽然停住脚，有些迟疑的抬头，她看着贺司南，缓慢地说："司南……"

贺司南以为她又要向自己道谢，正要开口说不要见外，不想沈熠却忽然有所顿悟一般，她脱口道："请你原谅我，我……一直以来就有点一根筋，有时候看问题只站在自己的角度，脑子根本不开窍。所以从前，我对你有很多的偏见和不公。昨晚我睡不着，很认真地回想了一下自己的人生，然后我发现，其实来江城的大半年，你一直都在帮我，就跟顾总和师兄还有楚依姐和东方他们一样……你们都是好人，很好的人。我一直没有什么朋友，除了娜娜是跟我一起长大的之外，成年以后真正给予我帮助和温暖的，就只有你们了……"

她说得很慢，似乎是因为睡眠不足的缘故，所以组织语言要跟上思路需要一点时间，还时不时拢一下眉头。

但贺司南却听得很认真，脸上的表情也很严肃，带有一丝的动容。然后他终于听到了自己期待已久的内容，沈熠叹了口气，说："以前我总认为你既然是顾总的未婚夫，自然要对她温柔体贴，要对她忠诚呵护。可是后来你们都告诉我，你们并不相爱，你们只是被命运束缚着要完成婚约……所以最近我都在思考，是不是我太过先入为主？就像昨晚我劝娜娜放手，因为她并不爱庄勋，她只是想要他给她带来的物质和享受一样。你们，既然不相爱，那么还是放开彼此吧——司南，我很感谢上天让我们能成为朋友。所以我希望，你跟顾总都能找到属于自己的幸福，我真的希望你们都能被爱而且心有所爱。"

贺司南听完了她的话，他很认真地思索了一会儿，随后问她："为什么？

你觉得相爱真的那么重要?"

沈熠点点头,很郑重地说出了自己的答案:"当然重要!因为只有爱,才能让我们感受到温暖和慰藉,只有爱,才能让人生不再感到孤独。"

这天早起就有大风,贺司南匆匆从医院回到住所,洗澡更衣后又来医院,其实满心疲倦。可此刻,晨风带着冬日的冷冽吹拂在他脸上和身上,他却觉犹如身沐春日丽阳一般,有一种奇异的暖流,从脚底攀升到天灵最高处。随后他就笑了起来。

要说以前,他尚且不知道自己为何会喜欢上她?既不是很美,更不是最好,那么倔强,那么执着,宁愿固守贫穷而不愿对这个世界有丝毫的迁就。对于他而言,她就是另一个世界的人,一个好像完全不同频道、不同节奏的外星人。唯有此刻,他才找到了那个答案。他觉得自己多么庆幸——尽管从前很看不上徐志摩的煽情,可现在他就想拟来借用一番。

"我将于茫茫人海中访我唯一灵魂之伴侣;得之,我幸;不得,我命。"

然后他笑着对沈熠点了点头,很诚恳地说道:"我很羡慕你,一直以来我都搞不懂为什么你跟其他人会不一样?到底哪里不一样?到现在我才明白,那是因为你是万千人中极少数能够固守初心的人。"

沈熠有些不好意思地擤了一下鼻子,垂头低声回道:"哪有?你不就是觉得我倔呗,我跟你道歉还不行吗?"

"不,我说的是真的。小熠,真的,你知道我以前为什么总觉得人生充满了痛苦和彷徨吗?因为我始终求不得,求而不得,欲求而不得——我始终茫然,不知道自己到底想要什么,不知道幸福在何方。有时候这种茫然,堆积多了,天长地久,真的会让人灰心绝望——"

他说着,不自觉地仰起头,沈熠顺着他的视线看过去,只见极远处那一片湛蓝湛蓝的天。她从他的眼角看到了些许湿润,他的神色让她觉得有些难过又有些凝重。可她不知道该如何安慰他,只得就着刚飞过的一只小鸟,对他说:"都过去了,司南,你看,那只小鸟它跑来找自己的朋友。今天这么好的天气,我觉得我们都应该高兴一些。"

贺司南看出她眼底的期待,他流畅地点点头,迅速收敛起那一点点不合时宜的伤感,附和道:"是啊,难得这么好的天气。走!我送你回去。"

* * *

医生说秀娜手术后需要康复和修养,也就是传说中的小月子。对于这种事情沈熠毫无经验,但她想起孔姨,直觉自己可以请她帮忙。于是抽空又去了一趟云麓,正好楚依不在家,孔姨听到沈熠的请求吓了一大跳,紧紧攥住

她的手,最后得知要做手术的人是她朋友之后方才长舒一口气,摇头道:"真是造孽,怎么会有这么可怜的女伢儿。"

沈熠默然,长痛不如短痛,眼下还得尽快让她摆脱这种困境才行。于是跟孔姨商量了一下,拜托她熬些补身的药膳和汤水给秀娜,也不用她一天两趟地送,到时候由她或者霍东方过来取就行。

跟孔姨道别之后,沈熠就坐车回医院。一路上眼皮狂跳,一开始是右眼后来是左眼,起初她还以为是自己昨晚没休息好的缘故,可是等回到病房看见霍东方一脸无措的表情之后,她就知道肯定是出岔子了。

霍东方看见她泫然欲泣,拉住沈熠辩解道:"老铁你听我说,我就去了一趟检验科的工夫,回来林秀娜就不见了。她的东西都还在,可是手机和身份证还有那个随身的包包不见了……我问了护士,她们说她想出去晒晒太阳,谁知道我跑出去找遍了整个医院,也不见她的人影……"说完,他又哆哆嗦嗦地拿出一叠化验单,抽出其中一张重点解说:"这个化验单医生说让我们谨慎考虑一下,因为秀娜她是稀有血型,如果第一胎流产,很有可能以后再也做不了母亲了——"

沈熠如被重击,来不及抽口冷气马上拨打秀娜的手机。一听提示音关机,她二话不说跑去保安科要求调看监控录像。一开始保安科还不给看,要求她们出示亲属证明。好在这会儿霍东方知道自己闯祸了连忙求救贺司南,一通电话打过去,有人给这边的头头下了命令,沈熠这才总算找到了秀娜离开医院时的监控录像。

"这个妇人是谁?她来找秀娜干什么?看起来——她跟秀娜还认识,可是我真的不知道,她是秀娜的什么人啊!"沈熠指着监控录像里的中年妇女,要保安放大影像细细观察。

一旁的霍东方却"啪"的一声猛拍大腿,叫道:"糟了!我怎么没想到这一层?——小熠,这妇人是庄勖他妈,她肯定是来劝秀娜不要流产的。"

沈熠闻言,转过头来看着霍东方。霍东方从来没见过她这样的表情,吓得声音都低了几分,解释道:"我真的不知道她怎么跟秀娜联系上的,真的,我向你保证,在医院的时候她没接过任何人的电话,就是有几次拿起手机看了看,好像还给人回了微信什么的。你也知道的,我一个大男人总不好偷看她手机聊天……"

沈熠叹口气,心灰脸白:"不怪你,可能她们以前就见过——而且如果她真的说服了娜娜留下这个孩子,那么不管我们再怎么劝,可能也很难改变娜娜的心意。"

沈熠预感到自己或许一语成谶，一个下午的时间，她的两只眼皮都在不停地狂跳。直到晚上秀娜终于给她打来一个电话，沈熠接起来，秀娜就开始哀求："小熠，我求你最后帮我一次好不好？今天庄勋他妈妈来医院找我，她告诉我看在孩子的份上她可以让我嫁进庄家，但是前提条件是，我必须要想办法让应泽生不再处处针对庄勋和庄家的生意……"

沈熠花了好一会儿的时间，才总算搞明白秀娜这通电话的意思。原来上次义卖会上，庄勋的举动算是彻底激怒了作为金融界新贵的应泽生。作为男人原本就很难容忍有人觊觎自己的女友，更何况庄勋还是摆明了要打他的脸，下宋丹宁的面子。

于是过后应泽生就开始着手对付庄勋，本来年底就难免资金周转紧张，银行的贷款额度又全面收紧还加快资金回笼。应泽生瞅准空子安排人给庄勋设了个局，以地下钱庄的方式吸引他向其借贷，一开始的确低息大额放款快，庄勋就拿着这些钱开始倒腾炒股，想着赚点差价。

可是越到后来他套在股票上的钱就越多，行情也总不看涨，但是钱庄的利息却是一日滚一日，就跟雪球一样越滚越大。直到庄勋被牢牢套住了，应泽生这才作为资金受让方出现。他不但要求庄勋公开向宋丹宁道歉，还要他亲自承认自己是癞蛤蟆想吃天鹅肉。否则，他就绝不罢手。

而庄母之所以找上林秀娜，也是因为她不知道从哪里听说了林秀娜跟沈熠是好朋友。而沈熠作为顾芳菲的助理，说不定能通过顾芳菲劝得宋丹宁调停此事。沈熠听完来由，不由失声苦笑摇头。

她问秀娜："你爱庄勋吗？你嫁给他，到底是因为爱情，还是因为其他？"林秀娜起初不答，最后被逼不过，方才狠狠咬牙道："我爱不爱他有什么重要的？小熠，我知道我走到今天这一步只怕就连你都看我不起，可是我有什么办法？医生告诉我，我的血型很特殊，如果拿掉这个孩子我很有可能一辈子都再也无法做母亲了。你替我想想，如果你是我你会怎么办？现在他妈妈跑来告诉我这么一个消息，我也不瞒你，我心里是很高兴的。说不定我能生个儿子呢？说不定他们会看在我为庄勋解围的份上真的答应我们结婚呢？小熠——我求你，你就当我求求你，你发发善心再帮我一次，我知道顾芳菲很给你面子的，还有你那个师兄宋世钧，他也是宋丹宁的堂弟……"

沈熠被她一通电话搅得头昏脑涨。真是难，实在是太难了——她不知道该怎么办，只能先胡乱答应着让秀娜先休息。出了这样的事情，看来今晚也是睡不成了。

她头疼欲裂，坐在床上发了好久的呆。最后想出来客厅倒杯水喝，打开门却看见小白龙就蹲在自己门口，正用安静又期待的眼神看着自己。沈熠带着狗狗去了阳台，她很少有这样的时光，能在冬夜的月光下看看自己伺弄的花草，还有这条陪伴了几个月的哈士奇狗狗。此时抱着狗坐在花草丛中，看着外面安静的城市夜色，听着隔壁房间里偶尔传来爸爸的鼾声，其实这一切都是她从来没预想过的——所以人生，真是无法预测。

她在阳台上坐了很久，凳子太矮，等发觉衣服穿得过少时已经打了两个响亮的喷嚏。也许是被声音惊醒，沈父拄着拐杖走过来，略有责怪地说："你这孩子，怎么大半夜的不睡觉坐在这里数星星？"

沈熠不想让他担心，便顺着他的话回道："是啊，我可能是最近加班太多了，偶尔能早点睡个觉，居然还失眠——"

沈父督促她早点回去睡，又说要去厨房给她煮点宁神的八宝糖水。沈熠忽然想起他说的这个糖水跟孔姨今天随口说出的食谱有些相似，便问了一句，谁知沈父居然愣了愣，很不可思议地摇头嘀咕道："你说有人会做咱们家的八宝汤？除非是咱家的亲戚……"

沈熠这会儿困意上来哈欠不断，遂点着头对爸爸应道："好好好，那我下次问一下孔姨，看她是跟谁学会做这个的。我先去睡了，您也不要煮什么糖水了，都睡吧！"

*　　*　　*

第二天上班，沈熠先去了顾芳菲的办公室。她现在已经逐步把店务工作交接给一位新聘的店长助理小朱，而她的工作职责主要回归到设计方面。她的办公室也调换了，就在顾芳菲的楼下。此外，店员们也改口开始称呼她沈总监。

对于设计总监这一职位，沈熠其实一直是推脱的，她觉得自己的资历和能力根本担不起这个位置。但一来顾芳菲坚持；二来也是因为楚依的大力推崇。

所以走到这个位置沈熠至今心怀忐忑，见到顾芳菲也如从前那样称呼顾总，而不是她一再要求的"芳菲"这个名字。所以当听见她又称自己顾总时，顾芳菲先笑了起来。她看着沈熠的脸色，问她："怎么看上去气色有些不好？是感冒了吗？"

沈熠摇头，如实道："我朋友秀娜前天在医院住院，我陪了她一晚，所以睡得不太好。"

顾芳菲点点头，显然并不打算在林秀娜的事情上过多追问。但沈熠已经站到了她面前，又怎么可能连试都不试就放弃？

听完她的请求，顾芳菲有些为难地叹了口气。她看着沈熠，很坚持地让她在自己对面坐下来。

她推心置腹，甚至几近直白地告诉沈熠："其实我很理解你的心情，沈熠，一直以来我都知道你是个对朋友很真诚的人。所以你想帮林秀娜，这一点我很明白。"

顿一顿，她又道："可是有件事我也必须告诉你，那就是丹宁跟应泽生之间的关系，或许不是外界所揣测的那样——所以你能否说服她去跟应泽生开口，这一点，我真是没有把握。"

窗外风声呼啸，沈熠坐在温暖的室内却只觉一颗心凉了又热，热了又凉。她很忐忑，因为深信顾芳菲，所以对接下来可能得到的结果，便更加依赖于顾芳菲的分析和建议。

最后顾芳菲收拾了一下桌面的文件，她站起身来朝沈熠招手："正好我跟丹宁约了一起吃午饭，你跟我一块去吧。你当面跟她说，至于答不答应，我想她会遵从于自己的内心！"

沈熠点点头，连忙站起身来。只是由于过于紧张，她起身时碰到了桌子，有几份文件随即掉下地来，哗啦啦摩擦作响。沈熠连忙弯腰去捡，可是顾芳菲的动作比她还快，先行一步将那几份文件都拿在了手里。

沈熠抬头时隐约看见其中的一份文件似乎印有医院的徽章，但只是一瞬而过，她迟疑着要不要开口询问。但顾芳菲已经把那几份文件随手塞进了自己的公文包里，她朝沈熠笑了笑："我有个同学可能会过来一起吃饭，她是和睦家的医生，上次你昏倒的时候人家可没少照顾。"

沈熠只好作罢，连忙笑道："那我等会儿肯定得好好谢谢她。"

两人一起出门，还是顾芳菲开车。沈熠告诉她自己已经报了驾校，只是很少时间去练习。

顾芳菲便笑了笑，回忆道："还记得我刚刚学会开车时曾经很兴奋，总觉得这个世界对自己而言又多了几分自由。现在想来，那时多幼稚，可是，毕竟还是为此高兴过的。"

沈熠听她谈及自由，心里却隐约感到几分黯淡。如果没有这么近距离地贴近过顾芳菲的工作和生活，她也会如世人一样只会对她拥有的一切感到羡慕甚至妒忌。

但此刻因为知道大部分的真相，所以她只会感到惋惜。这种惋惜，与她对秀娜的感情，并无二样。

吃饭的地点约在市中心的丽轩，沈熠和顾芳菲来到的时候宋丹宁已经先到了包间。打开门，闻见玫瑰花香，沈熠忽然觉得这个冬季似乎一直就被花香包裹着。鲜花让人心情大好，而看见宋丹宁这样的妙龄佳人，更让人觉得世间万物皆更美好。

其实沈熠一直知道，宋丹宁并不太喜欢自己。虽然这只是一种直觉类的猜测，但在上次会场时还是得到了验证。只是这回，见到顾芳菲带着她一起出现，宋丹宁倒没有流露出什么不悦之色。她只是轻轻放下手里的茶盏，对两人微笑着点点头，又示意穿着小凤仙的服务生斟茶，随后看了看腕上的手表，道："也不知道若兰来不来，先前给她打电话，她说还有一些工作上的事情没忙完。"

顾芳菲摇头，端起热茶抿一小口，这才微微叹口气："她有没有告诉你，她明年要去法国工作？这一走最少三五年，巴黎的冬天不像江城，那种冷我真是记在了骨头里。"

宋丹宁点点头，"嗯"了一声。似乎是因为巴黎这个城市让她想起了什么，她开始低头伸手抚摸着自己颈间的一条祖母绿镶满钻的项链。沈熠坐在顾芳菲身侧，她看着宋丹宁。美人无论什么样的表情，其实都有不同的美感。而宋丹宁一向气质优雅高洁，仪态更是出众的优美几近无可挑剔。

此时沈熠难得近距离地看她，只见她浑身上下并没有任何一件大牌外露的装束。真正的名媛应该就是这样吧，她的首饰除了一块腕表，就只剩那条一看就不是近代所出的古董项链，原本她气质时尚明丽，可是戴着这条项链却显得格外的融洽，就好像那项链就是为她专门定制的一般。大抵真正的精品，无论首饰还是衣服，其实都永不会过时吧！

沈熠在心里对那条项链的设计者和工匠致敬，也为美人的气息所微微迷惑了心神，倒把先前来时的满腹心事暂且放到了一边。

可她不提，顾芳菲却颇为上心。为怕沈熠不知道如何开口，她便索性先起了个头，最后再朝沈熠道："小熠，你自己跟丹宁说吧。"

沈熠这才清了清嗓子，强压住心里的忐忑不安，正要开口时，有人进来了。

顾芳菲和宋丹宁都对来者露出了笑脸，那位总厨装束的人带着服务生给三人送上了一盅汤和几样餐前小菜，最后对沈熠点了点头，很和煦地请她先喝口热汤暖一下身子。

"你们慢慢聊，我去准备其他的菜式。"

沈熠轻声谢过他，一口热汤喝下去后，不知为何，她的心情奇异地开始渐渐平静下来。

然后她终于用很沉稳的声音,向宋丹宁说出了自己的"不情之请"。

宋丹宁的眼神冷淡而微露寒意,她问沈熠:"你要帮庄勋说情?你觉得他配得到宽恕吗?"

沈熠摇头:"不,我不是要帮他说情。我知道他为人卑鄙行事下作,他根本不配得到你的原谅。可是,我不得不帮我的朋友秀娜……因为这关系到她的幸福和她肚子里的孩子。宋小姐,请您帮帮我。"

宋丹宁几乎没有考虑就摇头拒绝,她看向顾芳菲:"为什么要带她一起来?你知道的,我一直不喜欢她。"

顾芳菲起身,走到她身边握住她的右手,再微微躬身:"对不起丹宁,我知道我这个举动可能会让你不开心。可是小熠——她也是我的朋友,这些日子里她尽力帮我,还有上次走秀的时候你的礼服也是她……"

"朋友?芳菲,你把她当朋友,你觉得她也会真心对你?"宋丹宁说完,忽然扭过脸。她对沈熠冷笑了一声,然后慢慢地说出了一句让所有人都意想不到的话。

"好,我可以答应你,我帮你这一次——但是前提条件是,你要先答应我,以后如果芳菲有需要,她可以让你做任何一件事。你听清楚,是任何事——当然我相信她绝对不会要你的命。"

沈熠有些懵,她起初是不相信,后来渐渐明白宋丹宁话里的意思后,立即点头,毫不犹豫地应下。

"好,我答应你,以后如果顾总有需要我去做的事情,不管是什么,我都会照办。"

眼见着两人在自己面前一问一答,顾芳菲简直是目瞪口呆。"你们——不,丹宁,小熠,你们俩真是太荒谬了!我不要接受你们这样的约定,我根本从来就没有想过——"

宋丹宁得到了想要的答案,她用眼神示意沈熠离开,并承诺她:"今天下午五点钟之前,你的朋友林秀娜会跟庄勋一起收到应泽生的和解。"

说完,她又似笑非笑地勾起一抹表情,用轻慢的声调目送沈熠的离开:"不过我赌林秀娜嫁不进庄家,不信,咱们走着瞧好了。"

沈熠心里一凛,她自然知道宋丹宁所言不假。可当着顾芳菲和她面,她还是恭敬地道了别,拿起自己的手袋几乎狼狈地匆匆离去。

包间内只余下顾芳菲和宋丹宁两人,顾芳菲松开自己紧握的手,有些复杂地看着好友:"丹宁,为什么忽然会有这样的想法?对不起,我没想到你会这么生气,但是——"

宋丹宁朝她摇头一笑，她接起一个电话，应答几句后道："若兰说她来不了了，这顿饭只有我们俩了。芳菲，你觉得我在刁难她吗？不，我其实只是给她一个理由，让她来说服我，否则，我会找不到台阶可下。"

郭总厨的新菜陆续被端上来，两位至交在品尝美食的过程中终于渐渐平复了心情。

顾芳菲看着好友的侧脸，有些担心地问她："你跟应泽生……到底怎么样？你真的打算嫁给他？"

宋丹宁没有作答，也没有否认。她专心致志地给顾芳菲舀了一勺子的虾滑豆腐碧玉羹，又自行品尝了一口，眉间舒展时才道："等会儿跟我一起去看看瞿老师吧，她最近有些感冒，我让她住院她也不肯，就在家里喝中药。"她仍旧称呼应泽生的妈妈为瞿老师，好似这一称呼并不打算改变的样子。

顾芳菲点点头："瞿老师以前身体一直很好，上次听若兰说她多年茹素，可能正是因为这个才导致免疫力不太好。"

宋丹宁嗯了一声，没有继续接话。顾芳菲这才道："要不，应泽生那边还是由我来说吧。我知道你很讨厌庄勋，而他为了帮你出这口气肯定也费了不少功夫。"

宋丹宁放下手里的筷子，又用毛巾擦了擦嘴角极淡的一点汤渍。随后她转眸看向顾芳菲，仿佛是斟酌许久之后才开口："不，我去跟他讲，他不会有任何意见的。芳菲，你知道吗？在此之前我一直都很不喜欢沈熠，我觉得这丫头跟我们不是一个世界的人。可是从今往后，我会拿她当朋友——你不要觉得惊讶，如果她能用对林秀娜的那份心来对你，如果她真能把你也当作朋友，那么我会觉得，她本质上跟我们就是同一种人。"

顾芳菲瞬间听懂她的话，她的眼里渐渐浮起氤氲的水汽。

"丹宁，你不要这样为我担心，我真的很好，我欣赏沈熠，只是因为她本身的才华和她的品行。但是相对比你我二十几年的友情，你更像是我的亲人，我们不可分割，永远不会疏远，而她却是半路的同行者。"

宋丹宁反过来握住她的手，她如往常一样将自己的头轻轻靠在顾芳菲身上，半闭上双眼，娇嫩的脸颊在温暖的室温和美食的熏染下，渐渐涂抹上一层细腻柔滑的绯光水色。

"我知道，芳菲，正因为我知道我们之间的情义永远不会变，所以我才会欣赏沈熠能为朋友拼尽一切的勇气。"

两人饭后一同驱车前去瞿老师的墨言书院，顾芳菲没做过久的停留，因为听见宋丹宁接电话知道应泽生要来接她，随后她便起身告辞出来。

*　　　*　　　*

　　应泽生与瞿老师母子之间的关系有些令人蹊跷，看在宋丹宁的眼里，除了过于客气和庄重之外，实在是少了几分亲昵。可是人家毕竟是母子，宋丹宁不会傻到以一个外人的身份去过问这其中的心结。只是瞿老师显然更喜欢跟她说话，要是看在不知内情的人眼里，很有可能会以为她们才是母女，而那个坐在一旁很少发言的应泽生就是个陪同的女婿。

　　宋丹宁在一般人前都有些高冷，可对着瞿老师却是十分耐心温和。

　　二人在此中待了不短的时间，待到傍晚走出院子时，她深吸了一口外头冷冽的寒气，有些惋惜地看着台阶下那一丛在寒风中瑟瑟发抖日渐干枯的小小白花儿："瞿老师上次告诉我说这花叫韭菜兰，开花时跟兰花一样美丽雅致，但是却格外好养，既耐寒又耐旱。没想到这冬天一来，还是不免枯萎了。"

　　应泽生的车子就在外面，他在屋里穿着西装，出来时手里就拢着她那件披风。此时手扶着她慢慢下了台阶，又怕她着凉，伸手先给她把披风罩上，随后回眸看了看母亲所住的屋子，反问她："我记得你只喜欢绣球，绣球多美，这花跟它可没法比。我也早就说过妈妈，让她换个房子来住，就是想办书院做点事情，我也可以在附近买个大一点的平层，她却偏不肯。"

　　宋丹宁看着他，于寒风中微微一笑，她的美貌足以令这老旧的屋子门楣生辉，星眸却有些留恋地打量院子四周："我觉得这院子挺好，房子虽然老旧了点，但很温馨。所以每次来看瞿老师，我都想在这里多待一会儿。"

　　应泽生当即笑起来，他的目光中有些显而易见的志得意满："是，妈妈常跟我说，要我好好待你。我能想到，以后我们结婚了，万一哪天我不小心惹恼了你，我妈肯定第一个要收拾我。所以说，我还是无条件服从得好。"

　　宋丹宁在他的搀扶下慢慢走出了这个院子，她日常早晚都要弹钢琴，一双手秋冬天总是戴着手套便于养护。先前在屋内时摘了下来，此时拿在右手里还要重新戴上。

　　应泽生自然趁机效力，又偷偷看了看她的神色，见似是无所领会，便趁机刻意抚摸了一下她左手的无名指，低声问道："我从来没见你戴过戒指，不知道应该是几号指圈？你喜欢什么样的钻戒，要不圣诞节前我们一起去一趟安特卫普？听说那边最近有几场拍卖会，都是一流的原石……"话说到此处，宋丹宁就是再想装傻，此时也必须要有所回应。

　　但她却只是平静如常地看着应泽生，既不热烈也不反感地说："一颗石头而已，哪里用得着这么麻烦？你让人在国内挑好的原石，但设计师要找个顶级的，回头我问一下芳菲，让她推荐一个。"

听得她如此回应，应泽生已经喜极。他连连点头，以至于再后来宋丹宁顺势让他停止继续针对庄勋时他连想也没想，便应允了。

沈熠下午坐在办公室，等到五点多接到林秀娜的电话，得知应泽生果然答应息事宁人之后，她在电话里长舒了一口气，如释重负。

林秀娜在电话里千恩万谢，大概是自己也有些不好意思，一再表示将来结婚时要请她做唯一的伴娘，沈熠却含着泪勉强笑着回应："那我可不敢，你那么漂亮，我又是个不上镜的，到时候别搞得你没面子，让人认为你的闺蜜朋友都像我这么丑。"说完，她的眼泪已经忍不住流了下来，连忙伸手擦掉。

林秀娜却是笑得没心没肺一般的开怀，她不再坚持要沈熠做伴娘，却又起了另外一个头："那你得给我设计婚纱，还有礼服！我听说现在江城的年轻人结婚最少都要办四套礼服，到时候我也好跟人显摆一下，说这是我的著名设计师朋友给我独家定制的，哈哈！小熠，你现在也是名人了，能享受到跟楚依一样的待遇，我真是好幸福啊……"

沈熠拿着手机，听见秀娜在那边开怀的笑，她却忍不住眼泪婆娑。她想起记忆里那个童年的秀娜，再想起在江城第一次偶遇时的秀娜，再想起她身上那些触目惊心的伤痕，以及躺在医院里那个双眸黯淡无光，脸色蜡黄的秀娜……

她又想起那句名言：她还太年轻，尚且不知道所有命运馈赠的礼物，早在暗中就标好了价格。而追寻这一切将要付出的代价是什么？不到最后一刻，没有人知道。

因为心情实在太糟糕，根本没办法把思路理清楚，沈熠想了想，索性打了个电话把霍东方和贺司南还有宋世钧都一起约了出来。"天气冷，我请大家吃个烤羊排吧！就在我们小区前面新开的那个店，事先声明啊，这顿我买单，谁跟我抢我就跟他急。"

三人一进门，看沈熠脸色这么不好，当即都心中有数。还好这家店做的烤羊排和面饼类的点心都很好吃，尤其是那个手抓饼，又香又酥吃起来还不腻人。还有那个包菜炒粉丝，做得家常又地道；再舀一碗热气腾腾的羊杂汤，喝进嘴里既香甜又解腻，半碗汤喝下去，就连沈熠本来无精打采的神色都好看了许多。

霍东方自觉有些愧对沈熠和林秀娜，因此这顿饭格外卖力逗笑，只想把气氛搞得活跃一点。再加上贺司南和宋世钧也着意配合，所以饭桌上前半场都只听他们三个男的声音。

沈熠倒是看上去专注吃东西的样子，只是后来她出去上洗手间了，霍东方才召集另外两个人凑在一起商量道:"你们说,小熠今天是不是有点不对劲啊?我怎么总觉得,她心里好像很难过,又非得憋在那里不肯说?"

贺司南白了他一眼,直言:"你这不是废话吗?"

宋世钧却看着她跟前那份已经吃了一半的手抓饼,若有所思地点头:"以前总觉得她很坚强,好像再大的困难也压不倒。其实这根本就是错觉——她总归是一个女孩子,有时候负面情绪积压太多必须得发泄出来,要不然容易抑郁……"

他的话音未落,就有服务生过来敲门,颇为慌张地对他们说:"你们那个朋友,就是那个去上洗手间的女孩,她在那边跟人打起来了!"

贺司南一听这话立即夺门而出,跑到洗手间那边一看,只见沈熠果然跟一个男的正在厮打,表情十分愤怒。他当即脑门一热,对着那男的就是一拳头打在腰间,又一把从身后擒住他,只对沈熠喊道:"他打你了?打你哪了?混蛋!看我打死你!"

贺司南暴揍这男的同时,宋世钧和霍东方也赶到了。霍东方一看那男的还有帮手正在跑来,连忙撸起袖子准备参战,宋世钧则拉住沈熠先安慰了几句,随后得知这男的因为对怀孕的妻子使用暴力,被沈熠看不过训斥了几句之后才动了手,当即便叫住贺司南:"别打了!人家是两口子,你们再跟他打下去,回头肯定得蹲局子。"

贺司南这才暂时收手,推开那胖子一看,只见人满脸通红浑身都是酒精味——竟然是醉猫一只。而被沈熠护在身后,先前还瑟瑟发抖的那个被家暴的孕妇,这会儿却哭着上前来扶起丈夫,随后在赶来的朋友的质问下,居然一股脑地把责任都推给了沈熠:"都怪她!我跟龙平本来也没什么,她非说龙平欺负我,还让她男人把龙平打成这样……"

沈熠如被雷击,她怔怔地看着那个面容憔悴、脸上至今还有几个清晰手印的孕妇,不肯置信地追问道:"你说什么?他这么对你,他连你一个孕妇都敢打,你还要帮他说话?你——"

宋世钧一看沈熠气得开始哆嗦,连忙上前扶住她的双肩:"小熠,你先别激动。你这样,司南,你先扶她回去休息一下喝口热汤,这里交给我来处理。"沈熠起初不肯,但耐不过贺司南和霍东方两人都过来架着她,于是被半拖着带走了。

也不知道宋世钧到底是怎么摆平这几个人的,但是等他料理完这一头回到先前吃饭的包间,却见沈熠正趴在桌子上伤心地号啕大哭。他用询问的眼神看了看贺司南和霍东方,结果他们两个都朝他递过来一个无奈又无辜的眼神。

这是沈熠第一次不顾成年人的体面，在几个朋友面前失声痛哭。当然，对于贺司南而言，这已经不是第一次了。可是，因为他知道这次她哭的原因不是为了自己，而是为了朋友，或者说，为了她心里曾经相信的一些可能存在的希望的破灭吧，所以，意义是大不同的。

余下的两人，宋世钧和霍东方大概也猜出了她难过的真正原因，因此都保持了缄默。

直到后来，沈熠哭累了，嗓子哑了，眼睛也肿了。她抬起头，用一种空洞而绝望的眼神看着桌上一堆早就凉透的饭菜，贺司南这才走过去扶她起来。他对她说："走，我陪你去洗个脸。洗个脸，我们送你回家，别让你爸担心，今天可是冬至呢！"

冬至——沈熠这才倏然一惊，她想起自己本来答应了爸爸要回家陪他吃饺子的，于是终于擦了一把凌乱的头发，又伸手擦了一把脸上的泪痕，点头道："好，我去洗个脸，东方，麻烦你帮我在我包里拿钱出来买单。"一顿饭算是吃得有始无终，出门时霍东方先拉着宋世钧上了他的车，贺司南便给沈熠开了车门。

临到下车时沈熠觉得很不好意思，她想跟贺司南道歉，却被他抢在前头开了口："我们都知道你为什么这么难过，所以看见你终于能哭出来，大家都觉得反而是一件好事。沈熠，我承认有时候你的确跟一般的女孩子不一样。可是如果是你伤心难过的时候，我们都希望你该哭就哭，该发泄就发泄——这个世界就这样，你没必要为了所谓的体面和尊严把自己逼疯。真的，你要始终相信，没有任何东西，比自己更珍贵更值得珍惜。"

冬至的夜色，似乎比平时都要浓稠。车里没有开灯，贺司南在驾驶位转过头来看着沈熠。

他眼里有光，如此静静看着沈熠的时候，让她觉得，他似乎跟以前有些不一样。随后她点了点头，慢慢地伸出了右手尾指，与他轻轻一勾："这是你说的，没有任何东西，比自己更珍贵更值得珍惜——所以司南，我希望你以后也能活得快乐一些。"

贺司南轻笑，指尖与她的指尖缠绕勾连。那种感觉实在奇妙，仿佛窗外的夜空中忽然爆出大朵大朵绚丽的烟花来。

"好了，我下车了，谢谢你司南，冬至快乐！"沈熠拿起包，从副驾驶位上轻盈地走了下去。她关上车门，拢紧风衣朝他轻轻挥手。

"冬至快乐。"贺司南也向她挥手，他就这样坐在驾驶位上，一直目送

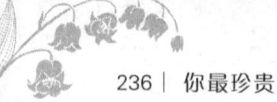

到她走进小区。

*　　　*　　　*

临近圣诞节,气温日渐降低,商场的御寒衣物都快卖疯了。沈熠听说江城的冬天从来不下雪,可是最近每天出门时看着灰霾阴沉的天,还有呼呼的风声,她就忍不住嘀咕道:"谁说江城的冬天不下雪?我就觉得这天气比下雪还冷!"

她说的其实没错,因为江城冬天不下雪,所以那股子寒气就直往人骨头里钻。特别是有时候碰上雨天,那潮湿阴冷的感觉就跟滴滴答答的细雨一样,无处不在地附着于身上的每一寸肌肤上。

可是与这冬日的寒冷潮湿成反比的,就是她暴增的工作量以及外界纷至沓来的关注量——自从接受了那个李唯一的专访后,又逢楚依的个人演唱会即将开唱,在流量就是金钱的时代,那篇专访的点击量一周之内就破了100万,几个商场专柜的销量自然蹭蹭蹭地跟着往上涨。

沈熠因此一战成名,而且在李唯一的追捧下,还近乎一夜封"神"。只是她本人对这些外界的赞誉并不怎么关注——甚至如果不是宋世钧和霍东方他们的提醒,她还根本没想到自己忽然有了这么高的名气。她每天脑子里想的只有工作,策划当季主题,设计新款,跟进面料、辅料以及产品下厂、上线——还好生产线有着足够的产能,但加快款式上新以及策划品牌主题和相应的宣发材料,也是迫在眉睫刻不容缓的事情。

于是顺理成章的,沈熠又忙成了陀螺。以前她早晚都坐公交车出门,现在为了方便省时间,都是宋世钧或者贺司南和霍东方三个轮流接送。

因为工作上的缘故,如今她们几个人也时常碰头在一起商量一些细节,倒是顾芳菲很少参与这边的运营和管理,她的精力和时间主要还是放在星辰和她之前搭建的几个慈善项目上面,也是忙得不可开交。

也许是因为工作太忙时间不够的缘故,沈熠最近没有再跟秀娜有过联系。偶尔看她发的几条朋友圈,大抵也是秀恩爱、秀礼物和秀那栋她刚刚搬进去养胎,却不是庄家大宅的别墅。

说起来他们三个人当中,霍东方以前还跟庄勋有过一两分交情。如今眼见他跟林秀娜走到这一步,他也暗地里打听过,最后得到的结果,却是让他更觉愧对沈熠。

庄勋根本就不想娶林秀娜,也根本就不会娶林秀娜——这个结果,其实大家心里都明白,包括沈熠在内。可是,令人叹息的是,沉浸在幸福和期待中的林秀娜却不明白。

"我听说庄勋这小子在暗地里拉拢人给应泽生下套——呵呵！他大概是真的不知道什么叫不作死就不会死。"

霍东方那天出去聚会回来，见贺司南坐在沙发上正抱着笔记本电脑整理数据，两人最近都忙得昏天黑地，难得睡觉前还能坐在一起聊会儿天，他便很自然地跟贺司南说起了几个死党跟他通的消息。

贺司南本来对庄勋和应泽生都无好感，属于两不偏帮。但庄勋毕竟跟他从小一起长大，应泽生却是个圈外人。只是如今因为沈熠的缘故，心里多少又对庄勋带上了几分憎恶和反感，便又多问了几句，最后若有所思地皱起眉头："庄勋又不是学金融科班出身的，他怎么会想到弄个P2P贷款公司来跟应泽生玩？人家可是正儿八经从华尔街杀出一条血路回国的，虽说对应泽生这个人我有些看不上，但是论能力和才华，我还是相信他能胜得过一百个庄勋。"

霍东方手里摇着半杯威士忌，附和摇头："谁知道他脑子是不是抽风了？前两个月听说他们家的生意还有些周转不灵，当时不就正好被应泽生拿住了这个短吗？如今算是缓过一口气来，大概也是存着心想要回敬吧！不过你说得对，我也觉得玩这些不是庄勋的长项，他跟应泽生玩，迟早有他哭爹喊娘的时候。"

贺司南"嗯"了一声，把臂上的笔记本电脑放到茶几上，又起身舒展了一下筋骨。最后才从霍东方手里抢过他那杯加了冰块还没来得及喝的威士忌，咕咚一口倒进了自己肚子里。

"喂！你这混蛋，一天到晚就会跟我抢酒喝！"

霍东方骂骂咧咧，贺司南也不理会。过了一会儿再去酒柜那边倒了两杯，又加上冰块摇匀了，方才问："对了，我听说应泽生要给宋世钧和沈熠那边注资，还要成为大股东，这事你知道吗？你怎么看？"

霍东方点点头，走过来拿起自己的酒杯："下午世钧告诉我的，他说他还没答应，因为不是还有中达那个股东嘛。但是应泽生提出来的条件很丰厚，而且他们现在如果要升级品牌，的确很需要这一笔钱。所以我估计，最终能谈成的概率很大。"

说完，他故意朝贺司南挤眉弄眼道："我老铁眼看着马上就要变成超级大富婆，还是自带光环和才华永不褪色的那种。怎么样，是不是觉得自己的眼光很牛？"

贺司南白他一眼，冷哼道："给老子闭上你那张臭嘴！你怎么会变得这么俗不可耐？坦白说你是不是受那个林秀娜的影响了？"

霍东方面带尴尬之色地"哼哼"两声，随即有些心虚地辩白道："我这怎么就叫俗不可耐了？我这是关心你们以后的未来好吗！再说了，我之所以还跟林秀娜有联系，那还不是觉得自己有点对不住人家吗？再加上沈熠是我老铁，我总希望她能过得好一些。"

贺司南用一种接近剖析的眼神锐利地打量了霍东方一番，随后摇头道："你自己心里怎么想的你自己清楚。不过我劝你一句，既然早知林秀娜不是你喜欢的类型，现在人家肚子都大了，你就更不应该再去招惹。否则要是让庄勋发现，你知道会是什么样的下场的。"

本来他的确是一番好意，没想到这会儿霍东方却把脖子一梗，露出一脸气愤难平的神色道："我管他怎么想？他有本事把人娶回去把证给领了呀！没名没分的，哄着人家女孩子挺着个大肚子眼巴巴地等着进门，这还算什么男人！"

见他这样，贺司南唯有摇摇头。其实对于庄勋的人品和他打的什么算盘，大家心里都清楚。但越是这样，他越不想让霍东方也牵扯进去。

说到底，是因为贺司南心里隐约对林秀娜感到讨厌和不喜欢，他才不愿意看见霍东方维护她罢了。至于他为什么要讨厌林秀娜？大概还是因为看不惯她屡次利用沈熠，屡次让沈熠难过吧。

* * *

临近过年，贺司南他妈妈似乎总算想起自己还有个儿子一直借住在别人家。这天一大早她就打了个电话给贺司南，直接命令他过两天带顾芳菲回家吃饭，又再三重申道："过两天是你爸生日，你必须带着芳菲一起回来。要是有人问起你最近怎么没回家，你知道该怎么回答的。"

说完，也不管他如何反应，先行挂了电话，让贺司南连张嘴反驳的余地都没有。

听着手机里传来的"嘟嘟"声，贺司南原本正在系领带的手顿住在那里。好一会儿才缓神过来，拿起手机就狠狠地往床上一摔。

恰好隔壁房间的霍东方正含着满嘴泡泡在客厅里走来走去地刷牙，听见声响站在他门口张望了一下，随后咧开嘴，露出一嘴的白泡沫，冲贺司南模糊不清地笑道："你完蛋了……"

贺司南气得捡起手机又想砸他，吓得霍东方连忙跑回洗手间里，吐掉嘴里的泡沫才走出来冲他比画出一个鄙夷的手势，叫道："有本事别回啊！看那两个老东西是不是真敢把你撵出家门。"

贺司南闻言又愣在了当场，见他半晌不言语，霍东方一边穿着衣服一边走过去道:"其实我觉得你也没必要太把你奶奶临终前那句话放在心里,毕竟她那时年纪大了,人老了不一定脑子清楚。你说她一定叮嘱你要完成你爷爷的心愿,可是现在是你的终身幸福跟长辈的心愿有了冲突,要是你爷爷奶奶真的爱你,我想他们肯定更愿意看见你活得幸福,而不是非要你为了一个心愿去娶一个自己不喜欢的人。"话虽如此,道理也说过很多遍,但贺司南每到此时就只剩下死一般的缄默。

这回也一样,他沉浸在过去的回忆里半晌也走不出来。最后在霍东方的催促下胡乱找了一件大衣,就这么套在身上穿出了门。

又过了两天就是平安夜,那天一大早,沈熠意外地接到苏悦的电话。当得知她乘坐当天的早班机上午就到江城时沈熠高兴得一声大叫,问清楚她的航班号后,还自告奋勇地表示要去机场接她。

但是苏悦善解人意地让她先忙自己的事情,用她的原话来说,就是:"江城我可比你熟,你还是省省力气吧。你呀,现在赶紧换身漂亮衣服,记住一定要穿你自己设计的最新款,还有,拜托你好歹画个口红拾掇一下,也算是表达对我的想念了。好了,我要上飞机了,一会儿咱们就在我家附近的那个商场碰面,拜拜。"

第十二章

值得

恰逢圣诞节，又是年底，商场欢乐而轻松的节日装饰与音乐让人进门就为之神采飞扬，一洗平时积压的工作烦累。

沈熠兴匆匆打车赶到汇合点，才一下车就看见顾芳菲的车也在前面。她连忙冲她挥手，顾芳菲回她一个稍等的手势下了地下车库，随后沈熠就跟苏悦在旋转门那里撞了个满怀。"亲爱的，可想死我了！"

"我也是！你好不好？听说你们最近特别忙，今天咱们一定要好好聚一聚……走，我们先上楼！我把位置告诉芳菲。"

苏悦仍带沈熠去了之前那间高级餐厅，沈熠记得自己在这里吃过很好吃的草莓千层，因此念念不忘。可看着苏悦一坐下来就开始大点特点，几乎把店里招牌的菜式统统都来了一遍，未免浪费她连忙道："够了吧？就我们三个人，我怕吃不完浪费。"

苏悦却只是笑笑，并没有让服务生减掉几个菜，道："难得我回来一次，想跟你们好好吃顿饭、叙叙旧，都不能让我尽兴？"

沈熠这才作罢，不过抿了一口温热的柠檬水，她却敏锐地发现，今天的苏悦跟以前似乎有些不同——从前她并不喜欢刻意华丽质感的衣服和代表奢华的包包首饰，今天却全身上下都是名牌，手上的大钻戒晃得人眼花缭乱，那只限量版的铂金包也足够吸睛。察觉了这一点之后，沈熠便凡事留了一分心。

不一会儿顾芳菲也上楼来了，三人先是叙旧，随后服务生开始上菜。这顿饭从一开始就是苏悦为主角，沈熠和顾芳菲也都默契地保持了随时附和与积极聆听的态度，沈熠吃得不多，还兼顾着给两人搛菜。后来顾芳菲发现之后问她是不是胃口不好，沈熠忙道："没有，我就是心里高兴，也很羡慕苏悦姐——"

苏悦一听这话就高兴得眉开眼笑，又揶揄问她："小熠你快老实告诉我，最近有没有谈男朋友？要是有的话，赶紧带出来让我们帮你把把关。"

沈熠还没作答，顾芳菲先摇头失笑了："要是像我们这样的工作强度还能谈个男朋友，那不用说，肯定是在梦里谈的！"

沈熠端起那杯开始变凉的柠檬水喝了一小口，心道似乎真相也跟这个答案差不多吧——她跟"唐僧"的网恋，更多的时候就像是游离在现实生活以外的另一个虚幻世界。可是谁又能说得清，虚幻世界不比现实世界更单纯更美好呢？

饭后苏悦又拉着沈熠和顾芳菲一起下楼去逛逛，沈熠想起上次苏悦在这里给自己送了一双鞋，于是便提议去那家门店。她这一提，便得到了余下两人的一致认同，苏悦还高兴地说起那位姓慕的店长在自己结婚时特地安排人送来了两只漂亮的花篮，直说要当面谢谢她才好。

可等三人兴冲冲地挽手进了那家店，才发现原来慕店长已经离职了——如今接替她工作的是一位年龄相仿的女子，她自我介绍姓苏，并对三人笑道："三位都是行家，可巧店里新来了一批款式，要不您几位先看看？我让人挂个'休息牌'出去。"

挂了休息牌就等于清场，顾芳菲连忙道："不用那么客气，我们只是随便看看罢了。苏店长，你先忙你的，我们有需要再请教你。"

三人在商场内逛了一圈，后来又找了个咖啡厅坐下。中途苏悦去洗手间，顾芳菲才问沈熠："有没有觉得她这次回来，似乎有些不一样了？"

沈熠听见这话想了想，随后点头："嗯，以前她喜欢自然婉约，这次回来却穿戴得格外华丽精致，还有那个手袋——也不像她以前的风格。不过这种话我也不知道该怎么聊起，或者是她先生疼她，送她的礼物呢？"

顾芳菲闻言轻笑一声，她端起面前的热咖啡，随意抿了一口。"我以前在国外读书的时候很喜欢飙车——你别用那种眼神看着我，对，就是正儿八经的高速公路死亡飙车。一开始玩摩托，后来玩跑车，有几次因为车速太快路况复杂差点就把小命交待了。但是，就算是那时候，我身边的人也不知道我到底发生了什么事。我看上去还跟平时一样，冷静，理性，优雅，而且还特别正能量。"

沈熠迟疑地张了张嘴，很显然这会儿她真的不知道自己该如何应答。

随后顾芳菲又道："苏悦跟我一起上的大学，她家庭条件不错，自身性格也很好。她跟我们的家庭的确有些不一样，她父母恩爱，从小就长在阳光雨露之下。所以，在她之前的构想里，自己的人生也会跟父母一样，得一人相伴终老，一纸婚约就是一世相伴。"

沈熠点点头，联想起之前的点点滴滴，总算稍稍明白了一些——苏悦与丈夫韩辉恩爱不假，但韩辉却是由单亲妈妈抚养长大的孩子。韩辉追了她几年，两人不论是哪一方面都很幸福甜蜜，只是除了韩辉的母亲对苏悦并不热情这一点之外。

沈熠毕竟没有经历过婚姻，上次婚礼时虽然也因韩辉的母亲导致婚礼出了一点小插曲，但那很快都被甜蜜幸福的大面所掩盖了。而今再细细一想，这才觉得那些小插曲并不是小事，而是代表着韩辉的母亲并不曾真正认可和接受苏悦这个儿媳妇。可是，以苏悦的条件来说，配韩辉那绝对是绰绰有余啊？沈熠不明白，韩母到底能因为什么而不满？

见她陷入疑惑，顾芳菲又道："你相信吗？不是所有的父母都希望自己的孩子婚姻幸福的——因为有些人，她没有得到过命运的善待，终其一生，她也学不会善待别人。"对于顾芳菲的话，沈熠一向很能听得进去。这一句虽然乍听实在有些刺耳，但静心细想，再结合现实，最后她也不得不点头叹息："可能你说得对，苏悦姐的婆婆……大概就是不愿意看见她和自己儿子太过恩爱。"

见她既然已经明白其中关键，顾芳菲又道："可是这一切你觉得苏悦她心里会不明白吗？她一直明白的，她只是因为不甘心所以不愿意放弃——但是作为朋友，我们能做的只能是尽量让她快乐，让她知道无论她做什么样的决定，我们都会无条件地支持她，爱护她，仅此而已。"仅此而已。沈熠心中一震，她也同时明白了顾芳菲对自己说这番话的用意所在。

的确，如苏悦陷入婚姻的困局一样，秀娜的选择也是她自己的意愿。如果她自己看不破跳不出来，那么自己就算再焦虑心痛又有多大的意义？

最后，顾芳菲只是看着远处从洗手间走出来的苏悦，轻轻叹息了一句："以前我们都听人说，做人要拿得起放得下，但这话只是说来容易。小熠，如果你心里有喜欢的人，我希望你能幸福，也希望你能尽量看清真相，少走一些弯路。因为像你这样的个性，如果真的爱了一个人，那会比谁都坚定执着。"

喜欢的人？沈熠心中一荡，她想起那个素未谋面的"唐僧"，心想如果这时候对顾芳菲如实说来，她会不会觉得自己既傻又痴？

想起"唐僧"，沈熠的嘴角勾起了一丝略带甜蜜的微笑。

可是随后，很快，她眼前又浮现出一张熟悉而俊美的脸庞——司南？

她立即摇摇头，十分不自在地移开了眼神，不敢再看顾芳菲一眼。

怎么会这样？她被自己这突如其来的幻想吓到，随后立即自我安慰——都怪"唐僧"借用他的头像。

沈熠定定心神，笑着招呼苏悦品尝一下刚送上来的这道黑松露炒蛋。随后就见贺司南和霍东方两人一起走进来，而顾芳菲还起身招呼他们落座，又道："苏悦难得回来，加上今晚平安夜，等会儿我们吃完饭就一起去唱K吧，再叫上丹宁和世钧他们一起，大家热闹一下。"

霍东方一进门就冲沈熠傻笑，还主动在她旁边坐下，又是夹菜又是添水的架势，看得不知情的人还以为他这是对沈熠献殷勤，就连苏悦都露出了微带疑惑的表情。

其实沈熠知道他最近有私底下跟林秀娜联系，于是也顺水推舟，借着众人不注意的时候问了一下，得知她近况尚好，也点了点头。

饭后便由顾芳菲安排，众人一起去了凯乐门唱K。这间包厢很大，内里的装饰并不是一味的奢华，反而有些梦幻意境的味道。音响效果也是极好，苏悦先唱了一首《最美的期待》，赢得大家的一致好评。

因为气氛轻松又都是很熟的朋友，所以大家都难得尽兴开怀。苏悦唱了开场，接下来就是沈熠和贺司南开始拼歌。

霍东方在这中间跟大家说起上次他们两比拼的过程和结果，最后咂舌自叹："哎，都说'近朱者赤，近墨者黑'，我跟贺司南一起长大，却连一点乐感都找不到，真是不科学。"他歌唱得不好，一开腔不是高了就是低了，还总是跑调——在一众才艺不凡的朋友中自然显得打眼，可现场还有个一直不曾开腔的顾芳菲，任是大家逐个来拉，她仍岿然不动。她只坐着笑着听大家唱歌，推诿道："我真的不会唱歌，而且前段时间感冒了，现在声带都还有些作痛，你们就放过我吧！"

沈熠有些不信，因为喝了几口红酒的缘故，她有些头酣脑热。所有的笑声和歌声都在这个空间里飞扬旋转，再看人时，总比平时更可亲可爱。尤其是顾芳菲，她一向最喜欢最崇敬的人，这个时候，她多想拉她一起放声歌唱大笑几声？管他的什么淑女风范，什么体面优雅。人生已经够难，平安夜啊，能有这么一个合情合理的借口放纵片刻，就算出格一点又有什么关系？有谁会在意朋友的歌声到底好不好听？不过是抒发心声罢了。

席间不知道电脑系统发了什么疯，忽然播出了三色球的开奖画面。众人都哄笑起来，沈熠坐在霍东方身边，跟他打赌自己能一分钟记住一百个数字。

霍东方不信，于是两人当着众目睽睽之下开始比赛速记。

最后当然是霍东方落败，他嗷嗷大叫，嚷嚷着问沈熠是不是作弊？

沈熠没说话，贺司南先替她开了口，他鄙夷地瞥了一眼霍东方，告诉他："人家学过专业的联想速记，不要说一分钟一百个数字，就是再多也不会出错。"

沈熠见他居然识货，便凑在一起聊了聊。得知贺司南以前也学过，还会用一些很冷僻的密码来做记录，便带了几分酒劲冲他笑道："下次我们再拼一下这个。贺司南也笑，很快点了点头。

两人说完了话，这才发现包间里很多人都在围着顾芳菲，要她唱一首歌。沈熠也想去劝，可不等她过去，苏悦就悄悄拉了她一下。她低声道："芳菲这几年都不唱歌了，至于原因我问过，她不肯说，我就再也不问了。"

沈熠这才骤然明白，她很感谢苏悦及时提醒，又问她："苏悦姐，作为朋友，有时候怎样的分寸才是最好？既不逾越，又能维持亲密。"

苏悦跟着音乐节拍轻轻摇晃着上身，手里高脚酒杯内红色的液体也随之轻晃，如一汪瑰丽的琼浆。

听完沈熠的话，她凑近前来，一只手抱着沈熠，半醉半醒地笑道："分寸啊？其实并不难。就像我跟你成为朋友一样，一开始就是发现你身上的那么些个优点，从欣赏变成喜欢，然后我们很自然就成了朋友。但这只是成为朋友的开始，到后来，因为我想跟你一直做朋友，所以我会时刻记着如果有什么事情你不想说，即便我很想知道，但是我也不会开口去问，因为我不想你因此不开心。"

"是，我想我们会一直是很好的朋友。"心里反复体会着苏悦的话，沈熠这才发觉，其实她一直是个十分聪慧而又独立的女孩。只是在爱情面前，她的聪慧和敏锐都抵抗不了对那个人的眷恋和喜爱。

沈熠若有所思地看着前方那块不停闪烁的大屏幕，那里演绎着歌曲中的悲欢离合。随后苏悦的手机在面前的桌子上震动响起，沈熠不经意地看见那上面的来电备注，还有苏悦脸上既欣喜又纠结的表情，最终她还是拿起手机走出了包间。

就在苏悦出去不久，宋丹宁和应泽生这一对总算姗姗来到。顾芳菲高兴地跟宋丹宁来了个拥抱，应泽生则跟在女友后面，又与在场的人一一点头寒暄过后，方才陪着宋丹宁一起坐下。

沈熠这才奇怪为什么师兄宋世钧一直没来，她悄悄给他发了一条微信，随后宋世钧只是简短地回了一句：没什么，我这边有点事情在忙，你们玩得开心点。

沈熠当即觉得奇怪，今天平安夜啊，师兄到底能有什么事就连这样的聚会都赶不过来？难道说他真的很不赞同自己堂姐跟应泽生在一起？就在她拿着手机愣神间，应泽生隔着宋丹宁遥遥朝她举起手里的红酒杯示意了一下。得到霍东方的提醒后，沈熠也只得立即拿起酒杯，朝他回敬了一下。

霍东方趁机凑过来眨巴眨巴眼睛，又开始发挥他八卦之神勇于爆料的本能："你也听说了吧？宋世钧很反对他堂姐嫁给应泽生，为这事应泽生可没少伤脑筋。但宋世钧这小子你也知道，他是犟起来就油盐不进、软硬不吃的人。所以我猜啊，应泽生等会儿肯定会找机会跟你好好谈一谈的。你就等着瞧好了。"

沈熠一头雾水，十分不解道："找我谈？他找我谈什么？就算是他想注资给工作室，但是工作室的负责人也不是我呀，我能决定什么？"

霍东方这时就只是"嘿嘿"两声，随后闭上了嘴巴不再说话。沈熠莫名其妙地看了看他，随后就见房间门打开，苏悦领着一个看着有几分眼熟的男子走了进来。

"哎呀，韩辉！你怎么会来了？欢迎欢迎！今天真是太高兴了，哈哈……"顾芳菲第一个上前去跟苏悦的丈夫韩辉问好寒暄，余下众人都围拢了过去打招呼，就连一向高冷的宋丹宁也摆出了娘家人的姿态，笑吟吟地看着韩辉跟应泽生交换名片又握手示意。

一派笑语盈盈声中，只有贺司南坐在原来那个角落里。正好屏幕这时候切换了一首歌曲，沈熠只听了几秒钟就知道，那是一首很老的歌——《水晶》。她猜想这或者是应泽生点的，他想跟宋丹宁合唱互相表白吧？

但这会儿应泽生跟韩辉交谈正热，看宋丹宁的表情就知道她对此曲那是不屑一顾的，所以当贺司南拿起话筒时，一旁的霍东方忽然又戳了一下沈熠的手臂："老铁，我觉得你的嗓音唱这个很合适，真的，你的声线清澈干净，只怕比原唱还更美。"

沈熠闻言只是淡淡一笑，霍东方不知道她心里感受，但贺司南显然是懂的。他拿着另一只话筒递给沈熠，对她说："过去的都过去了，我们都长大了。"

沈熠有些迟疑地接过话筒。是啊，都过去了，她已经长大了。

她拿着话筒，开始随音乐清声合唱："看你的眼睛写着诗句，有时候狂野有时候神秘。"

"随你的心情左右而行，脚步虽乱了但是心甘如饴。"

"爱一个人常常要很小心,仿佛手中捧着水晶。"

"Oh 爱一个人有缤纷心情,看世界仿佛都透过水晶。"

"我和你的爱情好像水晶,没有负担秘密干净又透明。"

"我给你的爱是美丽水晶,独特光芒交辉你我眼底。"

……

贺司南和沈熠合唱的效果很棒,甚至可以说,隐隐有些赶超原唱的味道。但看在有心人的眼里,自然就有了其他的味道。

宋丹宁看着顾芳菲,颇为不满地说:"你不觉得他们俩有些过分了吗?"顾芳菲恍若无觉,还向众人申明:"这首歌是我点的,我就是觉得沈熠的嗓音很适合,所以特地点的。"

众人皆是点头,随后她才对宋丹宁私语道:"他们没什么的,你放心好了。再说我跟司南彼此无爱,为什么要拿一纸婚约束缚着他?这对他不公平。"

宋丹宁满是无力感,忿忿摇头:"公平?要说公平,那你也可以去见你的学长凯恩,这样才能叫公平……"

顾芳菲脸色剧变,她立即打断好友的话:"别说了!丹宁,如果你真的为我好的话,就请你——以后不要在我面前提起这个人的名字,永远不要。"

见她眼里沁出了泪花,宋丹宁这才发觉自己说了不该说的话,当即歉意地说:"对不起芳菲,我就是——我以后再也不提他,请你原谅我!"

顾芳菲握了握她的手,有些无力地点点头。这一小插曲并没有被人发现,只是宋丹宁很快就看到应泽生居然跟贺司南和沈熠凑在了一起,三人还举杯相碰,相谈甚欢的模样。

她立即坐直身站起来,走到应泽生跟前问道:"你在干吗?"

此时包间里放着音乐,正是一首很舒缓的歌曲。但就算有音乐作为背景,她此时的口气听上去依然让人无法感到愉快。

但应泽生还是很快就赔笑站起了身,他解释道:"没什么,我有点公事跟他们聊几句。"

宋丹宁却依旧两手交叉抱在胸前,她还微带冷笑地看了一眼沈熠,丢下一句:"敢情你这是把这当成办公室了呀?"随后,她便转身不顾而去。

还是应泽生反应快,追了几步堪堪拉住她的手,又跟她密语几句,两人这才又在顾芳菲身边落了座。这一幕让沈熠有些看不懂,贺司南却带些安慰地朝她笑了笑,摇头道:"至于吗?"

沈熠从他的话里听出了些许端倪,不过碍于人多并没有多问。恰时屏幕上开始播放一首唯美的古风歌曲,她当即微微侧首,随后勾起一丝神往的微笑："这首歌我很喜欢，电影《大鱼海棠》主题曲，好像就叫《大鱼》。"

贺司南也认真地看着屏幕聆听音乐，因为没人唱，所以系统自动出了原音。

……
怕你飞远去
怕你离我而去
更怕你永远停留在这里
每一滴泪水
都向你流淌去
倒流进天空的海底
……

唯美略带凄清的歌声，将她的思绪带回那个百转千回的故事里，沈熠看着屏幕，想起那些电影场景，她忽然摇头，仿佛是对贺司南说，又更像是自言自语："为了爱一个人而背叛全世界，这样的爱，真的值得吗？"

她目光怔然，沉浸在音乐与冥想中。

贺司南却似有所感悟，回了一句："有什么不值得？相比这尘世间许许多多的人一生茫然心无所依，最起码他们爱过，找到过彼此，这不就够了。"

沈熠缓过神，她朝他颔首，两人忽然相视一笑。

沈熠心里升起一种另类的感觉，对于贺司南，对于眼前的一切——但她的思路很快就被打断，因为贺司南指着她放在桌子上的手机提醒道："你的电话。"

沈熠"哦"了一声，拿起手机一看，随后整颗心都跟着她的手一起剧烈的颤抖了起来。是她妈妈的来电。

贺司南见她的脸色剧变，关切道："你怎么了？出什么事了？"沈熠摇摇头，拿着手机跑出了房间。

站在依旧充斥着各种音乐声的走廊里，她很努力地深吸了一口气，不停地告诉自己冷静、冷静、一定要冷静。可是真的接起了电话，那人一如既往刻薄而尖锐的声音却让她一秒钟的冷静都维持不了。

贺司南追出门，却找不到沈熠的身影。他开始焦急，身后霍东方也跟了过来，问他："怎么了？"他把情况跟霍东方说了一下，霍东方很快就招了一个服务生过来，塞给他一些服务费，再把手机上沈熠的照片给他看了看。

服务生很快去而复返,他带着贺司南和霍东方来到了一间没有接待客户的包间前。

贺司南推开门,只见沈熠不顾形象地瘫坐在地上。她将上半身靠在猩红色的真皮沙发上,右手痛苦无力地支着右侧太阳穴,半张脸上覆满了散乱的青丝,余下的半张脸则是涕泪齐流。而她的手机,则被她远远地扔在了一旁的地上。

霍东方见状,识趣地留在了门外。

贺司南进去之后随手带上门,他在她面前轻轻蹲下身,小心翼翼地问道:"沈熠,你怎么了?快坐起来,不要这样坐地上,凉。"

沈熠摇摇头,仍旧无知无觉地保持着这个姿势。片刻之后被贺司南强行拽起,之后她忽然崩溃,双手抱头痛哭:"为什么?全世界的人都有一个爱自己的母亲,为什么我就没有?为什么上天这么不公平,让我生长在一个根本就不喜欢我的人的肚子里?呜呜……我太无法理解了,我真的做不到笑着接受一切,我做不到,我做不到……"

贺司南不知道她到底接了一个什么样的电话,但是凭借之前那两次"不小心"听到的内容,他推测,沈熠的母亲应该是在电话里说了一些让她万分伤心难过的话。对此,他也无力安慰什么。

只是轻轻凑近她,叹口气,继而也挨着她在沙发上坐下来。

他喃喃道:"是啊,你说的对,这个世界上大部分的人都有一个爱孩子胜过于自己的母亲,只有我跟你,我们两个倒霉蛋,从一出生开始,我们就被自己的妈妈所厌弃。"

也许是喝过几杯红酒的缘故,沈熠这会儿也不想再保持什么所谓的仪态了。她就这么瘫坐在沙发上,用一种很颓废的姿势窝在软软的沙发中,像个孩子一样迷茫而又无助地看着天花板道:"是啊,我一直就知道,她不喜欢我,她从来就没喜欢过我……大概是我们生来就不投缘吧!可是就算是这样,我也没有记恨过她,我觉得应该还是自己不好吧。以前顾总问过我一个问题,她问我为什么会想成为一个时装设计师?那时候我没告诉她,其实就是因为小时候她跟我说的一句话,她看我穿得土气难看,说我真是个土包子——为了这句话,我后来拼命地学画画,学美学,其实就是为了证明给她看,我不是她所说的那样。我不是一无是处,我是她的女儿,我应该是她的骄傲,是她的自豪……可是现在我做到了,那又怎么样?她还是不爱我,还是会贬低我,挖苦我,讽刺我……"

包间内没有开灯,只有零星的一点光亮从门上的玻璃中透进来。偶尔对门的包间打开时，里面的射灯投射在这边的墙上，显出一派宁静的光阴斑驳迷离。好似是尘世间偶然打开的一条关于回忆的通道。

贺司南压着内心里的苦涩，他拍了拍沈熠哽噎抽泣耸动的肩膀，安慰道："不要这样想，就像上次我生病时你安慰我一样，做人要向前看，不管从前有过多么晦暗的过去，我们都不要放弃。"

沈熠沉默良久，又慢慢开了口。"她听说我成名了，找我要一大笔钱，说她老公做生意亏了，又说她儿子马上就要上中学了，还说她身体不好要吃补品保养。呵呵，我其实可以给她的，我想我去找师兄预支一下年底的奖金，还有我手里现在存着的这点钱，凑凑也就够了……可是我真的不甘心，我实在不甘心——这些年里，我一个人在外面读书，我过的什么样的日子她从来不闻不问。最难的时候，我连饭都吃不上……我……"

她说得眼泪泛滥，贺司南听得心痛难耐，双手紧握成拳。他忍不住一把抱住她，伸手拍着她单薄的后背安慰道："不要想了，不要说了，都过去了——不是说好了吗？我们要一起向前看。不管以前怎么样，现在，此后，未来，命运是属于我们的，一切都握在我们自己的手里。"

沈熠在他怀里重重点头，反正自己最落魄的样子他都看过了。而这一刻，她真的需要一个温暖坚实的怀抱。她贪恋着他身上的气息，贪恋着他给予自己的温暖，就像飞蛾义无反顾地扑向了明亮的火焰——

直到他的唇划过她的脸颊，他的呼吸沁入她的心扉，包间的门被人骤然从外面推开来，外面熟悉的红尘喧嚣瞬间打破这一室静谧的旖旎，中间还夹杂着霍东方惊慌失措的阻拦和解释："不是你们所想的那样的，真的，你们听我解释……"

沈熠倏然推开贺司南的拥抱，她惊慌失措地站起身，整个人连着一颗心都滑入到冰窟里。对着门外的人，她连申辩的力气和勇气都没有，只是本能地摇着头，细声反复道："对不起，对不起，我不是……"

还好来的只是苏悦，她要跟韩辉回去新加坡过圣诞，所以四处找沈熠告别。看见霍东方守在门外低头玩手机，她猜到沈熠可能在里面，于是兴冲冲地推开门，结果就发现了这么令人瞠目结舌的一幕。随后，她的笑容也僵在了那里。

苏悦不自觉地往后退了半步，愣了片刻，随后一言不发地拉着韩辉的手就走了。沈熠自觉根本就没脸面追去解释，她看着贺司南，眼泪蕴含着难以言喻的自责与悔恨，汹涌肆意地流淌着："贺先生，我们都太不应该了——不管怎么样，以后我们都要记着，我们是朋友，但是，也仅仅只是朋友这样。"

贺司南见她起身,也站了起来。他看着她,目光里掺杂了太多的情绪,以至于所有的思路都因此而纷乱模糊。

"不,沈熠,你不要这样。你明知道的,我跟芳菲,我们之间的婚约,并不代表着感情。我喜欢你……也许是很久以前,虽然我想不清具体的时间是在哪一刻,但我可以很肯定地告诉你,我喜欢的人是你……"

沈熠却难得冷静地伸手擦了擦脸上的泪痕,她不动声色地往后退了两步,眼睛定定地看着他,非常坚决地摇头:"不!司南,你喜欢的只是那个跟你一样有着不幸童年、跟你一样不被母亲所爱的可怜的女孩……就像你在听见我的经历会跟我一样难过流泪一样,你分不清自己的感情,你不知道,那只是同情和怜悯,那是共情,那不是爱。"

*　　　　*　　　　*

这大概是沈熠这辈子过得最不安心的一个平安夜了。

坐在回去的出租车上,看着外面璀璨繁华的江城夜景,她心里模糊而又荒凉地想到——真是可怜,她怎么会把自己活成了自己曾经最讨厌的那种绿茶的模样?平心而论,她从来没对贺司南有过任何不应该有的心思。可现在回想那一刻,她对他的眷恋和依赖,却又真正是不存在半点的水分。

沈熠对自己感到很羞耻,她一直是个很自爱的人,为什么会做出这样出格的举动?为什么会喜欢上贺司南?她实在无法解释得清楚。而今唯一可以稍稍让她减轻一点负罪感的是,事后第一时间她就跟贺司南表明了立场——她不会在任何私底下的场合再跟他见面,随后她也郑重告诫了霍东方,让他千万不要瞎掺和。"如果你真的为我好,就不要让我成为众人唾骂的小三,我真的背负不起这样的污名,这会让我生不如死。"

她的态度,让霍东方只能讪讪点头,连连保证自己绝不会再犯。

回到家,沈父见女儿脸色很是难看,连忙过来问她发生了什么事。沈熠把自己重重地扔在了床上,她瞪着双眼看着天花板,最后呼的一下子坐起身,到底把母亲找自己要钱的事情说了个清楚明白。真是不吐不快。

沈父愣在那里,拄着拐杖的手都在剧烈颤抖。沈熠怕他受不住,懊悔地过来搀扶,可沈父回到自己房间也是摆了摆手,他让她出去:"我想给你妈打个电话,我来问问她,到底是怎么想的。为什么,她怎么就变成了这副模样?"妈妈到底什么模样?这个问题,沈熠在带上门出来客厅之后,一直怔怔地努力回想着。可是越到后来,她就越觉得心凉、心慌、心寒。

她有些无力地坐在沙发上,像怕冷一样紧紧地拽着那个柔软的抱枕,她把抱枕抱在怀里,然后又费了半天的工夫去想,最后不得不承认,自己已经

想不起来最后一次相见时，母亲当时的模样。她没有去听爸爸房里传来的对话，她默默地回到了自己的房间，然后默默地坐在床上看着外面热闹的街景流泪。

直到手机再度响起，她打开"唐僧"的微信，她看见他朝自己发来的节日祝福，还有那些俏皮又真诚的话。她很慢地回了一句："对不起，我今天做了一件很错的事情，我对不起全世界。"

"唐僧"似并没有深究之意，他很快安慰她："别傻了，你能做错什么事？还对不起全世界呢，你不知道今晚是平安夜嘛，全世界的人都在开心快乐地过节，你却要跟我说对不起？快收回去，我希望看见你的微笑！"于是她就很听话地对着手机微笑了起来。

这天晚上，她跟手机那头的"唐僧"聊到凌晨才抱着手机含笑睡去。

影影绰绰中，似乎听见窗外传来平安夜特有的节日歌曲。她转了个身，似叹口气，又似如释重负地想着：这个世界，总算还有那么一个人，他的存在，能让自己可以在无措的现实里找到一个安全的所在。

凌晨的钟声远远地在夜空中响起，沈熠并没有如往年一样开始祈祷。

她想，如果可以，她不会再向生活索求什么。只要平安健康，如现在这样维持原状，她就已经很感恩很知足了。

    *   *   *

第二天起来，回到办公室听说顾芳菲今天要跟贺司南回家吃饭，她当即又觉得那种难以言喻的尴尬死灰复燃。好在顾芳菲不在，她算暂时回避了如何面对这个难题。坐在办公室里发了一会儿呆，闻着咖啡的苦香，沈熠想了想，还是发了个微信给苏悦。她想跟苏悦解释一下昨天那件事——可不想苏悦却在那头很快回了一条信息过来。她告诉沈熠："放心，我昨天什么都没看到，如果你想好了如何应对，那么从此刻起，你也应该忘记昨天所发生的一切。小熠，我为你好，真心希望你能过得幸福，我觉得你应该得到属于自己的幸福，请你一定不要辜负我的期待。"她的一席话让沈熠再度眼泪决堤。趴在桌子上，沈熠又忍不住无声痛哭了一场。

这辈子二十几年的人生，她曾遭遇许许多多的坎坷和磨难、不公，但她也很庆幸，来到江城之后认识的这几个朋友，都是真正与她交心，与她相知相惜，真正心疼她甚至纵容包容她的知己。如苏悦，如顾芳菲，如宋世钧，甚至如霍东方……他们对她的好，对她的期待，她都记在心里。她怎么能对不起他们的信任与情义？她不能。

这个上午她没有动笔工作，只是整理了一下自己之前的一些思路和零星而不成型的作品，到中午时，她给宋世钧打电话，说要请他吃饭。

沈熠这次订的是一间新开的私房菜，装修风格古典简洁而且十分的静谧。餐桌之间都有蓝色和白色的帐幔隔开，桌子上摆着一个小巧的粗陶花瓶，里面插了一枝馨香纯美的白色铃兰。这个季节怎么会有铃兰？沈熠忍不住凑上前去细细嗅看。

"在看什么呢？这么入神。"宋世钧手里挽着一件驼色大衣在她对面落座，在沈熠抬头时，正好看见他一脸温和的笑意。

沈熠忽然就心情大好，她指着栩栩如生的铃兰花对他道："你看，这花是不是跟真的一样？我最喜欢的就是铃兰了。"

宋世钧点点头，表示认同她的审美，并道："三四月就是铃兰的花季，到时候找个时间去一下法国，据说他们有个铃兰节，你应该会很喜欢。"

沈熠不置可否地笑了笑，接着把餐牌递给他："今天圣诞节，本来吃西餐才最应景，但我不想吃牛排之类的。师兄你随便点，这间餐厅我也没来过，考考你点菜的功力如何。"

宋世钧倒是没推脱，他对沈熠的口味其实记得很清楚，因而很快就点了两菜一汤，继而把餐牌还给服务员。

沈熠有些不好意思，她让服务员再加一个菜，并道："师兄，你真不用给我省钱的，其实——"

宋世钧摆摆手，笑道："我哪里是给你省钱？没看见人家餐牌上的提醒吗，他们家的菜分量足，不能多点，浪费可耻。"他既这么说，沈熠也不好再坚持。随后两人一边喝茶一边谈了一下工作上的事情，沈熠这才开口，沉吟着说出了自己想要预支奖金的打算。

宋世钧起先不觉得什么，他很快就在手机上找出了一个表格，发给沈熠道："正好，本来我还打算给你发个邮件来着，既然都碰面了那就省事了。来，你自己看看，这是截至这个月底的奖金，开年的那一笔另外再算。"

沈熠点点头，打开手机一看，顿时惊呆了——这个数字，远远超出了她之前的预期。可以说除了能支付她妈妈要的那笔数目之外，剩下刚好六位数的"巨额存款"，这可算是她人生的第一桶金。

见她流露出惊讶的表情，宋世钧这才开口问她拿钱有什么打算？沈熠也没瞒他，一五一十地把事情说了出来。宋世钧当即就说不出话来，就这么端着热气氤氲的茶杯，隔着桌上那枝铃兰花看着她。

有那么一刻的工夫，他其实很想拉住她的手，告诉她：不要这样为难自己，你值得更好的生活，你应该无忧无虑，不值得去为那些不爱你的人伤心伤神，出钱出力倾尽所有。可下一刻，他又只能对着她露出释然而尊重的微笑。因为他知道，这才是她的本我。她善良淳朴的本质，决定了她永远只会把自己放在不起眼的角落。他知道她在生活中受尽委屈，可她自己心里何尝又不清楚？那么聪明的女孩，她一直都知道自己在做什么，在为什么而努力。

于是最后他改变了想要劝说的念头，只是对她微微一笑，颔首道："来，预祝我们来年业绩长红，灵感如潮。更预祝我们能够成为国内新一代领军的设计师！干杯！"

"干杯！谢谢师兄！"两人以茶代酒，清脆的一声杯盏相碰声，激荡在这方垂挂着蓝白相间幔帐的空间里。

沈熠收到奖金就去给她妈转了账，她没有再跟爸爸说这事，因为对于她而言，现在更重要的是工作——只有持续不断地工作，不断地出设计稿，才能让她的收入提高。而且她算了一笔账，照着这个收入速度，只要坚持半年左右，自己差不多也能在江城郊区地段，贷款买下一套小两居的房子了。

漂泊了这么多年，终于能有个真正意义上的家了！——一想到这一点，沈熠就觉得自己浑身充满了无穷无尽的力量，就算再多的加班她也不觉得辛苦，她觉得生活第一次对自己露出了曙光和希望！

或许因为对新的一年充满了各种期待，所以年底的时光很快就在忙碌和欢快的气氛中转瞬即逝。

临近元旦前两天，星辰和宋世钧的工作室都分别举办了精心筹备的年会，沈熠无疑是这两场年会最大的锦鲤女孩——因为两个最大的奖项都被她抽中了，所以很意外又很惊喜，她得到了一块最新款的雅克梵迪铃兰手表，还有一条更大牌的钻石项链。手表因为实在太喜欢，最后她还是留下了。至于项链——她拿给了顾芳菲，让她以星辰全体员工的名义，捐给了一个资助单亲母亲的慈善项目。

* * *

元旦那天休假，沈熠带着爸爸坐着宋世钧的车一起去了云麓。楚依不在家，她的演唱会就在今晚于江城体育馆举行，沈熠和宋世钧都答应了晚上一起参加，但现在，他们是为了跟孔姨一起吃顿家常饭，顺便也让一直对孔姨深感好奇的沈父认识一下自己这位正宗的老乡。

当然，来之前沈熠特地给楚依打过电话。得知她想带爸爸过来自家做客，楚依除了表示欢迎之外还很遗憾地连连叹气："早知道我就应该把演唱会推后一天，或者我等下问一下真姐，看我能不能中午回去跟你们一起？"

沈熠一想到真姐的豪迈与直率，要是出现在老爸面前不知道他会是什么样的表情，连忙笑着谢绝了楚依的加入。其实如果不是因为自家厨房太小，实在挪腾不开，不能让孔姨尽兴发挥她的厨艺，她倒更愿意请孔姨去自己家里做客。但如果是那样，就绝不会有现在这样静谧美丽的庭院做天然客厅，也很难坐在冬日难得的暖阳下共进午餐。为了欢迎沈家父女和宋世钧的到来，孔姨还特地提前布置了一下，就连院子里长桌上摆放的花儿，也是沈熠喜欢的铃兰。

没想到沈父跟孔姨还真是旧日相识，只见爸爸跟孔姨交谈甚欢，好一会儿爸爸才转过头来兴冲冲地告诉她："你孔姨就是咱们亲戚，她原来就是你表姨家的老七，后来离家出来做事，难怪我说她怎么会做咱们那的八宝汤呢……"

其实沈熠离家已久，早已实在搞不清这么复杂的亲戚关系，对于爸爸所说的那个表姨更是没有丝毫印象。她只粗略明白，孔姨亲人去世，十几岁便漂泊异乡，那个故乡对她而言，其实早就成了陌生的他乡。可是沈熠知道，就算再陌生，那个地方，对孔姨，对她，也仍有着不同寻常的意义。

似乎是因为从沈父口中得知了沈熠的过去，再去厨房帮忙的时候，孔姨忽然攥紧她的手，十分感慨："我一见你这孩子就觉得说不出的投缘，却没想到你以前经历了这么多的苦。"沈熠反手抱了抱她，声音格外软糯绵甜："我也觉得格外喜欢孔姨。孔姨，以后您就是我的亲人。等您老了，我会赚钱养您，会像女儿一样孝敬您。"

"好好好——你这孩子，这么会哄我高兴，搞得我真是要欢喜坏了……哎呀，人老了就是眼皮子软，怎么这么高兴的事情我还哭了……"

沈熠轻轻放开孔姨，她看孔姨忙手去找纸巾擦拭眼泪，似乎是喜极而泣。岁月在她脸上留下了痕迹与沧桑，可不变的是她内心里那份对家的渴望与向往。

想到"家"这个词，沈熠心里微微一暖——她笑着跟孔姨一起在香气弥漫的厨房里忙活，两人进进出出的，陆续端出了好些菜肴，隔着擦得透亮的玻璃窗往阳光斑驳的庭院里看去，只见沈父和宋世钧也在长桌旁忙着摆放碗筷，盛汤添饭……

不远处的石桌上，凌乱地摆放着他们之前对弈时留下的残局。那一瞬间，沈熠忽然就觉得一颗疲惫的心骤然安宁了下来。

这是一个愉快而美好的元旦假期，午饭吃得很是愉快。饭后孔姨坚决不让沈熠帮自己收拾，而是让宋世钧带着她上了三楼的天台花园。

"那里有躺椅有吊床，今天难得好太阳，你们两个年轻人上去喝喝咖啡看看书什么的，也让我们两个老人家自在地唠唠嗑。"

没办法，为了不打扰两位长辈的叙旧，沈熠只能乖乖地跟着宋世钧一起去了三楼天台的玻璃房。正如孔姨所言，这里暖阳正好，温度合宜，她才吃饱饭，看见那张厚实舒服的躺椅就忍不住坐了下去。

然后……她就很自然地在暖阳下闭上眼睛睡着了。

等到一觉睡醒，睁开眼看看手机，已经下午三点多——她连忙坐起身，慌乱间，原本盖在自己身上的一条厚实的羊绒围巾弄掉在了地上。捡起一看，这不是先前师兄来接自己和爸爸时脖子上戴的那条吗？

听见声响，原本斜躺在另外一侧的贵妃榻上正在看书的宋世钧看了过来。见她醒了，便扬了扬手里的书，对她说道："我发现楚依姐的一个秘密，你要不要听？"

"既然是秘密，我才不要知道，不然又徒增一个心理负担。"宋世钧哈哈一笑，拿着手里的书页朝她微微展开。沈熠本想转过脸，却瞥见其中的几页空白，于是好奇害死猫，不免落入俗套地问："为什么这些纸张都是空白的？咦，全部都是空白？"

她拿过那本书，细细一翻，最后才恍然：原来并不是所有页面都是空白的，只是宋世钧先前看过的那些页面会在一段时间后消失字迹。

"我以前听人说过，说国外有些小众的出版社做过一些这种特殊印法的书籍，目的是为了帮助人们更加珍惜阅读时间和提高阅读专注力。没想到今天能在这里看到，实在是一种惊喜。"

沈熠笑着摇头，她自嘲道："要说拖延症，我也算不上，但是这种争分夺秒的阅读方式，我估计自己是有点吃不消的。"

"可能一开始是这样，但是后来你会慢慢适应——"宋世钧说着，随手拿过贵妃榻旁边书架上的一本笔记本，他略指了一指其中的内容："你看，这应该是楚依姐自己做的笔记，还有，这些应该是司南补充的。还真是刷新了我对他们的认知，原来司南也有如此勤奋博学的时候。"

沈熠点点头，她浏览了一下贺司南的字迹，发现他认真的时候其实挺细致博学的。

随后沈熠把围巾还给宋世钧，又细心地把笔记本放回原位。两人站在玻璃房的落地窗前，看着外面的阳光和庭院里的景色。

也许是最近忙碌的时间太多，一旦放空半日，这时候沈熠的脑子里居然一片空白。

她什么都想不起来，也什么都不愿意去想。玻璃房高深明亮，从顶棚到四壁都没有采用明显的框架，临近傍晚的时候显得尤其贴近苍穹，真是一个绝好的所在。

宋世钧侧脸看她，见她浑身都浸在金色的阳光里，从指尖到头发，甚至白净脸上的细微绒毛，它们都染上了一层金色的粉末。他想起她先前躺在躺椅上很快就睡熟，闭着眼睛，眼睫时不时地一动，均匀地呼吸着，似乎睡得很深。

她睡着了都是这个样子：嘴角有笑，心中有爱，表情恬静，仿佛生活带来的委屈和磨难，没有留下丝毫痕迹。

"是不是觉得这会儿很舒服？好像人生其实就应该这么简单，只是我们都被逼着人为地把生活复杂化了。"

沈熠点点头，她觉得宋世钧的话简直说到了自己的心坎上。"师兄，你是不是也很喜欢这样的日子？"

宋世钧朝她展颜一笑，点头："是啊，人间温暖，谁不眷恋？"可是这样的人间温暖和平凡烟火，却不是每个人都有这样的幸运，能够感受得到。沈熠想起上次在医院时看到宋家父子对峙的那一幕，忽然问道："师兄，拿了这么大一笔奖金，你想怎么庆祝？"

当初她加入的时候，只是以设计师的身份入了一点干股，而宋世钧则不同，他是合伙人，手里还有不少的原始股。这一次分红下来，他的收入应该是很可观的。宋世钧笑一笑，对她道："请你吃饭，大餐，随便吃。"

沈熠哈哈笑着摇头，做出一副很诚恳的样子配合表情说："不用了，谢谢，长胖将会阻碍我变得更优秀。"

宋世钧看着她："你不像是在乎这些的人。"

沈熠不想继续延展这个话题，遂岔开话题："师兄，你爸妈最近好吗？"

宋世钧这才收敛起脸上的玩笑，他看着远处高低有致的洋房群，正色道："我给我爸换了一台车，他一直喜欢的那部。至于我妈，她不是喜欢珠宝吗？给她订了一条钻石项链，她很喜欢。"

"那就好。"沈熠听到这些就觉安心，既是和解，就需要大家各退一步。至于委屈嘛，成年人都会自动将它放在心里最不起眼的位置，哪怕有时候咬紧牙关，也要努力做到视而无睹。

从天台房下来，已经差不多下午四点，算算时间现在就要出发去体育馆。楼下花园里两位长辈都已经拾掇好了，这会儿正坐在桂花树底下喝茶。

宋世钧上前去扶了一下沈父，又朝孔姨道："孔姨，楚依姐让我接您一块去。"孔姨手里提着几袋子做好的吃食，正要塞给沈熠让她带回去。这会

儿闻言连连搓手摇头，推脱道："那怎么行？这样的场合，我这老婆子怎么能去？会给她丢脸的……"

沈熠也上前好说歹劝，最后还是沈父发了话，孔姨这才进屋去换了身衣衫，颇为局促地上了车一起去看演唱会。

*　　　　*　　　　*

早料到路上会很堵，宋世钧提前搜了一条很少人知道的小道。起初沈熠上车时还笑话过他牛皮吹得太大，要知道今天的江城可算是万人空巷，要在半个小时赶到东郊体育馆简直是个不可能完成的目标。

结果等他开着车在这一片错综复杂的老城区左右穿梭进出自如时，她终于意识到了自己的肤浅——敢情作为土生土长的江城人，宋世钧对整个城区的了解，远远比所谓的高科技地图要精准得多。一行人如期抵达体育馆附近，因为周边塞车太厉害，所以宋世钧把车停在了一个相熟的茶馆门口，打算步行过去现场。

沈熠扶着爸爸下了车，见到茶馆老板叫了服务员端着茶水出来，热情地招呼自己吃点茶再走，她不由失笑道："师兄，你可真是厉害，停个车还能有人招待这么好的茶。"

宋世钧正在跟老板寒暄，他说的本地方言沈熠也听不懂，不过闻言转过脸很是得意地笑了笑，指着那老板介绍："那当然，这是我发小，我们可是小学同学、初中同学兼高中同学——怎么样？这关系还不够他招待你们喝口茶？"

沈熠这才发现那老板乍看挺显老相，其实人很是年轻。少顷，大家都接过茶喝了一小口，这才走出巷子，往体育馆的东门出发。

结果到了东门就发现情势有些不对——原先隔得远看见人流、车流拥堵在一块还以为是"粉丝"太多，可是到了近前看见那些手里高举着黑白横幅的人和上面的字眼，才知道是有人捣鬼。

沈熠更是第一次看见这样的事情，她震惊地仔细瞧了瞧那些横幅上面的内容——"抵制楚依""抵制小三""抵制道德败坏之人"……

"为什么会这样？发生什么事了？这——"

宋世钧站在人群中冷静想了想，随后吩咐沈熠："你带着叔叔和孔姨先回去茶馆那边等消息，我进去看看——"

他的话还没说完，孔姨就先颤声提出了反对："不！不行！我要去看看小姐，我要看见她平安无事，我才能放心……"

沈熠扶着孔姨，感觉她整个人都在剧烈地颤抖，于是对宋世钧请求道：

"师兄，你就让我们进去看看楚依姐吧。虽然我们可能帮不上什么忙，但无论发生任何事情，我们都会无条件地支持她，维护她的。"

宋世钧只好点头答应了，他带着他们在人群夹缝里左右穿梭，一言不发。直到进了东门的闸口才对着检票员说了一句："外面怎么闹成这样？"

检票员看来也不知情，他迷迷瞪瞪地摇头："不知道，今天下午两点多，这附近就被这些举牌的人给包围了。听说，这场演出本来门票早就卖光了，黄牛还炒到了近十倍的天价呢！结果从三点到现在也没什么人进场，可是稀奇得很。"

这下子，不仅宋世钧脸色微变，就连沈熠都听出端倪了。

进场之后，宋世钧和沈熠先安排沈父和孔姨坐好，又再三叮嘱他们千万不要乱走，随后两人便跟现场的工作人员来到了后台。找了好几间休息室才见到楚依，彼时她已经做好了造型，只是脸上的神色十分难看，正在接听电话的真姐也如出一辙。

这么重要的演出，顾芳菲和贺司南自然也早就赶到了。见到沈熠跟宋世钧一同现身，贺司南的脸色一黯，随后欲言又止。倒是霍东方连忙朝沈熠跑过来，两人寒暄了几句，他就拉着沈熠走到一边坐下，随即忍不住八卦："你跟宋世钧……"

沈熠瞥了他一眼，如实道："我跟师兄一直都是好朋友，跟你一样。"

霍东方"哦"了一声，看上去轻松了不少。沈熠这才问起到底什么情况，霍东方一脸的凝重肃然："有人不想看见楚依复出呗！我们刚才通过几家售票平台拿到了销售数据，这次的八千多张散票里有近一半的订单都是几十张、几十张售出的，再加上之前还给分销渠道那边出了两千多张团体折扣票，就照这个数据来看如果他们都是被人授意圈票的话，那这场演唱会的上座率就不会达到50%……而且现在外面那些人又在阻挠粉丝进场，媒体方面又有人恶意炒作之前楚依跟李安茂的一些旧闻，所以说，今晚这个演出，就算楚依还能坚持唱完，但是效果肯定也不会太好。"

沈熠听得心惊胆战，她想了想，随后便猜测道："听说李安茂的妻子背后有很强的势力，这次的事情，会不会是她做的？"

霍东方摇摇头，两手一摊："这种事情除非正主自己肯露面，否则谁猜都没用。"

说完，他又凑到沈熠跟前，神秘兮兮地加了一句："你看了娱乐新闻吗？有人总结说李安茂后来找的红颜知己，几乎个个都有跟楚依的相似之处。所以说啊，搞不好这混蛋还真是旧情难忘，死心塌地地爱上了楚依，可惜啊，他爱上的不是一般的女人……"

沈熠白他一眼,心里只觉得那个李安茂就是心术不正,成家之人还不安分守己?她回到楚依身边,正好赶上真姐在跟众人商议对策。其实隔壁休息室内还坐着七八个承办方的中高层,想来已经有了初步结论,这会儿只是由真姐来跟楚依沟通最后的方案。其实大家心里都明白,票都早就卖出去了,就算效果再不好也只能硬着头皮按照合同唱完。否则,一旦辞演,不但要加倍补偿票价,还要赔偿现场植入广告的那些商家,共计金额必是一笔不小的数目。

但是对于原本已经阔别歌坛十年之久的楚依而言,好不容易燃起了复出之心,现在要她面临这样巨大的打击,实在是一件非常残酷又残忍的事情。听完真姐的话,楚依并没有立即表态。

她本来穿着一件绛红色的露肩礼服,这会儿助理在她身上披了一件小香风的外套,因为脸色凝重不言不语,整个人看上去就如同一位冰雕的美人一般。

众人也静默着,保持着一致的表情,直到一串脚步声传来,有人朗声道:"楚依!你不用怕,你想怎样就怎样,如果你今晚不想唱,所有的后果都由我来为你承担!我萧时川用自己的性命担保,没人能把你怎么样!"萧时川带着几个助理径直闯进了休息室,沈熠看见有人还抱着大束的香槟玫瑰,很显然,他也是来到体育馆现场才知道发生的事情。

萧时川一来,真姐平日里那么强悍的女人这时候也露出了捞到救命稻草的表情。她快步上前,开始跟他徐徐分析各种情况,而沈熠因见楚依站起身来,便凑过去问她:"楚依姐,你要喝点咖啡吗?我去给你倒。"

楚依朝她笑着摇摇头,一脸云淡风轻地回道:"不喝咖啡,我带来的包里有孔姨炖好的红枣燕窝,麻烦你叫我的助理拿过来。"

说到孔姨,沈熠就顺势告诉楚依她也过来现场了。楚依先是一惊,随后便拜托沈熠照顾好她,接过助理递来的燕窝,她略吃了几口,随后忽然道:"既然大家都来了,我为什么不唱?"随后她骤然起身,将保温盒递给助理,款款走到萧时川和真姐面前,十分坚定地说道:"我想好了,我要唱,而且要唱完全场。"随后她扬手止住了想要插话的萧时川,朝他笑了笑:"我知道你的心意如何,谢谢你这么多年里一直关心着我。萧先生,你的情义我永远不会忘。可是今晚,我想把歌声献给所有跟你一样关心我、爱护我的朋友和亲人,我希望你们以后能放心,不管未来怎样,我都不会再伤害自己,辜负你们的期望。"她既这么说,萧时川自然也不会反对。

在场的众人随后爆发出热烈的掌声，在这掌声中，楚依接过了萧时川送上的香槟玫瑰，没人听到他与她耳语了一句什么样的话，总之一言过后，两人眼里皆是脉脉如水的情意。那一刻的楚依容光焕发，一扫之前的阴霾。随后她将身上披着的外套扔给助理，居然毫不避讳地就在众人眼前与萧时川来了一个亲密无间的拥抱！

要不是时间仓促，沈熠觉得在场这些激动的人都会忍不住喊："在一起！在一起！"

可是她还是高兴地流出了热泪，在楚依朝她招手时还脚下一滑，差点就被一根音响线所绊倒。好在有人及时扶住了她，但等转过脸，沈熠又禁不住浑身一僵——是贺司南！

沈熠僵住之时，宋世钧从贺司南手里接过她，表情平淡地说了一声"谢谢"，沈熠不顾这两人之间的眉眼敌意，走到楚依跟前，含泪与她来了一个大大的拥抱。"加油！"

"我会的！——放心！"带着自己许下的承诺，楚依如同一个穿上铠甲的战神一般登上了属于她的舞台。沈熠和所有心怀不安而又万分期待的人一样，坐在台下，他们仰望着舞台中央那个最亮的地方。

直到楚依款款现身，音乐响起，她优雅随意地撩起裙摆，不顾台下那些故意捣乱的人发出的嘘嘘喝倒彩声。她一直目视前方，仿佛整个人整颗灵魂都滑进了那个遥远而与世隔绝的世界。

有的人，天生就是为艺术而生的。当沈熠坐在台下，亲耳听到自己曾经的偶像再度开口歌唱时，她无法控制自己的情绪，喜极而泣。

演唱会在楚依的坚持和各方势力的调停下，最终还是取得了很好的反响和效果。当楚依走下台来，与众人一一握手拥抱感谢时，沈熠分明看见，她眼里闪烁的泪光与坚强。

这么值得庆祝的喜事，自然是早就安排好了庆功的地方。沈熠本来不想去，因为爸爸和孔姨也说累了要回去休息，但楚依偏偏拉着她，还对着守在现场的记者介绍道："这是我的服装设计师，也是我的好朋友沈熠。今天的演唱会，我之所以能坚持唱下去，我想，这其中有她给我带来的一份力量，我很感谢她。"

有外围的粉丝后援会立即隔空传递进来一束鲜花给沈熠，抱着花束，她被拉着一起合影，宋世钧也悄悄凑过来道："你去吧，放心，我会安排人送叔叔和孔姨回家。"沈熠无法，只能跟在楚依的后面上了一辆豪华的保姆车。还好有顾芳菲与她同行，两人在车上谈起先前的过程，有一首歌是边跳边唱，就算是很年轻的歌手都需要全神贯注，但楚依却还腾出了一些精力与台下的"粉丝"们互动。

两人都忍不住感慨："都说台上一分钟，台下十年功，其实我先前真担心，毕竟已经阔别十年，万一有一个疏漏都会被无限放大。但是没想到，楚依姐居然能掌控得那么好，真是分毫不差，太了不起了。"

顾芳菲颔首，车窗外夜色浓稠，车顶柔和的射灯下看不出来她眼底的淤青，只是隐约让人觉得略带几分疲惫而已。

"是啊，其实我很小的时候就听家里的人说，她是我们家族的一个传奇。"

沈熠点头，所谓传奇人生，其实并不像世人所以为的那样光鲜。因为负荷太多，所以属于自己的快乐也就越少。但不管怎样，现在她都由衷地替楚依感到开心。不但告别过去，还找到了属于自己的爱情。

说到萧时川这个人，就连顾芳菲都不由失笑："萧先生追我表姨已经很多年，他太太去世后就一直单身，直到现在也没有放弃，算是个痴情又长情的人。"

沈熠之前因为好奇上网看过此人的一些资料，知道他是四川人，所以说话时带着川味的口音。不过对于网上所传闻的那些丰厚身家、巨额财产之类的，她觉得楚依根本不会在意，于是也就从顾芳菲的话里推敲他的人品，笑道："那今天算是他守得云开见月明了。"

"谁说不是？所以我表姨，其实也还是很幸福的。有人安静地守着她这么多年，不管她做什么，他都鼎力支持从不提任何要求……"

顾芳菲说着，声音渐渐低下去。

沈熠侧脸一看才觉得她此时格外疲累，于是忙道："顾总，您是不是太累了还是不舒服？要不我给你按摩一下太阳穴？我新近学的，我爸爸说还挺管用的。"

顾芳菲摇头，推说自己只是没有休息好。少顷，保姆车停在了酒店门口，俊朗的礼宾少年上前来拉开车门，沈熠先下车，再扶着顾芳菲一起走了进去。

庆功宴设在酒店顶楼的旋转餐厅，菜肴出品水准一流，服务细节也很精准到位而且贴心。专为女宾所设的休息室内甚至连漱口水都摆放了三四种不同口味的，柔软的沙发还带有按摩放松功能，旁边几上摆放的杂志也是最新日期的。

因为并不喜欢喧哗，所以第一轮敬酒过后，沈熠很自然地躲到了休息室。她躺在按摩椅上随手拿起一本杂志，只是略翻了几页，就听见有人踩着厚实柔软的地毯推门走了进来。本以为来人会是顾芳菲，但没想到转脸一看，却是本该正被众人众星拱月的楚依。

"你倒是会找地方，来，我带你去看看江城的夜景。你还不知道吧？这个酒店顶楼有个观星台，可以俯瞰整个江城。"

楚依带着沈熠走出休息室，上了电梯径直来到酒店最高处的一间套房。在套房的观星台上，隔着巨大的落地玻璃，沈熠清楚地看见了整个江城的万家灯火。

"你看看脚下的这个江城，是不是很美很繁华？这样的美丽繁华，总容易让人从心里生出喜欢和眷恋，觉得这辈子，如果哪天能站在这云端之上，被世人崇拜和敬仰、喜欢，那就是生命全部的意义——"

沈熠看见楚依伸手将右手紧贴玻璃，那样的姿势，就如她已经触摸到天穹，星月尽在她掌中。

但随后又听她轻轻笑了起来，摇头道："可是就算是站在云端的那几年，其实我过得也并不快乐——你能猜到的，他虽然隐婚，但毕竟不是自由身。对我的感情他一直回避又不回绝，我跟家里闹翻，连个能诉说的朋友和亲人都没有。小熠，那几年我真是觉得人生就是一场刻骨的孤独。"

沈熠点点头，安慰她："都过去了，楚依姐，我觉得萧先生对你的感情应该是很纯粹的。"楚依对此不置可否，只是轻轻点了点头，随后忽然问："小熠，上次司南来找我，他跟我说起你。"

沈熠一听贺司南的名字就如脑子里炸开了一枚响雷，可以想象楚依这会儿对着自己的眼神多有审视，她不自觉地就想逃避。还好楚依也没有深劝，她只是轻轻叹了口若有若无的气，留下一片幽香转身离去："我知道你的想法，你总觉得司南跟芳菲是天生的一对，可是对此我看得比你明白，他们是真的不合适。小熠，我想你也并不是真的喜欢一个人的孤独，你只是害怕失望，所以不想也不敢往前踏出那一步。"

"可是有时候，如果你始终不肯尝试一次，你又怎么知道自己一定会收获失望呢？"她飘然离去，留下沈熠一个人站在天幕之下。

她抬头仰望星空，发现今晚的上弦月也跟自己一样心绪复杂。那一轮浅浅的光辉始终不安地在云层中游走，窗台时明时暗。

因为周遭太过寂静，所以再轻的脚步传递过来，也如石破天惊——沈熠并不是没有想到贺司南会出现，只是她没想到他能说服楚依如此坚定地站在他这一边。

贺司南伸手按亮了灯，又打开了一扇隐藏在侧面的小气动窗。沈熠抬头，看见自己头顶上骤然闪亮的一颗璀璨的星星。

"这个观星台小时候奶奶就带我来过，她说人如果遇到不快乐的时候，就要多看看星空。想人生渺小，我们不过是宇宙之间的一颗尘埃，所以永远也不要觉得悲观和失望，每天都要过得开心。"

沈熠点点头，没有回头也没有去看他："是啊，人生渺小，可渺小不等于可以没有坚持。"很平淡的语调，没有怨怼，没有不满，就事论事，甚至心平气和。可话里的拒绝和坚持之意却是任谁都听得出来。

贺司南只觉无奈，他在楼下喝了不少酒，这会儿酒劲因为被冷风吹了一通而减退不少，可大脑的混沌感和条理性则皆然相反，有了加剧和扩散的趋势。眼角余光瞥到那张倔强而又满含骄傲的侧脸，思维再不受自己控制，于是抛了个其实自己本来也不想知道答案的问题出去："那你有没有想过，你是为什么而坚持？没有人会为你的人生负责，真正决定自己是否能过得幸福的，从来都只有你自己而已。"

"是吗？我从来不觉得自己的幸福要建立在别人的痛苦上。就像人有时候会分不清什么是共情，什么是喜欢，什么是叛逆，什么是不懂珍惜一样。"

"如果你觉得这一切都是因为我不懂珍惜的话，你可以去问问顾芳菲，这么多年里她有没有喜欢过我？或者，她有没有真正去设想过，要跟我过一辈子？沈熠，我们都是成年人，我们知道相爱的前提就是彼此互相尊重，珍惜也是一样。"

一如预料的，他与她都没有得到想要的回答。

压倒一切的寂静中，沈熠忽然回想起自己与顾芳菲第一次在工作室喝酒吃樱桃的那个初夏的夜晚。其实也就是一瞬间的灵感，大脑高速运转起来，什么机器都比不上。无数的细节浮出水面，再一一衔接起来——这大半年里她跟顾芳菲两人相处的时间很多，可是她却从来没有在她面前提起过跟贺司南的点滴，更遑论是以后未来如何……

到后来越深思，沈熠就越不得不承认，在顾芳菲的人生里，或许从来就没有关于她和贺司南的未来。而这一桩婚约的存在，不管是对她还是对贺司南，都是彼此最大的无奈。

第十三章

新年快乐

元旦过后就是农历新年，越临近年关气温就越低，而人们的热情却越涨越高，尤其是像沈熠父亲这样的老年人。

沈父最近心情总是很好，会时常在家里哼些家乡小曲，拄着拐杖行走时也比平时利索了几分。

沈熠见孔姨来了家里几次，每次都会做很多手包饺子和大小馄饨放冰箱里，还有鸡汤花胶之类的补品，沈熠也跟着沾了几次光。

饶是如此，她还总担心这父女两个生活不周，次次临走时都再三叮嘱沈父："小熠要是想吃什么就给我打电话，最近小姐也时常不在家，我做完家里的事出来也方便得很。"

沈熠一直认为这是沾了楚依的光，有次两人通电话时说起此事，楚依却说："你是真傻还是装傻？我就见过孔姨和你爸爸一次，一眼就看出他们彼此有意。孔姨年纪大了，她在我家这么些年，是我半个亲人，我希望她能有幸福的晚年。"

沈熠当即沉默下来，平心而论，她何尝不希望爸爸也能有个幸福的晚年？而且她也很喜欢孔姨，初次见面时便有亲人的感觉。可是这样的事情，总要当面问一下二老才能作数。

于是沈熠便把自己的想法跟宋世钧说了，话一出口她才意识到，原来不知不觉间，她已把他当成了自己无话不说的亲人。

宋世钧对此乐见其成，还很热忱地提出了自己的建议："我觉得沈叔和孔姨性格挺合得来，也挺有共同话题。再加上年纪差不多，还是同乡吃东西的口味也相似，真是挺好的。小熠，要不我们找个机会撮合一下？让他们彼此确定一下对方的心意,就情人节那天你觉得怎么样?"

沈熠"啊"了一声,有些不知所措。毕竟作为女儿要撮合老爸的黄昏恋,她的身份或多或少都难免有些尴尬。

幸好有宋世钧这个师兄肯充作中间人,要不然,她真不敢肯定自己有没有这个勇气去跟爸爸提及。

宋世钧的办事效率却真是让她佩服——其实只是一件小事而已,但难得他考虑周全,在过年这样繁忙的节前不仅能预定好玫瑰花和餐厅的包间,而且预定的还是全城炙手可热的"玉堂春"本帮菜馆。

收到他发来的邮件,跟他商讨完当晚的所有细节和时间卡点后,沈熠不由摇头发过去一个顽皮的表情,调侃他:"师兄,看你这么轻车熟路的样子,老实交代,是不是以前跟女孩子有过成功的实践呢?"

微信那头的宋世钧意外地沉默了下来,过了一会儿就在沈熠琢磨着自己是不是说错话,正准备跟他委婉的道歉时,他才发来一句轻描淡写的话:"不好意思刚刚接了个电话……可能要让你失望了,这种事情有时候不需要实践只需要代入就好。"

代入?这个词又让沈熠再度兴奋起来,她忽然觉得自己是不是跟霍东方走得太近,连他的八卦恶习也一并沾染上了。虽然早料到宋世钧这么优秀的男生肯定会有女孩心仪,也会有自己心仪的对象,但相识这么久,这算是他第一次提起私人感情,因此她难免忍不住揣测。

但恰此时桌面上的内线电话响起,她接起后听见顾芳菲在那头仓促地说道:"小熠,你上来一下,我们开个短会。"

顾芳菲让沈熠用她的名义担任公司的法人代表,并坦承道:"我也没办法,因为那边的项目涉及慈善公益的性质,所以我不能再出任商业机构的法人。小熠,我能信任的人里面,只有你最合适。"

沈熠没有丝毫犹豫,当即点头答应,随后两人带上证件一起去了工商局和律师所进行变更。为了表示自己的谢意,顾芳菲还拟定了一份合同——她自愿出让百分之五的股份给沈熠,既算是分红,也算是谢意。可是沈熠却坚定地回绝了她的好意。"我们之间,真的不需要如此的。"

沈熠看着顾芳菲,总觉得她最近显得憔悴了几分。确实临近年底公司的事情多到分身乏术,加上最近她舅舅也病情加重,自然少不了要往医院跑,于是沈熠很是理解顾芳菲此时的心力交瘁。

"谢谢你,小熠。你帮了我一个大忙,你简直就是我命里的救星。"

因为沈熠坚持不肯要那百分之五的股份,所以年终奖发下来时她便发现自己的年终奖除了应得的奖金总额之外,又增加了一笔十分丰厚的"分红"——她起初坚持这笔钱不能收,但随后想起顾芳菲那日看着自己时的欲言又止,便明白要是自己执意不收,只怕又给她多添一层烦恼。有了这笔钱,再算上自己的积蓄,她琢磨着,要是爸爸跟孔姨的事情真能有眉目,那么年后按揭买一套两室的新房,也算是给两位长辈吃了一颗定心丸。

*　　　*　　　*

转眼就是春节,沈熠赶在农历小年前一天带着爸爸去看了一处楼盘。因为地理位置不错,户型设计也合理,尤其花园里的那一百多棵桂花树沈父甚是喜欢,于是父女俩很快就拍了板,沈熠付了一笔定金,只等着年后正式开盘时,就来选心仪的房子。

回去的路上父女俩都觉得很不可思议——他们居然在江城安家了!一个不大却很温馨又承载着他们对生活全部美好期望的家。

除夕那天,沈熠陪着爸爸在家。父女俩一起围在厨房里煎、焖、炒、炸,沈父发挥超常,做出了一大桌美味的菜肴。父女俩在一片喜气洋洋中吃过了年夜饭,沈熠边吃边抱着手机给"唐僧"发信息,一脸满足。

第二天就是情人节,沈熠按照宋世钧的安排,她带着爸爸出门,只说是出去"逛一逛"。

宋世钧再"顺便"去云麓以路过的名义带上孔姨,随后四人在餐厅会面。本来一切都很顺利,除了在餐厅门口偶然撞见宋丹宁扶着一位衣着朴素、气质却很好的阿姨。两人似乎言谈甚欢,而且行为间都颇有默契又十分熟络的样子。

这真是一个意外,要换作平时,沈熠可能会悄悄避开,但没想到这回宋丹宁居然主动朝她颔首示意,她便不得不带着爸爸走近了去。还好宋丹宁当着长辈的面,对她还算客气,在问明身边的人正是沈父之后,她还格外客套地邀他们:"要不一起坐吧?这家餐厅是百年老店,江城本地人都喜欢来,我们也是提前好久才订到的。"

沈熠自是连忙婉言谢绝,正在说话时餐厅的经理迎了出来,对她招呼道:"您是沈小姐对吧?宋先生刚刚打电话过来,说您二位先到了就请进去包间里面稍坐喝茶,他马上就到。"至此,宋丹宁自然明白过来了。

因为这个小插曲,沈熠总觉得有些心神不宁。虽然宋世钧几分钟后就带着孔姨来了,也跟她说不需要理会宋丹宁,但是不知为何,她还是隐约有些担心。所幸这顿饭在宋世钧的提前安排下,气氛一直十分融洽且愉快。

等到放下筷子,在两个年轻人的暗示下,沈父红着老脸哆哆嗦嗦地给孔姨送上了大束的玫瑰花，至于示爱的信物——就连沈熠都完全没想到，爸爸居然提前去买了一只小巧的足金戒指，样式不是很新颖，却透着传统典雅的感觉。

孔姨几乎是满含热泪地接过了鲜花和礼物，眼见两位长辈都很激动，沈熠和宋世钧默契地找了个借口，齐齐避让出来。这样隆重的传统节日与西方节日重叠，哪个餐厅都少不了玫瑰花的身影。餐厅生意火爆，两人出来之后也找不到可以落座的空桌，沈熠想趁机去收银台那边结账，对宋世钧道："宋小姐先前带着一位慈眉善目的阿姨过来吃饭，就在那边的包间，你要不要过去打声招呼？"

看得出来宋世钧起先并不太想去，但不知什么缘故，他忽然笑了笑，点头道："那应该是瞿老师，她以前也教过我语文的，我过去打个招呼问候一下。"

沈熠恍然，原来那位是宋丹宁和宋世钧的老师——不过这时候她怎么也想不到，那位瞿老师就是应泽生的母亲，当然这是后话了。

她在收银台这边正在结账时，忽然有人急匆匆地走过来，大声问那位正在埋头结账的收银员："清音阁在哪里？有位贺先生在我们店里订了一束花，他的女朋友姓顾，说是在你们这里吃饭。"

那人的声音很大，就连沈熠都忍不住回过头——她看见那束巨大的鲜红色玫瑰花，应不在九十九朵之下。

那么娇艳欲滴的红色，配着纯洁的白色进口纱缎，如此强烈而高级的美感，不但吸引了她的眼球，就连本来忙得眉头紧皱的收银员也忍不住微微一笑。

她指了指一个方向，对那花店的人说："清音阁在那边，这是送给顾小姐的玫瑰吧？她未婚夫对她可真好，当然她人那么美又能干，自然有白马王子相配。"

看来顾芳菲和贺司南都是这里的常客——所以就连收银员都知道的内情，她却险些就自以为是地忽略了。

沈熠结完账就回了自己的包间，孔姨正在张罗着打包剩菜，见到她进来便问道："宋先生呢？他怎么没跟你一起回来？"

沈熠心里突突打了个跳，勉力笑道："他遇见他堂姐也在这边吃饭，就过去打招呼了——孔姨，爸爸，要不我们打车先走吧？我怕耽误他的时间。"

沈父却有些不悦地摇头："不行，世钧先前跟我说了，一定要等他一起走。小熠，既是他堂姐也在这里吃饭，我倒觉得你应该过去一起打个招呼才

是。要不然,叫人家以为我们没有礼貌。"

沈熠听得一脸无奈,这下子就连孔姨都看出她脸色有些不对劲了。她支开沈父让他再去找服务生要一个打包盒,随后悄悄拉着沈熠手臂问:"小熠,你老实跟孔姨说,你到底喜欢司南,还是宋先生?孔姨不是外人,不管你选择谁,我都只会支持你。"

沈熠张口结舌、哭笑不得,想辩解却不知从何说起。正在此时宋世钧推门进来,见到她们就笑道:"还好你们还没走,要不一起过来坐一下喝杯茶吧?我妈和瞿老师她们都在,还有芳菲和丹宁,司南一会儿也过来。"

孔姨很麻溜地拉着沈父一起下了楼,沈熠几乎是身不由己,被宋世钧领到了那间名为清音阁的最大包间内。一入门就看见两位年纪稍长的女士坐在上首,紧挨着宋丹宁而坐的那位瞿老师,沈熠之前已经见过了,至于另一位,描画着很精致的眉眼,唇上涂着与她的年纪不太相符的鲜艳唇膏,又带着一整套钻石翡翠首饰的中年女子,应该是宋世钧的母亲无疑了。

沈熠硬着头皮向众人问好,又在顾芳菲的介绍下分别见过瞿老师和宋母。瞿老师听说她是服装设计师,很是慈爱地连连点头,对顾芳菲点头赞道:"这孩子一看就是个灵秀聪慧的才女,你很是有眼力。"

只是"才女"这个词到了宋母跟前却很不讨好,她只淡淡地扫了沈熠一眼,便撇嘴道:"我还以为做设计的都像芳菲这样品味不凡,没想到却也不尽是如此呀。"

沈熠一向穿着简朴,有时候未着正装出门办事,偶尔也会被人误以为是星辰的普通店员。这会儿她自己倒没觉得有什么难堪,只是宋世钧却按捺不住,正色道:"穿衣打扮,从来都只要自己舒服就好。我就不觉得有人天天华服珠宝就能活出什么品位,对于设计师而言,作品才是自身实力最好的名片和代言。"

当着众人的面,这话显然已是不客气至极。宋母起初还有些不敢相信,随后回过神来,就气得发抖——好在宋丹宁及时上前插话,先恭维她今天戴的首饰成色好,显得格外年轻,又状似无意地替沈熠开解道:"说起来沈小姐的作品,的确是让人惊艳,听说你和世钧合作的那个品牌现在在江城各大商场都卖得很好。婶婶,一会儿去逛逛?您只怕还不知道吧,楚依姐复出演唱会的那几条裙子,都是她设计的呢!人家现在可是炙手可热呢!"

她几句话点明沈熠如今的身价,又暗示宋母去看儿子的脸色。果然,这双管齐下之后,宋母之前的忿然之色消退了不少。只是做婆婆的,看媳妇总难免带着天生的挑剔。宋母从沈熠的穿戴上估算出她的出身,因而态度始终

冷淡。

好在随后顾芳菲就叫人结账，她和宋丹宁左右挽着瞿老师和宋母，提议道："好久没去附近逛逛了，旁边的天环和名古汇都是冬装热卖的时候，要不就当饭后消食，我们一起去走走？"瞿老师摇头，只说自己不需添置衣物；宋母却是兴致勃勃，拉着顾芳菲问长问短。正此时有人从外面推门进来，应泽生先朝大家颔首笑道："对不起，我来晚了，有个会议拉得太长，实在是很不应该。"

随后就是贺司南那张极为突出的脸出现在众人和沈熠的眼前，与应泽生的满满歉意相比，他表情平淡而温和，只是道："大家都吃好了吗？芳菲，我们走吧……"他的尾音骤降下去，因为眼角看到了跟宋世钧坐在一起的沈熠。

而沈熠却在宋世钧的提醒下缓缓起身，宋世钧与她轻轻挽手，以一种温柔而微甜的眼神与表情向众人辞行："妈妈，瞿老师，我们还有点事情，先走了。"

宋世钧随后又拜托宋丹宁代自己照顾母亲，还许诺："明年春天巴黎时装周，你看中什么，我送给你做生日礼物。"这样豪阔的手笔，就连宋丹宁也眉开眼笑。可难得的是她身边站着的应泽生，这会儿居然没有驳回。

沈熠走出那间包间的门之后，才觉自己后背有重重汗意。她长舒一口气，又被宋世钧拉着往地下车库走："我看你真该好好放个假了，要是不想去看电影，那就乖乖回家睡觉。"

沈熠摇头，强颜笑道："哪有你说得这么夸张？我就是怕见长辈，而且实在没想到还有这么多人在场。"

宋世钧还是开着那台路虎，他先过去给她拉开副驾驶位的车门，等她上车之后才绕道去了车后尾箱，随后提着一袋子东西塞给她。沈熠满脸狐疑地打开一看，只见里面满满当当都是一些护肤品和香水还有丝巾之类的。

宋世钧两手一摊，一脸无奈地说："麻烦你拿回去，能用就用，不能用你就送人，总好过放在我这里过期。"

沈熠再一问，才知道原来是他一个大学同学在欧洲留学，如今正在风风火火地利用寒假做代购。那家伙想做他生意，就随口问他有没有女朋友，结果宋世钧也随口回答了一句"有"。——然后接下来就被老同学强行购入了一堆据说"很超值又有面子"的新年礼物。而他这个倒霉金主，从头到尾除了付款，其余的细节都没来得及过问。

沈熠听完由来，抱着这一个大纸袋，有点想笑又有点犯愁。

她很老实地交代:"师兄,其实我平时基本上不怎么护肤的,真的,除了秋冬天干燥的时候我会用点补水和保湿的面霜之外,其他的东西我都嫌麻烦,洗面奶、爽肤水啥的,多浪费时间啊。"

宋世钧本来正准备点火着车,闻言很是震撼地忘记了手上的动作:"这世上还真有懒得护肤的女人啊?天呐,小熠,你真是太让人吐血妒忌了,你知道吗?咱们工作室那两个女孩子,只要你不在,她们就讨论你平时用什么护肤品,还好几次跟我打听——要是让她们知道你压根不买这些,哈哈哈!哈哈!我能想象她们会是什么表情……"

什么表情?无外乎就是把自己看做外星人呗,反正她从小到大就是旁人眼里的异类——沈熠转过脸,不想搭理宋世钧这会儿的浪笑。

只是就这一个转眼,正好看见刚从电梯口走出来的顾芳菲和贺司南。贺司南手里拎着那一大束红玫瑰,两人似乎在争论着什么,随后两人很快就一起上了贺司南的那台保时捷离开。

沈熠心中猛然一阵刺痛,她咬住下唇移开视线。但见顾芳菲拉了一把贺司南,神气有些恳求的样子。

"在看什么呢?咦,那不是司南的车吗?"

宋世钧笑完了,刚刚点着火就发现贺司南的车在旁边过道上驶离。他本想跟上,却被沈熠摆手道:"师兄,要不我们一起去旁边的专柜巡一下场吧?正好我也要给爸爸和孔姨买两套冬装。"

宋世钧点点头,将车开出车位之后就调转了一个出口方向改去名古汇,又道:"你也别光顾着给沈叔和孔姨买衣服,你自己也该添置几身了……"说着又忍不住摇头,叹息加感慨:"你说,到头来谁会有这个好运气,能娶了你回家?又会赚钱又会心疼家人,还吃穿用度都特别节约——我觉得,那小子肯定是上辈子拯救了银河系。"

沈熠抱着那只大纸袋,有些怔怔地将脑袋靠在车窗上发呆。直到报警系统反复提示她没有系安全带,宋世钧这才发觉她的反常状态。

最后两人没有去逛名古汇,沈熠只说自己有些头疼,见她脸色不好,宋世钧便送她回了家。

两人在小区门口道别,宋世钧目送着她的背影消失在路灯深处。他抬手看了看腕上的表,时间正好晚上九点。

沈熠回到家,听见小白龙的叫声,她就想去柜子里拿狗粮,随后看见旁边就摆着一个自动喂食机——这个东西,好像也是宋世钧特地拿上来的。据说可以一次备足一个星期的狗粮和清水,清水那个位置,还有自动净化功能。

一个星期——沈熠在小白龙跟前蹲了下来,她抚摸着柔软的狗毛,心想如果自己前世是一只狗狗,那么肯定不愿意守着一台自动喂食机,而是愿意随着主人一起出去颠沛流离。

这么好的节日,她却形单影只的一个,陪着一条并不饥饿只是要逗玩的狗狗——但又不得不庆幸,幸好还有这么一条狗狗,否则,这一屋子的冷冷清清,实在是容易让人发疯。

沈熠尽量控制不去想先前的那一幕,不去想那一束鲜艳刺目的红玫瑰。她疲惫地进了自己的房间躺下,因为没有关门,随后就见小白龙也挤了进来。她的床边放了一块柔软的垫子,小白龙就正好蹲卧在上面。也不知道过了多久,沈父终于回来了。他叫着女儿的名字,将沈熠从未能深睡的状态中唤醒。

他倒了杯热水给女儿,问她是不是累了,回来多久了——沈熠打着哈欠推说自己的确很困,沈父"嗯"了一声,轻轻放下水杯在床头柜上。

他从外带上门前,映入眼帘的最后一个镜头,是女儿又钻进了被窝,探身去摁台灯的身影。"啪"的一声,光消失了,墙上的影子也消失了。这是今天最后一个声音,也是农历新年第一天的最后一个声音。它宣告了一天的终结,然后等待黎明的到来。

*　　*　　*

那天晚上,沈熠做了很多梦。照理说好不容易休假,又有喜事临门,她应该睡得很沉,可那天晚上不是。那些梦境复杂繁琐,记得不记得的人脸一张张重叠交错的浮现,小时候的事情凌乱地涌入心头,蒙眬中总觉得不断有人在哭,有人在笑;还有那串粉色的水晶项链,一直摇曳着,那些光芒耀眼又让她头疼。

早上醒来时就觉心口"突突"地跳,浑身无力兼嗓子干疼。明明头痛脑热,一阵阵寒气却扑上心口。

刷牙时沈熠看了看镜子里的自己,接着打了好几个大大的喷嚏,她想,自己大概是感冒了。顾不得过年期间不能吃药的忌讳,她第一时间就想着自己找点药来吃。

在床上坐了一会儿,慢腾腾找大衣披上,从床底下拖出行李箱,接着开始找感冒药。独自生活这么多年,她的衣服日用品一向就很少,行李箱里却常年都有一些药品,就是为了以防万一。还好她身体本来不错,以前有个小病都是等着自己痊愈,她很相信抵抗力与抗药性两者之间存在天然的矛盾,不可调和。但现在因为工作熬夜,身体素质大不如前。要是不吃药,光靠自身的抵抗力对付病毒,太过勉为其难。况且又是春节,她实在不想让爸爸

担心。

也许是太久不吃药的缘故，一吃感冒药就表现出明显发困疲倦的状态，喝再多浓茶都没有用。

虽然休假不用出门，但她也捧了一本书坐在阳台上，裹着厚厚的一块羊绒围巾，时不时伸手抚摸一下蹲卧在旁边地毯上的小白龙，一人一狗都极尽惬意的模样。只是一旦眼睛离开书页，稍微得几分钟闲暇，哪怕手掌还放在小白龙的脑门上，沉重的上下眼皮也会忍不住使劲收拢。

沈父过来问她中午吃什么，字字句句入了耳朵，每一个词语都是很熟悉的东西，有些菜昨天她还参加了制作烹饪，可就是不知道该怎么回答。

宋世钧打电话过来问她要不要参加下午一个行业内的聚会，在场的不少人都是她以前觉得很棒的设计师，那些人的名字从她耳边滑过之后，她还是一个都想不起来——最后索性放开书本，躺回床上去休息。

这一觉直接睡到下午四点多，本来以为应该精神充沛、头脑灵活，可还是不行。从床上一坐起来，她就什么都提不起劲，最后自己总结，这是精神上的疲倦。比身体上的疲倦更让人不堪忍受，而且并不能通过休息来缓解。

这样的状态，自然不适宜出门。好在是过年，不出门也没什么不正常的。孔姨这天晚上提着一大篮子的点心和肉食过来一起吃饭，她进门就觉得沈熠有些蔫，但是吃饭的时候又见她埋头吃了不少，便只以为她是平时太累了，又摇头道："你们这些年轻人啊，对工作真是没得说。小姐也是，年前说好只办三场演唱会的，今天那个梁婉真又过来，说好几个合作商想跟她商谈今年的计划。我瞧着她人都瘦了一圈，就觉得这什么演唱会真是个磨人的工作。"

"可不是吗？我也觉得楚依姐一个人唱全场实在是太累了，要是能——"沈熠的话没说完，就听见自己的手机在卧室一个劲地狂响。她琢磨着什么人会在这个时候不识趣地打电话过来，等到进了房间拿起手机一看，见是霍东方的来电。

她隐约猜到了霍东方打电话过来的由头，先轻柔温和的"喂"了一声，再带上门——留待给仍在客厅吃饭闲聊的两位长辈看来，这个电话应该是她一直在等的那个。只是沈父以为是宋世钧打来，孔姨却在心里暗暗揣测那人会是谁？

沈熠在房里换了一件很厚实保暖的羽绒服出门——当然，为了看起来像是去约会的样子，她还是描了一下口红，又对着镜子梳理了一下上午刚洗过，看起来有点静电过度显得炸毛的长发。孔姨和沈父都没说什么，只有沈父叮嘱她早点回来——沈熠点点头，乖巧地带上门。

外头很冷，过年时哪个城市都不好打车。沈熠在小区门口用手机软件连着下了几次单，最后才来了一辆总价很贵的专车。她火急火燎地赶到霍东方所说的那个小区，下了车才发现这一带其实挺偏僻。里面的房子虽是独栋别墅，可是看着公共绿化和硬件设施，委实都不算高档，就算是门口的保安亭，也显得有些寒碜。

她不知道庄勋为什么会把怀孕的林秀娜安置在这样的地方，但等见到霍东方，两人一起推开那扇门，看见正披头散发坐在地上号啕大哭的林秀娜之后，她立即毫不犹豫地快步上前。

"娜娜！娜娜——你怀着孕怎么还能喝酒？你真的是……"屋里酒气熏人，已经怀孕四个多月的林秀娜看上去依然身材苗条、四肢纤细，除了肚子略大一些，其余的地方根本不明显。

只是脸上纵横的泪水冲花了之前精心画好的妆，就连唇上的口红也被擦拭掉一些，又沾了一块在白皙的下巴上，看着让人很是无奈。她身上和嘴巴里有很浓重的酒精味，沈熠试着把她从地毯上扶起来，却很快发现自己也周身无力。好在霍东方及时搭把手，两人一左一右，这才总算把人给架着坐在了客厅的沙发上。

林秀娜除了哭嚎，一个字都说不出来，沈熠看了看霍东方，见他面露尴尬之色地摊开手，解释道："我也就比你早到了一会儿，那个——先前吃完饭，我问秀娜在干吗，还给她发了一个红包，结果她给我发了这么一张照片，吓得我连饭都没吃完，就赶紧飙车往这赶……"

霍东方给沈熠看的照片，是林秀娜穿着白色的婚纱躺在这张地毯上的自拍。她脸上画着很美的新娘妆，白色的裙裾和性感的胸脯上洒满红色的玫瑰花瓣……可是明明很美的画面，却因为她空洞无神的双眼，以及那两行清澈的眼泪，而显得格外凄凉。

沈熠只看了一眼，便扭过头。她问霍东方："庄勋呢？你有没有打电话给他？"

霍东方跟庄勋还算有两分交情，闻言立即点头："打了，但是他说他没空，还说——"有些话到了嘴边还是没说出来，霍东方不是怕沈熠听了暴怒生气，而是自己都觉得格外窝心、憋屈。

好在沈熠这时候没心思去管庄勋说了什么，她让霍东方帮忙把林秀娜弄回卧室里躺下。又皱着眉头看了看乱七八糟的客厅，嘀咕道："怎么家里连个阿姨都没有？让一个孕妇冷冷清清地过年，这也实在是太过分了。"

霍东方一边吃力地抱起林秀娜，一边龇牙咧嘴地回道："本来是有的，可是娜娜前几天告诉我，说那个阿姨找她讨要过年红包，她没给人家，所以人家就收拾行李回家过年了。"

沈熠叹口气，她觉得娜娜不可能穷到这份上——但是等她进了乱糟糟的卧室，入目就见几封信用卡催收的信件窝在几件衣服里一起扔在地上。

沈熠一开始不知就里，捡起来看了看，随后不由讶然："庄勋没有给她生活费吗？怎么娜娜会欠下这么多的卡债？就这一张卡，就欠了七八万……"

霍东方刚把人放下，没来得及喘匀一口气就接过那些信看了看，随后摇头："这丫头，肯定是刷卡去买包、买衣服了？你看看，这些刷卡日期，都是圣诞节前后——"

霍东方笨手笨脚地帮着收拾一地狼藉的时候，沈熠下楼去给秀娜做醒酒汤。她随手打开冰箱翻了翻，发觉情况并不比秀娜那时候住在市区的小公寓时强——最起码那时候冰箱里还有鸡蛋和火腿肠呢，现在，空空荡荡的，除了可乐汽水之外，能吃的居然只有薯片。

好不容易找齐材料做好醒酒汤，却死活找不到一个干净可用的汤碗。沈熠最后用一块看起来还算干净的毛巾端着那只汤锅上了楼。

难为霍东方一个原本四体不勤的公子哥，这会儿胡乱把地板上的衣服都收拾了起来，又把林秀娜所欠的卡债数目算了算，最后长叹一声，他告诉沈熠："其实庄勋家里的生意，跟黎家一向捆绑得很紧。如今他让秀娜怀了孕，黎家自然不肯善罢甘休。再加上应泽生那边，先前说放他一马，可后来庄勋自己又去找茬，所以我估计——他们结婚的事情，应该是不可能了。"

沈熠不算十分意外，却仍嘀咕道："那孩子呢？庄勋不是说想要娜娜把孩子生下来吗？他妈也说只要娜娜生下的是孙子，那她就做主让儿子娶她进门。"

霍东方没做声，随后递给她一份产检报告——"我刚刚随手翻到的，就是上个月底他们一起去了产检。凑巧那个医院妇产科我有个熟人，电话里问了一下，秀娜她怀的……应该是女孩，所以——"

出门的时候，沈熠就觉得这个年初三的夜晚特别的冷，这会儿站在这间宽大的卧室里，这种寒冷的感觉又加重了几分。她状似平静地"嗯"了一声，将产检报告往旁边随意一搁。接着让霍东方帮忙将醉得不成样子的秀娜扶起来，自己则戴上了来时的口罩，解释道："我感冒了，怕传染给她。"

霍东方恍然点头，两人配合着给她喂了半碗醒酒汤。接下来该怎么安排，

可真是让人为难。

沈熠本来想留下来照顾秀娜,可是偏偏又感冒了。

霍东方伸手探了一下她的额头,惊得连连摇头:"你还是赶紧回去休息,要不然我可担不起这个责任。"沈熠又开始脑子发懵。

她只能跟霍东方商量,结果这货还真想到个主意——"我记得司南家里有个性子很好的阿姨,请她过来先帮忙几天,到时候我们多给她一点辛苦费就是了。"事已至此,似乎没有比这更好的办法了。

沈熠又累又头疼,喷嚏一个接一个,好不容易捧住脑袋,沉吟一会儿也只有点头的份。这时候已经快凌晨,这样的地段比自己小区更难打车。霍东方安排了贺司南送她回去,又反复保证:"你放心,等会儿那个阿姨来了我先跟她交代一下,总之会让她好好照顾秀娜就是了。至于其他的事情,过两天咱们再找个时间碰头商量。"他这样周全,可谓是忠义一片,沈熠除了"谢谢"再无二话。

不一会儿贺司南就带着那个阿姨到了秀娜家,霍东方领着人去熟悉一下环境,贺司南则对沈熠点了点头,见她戴着口罩,当即就忍不住叫住她。

"你怎么了?"

沈熠这会儿走路都发飘,还没等她缓过神,就感到有只属于别人的手搭上自己的额角:"刚刚就觉得你不对劲,果然是发烧了,额头滚烫。"

"吃过药了,小感冒,没事的。"沈熠嗓子微哑,笑得若无其事,"你以为我是你,生病还敢不吃药。"

贺司南看着她,嘴角有微笑,眼里却是心疼:"是啊,上次的事情我还没谢谢你。"

他说话时双手颤抖,心里只想,要是能上前抱一抱她,此生何求。可是他不敢。

沈熠摆摆手,正要富有英雄气概地说一句"好汉不提当年勇",眼角余光忽然瞄到远处走来的一个妇人,心脏不由猛烈地一缩。

这位妇人曾经在顾芳菲的陪同下来过店里,她听得很清楚,大家都称她"贺太太"。下一秒,她已经不由自主地脱口道:"阿姨好。"

"好什么好?你个死狐狸精——我就说我儿子怎么大过年的还惦记着往外跑,原来就是被你这个狐狸精给勾走了魂……"

长到二十四岁,沈熠第一次大过年的被人打得抱头鼠窜——还好贺司南一直竭力护着她,最后实在抵不过他妈妈的彪悍,他只得从身后抱住自己老妈,对沈熠大喝一声:"你快走!回去休息!"

沈熠看着这母子两人扭打成一团，当然大部分的时候都是贺母在打自己儿子，而贺司南只是躲闪逃避。

茫然僵持时，幸亏霍东方听见响动跑出来查看究竟。他一看贺司南他妈来了，当即两眼一抹黑，拉起沈熠就往自己停车的地方跑。

也就是这一晚上，沈熠才发觉霍东方这富二代，其实并不是个只会吃喝玩乐的花架子。最起码，他拉着沈熠以百米冲刺的速度往停车场跑的时候气不喘腿不抖，中间还回来拉了一把病到体虚无力的沈熠，声嘶力竭地劝她："老铁！我跟你说司南他妈作起来可吓人了！我这是为你好，要是今晚咱们落到她手上，那可很难过正月十五——"

被他这一吓，沈熠登时也化身成了飞毛腿。连喷嚏都忘了打了。

直到车开离小区门口老远，沈熠才颇为后怕又不解地问霍东方："司南他妈妈怎么对他那么凶？不是说他是独生子吗？"

霍东方闻言"喷"了一声，等到车上了回市区的高速之后他才放慢速度，开始解释："其实司南跟他爸妈的关系都不太好，具体原因我也说不太清楚，但是应该跟他小时候就被他奶奶抚养有关。司南他妈跟他奶奶婆媳关系势同水火，后来他奶奶去世了，他回来父母身边生活。可是不管是他爸还是他妈对他都很冷淡，属于爹不亲、妈不爱的那种拖油瓶。因为他爸在外头早就有外室，私生子都养了两三个，所以对他完全不上心。至于他妈，则是因为心里怨恨婆婆，又觉得亲生的儿子总不向着自己，再加上老公又有外心，因此脾气格外的暴躁，十分不好惹。"

沈熠听得心里发毛，暗想这到底是什么样的一个家庭？

霍东方叹口气，心有戚戚地替贺司南鸣不平："其实司南这些年没少在贺氏集团表现，每次他爸都是把自己捅的娄子交给他来处理。然后有功劳就归自己，做得不好就让司南挨罚。所以现在你该知道他之前为什么一直住在我那里了吧？因为除了我那儿，还有他干妈那边，偌大的江城他根本没地方可去。"

这种事情沈熠不好评价，但她很快想起另外一件事来，随后在心里推测着——难道那天在医院碰见的那个女人，并不是跟贺司南有什么特殊关系？而是他爸……想到这里，沈熠忽然替贺司南感到一阵心酸。

这一晚上折腾得实在够呛，等回到家已经快凌晨一点了。沈熠从洗手间洗漱出来，回到房间躺下时，还是听见隔壁房间里响起了窸窣的咳嗽声。

本来以为这晚上又会失眠，没想到却睡得出奇得沉。一觉醒来，沈熠拉开窗帘，发觉外面已是暖阳当空照——想到等会儿还要去秀娜那里，她连忙起床收拾洗漱。

要是往常，沈熠忙于工作早出晚归都是平常，沈父也很少过问她的去向和安排。但是这会儿还是正月里初四，沈父见女儿匆匆扒了几口饭又要往外跑，便多问了一句："小熠，你这是要去哪里？"

沈熠心里咯噔一下，端着碗正琢磨着到底要不要跟爸爸说实话的时候，可巧手机又响了起来。她拿起一看，顿时乐了——是宋世钧打过来的。

见状，沈父便也不再问了，摇摇头挥手只让她去，临到门口再叮嘱一句："晚上早点回来！过几天就要上班了，你也自己看着点时间。"

"好嘞！"

知道爸爸一会儿约了孔姨来家里包饺子，沈熠乐得腾出地方。不过下楼来坐上宋世钧的车，她又忍不住开始唉声叹气。

宋世钧侧过脸看着她，微微皱眉："大过年的，你看你，见到我就叹气。"沈熠连忙道歉，又嬉皮笑脸地伸手跟宋世钧讨红包，没想到宋世钧还真的随手就递过来一个厚厚的红封。沈熠接过来一摸，发觉里头着实沉甸甸的，便有些不好意思地想退回来。

宋世钧连忙摆手，正色道："傻丫头，哪有退人家红包的道理？这可是不吉利的。"沈熠被吓得连忙收回，想一想又在微信上给他也发了一个估计数目差不多的，也不管他到底收不收，就坐在副驾驶位那里掰着手指头算初七那天回去要给店里的店员派多少红包？每个人封多少合适？

宋世钧一边开车，一边提醒她："你还没结婚，年纪又不大，所以这个年你不管去哪，都只要伸手接人家红包就是了，还轮不到你来发红包。"

"真的假的？"

沈熠听着还是不太信，于是随手发信息问了一下"唐僧"。结果半天也没等到他回复，她便有些不乐地看向窗外。

宋世钧带她去跟几位行业内前辈拜年，对此沈熠是完全不得要领，好在宋世钧准备周全，就连诸人的爱好都摸得一清二楚，连沈熠的那份礼品也事先备好了，又叮嘱沈熠："我知道你不喜欢应酬交际，可每个行业都有一个小圈子。里头的人未必个个都是高风亮节的君子，有时候来往一下，对你将来总是没坏处。"

沈熠听完似懂非懂，对于宋世钧的话她总是无条件相信。下午三点多从那个聚会的酒店会所出来，她转头便让宋世钧送她去秀娜那里。

宋世钧便问了问林秀娜现在如何，沈熠上车之后才娓娓道来。

宋世钧有些感慨地摇头，等到了地方进去一看，还是贺家那个阿姨陪着林秀娜。这位阿姨的确勤快也热情，不过看秀娜大白天也只穿着棉睡袍坐在沙发上的情形，隐约已经流露出抑郁症的苗头。

沈熠看着那件被剪成烂布条还涂抹着很多口红的婚纱也是心中难过，因为秀娜现在都不怎么说话，总是一个人坐在沙发上，神情痴呆又反应迟缓。好不容易哄着她喝了碗鸡汤，见她就这么和衣倒在沙发上，就要睡，沈熠连忙和宋世钧一起把她架着送到了楼上的卧室内。

开了空调，等屋子渐渐暖和起来，秀娜也沉沉睡着了。

沈熠替她把屋子收拾了一下，又把带来的现金都塞在了她的床头柜里。她站在床边低声呼唤了几声"娜娜"，见她始终无所反应，方才重重长叹一口气，带上门下了楼。

"这样下去不妥，小熠，她现在才怀孕四个月，这还有大半年的时间呢。要是庄勋一直对她不管不顾，总要让她家里人来照顾才行。"

沈熠点点头，她何尝不知道宋世钧所说的都是正理。可是一想到要如何跟秀娜的家人开口，告诉他们自己的女儿未婚先孕……沈熠就着实头疼得很。

两人安顿好了林秀娜，临走时又对那位阿姨谢过再谢，刚要转身出门，正好见霍东方手里提着大包小包进门来。

霍东方一看沈熠来了，便把手里的东西往地板上一放，随后重重地喘了几口粗气，这才一屁股落座道："你们先别走，有件事我得跟你们说。"

说来也怪，他一出现，沈熠就察觉自己两个眼皮子都开始跳。她心里隐约预感不好，随后就印证了她的预感还真是挺灵。

霍东方告诉沈熠和宋世钧："庄家这回真是撞邪了，年前也不知道是谁怂恿他们父子三个都买了一只私募基金，说是年后就会有大行情，忽悠得他们把所有的钱都投了进去。结果今天早上传来消息，那只基金幕后的金主昨晚在香港突然死了。这下子，只怕整个庄家都被掏了个一干二净。"

沈熠倒抽一口凉气，再一看那个阿姨手里正提着霍东方拿来的东西。里头有一盒子鸡蛋一不小心从购物袋的边缘掉了出来，刚要落地时宋世钧上前接住了。

"小心，这边附近没有超市买东西也不方便，您多受累了。"

阿姨接过鸡蛋点头进了厨房，沈熠看着霍东方还有些发愣："那你的意思，就是庄勋他肯定不会管秀娜了？也不管她肚子里的孩子了？"

霍东方搓了搓手，尽量委婉地点点头："我的意思，是要提前做一下准备。这房子我年前找朋友查过，本来就已经抵押给银行用来申请贷款了。要是到时候被收回去,那秀娜……她一个孕妇,总要有个容身之所。"

情况竟然一下子就急转直下成了这样,沈熠再也不敢抱着侥幸的心理。

她拿出手机先打给秀娜的爸爸,结果那边一直提示关机——因为没有秀娜妈妈的电话,她只能硬着头皮打给自己爸爸询问。结果可想而知,沈父暴怒之下第一次对女儿说了重话,还让沈熠立即回来——随后破天荒地挂断了电话,看来真是气得不轻。

沈熠遂僵立在那里,一时间没了主张。直到她偶然一个抬头,看见穿着睡袍的秀娜就站在楼梯口那里,神情木然又呆滞地看着她。

*　　　　*　　　　*

"娜娜!我——"沈熠心中一惊,抬腿就往二楼的卧室走。

可是秀娜却不言不语地转过了身,不等沈熠上来拉住她,她已经回去关好了房门。众人轮番上去敲门,她谁也不应。

后来闹了大半天,还是霍东方厚着脸皮豁出去了,他撸起袖子大力拍门,高声道:"秀娜!秀娜你开门让我进去!我知道你以前喜欢过我,可我那时候不敢肯定自己到底喜不喜欢你。后来我把你介绍给庄勋这混蛋,所以你落到今天这步田地,我是有责任的!你开开门,先让我进去。你放心,我不会不管你和你肚子里的孩子的……我,我一定会对你负责任的!"

霍东方这番话因为情势非常,所以一时间让人难辨真假,但仍不免让在场的沈熠和宋世钧都听了个稀里糊涂。但怪就怪在,这番话还真说中了秀娜的心事,因为她很快就打开了一条门缝,又声明:"霍东方你进来。"

霍东方就这么硬着头皮,在众人期待的目光下走进了那间卧室。

余下沈熠和宋世钧站在门口,面面相觑。

最后得出的解决方案——由霍东方先把自己名下的一套房子空出来收拾好,再把林秀娜安顿进去,至于沈熠,负责去联系她的家人,如果秀娜的家人能够过来照顾她起居那自然最好,如果实在不行——"那就请个阿姨吧,司南家里这个用不了几天了,他妈妈已经发现了。找保姆的事情也包在我身上,我去安排。"说完,霍东方又若有所思地看着沈熠,说道:"对了小熠,你现在住的那套公寓楼下那套就是我的,那时候我跟司南一起在那边买了七八套,不过现在都放出去了,只有你那套司南一直还留着。"

事出紧急,沈熠顾不上惊讶为什么贺司南要把房子便宜租给自己,还不让自己知道内情。她跑到洗手间关起门给老爸打了个电话,详细说明了一下情况,最后再来一句:"爸,娜娜再怎么样都是跟我从小一起长大的朋友,她们家跟我们家也算是亲戚。她现在碰到这样的难事,您说要是连我们都不闻不问，那岂不是要逼着她走绝路吗？"在她的软磨硬泡之下，沈父长叹了一口气，最终答应帮她去联系秀娜的家人。可是放下电话，直到坐着宋世钧的车回到小区门口，沈熠的眼皮还是一直不停地狂跳着。

宋世钧见她脸色难看，便让她回去好好休息。沈熠心不在焉地点点头，木然地解开安全带就要下车。只是有缕发丝被卡进了安全带的扣子里，她扯了两下都没有解出来，忽然发狠似的死死揪住了自己的头发，并对宋世钧说道："有剪刀吗？"

宋世钧看得呆住，为免她做出任何自伤的举动来，他连忙握住了她那只揪着头发的手，连连道："小熠！别这样！你冷静一点，你不要急！"

沈熠被他握住双手，涣散的眼神渐渐聚拢过来，手也松了下来。她看了看眼前的宋世钧，又看了看车窗外的世界——

小区门口，有一对年轻的父母，他们推着一辆婴儿车有说有笑地走出来。那婴儿车遮着帘子，上面还盖了一床粉色的毛毯，可爱的孩子半躺在里头，只能隐约瞧见两只胖乎乎的小脚，还在时不时地蹬动着。等他们走过去，沈熠似乎还听见孩子咿咿呀呀的叫声……

她的眼泪忽然止不住地落下来，大颗大颗的，无声地从眼眶中滚落。

宋世钧心中了然她为何悲伤，那是一种对人生的无奈与彷徨。如他和她，经历过充满阴影的童年，现在对生命都充满了由衷的敬畏与仰望——所以这几年里，每次母亲提及自己的婚事，宋世钧总会本能地充满反感。母亲并不能明白他的感受，她不会知道在他不愿意接受相亲的背后，是他隐藏在内心如潮一般地咆哮与诘问：你们都没能给我一个幸福的童年，一个充满爱的家庭，为什么还要让我把这样的悲剧一代代地延续下去？

可这些话，他永远也不会跟任何人说起。他只是把那一层对生命的敬畏与对生育下一代的恐惧，深深地刻在了骨子里。

到此刻，见到沈熠落泪，他才感同身受地叹了口气。等沈熠哭得差不多了，心里那口憋着的气也散了大半，他伸手拍了拍她的肩膀，安慰道："别难过了，既然秀娜想把孩子生下来，那就生吧！大不了我们一起帮一下，看看咱们，不是也长大了吗？至于你想的那些人生的遗憾，也许是很难避免的——小熠，我们只能做好自己。"

沈熠哽咽着点点头，拿起纸巾擦了一下红肿的双眼。然后又期期艾艾地看了一下宋世钧。

宋世钧立即就明白了她的意思："想让我去跟沈叔说几句话？"沈熠其实跟爸爸也不算多亲厚，因为有过那么长的分离，而今父女俩住在一块彼此都有些小心翼翼地客气。今天骤然被他这样责骂，要说她心里不忐忑那真是假的。

可是没想到等宋世钧跟自己一起进了家门，沈父却是笑得一脸灿烂。不但拉着宋世钧一块下棋，还叮嘱沈熠："你脸色不好，是不是衣服穿少了？今天外头冷，你们两个年轻人怎么也不知道多套件衣服？就知道要好看了。"

宋世钧趁机给沈熠圆场，他呵呵笑道："那是，现在的女孩子都是要风度，不要温度的——哎呀，沈叔，您阳台上那盆兰花长得好啊！这是要开花了吧？"

"是啊，有花苞冒出来了，看着是要开的样子，呵呵……"

沈熠趁机回到自己房里，换了衣服又梳了梳被风吹乱的头发。她把房门带上了，听着外头的说笑声，听到手机响起，打开一看见是宋世钧发来的微信。他说："你爸爸是很爱你的。"

沈熠在床上把自己躺成一个"大"字状，随后有些疲倦地微笑着闭上了双眼。

接下来的两天假期，基本上都用来联系秀娜的家人。沈父给了沈熠一个电话号码和一个地址，又陪着她亲自去了一趟那个地方——结果十分不巧，秀娜的家人过年前都回老家去了。

听邻居说是她妈妈年前做了一次手术，因为缺钱所以很急就出了院。一家人抱着回去县里小医院保守治疗肯定更省钱这个念头，刚刚出院没几天就回乡了。

至于那个电话号码，沈父也是辗转了几次才要到的——可是等他再打电话去问一些相熟的亲戚，人家似乎都知道了秀娜母亲生病的事情，没说几句就匆匆挂断电话，竟没人能说得清他们一家现在是不是回到了乡里。

沈父站在秀娜爸妈租住的民房前沉思许久，回来的路上就对女儿说了一句话："你能帮就帮一把，爸也不是真的这么心狠，只不过秀娜这丫头啊……"

他话没说完，只是摇头。沈熠心里明白，秀娜现在已经很难得到这个社会的认可了，所以往后的路，也会很难走。

想起她渐渐隆起的肚子，沈熠就觉得心头一阵阵的窒息发慌。

休息了差不多十来天回去上班，见到嬉笑哄闹的同事们，沈熠很有几分恍如隔世的感觉。

这一天顾芳菲回来跟大家一起开会，还给每个人都包了一个大红包。沈熠细看之下，觉得她的憔悴并不比年前好，遂担心地问了一句："顾总，过年期间您出去旅行了吗？"

顾芳菲点点头，含笑道："你怎么知道？丹宁说难得遇上我休息几天，就拉着我去了爱琴海。其实我现在倒不怎么喜欢出门了，总觉得累得很，还不如在家安安静静地睡个觉。"

沈熠连连称是，又道自己这个年在家胖了不少。正说笑时顾芳菲的手机响了起来，她接起之后就微微变了神色，随后只听她一面道："您现在到了吗？那我下来接您……"一面拼命朝沈熠摇头摆手，示意她赶紧下去。

沈熠初始还不知所以，后来听顾芳菲在电话里说"司南知道您过来吗？他怎么没跟您一起来"的时候，顿时也跟着脸色大变。

想起贺司南妈妈的彪悍与泼辣，沈熠两腿打战。

还好顾芳菲似乎也对其颇为忌惮，她摆手让沈熠从后门下去，自己则打开办公室的门一边通话一边下去迎接。

沈熠如逢大赦，迅速从后门下楼。不过她忘了这会儿下面的门店还在盘点，所以店门未开，等她走到楼梯口，听见高跟鞋的笃笃作响之后，只得又折返回来。

沈熠回到顾芳菲的办公室，最后匿身在一只高大的花瓶后面。花瓶足有她整个人高，除此之外还有一组屏风作为遮挡，安全系数已然很高。但她没想到，贺司南的妈妈一进门就会提到她。而且听她跟顾芳菲的对话，似乎之前她就已经打过电话给顾芳菲，让她提防自己这么个"狐狸精"。

而且贺母不知道从哪打听清楚了关于林秀娜的事情，她很自然地把沈熠归类为林秀娜同类女孩，满含蔑视地评论道："都是一路的货色，啧啧，现在的女孩子怎么就这么不要脸？以为挺着个肚子就能嫁入豪门？"

沈熠躲在花瓶和屏风后，听得羞愤欲绝。好在顾芳菲从头到尾都在替她开脱，十分坚定地安慰着焦急躁怒的贺母，不断解释道："阿姨，我觉得这里面肯定有误会，沈熠她是个很善良单纯的女孩子，我十分相信她的人品，她的同学怎么样我觉得跟她没有关系。她的为人我是很相信的，我觉得您太多虑了。"

见顾芳菲听不进自己的劝，不肯辞退沈熠，贺母便真的着了急。她站起身来，在顾芳菲身边开始手舞足蹈，不断地强调："哎呀，芳菲，你要相信我，阿姨活到这把年纪，吃的盐比你吃的饭还多，你要是一时心软纵容了那丫头，到时候你肯定会后悔的……"

顾芳菲起初还耐着性子解释，后来见贺母完全不听自己讲话，便只得换了一种方式，两手一摊很是无奈地说道："阿姨，您听我说，现在我真的不能炒她。因为她能给我创造很巨大的价值。所以您要理解我，工作室这边有关设计方面的工作都由她负责，她要是走了我根本就搞不定的。"

"什么？你怎么能把设计方面的工作都交给她来负责？哎呀，芳菲，就算是这样，那你也要防着她一点啊！……"

贺母在此一共叨叨了差不多一个小时，沈熠听得心累无比，顾芳菲也是应酬得口干舌燥。

后来好不容易见她接了个电话，顾芳菲这才有机会哄了她下去楼下选几件东西，为怕她下去找沈熠的麻烦，还特地提前说明了："阿姨，那个沈熠她今天早上出去开会了，所以——"

贺母似乎被购物激起了兴趣，再加上她要说的话已经说完，忿然的情绪也宣泄出来了，当即"哼"了一声，昂首挺胸地回道："知道！你将来别后悔就行，反正我这个当婆婆的该提醒的都提醒了，以后你们小两口要是为了那个丫头吵架，那你也怨不着我……"

"知道，您放心，来，我扶您这边下去。"

不得不说，贺母对顾芳菲这个未来儿媳妇的维护和满意程度，那真不是一般人可以想象的。

而顾芳菲对贺母的心思和性格喜好的把控程度，也远非一般人能做到的。

从屏风后出来，沈熠只想找个地方安静地喘几口粗气。

她实在是被贺司南妈妈的彪悍和强势吓到了，根本不敢想象，要是自己正面迎上这尊大佛，那会有什么样的后果？

幸而贺母并没有在星辰久留，她在店里选了几样东西之后，便拉顾芳菲陪自己去喝茶，被婉拒之后也不恼，反而当着一众店员的面十分亲热地拉着顾芳菲的手，叮嘱她："你呀，也别太辛苦了。女孩子家有点事业是好的，可是将来这个家庭肯定还是要靠司南去赚钱的，我哪舍得让你这么操劳？我这个做婆婆的没有什么别的心愿，就盼着你早点嫁过来，再给我生几个孙子，孙女也好！我不挑！要是司南那臭小子敢欺负你，对你有半点不好，我都饶不了他……"

她叽里呱啦地说了一大堆的好话，听得店员们都是一脸艳羡地看着顾芳菲。直到把人送上了车，顾芳菲刚一回转身，店员们都围拢上前来，对她齐声道："哇塞！顾总，我们真是好羡慕你，有这么好的婆婆，简直是亲妈都比不上……"

顾芳菲只是笑笑，挥手让大家都散了。

沈熠听见动静，就在楼梯口巴巴地等着她。顾芳菲让她上楼，又推开窗户看了看外面的街景，很有几分感慨地说道："又是一年春来到。小熠，你觉得一年四季当中，你最讨厌哪个季节？"

沈熠看着窗外老树上萌生出来的新芽与绿意，很快回道："当然是冬季！我最怕冷，而且穿得又厚又多，出门就跟打仗一样。"

顾芳菲看着她微微一笑，随后渐渐敛了笑意，凝视着窗外的景色轻声道："我最讨厌春天——你知道吗？春光最美却也最伤人，一到春天，花红柳绿万物复苏，反衬之下让人心里的那些痛苦也就越发深刻，还无处可藏。不像冬天，天地都凋敝了，一派萧瑟最是迎合人生孤独的宿命。"

这是沈熠第一次从顾芳菲的口中听到如此消极而负面的言论。其表达的悲观和失望，远远超出沈熠与她初识时的那幅《远山孤月图》所表达的内容。

沈熠心中难免震撼，又不敢过于造次地追问与探讨，故含糊回了一句："四季交替，如同人生的悲欢离合一样。没有人真正喜欢孤独，但有时候我很羡慕你，能有宋小姐这样亲密无间的人生知己。"

这话说到了坎上，顾芳菲当即微微笑了起来："是啊，我跟丹宁……的确是难得的缘分，就如你和林秀娜一样——小熠你知道吗？因为你对秀娜一如既往地好，所以丹宁上次也跟我说，谁能成为你的朋友，那都是一辈子的幸事。"

沈熠心里叹口气，有些艰涩地摇头："实在不敢当，其实对于娜娜，我是有愧疚的，当时没有及时而坚决地阻止她跟庄勋在一起——虽然我内心里也想过坚持反对，可是又害怕自己失去了分寸，反而会彻底失去这个朋友。"

"你这么做是对的，人最难把握的就是分寸，就算是最好的朋友，或者至亲也一样。"

顾芳菲说着，回转身端起桌上的茶杯。氤氲的热气中，只见她若有所思地皱了皱眉头，很快又舒展了开来。

"对了，秀娜现在怎么样了？庄家的事情我也听说了，其实我倒觉得这对于她而言未必不是一件好事。因为庄勋这个人品行实在糟糕，要真跟这样的人结成了夫妻，那她余生的日子未必会比一个人好过。"

对此，沈熠只有苦笑："我在想办法联系她的家里人，她现在从庄勋的房子里搬出来了，不过怀孕四五个月，到底身边需要人照顾，所以最近有空我都会去照看一下。"

顾芳菲赞许地点点头，十分爽快地应道："应该的，要是有什么我能帮得上忙的地方，你可以直接跟我说。我们之间不是外人，你千万别太生分了。"

话到此时，沈熠就想下去自己办公室做事了。

偏偏又被顾芳菲叫住，她定定地坐在办公桌后看着她，好一会儿才摇摇头，失笑道："瞧我这记性，真是休了几天假回来就不记事了。你先回去吧，有什么事我回头想起来再跟你说。"

沈熠点点头，走到门口顺手带上门把时隐约听见顾芳菲接了一个电话。

只言片语从门缝中传到她耳中。"您好徐总，是，我是顾芳菲，记得我们年前通过一次电话，当时您是说有意向考虑投资我们博艺的项目……"

沈熠扶着护栏慢慢走下楼，但是每往下走一步，她却忍不住想：顾总是真的一下子想不起来要跟自己说什么了吗？还是她忽然觉得有些话题并不适合展开，一旦展开就会失去了"分寸"？

她的心在走下楼时渐渐沉入了谷底。

对于新年第一个工作日来说，这天她经历的内容的确有点一言难尽。但更糟心的还不是这些，而是快下班时霍东方又打来电话，告诉沈熠：林秀娜搬到他的公寓后就不知去向，就连他请来的负责照料她的阿姨也不知道她去了哪里。

沈熠当即眼前一晕，挂断电话匆匆打车过去。下了车一看小区门口开进去两辆警车，后面还跟着一辆消防车？顺着围拢在小区门口的人流的视线一看，她顿觉天旋地转——那个穿着一身睡袍站在天台上的女人，不是秀娜还是谁？

这个傍晚对于沈熠而言是生命中撕心裂肺的时刻。她从来没想过，坚强而自负的秀娜也会萌生出轻生的念头。好在有人发现得早，及时报警并通知物业在楼下布置了消防软垫——再加上霍东方和她一起上去天台苦劝，最后秀娜在众人的围堵中被担架抬下了楼，随即送去医院检查。

霍东方陪着她去了医院，沈熠则留下来作为"家人"接受警察的问询登记，最后等秀娜和霍东方从医院回来时，已是深夜。

霍东方给她安排的这位阿姨虽然受惊过度，还是很尽职尽责地给张罗了清淡营养的宵夜和炖汤。

沈熠哪有胃口？只劝秀娜多少吃一点，哪怕为了肚子里的孩子，话没说完，又见她潸然泪下。

对于秀娜的悲苦，沈熠有些不知道该从何处下手去劝。

反倒是霍东方，也许是因为最近常陪在她身边的缘故，秀娜还多少肯听他几分。

此时见沈熠束手无策，他先端了汤送到秀娜手里，又柔声哄她喝下去，脸色好将来宝宝也跟她一般漂亮——秀娜果然就转了脸，只对他勉强一笑，

随后还真乖乖地喝完了整碗汤。

沈熠在旁看得既安慰，隐约又觉有些不妥。

忙到十一点多，秀娜睡下了，沈熠这才告辞回去——下楼时原本以为霍东方会跟自己一起走，一回头，却见他很是坦然地把自己送到电梯口，道："太晚了，我给你叫个专车吧！到家给我发个信息，路上注意安全。"

沈熠看着他，脱口道："你不走？"

霍东方这才稍稍面露一丝尴尬之色，他"嘿嘿"笑了笑，挠头解释道："我本来是打算走的，可是在医院的时候秀娜跟我说，她搬到这里总觉得害怕，加上那个阿姨睡觉有点打呼，所以我就答应这两天晚上在这边住着，给她们两个女的壮一下胆子——但是你放心，我就在那个最小的客房将就对付一晚上就行了，我肯定不会也不敢对秀娜怎么样的……"

沈熠看着霍东方，她并不是对他不放心——相反，就是因为太了解他的人品和性格了，所以才会犹豫着要不要点破。很自然地，她想起了顾芳菲上午说的"分寸"二字。

其实很犹豫，因为都是朋友，她又向来不是一个性格锐利、言辞出格的人。但思量了一会儿，在等待电梯上升的这十几秒里，她还是迅速做出了自己的决定。

看着霍东方的眼睛，她很认真地问他："东方，我所知道的对一个人好的方式大概有两种，一种是设身处地、感同身受，认定了的情义会一生一世永不变更，愿意为她做任何事情，接受所有的批评与指责；另一种是同情怜悯，但过后很快就会划清界限、认定圈层——别急着回答我，我从来不怀疑你是个好人。可是秀娜现在要的是什么你知道吗？如果你知道的话，请你摸着自己的良心回答我，你能不能给得起她想要的东西？"

面对沈熠的诘问，霍东方有些心虚地垂下了眼睛，不自觉地降低了声线："我觉得她现在就是特别需要朋友的关心和爱护，还有安慰——反正这事我的确有责任，所以我就想着，能帮就多帮她一点……"

沈熠叹口气，走进电梯。

"是，我知道你只是单纯的想要帮她，可是你觉得她会怎么想呢？她已经在感情上受过很重的伤害了，我真的不希望看见她再度失望。"

电梯门合拢的瞬间，沈熠看见霍东方朝自己费力地张了张嘴。

他似乎很想为自己申辩什么，又似乎想要为秀娜申辩什么——但最后，他还是很快就给沈熠发了一条微信，告诉她："我等会儿进去看看秀娜，然后就回家。"

沈熠站在楼下寒冷的北风里,看着这条简短的信息,心中五味杂陈。

但她算了算时间,从自己走进电梯到下楼接到这条信息,用了不到一分钟。

他的犹豫和决心,都没能敌过这一分钟。

坐上那辆网约车回家时,她有些怕冷地裹紧了身上质地良好的羊绒大衣,对司机说道:"麻烦您把暖气开大一点好吗?刚刚下楼来有冷。"

"好的,没问题。"

升高的气温暖和了沈熠身上的每一寸肌肤,每一个毛孔。倚靠在后座上,她有些疲惫地闭上了双眼,朦胧中听见车内电台上正在播放的一首歌:

风吹雨成花
时间追不上白马
你年少掌心的梦话
依然紧握着吗
云翻涌成夏
眼泪被岁月蒸发
这条路上的你我她
有谁迷路了吗
我们说好不分离
要一直一直在一起
就算与时间为敌
就算与全世界背离
……

第十四章
光与夜

恍惚间,沈熠流了一脸的泪。她不知道,自己先前那么坚决地制止霍东方到底对不对?作为朋友,她到底有没有这个资格?可是她真的不想秀娜一错再错——哪怕以后的路再难走,其实也没有谁真的能代替她自己走到头。

这个初春的江城,真是冷得出奇。

元宵节这天傍晚,阴霾了几天的天空忽然飘起了一点小小的雪花。对于冬天没约上吃一顿火锅而一直蠢蠢欲动的宋丹宁来说,这简直是天降祥瑞——正好丽轩那边的郭总厨告诉她和顾芳菲,这几日有空运过来的新鲜意大利黑白松露可做火锅底料,再加上澳洲大龙虾现做切片,于是这天下午还摊着一大堆事情没做完的顾芳菲硬是被她从办公室拉了出来,两人坐在丽轩的包间里一边闲聊,一边各自拿着漏勺涮料。

丽轩的出品一向精致华丽,就算是充满市井烟火气的涮锅也能被精心摆放出花团锦簇的美感与细腻,再加上两个金色的莲花小锅被温暖的火苗舔舐着,两位名媛坐在一旁,纤纤玉指不时拨弄着不锈钢漏勺内的美食。

食物的香气与一旁的花香氤氲混杂,美人的容色也因微带潮湿与温暖的气流而越发生动,如此色香味俱全的时刻,就连服务生小姑娘都觉心旷神怡。

但席间聊起宋丹宁五月的生日,她却道:"我去看我妈,她说希望能在我婚前跟我谈一谈。"

顾芳菲点点头:"那他呢?陪你一起去见准岳母大人吗?"

宋丹宁很快摇头:"不,我妈妈没有邀请他去,而且——我也不打算告诉他去的用意。"

顾芳菲这才慢慢抬起头,她轻放下手里的筷子,问:"丹宁,其实我一直觉得，你对应泽生并不是爱情，但你应该要嫁给爱情才会幸福。"

宋丹宁给她夹了一片涮好的虾肉，嫣然一笑："他很爱我。"

顾芳菲点头，若有所思地端起茶杯喝了一小口："是，也许应泽生的确很爱你，但是婚姻是两个人的事情，丹宁，你若不爱他，以后如何能麻痹自己忍耐这么多年？"

"我不会忍耐——我的意思是，我会慎重考虑这桩婚姻，再做决定。"

顾芳菲看着宋丹宁笃定淡然的神色这才松口气，随后又道："我听说应泽生连婚房都装修好了，一切风格细节都是以你的喜好为标准，你去看过吗？瞿老师怎么说？"

说到瞿老师，宋丹宁便增多了两分凝重："嗯，前几天我去看她的时候，应泽生拉着她一起去那边看了看，可是她坚持说以后不与我们同住，又说以后——要是有孩子的话，让他安排一个随我姓。我倒不好接言，毕竟尚未结婚，而且说真的，我并不喜欢瞿老师总待我这样周全体贴，就好像——好像我一直就是那个不懂事的孩子一样。"

宋丹宁的话让顾芳菲有些深思。

但她斟酌着丹宁的意思，并没有继续追问下去。还是丹宁提起生日后要顺道去土耳其，她才莞尔一笑，似是窥破了她的用意，预先伸出一只尾指来与她拉钩："知道了，我答应你，今年一定陪你去坐热气球，看最美的日出，好不好？"

宋丹宁与她小指相扣，明媚的笑容让她双眸熠熠生辉，侧首时云鬓如丝坠落，简直美得不似凡人："好，这可是我们之间的约定哦！你要记着，不管发生什么事，你都要来赴约的。"

顾芳菲听得失笑，摇头道："你这话说得好像是跟情郎定下的私会一般。不，确切一点说，更像是约我一起去私奔。咱们一起逃离这个乏味的现实世界，去做对神仙眷侣，哈哈！"

一顿饭两人吃得身心舒畅，饭毕了应泽生自是早就开车等在了楼下。

顾芳菲驾车过来，道别之后便各奔目的地。她在办公室处理各种事情直到深夜，待意识到又有些饿了，一抬手，才发现已近凌晨。

这样的时候，她当然不会再外出吃宵夜。想起冰箱里还有一些盛若兰上次送来的手工糕点和水果，她便端起咖啡杯去料理台清洗。沏了一杯热的红茶，茶叶是上好的大红袍，又拉开冰箱翻找了一下，最后用碟子装了几样出来，每样都略吃了些，只是挡不住疲惫。

因为其中一样糕点看起来工艺甚是复杂，她拿在手里端详了一下，便想着盛若兰这个医生怎么会有时间去做这些？又想起她上次叮嘱自己的话，让自己抽个时间去医院做个详细的检查时，更是摇头失笑。

她端着茶杯准备走去里间的沙发上坐下，细细品味这一杯大红袍的韵味再睡觉时，忽然一阵眩晕感袭来，幸好及时扶住了旁边的料理台，才不至于踉跄倒下。

顾芳菲一直有贫血的症状，少女时还不是很明显，成年后越来越厉害——上次陪沈熠在和睦家急诊时盛若兰就给她顺便查了一下血，后来还一再叮嘱这么严重的贫血一定要查清楚内因。

但她自恃以前的身体底子好，再加上年底诸事繁忙，终究是没有再去医院。这会儿扶着料理台慢慢稳住了身子，待眩晕感过后，她才拿出手机发了一条微信给盛若兰：下周我找时间来做检查，请问要怎么预约？

没想到这个点对方居然秒回，而且回答简洁明了：来之前告诉我，我来安排。

顾芳菲发了一个拥抱的表情过去，随后缓步走到窗前。

夜色浓稠，万籁俱寂。她喜欢这样的时刻，这样的夜色。

一如从前生命中那些孤独而无眠的夜晚，此刻，最能释放内心被约束被克制的自我。

但凝视夜色久了，再转回视线去看周遭明亮的室内，又觉总有不适与不安。她想起尼采说：你凝视深渊时，深渊也在凝视你。也就是这句话，让她骤然回想起先前宋丹宁与她拉钩时的约定。她说："不管发生什么事情，你都要来赴约——"那个神态如此认真，到底她想说的是什么？答案在哪里？

顾芳菲手里早已凉透的茶杯骤然落下，残茶落在米色羊毛地毯上，褐斑点点，很快又渗透进去底层消失不见。蛛丝再次绕上顾芳菲的心头，什么东西在那里呼之欲出——但她又实在想不明白。她到底知道了什么？又到底想告诉自己什么？

顾芳菲就这样静静地坐在那里，窗外是漆黑寒冷的夜。飘过雪的江城，美则美矣，也实在是寒彻入骨。直到一阵骤然响起的电话铃声打破了这一方时空的寂静。

顾芳菲走过去接起电话，当她的手拿起话筒时，感觉第二阵眩晕的来袭。随后，在听清楚电话里面的内容之后，她却直直地站在了那里，一动不动。

电话是唐家打来的，她的舅舅，这个世上唯一还疼爱她的亲人，在二个小时之前，离开了这个世界。

顾芳菲独自驾车赶去医院——尽管这已经算不上最后一面，但若不能见，她想她会一生遗恨。

凌晨三点的江城，犹如一座无人的空城。

开车途中骤然又飘起了雪花，冰雾凝结在车窗玻璃上，视线很快模糊。她将除雾加热功能开到最大，还是没能分清眼前的方向——恍惚是在一个十字路口，一辆满载货物的大卡车从她面前呼啸而过。她本能地急转弯，手里的方向盘被拨到极限。车子重重地撞在公路护栏上，她整个头部和上半身都因为剧烈的受力而向前挡玻璃扑过去。一阵剧烈冲击后，她努力睁大眼睛，眼前仍只见模糊的一片天地。

＊　　　　＊　　　　＊

顾芳菲在医院昏迷了整整三天。等她终于睁开双眼，吃力地看清坐在自己眼前一脸憔悴的宋丹宁时，唐家已经把她舅舅的丧事都办妥了。就连丧仪，最后的吊唁，她都没能参加。

搞清楚眼下的时况以及自己最少还需要在医院再住十来天之后，她整个人反倒是忽然平静了下来。只是这种平静的底下到底掩藏着什么样的真实情绪，只怕就连与她最为亲近的宋丹宁也有些拿捏不透。

宋丹宁是第一个闻讯赶到医院急救室的人。

她一直守在顾芳菲身边，在顾芳菲昏迷不醒的时候，她坐在她床头默默流泪，在她终于醒来之后，她又努力装出一副若无其事的样子，细心照顾着她的身心。也不知道她用了什么法子，居然让唐家的长子夫妇俩一起来了一趟医院。

顾芳菲得知表哥唐荣已经到楼下时很是吃了一惊，她看向宋丹宁，却见她朝自己微微笑着点了点头。

"放心，你表哥只是听说了你车祸的消息过来看望你，为什么这么惊慌？芳菲，来，我给你整理一下头发。"

宋丹宁细心地给顾芳菲把头发理了理，又找了一件自己带来的浅米色的羊绒对襟外套，轻轻地盖在了顾芳菲身上。

这衣服柔嫩细腻的颜色，把顾芳菲本来惨淡的脸色映衬得更加支离憔悴。以至于见到她的那一刻，一向自持冷静的表哥唐荣忍不住脸色大变。

他很锐利地看了一眼站在一旁的宋丹宁，在与顾芳菲寒暄之时，正好护士进来换药水，他趁机走出病房，又叮嘱妻子卫枫帮忙"照顾"一下表妹。顾芳菲也见过卫枫好几次——这位表嫂满腹锦绣文章，而且手腕高明，因为出众的经营能力与柔韧的个性，所以就连一向强势的舅妈也对这位儿媳妇又敬又爱。

眼见表嫂卫枫欲言又止，顾芳菲示意丹宁先出去外面休息一下。看左右无人，卫枫方流露出一脸的惋惜和无奈，握住顾芳菲的手诚恳道："其实听到消息的时候，我和你表哥就想找时间来医院看看，可是我婆婆那个人你也知道的，她当时伤心得很，寸步离不得我。后来几天又忙着丧仪的事情，就连今天这番出来，还是找了个好大的借口。"

顾芳菲先前已经问过舅舅的骨灰安置于何处以及丧事的一应细节了，此时只是颔首，目光落到卫枫已经隆起的腹部时才总算勾起一缕微笑。

她用眼神询问卫枫，后者有些羞涩地点了点头。

她低头抚摸着腹部，用一种将为人母的喜悦与自豪告诉顾芳菲："快五个月了，前面没满三个月的时候，你舅妈不让我跟任何人讲。后来过了前面三个月的危险期，但是公公的病也越来越厉害了。我不瞒你说，这个孩子刚来的时候我跟你哥都巴望着好歹能让她爷爷瞧一眼，也算了了他老人家一个夙愿。没想到上天连这么一个机会都不肯给我们——"

顾芳菲闭上眼，她在想象着舅舅如果看见自己的长孙时会有怎样欢喜的表情？可是她想象不出来——因为她长大之后，舅舅就很少流露过真正的欢喜表情。他对她的溺爱和纵容，那些笑声，都永远地留在了她的童年。

但令她欣慰的是，卫枫对表哥，对舅舅都是真心的。那些真情流露时，让她温暖而感动。顾芳菲嘴角微扬，对卫枫说道："嫂子，可辛苦你了，你多保重自己的身体。对了，有没有跟我哥一起商量过孩子的名字呀？"

顾芳菲说的是仙贤桥唐家的老规矩，长辈去世之后一般都会在其讣闻和牌位上写上儿孙的名字，以示香火鼎盛之意。表哥结婚才两年这是头一胎，所以这个孩子必定会出现在祖父的讣闻和牌位上，哪怕他此时还长在妈妈肚子里。

卫枫瞬间明白了顾芳菲的意思，她颔首一笑："是个女孩，有次你哥说不如就叫攸宁——君子攸宁，就跟你的名字一样，都是从《诗经》里择取出来的。"

她的话刚刚说完，病房的门就被人推开来。唐荣接上妻子的话，却一直看着与自己一到长大的表妹，目光中满含痛惜与苦楚。

他摇头说："若真是个女孩，我更愿她生得迟钝些，愚笨些，只要她能快乐成长，以后无忧无虑；就算不够聪慧，不够坚毅，不能像她姑姑这样优秀出众，我也不会有半点遗憾。"

这话让顾芳菲和卫枫都有些讶然，因为她们都知道，这并不是唐荣的性格。可他也不像是开玩笑。

卫枫看着丈夫的眼神，很快就猜到了一点苗头。等她走出这间VIP病房的门口，见到宋丹宁正站在铺着地毯的走廊中沉吟不语地看着窗外的景色，眉宇间薄愁不散时，便轻轻凑了上去。

"没想到芳菲病得这么厉害，整个人都要脱形了——"

宋丹宁看了看卫枫，因为顾芳菲的缘故她对唐家的人都格外客气尊重。

她邀请卫枫下去喝茶——就在这层VIP病房的最右侧，有一间十分隐秘的茶室，里面有茶艺师冲茶待客，还有很安静舒适的环境，完全不像是医院的配套设施。卫枫居然也应约了——以她的聪明，自然看得出来宋丹宁是有话想对自己说。

沈熠和苏悦来到医院给顾芳菲送汤送饭时，正好在楼下与唐荣夫妇擦肩而过。顾芳菲坐在床上神色平静，宋丹宁则在身侧削着苹果。

见到沈熠和苏悦，她展颜一笑："这几天可忙坏你们了吧？我昨晚一觉睡醒给沈熠发微信，你居然还秒回我了。"

沈熠清淡笑笑，放下手里的保温壶和焖烧杯，又进去洗手间洗了洗手，准备照顾病人喝汤。倒是苏悦跟宋丹宁更熟一些，两人略聊了几句，得知苏悦已经回来接手星辰的工作时，宋丹宁忍不住给她来了一个拥抱。

"谢谢！苏悦，真的——我替芳菲谢谢你。"

患难见真情，顾芳菲看着眼前围绕在自己身边的几位好友，也是十分感动。

"这有什么？咱们都是好朋友，这都是应该的。倒是芳菲你这次真的让我担心死了，你呀，以后出门还是带上司机。要不然，我真是不放心。"

宋丹宁也附和点头，又问顾芳菲是不是不喜欢男司机，便说给她挑一个女的，最好还是会一点拳脚功夫能兼任保镖的那种。

顾芳菲连忙摆手谢绝："这次纯属意外，我又不是技术不行。算了算了，我还是不习惯有司机跟着。"

宋丹宁无奈，便示意苏悦和沈熠两人助力。正好沈熠盛好了汤走过来，顾芳菲伸手接过，却听她微笑着对自己说："顾总开车很稳，就算飙车也是技术一流。所以真要给您找司机，怕是不好物色。"

顾芳菲闻言一笑，少见地洋洋自得道："那是，我也一向觉得自己是飙车族里的中流砥柱。"

宋丹宁却微微讶然失色："你还飙车？芳菲，我都不知道你还会玩这么刺激的东西。"

顾芳菲似乎不愿在这个话题上多做延展，只简短道："以前在国外读书

的时候玩过一两年,现在哪还有这机会和时间。对了,小熠,这是什么汤?你炖得真好。"

沈熠如实交代:"花胶炖老母鸡汤,不是我炖的,是孔姨的手艺。说是慢火熬出来的呢,整整八个小时。她还说要是您喜欢,以后每天都给您送汤来医院。"

顾芳菲点点头,很快就喝完一碗,她让沈熠谢过孔姨,摇头道:"这汤做得的确好,可要是每天都送来那也太麻烦人家了。反正我的伤也快好得差不多了,丹宁,医生有没有说我什么时候可以出院?"

一提到出院,宋丹宁似乎又脸色微变。"都跟你说了,你主要是头部受到震荡损伤,不是别处,所以得在医院多住一段时间查清楚会不会留下什么后遗症——你都不知道你昏迷不醒的那几天里,我每天都在祈祷,生怕你醒过来就忘了我,也想不起以前的事情了……"

顾芳菲一听她说这话就连连点头,有些哭笑不得,回道:"好了,好了,我知道了,我乖乖听从医生的安排,他让我住到什么时候出院就什么时候出院,好不好?"又忍不住摇头,失笑道:"你说不知道我玩飙车,我也不知道原来你喜欢看韩剧呀!什么车祸醒来就失忆,以前的人和事都想不起来,这不是典型的韩剧的情节吗?我还记得我们读高中那会儿有部韩剧很火的,女主好像得了什么绝症,叫什么名字来着——什么生死恋?"

"是《蓝色生死恋》,女主后来得了白血病吧。"沈熠在旁接了一句,顾芳菲旋即重重点头:"对对对!就是《蓝色生死恋》……"这部剧成功唤起了四人共同的青春记忆,接下来苏悦也很快加入了回忆剧情的小组中。

病房内响起几个女孩叽叽喳喳的讨论声,但沈熠在收拾保温壶的间隙里,无意中却看见宋丹宁沉默不语地站在一旁,垂下的眼角有过一闪而逝的痛楚与绝望。

她起初疑心是自己看错了,因为想不出来有什么事情能让此时爱情事业正得意的宋丹宁绝望。随后她再细细观察,最后发觉宋丹宁的确隐藏着很深的心事。但她竭力装出若无其事的样子来,似乎这桩心事就连顾芳菲她也不想透露。

到底发生什么事了?会与顾总有关吗?回去的路上,沈熠一边与苏悦闲聊,脑子里却在不停地思考着那个问题的答案。

*　　*　　*

二月底的时候,沈熠年前买的房子办好了贷款手续,顺利拿到了钥匙。沈父和孔姨陪着她一起去了新房,一家三口兴奋地站在房子里四处度量着,商量家具和电器该如何摆放——这是一套户型紧凑的三室房，因为是早就交楼带精装修的尾房，之前大部分的业主都已入住，所以既不需要装修也不存在需要通风散甲醛的问题。

在沈父的建议下，沈熠打算过段时间弄好了家具和电器就搬进来。其实自从霍东方告诉她那套公寓原是贺司南的产业后，沈熠就一直想尽快搬走。只是她最近太忙了，挑选家具和电器这些就只能交给爸爸和孔姨去办。对于孔姨所说的担心自己审美跟不上年轻人的眼光这个问题，她倒是不介意——"楚依姐跟我说了，她家里很多家具都是您去采购的。她都对您的眼光感到满意，我还能比她更挑剔不成？您就只管放心去选，再说了，我平时在家的时候不多，主要是您和我爸喜欢就好。"

沈熠说的是真话，对于一位能把简单的饺子用纯天然植物色素做出高级莫兰迪色系，还能配套成三色渐变，这些年跟着楚依走遍大半个地球的老人家而言，孔姨的时尚品位与审美眼光绝对是走在一般人前列。光就这一点而言，沈父配她还是有些高攀了。

这一番话把孔姨夸到了天上去，老人家一高兴当即就拿出了一张银行卡，道："既然你信得过我，那我也不好再推脱。小熠，这钱你拿着——你要真把孔姨当成自家人，那就千万别推脱。我知道你这孩子不容易，为了买房现在肯定都掏干了。这些钱也不是孔姨全部的家当，就是我特地给你备着应急的。"沈熠不肯接过卡，心里却着实感动得很。虽然为了买房她掏空了所有积蓄，但此刻看着眼前的一切，她又觉得真是值得。

当然这个春天也有属于春天的烦恼，比如一直在医院住着的顾芳菲，比如已经怀孕五个多月的林秀娜——都让沈熠觉得十分挂心。

林秀娜那边，庄勋破产之后，就跟她彻底断了联系。一开始大家都以为是庄勋已经出逃，后来才知道他并没有走成，只是被几个债主私下扣押了起来——牵涉高利贷的问题，庄母为了赎回这个唯一的儿子，变卖了不少嫁妆和珠宝首饰，中间还打过几次电话给林秀娜，让她千万不要打掉孩子，说是只要孩子生下来，她肯定不会亏待她。庄母打电话过来的那次，正好沈熠也在场。

她听完免提内容，很平静地告诉庄母，秀娜会平安生下孩子，但从此以后希望她不要再打来，并很快给秀娜换了电话号码，删除了庄母的微信——虽然沈熠也不敢断定，秀娜还会不会背着自己联系庄家母子，可是她作为朋友，能做的也就只有这些了。

至于霍东方，他也并没有彻底从秀娜的生活中消失。不过看得出来，经过上次的提醒之后，他开始变得有分寸了。基本上只有沈熠过来看望秀娜的时候，他才会同期出现。虽然在生活方面还是对秀娜关怀备至，但像之前那种跨越朋友界限的亲密融洽，再也没有过了。

而最让沈熠高兴的是，她终于联系上了秀娜的家人。原来秀娜的父母年前出院之后就回了老家，因为房子年久失修所以暂时借住在了亲戚家里。如今她妈妈手术后，身体康复情况还算不错，得知女儿未婚先孕，虽然一开始感到很难接受，但在沈父和沈熠的再三劝告下，最后还是答应过些时间就来江城。

看着秀娜越来越大的肚子，沈熠想，如果有母亲的陪伴和照顾，应该能舒缓一下她孕中的抑郁和情绪浮动吧？

整个二月，江城都是春雨连绵，但天气却是一天比一天更暖了。

顾芳菲出院那天上午，宋丹宁陪着她一起前往唐家祠堂祭拜她舅父。行程还算十分顺利，就连以前对顾芳菲十分憎恶的舅母，这次当着众人的面也对她格外温和。这一显著的变化不由让顾芳菲开始疑惑，随后宋丹宁也没瞒她，直言说自己让应泽生设法拉了一笔投资款给唐荣的公司。

"除此之外，他们还在谈一个项目的融资组合上市，据说现在进展还不错。要是快的话，也许五月就能看到成果了。"

五月，是宋丹宁的生日，也是她去法国看望母亲的时间点。

顾芳菲闻言沉默了下来，过了好一会儿，她才苦笑道："谢谢你，丹宁。"

要是没有宋丹宁的援手，她可能连这一次祭拜舅舅的体面和尊严都不会有。这就是现实，残酷而又无情——剥离开亲情和血缘，失去丈夫的舅母只会看到宋丹宁能给自家带来的助力，而作为表哥的唐荣，也需要重振家业才能告慰父亲，以及家族的期待。

每个人都有自己无法推脱的责任与义务——而时间是不等人的。所以从仙贤桥回来后，顾芳菲不顾医生让她在家静养的叮嘱，而是直接回了办公室。见到她回来，苏悦和沈熠都吃了一惊。但见到顾芳菲气色还算不错，而且她也答应会尽量减少工作量，只是不能完全丢下所有的事情——"况且马上就是巴黎时装周了，小熠，我跟世钧商量过了，由他带队，另外再带几个人跟你们一起去，所有的费用都由公司报销。刚好楚依也受品牌方邀请会去那边看秀，到时候能不能蹭到她的流量和热度，就全看你的了。"

沈熠之前是听说楚依受邀前去看秀，而且她拿到的是品牌主办方的特别邀请函，列席第一排的嘉宾位置，所以连带着她和宋世钧，作为工作人员也能一并混进去。

可是之前沈熠觉得这明显就是为了蹭流量和热度，因为作为一个并没有什么拿得出手的作品的设计师，就算勉强混进了这种场合，她也觉得自己底气不足。所以她根本没打算去巴黎。但顾芳菲此时却十分认真地告诉她："只要楚依能向别人介绍并认可你就是她的设计师，这就是你最好的个人名片——小熠，有时候我们身在这个圈子里，就必须要遵守业内的行规。"

看着顾芳菲出院后仍掩不住憔悴的脸色，再加上之前宋世钧跟自己说过的，考虑到刚刚上市的春装新款和每天都以数据累计的销量，沈熠第一次陷入了犹豫和纠结。

这天下午，她去看望秀娜时刚好霍东方也来了。两人在客厅里闲聊时，说起这个话题，没想到就连霍东方也赞成她去——"老铁，我知道你这个人并不醉心于名利。可是你要知道作为一个时装设计师，有没有名气和热度，对你个人的职业生涯和品牌销售而言，那都太重要了。"说完，还不忘挑眉讨好地一笑，自嘲道："当然了，作为公司的股东，其实我也希望你能把咱们的春装销量带动上来，毕竟市场才是检验真理的唯一标准。"

沈熠无奈地一笑，虽然心里仍感茫然，但她知道，自己可能还是会随大流了。但她万万没想到，这么简单的一番对话会给自己带来这么大的一场灾难。她也没有留意到，就在自己跟霍东方闲聊的时候，原本一直坐在房里的秀娜，此时正站在门后，以一种冰冷而忿恨的眼神紧盯着自己。

第二天秀娜的妈妈就来了江城，沈熠忙于工作，便拜托霍东方前去接她。霍东方后来还给她回了一个电话，说一切都安排好了，阿姨也会暂时还在那边住着，直到秀娜的妈妈完全熟悉了周边的环境和一应事情后，才会离开。

沈熠接到电话稍微放心了些，因为眼下要处理的工作着实太多——时装周就在两周后举行，而她之前为楚依设计的几套春装现在还有许多细节需要修改和订正。这中间还涉及许多跟造型师和化妆师方面的沟通工作，没有哪一项不是繁复到无以复加的内容。再加上商场专柜已经上市的春装也需要调整系列风格，根据销量来定制相应的营销搭配策略，所以毫无疑问，沈熠再次恢复到年前的疯狂加班状态，几乎又把办公室当成了半个家。

但总是忙中出错，更没想到，秀娜会跟她妈妈吵到反目成仇。而等到沈熠赶到公寓时，秀娜的妈妈已经带着行李离开了——确切地说，她的行李是被秀娜扔出去的。

在楼底下等着沈熠的阿姨小声地告诉沈熠，老人在门口敲了半天的门，后来是含着泪水，提着那个编织袋行李离开的。

沈熠只觉头疼欲裂，她问起两人争执的起因，阿姨也一脸的茫然："林小姐本来还好的,她妈妈来了之后她的脾气就变得更加暴躁了。母女两个经常为了一句话就大吵大骂,我也听不懂她们的家乡话,就知道林小姐的妈妈很不赞成她把孩子生下来,还说她没出息之类的。"

对于这个结果,沈熠和霍东方都十分懊悔与自责。尤其是沈熠,她没想到秀娜跟妈妈之间的关系已经如此恶劣。

而且,因为这件事,直接加剧了秀娜的抑郁症,她再次把自己反锁在了房间里,不管谁去敲门、说话都不管用。

而有了前车之鉴,霍东方也不敢再胡乱亲近劝慰。再加上秀娜似乎对他也心存芥蒂,便是见面也是淡淡的,似乎看破了他的心事,不再存任何奢念。好几次见他站在秀娜的房门前,欲言又止而又不知该从何说起的表情,沈熠也唯有深感无奈。

但沈熠要做的事情太多,她只能将秀娜托付给阿姨和霍东方。好在两天后秀娜主动给她发了一个微信,问她在哪儿?

沈熠之前听霍东方告知她精神似乎振作了不少,便高兴地回复说自己正在新房这边——这天正好是农历二月二龙抬头,所以沈父提议这天收拾搬家,沈熠再忙也要赶回来。

秀娜在微信里回复了一句"恭喜",沈熠因为忙碌也没有太过留意,便随手把之前拍的几张新居的照片发给了她,并邀请秀娜改天过来吃饭。本来就是一个小插曲,但因为沈熠顾着回复微信,所以没留意到本来放在煤气灶上的那壶水已经烧开。等她帮忙摆好客厅里的一些水果之后才想起,跑到厨房一看,那个水壶都差点都要烧爆了。本来这壶水是用来在安家仪式上冲茶用的,取的也是老家那边"风生水起"的好兆头。

据沈父和孔姨两人说,这烧水的人也有讲究,必须是房主自己动手才行。从头到尾,都不能假他人之手,就算至亲也不行。这会儿只剩下半壶开水,孔姨自是不会说什么,倒是沈父皱了皱眉头,对女儿说道:"半壶水不能用来沏茶敬神祭祖宗,你赶紧再烧一壶新的。"

沈熠一向对这些礼仪并不注重,但此时也觉得似乎有些不好,当即守在灶台旁重新烧了一壶。到做完所有的流程和仪式,已是晚上八点多。

因为所有家具和电器都收拾齐全了,沈父带着"小白龙"就在这边住下了,孔姨和沈熠却是要走——孔姨要回云麓,沈熠要回办公室加班。

就在电梯下到一楼时她接到秀娜的微信,她让沈熠现在过来一趟自己住的地方,并央求她:"我实在很难受,希望你过来陪我说说话。就是不说话,坐一会儿也好。"

沈熠有些为难地皱起眉头，想起秀娜消瘦而苍白的脸色，随后又很快心软。所以在小区门口沈熠送孔姨坐上了那辆网约车，并对她解释道："我去看一下秀娜，孔姨您先回去，到家给我发信息。"

对于林秀娜的情况，孔姨自是也了解了七七八八，此时虽略有不赞同，但她一向不愿过分约束沈熠，便匆匆点了个头，叮嘱她："那你看完她就回来休息，今天搬家，你这个房主本来就应该要在家的。"

沈熠与她道别，随后掏出手机准备再叫一辆车。就在此时，旁边一辆车摇下了车窗，里面的的姐朝沈熠点头道："要叫车吗？你去哪？给你算便宜点。"

沈熠一看是个的姐，当即就放松了警惕。想着一个女人在外面赚点钱不容易，于是很快就拉开副驾驶的车门坐了上去。

只是她刚一坐定，后腰处就凑上来一柄坚硬的东西，接着有人冷声呵斥道："别说话，敢叫喊现在就送你上西天！"

沈熠微微侧首，这才看清坐在后排上的两个黑衣男子都戴着灰色大口罩，而两人手里的刀柄就各自架在的姐和自己的腰间。

最先发现沈熠失踪的自然还是她爸爸，因为沈父向来有早起的习惯，所以早上五点多他发现女儿并没有回来时，当即就打了她的电话。

但沈熠的电话一直无人接听。

等到八点多，沈父都已经准备打电话给宋世钧，拜托他去办公室看一下情况时，他的手机接到了女儿的电话。

绑匪直接开价要两千万现金，在下午五点钟的时候，由林秀娜坐车带着钱过来赎人——可怜沈父从来没经历过这样的事情，接完电话足足愣了一分钟，这才想起打电话给宋世钧求助。此时语无伦次的沈父边说边往外走，想去女儿工作室当面找到宋世钧。

不用说，宋世钧也大吃一惊。事态严重，他马上将事情转告给顾芳菲，并召集贺司南和霍东方他们一起商议。霍东方第一个提出报警，但他话音未落，立即被顾芳菲和贺司南双双否决了。

贺司南看了一眼顾芳菲，似乎是没想到她会跟自己持有相同的看法。事实上顾芳菲也是出于对沈熠的安全方面的考虑，她沉吟："绑匪提出要两千万现金，也就是说这个人其实对我们的财务情况十分清楚。他知道沈熠自己没有这笔钱，但是作为她的朋友，我们几个人肯定能凑够这个数，而且一天的时间差不多刚好够。因此可以判断，对方应该是很熟悉我们的人。所以我觉得，在没有线索的情况下贸然报警，只怕会对沈熠的人身安全不利。"

贺司南对她的话十分认同，他开始积极筹划赎金："时间太赶，如果是今天下班之前必须拿到现金的话，我这边可能最多只能拿到五六百万元。"

顾芳菲点头："嗯，银行如果没有提前预约的话，就算是一两百万现金当天都很难拿到。我估算了一下，就算跑遍三四间合作银行，我这边大概也只能准备这么多。"

剩下的缺口就由宋世钧和霍东方两人来填上，四人商议完毕，由宋世钧将手足无措的沈父送回家去等消息。只是他人还没走出顾芳菲的办公室，迎面就撞上了携着一股香风而来的楚依，以及跟在她身后双目红肿的孔姨。

顾芳菲等三人当即看向贺司南，见他摊开双手，才知道不是他透露的消息。楚依先拿出了长辈的语气，质问贺司南出了这么大的事情怎么第一时间没有通知自己？

对此，贺司南只能先道歉，并解释道："时间仓促，实在来不及，绑匪要两千万现金，今天下午五点钟之前就要拿到钱，否则就要撕票。所以我们现在必须分头赶去银行，因为没有提前预约，还不知道能不能顺利筹到这么多现金。"

楚依看向他，又看了看顾芳菲，问道："你也同意他拿钱出来赎人？"

顾芳菲有些愕然不解，随后惨然苦笑道："表姨，我在你心里就这么不近人情？沈熠也是我的朋友，我自问对她有朋友的真心。"

楚依摇摇头，矫正道："我不是那个意思，我只是觉得——"

她的目光从贺司南身上划过，随后又落回顾芳菲处。只是轻轻地一瞥，很快就正色道："我觉得你们能为了朋友如此尽力，这很好，也很难得。"

说完，她便招手示意众人回来坐下，沉吟道："绑匪要两千万现金，可巧我家里刚好有这么一笔钱，所以你们不必再四处跑银行了。但是在送赎金之前，我想先见一下那个被绑匪指定的人——我记得，她叫林秀娜，对吧？"

* * *

林秀娜并不是第一次见楚依，那次慈善义卖会的晚宴后，她跟楚依打过交道，彼此还留下了深刻印象。而这一次，在霍东方打开门之后，看见楚依的那一刻，林秀娜还是不自觉地露出了一丝心虚的表情。

楚依在沙发上落座，也示意余下的人都坐下。她的目光从林秀娜隆起的肚子上带过，最后落在她一直低垂着的脸庞上。

"林小姐，我们又见面了……你还记得我吗？"楚依的语气冷淡而生硬，眼神挑剔微带不屑。林秀娜尚未开口，已自觉落了下风不少。但她仍心存侥幸，再加上霍东方心生不忍，仗义圆场，笑道："秀娜你别担心，楚依姐也是想尽快找到到底是谁绑架了沈熠。她是好意，你照着她问的问题回答就是。"

也许是这句话让林秀娜终于找到了些许勇气和支撑，她抬头飞快地看了一眼霍东方，随后又在楚依的逼视下低下了头。她点点头，含糊道："记得，就是上次……义卖会的时候，我们见过。""是啊，说起上次义卖会，大家可能都不知道，我那次险些着了道，还差点就被人绑架了。那手法，跟沈熠这次也差不多。"

此事现场的人除了宋世钧之外个个都知情，只是之前谁也没把这两件事联想到一块。这会儿听见楚依这样说，贺司南第一个变了神色，他看向林秀娜，质问她："这么巧，怎么两件绑架案都刚好跟你有关系？"

林秀娜实在料不到楚依会率先朝自己发难，她立马就乱了心神，连连摇头自辩："不不不！这事跟我没有关系，就是上次那个事情，我也是受害者之一啊！我也被绑匪迷昏过去了，我什么都不知道，你们不要这样看着我，我现在胆小得很，我害怕……"

见她畏缩地连连后退，霍东方正要上前替她挡一下，不想楚依却摆摆手，道："你坐下吧，我叫了真姐过来。其实上次那件事情之后，我就一直让她在暗中调查真相。我想，她一会儿会告诉你们，两件事情到底是不是同一个人所为，又到底是谁这么丧心病狂，连朋友都要出卖。"

最后一句话，楚依有意说得狠厉阴冷。当眼风扫过林秀娜的时候，看见她缩瑟地低下了眼眸，一副楚楚可怜而又万分委屈的模样。

梁婉真办事素来以雷厉风行果敢决断著称，江湖人称"真姐"，自然是有两把刷子才能配得上这样霸气的名字。

当她将自己调查收集的那些照片，以及林秀娜前后与人接头密谈时的微信记录还有通话记录，全部统统摊开在客厅的茶几上时，大家面面相觑。

眼看着林秀娜一张小脸瞬间变得惨白，她还不忘再狠狠插上最后一记尖刀："你肯定不知道，上次庄勋他们本来就想借着这些照片来狠狠敲我们一记竹杠的，人家那一次可是准备要五千万的，而你呢，这个最重要的配角和棋子，庄勋只肯拿十万的东西打发你——"

林秀娜看着那些证据，起初还不肯相信，后来在众人的鄙夷与霍东方震惊的眼神中，她才仓惶地摇头落泪："不！不是这样的，他那时跟我说因为你们之间有些过节，所以他就想找人拍几张照片吓一吓你，出一口恶气……"

真姐紧盯着她的眼神，冷笑追问："那这次呢？他是不是又告诉你，他只是想从我们这里拿一笔钱然后带着你跑路？林秀娜啊林秀娜，你说你人长得不错，怎么脑子就这么不好使呢！"

真姐说完，又打开手机将其递到秀娜手里。"你自己看吧！庄勋在外面根本不止你这么一个女人，他妈妈一直哄你把孩子生下来，说什么就盼着抱孙子，可是你根本不知道，人家早就有孙子了！还不止一个呢！"

"你以为你帮他拿到赎金他会带着你跑路？做梦吧你，人家只拿你当个傻子！"林秀娜看着视频里的庄勋和一个女人抱着两个孩子有说有笑的场景，再往下翻，则是他妈妈抱着那个小男孩，又亲又抱的画面……其实并不是完全没设想过这样的结局，只是当真相赤裸裸地摆在自己面前时，她还是会忍不住崩溃抓狂。

霍东方有些担心地看着因为激动而浑身颤抖的林秀娜，劝道："秀娜，你想开点，其实他根本配不上你，所以不管怎么样，你只要好好地把孩子生下来，以后你们肯定会幸福的……"

"不！你们都在骗我！你们一个个都在骗我——我根本就不可能得到幸福了！我落到今天这样的田地，都是我咎由自取，我活该，我太蠢，我太天真——"林秀娜忽然崩溃，就这样跪坐在客厅的一角开始失声痛哭。

霍东方没能靠近前去劝慰她，他被楚依示意先出去，随后由真姐和负责照顾她的阿姨将她带回了房间。

也不知道真姐到底用了什么法子，居然撬开了林秀娜的口。

得知沈熠被绑架的藏身之所后，贺司南头一个自告奋勇地前去救人。但楚依却拦住了他，摇头道："庄家早些年一直跟社会上三流九教的人都有来往，这次他是狗急跳墙一定要拿到这笔钱才能脱身，所以我认为他肯定会安排自己的得力心腹来办事。司南，你一个人去太不安全了，万一有什么事，我怎么跟你奶奶交代？"

贺司南却执意要去，且十分有把握地说道："他们把人藏在南郊那边的山上，那是我奶奶的墓地，周围一带我都很熟悉的。而且前几年我也想在那边开发一块地用来建疗养院，后来因为手续没有办下来，才一直拖着。所以说对于地理地形这一块，没有人比我更有优势了。"

他既这么说，随后霍东方也帮他做了保证，楚依便不再拦着，对真姐说道："那你再多安排几个人跟着他一起去……司南，你记住了，如果对方手里有武器，那你就绝对不能贸然行事！"

贺司南点头，郑重承诺道："放心，我一定平安地把沈熠带回来。"

"我跟你一起吧，司南，多个人多个帮手，而且那一带我也熟。"

在场众人都知道这两人对沈熠的心思和他们之间的微妙关系，见宋世钧出言，霍东方都有些不知所措地转开了眼。

但贺司南居然很快就点了点头，似乎全然不知情地跟宋世钧击掌拍手："好！"

*　　*　　*

这个夜晚，是沈熠人生中经历过最惊恐最彷徨也是最惊心动魄的一个晚上。车子很快被开上了山，沈熠不是江城人，不知道距离市区这么近的居民区居然也有路可以直接上山——而且这山似乎也不陡峭，车子都是在慢慢地绕山行使。最后终于停下来时，车门被打开一看，她居然发现停的地方是一间荒废的山间小庙。

饶是沈熠素来不信鬼神，这个时候被两个蒙面人带到这种地方，也是吓得脑子一片空白。幸好还有个的姐，两个蒙面劫匪将她们安排在一起，就是右侧的一间耳房，只有一个小窗早被封死，余下一条破破烂烂的门，正对着两个劫匪的房间。

两人的手脚还是被捆死，绳子粗暴地系着死扣，简直就要勒进皮肉里。有人上前来搜走了沈熠的手机，她拼命朝对方瞪眼睛呜呜叫，最后被踹了一脚，倒在地上。

"叫什么叫？等着吧，等咱们收到钱，到时候——嘿嘿！"

那奸邪的笑声让人恐惧，头皮发麻，全身血液都要凝结成块。

也是因为这一脚，沈熠嘴里的破布掉了出来。她呸呸吐净嘴里的污秽，旁边的的姐见状也效仿她的动作。随后两人很自然地蜷缩在角落里低声交谈起来。的姐姓蔡，沈熠叫她蔡姐。从蔡姐口中沈熠得知，她是被临时拉进来的炮灰——"都怪我太贪心，本来我是跑白班的，今天夜班的同事要喝喜酒让我给他顶两个小时，我看天冷生意好就答应了，没想到摊上这么个大灾。本来我应该七点半就到家的，我家里还有一个女儿、一个儿子等着我回去照顾——现在我一直没回去，还不知道他们两个吓成什么样了。"

沈熠这才知道，原来她是一个单亲妈妈。跟家暴的丈夫离婚之后，她一个人做两份工作养家糊口，带着两个孩子艰难地相依为命。而这一次，她显然是被自己连累了。虽然搞不懂劫匪为什么要多找一个的姐作为人质，但沈熠还是打心里觉得有些过意不去。

她安慰这位大姐："没事的，他们的目标是我，只要你没看到他们的样子，他们就肯定不会杀你。到时候一定会放你回去跟孩子团聚的。"

"真的吗？那还好，我先前看他们上车的时候就戴着口罩的——不过妹子，你这么年轻，到底是怎么得罪这些人了？我看他们凶恶得很，真的会做

出杀人放火的事情来的。"

她问的话,其实沈熠也很想知道答案。可是她不会天真到开口去问绑匪,只是在后半夜大家都熟睡时,她独自睁着眼睛,看着庙顶能够洒进星光的那几个破洞。

漆黑的夜里,再亮的星光也是黯淡。今天是月初,月亮也只有隐隐约约的一线天。到了下半夜,就连这一丝月色也被云层彻底遮蔽了。

沈熠无法入眠,她倾听着山间的蝉鸣鸟叫,细数着来江城以来所经历的种种起伏,又担心着自己万一出事爸爸以后该如何安度晚年,还暗暗庆幸着此前跟孔姨的相识,还操心着林秀娜跟她腹中的孩子……她想了很多很多,许许多多的人和事都从眼前,从脑海掠过。

就跟盘点公司库房存货一样,她在心里默念着这些人的名字。由于经历的原因,沈熠从来不是一个害怕孤独的人。她的人生大部分的时间都只有自己一个人,所以现在此时用一种生命倒计时的方式来清点盘算,发觉其实值得挂心的人和事也不会太多。

她首先想到了爸爸,随后非常庆幸自己之前所做的买房的决定。她觉得有孔姨的陪伴和照顾,就算自己不在了,爸爸也肯定会有一个幸福的晚年。虽然房子还有一些贷款,但也不用太担心,她知道师兄宋世钧还有顾芳菲和霍东方他们,应该会帮她了却这个心愿。

随后她就想到了母亲——那个陌生到已经形影模糊的只剩下一个名词的人,此刻居然是第二个出现在她脑海里的人。原来血缘是一种这么可怕的关系,牢固到可以维系着彼此的生死,直到生命的尽头。

但是对她,沈熠自问也尽力了。那笔钱打过去后,她再没有找过她这个女儿,看来是已经顺利渡过了难关——愿她幸福,还有那个跟自己只见过几次面的弟弟。

沈熠闭上眼,在心里默默许了一个心愿——她祈求,若有来世,我们不要再做母女。

沈熠随后想到顾芳菲——这个顺序的排列,她根本没有任何的人为意念。也是在此时,她才发觉顾芳菲在自己心里的位置有多重,就连从小一起长大的秀娜都要排在她之后。随后她开始觉得怅然,因为相遇太晚,因为时间不够。很多以前她想跟她一起完成的工作都只能变成心愿,很多以前她们说好要去的地方,也许会成为她下一世里的执念。

可是就算这样,她仍满怀感恩——要不是遇见顾芳菲,她根本不知道原来自己也可以活得这么精彩。她是她生命里的一盏明灯,一轮孤月。那么多的情绪都随着"顾芳菲"这个名字裹挟而至，沈熠根本分不清哪些是感动，哪些是感激，哪些是无尽的遗憾与惋惜。

但伴随在顾芳菲后面的，就是贺司南——要不是这样的夜，这样的绝境，沈熠知道自己必然没有勇气想起这个名字，还有这个人。

她的思绪开始飘忽，时而微笑，时而摇头。她从来没有这么认真地去回想过去自己跟贺司南相遇相识的点点滴滴。而这一番盘点，她才发觉，其实自己跟他真的经历了很多很多。

他是她长到这么大唯一一个动手打过的男生，而且那一次的初见，她当时太过愤怒，只因一张照片便咄咄逼人，实在惭愧。其实现在想想，隐约总觉得除了照片之外还有种似曾相识的感觉。后来阴差阳错的，他帮过她很多次，也窥探到她内心很多本来不愿被人发现的隐秘。

她在他面前渐渐没有了保护色，而他也因为发高烧不肯吃药，让她彻底了解了他的童年。都是不被爱的孩子，她和他有着相似的痛苦。

而他跟她表白的喜欢，向她倾述的深情，却被她很理性地理解为那只是一种共情。

而此刻因为是在生命随时可能终结的时间点，脱离了正义感的约束，她终于敢静下心来想一想——到底是喜欢，还是共情？自己到底有没有喜欢过他？这一生，她只在他的怀里痛哭过。那么不堪的痛苦时刻，只有他真实的跟自己一起共度过。

沈熠转过脸，咽下眼泪，努力把思路理清。她很认真地回想起自己跟贺司南在一起的每一个情景。其实他跟她的对话不多，一开始时彼此看不上眼，后来再见时多有旁人，也是沉默为主。但两人一起K歌的次数，却是所有朋友中绝无仅有的多。

第一次是在繁花餐吧，一个喧嚣的红尘市井。但奇异的是，两人的歌声开启了相知相遇之旅，从那开始，他对她不再尖刻，渐渐蕴含了包容与欣赏。而她那时候只觉得他的歌声优美，有着得天独厚的条件，只是可惜没能往这方面发展。所以后来得知他认了楚依做干妈，她也觉得那肯定是彼此欣赏维护。

后来听得多了，听出了落寞和孤独。但那是歌者之间的语言，她懂得，他也懂得，彼此心照不宣，更多的时候只是一笑而过。

那时起她开始喜欢跟他一起唱歌，两人独霸全场，一首接一首。那是属于他们特有的对话语言：无需对白，只用歌声就能流畅的沟通。她从来没有在任何人身上找到过那种感觉，因为他懂得，所以她才愿意展示。

可是，若说喜欢，她对他的感情，也仅止于此。不能再多，再多就是错。如他那时在无人的包间里吻上她的前额，那一刻，她就知道是错。

她想起过年时看见远处江边绚丽的烟花一朵朵盛开。当时她在想什么呢？她觉得，这烟花就像人的聚散，许多的人，走近，再分开，或者继续坚持，或者无疾而终。她隐约联想到，他吻上自己前额的那一刻，就是他们生命中相遇的一朵烟花的绽放。她在他怀中为生活的磨难痛哭时，是烟花的相互碰撞。但烟花的碰撞和盛开只有一刻，随后便消散飘零，彼此天涯。

在那个夜晚，她忽然发现，人和人之间的关系，其实坚持最难。

靡不有初，鲜克有终。但是幸好，她生命里的亲人和朋友她都坚持到了最后。从前曾经觉得很难，也曾对人生萌生过退意和恨意。但而今想来，她竟然庆幸，自己这一生不曾辜负过，不曾离弃过，不曾背叛过。对得起他人，也算对得起自己。

整理完这些思绪，沈熠最后发觉自己对师兄宋世钧略感抱歉——尽管她知道，他一定不会怪自己。可她还是感谢他，没有经历充满阳光的人生，却一直在努力做她的太阳。

她感谢自己来到江城以后遇到的每一个人，几乎每一个人，都是她生命里的贵人。江城多好，就是她的福地。

大约是太累了，想到最后她头枕在一丛干枯的稻草上沉沉睡去。这一觉睡得很香很熟，似乎半点梦境都不曾看见。等到醒来时眼角透进一缕天光，似乎外面阳光正好。

两个绑匪从车上拿来一些水和面包扔了进来，其中一个给两个女生分别松开一只手的捆绑，又喝令她们："老实点！要是谁敢乱动乱叫，老子立马就给她一刀痛快的。"

的姐噤若寒蝉，一只手飞快地拿起面包还没全撕开袋子就开始啃食。

沈熠费了好大劲才用单手打开一瓶矿泉水，她递给她，低声道："他们也在吃饭。"

的姐明白她的意思，借着屋檐上破瓦漏下的天光，她皱着眉头算了算："现在应该差不多早上九点多了……"

沈熠点点头，食不知味地咬了一口面包。随后她眼前一亮，示意的姐去看面包上的出厂日期——竟然是今天！

"看来是有人送上来的，这么说来，他们还有同党，而且不止一人。"沈熠说完，又开始推测到底是什么人要绑架自己？一没钱二没貌，唯一还算些许资本的就是几个家境不错的朋友。可是绑匪怎么会知道自己跟他们的交情？又如何能断定，凭这份交情就能让他们乖乖给钱？沈熠实在有些想不通。

好在旁边的的姐很快就吃饱喝足，看得出来对于应对极端恶劣的环境和事件，她的经验比沈熠还要丰富。她用眼神示意沈熠赶紧吃，沈熠虽不解其中缘由，但也乖乖照办。

两人扒拉完了早餐，接着的姐就开始捂着肚子哼哼。绑匪其中一人走过来一看，踢了她一脚问："干啥呢？别给我搞什么幺蛾子，要不然老子一刀了结了你。"

的姐连忙央求他："大哥，您看这人有三急，总不能不让人解决这问题不是？"

的姐如愿以偿地被绑匪带了出去，过了好一会儿才回来。

她悄悄告诉沈熠："外面还有三个人，一个司机开了一辆面包车坐在里面也不下车。另外两个到处巡视，手里都有刀子。"

沈熠一听，好家伙，为了对付两个手无寸铁的女人，这还派了五个壮汉。她心里难免晦暗，情绪也就写在了脸上。

"对了，我先前被他带着去后面茅房的时候，看见后院里还有几把工兵铲和一把锄头。后来出来时再看，又不见了——你说，他们要这些东西干吗？该不会是想把我们就地解决还给埋了吧？"

沈熠想了想，摇头失笑："姐，我觉得他们没这么好心。还就地掩埋呢，多费功夫。这荒山野岭的，真要把我们杀了，直接往树林里一丢就是了。"

的姐点点头，若有所思："你说得对，不过昨晚上我睡着了以后，好像总听见有人挖土的声音……真的，妹子，姐没骗你，姐以前就是种地种菜的，从小对这声音可熟悉了。"

被她这么一提醒，沈熠也想起来昨晚后院的确有些动静。不过她们都想不明白，这几个绑匪深更半夜挖地干什么？为了一探究竟，沈熠也学着她的法子去了一趟后院的茅房。结果她没看到什么工兵铲和锄头，却在院落里发现不少新鲜的泥土。

因为身上没有戴任何首饰，上厕所时沈熠冥思苦想了半天，最后费劲巴拉地在自己穿的靴子上抠下了一小块水晶，从茅房那个小小的窗口往外扔了出去。反正都落到这步田地了，死马当作活马医吧——实在不行，要是事后被人发现了这块水晶，说不定也能带回去给爸爸做个纪念。

盘点过这一生的经历，确认自己并不亏欠过谁。生死当头，沈熠倒是渐渐淡定从容了下来。

回来之后两人蜷缩在一块，商量了半天还是没有什么头绪。的姐开始想孩子，抹着眼泪道："我现在觉得真是对不起他们姐弟俩，早知道会死在这荒山野岭里，我还不如被他爸爸打死算了。"

沈熠安慰她，劝她不要放弃："姐，我真想不出来自己得罪了什么人。你看我的样子也不像是会跟人结怨的性格，所以说，我觉得这些人肯定还是为了钱——要是这样，那我们就还有机会活下去。"

两人如此互相安慰着，很快就到了中午。原本以为午饭还是面包和水，没想到却送来了盒饭和饮料。

沈熠迟疑着打开一看，见盒饭里面居然还有鸡腿和鱼块，热气腾腾、阵容豪华的样子，实在是让人搞不明白。

的姐却瞪大了双眼，她拉着沈熠不要吃这个盒饭。

"这是断头饭啊！妹子，我听说过的，以前监牢里要斩犯人之前就会给他吃顿好的，古话这叫不能让人做饿死鬼，免得死后还来找他们索命。"

沈熠听得哭笑不得，不过细一想，好像这个盒饭的确有些蹊跷。她便顺着的姐的意思，两人都没有动筷子。

过了一会儿绑匪进来一看她们不吃，当即便怒道："叫你们吃就吃，不要敬酒不吃吃罚酒。"

那司机大姐趁机上前一把抱住了他的脚踝，反复哀求他放自己回去，声称自己家里还有两个孩子——原本沈熠只觉得这话对于绑匪而言实在没有什么用处，但没想到此人却勃然大怒，一脚踹翻了蔡姐，喝问道："你说你有两个孩子？怎么租房时没有登记？"

的姐被吓得一时间不知该如何回答，刚从地上爬起来就见那蒙面人骂骂咧咧地摔门而去。

随后听见之前那个人在咆哮大吼："你到底会不会办事？让你找个身形和年纪差不多的女人，你居然找了一个生了两个孩子的女人来糊弄老子？我去你的……"

看了看司机大姐跟自己相差无几的身高和体型，一个大胆的推测，在沈熠的脑中迅速形成。她转头看了一眼脸色惨白的司机大姐，很显然，她也明白了自己此时的处境——

但她却没有怨恨沈熠，只是拉着她的手哀求道："妹子，要是姐这次真的死在这里的话，我得拜托你，千万千万要替我照顾我那两个孩子。我家的地址是在……"沈熠听着她的"临终遗言"，心中感慨万千。

搞了半天，原来这些人是想找个人来替她假死——只是她还是不明白，自己到底有什么样的价值，能值得他们费这样的心思？

后来在绑匪的逼迫下，两人还是仓促吃了点已经冷掉的盒饭。后来，沈熠又借故再去了一趟茅房。

过了中午之后，破庙四周骤然安静了下来。先前还能听见的零星脚步声和其他细碎声响，这会儿统统消失了。

初春的山里本来正是春花烂漫、虫鸣鸟啼的时候，只是这会儿夹杂着死亡的阴影，任何人都没有了欣赏细品的心情。

沈熠一直在心里思索着一个问题：昨夜上山时虽然天色昏暗看不清地形，但照着车子盘旋的速度和方向，她能判断得出这座山不会太高。况且下山买东西这么方便，又与城区衔接，也就说明了山体不是很大——那接下来最关键的问题来了，这些人即便是拿司机大姐做了自己的替身，那又怎么能带着自己和赎金安然无恙地离开呢？

后路，总是这些绑匪首先考虑的问题，因为没有人会为了把牢底坐穿或者挨枪子来犯罪。

可是沈熠思来想去，始终就觉得有一个点讲不通。为了避免把自己的焦虑传染给司机大姐，她索性和衣躺下来开始睡觉。

然后她就听见司机大姐悄悄跑了出去，她走到外间，开始给绑匪求情诉苦——虽然明知无望，但谁肯轻易赴死？

沈熠听了一会儿，只觉满心不忍。就在她暗中拭泪时，忽然，听见小窗外传来一阵清脆有序的鸟叫声和蟋蟀的叫声。这鸟儿的叫声听起来很像是此时山间常见的布谷鸟，蟋蟀也是破庙随处可见的虫子。只是两者相和，叫声又太过有序，因而沈熠细细一分辨，很快就听出了其中蕴藏的信息。

是摩斯密码——贺司南！沈熠在跟他唱歌的时候，听过他模仿鸟儿的叫声。除了他之外，她想不出来还有谁能模仿得如此惟妙惟肖！

断定贺司南已经潜伏在自己身边后，沈熠忽然就觉得浑身充满了力量。她侧耳细细听着他传递过来的消息，心里越发地有了分寸。

但令她开始为难的是，自己身无长物，要怎么才能回复他的信息呢？尤其是那个点——如何撤退的线路？只有截断了绑匪的退路，才有希望让大家都获救！

危急之中，沈熠忽然站起来，装着用力不均的样子，重重地摔倒在了地上。

司机大姐只得停止了对绑匪的软磨硬泡，回来照看她的伤势——尤其是那个为首的绑匪，还从车上找了一瓶活络油扔过来，吩咐她："给她看一下

有没有伤到哪,真是麻烦,等会儿带着个腿伤了的可怎么跑?"

沈熠示意大姐拿药油拼命搓自己的大腿伤处,然后借着呼痛声开始高高低低的惨叫。这声音听在几个绑匪的耳中,简直就是瘆人。

就连躲在远处一棵大树上的贺司南也连连摇头。

但他听懂了沈熠的意思,开始落力寻找绑匪早就安排好的那条"后路"。

时间一分一秒在流逝。

留在工作室的人都在等消息。为避免沈父情绪过于激动,顾芳菲还特地让盛若兰安排了两个护士在这里守着。她自己则下通知,让店员们回去休息,挂起"暂停营业"的牌子,站在临街的玻璃窗前看着外面的车水马龙。

宋丹宁是吃完午饭之后才知道此事的,她进来时见顾芳菲神色如入定一般,走近前问她:"如果沈熠这次能安然脱险,你会不会改变决定?"

顾芳菲回转身,满脸茫然地看着她。

"什么?"

"我是说,你会不会愿意成全她跟司南——会不会愿意放手,了结一切的是非恩怨?"

顾芳菲仿若无知无觉,又似思虑良久,最后缓缓摇头:"丹宁,你相信这世间有些事是早就注定,无可改变的吗?"

宋丹宁亦摇头,她叹了口气:"我不相信,芳菲,我觉得事在人为。"

见顾芳菲沉吟不语,她又拉着她的手回到大厅内的沙发上坐下。

"我帮你联系好了巴黎那边的医生,我妈妈有个很好的朋友,她就是脑神经科方面的顶级专家。到时候我先陪你到巴黎看医生,然后我们再去土耳其玩一段时间。"

顾芳菲对此只是一笑:"用得着费这么大周章吗?医生都说了,那场车祸里我只是轻微脑震荡和不可预测的一些损伤,但是我现在也没什么问题呀,你真不用这么麻烦你妈妈,我们不去巴黎直接去土耳其不是更好吗?"

宋丹宁强压着心里的焦虑与烦躁,笑道:"我说用得着就用得着——芳菲就当我求你了,我只有你这么一个交心的好朋友,在我心里有时候你比我妈妈都更重要。所以你的健康是我最关注的事情,你就当是为了我,咱们一起去巴黎做个全面的检查好不好?"

她既然这么说,顾芳菲也不会忍心回绝。只是在看见好友舒展开眉头之后她忍不住开了个玩笑:"丹宁,你该不会是有什么事情瞒着我吧?看你搞得这么隆重,我都要怀疑自己是不是得什么绝症了?"

"乌鸦嘴!我不许你这么胡说八道的!"

宋丹宁说着，不禁涨红了眼圈。她握着顾芳菲的手摇头道："你不知道，上次你昏迷不醒的时候，我一直祈求上天……也就是从那时起，我才真正发现，要是没有你，我要怎么才能熬下去……"

顾芳菲回握住她的手，点头叹息："我跟你一样，丹宁，我们都是彼此生命中最重要的人，我们永远不会分离。"

"嗯，我们永远不会分离。"

宋丹宁像是强调般又重复了一遍，随后两人牵着手站在窗前，静静看着花园里那棵有些年头的白玉兰枝头绽开的新芽。

午后的阳光晒在顾芳菲有些苍白的脸上，宋丹宁忍不住侧眼看她，光晕落在她脸上，好看的弧线中有淡淡的肌肤光泽被反衬在澄净的玻璃上。

宋丹宁在心里默念着"我们永远不会分离"。但其实她比谁都明白，若真的永远不会分离，那她此刻便不会有心如刀割的无尽悲哀。

*　　　　*　　　　*

下午四点，林秀娜被真姐拉着上了那辆装着现金的面包车。

得知了真相，即便是面对不可预测的危险，她此时却表现出了难得的平静。

对此，真姐反倒给她竖起一个大拇指，又道："丫头，你本来也算是个聪明人，又有野心也有胆量。可惜识人不明，以后还是要擦亮双眼看人呐！"

林秀娜对真姐有些说不出的惧意，闻言也不作答。但是霍东方却真是有些担心，他一再追问真姐："这能行吗？真姐，你看她可是挺着个大肚子，要是万一——"

"有我在，没有万一——"真姐霸气的一句话堵住霍东方的唠叨，随后跳上车拉着林秀娜直奔南郊。

大约是下午三四点钟的时候，沈熠和司机大姐被隔离开来了。绑匪把沈熠安置在了破庙的大殿中，让她坐在一张椅子上再进行捆绑。却把司机大姐五花大绑地扎成一个螃蟹状，嘴里塞进一团破布，就丢在了菩萨底座下面的那个大窟窿里。

沈熠焦急地等待着——贺司南最后给她发来的一条消息，是告诉她自己已经找到了绑匪们的后路。但在那之后，他再没有任何消息传来。

可她心里就是无比地笃定，她知道他一定会来。

时间一分一秒地过去，夕阳渐渐染红了山间的一切。

坐在大殿的中央，沈熠看着门外的霞光刺入眼眶，这光太过绚丽，所以凝视得久了，难免眼前视线昏花。

就在她觉得眼睛疲劳，准备移开视线时，有个熟悉的身影，从门外缓缓走了进来。

绑匪们只让林秀娜一个人进来，作为司机的真姐被两把刀抵在胸口上，余下的人自是连忙去清点车后尾箱存放的现金。

沈熠过了一会儿才看清眼前的林秀娜。她朝秀娜微微一笑，颔首道："你来了。"

秀娜穿着一身黑色的连衣裙，一向时髦的她就算孕期也很注重形象。这条裙子恰到好处地显露出了她纤细的双臂和饱满的胸脯，又在腰间做了一些装饰，下身用黑色蓬纱掩饰住了她隆起的腹部。

沈熠因而赞她："这裙子真好看，衬得你跟从前一样美丽。"

秀娜在她跟前停住脚步，她梦呓一般问道："我美丽吗，小熠？"

"当然，从小到大，你一直就比我漂亮，也比我能干，还比我勇敢——秀娜，你一直就是我的榜样。"

秀娜点点头，她也拖过一把破旧的凳子，有些吃力地押着肚子坐下了。"是，我也一直这么觉得。小熠，我很小的时候就觉得自己将来一定能过得好，我会比所有人都好——可是你看现在，多讽刺多奇怪。我挺着个大肚子成了弃妇，而你，又有名又有钱，不声不响就在江城买了房子安了家，还有那些个优秀的富家子弟，都围着你转。而我，就连想给肚子里的孩子找个爸爸，都要经过你的允许——"

她歇斯底里地吼叫着，因为太过激动整个人都向前倾出了几分。但是她没留意到，破庙的地面并不平坦，而她坐着的那张凳子更有一只脚短了一截。因为她这番剧烈的动作，整个人也跟着不由自主地向前倾倒。

沈熠眼睁睁看着她倒向自己的方向，她大声叫着外面的绑匪："快来人啊！快来人！秀娜她——"

她话音未落，林秀娜已经"咚"的一声，整个人都倒在了她跟前的地上。

沈熠见她脸着地，危机之中还不忘用双手护住肚子。可是这样倾倒的姿势注定让腹部受伤，就在两个绑匪走进来之前，林秀娜已经开始了痛苦的呻吟："我的肚子……好痛……小熠，我肚子好痛……"

事发突然，绑匪们也有些不知所措。待他们把林秀娜从地上扶起来时，她已经见红。

沈熠哀求着让他们给自己解了绑，握着秀娜的手突然被抓得更紧了。随后见林秀娜开始浑身冒汗，并蜷缩道："小熠，我可能要生了……"

可怜沈熠长到这么大，恋爱都没正经谈过，哪里懂得生孩子是怎么回事？不过她想起蔡姐是有孩子的，于是又哀求绑匪把蔡姐叫进来。

这两个绑匪也是被突发情况给搞得有点缓不过神来，先给沈熠解开了绳绑，但再出去跟外面的匪首商量之后，回来却是连连摇头："不行，老大说了，不能让你们在一起。"

沈熠眼看秀娜痛得整张脸都变形，身下的血水都快把菩萨座前的蒲团染透。情急之下她顾不得所以，竟然一把朝他们跪下道："我求求你们了！救人一命，胜造七级浮屠，你们也有父母，也总要为人父母，难道就眼睁睁看着一个无辜的孩子于此丧命？"

这句话似打动了他们某一根心弦，其中一个人看了看林秀娜，皱眉朝沈熠道："你不要大惊小怪的，她这是要生了。我们也没办法，老大不让人进来，要么就是你给她接生吧。"

沈熠一脸茫然："啊？我给她接生？——可是，我什么都不会呀？"

"这有什么难的，我告诉你，你先扶着她平躺下来，然后……"

看来这个绑匪应该是有接生经验，或者曾经学过一些妇产科知识的。沈熠在他的指导下很快就摸到了一点窍门，不过这种血淋淋的画面和那一声声的惨叫声实在让人头皮发麻。

不但沈熠感到紧张，事实上就连那两个绑匪都有些看不下去地转过了脸。其中一人，就是那个指导沈熠接生的，还对沈熠说："你把人挪过去一些，不然正对着菩萨不好。"

沈熠两手一摊，求助地看着他："大哥，你看我实在是抬不动她，要不您搭把手？就当您行善积德了。"

那人闻言略有犹豫，正在此时却有人匆匆跑过来，朝他们喝道："山下有情况！你们赶紧把人安置好，尤其是她！"绑匪恶狠狠地指向林秀娜。

两个绑匪跟来人商议了几句，随后走进来。沈熠眼看他们要把林秀娜抬出去，立即一把扑上去："不行！她马上就要生了，你们真要把她扔出去的话，她会没命的，孩子也会没命的。"

那个懂接生的轻轻叹口气，似乎为沈熠的忠义而感佩。他想了想，对沈熠道："行，那我们就不动她。不过我要你发誓，我们不伤害你的朋友，但是你也不能逃跑。"

沈熠没有犹豫，立即点头。

随后，也不知另外那人从哪开启了一个机关，原先略带坑洼的菩萨座前忽然就出现了一个地道的入口。

第十五章

没有如果

　　绑匪把林秀娜抬进了地下室，沈熠紧随在她身旁。在巨大的惊恐和无奈之下，林秀娜似乎连呼痛声都微弱了许多。

　　地下室荒废已久，除了味道呛人兼十分潮湿之外，内里十分安静而黑暗。

　　当然，也是十分令人恐惧。

　　绑匪很快离开并关上了地道入口，只留下沈熠陪在秀娜身侧。她先把秀娜扶着平躺下来，又用上面扔下来的两只破蒲团垫在她身下。

　　这时候，秀娜已不再像先前那样拼命叫喊了。她似乎陷入了阵痛之中，不时发出一阵痛苦的呻吟，当阵痛过去之后就昏昏沉沉地躺在那里。

　　沈熠再看了看秀娜的情况，随后用绑匪遗留的手电筒照了照四下，只见强光扫过之处，到处都是褐色的泥土。而地道看不到尽头，只有一条黑乎乎的通道，通向未知的去处。

　　她有些后怕地移开眼神，再次将注意力放在了秀娜身上："娜娜，你觉得怎么样？"

　　秀娜似颤抖了一下，她握住沈熠的手，沈熠这才发觉她手指凉意沁人："小熠，我好冷……好冷……"

　　冷？生孩子怎么会冷？沈熠觉得有些蹊跷，随后再用手电筒仔细一看，顿时差点跌坐在地。血，好多的血……这么多的血，居然都是从秀娜的身体里涌出来的？

　　她惊疑颤抖地握着手电筒，紧紧地攥住秀娜的手，声音里不自觉地带上了哭意："娜娜，娜娜！娜娜你要振作一点，你——"

　　林秀娜也用力地握紧她的手，声音微弱地回道："对不起小熠，我现在终于知道，我错了……小熠，对不起……"

沈熠的眼泪大颗大颗地从眼眶中滚落下来，她将自己身上的外套脱下来盖在她身上，继续握紧秀娜的手，嘴里只是反复地说道："什么对不起，娜娜你别瞎说。你哪有对不起我，我们一直都是好朋友。今生今世，我们一直都是好朋友……"

沈熠的眼泪掉落在秀娜的脸上，她总算勉强露出了一丝笑意："是，我这辈子最大的幸运，就是有你这么一个好朋友……可是小熠，我现在真的很后悔，我不该不听你的劝，我不该鬼迷心窍——我……"

为了不让秀娜因为失血过多而昏厥，沈熠只能想方设法陪她说话，分散她的注意力。但后来秀娜的声音还是渐渐地低沉下去，被她握住的手也越来越冰冷。

"娜娜！娜娜你醒醒！你再坚持一下，想想你的孩子，想想你以前许过的那些心愿，娜娜！娜娜！"

沈熠连着呼唤了许久，却始终得不到任何回应。正在此时放在一旁的手电筒也忽然跌入黑暗里，熄灭了光亮。

沈熠只觉自己陷入到彻底的漆黑中，她忍不住放声大哭，那种撕心裂肺的痛楚，便如同被人生生挖去了一块血肉一般。

也因为太过伤心，所以她没有留意到身后传来的脚步声。直到有人从身后紧紧的将她拥住，那股熟悉的薰衣草香和温暖的胸膛才让她意识到——是贺司南，他总算找来了！

而沈熠给贺司南的第一个反应，就是用手捶打着他的胸膛，又像是不自觉的撒娇，更是无助至极后的宣泄："你怎么现在才来啊？你都不知道，我有多害怕——"

"对不起，对不起——我应该早点赶到的。来，小熠这是能量水，你先喝一点。"

沈熠看贺司南似乎还带了不少装备，当即就让他打开背包看了看。两人在里面找出了几瓶速效补充能量的特饮，沈熠扶着秀娜喝了几口下去，又让贺司南给她按压手上的虎口穴位。

也许是饮料和穴位按摩起到了作用，过一会儿秀娜慢慢地睁开了双眼。她看见贺司南和沈熠都守在自己跟前，而贺司南告诉她："救援的人马上就到，你先坚持一下，我们一定会安全地带你回去的。"

秀娜朝他几不可见地点了点头，随后她又开始呻吟呼痛起来，这一次的痛楚似乎来得特别强烈，沈熠能感觉到她抓着自己的手力度突然加大。

也幸亏贺司南背包里装备齐全，他从其中找出了一包补血含片，沈熠取出几片塞入秀娜口中，又鼓励她："加油！再努力一下……娜娜！加油！使劲啊！我能看到宝宝的头了……"

大约过了几分钟，秀娜整个人如同惊悸一般一声大叫，随后便听见一阵细弱的婴儿哭声。

"哇哇哇……"而此时，紧盯着入口处的贺司南，眼神也突然亮了一下，转头向沈熠方向宠溺地笑了一下。

沈熠用脱下的一件羊绒衫包裹住小小的婴孩，她把孩子递到秀娜眼前，笑着对她说："看，是个很可爱的小公主。"

秀娜也笑，疲惫的神色里泛出一种前所未有的柔光与爱意。她努力地伸出手来，想要接过孩子，但奈何体力不支，手慢慢垂了下去。最后还是沈熠把孩子放在了她身侧，母女俩这才总算看见了彼此。

"谢谢你，小熠。我现在终于明白了作为母亲的感受，以后，我不会再怨我妈妈了，也不想再恨任何人了……"

秀娜含泪在孩子的前额落下深深的一吻，似是感受到母亲的爱意和温暖，原本啼哭不止的婴孩居然渐渐止住了哭声。

贺司南这才有些不合时宜地提出："我们要走了，这些人还带着汽油和炸药，本来就打算拿到赎金就一把火烧掉整个庙的。都是些亡命之徒，我怕东方他们人不一定能拖得住太久。"

沈熠点点头，立即道："那你先带秀娜和孩子出去，她得立即去医院。"

贺司南却看着她，目光炽热："你让我带她们先走？那你呢？——沈熠，你知不知道，我所做的一切，都只是为了你！"

沈熠点头，眼泪瞬时泛滥，猝不及防。"我知道你是为了我，可是这些人，他们的目标就是我。而且司南，我真的很害怕，我害怕会被人误会——"

"误会？到了这个时候，你居然只怕别人误会我们之间的关系？沈熠，你问问你自己的心，难道在你心里，真的没有喜欢过我？"因为焦灼，贺司南身上散发出来的火热气息霎时扑向沈熠的脸颊。

她觉得自己的心都要被熏烤成焦炭。"你不要逼我，"沈熠只感到两侧的太阳穴跟着心脏一起突突直跳，"有些事情我永远也做不到……"

他盯着她的眼睛，黑暗里犹如火焰灼烧，"好，我不逼你，你只要答应我，好好活着。"

沈熠被他看得两腿发软，连申辩的力气都没有了，慢慢蹲下身，无力地摇头。

"沈熠，我知道这话也许说得很不合时宜。可是我担心要是现在不说，以后可能就再也没有机会了——你听着，我喜欢你。我十八岁那年在音乐教室第一次遇上你，我记住了你，记住了你的歌声和背影；而再次相遇，我爱上了你。因为你的出现，我终于觉得自己不再那么的孤独——我，能接受一切的结局，包括你不喜欢我，包括你选择别人。"

泪水模糊了沈熠的视线，疼痛侵入了她的身体和骨髓，她从来没有这么心痛过。他慢慢地拥她入怀，静静抱着她良久，那样用力，全身颤抖。

黑暗里，沈熠感觉到颈旁一片濡湿，没忍住，自己也流下泪来。

"如果你不说话，那么我就当作你默认了我的想法。"

沈熠的眼泪簌簌落下，她记起与他一起聆听的那首《大鱼》：

怕你飞远去
怕你离我而去
更怕你永远停留在这里
每一滴泪水
都向你流淌去
倒流进天空的海底
……

她想起那时候自己对他说："为了爱一个人而背叛全世界，这样的爱，真的值得吗？"那时，他回她："有什么不值得？相比这尘世间许许多多的人一生茫然心无所依，最起码他们爱过，找到过彼此，这不就够了。"

够了吗？不，不够。

她与他，在阴差阳错中相遇相识，在彼此怀疑中慢慢走近，在歌声与音乐中触摸到彼此那颗孤独而不被爱的心，现在却又不得不在自己设定的原则内生生错过……是的，错过。

对于沈熠而言，一次次地错过最后意味着永远失去。但她更深知，终其一生，也再难找回这样一个了解自己，明白自己，总是在危难时候对自己伸出援手的贺司南。她与他，从未相许，亦从不失约。

能不能为了爱他而背叛全世界？——当贺司南将手电筒塞进她的手里再抱起林秀娜时，她满脑子想的都是这句话。

"我先把秀娜送到出口，你在后面照着路。等出去了，我要你亲口告诉我答案。"

看着他转身,沈熠不知所措。她想要拉住他,告诉他答案。她想要抱住他,告诉他自己的心声。可是,所有的想法,都在一秒钟后被生生打断。

"轰!"的一声巨响,随着贺司南刚刚转过身,头顶突然就有一阵巨大的爆炸震动从上至下的传来。

沈熠一时站不稳,重重地倒在了地上。她的头部重重地撞上那堵潮湿的泥墙,眼前一阵血红连接着一阵白雾。

"司南,我喜欢你,我想,我一直都在默默地喜欢着你。只是我太在意你是顾总的未婚夫,我太在意顾总对我的好。"

"如果再给我一次机会,如果你再问我一次,这将会是我给你的唯一的答案。"可是,没有如果。

* * *

因为在大火中头部受到重创,所以沈熠最终没能前去参加巴黎时装周。

而爆炸的那一刻贺司南因为极力护着林秀娜和孩子,所以他的伤势比沈熠更严重——沈熠在刚醒来时听说他还跟自己住在同一个医院,后来过了一周左右,就被转到了另外一个私立医院进行疗养康复。

她想那边环境应该更好,更适宜养伤,于是在顾芳菲告诉自己这个消息时只是轻轻附和了一声,而此刻则因为面前这位李记者提及了贺司南的名字,她才微微扬了扬眉。

"你是说贺司南贺先生?对,他当时有参与现场救援,但是关于他的近况我实在不清楚。"

李唯一善解人意地点点头,她有些惋惜地看着眼部罩着特制仪器的沈熠。

"那你好好休息,祝你早日康复。"

沈熠点点头,也不挽留。其实于她而言,要成为朋友并不容易,但因为看不见,所以她没能捕捉到,李唯一走时眼中流露出来的遗憾与惋惜。甚至在走出病房后,她还深深地叹了口气。

其实沈熠长到这么大,这是人生第一次真正意义上的住院。

医生说她的眼睛受到剧烈的震荡影响,视网膜神经受到压迫导致暂时性的失明——至于什么时候能恢复正常,则需要视治疗和后续的康复情况而定,具体时间谁也说不准。

因为看不见,所以这大半个月的时间里,她基本上都很清闲。每天除了配合各种检查和治疗,吃饭和睡觉之外,其余时间都被医生护士还有爸爸和孔姨,以及顾芳菲等人再三叮嘱躺在床上。

就算早晚出去散步活动，也总有护士或者家人朋友陪同。也因为实在太闲，白天睡得又太多，她开始晚上失眠——各种各样的梦境充斥着她的脑海，醒来常常觉得心悸而又茫然。

除了爸爸和孔姨，最常来看她的就是师兄宋世钧。

他让她好好休养，并再三保证自己会延续她的风格把控好品牌的上新，同时，也能保证她该得的分红一分不少——"总之你不要操心，楚依姐去巴黎之前就跟我商量过，她说会注资给我们，将公司做大。还说，你以前答应过她，五月份的时候要一起去法国采摘今年的铃兰花。"

提起铃兰，沈熠心头就有茫然的酸涩与痛楚。她请求宋世钧帮忙，弄了一台音质很好的MP3专门用来听歌。至于里面下载的歌曲曲目，都是她告诉他的。

也因为看不见，所以沈熠没有觉察到彼时坐在自己对面的宋世钧脸上的神色。要说失望吗？其实也谈不上，因为一直扮演着兄长和男闺蜜的角色，宋世钧知道，自己对她的感情，永远只能是掩藏在这两个角色之下。锐利如他，又怎会不知道那些歌曲其实都是贺司南喜欢唱的曲目？

可看着躺在病床上形容憔悴、满身落寞的沈熠，他又知道，这是她如今唯一能得到的慰藉。太美好太纯粹的灵魂总是更容易感知到伤痛，而过分的自律与自爱，只能让原本就艰难的人生受到更多的限制。如果可以，他更希望自己的小师妹能学会一点恰当的自私与贪婪——只要那样能让她快乐。可谁都知道，沈熠不会做那样的事。她永远只能是她，永远不会被任何外力所改变。

也许是因为有了歌声的慰藉，再加上渐渐习惯了目不能视的生活，沈熠在医院的病房里开始有了些许生机。

月底的时候，林秀娜带着女儿和一小篮子的樱桃来看她。

听说秀娜要来，沈熠就让护士推着自己来到了楼下的花园里等着。暮春的阳光洒在她身上，怡人的温度和空气里的花香，一度让沈熠忍不住张开双臂，想要去触及一点什么。陪秀娜一起过来的是霍东方，沈熠看不见秀娜的样子，只是听声音似乎恢复得不错，整个人都生机勃勃的感觉，相比之下倒是霍东方更沉稳了一些，听他熟练地哄着孩子，沈熠不由哑然失笑。

林秀娜是来告别的——说来也是个奇迹，当日她在地道中生下了孩子，几近九死一生，但那场破坏力惊人的爆炸却没有令她和孩子受到什么波及，母女俩只零星受了一点皮肉伤。

后来沈熠住院，她也来看过两次。不过因为帮不上什么忙，再加上孩子

小离不得人,她便来得少了。

上一次沈熠隐约听霍东方说起,说秀娜想带孩子回一趟老家,当时沈熠也挺震惊的。没想到这回她亲口说出了以后的打算,说不能总麻烦霍东方,回去把孩子交给母亲帮忙抚养,自己也好出去工作。

林秀娜还说自己已经跟真姐联系好工作的事情了,将来等孩子大一些了再把她接过来自己身边照顾。

沈熠一直默默听着,很少插话,只是频频点头附和。到最后,她才叹口气,朝秀娜伸出一只手来。两只手在半空中相握,彼此都是心中一震。儿时的记忆,到底没有完全抹去。

沈熠叮嘱秀娜:"你多保重,有什么事记得跟我联系。还有——不要离开孩子太久,要记得我们小的时候,要记得不管多难,都要做个好母亲……"

因为长期佩戴复明仪器,沈熠早就觉得双目干涩,这么多个无眠的夜晚,就算痛楚缠绕心头,她也始终流不出一滴眼泪。

可此刻,想起自己的童年,想起秀娜腹中即将出生的孩子,想起一代代的生命交迭,却始终也绕不开的那些宿命的无可奈何,她忍不住又泪湿双眸。

"放心,我会的。"林秀娜将装着樱桃的小篮子递给她,并不无骄傲地告诉她:"这是我最近在网上做兼职翻译赚的钱买的。小熠,你说得对,我们这一生当中,真正能够依靠的,只有自己。所以从前我是被鬼迷了心窍,以后,我再不会犯傻了。"

沈熠很认真地吃了两个她递给自己的樱桃,只觉满口酸甜,微微带着一丝涩意。她们在春日的暖阳中静坐了许久,又在暖阳与微风中挥手道别。

沈熠看不见林秀娜和霍东方离去的身影,只听见她们渐远的脚步声从容而平稳。她还听得,秀娜与霍东方谈笑风生,听起来似乎是很好的朋友,又夹杂着一种说不清的情愫。

沈熠知道,霍东方曾苦恋过的那个女孩,她已经结婚了。消息是霍东方亲口告诉她的。那天,他还说:"我觉得我就是自作自受,总是幻想着那些不属于自己的东西,却把原本应该珍惜的宝贝当成了石头。我该!"

这一刻她忽然很感谢上天——兜兜转转,时间如浪淘沙,但幸运的是,那些真正的朋友都还在。

沈熠在阳光下抬起脸,贪恋地深吸着空气的暖香。她深信,只要秀娜肯走回正道,以她的聪明和经历,以后肯定会在事业上闯出一番名堂。

她在花园里坐了很久,渐渐觉得有些许凉意。刚要按下手推车上面的按铃时,就听身后有熟悉的脚步声传来。是爸爸和宋世钧,这两人如今真成了忘年交，经常来医院看望沈熠的时候，还谈起先前没下完的棋局。

他们将沈熠推回病房，前来查房的医生意外地发现沈熠的眼角有泪痕。他惊喜地追问之后，对沈父和宋世钧兴奋地点头道："太好了！只要有神经感知就有复明的希望。来！我们现在带她去再做一次检查。"检查的结果让人满怀希望，又隐含着另外的一些担心。

当沈熠在病房内听到宋世钧小声地追问医生，如果情绪受到刺激是否会影响她的复明后，心里就开始有些明白，肯定又有什么事发生了。她想起这些日子里一直缠绕着自己的那些莫名的梦境——她没有告诉任何人，所有的梦境里她都摆脱不了那条粉色的水晶项链。无论她怎么挣扎，那都是她生命中一道永不可愈合的伤疤。

然后，在她的坚持下，宋世钧小心翼翼地交给了她一样东西——隔着信封，她摸到里面好像装着一样沉甸甸的珠串。宋世钧尽可能客观地向她描述了一番珠串的样子，包括颜色、细节、材质和长度等。

沈熠的泪水盈眶而出，她慢慢摘下了套在自己眼部的仪器，看清了信封里装着的，赫然就是自己曾经渴望而又求而不得的那串水晶项链。多少积年的委屈与辛酸，不甘和隐忍，痛苦与渴望，都在这一刻决堤式爆发。

她紧紧攥着那条水晶项链，不顾一切地哭倒在地。

沈熠的母亲死于抑郁症，不是自杀，而是因为过度服用抗抑郁药物，最终导致心力衰竭而亡。在母亲留给自己的遗书中，沈熠第一次知道，原来母亲当年之所以会从省城回家结婚，原因就是她所说的："我做了一件十恶不赦的错事，我毁了两个孩子的人生。我想，我此生所有的苦难，也许都是在为这件事赎罪。"

沈熠不知道母亲到底做了什么？偷盗？或是搬弄是非？她想来想去毫无头绪。而最令她震惊的，则是母亲数月前曾悄悄来过一趟江城。她说隔着玻璃窗看见女儿的模样，还说心中十分慰藉，这才放心离去。

沈熠顺着信中的时间细细一想，赫然发现，原来去年秋天，那个包裹着厚厚围巾遮住大半个脸庞的女人，就是自己的母亲！难以想象，母亲当时是用一种什么样的心情，隔着那一道玻璃窗，与她遥遥对望？

来不及沉湎于哀思与悔恨，很快，仓促出院的她就带着沈父和孔姨，还有楚依给她推荐的一位知名律师，踏上了前去寻亲的旅途。

母亲在遗书中拜托她，如果可以，在她的能力范围内，请她接过母亲自己所放心不下的职责和重担，从心理变态的继父手中将与她同母异父的弟弟接出来。母亲还留给沈熠一笔钱——不是现金也不是存折，而是以保险合同的方式，明确指定她为唯一受益人。这笔钱的金额，远远大于她之前所汇给她的总和。翻开保险合同，沈熠这才发现，原来就在自己考上大学的时候，母亲就已经开始规划起自己生命的终结。

大概是实在不堪重负吧，遗书的最后，母亲除了遗憾和悔恨，更多地则是即将得到永久平静的满足。

或许是最近发生的事情太多，沈熠有些无法相信，这一切都是真的。她只是按部就班地做着自己应该做的事情，直到离开江城坐在候机室内，再度取出母亲的亲笔遗书，一遍遍反复摩挲着上面的日期和文字，最后再将那张薄薄的纸笺覆盖到自己的脸庞上时，她才终于肯承认——母亲就这么永远地离开了自己。

关于继父的心理变态和种种难以启齿的怪癖，其实沈熠心里一直都有阴影。可是这些年里母亲一直将她安排得离家很远，也从不让她回家。曾经她觉得那是母亲对自己的冷漠与绝情，直到现在才能确认，那其实是母亲拼尽了全力在保护着自己。

宋世钧送她们到机场，因为工作原因他无法陪同，只能尽力安慰她："不要太难过了，小熠，其实就信中的内容来看，令堂走的时候的确很平静。"

沈熠知道，他指的是遗书中的内容。那些文字没有经过堆砌和推敲，可是却渗透了她想要留下的亲情，浸满了属于她的母爱。

"很小的时候奶奶总说妈妈给我取的名字不好，说什么女孩子家家不要取什么带火的名字，以后会一生命途坎坷。"

沈熠用纸巾平静地拭去眼前升起的白雾，她沉浸在往事的回忆中，慢慢摇头："可是弟弟办周岁的时候，我隔着浴室听见他缠着妈妈问姐姐的名字是什么意思？她说，熠是星星之光，代表着光耀和鲜明。这个名字，是她在生我之前，查了很久的字典才选出来的。"

宋世钧的目光掠过她缠绕在手腕上的水晶项链，落到她脸上纵横而又恬静的泪痕上。他叹了口气，知道她终于解开了那个心结，也彻底地与已故的母亲做出了此生的和解。

"小熠，你的爸爸、妈妈，他们都是爱你的。只是以前有过很多无奈，他们也在跟命运抗争。所以，从此以后，你要放下所有关于不被爱的伤痛，就像你母亲给你取的名字一样，你的人生应该如星星之光，光耀明亮。"

他像个亲和慈爱的兄长，伸手在沈熠的头上抚摸了一下。

沈熠看着他，有些失神地笑了笑。

宋世钧也笑，他微微思索片刻，最后还是把欲言又止的话说了出来。他告诉沈熠："其实之前你住的那个公寓，那个房子……是司南的。他怕你误会，所以才拜托我出面牵线的。"

沈熠点头，眼中泪光浮现："我知道，师兄……其实，我早就知道了。"

宋世钧叹口气，又道："还有，你知道吗？你跟他其实早就相遇了，你初中的时候来江城参加歌唱比赛，你唱的那首歌，他一直都记得……"沈熠终于泪崩，她哽噎点头，几近失态地回道："我知道，我知道……可是师兄，我们真的相见太晚了，一切都来不及了……"

* * *

没想到最后事情办得格外顺利，在律师的斡旋下，没费多大功夫沈熠就接管了弟弟的抚养权。为了防止继父出尔反尔，她还让律师起草了协议书，双方签字之后交由当地公证机构进行正式的公证。

快要离开时，沈熠带着弟弟，陪着父亲一起去了一趟母亲的墓地。

时节已经过了清明，只是春寒未尽。沈熠带着弟弟献上了鲜花后，就站在了一旁，看父亲佝偻着身体给亡妻点香烧纸钱。

继父姓傅，弟弟名叫傅晓斌，今年已经十岁。长得身量颇高，面容五官和皮肤都神似母亲，与沈熠也有三分挂像，却丝毫也找不到继父的基因。

傅晓斌是个很乖的孩子，大约是儿子都格外贴近母亲的缘故，他对沈熠这个姐姐一见如故，两姐弟相见时间不长，他却告诉沈熠很多关于她的事情——毫无疑问，那些都是来自母亲的叮嘱。

沈熠握着弟弟的手，想起母亲的托付，心里格外心疼地拉着他慢慢往墓园的出口走。

"姐姐，我们不等他吗？"

傅晓斌同学转过脸，一脸不解地指着还在墓碑前烧纸抹泪的沈父。

沈熠摇摇头，告诉他："让他们说会儿悄悄话吧。分开了这么多年，我想，你肯定也有很多话想要跟姐姐说，对不对？"

"对啊！姐姐，我跟你说，妈妈以前总告诉我，说你画画特别好，你会不会画老虎和狮子啊？"

"会，姐姐等会儿回去酒店就给你画好不好？"

"好啊好啊！姐姐你真厉害……"

对于傅晓斌的到来，沈父和孔姨都欣喜万分地表示了接纳和欢迎。大约是出于对亡妻的愧疚与悔恨，还有那些未尽的情分，沈父甚至当着她的墓碑起誓，说一定待她的儿子视同己出，绝不会让孩子受到半点委屈。

沈熠从出院到现在一直都没跟外界联系，直到把弟弟接过来江城安顿好，心里的悲伤和痛楚消散了些，她方才打开手机，准备投入日常工作当中。

但最先跳入她眼帘的，却是一则重磅新闻——贺氏集团深陷财务危机，少东贺司南涉嫌金融诈骗而被警方逮捕！

沈熠瞬间脑子一片空白，随后再顺着新闻往下翻。这才知道，原来早在自己住院时，贺司南不是被转到了别的私家医院治疗，而是被警方带走了！

她当然不信他会犯罪，想也不想就跑去找霍东方求证。

结果发现霍东方现在的情形也好不到哪里去，房屋门口的墙壁上被人用红色油漆泼字，几辆豪华座驾也全部变卖了抵债。

对着沈熠的追问，他唯有苦笑摇头："这事说来都怪我，去年因为一时贪新鲜，跟人一起合伙搞了个P2P平台。当时我跟司南都拿了一点钱占了一点股份，后来因为平台赚钱，我们就把赚到的钱又投了进去，中间还加了一些进去。没想到后来司南他爸爸也知道了，非说要进来占一部分股份，结果这家伙拿了钱又不肯挂自己的名字，当时我和司南也觉得不对劲啊，可是我们真是没想到，他就真能连自己儿子都坑了——"

沈熠听得心惊胆战，随后越来越心凉。她实在想不出来，司南的爸爸怎么会把自己欠下的巨额债务和高利贷都转嫁到儿子身上？而现在，他一个人带着情妇和私生子卷款跑了，留下这个烂摊子，就由司南一个人收拾？

她不死心，又向霍东方求证那笔债务的金额，最后一屁股坐在椅子上，再也说不出一个字来。

霍东方的样子也狼狈而憔悴，他看着沈熠，有些笨拙地安慰她："其实现在也还不是绝路，或者，你可以去劝一下司南，只要他答应跟顾芳菲结婚，他就有权动用那笔由他祖父留下的信托基金。有那笔钱，足够他还清债务东山再起了……"

沈熠眼前一亮，起初的欣喜过后，随之而来的则是满心茫然与痛楚。

她看着霍东方，霍东方也懂得她的心情，但唯有回之以一声长叹。

"老铁，说真的，你跟司南之间的感情，再没有人比我更清楚了。"

"你知道吗？他给自己注册了一个微信小号，你一直网聊的那个'唐僧'，后来再出现，就是他为了想要接近你，陪伴你。而且，他为了找到之前骗你的那个小助理，也花了不少功夫。"

沈熠闻言浑身一震，随后再细细一想，是的，后来的"唐僧"跟之前那个人有太多的地方不尽相同。

而自己却因为那个名字和从前的回忆，而忽略了很多的细节。

如此说来，那个在无数个工作疲惫后的夜晚，以及许多心情不畅的时候，陪伴自己左右，对自己关怀的无微不至的人，竟然是他？

她的眼泪再度无法克制地汹涌而出。

什么是缘分？八年前她与他曾在人海中惊鸿一遇，八年后他又强势地闯入了她的生命里，只是一次又一次她与他，终究还是有缘无分。

下一秒，她霍然起身，对霍东方点头道："好！我去劝他——劝他答应婚事。"

顿一顿，她又伸手拭去泪水，像是下定决心，再度开口："你放心，我既然能劝他接受这桩婚事，以后就不会再跟他有什么不应该的瓜葛。他和顾总，还有你，还有宋师兄……你们都是我在这个世上最好的朋友，无论如何我都不会背叛大家的友情！"

她说完，转身拿起手袋就往外走。霍东方在身后追赶不及，又寻思着追上了也不知道该说什么才好，最后唯有一声更长的叹息，摇头坐下。

回星辰时，已是傍晚。沈熠下车时看见门店早已开启了外饰的灯光，只是很意外，自己会在刚走进店里时就迎面遇上宋丹宁。

记得自己住院时，宋丹宁也曾来看望过两次。那时并没有过多的交谈，此时遇上了，沈熠也是朝她先行颔首微笑，脱口道："宋小姐好，你过来找顾总吗？"

没想到宋丹宁很是从容地摇了摇头，并朝端着咖啡走过来的苏悦递去一个大有深意的眼神，回道："不，我过来找你的。"

两人来到离星辰不远的一间咖啡厅稍坐，沈熠想起自己曾经跟宋世钧和李唯一来过这里，便随口跟宋丹宁提了一句。

宋丹宁朝她笑了笑，很有几分感慨地说："以前我不喜欢你，总觉得你太小家子气，也不喜欢芳菲看重你，亲近你。但后来没想到，我身边的人一个个的都跟她一样，跟你成了朋友，甚至至交。上一次，为了维护你，世钧甚至差点没跟我翻脸。"

沈熠还是第一次听到人当面对自己如此坦率直言，当即除了一两分尴尬之外，也唯有摇头解释："师兄他只是觉得自己对我有同门情谊和兄长之义，要论起亲疏远近，当然不能跟你相提并论。更何况人家都说，只有亲近的人之间，才能畅所欲言地抒发情绪，他怎么会跟你翻脸呢？不过是一时气话而已。"

宋丹宁不置可否，却深深地看着她。那眼神带着探究与询问，令沈熠越来越觉得浑身不自在。直到服务生送上咖啡，她才总算垂下了眼帘。

随后没头没脑地问道："沈熠，我知道世钧其实很喜欢你——你也应该

知道的,他对你,不是只有同门师兄妹的情义,他是真的喜欢你。"

沈熠开始默然,她看着宋丹宁,总觉得她今天来找自己,不是专门为了给宋世钧说合。

果然,在她沉默的等待中,宋丹宁很快亮出了自己的底牌。

她让沈熠带着宋世钧一起去见贺司南,以情侣的身份——"你也知道贺司南现在身陷困局,这种经济案件只要有钱就能脱身,但是要是没钱,他这辈子也就毁了。让他跟芳菲结婚,拿钱赎回自己的自由,至于以后,你们之间会怎样,你跟世钧又会怎样,那都不是我能干涉的事情,我也不想干涉。"

沈熠困惑地看着她,近乎直接地问道:"可是你也知道,司南和顾总,他们两个并不相爱。难道你不希望顾总能得到幸福吗?"

她的话换来宋丹宁无比怅然的一声苦笑,她摇头,摊开双手,终于显露出无奈的真实心声:"我知道!你说的这一切我比谁都清楚!可是我有什么办法呢?我要带芳菲离开这里,她答应过我,下个月跟我一起去巴黎,我们先去巴黎看医生,然后再一起去土耳其。她答应过我,要跟我一起坐热气球,我们要一起去看这个世界上最美的日出和日落……可是她现在却执拗地不肯走,我实在是没有办法了。沈熠,就当我求你好不好?你去劝贺司南跟她结婚吧,只要履行一下登记手续就可以……我真的是没有办法了……"

沈熠第一次看见如宋丹宁这样骄傲的人,在自己面前流露出无比脆弱而彷徨的神色。

她开始痛哭流涕,甚至毫不顾及形象地语无伦次。

沈熠从她的表情和话语中捕捉到一些零星的信息,她抓住宋丹宁的手,发觉她的手冰凉刺骨。

"不对,一定是有什么事情……顾总到底怎么了?宋小姐,我请你告诉我实话!你不告诉我真相,我怎么知道自己该怎么办?"

宋丹宁终于撑不住开始失态,她哽噎道:"芳菲得了一种很难治愈的恶性肿瘤,医生说,如果延误了治疗时机,她很可能活不过今年……"

* * *

关于撒谎,沈熠实在不擅长。可当她下定决心,拖着宋世钧的手坐上他的车,跟在律师的车后前往那个位于郊外的看守所时,她就告诉自己,一定要把这个谎言说得完美无缺。

看守所位于远郊,律师约定的时间是最早的那个批次。为了不迟到,她起了个大早,春天的黎明来得迟,出发的时候所经过的路还被夜色笼罩着。正是黎明前的黑暗,远远的灯光完全被薄雾掩盖,她看不到前方的路。车前灯的光极微地反射进车厢，就像那些飘忽的思绪。

沈熠伸手摇下车窗，想着那些似是而非的往事。

宋世钧怕她着凉，给她递过来自己的围巾，叮嘱她："早晚风凉，你把拉链拉到顶上来。"

沈熠点点头，朝他露出一个歉意的微笑："对不起，师兄，你已经帮我这么多，我还一直麻烦你，真的无以为报。"

宋世钧一边专注开车看路，一边抽空瞄了她一眼，嘴角一撇："谁说无以为报？记住你自己说的，以后成了真正的国际大牌设计师，也要记着我是你唯一的合伙伙伴。"

"那是自然，我不会忘记是师兄你带着我走进这个圈子的。"想起那时加入工作室，沈熠又忍不住感慨。

但回忆的时光总是短暂，车子在浓雾中行驶了大半个小时，到达远郊的林间大道时隐约可见天边有几条瑰丽的朝霞光影射穿了厚厚的云层。

律师在看守所前办理好手续，他带着宋世钧和沈熠穿过重重门禁，最后三人一同落座，在一间肃穆而宁静的接待室内。

看见贺司南的瞬间，沈熠死死地攥住了手里的水晶项链——她默念着来时给自己定下的决心，可是忍了又忍，眼泪还是不争气地流了下来。

贺司南不能近前，只能隔着那道铁栅栏遥遥地看着他们。

律师上前去叮嘱了几句，见他表情木然，只是盯着沈熠和她身边的宋世钧——其实对方也在盯着他看。尤其是沈熠，在看清楚贺司南的样子后，她开始打量细节。

他瘦了，也黑了，长出了浓密的胡茬，穿着半旧的囚服，脸上似乎还留着几道淡淡的疤痕。想来就是那次爆炸留下的纪念吧，总之是形容大变。

可是再怎么改变，她还是无法克制心中疯狂的思念——如果这一刻她的理智和情感是两个杀手，他们肯定是持剑在进行恶斗。情感驱使她上前想要拥抱住他的身体，理智却告诉她，必须要冷静地说出那个谎言，让他从这里脱身，回归他应有的生活。

见她露出迟疑的表情，宋世钧顺势上前来扶了扶她。这个动作看似十分亲昵，很快就让贺司南拢起了眉头。

而宋世钧果断替沈熠开口，先是告诉贺司南沈熠母亲去世的消息，随后又说起接回了她同母异父的弟弟，并道："上次多亏你舍身救了她，沈叔叔一再叮嘱让我来谢谢你。所以今天趁着这个机会，我就带着小熠一起过来看看你。"

贺司南没有说话,他只是看着沈熠,仿佛对宋世钧视若不见。

沈熠也看着他。她想起自己初见时所见到的他——精致奢华的衣衫,拉风而时髦的跑车,手腕上戴着名贵的腕表,再加上天生的一副好皮囊,就算是神态轻佻张狂,可始终也让人禁不住仰望。她想起他的歌声,想起他偶尔落寞时流露的迷茫与孤独——无论怎样,他都不应该是现在这副模样。

她艰难地朝他笑了笑,嘴唇勾起时牵动心里无比绝望的痛楚,但痛楚激发出她残存的那几分理性。终于,她朝他点了点头,甚至对他微微一笑。"谢谢你,司南。听说你上次为了救我自己受了很重的伤,后来顾总告诉我的时候我特别内疚和感谢……"

他打断了她的话,其实也看出了她的些许不自然和紧张。他盯着她的眼睛,问她:"你跟宋世钧……你们……"

沈熠说不出话来,对上他的诘问,她只觉脑子里一片空白。所有想好的谎言,都卡死在嗓子眼里。

但宋世钧却很自然,他轻轻握住沈熠垂放在身侧的左手,朝对方大有深意地展露了一下十指相扣的亲昵:"是这样的,沈叔一直想让我跟小熠早点结婚,但因为她妈妈才刚过世,所以我跟他老人家商量了一下,打算过几个月就带小熠一起出国留学。等过两年,我们再回国结婚,到时候可能会带沈叔和她弟弟晓斌还有孔姨一起出国定居。"

他的话让贺司南睁大了双眼,他迟疑地看向沈熠,却见她飞快地垂下了眼帘,仿佛竭力在逃避着他的审视。随后他开始思考宋世钧的话,这才发觉,原来自己还是忽略了很多最重要的东西。出于男人的本能,贺司南自然早就知道宋世钧对沈熠的心思。

可他没想到,这家伙居然能出其不意——要说沈熠最在乎什么?自然是家人和朋友,尤其是亲情,她一直想要的家庭温暖。而宋世钧就去接近她的家人,跟他们结成联盟。

眼见贺司南的神色呈越来越颓败,沈熠又费力地咽了一下口水——她想起顾芳菲,忽然开口,就像背书一样,朝他说道:"谢谢你以前帮过我那么多,其实我今天来,主要还是想劝你……你跟顾总结婚吧!我都听说了,只要你们登记结婚,那你就可以动用那一笔信托基金来偿还这些债务。司南,我不想你这个样子,我也不想你为了我……放弃你原来应有的生活……"

贺司南看着她,黯淡的眼神里开始有了痛苦的裂痕:"这就是你给我的答案?你——真的从来都没有……"

不等他说完,沈熠便打断了他的话。她说:"司南,还记得上一次我们一起听那首《大鱼》。当时我问你，为了爱一个人而去背叛全世界，这样的感情到底值不值得？——现在我可以回答你，我做不到。我只是一个很普通的人，前面二十几年的人生，我过得颠沛流离，而今有机会能够安定下来，过些平静温馨的生活，我不想再失去。"

也许是她说得太快太决然，贺司南在最初的瞬间流露出不肯置信的表情之后，很快就转过了身。他身后的墙壁上有一扇很高的小窗，此时逆着光，面部表情模糊不堪。

但过了，他语气平和，态度从容地开了口，仿佛有些冷笑，又仿佛终于释然。

他点头，说："原来你觉得不值得——好，我知道了。你们……可以走了。"

说完，他就转过身想要离开。也就在那一瞬间，沈熠看见他眼角闪烁的泪光，心中剧痛，忍不住再叫了一声他的名字："司南！"

他浑身一颤，原本已经抬起的脚步变得沉重而缓慢。

但再度侧首时，只见他吃力地抬起了一直交叠在身前的双手——那一双冰冷的手铐，禁锢了他的自由，也让他此刻落魄凄惨的形容定格在小窗外透进来的那一束强光之中。

他慢慢走回了自己的拘留室，通过那一条狭长肃穆的走廊，消失在她的眼底。

沈熠站在原地，哭成了一个泪人。那一种不甘不愿却只能放手，眼睁睁看着心中所爱彻底离去，永远失去的痛楚，她此生难忘。

回去的路上，她一直木然不语。宋世钧也不说话，只在车子回到市区之后才开口问她："回家吗？"

沈熠这才转动了一下僵硬发麻的脑袋，她费力地思索了片刻，随后哑着嗓子低语道："回星辰吧。"

算起来，她也有些日子没见顾芳菲了。

这段时间发生的事情太多，两人最后一次见面还是她在医院的时候。后来仓促发生许多事情，两人再没碰上头。

这天天气倒好，早上的浓雾散去之后就是很和煦的暖阳，站在楼下，可以看见整个星辰都沐浴在暖光之下。

苏悦告诉沈熠，顾芳菲一早就在楼上亲自侍弄花草，还拉着她在衣橱里挑了好几件波西米亚风格的衣服，看起来心情很好，要准备去远行的样子。

沈熠笑着与苏悦聊了一会儿，其实她知道苏悦这段时间过得也不好——上次住院时听顾芳菲提过一句，说她想要离婚，至于原因自然还是长期失和的婆媳矛盾，以及永远也不会维护妻子的丈夫。

沈熠看着她，感慨婚姻居然会让昔日阳光明媚的女孩眉目间有了忧郁。然后她忽然就觉得，也许离婚，对于苏悦来说，其实是一个正确的选择。

见沈熠欲言又止，苏悦索性直接摊开道："我离婚了，下周回去办手续，律师都处理好了。"

见她终于下了决断，沈熠唯有给她一个有力的拥抱，安慰道："不管你做什么样的决定，我都永远支持你——"

苏悦回之以相同的热烈，热泪盈眶："Me too。"

顾芳菲的办公室敞开半扇门，隐约听见她在里面跟谁打电话。那笑声欢快忘我，沈熠马上判断出必然是宋丹宁。

因为沈熠在她放下电话前听到她说了一句："好了，我知道了，不是答应陪你去巴黎和土耳其吗？我今天早上已经开始搭配旅行装备了。"

沈熠在门口轻轻叩门，她转头一看，满眼欢喜地跑过来拉着她的手腕："小熠！你可算回来了！"

沈熠对着她笑，然后破天荒地主动拥抱了她。那一刻，隐藏在她心里的诸多情愫，其实真正难以言喻。

两人在办公室里说了很多话，谈到彼此的近况，还有工作室的日常进度，后来沈熠忽然说道："顾总，我想辞去星辰这边的职务，因为下半年，我想出去进修一段时间。"

顾芳菲有些讶然，随后问起详细的打算，得知是由楚依和宋世钧引荐的学校和名师之后，她当即莞尔一笑，十分赞许地点头："好，如果能师承名师，对你以后的前途更有好处。不过辞职不必着急，现在星辰的法人代表还是你呢，你要是辞职了，让我上哪去找人代替你的位置？"

沈熠顺着她的话含糊地点头，暖阳中一垂眸，看见茶几上摆着一只椭圆形的白瓷骨碟，里面盛着新鲜沥水的樱桃。那樱桃的皮肉紧实，红艳艳的色泽宛若美人饱满的唇瓣。一滴椭圆的水珠贪恋地附着其上，盈盈水光里透着莹洁璀璨。这样美妙的画面，让她恍惚想起初见时那一眼。隔着许多的人，她见到顾芳菲拨众而出，朝她嫣然一笑。那一眼的惊艳，那一刻的时光，实在让她难忘。

沈熠在回忆中沉默下来，直到顾芳菲将那碟子樱桃推过来，笑道："还记得去年的那个夜晚，我们一起喝酒吃樱桃？"

沈熠点头，很快回道："记得，我会永远记得——顾总，你对我的好。"

顾芳菲摇头失笑："要真觉得我好，以后就应该叫我芳菲，而不是什么顾总——小熠,还没告诉你,我要结婚了。司南刚刚通过律师告诉我,他愿意跟我登记注册成为夫妻。就在明天,我们先去登记,然后我去香港申请动用那笔信托基金,很快他就能无罪开释。"

她自己吃了一颗樱桃,红艳艳的颜色映衬着她原本就娇艳的唇膏,白皙的纤纤玉指带出一种生动而瑰丽的美艳。"等他出来,我们就择日举行婚礼——反正你也是过几个月才出国,到时候不如给我做伴娘好不好?"

沈熠近乎机械式地频频摇头,下一秒又堆叠上反应迟缓的微笑,嘴角勾起时,牵动心里的剧痛,几乎是艰难的完成了这一句婉拒:"我恐怕不合适……你也知道,我妈妈才刚过世不久,我……"

也幸亏有这一借口,她才能得以微微转过脸,在顾芳菲的叹息和抱歉声中悄然抹去了眼角的泪痕。

从顾芳菲的办公室下来,回到自己的房间,沈熠撑着昏昏沉沉的脑子开始整理手上的工作和之前的一些策划案。但工作效率出奇得低,上一秒想着什么,下一秒又忘了。

后来她索性放弃,走到茶水间去磨了一杯咖啡。等待时苏悦进来,朝她笑道:"记得你刚来的时候很不喜欢喝咖啡,说太苦,总觉得满口都是那股焦味。"

沈熠也笑,她看着窗外春芽萌生的大树,颇为感慨:"是,那时候觉得苦的,现在已经成了一种习惯。"

"可是能成为习惯的,往往还是自己内心里喜欢的。"

苏悦伸手替她按下停止键,又委婉提醒她:"要改变自己已经养成的一个习惯不是容易的事情。小熠,我知道你并不容易。"

沈熠听出了她话里的深意,作为那晚曾亲眼目睹贺司南与自己接吻的目击者,显然苏悦是遵守了自己的诺言,没有把自己看到的情景告诉任何人。可是她也知道,沈熠与贺司南才是真正相爱的一对吧!所以事到如今,眼见沈熠亲手斩断这一段情缘,她心中也有恻然和懂得。

沈熠回家,收起了顾芳菲送给自己的那幅孤月图。并不是心境变化,觉得那画不再好看了刺心,而是因为珍惜,珍惜她待自己的好,所以她才愿意把自己最心爱的人送到她身边。在收拾画卷放入画轴的时候,她心里模糊地想道:远山孤月终有了伴,所谓爱情,有时候很难说清,到底是爱上这个人,还是爱上爱情本身吧!况且顾芳菲与他都是那么好的人,有了婚姻的牵绊和不离不弃的恩情,往后余生,他们总会互相爱上彼此的。说一千道一万,沈熠给自己罗列了许许多多的理由说服自己放手。

但终究是长夜难眠，辗转反侧。连日失眠，白天终日头疼，实在是做不了什么事情。

沈熠索性应邀，跟孔姨一起去云麓看楚依。

如今孔姨每周还有两个白天在这边工作，余下的时间都用来照顾沈熠一家人，以及新来的傅晓斌同学。

难得见到沈熠过来，楚依拉着她，就去了三楼天台。她问沈熠："你真要跟世钧谈恋爱？"

沈熠不语，表情和沉默代替了答案。

楚依看着她摇头叹息："其实不管是世钧还是司南，都会是很好的男朋友。可是我算有点私心吧，总觉得司南更懂你，更能把你当作以后此生的唯一。"

沈熠的眼泪不知不觉地掉下来，滚落进身上穿着的白色镂空针织衫里。她忍不住埋头在双臂上，幽幽抽泣道："可是司南……他已经……楚依姐，我不能那样子做人……"

楚依递给她一杯热热的红茶，她自己抿了一口，回忆起年轻时经历过的那些旧日时光。"我知道你是为他好，可是我怕你将来会后悔。因为人这一生，没有多少爱能够重来。"

"更何况你这样的性情，又怎么能将就跟一个人过一辈子？"

沈熠默然，伏在铺着格子桌布的餐桌上默默流泪。后来朦胧中听见楚依下楼，又隐约听见真姐的声音传来。但不知为何，真姐并没有上楼也没有留下吃饭。

沈熠本想当面谢过她，又拜托她以后照看秀娜。没想到下楼时已不见人，只见楚依正捧着一束新鲜的玫瑰花，俯首轻嗅其幽香。得知她婚期将近，沈熠唯有真诚的一句恭喜。

楚依笑了笑，抽出其中的一枝玫瑰递给她："说好了，你要给我设计两件礼服。还有我过几天去欧洲定做婚纱，到时候你陪我一起去，好不好？"

沈熠失笑，这哪里是陪同？分明就是她费尽苦心想要给自己介绍各方面的资源。这样的情分她不能不领，可是越是如此，沈熠就越觉得自己背负了太多的情义与期待。这些情义堆砌的多了，渐渐成了一种负担。如果自己不能更好，更优秀，那么便不会有能力来回报。

孔姨这天在云麓做了手工青团，楚依连着吃了两个，又让沈熠打包了一些带给宋世钧，但又叮嘱她："不要急着做决定，小熠，我曾经因为害怕世人的议论，所以封闭了自己那么多年。但你跟司南的感情不一样，我很清楚，你们不亏欠任何人。"

沈熠默默点头，倒是孔姨见她给宋世钧送东西，便以为两人真走在了一块。回去跟沈父说起，两人皆替沈熠感到欣慰。

因为不想有机会撞见贺司南，沈熠很快就从星辰的办公室搬到了宋世钧这边来办公。她的工作内容还是同往常一样，只是临走时把自己作为公司法人的印章交给了苏悦保管，又叮嘱她："如果顾总这边有什么事情需要我签名的话，你可以快递给我，或者我下班再过来签也行。"

苏悦舍不得她离开，又不好挽留，想一想，只能玩笑道："那怎么行？你是法人呢，要是看都不看就签字，将来惹上官司，你岂不是要恨死我？"

沈熠摇头失笑，临走前抱了抱苏悦："要是你和顾总哪天想把我卖了，那我肯定会把卖身的钱也交给你们，谁让你们对我那么好。"

苏悦像个孩子一样竟然哽噎起来，末了白她一眼，推她上车："真不知道当初顾总为什么非要选你进来？你呀，就是典型的被人卖了还替人数钱的那种傻瓜！"

沈熠并不怎么看言情小说，所以她不知道一个词，叫作一语成谶。

在坐着宋世钧的车带着自己的一些办公用品离开星辰的时候，她不自觉地转过去回看那条熟悉的长街。

只是一年的时间，她明白了真实的人生原来也可以比电影更戏剧化。这一年她跌跌撞撞，无意中闯入了很多人的生命，也终于学会敞开心扉，接受别人的情意。这一年她宛若从沉睡中被唤醒，整个人都爆发出前所未有的能量与能力，跌跌撞撞，谋生谋爱。

时间如刃，有一些东西在刀锋下破碎，有一些东西却在利刃下整合。

随后的日子开始转为平静，偶尔在媒体上看到关于贺司南和顾芳菲的消息，她会选择性地阅读一些只言片语——其实只是想知道，他过得好不好？其他的，她都选择性地忽略，只当看不见。

过不久霍东方兴冲冲地告诉她，贺司南得到了保释，现在已经回到了贺家。因为他爸爸带着情妇走了，如今的贺家他成了一家之主，出来之后就开始着手整理之前集团那一堆烂成狗屎的财务报表。对此，沈熠只是淡淡地一笑。

她叮嘱霍东方："你好好照看他，陪伴他。"

霍东方忍不住流露出些许幽怨，他问沈熠："老铁，你真的就这么放下他了？"

沈熠没有回答，她翻看着通讯录上的"唐僧"的名字，犹豫着是不是删

掉他？但最终她也没有按下那个删除键。

就这样吧，人生来日方长——也许时间真能抹平一切的伤痕。更何况以她跟顾芳菲之间的关系，说不得日后总还会相见。

* * *

原本四月初的时候楚依就计划一起去欧洲采购结婚用品，但她自从时装周回来之后便忙着拍广告签约代言人，好不容易等到理清一点头绪，空出几天时间时，已到了四月下旬。

算算时间，正好是铃兰花开的季节，于是她兴冲冲地拉着沈熠就登上了去欧洲的飞机。

沈熠这一趟走的时间不短，两人辗转欧洲各国，中间还去了一趟钻石之都选购原石。

沈熠想起楚依之前送给自己的那枚粉色鸽子蛋，好奇地打听了一下市价。结果得出一个让她咂舌的数字，见她去看宝石，楚依凑过来问："怎么，想买首饰还是想定做？"

沈熠摇摇头，如实告诉她自己从不佩戴任何珠宝首饰。

楚依叹口气，将一束新鲜的铃兰花儿递到她手里，笑道："铃兰是象征着幸福归来的花儿，将来，等你能向全世界宣布自己的爱情时，你会发现，原来人生中的幸福和喜悦，还是需要珠宝来承载的。"

对于她这满脸狗粮的笑容，沈熠不做置评。

不过很快，在即将回国时她就收到了消息——顾芳菲之前作为香港居民向政府提交的结婚登记申请已经获批，她跟贺司南的婚礼，就定在了五月十日。

五月，沈熠记得，自己刚来江城的时候，也是这样的季节。

回国之后，她立即打点行装，准备前往意大利求学。米兰那边的学校那边早就联系好，虽然不是老字号的百年院校，但胜在所有学生都只钻研服装设计这一个专业。而且校区分别设在米兰，巴黎以及伦敦三个城市，几乎汇集了欧洲所有顶级品牌的总部。

上次与楚依在欧洲采购时就听一位业内人士提起这所院校，说是世界级大师云集，时装潮流在这里衍生那是一点也不为过。

对于离别，沈熠怀着一颗热切的心。身边的朋友都了解内情，皆以不舍和默然的态度送上祝福。

唯独是沈父和孔姨二老有些依依不舍，再加上傅晓斌初来江城，好不容易跟姐姐混熟了，而今又要分别，孩子自然心里难过，脸上也笑不起来。

沈熠对弟弟感到很抱歉，她再三安慰他以后每周都可以视频，又跟他拉钩许诺："等到过年的时候，姐姐一定会来看你。你要乖乖的，好好学习，姐姐会想你的。"

晓斌同学若有所思地点点头，在沈熠即将出门的时候他扑上来，抱住了她的腰。"姐姐，我爱你……"

沈熠鼻尖一酸，心底涌起了一阵奇妙的感受，在察觉到自己感情变化的时候，眼泪已经掉了下来。在去机场的路上，她一直反复回想着弟弟跟自己所说的"爱"这个字。

在从前的人生里，她从未向任何人提及过这个字。她没有向任何人表达过一个清晰的"爱"——包括她最想要表达的那个人。

但她不能否认，人生于世，生命中最不可或缺的，如阳光和空气一般构成生存必要条件的，就是这个字。所以，不管她走多远，去到哪里，她的心和她的爱留在了这里，这里才是她真正的栖息之地。

在安检处，沈熠很平静地与宋世钧和苏悦道别。

她没有回头，怕自己会忍不住泪流满面。

在飞机起飞几个小时后，她抬手拉开身侧的小窗——只见云海苍茫，月色清冽。

沈熠忍不住叹了口气。人太渺小了，妄谈什么永恒？永恒的，从来就只有这亘古天地，寂寥星光。

* * *

为了顾芳菲的婚礼，宋丹宁自是殚精竭虑。原本她是个万事都不肯上心的千金小姐，而今在亲人一个个离去后，总算学会了打点内外，应酬交际；偶尔与应泽生出去，见到人也不再一面高冷，反倒是极善于把握分寸，便是心里再不喜，也是适可而止。

因见她这几个月的心思和时间都花在了顾芳菲身上，对于应泽生屡次暗示的婚期却是只做不懂，这天晚上两人吃饭时，应泽生到底忍不住问道："听说你打算去巴黎？"这件事宋丹宁之前并没有告知，但此时他既然问起，她也不作隐瞒："嗯，我想去看一下妈妈，另外还帮芳菲约了一个脑神经科的专家，带她过去做个详细的检查。"

应泽生闻言，放下手里的刀叉，开始上下打量她，仿佛要确认她是不是在跟自己说话。两人约会的地方是位于他工作的大厦顶楼的意大利餐厅，装修采用了十分华丽的巴洛克风格。静谧的包间内垂地悬挂着细腻的丝绒质地窗帘，头顶的水晶灯明亮璀璨的可以清晰照见人脸。

见应泽生不语,宋丹宁也端起了面前的茶杯。她身后是这个大都市的夜色和宛如星空般璀璨的灯光,江城最好的夜景,仿佛一席缀着宝石的天鹅绒幕布,远胜过装潢华丽的餐厅布景。而她坐在那里,不言不语,仍如从前那个受尽宠爱长大的小公主一般,举手投足都是优雅合宜。

在一阵奇异而难堪的沉默里,应泽生还是先行败下阵来。他看着宋丹宁,眼里的狂躁与阴郁渐渐掩藏不住。而她的不动声色,恍若无觉,更让他深觉沮丧与失败。

他开始质问她:"为什么早就计划好的行程,这么久都不告诉我?"

宋丹宁表示抱歉,解释道:"因为我妈妈说了,她想跟我好好谈谈关于婚姻的选择。所以,我不能带你一起过去。"

应泽生点点头,对于这个说法他不甘却也勉强接受。"那你为什么想要辞职?电视台那边现在也不算很忙,你的专题只是一个月一期,就算你什么时候想要出去玩,请个假就够了——而且你辞职也没告诉我。丹宁,我在你心里,到底算什么?"

这句话,他似隐忍许久,此刻终于爆发,神态与语气自然不会愉快。但宋丹宁却仍旧淡定地回答:"我之前跟电视台的合约就只签了一年,现在期满了,我想休息一段时间再考虑接下来的安排。之所以没有跟你商量,只是因为我还没有想好。"

对于她的解释,应泽生明知是敷衍也只能接受。想起今晚的正题,他忍下了胸口那股怒气。择出一个话题,渐渐缓和了气氛之后,又招手让服务生送上鲜花和礼物。

宋丹宁似察觉到他的用意,接过花束看了看,那是一束粉色绣球搭配着红白两色玫瑰。随后她随手将花束置于桌上,与他隔着长桌遥遥相望。

"丹宁,你看我们的婚期不如就定在你生日那天?你可以先跟芳菲一起去巴黎见妈妈,然后我随后就去——至于想在哪里登记,在哪举行婚礼,这些我都随你。"他说完,便微笑着凝视着她。仿佛对于那个答案,他是有着笃定的把握的。

但却见宋丹宁只是笑了笑,随后她摇头,很慢又很从容地说道:"泽生,很抱歉,我暂时还不想结婚——"

听到这句话,应泽生眼皮一跳,前所未有的不安让他浑身发抖。一个不小心,居然带翻了手边斟满的香槟酒。高脚香槟杯落地,清脆一声细响,守在门口的服务生开门探头进来,却被他一个凌厉的眼神喝退。

"出去!"

雕花大门被带上，华丽的室内充斥着一股令人不安的静默。

宋丹宁看着他朝自己走近，看见他脸色铁青，看见他整个人都变得跟平时大不一样。

但她也只是很平静地看着，似乎对接下来会发生的事情半点也不在乎。

对，不在乎——因为不爱，所以从头到尾，她都不在乎他的感受。

这种认知，让应泽生在即将靠近她身侧的时候骤然停下了脚步。他觉得，自己似乎从一开始就看错了什么，可那才是问题的关键所在。所以到了现在，他明明以为自己运筹帷幄胸有成竹，但却因为她轻描淡写的一句话，而满盘皆输。

"泽生，我知道你一直都觉得我就是个娇生惯养的千金小姐。现在我爸爸走了，爷爷也走了，我们宋家败落了，我如果不能嫁给你，那么我以前二十几年所享有的优渥的生活，也就会烟消云散。所以，你很笃定地认为，我会因为这些而接受你的求婚。因为不管在任何人看来，这桩婚姻对于我来说，都会是一次改变命运的机会。"

宋丹宁说着，从手边放着的花束中抽出了一枝鲜红的玫瑰。她递给应泽生，告诉他："以前你只知道我喜欢绣球，但去年年底的时候我在家里新种了不少的玫瑰。其中有一种就是这样的，你摸摸看。"

应泽生照着她的话轻触花枝，瞬时就被其上的一根花刺扎到了手指。他看着她，一瞬间，就什么都明白了。

宋丹宁的话不徐不缓，却将事情一桩桩都说得很明白。从几年前宋父出事，他找到她胁迫她做自己的情人，到去年她回国，他又设法做局引诱顾芳菲参与那个巨大的投资项目，到后来导致顾芳菲资金周转不上，他频频出现在星辰，最后终于让宋丹宁答应做他的女友。那之后，他疑神疑鬼，一直派人暗中跟踪她的行程，就连手机和住处，都被他装了监控。她看着他，目光微凉而惋惜。

"泽生，我记得我们还小的时候，那时候瞿老师经常带着你来我家上课。可就算是冬天，你也坚持不肯进屋，总是坐在我家花园的石桌旁写作业。"提及往事，两人都有片刻的心悸与颤倏。

"可是你不知道，其实那时候我之所以吵着要爸爸请瞿老师来给我做家教，就是因为看过你贴在学校宣传栏上的硬笔书法作品——其实从那时候起，我就知道你很优秀，瞿老师是位优秀的母亲，也是一位优秀的老师，你就是她最好的杰作。"

应泽生听了这话呆若木鸡，手里的玫瑰花掉下地来，他扶着餐桌勉强站

定,却只顾着摇头喃喃自语:"可是那时候,我只是一个没有爸爸的穷小子,我连进去你屋子的勇气都没有……所以,我只能坐在你家的花园里,远远地看着你……"

宋丹宁凝视着他,叹息摇头:"你没有勇气走进我的屋子里,却有勇气毁掉你妈妈和我爸爸之间的约定?就是因为,你不想他们结婚,因为那样一来,我就永远只能是你的妹妹?""你一直说你爱我,可是你爱的到底是我的哪一部分?如果是心灵,那么你早就应该发现我并不爱你的事实;如果是躯壳,那么很抱歉,我注定会老,注定会失去今日的容颜。"

应泽生如被雷击,他做梦也没想到,宋丹宁平时什么都不说,看起来对身边的事情也不甚在意,但必要时居然可以变得这样有杀伤力,很多很多的细节,他之前甚至都没有想过。

这戏剧性的一幕让他再度脸色巨变。只一瞬间,他已浑身冷汗。事情已经到了最坏的地步,他这一生中没有哪个时候比现在更恐惧,大脑里一团乱麻,木然愣在当场。

似乎一切都静止了,连时间都停止了,没有光亮的屋子,华丽到看不到天空,充满着不堪忍受的沉闷。

宋丹宁轻轻站起身,优雅合宜地离开那张椅子。

临走之前,她只对他说了一句:"泽生,爱是这个世界上最珍贵的东西,我希望你能得到,也希望你能像你妈妈那样,在生命的任何时候,都有给予他人爱的能力。"

第十六章

你最珍贵

五月是鲜花初放的季节，可供婚礼现场装饰的鲜花品种自然格外多。

苏悦一早匆匆赶到顾家大宅，刚走进顾芳菲的房间就见造型师的助理手里端着一个托盘，里面整齐地摆放了好几样白色的花朵。

顾芳菲早就披上了洁白的婚纱，此时端坐在梳妆台前，转头见她进来，连忙招手道："快来帮我看看，化妆师说这个盘发最好在发尾点缀些许鲜花。可我一早弄到现在，早就头晕眼花了，哪里还挑得出什么适合的。"

苏悦走上前细细一瞧，从中选出一枝造型别致、小巧玲珑的白色铃兰花，往她的发尾一扣，忍不住自我陶醉道："我觉得这铃兰就挺合适，你看，这花是不是就跟这个发型定制的一样？洁白，纯美，正适合你的气质。"

顾芳菲只粗略一瞧，便已点头："好，那就这个吧！"造型师与顾芳菲、苏悦都很熟悉，也赞这花与顾芳菲极相称，正定型时旁边的助理随口道："对啊，我记得沈小姐就最喜欢这个铃兰，她还跟我说过，要是将来她结婚的话，一定要选这个铃兰做捧花。"

说者无心听者有意，苏悦当即脸色一变，有些不安地看向顾芳菲。谁知她却只是清浅一笑，对着镜子颔首道："我也很喜欢铃兰，它的花语是迟来的幸福，对吧？"

造型师两人连声称是，苏悦却有些复杂地垂下了眼眸。不一会儿定好了妆发，顾芳菲盈盈起身时，就见宋丹宁穿着一件香槟色的露肩礼服，从门外走进来道："准备下去吧，车已经到了。"

婚礼在江城最古老的一间教堂内秘密举行，据说是为了免却繁文缛节，也正逢非常时期，新婚夫妇只邀请了彼此一些亲密的亲人和朋友观礼。而那些昔日与两家交好的生意场上的朋友和合作伙伴,则安排在之后另行宴请。虽说如此,但教堂内外还是装饰了很多美丽浪漫的鲜花,就连以往肃穆简约的座椅上,也缀上了白色的轻纱。

楚依作为女方家的亲属姗姗来迟,她下车时,正好听见几声清脆的钟声响起。顾华章作为父亲,今天也算收拾得体面妥当,脸上堆满真假难辨的笑容,挽着顾芳菲的手缓缓走向牧师和新郎贺司南所在的神像下方。

而分坐在左右两侧的双方亲属和朋友们,则神色都是相差无几的模样——看似喜气洋洋,其实眼里的笑意都很客气和淡然。

楚依就挨着宋丹宁身侧坐下,她低声问询:"你们什么时候去巴黎?"

宋丹宁朝她点头致意,回道:"明天晚上。"片刻后又添上一句,"我们会在巴黎待一段时间。"

楚依这才意味深长地笑了笑,似乎并不意外这样的转折,随后两人听主持婚礼的牧师开始讲话,便将视线都转移了过去。

要论外貌,其实顾芳菲与贺司南真可谓是珠联璧合,宛若天生的一对。只是这新婚夫妇的神色都有些微冷,眼里的笑意也很是淡薄——尤其是新郎贺司南,从头到尾都是冷若冰霜,根本连嘴角都没有勾起过半分的弧度。循例,在交换戒指之前会有一个宣誓仪式。

而两位新人全程稀薄的笑意似乎也影响了牧师的热情,在开始宣誓之前,这位金发碧眼的年轻牧师有些疑惑地看了看两人。

随后是宣读结婚誓言。

紧靠前排而坐的楚依和宋丹宁都看见,在牧师用生硬的中文询问他"贺司南先生,你是否愿意娶顾芳菲女士为你的合法妻子?不论贫穷还是富贵,健康还是疾病,一生一世忠于她、爱护她、守护她?"时,贺司南的眼神漠然,几乎是木然地看向顾芳菲。

现场气氛瞬时就降至冰点,好些性急的亲属当即想要站起身,却被楚依抢先一步。她迅速走到牧师身侧,对其低语了几句,随后对贺司南厉声问道:"司南,如果这辈子你还有机会能够抓住自己的幸福,你愿不愿意冒着失去一切的风险告诉大家,你心里真正爱的人是谁?"

这话无异于油锅里洒入一把盐,在座的亲属们顿时一片哗然。尤其是贺司南的妈妈,她飞快冲到楚依跟前,刚要开口就被贺司南打断了。

他脸上的表情似惊又喜,又像是不肯信,确认楚依朝他轻轻颔首,所以最后他决然地喊道:"我爱的人是沈熠!我贺司南对天发誓,这辈子我真正想娶的人,只有她!"

"司南——"

沈熠被真姐一路飙车送到了教堂前，刚一下车，就在门口听见了这样的一句话。那一刻，她想，管什么命运的迷局！他愿意为了自己失去一切，而自己放弃他的初衷也不过是希望他能过得好而已！

沈熠觉得自己一定是受到了蛊惑，因为在听见他对天发誓的那句情话时，她就已经毅然决然地抛弃了一切。两人在众目之下紧紧相拥，如茫茫人海中失散已久的爱侣，久别重逢的眼泪和亲密让人无法不关注。

但这样的场面很快激起许多人心里的愤怒和恐惧，贺司南的妈妈率先冲到沈熠跟前，刚想对她撕扯殴打，真姐早挡在了沈熠跟前。贺母泄愤不成，转头就怒斥楚依："你怎么说也是芳菲的表姨，怎么胳膊肘往外拐，居然护着这个狐狸精？"

她的话素来不堪入耳，楚依也不理会。其后又有顾华章代表女方家属表示抗议，并吆喝着外面的保安，手指沈熠："把这个女人给我轰出去！真是胡闹，今天是什么日子，怎么能让这种不三不四的人也进来搅局？"

贺司南将沈熠牢牢地护在自己的胸前怀中，不卑不亢地对所有人宣布："她是我的爱人，你们谁敢动她半分，我贺司南绝不善罢甘休！"

贺母气得差点儿仰倒，指着儿子的鼻子发问："你说她是你的爱人，那芳菲呢？你有没有想过你要是不跟芳菲结婚，那你身上背负的债务怎么办？贺氏怎么办？你就为了这么一个女人，把所有身家性命都不要了吗？"

见贺司南语塞，顾华章也冷笑着冲上前，加入奚落他的阵营："就是！你小子最好拎清一点，要是不想坐牢，这个婚你就必须要结！"随后在座的亲属们都围拢上来，无外乎是众口一词地苦劝贺司南回归正道——唯有顾芳菲这个新娘子，全程一言不发，只是静静地看着身后的神像，仿佛魂游天外。直到后来场面开始混乱，有人想要推搡着上前来拉开沈熠和贺司南，她才忽然转身，清冷地喝道："够了！你们都出去，这是我们三个人的事情。"

霍东方趁机上前打圆场，几乎是连哄带骗地连着宋世钧一起，把这些愤愤然的亲属们送出了现场。

年轻的牧师也讶然退下，除了三位当事人之外，只有楚依和真姐、宋丹宁以及苏悦留了下来。

沈熠走出来，先向顾芳菲致歉："对不起，顾总，我失信了。"顾芳菲轻轻一笑，摇头纠正她："不，你从来没有对我承诺过什么，所以，不存在所谓的失信。"她越是这样，沈熠就觉得越发难过。尽管在来的路上已经知道了梗概，但此时四目相对，还是会觉得异常酸楚。

见沈熠不肯开口,楚依便示意真姐将东西拿给大家过目。正好霍东方和宋世钧也折返回来,从苏悦手里看过那些合同的复印件以及资料后,就连霍东方也忍不住颤声发问:"芳菲——这,这是真的吗?星辰一直以来的供货商,居然都不是品牌授权的?你……你这是犯法你知不知道?"

顾芳菲若无其事地看着他,似乎并不想就这个问题作答。而真姐却提醒霍东方:"你看清楚,星辰的法人代表早就转到了沈熠的名下,也就是说,就算被警方查出来她制假售假,这些罪名和责任最后也是由沈熠来承担,根本伤不到她顾芳菲一根头发。"

此时资料大家都已看过,却是无人再发一言。除了宋丹宁一直寸步不离地拉着顾芳菲的手之外,本来跟她一起的苏悦此时已是瞠目结舌。

"芳菲,是我让真姐去把沈熠接回来的。孔姨告诉我一些往事,她说,沈熠的妈妈曾在你母亲身边做过一段时间的保姆,那一年正好是你出生。所以我又去找人调查了一下,我推测出一个真相,那就是沈熠的妈妈曾经做过一些不好的事情,而你后来知道了真相,所以从一开始你选定沈熠就是为了报复,对吗?"

楚依说完,看了看顾芳菲,又将目光落在了沈熠身上。

沈熠有些茫然地转动了一下眼珠看向顾芳菲,她很想宛如从前那样对她微笑,可是她嘴角僵硬,就连呼吸都变得不再顺畅。

良久,她声音颤抖道:"顾总……你对我的好,我说过我一定会记在心里。很抱歉我妈妈当年做了那样的事情,她伤害了你,也伤害了司南,我愿意为她的行为赎罪,如果你需要我来担下这个责任,那么,我可以很肯定地告诉你,我愿意——"

她的话让所有人都感到片刻的震惊,因为这不是一个正常人能做出的牺牲。可随后,只是很短的时间,包括真姐在内,所有人都相信,这就是她沈熠的选择——她说她愿意,就是真的愿意。

顾芳菲看着她,神色平静,眼里却开始透出一种暖意。

沈熠在众人的目光里咬着嘴唇,她也看着顾芳菲,很想抱住她大哭一场。为了抑制住这个欲望,她后退了一步。

遥想数日前,她们还曾坐在星辰的办公室里沐浴着春日的暖阳,回忆着初见时的惊艳时光。可是现在,她们却只能这样遥遥对望,隔着彼此心中无法厘清的恩怨情仇。时间真是无比残忍。

沈熠在痛苦中抬起头:"可是——真姐告诉我,你之所以要跟司南结婚,其实就是想要转走那笔属于你们的信托基金。你拿到钱之后就会离开这里,就再也不会回来……我想请你告诉我,这是不是真的?我不相信……"

似乎是有些意外,顾芳菲居然勾起嘴角微微笑了笑。随后,只见她缓缓地摘下了扣在自己发尾的那串白色铃兰花,递给沈熠。"早上定妆的时候,她们说你最喜欢铃兰,希望以后结婚的时候也能拿着来做捧花……可惜我之前不记得你的这个喜好,要不然,我会让人在这里布满铃兰。"

五月的微风吹开了教堂紧闭的大门,沈熠从她手里接过那串小巧别致的花枝,幽香随风钻入鼻息与心扉。"对不起,小熠——其实就连我自己都没有想到,你居然改变了我所有的设定。"

在沈熠还茫然不解时,顾芳菲上前拥抱了她。

宋丹宁走过来,她扶着顾芳菲,朝众人道:"让她坐下说吧,她现在身体不太好……医生说,她需要长期的治疗才有可能恢复健康……"

"其实,一切都要从我和司南快要出生的时候开始说起……"

上一代的江城,顾家和贺家的两位当家老爷子还是至交,两家经营的都是玉器古董方面的生意,所以时常来往,有时候遇上大的买卖,也会一起合伙赚钱。彼时的两家,既有交情又有利益关系,所以算是通家之好。

而贺司南和顾芳菲的人生,本来应该生于富贵长于万千宠爱呵护之中,但是,却因为一桩大的玉石买卖,而被牢牢地捆绑在了一起。

"如果按照血缘关系,我想我原本应该姓贺,如果没有小熠的妈妈当年把我抱过来的话,我可能连一个美好的童年都不会有。是的,我其实并不是唐宁的女儿,虽然在我心里,她是我唯一的母亲。"

顾芳菲的话让在座的人都震惊讶然,就连楚依也忍不住霍然起身,她惊疑不定地看向贺司南和顾芳菲,好一会儿才颤声摇头道:"芳菲,你说的都是真的?你……跟司南,你们两个,真的从一出生就被调换了?"

顾芳菲神色疲惫冷淡地闭目点头,轻轻回了一句:"是,当时他们在缅甸发现了一处原石玉矿,两人千方百计买下来之后,为了建立一个长期稳定的利益联盟关系,就想出了这么一个荒谬的主意。于是我们俩在同一个医院出生之后,就被调换了父母,改变了姓氏……也就是从那一刻开始,我们的命运被牢牢地捆绑在了一起。我的祖父,和他的祖父,两位固执而又自私强悍的长辈,他们用自己所理解的"为我们好"的方式,建立了这笔共同的信托基金,而我和他,为了这一场命运安排的迷局,终于站在了这里——"

沈熠看着贺司南,心中疼痛无比。她抬起手摸上他的脸,手指从他眼睑下方划过,直到他的耳边,她轻声说:"你瘦了。"

贺司南感受着她指尖和手心的温度,低低地叹了口气,却忍不住微笑:

"没关系,很快就能长回来。"

此时最大的谜底已经揭开,只是还有许多零星细节需要交代。顾芳菲在宋丹宁的照顾下吃了药,等自己精神好了一些,她才接着道:"我母亲是这场闹剧中最可怜的那个人,从司南出生的时候她就被蒙在鼓里,满心欢喜地以为自己生了个女儿。可是后来我生病发烧验血,她才终于知道我的血型跟他们都对不上。在她的追问之下,顾华章终于坦承了事实,她辞退了沈熠的妈妈——那又能怎么样?没有任何人会支持她去夺回自己的亲生儿子,再加上她也十分疼爱我,于是根本就无可奈何。最可恨那时候顾华章早就有了外心,他跟着情妇一起欺负她,又忘恩负义地打压唐家……我知道,我走到今天这一步,我已经对不起她对我的养育之恩和教导。可我就是恨,我就是忘不了,我忘不了顾家对她所做的一切恶事!我忘不了那个改变了我命运的保姆,我要替她报仇,我要亲手毁了顾家,我要毁了沈熠!这是支撑我走到现在唯一的信念!我绝不会放弃!"

虽然悲愤亢奋,但她说话时的疲乏之色依稀可见。这番话让众人心里都十分不好过,尤其是楚依和宋丹宁,不禁红了眼圈。

真姐也觉得惋惜,她摇头看着顾芳菲:"没想到世上还会有这样人为的悲剧,人为财死鸟为食亡,但那只是因为衣食无着无可奈何。可是你们顾、贺两家,本已是富庶门第。如今闹成这样,除了你们两个之外,个个都盯着那笔不义之财不思进取坐吃山空,这才是真正的衰败根源所在。"

顾芳菲闻言嚼着泪光重重点头:"对!我就是要看着顾家和贺家,最终因为这一纸婚约而败落!我要世人都看看,财富若带着原罪,就算传承下去也绝不会给子孙后代带来安宁和幸福。"

楚依站起身来,缓缓走到顾芳菲身侧,问她:"那你接下来打算怎么办?事已至此,这场婚礼——还有小熠,虽说她母亲的确有罪,但她是无辜的,而且——"

顾芳菲忽然看向沈熠和贺司南,她的目光停留在两人交缠相扣的十指上。沈熠本能地就想松开,却又被贺司南握回掌心里。他朝顾芳菲点头,两人目光相接,竟有一种相似的悲悯与温情。

"谢谢你,芳菲。谢谢你今天为我们筹办的这场婚礼——在这里我要郑重地向你道歉,为我从前对你的不善和偏见。"

贺司南的话让众人又开始迷惑,可是下一秒顾芳菲已经浮起了盈盈笑意。她走到沈熠跟前,将自己头上的新娘白纱摘下来,仔细地给她戴上。再拿起她一直握在手心里的那束白色铃兰,认真用发夹固定在她的右侧鬓角处。

在众人的注视下，苏悦送上了那对用来交换的戒指。她向沈熠打开，含泪道："这只戒指，从一开始，顾总就是按照你的手指圈数定做的……小熠，请你一定要幸福，一定不要辜负我们所有人的心愿……"

仿佛是梦境，可是从来没有一个梦会像此刻这样真实。

沈熠近乎茫然地看着眼前所有的人，她的目光扫过顾芳菲与苏悦，又看了看身边一直十指交缠的贺司南，最后落在那只闪耀着璀璨光芒的戒指上。

是梦吗？应该是，因为只有梦里，才有这样完美的结局。可是当贺司南拉过她的手，轻轻给她套上那只钻戒的时候，冰凉而带有金属质感的触觉，还是让她渐渐从不真实的幻觉中走了出来。

她止住他的动作，摇头发问："可是顾总，您真的不再恨我了吗？毕竟当年如果不是我妈妈把你和司南调换了，你们也不用痛苦了这么多年。还有司南，如果你娶了我，那你的那些债务该怎么办？我不想你坐牢——我要你好好的！我只要你能好好的！"

"傻瓜！你啊，真是天底下最狠心又最可爱的小傻瓜。"

贺司南拍着她的后背，让她停止哭泣，随后才跟顾芳菲一起，向大家宣布："我们决定摆脱这一纸婚约的束缚，余生只用来追寻自己想要的生活。我贺司南在此向沈熠求婚，并发誓以后会一生一世只爱她一人。不论贫穷还是富贵，健康还是疾病，我们都永不分离。"而顾芳菲只是轻轻抱了一下沈熠。她柔声道："我不恨你，小熠。对你，我从来就恨不起来。因为你太善良了，你太好了，我根本没办法恨你。"

这一拨求婚和原谅来得太突然，令人猝不及防，但似乎又合情合理。

而随后顾芳菲则将余下的一些琐碎事情，主要是关于顾、贺两家的财务，以及星辰售卖假货的问题，向大家作了一个简短的说明。

"因为我跟司南商量好了，我们将会放弃这笔信托遗产的继承权。所以接下来，司南所背负的债务，首先我们会清点贺氏集团的资产寻求变现，同时我们也聘请了最好的律师来进行债务审核以及资产违规审核。还有就是关于星辰的供货商，其实一直以来都是顾华章作为实际控制人，所以我有充分的证据证明自己的清白。——如果最后还是资不抵债，那剩余的债务将由我们一起共同偿还。"

顾芳菲说完，众人都静默了下来。因为都很清楚那笔巨额的亏空对于一个普通人而言意味着什么，所以在亲耳听到这么一个决定的时候，每个人心里除了肃然的敬意之外，还有许多无法言喻的感慨。

首先缓过神来的是霍东方,这家伙走到贺司南跟前,先掏出一个鼓鼓囊囊的大红信封塞到他口袋里,随后又忍不住做出一副悲悲戚戚的模样,哀怨道:"你小子真是太不靠谱,以前还指望你能资助我去天涯海角流浪呢,现在倒好,看来我下半辈子都要打工帮你还债了。"

贺司南接过红包递给沈熠,随后没好气地回他:"远点!我自己欠的债自己还,要你那么多事干什么?"

随后,众人都纷纷送上祝福,顾芳菲也上前抱了抱沈熠,对她说道:"谢谢你,小熠。谢谢你让我最终选择了相信真善美,谢谢你让我没有堕入深渊之中。"

沈熠唯有点头,诸多复杂的情绪里早就分不清哪些是感激,哪些是感恩,哪些是感动。总之,有关于顾芳菲的回忆,都是美好而温暖的。如果再给她做一次选择,她想,自己还是会义无反顾地愿意为她做任何事情。

说到底,她们相互改变了彼此的人生,改写了彼此的命运——哪怕这一份友情并不十分纯粹,曾经掺杂过别的东西,但她依然万分珍惜。

* * *

飞往巴黎的航班永远都塞满了人,大约是所有人都抵抗不了基因里对于这座烂漫城市的向往。

宋丹宁和顾芳菲生平第一次坐经济舱,但没想到会有这么好的运气,刚刚坐下就有美丽的空姐走过来,邀请二人升去头等舱。

这样的机会自然很难拒绝,只是坐下不久,顾芳菲就发现了空乘邀请乘客升舱原来也是有原因的——虽然这回出行两人都穿得十分低调简约,可是以宋丹宁的美貌和优雅气质,几乎是不费什么功夫,她就吸引了头等舱这些衣冠楚楚绅士们的注意力。其实也有人暗中打量顾芳菲,只是她只关注手上的时尚杂志。

当然也有人按捺不住,鼓起勇气上前来搭讪——虽然没有什么收获,但能跟这样的美人说几句话,也是很棒的飞行体验了。

宋丹宁的心思不在这上面,她一直都在安排行程和时间。直到后来开始供应晚餐她才抬起头,两人坐在相邻的位置,开始小声地交谈。

顾芳菲说飞机起飞前她还收到应泽生的邮件——他拜托她照顾宋丹宁,又一再为自己之前的行为忏悔,最后留下那句话作为邮件的终结:"不管怎么样,我都会一直等她。"

而宋丹宁似乎时过境迁,已经完全平静下来了。她摇头:"他还是不明白,我们根本不是同一类人。"

顾芳菲也叹息："其实我很羡慕沈熠，因为司南愿意为了她放弃一切。可是我知道这个世上没有几个男人会是贺司南，客观地说应泽生他的确很爱你，可是他的爱太偏执太狭隘，所以你也许是对的。人生之中要找到那个正确的人，实在不容易。但是对应泽生，你就真的没有半分留恋？"

宋丹宁很快沉默了下来，过了好一会，她才回道："我想让时间来给自己一个答案，我觉得爱情应该纯净，爱一个人应该一生不变。所以，我想考虑清楚之后再说。"顾芳菲颔首，不无赞同地说道："你说得对，爱情应该纯净，就像司南和沈熠，他们真是深爱不移。"

说到沈熠，宋丹宁自然也有疑问："你愿意维护司南，这一点我并不奇怪，因为你们是命运的共同体，一起承受了彼此的不幸。可是你为什么愿意这样成全沈熠？虽然现在我也知道她人很好，但她妈妈当年……"

顾芳菲明白她的意思，先是莞尔一笑，随后很认真地想了想，才道："因为她很值得让人待她以温柔和珍惜，因为她会让人觉得，这个世界原来很美好，所有的不幸和痛苦，都可以被善待。"

见宋丹宁仍是不解，她才俯身从随身带着的旅行袋里取出了一卷小小的画卷。画卷用薄塑封好，徐徐展开一看，只见画面的中央是一束洁白美丽的铃兰花。那些花苞每一只都剔透晶莹，似蕴含着无尽的祝福与绵绵的温情。而在画卷的右上方，有一行小巧纤丽的落款：万物美好，你最珍贵。

顾芳菲轻轻推开身侧的小窗，正好看见巨大的机翼滑出厚厚的云层。月光的皎洁洒进来。

她伸手轻轻抚上小窗，微微侧首回想道："我知道沈熠一直认为是我改变了她的命运，但是她却不知道，如果没有她的出现，我也许真会走上一条无法回首的歧途——原来我以为自己真的能带着那笔负有原罪的钱财远走他乡，我觉得这样才是自己想要的自由，我以为那样就是对顾家和贺家最好的报复和嘲讽。可是她出现后，一点一滴地改变了我心里的怨恨，而在收到她的这幅画之后，我才真正跟以前的那个自己和解了……我跟命运和解了，丹宁，我终于解脱了。"

宋丹宁了然颔首，顺手将一条柔软的围巾披到她的颈间。

她握住顾芳菲的右手，自己也调平座椅慢慢地躺下准备休息。

"是啊，人这一生，说到底没有什么可畏惧的。富贵与平淡，都只是一种生活方式。可是，能在漫长的生命里永远都铭记什么才是最可贵、最不能失去的，我想，那才是我们真正追寻的理想与生命的意义吧！"

图书在版编目（CIP）数据

你最珍贵 / 胭脂水著. — 上海：上海社会科学院出版社，2020
ISBN 978 - 7 - 5520 - 3104 - 1

Ⅰ.①你… Ⅱ.①胭… Ⅲ.①长篇小说—中国—当代 Ⅳ.①I247.5

中国版本图书馆CIP数据核字（2020）第029554号

你最珍贵

著　　者：胭脂水
责任编辑：邱爱园
封面设计：JADE
出版发行：上海社会科学院出版社
　　　　　上海顺昌路622号　邮编200025
　　　　　电话总机 021-63315947　销售热线 021-53063735
　　　　　http://www.sassp.cn　E-mail:sassp@sassp.cn
印　　刷：上海景条印刷有限公司
开　　本：710毫米×1010毫米　1/16
印　　张：22
字　　数：383千字
版　　次：2020年5月第1版　2020年5月第1次印刷

ISBN 978-7-5520-3104-1 / I·401　　　　　　　定价：49.80元

版权所有　翻印必究